一门之隔 上

殷寻 著

本故事纯属虚构

北京联合出版公司
Beijing United Publishing Co., Ltd.

图书在版编目（CIP）数据

一门之隔：全两册 / 殷寻著. —— 北京：北京联合出版公司，2023.6

ISBN 978-7-5596-6837-0

Ⅰ.①一… Ⅱ.①殷… Ⅲ.①长篇小说－中国－当代 Ⅳ.①I247.5

中国国家版本馆CIP数据核字(2023)第058787号

一门之隔：全两册

作　　者：殷　寻
出 品 人：赵红仕
选题策划：千十文化
责任编辑：李艳芬
特约编辑：陈　思
责任印刷：龚志伟
装帧设计：他系力二工作室

北京联合出版公司出版
（北京市西城区德外大街83号楼9层 100088）
北京联合天畅文化传播有限公司发行
固安兰星球彩色印刷有限公司
字数712千字 880mm×1230mm 1/32 22.5印张
2023年6月第1版 2023年6月第1次印刷
ISBN 978-7-5596-6837-0
定价：69.80元（全两册）

版权所有，侵权必究
未经许可，不得以任何方式复制或抄袭本书部分或全部内容
本书若有质量问题，请与本公司图书销售中心联系调换。
电话：010-65868687 010-64258472--800

目录 Contents

序 …… 001
第一章 …… 003
第二章 …… 028
第三章 …… 049
第四章 …… 073
第五章 …… 095
第六章 …… 117
第七章 …… 141
第八章 …… 162
第九章 …… 185
第十章 …… 205
第十一章 …… 225
第十二章 …… 246
第十三章 …… 268
第十四章 …… 291
第十五章 …… 312
第十六章 …… 333

第十七章	357
第十八章	380
第十九章	401
第二十章	424
第二十一章	447
第二十二章	467
第二十三章	490
第二十四章	511
第二十五章	536
第二十六章	556
第二十七章	576
第二十八章	598
第二十九章	619
第三十章	642
第三十一章	660
第三十二章	679
番外一 岑词篇	700
番外二 甪泂篇	708

序

2013年，冬。

入夜后的南城下了雪，全城交通瘫痪，车尾灯在雪色里聚成了汪洋，连着急促的鸣笛声一并蜿蜒出城。

秦宿开车一路绕到高速，雪蒙了霓虹，直到城外，唯一一点城市的光亮都在雪夜中偃旗息鼓了。

别墅群依山而建，错落有致，零星几窗的灯影藏匿在远处黑魆魆的屋影间。秦宿穿过别墅群间的小路直达山顶，52号别墅，远离别墅群，显得格外僻静。

秦宿下了车，抬头瞅了一眼。房里黑魆魆，大门前的灯点着，只映亮眼前巴掌大点的空间，照着簌簌而落的雪影。他裹紧大衣几步上前，脚印很快被雪覆盖。

房门没锁，一楼没人。秦宿掸净大衣上的雪，顺着一侧的楼梯上了二楼。走廊拖了长长的暗影，直到尽头的房间。有微弱的光从虚掩着的门缝里挤出来，斜斜地切在光洁的大理石地面上。

秦宿没来由生出不好的预感，脚步轻轻到了房门前，手轻握门把手，一点点推开房门。眼前有闪烁的光，来自投影仪。

投影里是一堂讲座，镜头给到台上时，有一中年女子抱着一男子号啕痛哭，男子任由她在怀里哭，风度翩翩，对着台下说："精神分析师的自我防御机制一旦崩塌就能导致反移情，这是分析师意识之外的无意识冲突、态度和动机。无法了解自己，这就是为什么在治疗过程中需要录像或者录音的原因，一旦发生反移情，分析师可以通过影像资料来自我分析和反省，达到抑制反移情出现的目的。"

台下有人问："沈教授，分析师也是人，是人就有情绪，除非催眠，否则怎么可能有十足把握控制七情六欲？"

男子在台上沉吟片刻："还有一种方法，可以控制……"

秦宿猛地察觉出屋子里不对劲。

目光陡然一转，落在靠近书架的椅子上。椅子于书桌后背对着他，冲着窗子的方向，窗外的光被厚重的天鹅绒落地窗帘遮住，使得那一角陷在黑暗里，唯独一只手搭在椅子扶手上，在投影隐隐的光亮下显得惨白。

"沈序？"秦宿压低了嗓音。

椅子上的人没应声，依旧背对着他坐着。秦宿觉得后背凉飕飕，一步步上前，绕过书桌站在椅子背后，伸出手缓缓将椅子转过来，竟是个假人坐在椅子上。它的头微斜靠着椅背，睁着眼，脸上还架着眼镜，一手搭在椅子的扶手上，一手垂放椅下。这假人做得跟投影里讲台上的那张脸很像。

明明不该有什么，秦宿了解沈序平时喜欢恶作剧，可还是凭空生出异样感觉来。

秦宿仔细打量着这假人，越看越觉得不对劲，尤其是搭在扶手上的手，食指朝下曲，其他四指平放。他顺着食指方向往斜下方看，是陷入黑暗的桌角，上面隐约有什么东西。秦宿伸手去够，是个手机。秦宿拾起，屏幕突然一亮，进到信息界面。

有一条信息：我们都在沙漠，白色骆驼朝我走来，你还在原地吧，因为你绝对想不到……

不是一句完整的话，显示"未发送成功"。

还有一通未接来电，显示"秦兄"。

第 一 章

岑词接到电话时是凌晨两点半。

她没有拉上窗帘睡觉的习惯，所以当电话那头说"岑医生，闵薇薇是你的病人吧"时，她瞅着一窗之隔的茫茫夜色，心想，真是个不安生的夜。

出了单元门，岑词打了个寒战。

初冬的南城气温并不友善，风一过扫得人脸生疼，幸存在小区清洁员扫帚下的枯叶却逃不过风卷的命运，哗啦啦摩擦着地面，像是被强行拖走的残肢。

岑词拢了长发又紧了下大衣，临上车前总觉得哪里不对劲，下意识地朝身后看了一眼。

小区陷入大片的浓黑里，借着大门口墙灯昏暗的光能看见空气里浮游着丝丝缕缕未散的雾气。保安室灯光大亮，身穿棉大衣的小保安窝在椅子上打盹儿，他双手插在袖口里，脸几乎都要埋进衣领里。

一切看上去都很平常。

岑词转眼瞅向夜空，那月就像是有人在黑色幕布上随手画上了一笔似的，似钩。

残月。

车门关上的瞬间，岑词冷不丁想起莎士比亚的一句话：凡是过去，皆为序曲。

"我没杀他。"审讯室里，闵薇薇低垂着头，头上悬着亮眼的光，她的整张脸被罩在阴影下。很快又抬头,又补了句:"而且,我不认识他。"

闵薇薇,风头正盛的节目主持人,漂亮又风趣,惹得不少宅男们的喜爱。岂料就在傍晚时分她性情大变,持刀挥向其未婚夫周军,连捅两刀都朝着要害部位捅,住家保姆吓得魂都没了,赶忙报警。

人证物证俱在,因此闵薇薇上面那番话听着就荒诞。对面的警察皱了眉头,声音提高:"不认识?自己的未婚夫不认识?不认识他你住人家里?你看你自己的衣服,上头还沾着受害者的血呢!"

闵薇薇低头瞧着衣襟,涸得通红。她眉头拧在一起,好半天抬眼,一脸的疑惑:"我真不知道是怎么回事。"

刑侦队队长裴陆叉着腰隔着单向玻璃看着里头的情况,片刻后转过身,在烟灰缸里摁灭烟头,拇指和食指一点点将烟头捻碎:"岑医生,你怎么看?"

岑词没答话,始终在翻看警方递上来的资料,五分钟前她刚到,大衣上的寒气还未散。

裴陆也没催她回话,手搭放两边:"据现场同事反映,当时闵薇薇就站在周军身边,神情木讷,直到被带上警车她才开口说话,却说了句很奇怪的话……"他顿了顿打量岑词的反应,一般人听到这话十有八九都会问上一句:什么奇怪的话?或者给出个"你继续说"的表情。

然而岑词仍旧头也没抬,也不知道她有没有听进去。裴陆蹭了蹭鼻子,一时间觉得挺掉链子的,于是清了清嗓子:"她跟警方说,我不是我。"

挺奇怪的话,他反复问了几次,确定闵薇薇说的就是"我不是我",而非"不是我"。

"保姆亲眼看见闵薇薇伤人?"岑词抬头,冷不丁问了句。

裴陆觉得这姑娘的反应真是处处让他意外啊!她在闵薇薇的人物关系谱里占据重要位置,是闵薇薇的心理治疗师,后来再查下去,发现这个岑词来头还不小,创办了名为"门"的精神分析治疗会所,被业内称为"巫师"。

性情寡淡、不合群,很少参加业内学术会议,也不爱参与学术讨论,像是凭空而出,自有一套处理精神类疾病的方式方法,这就是"巫师"绰号的来历。门会所每周只接待三名来访者,规矩又怪又多,却挡不住门会所日益攀升的口碑。

裴陆在没见着岑词照片之前,想着该是个上了岁数的人,毕竟从事心理治疗这行的阅历和年岁画等号,直到翻了档案。

"岑词,女,26岁。"

又往后翻了几页资料,看完后,他对这姑娘简直是刮目相看。

漂亮是漂亮,但很是清冷,眉眼淡漠,让你一时间无法判断她的立场。如果不是看了资料,他必定会凭着这年龄和长相认定她是行业混子,搞心理这行的不是应该长得喜庆点吗?

见岑词盯着自己,裴陆清清嗓子回应:"住家保姆听见动静下楼,正好看见闵薇薇手持水果刀捅了周军第二刀。岑医生,周军的别墅就是第一现场,据保姆交代,案发时一楼大厅就只有闵薇薇和周军两人,经现场排查,案发时的确没有第四人的痕迹。"

岑词明白裴陆的意思,她走到镜子前看着闵薇薇,沉默,大半夜接到电话总归不是什么好事。

裴陆在岑词的身后站定,双手插兜道:"另外看得出,闵薇薇很听你的话。"

这次岑词如他所愿有了反应,转过身,目光清冷地打量了他一番,夹克衫,单眼皮似含笑,目光却犀利,是个久经沙场的硬角色。

裴陆心想,可算有反应了,我还真怕你油盐不进。

"一个月前,南城破获了一起古董走私案,嫌疑人被抓获时死活不肯吐口赃物的下落,听说岑医生只跟对方说了几句话,对方就乖乖交代赃物的藏处。精神分析就是催眠吧?可瞧着岑医生又不像是催眠那么简单,外边都说岑医生的治疗手段剑走偏锋,我实在很好奇。"

古董走私案当时不是裴陆负责,他也是看过资料才知道当中的内情。当时岑词进审讯室前要求警方关闭所有摄像、监听和录音设备。所有人都听不清岑词进去后跟犯罪嫌疑人说了什么,因为她是背对着玻璃那面,警方只能看见嫌疑人的表情。她好像做了什么又好像什么都没做,只有一分钟的光景,犯罪嫌疑人离奇地面露恐惧,然后在接下来的时间里交代了一切。

当然,此案还有后续。犯罪嫌疑人在坦白后的第二天意外身亡,经鉴定是心源性猝死。虽说经警方调查那名嫌疑人在走私过程里是背了人命的,这么一死怎么都有现世报的意思,但是身亡来得太突然总会叫人怀疑。

警方找过岑词问话,岑词回答:"解决问题前要先发现弱点,他杀过人的秘密在我这儿藏不住,但不意味着我就操控了他的死亡,法医不是也鉴定过他有心脏病病史吗?"

亦正亦邪难以捉摸,这是上起案件中局里对岑词的评价。不想时隔短短一个月,她又被扯进案子里了。

岑词直逼裴陆的目光,答非所问:"裴队如果咬死了我有罪,那我现在应该待在审讯室里。"

裴陆笑了:"你情况特殊,一方面要以顾问身份协助我们警方办案,一方面也要以被怀疑人身份配合警方调查。我这个人只信证据,不会冤枉好人,当然也不会放过坏人。"

岑词眼里无波无澜:"我配合你们的调查,另外,我需要跟闵薇薇谈谈。"

"没问题。"裴陆细细揣摩她的性格,既被当成顾问又被怀疑,搁寻常姑娘身上早就激动地先为自己辩护了,甚至会翻脸,这个岑词倒是有点意思。

临出门前岑词突然停住脚步,转身看看他。

裴陆自认为从警这么多年什么大风大浪没见过,被她这么冷不丁一眼瞅过来竟打了个激灵,怎么眼神就跟冰锥子似的?

"裴队。"岑词的声音倒是温和,"纠正一句,催眠的确是精神治疗过程中的手段,但精神治疗的方式方法不只局限于催眠,所以就算剑走偏锋也正常。另外,做警察的难免焦虑,适当焦虑能够激发奋进,可过度焦虑就成了远忧,早晚会出问题。平时调整心情,安眠药少吃,人的神经就跟你的朋友一样,你不爱惜它,它也不会爱惜你,必要时可以约心理医生谈谈。"

从进屋到现在,这是她说的最多的话,裴陆听在耳朵里心里别扭,总觉得像是在人家专家面前耍大刀,说不出的尴尬。

等岑词离开房间后裴陆才反应过来,谁啊?谁焦虑了?他年轻有为、刚毅猛如虎的,怎么焦虑了?

不过,关于他焦虑的事,她是怎么看出来的?

"岑医生,你知道薛定谔的猫吧?同样的道理,如果有把量子枪,扳机是量子叠加状态,触发扳机的条件是原子衰变,那么每次扳机扣下之前,你存活的概率就有百分之五十,于是现实分裂成两个空间,其中一个空间里你被枪杀,但在另一个空间里那把量子枪没开火。所以从多元宇宙的角度来看,一个人永远无法完成自杀,因为你的意识一旦开始存在就不会消失,永远都有一个你在另一个世界里。"

湛小野坐在诊疗室的躺椅上,环抱蜷起的双腿,下巴抵着膝盖,说上述话的时候没抬头,眼角耷拉着瞅着墙角。挺漂亮一大男孩,但大半张脸都被帽衫的帽子挡住了。

十九岁的湛小野是岑词的病人,风华正茂的年龄却被鉴定出妄想症,家人带着他辗转了好几家心理诊所和精神疗养院,效果甚微。

岑词初见湛小野时,他管自己叫"戴帽子的猫"。

"一天晚上,有个人突然把他的帽子戴我头上了,然后我就变成了一只猫。

"那个给我戴帽子的人,就是我。

"不是长得一样,他就是我,为了只有一个我,他把我变成了猫。"

精神世界虚实不定,岑词接触过的这类病人不少,她推翻了之前心理医生对湛小野的诊断,判定他为恐惧症。他平时思维敏捷,隐匿在内心深处最根本的是恐惧帽子和黑夜,至于他口中的"我"和"戴帽子的猫"无非都是他对某种情形或物体恐惧的外衣。

在经过一个疗程后,湛小野开始出现"抗力",这是患者在接受精神治疗一段时间后很常见的反应,表现形式为不配合甚至不相信精神分析师所设定的情景,而湛小野用更高级的方式来诠释他的"抗力"。

薛定谔的猫是奥地利物理学家薛定谔提出的量子力学思维实验,湛小野提到的"量子自杀"也是量子学中的一个思维实验,由薛定谔的猫这一实验推论得出的。

大体就是诠释平行世界里,当你死亡时你的意识会在另一个世界复活并且生存,换句话说就是我们可以无限循环下去,也就是意识上的永生,所以又被叫作量子永生。

经了解,湛小野在物理学方面表现出异于常人的兴趣,所以能说出这番话岑词并不感到奇怪,但她很清楚湛小野想表达的是另一层意思。

果不其然,他再次复述了上次治疗时的观点:"另一个世界的我跑到了我的现实生活里来了,那怎么办?就只能让我变得不是我了呗。"

整个过程里岑词只是聆听,湛小野表达完观点后沉默了一会儿,终于抬眼看她:"如果另一个我来找你,你会不会把他当成是我?"

岑词抵着办公桌而站,对上湛小野似乎惶恐的眼睛:"不会,我能认出你俩谁是谁。"

"真的？你保证？"

"真的，我保证。"

湛小野似乎松了口气，然后倒头一躺。岑词就任由他去了，伸手按了桌上的节拍器，很快湛小野就合眼沉沉睡去了。

出现抗力的患者不宜强行治疗，尤其是湛小野十分敏感，刻意引导话题只会引起他的警觉。精神治疗堪比一场最精密的神经手术，不管是心理咨询师还是精神分析师都要对患者有足够的了解。

但精神分析师跟寻常心理咨询师有所不同，寻常心理咨询师基本上就是为伤口消毒杀菌，而精神分析师是要仔细研究伤口的形成再进行精心缝合，所以用在同一个患者身上的时间就较长了。

岑词去茶水间倒水的时候想着湛小野说的话：他就是我，为了只有一个我，他把我变成了猫。

这话跟闵薇薇对警方说的那句"我不是我"意思差不多。

但只是差不多。同样是岑词的患者，她很清楚闵薇薇和湛小野两人所遭受的精神疾病大相径庭。

为什么这么说？岑词在没见到闵薇薇之前无法得出定论。

能肯定的是，闵薇薇在治疗上的积极配合，落在警方眼里许就成了"操控"，作为顾问的她同时又成了嫌疑人。为此她调整了工作时间，在保证接手的个案能正常就诊外，剩下的时间都留给了警方。

经过调查，警方并没发现她有什么异常，所谓"操控"也没确凿证据，裴陆带着搜查令在她的会所里一顿翻找，也查不出什么来。末了裴陆跟她说："没有针对你的意思，周军目前的情况不乐观，我们不能放过任何一条线索。"

岑词没多说什么，表示理解。或许是她太配合了，弄得裴陆反而不好意思，又道："改天我也来坐坐。"

坐坐？这话倒是让岑词不解，片刻后她说："目前我没有名额接咨客，裴队如果有需要，我可以推荐其他医生给你。"

裴陆一愣，紧跟着听见身边的手下忍不住笑了，顿觉尴尬，道："那个，不急，回头再说，再说哈。"

裴陆那个人，照理说还没放下对她的怀疑，岑词这么想，也是这么认定的。

手指被烫了一下，跟着有手伸过来揿下饮水机热水键，助理羊小桃焦急问："岑医生，有没有烫伤？"

杯子里的水满了，沿着杯身流进隔水层里，哗啦啦地闷响。岑词收回手，没回答羊小桃的话，只是一动不动地看着杯面，热气在浮游，丝丝缕缕的，剪不断扯不断的。

手指火辣辣的，食指红了，被烫的。可不知怎的，食指冷不丁冒了血，汩汩而流，紧接着是拇指、无名指，最后是整个手掌。

湛小野的话神出鬼没地游离在耳边：岑医生，你相信这世上还有另外一个你吗……

岑词猛地一闭眼，再睁眼时整只手干干净净，哪还有半点血的影子？

羊小桃被她的反应吓了一跳，在旁咋咋呼呼："呀！都烫红了！我给你拿冰块！"

岑词忙阻止了她，被吵得脑仁生疼，她也不知道当初自己怎么就一念之仁招了这个姑娘。

羊小桃闭上了嘴，岑医生怕吵她是知道的，就是每次都不长记性。她换了杯温水，将水杯旁的水渍擦干净，递到岑词跟前小心翼翼地说："岑医生，有位姓秦的先生在会客室等你呢。"

岑词接过杯子说："这周没名额了，让他回吧。"

"他说他不是咨客。"

岑词打量了一眼羊小桃，随后道："对方长得帅吧？"

"嗯，可帅了，身材好个子又高……"羊小桃说到一半反应过来，声音越来越小。

岑词喝光了水，将水杯往水池里一放，抽了纸巾擦了嘴角，随后手指一攥，纸巾成团被扔进了垃圾桶："你是我助理，别为了一副皮囊坏了会所的规矩。"

羊小桃急急解释："我也不是因为他长得帅才帮着传话的，我就是因为他的身份特殊……"

岑词转头看她。

"他说他是闵薇薇的前男友。"

门会所成立以来，会客室就如同摆设，因为岑词从不在会客室面见咨客。

所以当风铃声响起时她脚步顿了一下，然后手搭在门把手上一拧，会客室的门开了。

午后的阳光不错，前晚下了初雪，雪衬着光更是耀眼。会客室的落地窗子外是庭院，可见被白雪压了枝头的云松和宛若水洗的碧蓝天空。

窗前站着个男人，穿着藏蓝色立领羊绒大衣，跟羊小桃形容的一样，风姿伟岸，背影挺拔，与窗外皑皑白雪和笔挺云松相衬，好似人在画中。

他在拨弄窗旁的风铃，阳光穿过他高抬的手掌，手形漂亮，手指干净修长。风铃是岑词从川蜀之地带回来的，后来就被羊小桃挂在会客室。

岑词觉得，手指干净的男人会给人很舒服的感觉。果不其然，男人转过身的时候，她心想，嗯，是挺帅。

眉眼俊朗，很温和，大衣的扣子没系敞着怀，腿也长。见岑词进来，他主动上前打招呼："岑医生你好，我是秦勋。"

岑词朝他伸手。两手相握时，她在脑子里努力搜索闵薇薇的人物关系。

彼此落座后，岑词开门见山："闵薇薇从没提过她有前男友。"

还有句话是她压着没说的，当初在治疗时闵薇薇表示周军是她的初恋，两人的爱情可谓是山无棱，天地合，乃敢与君绝。

秦勋微笑："很短暂的相处，之后她跟了周军。"

岑词从这话里听出端倪："她甩了你？"

"算是吧。"

岑词疑惑，上下打量秦勋。他于她对面的沙发上坐着，脸陷在光影里，衬得眉眼含蓄从容。着装有品位有格调，看着是个对生活很有品质追求的男人。

她见过周军，单从样貌上看，用"其貌不扬"来形容都算是抬举他。但周军有钱，早年家里就是做进出口贸易发财的，到了周军这代积累了丰厚的家底，周军以富二代的身份在国外镀了金，回国后混迹各大名利场，生意场上如鱼得水。

秦勋稳稳迎上她打量的目光，解释道："我平时工作很忙。"

岑词作恍悟状，倒是个挺合理的分手理由。闵薇薇是对情感挺依赖的女人，周军趁人之危鞍前马后赢得美人在怀也说得通了，那周军的财富会不会也是他赢了秦勋的原因？

岑词自认为挺了解闵薇薇的了，不承想她的感情生活还有这么一段不为人知的过去。

"秦先生如果是来问闵薇薇的情况,恐怕是白跑一趟了。一来闵薇薇是我的客户,她的隐私我不能泄露;二来,她目前的状况警方最了解。"

秦勋略作沉默,然后摸出烟盒,抬眼看着岑词:"介意吗?"

"介意,我们这儿禁止吸烟。"

"抱歉。"秦勋又将烟盒揣回去,极好的教养。

说实在的,岑词对他并不讨厌,相反,她不是很喜欢周军。

"是这样,"秦勋开口,"岑医生,我今天来是想知道闵薇薇为什么要杀周军。"

挺开门见山的,但这个问题……岑词反问:"秦先生去过公安局?"

"没有。"

"没去过公安局,第一时间来找我,秦先生认为是我指使闵薇薇这么做的吗?"

"岑医生太敏感了。"秦勋平心静气的,"我想,如果能知道闵薇薇杀人的动机,那么也许就能找到当初她突然离开我的原因。"

"突然离开你?"岑词微微蹙眉,"情人间的分手跟婚姻里的出轨一样,不会没有预兆,秦先生也说了,工作忙,没时间陪女朋友,那么被人挖了墙脚也没什么理解不了的吧?"

"不,就是突然离开,之前没有任何预兆。"秦勋盯着岑词,一字一句补充,"就好比你前一天还跟你的男朋友爱得死去活来,后一天就转头不认识他了。"

岑词听到这话,不知怎的心口像是被什么东西敲了一下,再看秦勋的眼睛,光亮又笃定。

秦勋接着说:"我和闵薇薇都没有提出分手,可突然她就爱上了周军,而且不再认识我了。"

岑词不觉得意外:"假装不认识,这也是忘却前尘的办法。"

秦勋笑了:"不少人都知道岑医生这里不好进,我来浪费岑医生的时间,难道就是想跟你诉说我是怎么被抛弃的?"

话音刚落,羊小桃敲了两下门进来了,将泡好的花茶倒了两杯,放下后不着痕迹地看了秦勋一眼。会客室的门没关实,她正好听到一耳朵,心想,这么帅的人被甩了?闵薇薇还真是品位奇葩啊!

秦勋跟羊小桃道了声谢,羊小桃顿时脸红了,客套了两句赶忙退出会客室。

岑词沉吟片刻,说道:"也就是说,现在你在闵薇薇眼里就是个陌生人?"

"是,关于我跟她的过往,所有的她都不记得了。"

岑词一时间不知道该说什么,在秦勋的口中,她听到的是一个不一样的闵薇薇。她想了想,问他:"有以前的照片吗?合照之类的。"

"没有。"秦勋回答得干脆,见岑词面露疑色,又道,"刚刚我也说了,我们在一起的时间不长。"

瞧样子真就是来找答案而并非寻回旧爱了。

"岑医生,"秦勋又道,"我想见闵薇薇,我知道警方会安排你跟闵薇薇见面。"

"有件事很好奇。"岑词没说同意也没说不同意,"闵薇薇在我这儿治疗了一个季度,这期间你完全可以找她问个明白,但她没提过你而我也没见过你,倒是周军来接送她很多次,所以,我凭什么相信你?"

秦勋笑了:"你不知道我,所以就算我痴缠了闵薇薇她也不会跟你说,岑医生,你就当我心里不服气吧,另外……"他起身掏出名片,递到她跟前,"我不是骗子,放心。"

岑词接过名片一瞧,上头写有"蓝广传媒",然后是他的名字,职位是合伙人、总经理,再下面就是一个电话。

没有花式头衔,没有微信号、邮箱之类的信息,干净得就跟他给别人的感觉一样。

他的意思很明确:一来,他没必要撒谎;二来,不论是从样貌还是财力上,他都有本事跟周军争一争的,所以心里不服气也是自然的事。

"更重要的是,"秦勋没回沙发上坐,居高临下看着她,"我相信岑医生很好奇闵薇薇的情况,甚至是她没说出来的过往,这些我都可以帮你。"

岑词抬眼看他。他眼里似含笑,又像是邀请,这样一双温和的眼,怎么看事情就能一针见血呢?

过了许久,岑词冷不丁问了句:"秦先生,我们以前见过面吗?"

关于周军被捅,闵薇薇给警方的理由是:我只看见他浑身是血……是,当时我手里有刀,我也不知道为什么刀子会在我手里,总之我没捅他。

面对裴陆的审讯,她说得干脆:"我会看上他?未婚夫?裴队你别开玩笑!"

关于她跟周军的相处也不是没有见证人,除了岑词和住家保姆外,周军的朋友和家人都能证明两人的关系。还有周军住所里闵薇薇的生活用品,以及两人旅行时的亲昵照片。

证据摆到闵薇薇面前时,她还是那句话:"我说了,这不是我,为什么会这样我也不清楚。"

岑词按照警方规定的时间来见闵薇薇的时候,身边跟着秦勋。裴陆对着秦勋好一番打量,岑词拢了一下头发道:"他是我助理。"

裴陆双手交叉于胸前:"助理?上次我去的时候没瞧见男助理。"

"我出差刚回来,你好裴队。"秦勋朝着裴陆一伸手。

裴陆伸手与他相握,客套是有,重新估量的成分更多,这次打量的时间更长。秦勋倒是大方,任由裴陆的目光跟伽马射线似的来回在他身上扫。

两人离开后,手下凑到裴陆跟前,朝着秦勋的背影一扬下巴:"长这么帅,岑医生这是找助理还是找代言人呢?"

裴陆抽出根烟叼在嘴里,哼笑:"她说是助理你就信?"

"啊?"手下愣了愣,好半天啧啧了两声,"可惜了。"

"可惜什么?"

手下状若惋惜,摇头道:"白瞎这张脸了,卷进这么个糟心的案子里。"

裴陆越品这话越觉着不对劲,手夹起烟,抬手照着他后脑勺就是一下子:"我不帅吗?!"

在进屋见闵薇薇的前几秒钟,秦勋笑着压低嗓音问岑词:"你觉得裴队信吗?"

"不信。"岑词说得直接,"因为我在撒谎的时候做了多余的动作。"

"所以有时候人很奇怪,明知道问题出在哪儿还会频频在一个问题上栽跟头,岑医生,你说这是惰性中的明知故犯还是人性里的自我逃避?"

岑词的手搭在门把手上:"都不是,只能说明我不擅长撒谎,又或者我是个演技很差的精神分析师。"

闵薇薇的状态不是很好,甚至可以用很糟糕来形容。面对裴陆的时候她尚且能扛,等见到岑词后整个人就垮下来了,她死死攥着岑词的手,指关节都泛白了。

不过才两天的光景,她看上去形容枯槁。除了律师,岑词成了闵薇薇的救命稻草,所以没等岑词开口,她眼泪一下子就冲出来了。

"他们说我伤人,可我压根儿就不认识他啊!岑医生,你是了解我的,我哪有未婚夫啊!"

岑词也以为自己是最了解闵薇薇的。

"闵薇薇,你认识他吗?"她示意了一下身边的秦勋。

闵薇薇抬眼看了看秦勋,摇头,仍旧攥着岑词的手:"你一定要为我做证啊!"

汤图打电话过来的时候,岑词正在翻看闵薇薇过往的诊疗资料。闵薇薇的事瞒不住,红人的身份,平时就有狗仔队守着、盯着,一点风吹草动都恨不得掀起血雨腥风,更别提突发捅伤人事件。

"听羊小桃说诊所外面围了不少记者,我刚才打了几遍诊所电话,占线啊,咱们诊所开业那天都没这么热闹呢。"汤图的嗓音脆生生的,背景有海浪声。

门会所的前身原本是家名不见经传的心理诊所,汤图是原始股东之一,后来汤图说服岑词技术入股。起了这么个名字,缘于当初她们正在逛家具城给诊所选门板。

岑词说:"就叫门吧。"

站在门外迷茫,推开门明朗。寓意还不错,汤图举双手双脚赞成,诊所由此更名。

汤图跟岑词同龄,眼界挺高的姑娘,一般人瞧不上,唯独把岑词放在眼里。

两人是在一次心理学研讨会上认识的,那是岑词参加的第一场也是最后一场学术研讨会。岑词觉得汤图穿得不伦不类不像是个搞心理的,汤图觉得岑词性子冷冷淡淡不像能分析人的。

两个啥都不像的人一拍即合,成了无话不谈的朋友,还成了工作搭档。

许是两人真是八字太合,找上"门"的患者络绎不绝,口碑很快就打出去了,再后来汤图家里急需钱,她就变现了股份替家里填窟窿。岑词念着交情,始终不肯将汤图从股东名单里剔出去。

汤图就笑骂她不是个生意人,这算盘打得一塌糊涂。岑词淡淡回应,她从来就没当自己是个生意人。

外冷内热,汤图了解岑词。挑剔却有义气,岑词明白汤图。

岑词打了内线,要羊小桃端杯咖啡进来,手机搁在办公桌上,开着免提,聊天的同时没耽误看文件。她说:"没错,咱们诊所现如今的名气更上一层楼,所以,你还打算死守着你的惊鸿一瞥不回来围观是吗?"

汤图去外地了。最开始是为公事,后来在海滩上惊鸿一瞥了一个帅哥,性质就变了,公事处理完,人就成天往海滩上一躺,守株待兔。

一晃七天过去了。

汤图在电话那头笑:"我这不就是在遥祝吗。"

岑词一撇嘴。

"言归正传啊。"那头清清嗓子,"你确定之前没得罪过闵薇薇吗?这件事怎么看怎么都像是她故意的,现在网上把你说得可邪乎了,操纵意识犯罪什么的。"

"嘴长在别人身上,想怎么说我也管不了。"岑词并不被流言蜚语所扰,手里的文件一合,"至于闵薇薇,她没说谎。"

"你的意思是,她真不记得周军了?"汤图惊讶。

"是。"岑词语气稍显沉重,"疗养院那边给出的结论是精神分裂。"

汤图沉默了片刻,说:"不管是出于朋友还是股东立场,我都觉得现如今闵薇薇被疗养院接手挺好的。不想让咱们诊所名誉受损是其次,主要是不能让你在这件事上背锅。"

"可她不是精神分裂。"岑词强调。

汤图叹了口气:"那你有办法证明吗?"

岑词静默了一小会儿,说:"这件事总要查明白的,不是吗?"

羊小桃端着咖啡进来正巧听了一耳朵,咖啡杯往桌上一放,语气不满道:"岑医生,那个叫裴陆的就是在怀疑你呢,要不然干吗让疗养院接手闵薇薇?要我说你就别管了,网上的声音太难听了,而且我越想越觉得这就是闵薇薇在推卸责任,好端端的怎么就不记得周军了?"

岑词笑了,反问羊小桃:"你不怀疑我吗?也许真是我操纵闵薇薇的意识呢?"

"我相信岑医生有这本事,但是,我更相信你的为人!"羊小桃挺胸昂首,慷慨激昂,"我现在就披着马甲在网上跟那些喷子对骂呢!反正有人说你坏话我肯定不饶他!"

"没必要……"

"有必要,你什么都不解释,别人就会越描越黑!"羊小桃摩拳擦掌的,"我觉得趁记者们都在,你就跟他们说清楚。"

将羊小桃打发走后,手机那头笑说:"我一直觉得你对羊小桃不是很好,没想到这丫头对你还忠心耿耿的呢。"

岑词也没想到羊小桃能这么为自己打抱不平,她性子冷淡,除了汤图,好像就没对谁掏过真心。她是个从事心理工作的,却不知道该怎么跟人相处,这件事说出来倒是挺可笑。

"其实羊小桃说得也对,这件事你可以澄清一下的。"

岑词想都没想,回得干脆:"我只要对闵薇薇负责就行,没必要对别人解释什么。"

汤图在那头扑哧笑了:"知道你讨厌面对镜头,你要是真能对着记者把自己择干净了,那还真不是我认识的岑词。得了,你想怎么做就怎么做,别委屈自己。"

岑词"嗯"了一声,心口泛着暖。

汤图是个性格干脆的姑娘,话一旦这么吐口,就绝不会再磨磨叽叽说些车轱辘话了,临挂电话前她问了句:"羊小桃说的裴陆是谁?"

门会所这两天可谓是风头大盛,有关精神分析师操控意识一说也频频登上热搜。

还差一个解释,但总不见这个解释。记者打通门会所的电话,得到的答复是:不好意思,负责人不在。

负责人不在只是托词,因为门会所还在正常营业。作为门会所里唯一一位打杂兼助理的羊小桃,在岑词面对大风大浪不为所动的"感召"下也顿悟了,少了急躁和不安。

就像岑词说的,所有的罪名都是大家意淫出来的,连警方都没定她的罪呢,需要跟外面解释什么?羊小桃怕是这辈子最佩服的就是岑词,明明是弱小女子,却能活出汉子般的心胸和沉稳来。

这些日子岑词都是公安局和疗养院两头跑。

裴陆没放松她这条线，三天两头的问话总是有的，而疗养院给出的结论岑词又接受不了，所以总会尽可能地去面见闵薇薇。

几天下来事情并没太多进展，唯一欣慰的消息就是周军从重症监护室里推出来了，脱离危险。

岑词接到这个消息时是晚上八点。许是因为这个消息，她到了门会所没再瞧见记者的影子。

羊小桃还没下班，见岑词回来了，朝着会客室的方向努嘴示意。她顺着羊小桃的视线扫了一眼过去，说了句"知道了"，便让羊小桃下班了。

秦勋能在会客室出现，岑词并不意外，只是她没想到他能等这长时间，据羊小桃的描述是，他六点左右就来了诊所。

会客室开的灯是暖光，在萧索的冬夜里显得温暖。秦勋安静地坐在那儿翻看杂志，他穿了件米色毛衫，沙发扶手上搭着他的羊绒大衣。他看着不像是在等人，更像是这里的主人，静候一场冬雪降临。

听见动静他抬头，见是岑词，微微一笑。不疾不徐，这般风度岑词倒是挺喜欢。

岑词走到茶水区倒了两杯茶，没说什么。等她端着茶在秦勋对面坐下后，他将杂志合上放到一旁，轻声说："这些天你一直都在躲我。"

岑词将一杯茶放在杯垫上，推到秦勋面前："秦先生会错意了，我只是不想见你。"

秦勋被她逗笑："有区别吗？好像都有把我看成是洪水猛兽的意思。"

岑词抬眼看他："有区别。我躲你，那是因为有可能我做了亏心事，但我不想见你，是因为我觉得没必要在不坦诚的人身上浪费时间。"

"不坦诚？"秦勋微微挑眉。

"你不是闵薇薇的前男友。"

记不记得是一回事，认不认得又是另外一回事。那天在公安局，闵薇薇只是扫了一眼秦勋然后摇头。一个人在面对自身利益受损的情况下，面对陌生人可不就是这种反应，哪怕对方貌若潘安也没心思多加关注。

如果真像秦勋所说他们有过一段情，那闵薇薇总会对他有些迟疑才是。

原本，闵薇薇的状况对于秦勋是否撒谎一事给不了任何参考，毕竟她也斩钉截铁地说自己不认识周军。可就在那天，闵薇薇出现了些状况。

那天，闵薇薇在见到岑词时泪眼婆娑，称她并不认识周军，更不会企图杀害周军，可没过一会儿，闵薇薇突然又说，她看见周军全身是血躺在地上，她很害怕，不知道发生了什么事⋯⋯

岑词对闵薇薇的说辞敏感，问她："你知道周军是谁？"

闵薇薇红着眼说："他是我未婚夫啊，岑医生你是怎么了？"

秦勋端起杯子呷了一口茶，不慌不忙地反问："事到如今，你还认为闵薇薇的话可信吗？"

岑词噎了一下。

闵薇薇目前的状况更偏向于人格失调分裂，上一秒不认识周军，下一秒又知道周军是自己的未婚夫，两种状况交替出现，唯一的相同点就是，她不承认自己伤害了周军。

岑词后来又见了闵薇薇几次，她都是这种状况。所以秦勋说得没错，这个时候不管闵薇薇记不记得他，都已经成了无法判定的事。

"目前来看，闵薇薇的情况很复杂，所以秦先生，我现在给不了你任何答案。"岑词避开"是与不是"的话题，"秦先生如果是出于旧情，那可以去疗养院探望闵薇薇，如果是纠结因由，倒不如跟我说说你俩的过往。"

"岑医生还是不相信我啊。"

"你我认识时间不长，我不相信你很正常吧？"

秦勋未恼："你有戒备我能理解。"他起了身，抄起沙发扶手上的羊绒大衣，"走吧。"

走？岑词不解。

"越是重要的事就越要慢慢讲。"秦勋逆着窗外的月光站着，眉宇间平添了几分柔和，"再说了，上门都是客，我又等了这么久，岑医生总得请吃饭表示一下吧。"

航班抵达南城的时候是晚上九点。

汤图开了手机就接到羊小桃的微信，告知车子停在 P2，南侧入口 535 号，并附了张位置图。

南城机场年初刚扩建完毕，面积是原来的三倍，不但吸纳了大量的商家，而且功能区的化分更规范。地上一改动，地下停车区也跟着动，进出口多了，方便交通，但对于方向感极差的人来说去停车场就成了耗时耗力的事。像是岑词，平时特理智，一到找路就犯糊涂，迷路这种事对她来说是家常便饭，哪怕是导航，遇上岑词都是白搭。

等电梯下停车场的加汤图共有三人，那一男一女是对情侣，卿卿我我的，看得汤图直感慨，这真是有情饮水饱，秀恩爱秀得旁若无人啊。

隐隐传来嘈杂声和脚步声。电梯门开了，汤图也没左顾右盼，跟着前两位腻歪的人进了电梯。

可没等电梯门关严，一把刀子朝着两门之间的缝隙插进来。汤图是最后进电梯的，按了电梯键后就面朝电梯门站立，穿进来的刀尖离汤图的眉心就只有三四厘米，身后的女孩子吓得一声尖叫。

电梯门开了，刀子的主人冲了进来。汤图僵在原地没动弹，出现在她面前的就是一西装革履的男人，但穿得不周正，领带歪了，大衣里头的衬衫扣子扯开了大半，一脑门子汗，呼吸急促。

听见尖叫声，男人手持刀子朝那女孩一指，气急败坏地低吼："闭嘴，不准叫！"

女孩噤若寒蝉，女孩的男伴怎么说都能算得上是堂堂七尺男儿，结果腿一软扑通跪地上："别别别，大哥，有事好商量，别杀我们……"

"给我闭嘴！听不见吗！"持刀男子看上去更狂躁，另外一只手拼命按电梯键。

电梯门缓缓关上，汤图借着一线缝隙瞧见朝着这边跑过来几个人，带头的是个穿深色夹克衫的男人，身形挺拔，冲上来就要按电梯，还是晚了一步，气得他骂了句，随后喝了一嗓子："楼梯！"

两小时前裴陆接到报警电话，一男子携带利器在大街上，看着情绪十分激动，遇上阻拦者，他便挥舞着刀，有伤人倾向。裴陆带着手下迅速出警，不想那男子已逃离现场，他们于是一路追踪到了机场。

带着手下冲到地下停车场时，裴陆已经做好了扑空的准备，甚至在下楼梯的时候就在想，一旦人跑了，他要从哪个口子追最稳妥。

结果令他惊讶。

电梯门没关，两门之间搁了个橡胶路锥。持刀者没跑，竟蹲在地上，埋着脸抱着头肩膀直抖，刀子也扔在地上，离脚边能有半米远。

陪他一同蹲着的还有个女人。穿着米色大衣，短发，五官清秀，蹲着的时候衣摆遮到小腿，穿了双平跟绒毛鞋，露出脚踝。裴陆的目光扫过去的时候，都觉得自己的脚踝骨凉飕飕的。

她不知道在跟持刀者说什么，声音低柔，时不时还拍拍他的肩膀。她身后那两人的状态就不怎么好了，男的似乎腿软站不稳，女的也一脸害怕，搀着那男的，骂声还发颤："你行不行了……还是不是个男人了。"

裴陆给了手下一个眼神，两名刑警迅速对那对男女进行隔离，另一名刑警小心上前想要夺走刀子。还没等靠前，蹲着的女人抬头，做出了个阻止的手势。

裴陆一怔，那刑警扭头看了他一眼，等着指示。裴陆不知女人是什么身份，而且持刀者还在她身边，也不敢轻举妄动，便示意手下暂停行动，等待。

双方僵持了些许时间，那两人已被带回车上协助调查。裴陆保持警惕，持刀者是个什么情况他不得而知。

突然持刀者站了起来。裴陆条件反射拔枪厉喝："不准动！"

持刀者一时间僵在原地，片刻才反应过来，猛地朝前一抓。裴陆反应迅速，冲上去一脚踢走刀子，腾出手将旁边的女人推开，下一秒将持刀者制伏，他的手下也冲了上去。

等持刀者被带走，裴陆这才发现自己手重了。上前扶的时候，她没伸手，坐在地上仰头看着他，眼睛挺亮的："警察？还是黑社会的？"

裴陆被逗笑了，俯身拉她起来："你见过这么一脸正气的黑社会吗？"

她抿嘴一笑。

"不好意思，刚才情急之下没收住手劲。"裴陆道歉，"你没事吧？"

"嗨，没事，警察同志也是心系群众嘛。"

"感谢理解。"裴陆言归正传，"刚刚在电梯里有没有受伤？"

她摇头："持刀者没有伤人的意图，除非把他惹急了。"

"你是从事谈判工作的？"裴陆想到刚刚那幕。

"从事心理研究。"

裴陆微微一愣："很感谢你的协助，另外，还得麻烦你跟我们回趟公安局做个笔录。"

"没问题。"

"女士怎么称呼？"

"汤图。"

秦勋选了家餐厅，人均消费全城最高，换来的是观景位上的无限风光。

市区霓虹当道，就跟一带银河似的蜿蜒深远，只可惜了月光，清冷寡淡。

前菜撤去，主菜还没上的时候秦勋提正事了："闵薇薇是记忆上出了问题吧？"

这么一针见血倒是让岑词有些措手不及，毕竟现在所有人认定闵薇薇是典型的精神病。

她思量着该怎么开口，而秦勋问了这话后也不像是想要迫切知道答案，又问："记忆这个东西，岑医生觉得可靠吗？"

岑词一愣，微微皱眉："你什么意思？"

"或者换句话说，岑医生相信自己的记忆吗？"

"当然。"

秦勋笑了，倒了两杯红酒，一杯推到她面前："这么肯定？"

岑词没碰酒，反问："难道秦先生不相信自己的记忆？"

"事无绝对，这就好比眼见未必是事实，记在脑子里的也未必就是真实发生过的。"秦勋四两拨千斤，端起酒杯轻轻晃了一晃，"岑医生有没有过这种时候，会对某一场景或者人感觉很熟悉，但事实上你从没经历过那个场景，也不认识那个人。"

岑词神情挺淡然："既视感，这种情况基本上人人都经历过吧。"

秦勋微笑："用你们的专业解释一下呢？"

主餐上桌了。

岑词点了一小份的惠灵顿牛排，刚上桌就能闻得到百里香混合蘑菇的香气。她不紧不慢地拿刀切了一小块叉入口，微微点头，顺着酒杯抿了口酒。

"牛脊肉可以再新鲜些，不过好在百合香把味道提升了一个层次。"她的拇指和食指捏着高脚杯的杯脖，轻轻转动，里面的酒微微晃动，有红色涟漪的光亮落在她白皙的手背上。

秦勋看了一眼她的动作，目光微微一沉。

"既视感，说白了就是对没发生过的现象或场景在某一时刻发生了感觉熟悉，这种现象在我们心理学上讲，就是人的知觉和记忆产生直接联系，并且相互作用由此产生了一种作用力。"

岑词看着酒杯里晃动的红色波澜，继续说："记忆是我们通过对事物的视觉而进行分辨的能力，而我们的知觉就是对事物或人的感觉。大脑会及时反映某种熟悉场景所产生的记忆，反馈到大脑分支，大脑的各个分支记忆再进行组合，就会产生熟悉感。而大脑皮层也具有反射弧，一旦被触动，就会调动大脑皮层中的反射信号，再将这种信号传达给记忆，就会有相同情景的展现，这也是我们常说的'似曾相识'的由来。"

说完这些，她看着秦勋："不知道我这么说，在秦先生看来算不算是通俗易懂。"

"岑医生高估我们圈外人的理解力了，不过，"秦勋放下杯子，身子往椅背上一靠，"幸好我认识一位朋友，他从事记忆课题研究，所以我听岑医生的这大段话倒是也能理解。凑巧的是，我那位朋友做的就是知觉与记忆的研究。"

这倒让岑词没想到，她问："你朋友研究知觉与记忆？"

秦勋笑着点头。

"你朋友怎么称呼？"

"沈序。"

"沈序……"岑词轻喃，这个名字从舌尖滑过时，竟像是冷不丁从她心头划过一道口子似的。

秦勋盯着她："岑医生知道沈序？"

岑词摇头。

"那真是遗憾，如果他还在，说不定跟岑医生会有很多共同语言。"

岑词狐疑："如果他还在？"

秦勋垂眼，神情微沉。

"这个人……"

"他失踪了。"秦勋抬眼看着她，语气缓慢低沉。

岑词看着秦勋的眼睛，他目光里像是藏了种异样的东西，深沉悠长。

"失踪？"

秦勋还在盯着她，沉默，跟平时温文尔雅有些不同。

这种注视令岑词很不舒服，弄得就好像是她把这人弄丢了似的，刚要开口，就见秦勋说话了。

"闵薇薇压根儿就不是精神问题吧？"

这次换岑词打量他了。

"岑医生你要知道，在闵薇薇这件事上我没有敌意。"秦勋说得诚恳，"说白了，我只想知道她的情况。"

"那秦先生也应该说实话才行吧。"

秦勋放下酒杯："好吧，我的确不是闵薇薇的前男友。"

闵薇薇是名人，刺伤未婚夫一事当晚就传开了，用秦勋的话说就是，他早就得知了消息，并且第一时间找上闵薇薇的精神分析师岑词。

"相比闵薇薇，我对这件事，尤其对岑医生更感兴趣。"

岑词闻言没恼，只是心平气和地问他："秦先生是闲得慌吗？"

"不闲，更多的是想参与其中。"秦勋微微一笑。

岑词看了他半晌："既然你承认不是闵薇薇的前男友，说明你就是个局外人，同时你也不是从事心理行业的，换言之就是个圈外人。一个局外人加圈外人跑过来跟我说，想参与其中？秦先生，换作你是我的话，会相信吗？"

秦勋打量着她，片刻后低笑一声。

岑词不解他的反应。

"不少人都说岑医生不好相处，今天算是领教了。"秦勋从容，没怒没恼，"岑医生，说白了我只想替朋友完成心愿，我想换作是他他也会第一时间来找岑医生。另外，这件事万一没有表面看上去那么简单，作为局外人的我跟你配合，恰恰是最合适不过的了。"

这番理由听着似乎顺耳多了，至少让岑词有了迟疑。

手机铃声响起。岑词从包里掏出手机，看了一眼，陌生号码。

"简单来说，段意应该是患有躁狂症和强迫性神经症，其实当时他没有伤人的打算，只是在情绪上无法控制。有关病因的形成，还需要进一步了解才行。"

公安局，汤图向裴陆就之前机场男子意图伤人事件发表了简单的看法。

持刀男子叫段意，当时冲进电梯的时候汤图看得仔细，这人眼里没杀意，有的只是焦躁紧张，就像头困兽似的意图挣脱牢笼。

"所以当时我赶到的时候，你其实是在安抚他的情绪吗？"裴陆问。

汤图点头："我是心理治疗师，面对这类患者多少还是有办法。但在这期间不能受外界干扰，否则患者的情绪会再次反复，情急之下就有可能发生伤人事件了。"

当时刀子已经被段意扔了，虽说离他脚边不远，可实际上他伤人的概率极低，而当裴陆拔枪相对时，情况就不一样了，在段意眼里那是威胁将至，势必会做出反扑。

裴陆听汤图这么说，想到当时的场景，有些过意不去，更别提还扭伤了人家姑娘的脚。

岑词赶到公安局，一眼就瞧见汤图跟裴陆相谈甚欢。刚刚电话是公安局打来的，没说详细情况，只是叫她来公安局接人。等了解情况办完了手续，裴陆似认真似玩笑地同她说："先是你，然后是你同事，看来，我跟门会所还真有缘啊。"

"闵薇薇的精神没问题，是有人动了她的记忆。"

接到汤图后两人没回门会所，直奔了岑词家。

岑词家位于新城区，安静得很。新城区地势高，相当于蜿蜒而上的生活区，所以每到入夜，从新城区的方向往下看，就能瞧见老城区那一片片的灯海。

汤图之前住老城区，后来赶上岑词对面屋的业主卖房子，汤图干脆利落地把老房子一卖，跟岑词做了邻居。

岑词煮了一大壶山茶，氤氲热气，淡淡茶香，温暖了南城的寒夜。盛了茶，岑词就闵薇薇目前的状况发表了看法，相比之前的通话，她这次的态度更明确。

只是岑词低头凝思，并没发现汤图持杯的手一顿，继而放下杯子，问她："你说有人动了她的记忆……是什么意思？"

岑词闻言抬眼看她，奇怪："你在问我专业上的问题？"

汤图笑得尴尬："我是觉得这种可能性很低。"

岑词没说话，抱着茶杯走到落地窗前，窗外是沉沉夜幕，再远处是灯火通明的熙攘街市。

汤图呷着茶，心思不在这杯茶上："朝夕相处的未婚夫，说捅一刀就给捅一刀，然后扭脸说不认识，我觉得她更适合去直面犯罪专家。她是你的客户，如果她有异常，凭你的本事不会发现不了。"说到这里她停顿了一下，"除非……"

"除非闵薇薇在找上我之前，她的记忆就被人动过了。"岑词转过身，轻声说。

这也是汤图想到的可能性。如果确定闵薇薇是记忆问题，那她的记忆什么时候出的问题？一个人的记忆不会平白无故出现异常，除非受到外界或自身生理变化的影响。

但这种只会出现记忆缺失的情况，跟被篡改不同。篡改，只能是人为。

"篡改记忆的前提是接受催眠，我不知道闵薇薇是在什么情况下接受的催眠，她在我这儿诊疗期间并没有发生记忆缺失或混乱的状况，直到她对周军挥刀相向。这就像极了她脑中深埋着的催眠指令被激活，导致她的记忆被更改。"

汤图看着她："你确定？"

"确定。我在疗养院的时候给闵薇薇做了一次催眠，发现的确是有人给她下了指令。"岑词走过来坐下，眉头微皱，"可是，我找不到解码。"

催眠师在为个案催眠时，埋下指令的同时也会留下解除指令的密码，也就是解码，这才算是一个完整的催眠过程。

"你说，"岑词盯着汤图冷不丁问，"有没有可能存在没有解码的情况？"

汤图一怔，片刻后说："应该……不会有这种情况发生吧，这涉及职业操守问题。"

岑词双臂环抱蜷起的腿，喃喃道："如果对方就是没有职业操守呢……"

声音很低，汤图在这边却也能听得清，她端起茶杯，喝不进去又放下："闵薇薇是名人，常年精神压力大，在你之前接受过催眠也很正常。小词，我觉得这件事是你想多了，可能真相很简单。"

岑词不语。

茶又煮开了一茬，她始终没动，汤图不知道她在想什么，探身舀了茶水出来。好半天岑词才开口说："闵薇薇是我的客户，总不能模棱两可地糊弄过去，否则也会砸了门会所的招牌。"

"这倒是,但现在周军还没醒,我们所能了解到的还是比较片面,还是等他醒了吧。"汤图建议。但汤图又是了解岑词的人,生怕她在这件事上越钻越深,下一句便转了话题:"那个叫秦勋的,长得挺帅啊!"

岑词的心思还在闵薇薇身上,好半天才反应过来:"哦,挺帅。"

"那你怎么想的?想让他参与吗?"汤图问完又马上表态,"我觉得这件事吧,参与的人越少越好,他毕竟是个外人。"

岑词想了想,"嗯"了一声,多余的话没说。

虽然喝了酒,但秦勋还是充分发挥了绅士品格,喊了代驾一路将她送到公安局,再耐心等待送她们回家。等他离开后,没等汤图问,岑词就把秦勋的情况及目的交代清楚了。

汤图笑:"说不定接近你有其他目的呢。"

岑词不解。

"窈窕淑女君子好逑啊。"

岑词愣怔了片刻后反应过来:"瞎说什么呢,我跟他充其量就算是萍水相逢。"

"缘分这玩意儿不都是从萍水相逢开始的?"

岑词瞪了她一眼。

"哎,"汤图清清嗓子,"那个,原来带我回公安局的就是裴陆啊。"

这话题转的。

岑词挑眉:"犯花痴了。"

汤图嘻嘻哈哈的,坐直道:"你说这世上的事儿巧不巧,我前些日子不是守株待兔了吗。"

岑词反应快,愕然:"裴陆就是那只兔子?"

汤图感叹:"真是一眼见到自难忘,二眼见到想拥有,这可真是神仙缘分呢。"

岑词也在心里感叹,这种事也是"活久见"啊。出个差,闲得无聊的工夫一个蓦然回首,冷不丁发现个俊儿郎,思之念之盼之,甚至推了归期,就为了再见这俊儿郎一眼,结果没能如意。岂料山水有相逢,兜兜转转竟又有了第二次交集。

汤图问："你说，裴陆那种人好追吗？"

"你问我啊？"她跟裴陆又不熟，"女追男隔层纱，应该……不难吧。"

汤图还认真去想了，想了半天又问岑词："我该怎么追他好呢？他是做警察的，也不知道他喜欢什么，总不能我时不时逮几个小偷给他送去吧……"

岑词对她无语，这想法也是没谁了。

第 二 章

入了夜的南城像是拥有两张面孔的少女，一面安静一面活泼。老城区的熙攘影响不到新城区的安静，新城区的霓虹绕不过老城区的繁华。

秦勋目光所及的是老城区的万千灯火，只是所处楼层高，隔着落地窗也顺带地能瞧见新城区的静谧。

房间里只亮了角落里的暗灯，有传真资料过来。不多不少，一张张摞过来足以概括一个人的半生。秦勋拿在手里看了许久，资料详细，出处真实。他合上资料，第一页上附带着一张照片——岑词。

他点了支烟，轻烟恍惚了照片里的模样。

手机响了。

接通时秦勋没说话，那边先开口了："但凡能获取的资料都传给你了，我看了，挺详细的。"

"嗯。"

"你觉得她可疑吗？"

秦勋夹烟的手落在资料上，照片里的岑词身穿素色衣衫，微微抿唇，神情淡然，不见微笑却也不见疏离。是抓拍的，她像是在看着某处，可又像是透过某处在看更远的地方，又或者是在看什么人，目光悠远。

"目前证实不了她跟沈序的失踪有关。"他弹了烟灰，"还要继续接触看看。"

那边沉默了许久，才道："这么多年了，你有没有想过……"

剩下的话没说完，像是怕破了某种禁忌，一切也就尽在不言中了。

通话结束后秦勋坐在椅子上久久没动,指间的烟在一点点燃烧,橙红色的光亮在渐渐暗去的霓虹光亮中显得扎眼。直到烫了手指,他才反应过来,手指一抖,大半截的烟灰就落了。

不是没想过,种种可能都想过,包括死。

秦勋掐了烟头,反手敲亮了电脑,在应用程序里点了最角落的小企鹅,许久没登录了,一时间他想不起密码来,连续试了几次才登录上去。

对话页面只有两人,一男一女,QQ上标配的头像,全都是灰色。

不在线。

秦勋下意识地把自己的头像设置成在线模式,可转念一想,现如今他或隐身或在线还有谁关注吗?

他将光标落在女生头像上,女生网名叫作挽安时。点开对话框,有聊天记录,不少。由初相识的偶尔几句,到熟识之后的你一言我一语,再到郎有情妾有意……可后来就成了一人的说话。

"今天过得好吗?

"在忙什么?

"最近很忙吗?一直没见你上线。

"大年夜下雪了,你也在看雪吗?

"到惊蛰了,你说你怕虫子,平时注意防护。

"今年的雨水多,平时出门别忘了带伞。打雷的时候多听听音乐,或者看个电影。

"在吗?

"已经好久没见到你了,已经不用QQ了吗?"

"…………

"还不在吗?这些年发生了好多事……

"我只是想说……"

最后这行字显示的时间是在半年前,打字的人没打完这句话,对方也始终不见回话,就如同过往的每一句问候之后的命运。

他只是想说,我有些想你了。

再见闵薇薇的时候,她沉默了许多。

今天阳光出奇地好，就像是晃眼能到春夏似的。闵薇薇坐在院内的长廊上，看着草坪上三三两两的人不知在想什么。

没了摄像头没了闪光灯，不施粉黛的闵薇薇看着倒不憔悴，只是略显苍白。周军醒来之前，闵薇薇都要待在这里。

岑词陪闵薇薇聊天时，目光总能扫到停车场上的那辆车，停在银杏树下，叶子七零八落的不见几片，年头久了枝丫茂密茁壮，阳光落下来，铺在那辆车顶和前挡风玻璃上也都是斑驳一片。

"你再仔细想想，在我之前，你还找过哪位心理治疗师，又或者接触过哪些从事心理行业的人？"岑词问她。

闵薇薇没收回目光，但回答得挺肯定："除了你，我没找过也没接触过任何心理行业的人。"

岑词思量着她这话的真实度。

闵薇薇不再看草坪了，蜷起腿作环抱状，她问岑词周军的情况。岑词如实相告，目前周军虽然脱离危险，但还没醒来。

闵薇薇看着有些委屈，下巴抵着膝盖，道："岑医生，我真的想不起来为什么要伤害他，但如果他因为我没命的话，那我也愿意一命偿一命。"

没有前两天的歇斯底里，现在的闵薇薇就跟拔了刺的刺猬一样，平静又麻木地接受命运的安排。

"你现在能想起多少跟周军相关的事？"

闵薇薇低垂着头没作答。

"闵薇薇？"

"岑医生，"闵薇薇的声音很小，"我真的病了，对吧？"

岑词不知道怎么接。

"也许我是真病了。"闵薇薇低低地说，"所以，你就别管我了，就让我在这儿吧，这样的话可能对谁都好。"

"你是我的客户，不是说我不管就能不管的。"岑词虽从事心理行业，但这种情况下安慰人的话她最不擅长，只能拍拍她的肩膀，"前提是你要配合我，至少不能自暴自弃。"

闵薇薇抿了抿唇，许久抬眼看她："我总有种感觉……"

"什么感觉？"

闵薇薇有些吞吐:"我总觉得我并不是我,或者,这世上有另一个我。"

岑词往停车场走的时候,有云遮了光,风起来的时候凉意也就陡生。

闵薇薇的话一直在耳边转。

"有两个我,本来互不干涉,但这种情况被人打破了,我过往的经历被转移到另一个我身上,或许我认识周军,但有可能是以前的我认识周军,现在的我已经不是我了。"

这种说辞在从事心理行业的人面前并不罕见,岑词甚至还听过更离奇的。人的心理千奇百怪,源于大脑的神秘和周遭环境的复杂。不能怪疗养院一致认为闵薇薇有精神分裂的倾向,她的这番话着实也能坐实这一点。

一阵风起,刮了不少枯叶下来,其中一片落在岑词脚下,失去水分的枯叶边缘卷了起来。

岑词停了脚步,低头看着顶着鞋尖的枯叶,突然就有个念头浮于心间:如果遇到另一个自己,要怎么做?

和平共处?还是徒生杀念?岑词相信答案就只有一个。

从事心理行业这么多年,她见过人性的美好,但那只不过像是在缝隙里开出的花,孤独又绚美。为什么值得赞美?是因为性本善这玩意儿更像是个童话。她所看到的是人性的孤独、寂寥、阴鸷甚至凶残,林林总总人性的恶都被她看在眼里。

杀掉另一个自己,让自己成为这世上的独一无二,怕是所有人下意识的选择。

就像是所谓治疗人格分裂的方法,精神分析师主张的并不是抵御和消灭后继人格,而是注重后继人格与主人格的同一性,设法整合它们,将它们变成正常的情绪变化……岑词笑了笑,说白了,这不就是一种间接的主人格杀死后继人格吗?

那辆车还在,距离她的车不远。岑词紧了紧大衣,朝着那辆车走过去。

"裴队很闲啊。"

从她开车到疗养院的这一路上裴陆都跟着,跟得这么明目张胆也是没谁了。

裴陆原本也没想躲着她,下了车,阳光正好也从乌云里钻出来了,落在他的眼角眉梢,他目光带笑,没半点尴尬之意:"没办法,查案子是我的工作啊。"

岑词淡笑:"你在浪费时间。"

裴陆不以为然："有些案子的确是需要时间才能熬出来。"

"我倒是认为等周军醒了，这件案子会更好办。"

裴陆两手一摊，作无奈状："道理是这个道理，但周军一直没醒，我的工作总不能停着不往前进行吧。"

"裴队守在这儿，指望我能说什么？"

裴陆笑："你对我有敌意，所以我直接问护工就好了。"

但凡岑词来见闵薇薇的时候护工都在，毕竟是牵扯到了一件伤人案。

岑词说："敌意倒是谈不上，毕竟我是从事心理行业的，总不能跟个病人计较不是？"话毕转身走了。

裴陆呵呵笑了两声，紧跟着觉得这话不对，病人不是说闵薇薇，说他啊？谁是病人？这姑娘怎么骂人不吐脏字的？

刚想追上去掰扯几句，却见岑词又反身回来了，几个意思？

岑词折回来没说话，她双臂交叉环抱于胸前，眼珠子上上下下好一番打量，瞅得裴陆瘆得慌。

"结婚了吗？"岑词冷不丁开口，又偏头瞅了他的无名指一眼，光秃秃的，于是改了问法，"是单身吗？交女朋友了吗？"

裴陆一时间没反应过来，愣愣地看着她"啊？"了一声。

岑词看着裴陆的反应，微微皱眉，怎么看怎么都不像是聪明的样子啊……

裴陆也回过神了，诧异道："你刚问我，有女朋友吗？"

岑词"嗯"了一声。

裴陆狐疑地打量着她，她的眼神冷静自若的，怎么看怎么都不像是对他感兴趣的架势。

"单身，没女朋友。"他没隐瞒，又生出一丝兴味来，"是你感兴趣，还是别人对我感兴趣？"

回到车里，岑词给汤图发了条语音："问了，裴陆没女朋友。"

发完，手机往副驾驶座一扔。其实她更想跟汤图说的是：就算他没女朋友你也得三思啊，这把年岁的人了，没交女朋友正常吗？

回城的路好走，非周末。过了收费站下了高速入了城，车流量才渐渐大了。

岑词在放缓车速时下意识地看了一眼后视镜，后面不远不近的有辆黑色商务车。她看着眼熟,再想确认的时候,那车子变了车道,被其他车子给挡住了。她也没当事儿,开了音乐。等过红灯绕开了堵点,路上就顺畅了。

I can only give my life

And show you all I am

In the breath I breathe……

音箱里发出刺啦刺啦的声响,乍一听就跟上了年头的老录音机似的。岑词纳闷,这套音响是她花大价钱改装的,怎么能出这声?

刚想点触屏,音乐声就继续了。

往生不来背影常在

害了相思惹尘埃

谁等谁回来

…………

该爱的都不爱

谁在谁不在

该在的都不在……

什么歌?岑词握着方向盘的手一抖,同样是一个女人唱的歌,声音就像是被老唱片机扭曲了似的,调子也吊诡得很。

诡异的唱腔在车厢里回荡,很快就让岑词后背发凉,她伸手去关。

关不上,还在唱,女人的声音如同鬼魅。岑词一手紧攥着方向盘,一手拼命去关音响,冷不丁一抬眼,她瞧见了一辆车。

像是刚刚那辆车,可离近了看又不像。车子在右侧车道缓缓靠近,跟岑词的车并行时,驾驶位上那张男人的脸映在她眼里。

岑词觉得像秦勋,可那张脸又不是秦勋。明明就是个陌生男人,为什么这么熟悉?脑中有些画面闪过,抓不详细,却明显就是过往经历。

不对,岑词定了定神。那辆车很快就越过了她,驶在她的右前方。身后像是有车在鸣笛,急促得很,还没等她反应过来,只觉车身猛地一晃,狠狠被撞了一下。

音响发出尖锐的声音,刺激得岑词耳膜一阵生疼,紧跟着就什么都听不到了,四周像是被罩了一层白光,万事万物都如同失去了声音,一切也都定了格。

岑词动也不能动,眼睁睁地看着破碎的前挡风玻璃将这世界分割成无数小块。

唯有音乐,刺耳的刺啦声后,女人的声音又变得慵懒。

I can only give my life

And show you all I am

In the breath I breathe……

逛街这种事对岑词来说挺难得,羊小桃总心疼她把时间都用在工作上了,时不时会来句老气横秋的话:"这地球离了谁都一样转,所以要及时行乐呀。"

汤图最了解岑词,纠正羊小桃的说辞:"你说反了,她不是勤奋,是懒,逛街对她来说是个既耗费体力又耗费脑力的活。"

为什么耗费脑力?因为总迷路。

用汤图的话说就是,每次岑词去街上或者单独出去办事,她都要随时做好去接她回来的准备。基本上接到岑词的电话就是:"好奇怪啊,我就是按原路返回的啊,怎么越走越陌生啊。"

有什么奇怪的?迷路都这样。

所以,五分钟前岑词又给汤图打了电话,汤图叹息:"行吧,找个喝东西的地方等我。"

结束通话后岑词没敢走远,找了家咖啡馆等着汤图。

车祸过后她茅塞顿开,以往自己太辛苦了,真该多听汤图和羊小桃的意见。她买了不少衣服,春夏新款,连同鞋子和包,死里逃生后总得善待自己。

咖啡馆里不安静,坐满人了,岑词挨着门口坐,心想,这家咖啡也不是很好喝,怎么这么多人?

咖啡馆门上的风铃被撞了一下,有人进来买咖啡。岑词的视线正好落过去,一怔,随后起身上前。

"闵薇薇?"她怎么从疗养院里出来的?

闵薇薇转过头看着岑词,疑惑道:"你叫我?"

岑词觉得她的反应奇怪:"谁带你来的?"

闵薇薇一脸茫然,不答反问:"你是谁?"

岑词心里一咯噔:"我是岑医生。"

"岑医生?"闵薇薇更是困惑,"岑医生是谁?"

岑词睁眼的时候四周是白墙,再往下一点是鹅黄色墙围扶手。她感觉全身软绵绵的,手臂和脚有点疼。

"有反应了!"是汤图激动的声音。

紧跟着是羊小桃的声音:"太好了,谢天谢地没成植物人!医生、医生……"有人进来了,都是穿白大褂的。检查的检查,问话的问话。

岑词愣愣磕磕地配合,直到主治大夫都走了,留下个小护士给她换吊瓶。她躺在那儿,整个身体就跟不是自己的似的,脑袋也是昏昏沉沉。耳朵是清醒的,因此羊小桃担忧的声音十分清晰,"护士,她确实没事对吧?肯定不会昏迷对吧?"

护士笑道:"刚刚主治大夫不是说了吗?都是皮外伤。"

岑词动了一下头,没固定脖套,脖子也不见疼,看来是没伤到。护士见她转头过来,便道:"你挺幸运的,车都撞坏了你还没事,也真是多亏了你男朋友呢。"

等护士离开后,她挣扎着要坐起来,汤图赶忙升高床头,岑词这才看到自己的右胳膊和左腿都包扎着,但好在没上石膏——没骨折。

"我在医院?"她的太阳穴还涨疼,抬手用手掌揉了揉,头上贴着纱布。

"是啊。"汤图拉下她揉头的手,还扎着点滴,怕回血了,"你可吓死我了,怎么好好的就出车祸了?在市区里开车能开多快啊?"

羊小桃红着眼眶:"岑医生,以后你想去哪儿我送你吧,你可别自己一个人出去了。"

"我没在做梦吧?"岑词有点反应不过来。

汤图差点吐血:"伤都摆着呢,我倒希望这不是真的,多吓人哪,你说从市区到疗养院的路你也不是头一回走了,说出事就出事。"

换句话说,在咖啡馆看见闵薇薇的场景是做梦?

"我昏迷了很长时间吗?还有,什么男朋友?"

"你吧,也不是昏迷。"汤图说这话的时候有点拿不准,"就是怎么叫你都没反应。"

汤图和羊小桃得知岑词出车祸后着急忙慌地就赶来了医院,当时她的伤口已经处理完了,见她还是囫囵个儿的汤图也着实松了口气。但岑词当时躺在床上的反应很奇怪,眼睛半睁不睁,眼皮轻颤,不是昏迷却又对外界的刺激没反应。

"也就是说,我在医院从没反应到有反应只不过短短的几分钟?"可是,她在梦里像是过了很长时间似的。

汤图点头："对，因为秦先生说你在救护车上还有反应。"

秦先生？

汤图叹了口气："今天还真多亏了秦先生。"

这也是她听医生说的，是秦勋用车挡了岑词的车一下，要不然岑词的车就会直接撞向防护栏而翻车。

是秦勋通知的汤图和羊小桃，小护士给岑词挂水的时候声情并茂地形容秦勋一路抱着岑词进的急救室，一口一个"好帅啊"。

等汤图讲完，羊小桃附和："秦先生就是好帅的，你俩好上了吗？要不然你出事的时候他怎么出现了？"

这才是岑词想不明白的地方。

汤图可没像羊小桃似的被秦勋的美色迷惑，她压低嗓音道："我觉得这件事太巧了吧。"

是挺巧的。

岑词正想着，病房门开了，扭头一看，是秦勋。

"今天谢谢你。"岑词靠在病床上说了句，又抬起扎点滴的手示意了一下，"还有，害得你受伤了，实在不好意思。"

秦勋的手受伤了，擦伤。在她跟汤图说话那会儿，他正在护士站处理伤口。汤图和羊小桃虽然出去了，但显然不放心，从她这个方位总能看见羊小桃时不时透过门玻璃往里瞅上一瞅。

秦勋说了句"没事"，又上前把她的枕头调整了一下，靠着会更舒服些。

"这点伤不算什么。"

"车也撞坏了吧？"

秦勋在她床边的椅子上坐下："还好，两辆车都报修了，别担心。"他拿了苹果和水果刀在手，又问了句，"你现在感觉怎么样？"

"还好。"岑词看着他削苹果皮，一点一点地，不疾不徐，"你是在跟踪我吧？"

秦勋手上的动作没停，甚至连半秒的停顿都没有，他说："听说你去了疗养院，所以我想着也过去看看闵薇薇，谁知道半路就看见你的车了，我又掉头回来。"他抬头看她,"这算是跟踪吗?"

算不上跟踪,但也算不上是巧合。不管怎样,岑词都觉得自己有点小人之心度君子之腹,毕竟是人家把她送来医院的,而且还搭上自己的车去挡了她的车。

"当时你在车上怎么了?"秦勋问。

"我……"岑词迟疑,"在你看来,我是怎么了吗?"

"你在路上几乎走蛇形,不少车都在鸣笛,后来你朝着防护栏冲过去了。"

她听着后背发凉。南城是山城,不仅住宅依山而建,路自然也是顺山而走,她记得那条路,防护栏下面就是山坡,挺高的,车一旦冲出去,后果可想而知。

岑词觉得嘴巴里干苦得很,想了想他:"我在救护车上有反应?"

"对,当时你还跟我说话了。"秦勋就着盘子,将苹果切成一小块一小块的。

"我跟你……说什么了?"

秦勋拿了牙签扎了块苹果,送她唇边,淡笑:"你对我说,你好疼。"顺势将苹果块塞她嘴里。

苹果很甜,汁足,咬下去很解渴。这甜顺着舌齿一路滚入喉,岑词觉得心里像是一下被什么填满了似的。

"你不记得发生车祸之后的事了?"秦勋很聪明。

岑词不语。

见状,秦勋笑了,又喂了她两块苹果:"你的戒备心很重,好也不好。能保护自己是好,拒人于千里之外就不大好,尤其是面对你的救命恩人,而且,"他用目光示意了一下自己的手,"还带着伤。"

岑词意外地被他逗笑,嘴角弯弯的。秦勋看着她有片刻失神,但很快恢复如常,继续喂她苹果。

"我确实不大记得了。"岑词如实告知。

不记得车祸之后自己是怎么被抬进医院的,也不记得在救护车上跟秦勋说过话,更不记得是秦勋把她抱进急救室的。但这是事实,他衬衫胸口位置有水渍,应该是沾了血洗去了。

秦勋微微点头,这种情况倒也常见,有些意外发生后的确会有当事人记不清情况,这就是常说的大脑保护机制启动了吧。

"车上的时候呢?"他又问。

这个问题刚才问过,岑词迟疑没答,但现在她没隐瞒了,道:"我看到了一个人，挺熟悉，但有可能是眼花，也听到了一首挺奇怪的歌，不过情况也很好解释，可能是网络出了问题。"

秦勋笑了，递给她苹果："做心理医生的都是这么自问自答吗？"

岑词说："我不相信这世上有怪力乱神。"

"除了怪力乱神，也不是没有旁的解释。"

"例如？"

秦勋抬眼看她，有一瞬他的目光里有复杂不明的东西，看得岑词不解。可他很快就笑了，嗓音低柔好听："你是心理医生，你问我？"

岑词有种被套路的感觉。

床头的手机响了一下，是她的，一条语音。岑词伸手去拿不方便，秦勋便代劳了，点开语音贴着她的耳朵。病房安静，语音里的汤图嗓门还挺大，于是，语音内容就清清楚楚地回荡在两人之间——

"医药费秦勋都给你交完了，岑词，你老实告诉我，你俩是不是在谈恋爱啊？"

夜半，正在熟睡的湛小野猛地惊醒。

屋子里挺冷，窗子上原本遮得挺严实的窗帘在微微掀动。湛小野一个翻身爬下床，走到窗子前将窗帘一掀，窗子开着，风正呼呼往里灌。

湛小野明明记得睡觉前是关了窗的。

他伸手关了窗，可就在窗子拉上的瞬间，他看见玻璃上映出一道黑影。

那影子就像是贴在窗玻璃上的，背景是伸手不见五指的黑夜，可影子竟比黑夜还要黑，影子的轮廓清晰得很。

是个人影，一动不动地站在门口……

岑词在门会所见到湛小野时，他整个人缩在沙发上，双臂环抱腿，脸藏了起来。小野妈妈就跟见了救星似的一把抓住岑词的胳膊，急切地说："怎么办呢？小野这孩子就跟疯了似的！"

岑词的胳膊被她抓得生疼，皱了皱眉。小野妈这才意识到自己手重，赶忙松手："岑医生，不好意思，你出车祸的事儿我听说了，要不是因为小野这样——"

"没关系，小桃，你先带家属出去。"

羊小桃将咖啡搁桌上，带着小野妈先离开了治疗室。

岑词晃了晃手臂，缓和了伤口的疼，还有头，被小野妈吵得也挺疼。

车祸过后没容她休息，小野这边就出事了。据羊小桃描述，小野睡到凌晨的时候听见客厅有声响，就下床去查看，不想瞧见令她不寒而栗的一幕。湛小野站在玄关处，面朝大门在喃喃自语，手里紧紧攥着一把菜刀。她硬着头皮上前，战战兢兢地唤小野。小野站在那儿一动不动，没反应，嘴里还一直念叨着什么，她又叫了他的名字，这一声就让小野闭了嘴。

他缓缓转过头，脖子僵硬得很，盯着她说了句："我不是湛小野。"

未明的天儿，谁家经历这幕不害怕？

羊小桃在电话里跟岑词说："听小野妈妈说，当时小野说的话细细碎碎的，好像在跟什么人窃窃私语。这也太吓人了，大半夜的还拎把菜刀，以前小野来咱们这儿，我瞧着还算正常啊！"

湛小野的精神状态始终很稳定，最起码从岑词接手到他出事前，整个人的状况都是她能控制得住的，现在湛小野的情况是之前没有出现过的。

岑词没急着叫他，只是在他身边坐下，近距离这么一瞧才发现他整个人都在微微颤抖。他闷着头，嘴里嘟囔着什么。

声音太小了，她只能凑近听，于是听见湛小野在说："他来了他来了……"

"小野。"岑词轻轻拍了拍他。

湛小野猛地抬头，一脸惊恐，见是岑词后一把将她搂住："岑医生，我……我怎么办？他要杀我了，要来杀我了！"

岑词轻抚着他的后背："你慢慢说。"

湛小野好半天才稍稍稳定情绪，重新窝回沙发里，手指头还在抖。

"岑医生，你之前说过，只要不去招惹他，他就不会来招惹我，对不对？"

岑词点头。

湛小野口中的"他"，就是他认为的另一个自己。湛小野之所以来心理诊所，最初是照镜子的时候瞧见自己变成了一只猫，然后又说看见了另一个自己把帽子戴他头上，他这才变成了一只猫。有因有果说得通顺，但逻辑不通。

"可是后来他就老跟着我，我在上学的路上、回家的路上都能看见他！"湛小野的牙齿在打战，"他主动招惹我的生活了。"

"他进了你家？"岑词问。

湛小野呼吸急促，战战兢兢地点头。

"他就站在我的卧室门口。"湛小野蜷缩成团。

另一个湛小野悄无声息地站在他的卧室外,终究还是进来了。

他打开房门,一步步走到湛小野面前,说:"你不能只戴着我的帽子啊,湛小野,从今天起我就是你了。"

湛小野说到这儿,求助地看着岑词:"他最终还是想取代我!"

岑词安抚了一下他的情绪,又问他手持菜刀站在玄关的事。果不其然,湛小野不记得了,他喃喃摇头:"绝对不是我,不是我……对!不是我!"

送走湛小野后,岑词从门会所出来回了家。

当初接下湛小野这个病患之前,有关湛小野的背景资料她也了解得差不多。家境不错,父亲是个生意人,母亲专职在家带孩子。湛小野就读于振扬中学,是本市的重点高中。湛小野长得好成绩又好,原本就是老师眼里的香饽饽,结果因为心理问题被迫停学一年。

小野父亲打来电话,态度很是强硬不客气,大抵觉得小野目前的情况是岑词的失职。

岑词倒是没恼,轻描淡写回了过去:"第一,如果湛小野心理状况没问题,你们也不会把他送到我这儿;第二,有显性问题是好事,方便我随时调整治疗方案;第三,湛先生,我是精神分析师,你不是。"

怼得对方一时间不知道怎么接话。

整个通话过程中羊小桃都在,结束后羊小桃拼命地冲着她竖大拇指。岑词并不觉得这是件多骄傲的事,不到万不得已,从事他们这行的都不会跟病人家属起冲突。

没一会儿湛小野的妈妈又打来了电话,为湛小野爸爸的言辞道歉。

半小时不到,湛小野爸妈的电话轮番轰炸,岑词想安静下来分析病案都没了心情,她将手机一关,跟羊小桃说如果有急事就去家里找她。

一来二去的伤口牵扯得疼,尤其是胳膊上的。新城区本就安静,而且还没到下班时间,所以最适合岑词从头去捋湛小野的情况。

湛小野表面上是朝着恶化的方向发展了,但实际上像这种状况也不是一开始没预料到的。就如同一个人得了感冒,最开始只是打喷嚏、嗓子不舒服,之后就是鼻涕眼泪一把把,头昏脑涨整个人像踩在云彩上头似的。

也许,湛小野就是到了病情的高速发展期。但这心理疾病更要针对阶段性的症状下药，否则一旦病入膏肓将会毁了一个人。一念生，一念死，说的就是心理问题。

岑词把自己关在书房，选了个舒服的姿势靠在躺椅上，手旁是厚厚的资料。她靠着靠着觉得哪里不对劲，起了身，看了看躺椅，一时间有种感觉滋生出来。说不上来，很奇怪的感觉，可这感觉来得快去得也快，前后不过短短数秒。

岑词碰了碰发疼发涨的额角，可能是在车祸里受了惊吓而不自知吧。

有时候人的意识和大脑就像是一对欢喜冤家，受惊后，大脑会自动开启保护机制，目的是将作用在心理上的伤害减到最低。可潜意识总会想方设法避开大脑的监察机制，抓住机会就会提醒你曾经发生过的事。

潜意识的告知方式有很多，大抵都是包裹着外衣来含沙射影地提醒你，就像湛小野的情况。

岑词抱着资料坐回了沙发上，抓了个靠垫放在腰后。

湛小野的病情是个循序渐进的过程。

最开始他跟另一个"他"井水不犯河水，而始发阶段岑词并没接手，直到另一个"湛小野"与湛小野本人有了交集，湛小野的父母才把他带到了岑词这里。

做诊断时，湛小野就自己出现在玄关、手拎菜刀一事做出了回答，他说那个不是他本人，是另一个自己。然后跟她说："岑医生，你之前说过，如果另一个我出现的话你会认出我的，现在他已经开始抢夺我的身体了，他就要变成我了，你看，他还要拿着菜刀杀人呢！"

是，真正的湛小野虽说有少年的脾气，但绝不是会手持菜刀的暴戾性格。

问题出在哪里？

岑词放下资料，目光望向书房门口处凝神思考。正值夕阳西下，有大团的光落在光洁的大理石地面上，似粼粼水纹。突然有道暗影遮了地面上的光，只是一瞬，却令岑词蓦地有了反应。

"谁？"她坐起来，盯着书房门口，十分警觉。

没人应答，整个房间安静极了。地上的光影还在，随着窗外的夕阳缓慢偏移，一切都很正常。

但岑词有预感，这屋子里除了她之外似乎还有别人，她的心一下子提到了嗓子眼。

有贼。

岑词害怕归害怕,但总不能任由着害怕就什么都不做。她想到手机在包里,进门后直接把包扔在玄关,没拎进衣帽间。

岑词蹑手蹑脚地朝门口走过去,没错,是有人,她甚至都能听见对方的呼吸声。书房的门是敞着的,目之所及是客厅地面的光影,只是夕阳的光照,不见那个人影。可是岑词觉得,对方一定是躲在她的视觉盲区。

她反手一摸,摸出把高尔夫球杆,小心谨慎地探头去看,心想着如果对方跟她就只隔着这么一道门的话,那下一秒挥球杆的时间也是够的。

客厅没人,岑词的一颗心压根儿就没落下来。不在客厅,那能藏在哪儿?目光落在玄关,呼吸一窒。

她家的户型是南北向的两室一厅,次卧被她改成了书房,也就是她所在的房间,客厅占了最大面积,一头是主卧一头是厨房,斜对面是玄关,从她的角度看不见玄关里的情况。

主卧通着衣帽间,都是关着门的,厨房、洗手间的门也是紧闭,要么对方是溜到了玄关,要么就是藏进了其他房间。

岑词攥了攥球杆,手心开始冒汗。她先蹭到了玄关方向,目光一闪,玄关没人。她快速钻进玄关,打开包去摸手机,时刻提防着那人冲进玄关背后偷袭。

刚摸到手机,门铃却倏然响了,吓得岑词一缩手,手机"啪"地掉在地上。

死寂的氛围被打破,也许藏在房里的人随时都有可能冲出来攻击她,而门外突然来访的人,也许是她的生机,但也许是帮凶。

岑词一咬牙,手搭上门把手一扭,同时球杆也挥起。却在看清楚对方的瞬间,双腿一软就坐地上了,球杆也咣当落地。

秦勋惊讶。

挨个儿房里都检查了个遍,但凡能藏人的地方都没放过,等秦勋确定房子安全后,岑词还靠在柜子旁,她双手撑着柜子边缘,许是有认识的人在,整个人就像是虚脱了似的。

"我刚才真的看见个人影闪过去了。"

秦勋将球杆搁置一边,笑说:"你是不是看花眼了?"

看来是这样。但哪怕真有人,家里多了个秦勋还是安全了许多。

"你怎么了?"秦勋笑看着她。

岑词略有尴尬:"没、没事。"

腿软了啊，真是丢脸……

秦勋忍住笑，手一伸："要么扶着我，要么我抱你，你选吧。"

岑词心口像是被什么东西烫了一下，伸手抓住他的胳膊，一步步挪回客厅的沙发上。

"谢谢你啊。"她道了谢，然后想起了关键的问题，"你怎么来了？而且你怎么知道我家的住址？"

突然就主动登门的男人，挺奇怪。

秦勋好心作答："医院给我打了电话，说你一直没去换药，我担心你出事所以过来看看。"话毕转身去了玄关，再回来时手里拎着袋子。他把袋子往茶几上一放，里面除了有吃的，还有消毒和消炎的药品。

这解释岑词反倒听得一头雾水。

秦勋进洗手间洗了手出来，道："手机关了吧？当时是我送你去医院的，紧急联系人留的是我的手机号，医院联系不上你就直接联系我了。你家住址也是明晃晃地备了案，我去门会所找你，你助理说你回家了。"

岑词了然。

"伤口也没什么。"

秦勋看了一眼她的胳膊，低叹："都渗血了还叫没什么？岑词，你也算半个医生吧。"

他拉过她的胳膊，小心翼翼解开纱布。是渗血了，还不少，但都干了，粘在伤口上一碰就疼。

岑词咬牙坚持："什么叫只算半个医生，瞧不起心理医生？"

秦勋被她怼了一句也没恼，低笑，问："疼吗？"

岑词摇头。秦勋没再多说什么，集中精力给她消毒换药。上药的时候岑词下意识地缩了下手臂，秦勋没抬头，但手上的动作轻了再轻。

借着窗外半暗半明的光，岑词打量着这个突然出现的男人，明明之前没有过多的交集，因为闵薇薇的事他们才认识，现在他却在给她换药……很奇怪的际遇。

"你的助理挺有意思。"意外地，秦勋说了这么句话。

"挺有意思？"岑词不解，"羊小桃？"

秦勋点了一下头，利落地缠着纱布："听说我来找你，异常兴奋，生怕我知道的地址不对,又重新告诉了我一遍。"他抬眼看她,眼里藏笑,"你说,她为什么那么兴奋?"

岑词怔了一下,紧跟着生出几分尴尬来。

"她还说……"

"还说什么?"

秦勋被她逗笑,嘴角微扬:"她说你看着喜欢安静,但实际上是没人陪。"

岑词咬牙,该死的羊小桃。从他手里抽回胳膊,嘟囔了句:"谁说没人陪,汤图就是邻居。"

秦勋笑了笑,说:"腿。"

这哪行?岑词要自己来。秦勋稍稍用了巧劲按住她:"我能吃了你?"顺势拉过她的腿放在他腿上。这个姿势实在是……她不敢想了。

腿上的伤不深不浅,意思是,没严重到需要打石膏,但也没轻到不用缝针。缝了八针,其实要比胳膊上的伤严重。

秦勋换药的时候她没敢看,低垂着眼,叹了一声:"肯定留疤。"伤口的位置挺烦人,靠近脚踝骨,一旦留疤,天冷的时候还好说,夏天就遮不住。

秦勋笑说:"爱美的姑娘。"

他的手似有似无地蹭着她的脚踝,刺痒,她又觉得尴尬了,不自然地打量着秦勋。他低垂着脸认真细致,手上的动作很轻。

也怪不得羊小桃一看见他就说帅,他比她见过的任何一位男子长得都好看,尤其是那双手,修长干净不说,还很灵活,非常引人注目。

很快,伤口包扎完,岑词收回腿的时候还觉得整条腿都在发烫。

晚饭的时候秦勋没离开,鉴于她有伤在身不宜吃油腻的,他竟亲自下了厨。

岑词进厨房的时候,他正在做蔬菜水果沙拉,其他两道热菜的备料都弄好了,电饭煲里煮着白粥,呼呼地冒着热气。

"饿了吗?很快就好。"

岑词倚着门框没动,想起之前他接了通电话,似乎是推了应酬,她挺惊讶,本就交情不深,何来的这般殷勤呢?

"秦先生——"

"叫我秦勋吧。"他打断她,将拌好的沙拉搁一旁,"我们也算是在一起经历了些事,算不上陌生人了吧。"

她刚才还想着没多少交情。没说承认也没说不承认，微微点头，又说了声"谢谢"。

秦勋停了手上的动作，双手搭在操作台上，看着她，眼里虽有笑意却也不明朗："不用道谢，也许，是因为你我有缘吧。"

吃饭的时候岑词才明白秦勋口中的"缘"指何事。

"湛昌那个人我多少了解一些，发家的时候就不大干净，个性偏激，一旦湛小野的情况恶化，他不会善罢甘休。岑词，我想帮你，所以必须先要知道湛小野目前的情况。另外，媒体那边也不会放过你，这些你都要做好心理准备。"

湛昌是湛小野的爸爸，关于这个人的风评她也听说了些，但大多都是小道消息，关于湛家的生意，到了现在可谓是顺风顺水，也一度得到了"慈善企业"的名号。

秦勋能这么点明，看来之前听说的林林总总也非虚言，同是商圈的人，想来秦勋也是跟湛昌打过交道的。

"这种情况我应付得来。"

秦勋轻声说："我知道你这些年碰到的棘手情况应该比比这严重，但有些事不是你一个精神分析师能解决的。"

岑词看了他良久："我始终不明白你为什么要帮我？"

从闵薇薇的事再到湛小野，每一件似乎跟他都没关系，他何必蹚这道浑水？只因为他口中的那位朋友？但闵薇薇的事也就足够了。

"相识一场，总不能看你深陷困境吧。"

目的听着很单纯。

岑词看着他说话的神情，淡若清风不疾不徐的，眼神也无遮掩的痕迹。秦勋目光与她相对，略感无奈："你的疑心太重了。"

疑心重是从事心理治疗这行的通病，因为看过太多的人性卑劣，所以才知道哪怕是裹着光鲜亮丽的皮囊，骨子里也有阴暗滋生。

岑词目光清澄，道："先是闵薇薇然后是湛小野，又不顾危险护我周全，秦先生不图名不图利，就说句缘分，这让我实在想不通，勉强能解释通的，就是你看上我了。"

秦勋惊愕片刻："你长得好看，一见钟情的概率很大。"

"一见钟情？"岑词笑了笑。

"你不信？"

岑词垂目，慢慢地喝着碗里的粥："这粥不错。"

秦勋见状也不追问，给她添了粥："觉得好喝就多喝点。"

岑词这人性子冷，疑心重，他早就领教过，与此同时她还很聪明，作为精神分析师她很能拿捏交谈的尺度和方式。

"湛小野的情况跟闵薇薇不同。"岑词没隐瞒，"他是由精神分裂激发了人格分裂。"

精神分裂与人格分裂往往会被人混为一谈，实际上这是两个不同领域的疾病，前者是精神领域的疾病，后者属心理疾病。

据湛小野的妈妈说，湛小野在十四岁那年性格突变，岑词分析，其实也就是那一年开始湛小野就有了精神分裂的迹象。

但湛小野的情况很不同。一般来说，精神分裂患者在性格上往往都是由温和变得敏感甚至暴躁，湛小野的性子反倒安静，对外界的反应表现也不淡漠，这是湛小野妈妈没有发现异常的重要原因。

可实际上，湛小野常年处于微惊恐状态里不能自拔，他的安静只不过是在躲避危险。一般的精神分裂患者最典型的情感变化是兴奋或迟钝，湛小野是迷惘。

他在描述另一个自己的时候是困惑，讲述对方将帽子戴到自己头上时就是万般想不通的神情，甚至他可以很"理智"地将他认为解释不通的现象归于量子物理学。

但凡精神疾病都有潜伏期和爆发期，跟生理疾病无异。当她接手时，其实已经是湛小野在精神上濒临爆发点的时候，也就是说，他开始转为惊恐状态，并且由之前的幻听幻视发展成被迫害妄想。精神类疾病往往牵扯着心理变化，精神和心理往往不分家。

"第二人格初形成的时候还没有攻击力。"岑词轻声说。

所以那时候湛小野跟另一个他算是和平共处，直到他感觉到另一个自己开始入侵他的生活。

"湛小野持刀站在玄关的那一刻，其实就是主人格与第二人格的对抗。"

秦勋听得认真，待她说完后思虑半晌，冷不丁问："湛小野的病因是什么？"

岑词思索："精神类疾病跟心理疾病不同，百分之六十源于遗传。但之前我查过湛小野的家族病史，并没发现精神遗传病史，我也给湛小野做过相关检查,虽说大脑左半球功能有活跃现象,可我认为生理性病变并不是引发湛小野精神分裂的主要原因。"

"跟环境有关?"秦勋问。

岑词点头:"我是这么怀疑的,但还没等证实,他的情况就恶化了。"说到这儿她看向秦勋,目光里似有打量。

秦勋见状,笑问她怎么了。

岑词吃得差不多了,将碗筷收拾到一旁,胳膊抵着餐桌盯着他,道:"对于精神和心理领域,你也未必是个门外汉吧?"

秦勋不疾不徐地回答:"近朱者赤,多少跟我那位朋友学了些。"

"是吗?"

相比记忆被篡改来说,恐怕一般人会觉得精神分裂和人格分裂更严重,她刚刚故意说了那么一句,秦勋非但没惊讶,反而能跟得上她的节奏,说明他早有怀疑。而这种怀疑,可不是一个门外汉甚至只学了些皮毛的人就能有的反应。

"说说你的看法吧。"岑词往椅背上一靠,"既然你懂行,那我不耻下问也没什么。"

秦勋的脸上看不出异样来,冷静又温和:"你高估我了,懂行倒不至于,说到看法,也不成形,就是觉得你提到湛小野的病情是由精神分裂激发的人格分裂,所以想到了一些可能。"

岑词示意他继续说。

"据我了解,一般的精神分裂病人往往在前期就伴有人格分裂,但你的意思是湛小野的第二人格是后来被激发出来的,这点我抱有怀疑。另外,依照你的能力,想找到湛小野的发病原因应该不难,之所以没找到,那恐怕是牵涉了湛小野甚至是湛家的秘密。而我的看法就是,湛小野第二人格的出现就是跟这秘密有关。"

岑词看着他,一时间沉默不语。他的看法一针见血,确实都是问题的关键。她有想过原因,也对湛小野进行过暗示治疗,直到最后采用了催眠。

其实大多数问题,作为精神分析师只要引导病人进行自由联想就能解决。自由联想就如同另一种形式的催眠,只不过没催眠来得那么彻底,只有当病人的病情严重受阻时,治疗师才会使用催眠手段。

湛小野的意识很封闭,她引导得不轻松,但还是找到了些许线索。

第二人格不是突然而至，的确是深埋在湛小野的潜意识里，却也不是沉睡，好像在守护着什么，直到后来显性出现。所以岑词刚刚才说，湛小野的第二人格是被激发出来的，之前不活跃，而后不知道为什么会活跃。

　　排除遗传病史和生理缺陷，那湛小野所处的环境和曾经的经历就成了有可能引发病情的重要原因。意外的是，岑词没能从湛小野的意识里把这秘密挖出来。换句话说，这第二人格之前的沉默和之后的反噬都有可能牵扯了湛小野大脑里的秘密。而她想到的这些，坐在她对面的秦勋其实早就想到了，她没高估他。

　　秦勋这个人一定是藏了些专业背景的，他的表现可不像是出于商人的敏感性。所以说，他真是来保护她的？

第 三 章

再去看车祸监控视频的时候，岑词真是结结实实地倒吸了一口凉气。

最开始她的车行很正常，然后就开始走蛇形，后面的车都跟着受了影响，有的瞅准空当就超车避开了危险，很快她的车猛地拐向最右边的车道，直切过去，奔着护栏方向，丝毫没减速的迹象。

就在这时猛地从后面蹿出辆车来，用车身生生挡住了岑词的车。岑词的车头撞在那辆车的车身上，那辆车受力太大，将一侧的护栏都给撞开裂了。惊心动魄的一幕，前后不到五分钟。

看得汤图也好生后怕，跟岑词说："就算谈恋爱也做不到这舍命相救的架势啊！"

之前羊小桃就形容她是自杀式撞车，无缘无故的是不是鬼上身了，还说有些公路就是邪乎得很，不管多小心开车都会发生车祸。

弄得岑词挺无语，跟她说要不请个道士去那条公路上作法吧，说不定还能超度一下其他冤魂。结果羊小桃还真上心了，立马加了个道友群。

许是汤图想起了羊小桃的那番话，竟认真地问负责人："那段路上以前有没有发生过特别诡异的撞车事件啊？"

岑词真想不认识汤图。

负责人被她的话逗笑了："哪段路上都有可能发生事故，尤其是开车不专注的时候，至于你口中的诡异，我从业这么多年，怕是就只有岑女士这起了。"

又询问了一遍当时的情况，岑词三言两语也就搪塞过去了，毕竟这种事说出来也没人信。

　　出了办事处，不想碰见了前来办事的裴陆。得知岑词出了车祸，他着实吃了一惊，最先想到的是她被什么人打击报复，汤图开玩笑说是岑词鬼迷心窍了。

　　见也没什么大事，岑词也不想耽误他办正事，就打算走。倒是汤图跟裴陆有了共同语言，裴陆笑说："门会所能接诊段意再好不过，我还能放心点。"

　　岑词闻言不解，段意是谁？门会所什么时候接新病人了？汤图见状赶紧将裴陆往里拉，浅笑道："这件事好说好说。"

　　岑词一下就明白了，汤图这是揣着小心思啊。

　　她先出了交通局的转门，在院子里等汤图出来。今天没风，阳光很好，落在身上暖暖的。她手揣着兜，低头踢着地上的小石子，手指碰到大衣兜里的手机时想了想，掏出来，拟了条信息发给秦勋：谢谢你。

　　想来自己的心眼着实是小，哪怕在医院里她跟秦勋道谢时都没这么真诚。秦勋说她疑心重她承认，总觉得这世上哪会有无缘无故就对你好的人呢。可看了监控录像后她觉得，哪怕对方真有目的，但结结实实是救了她一命，就像汤图说的，那是豁出命来救人的架势，这份恩情算是实实在在欠下了。

　　发完岑词竟有点紧张，想着他会怎么回复的时候，不想秦勋一个电话打过来了。她没料到能有这一出，手指一抖碰到了接听键。

　　"怎么突然这么客气？"

　　岑词也没隐瞒："今天来了交通局。"

　　她的视线顺着转门往里瞧，宽敞干净的大厅，阳光铺进去折射出耀眼的光亮。汤图正在跟裴陆聊天，笑语晏晏的，就好像地面上的光亮都钻进她眼睛里了似的，看来是真喜欢上了啊。

　　秦勋很快明白了，笑说："果然是眼见为实。"

　　岑词听出他语气里的揶揄，顿觉不大好意思，想着要不要隆重地请人家吃个饭当作答谢，毕竟上次吃饭最后还是他掏的钱。岂料念头刚起，就听秦勋问她："今晚有空吗？"

　　心有灵犀到能让岑词觉得心脏像被什么一撞。

　　刚要作答，却见汤图急匆匆从里面出来了，身后还跟着疾步走的裴陆。

　　汤图朝着她晃了晃手机："去医院！"

周军醒了。

身旁围了不少人,有医生、护士,还有裴陆以及等待给周军做笔录的警察。岑词和汤图在走廊里没进去,岑词靠着窗子站,双手插着兜,一动不动地盯着病房。

汤图性子急,来回踱着步,面色不悦地道:"凭什么把咱俩赶出来了?现在这个时候咱俩比警方管用吧?"

在交通局的时候岑词手机占线,所以羊小桃直接打给了汤图,换言之汤图还是第一个知道周军醒了的人,然后裴陆才接到手下的电话。结果到了医院,她俩就被周军给赶了出来。岑词猜出周军反感她们的原因,她没恼也没说离开,就一直在病房外等着。

等医生和护士全都出来了,岑词拉住主治大夫,询问周军的情况。主治大夫告知,周军目前已经没危险了,醒了就是好事,身体指标正在恢复正常。

医生走后,汤图更是抓心挠肝的,岑词拉住她道:"等等裴队的消息吧。"

估摸着半小时,裴陆和手下人出来了。与此同时又匆匆来了几位中年男子,身后跟着护工打扮的人,许是周军公司股东一类的人。与裴陆简单打了个招呼后,这几人就进了病房。

裴陆让手下先去停车场,带着她们往走廊尽头走了走,跟她们说:"周军就是不见你们,你们硬闯进去也问不出什么来。"

汤图挺生气:"他这么做什么意思啊?能帮闵薇薇的还是我们啊!"

裴陆不着痕迹地看了岑词一眼,一时间没说话。反倒岑词大大方方地说:"裴队,有什么就说什么吧。"

"其实也没什么,跟外界的看法一样,周军觉得闵薇薇是受了你们的怂恿才举刀的。"

"简直是放——"汤图生生把"屁"字给咽下去了。

岑词思路清晰,一下子抓住了重点:"所以说,他承认闵薇薇伤了他?"

裴陆沉默片刻,原想着不说案情,但转念想岑词她们也是涉案之人,也没再隐瞒:"是。但周军的说辞是,当时他们两人发生了争执,闵薇薇情绪激动之下想要自杀,周军抢刀之余这才发生了意外。"

汤图愣住:"想自杀?"

裴陆点头:"周军是这么说的。"

岑词冷不丁地问他："你信吗？"

裴陆微微一笑，没说信也没说不信："只因为鸡毛蒜皮的小事争吵，无非就是周军应酬忙回家晚了些。所以在周军看来，闵薇薇现在变得敏感和极端，跟在门会所的治疗有关。"

"另外，周军说他跟闵薇薇的感情很好，闵薇薇很爱他，这次只是意外，他不想追究是谁的责任，也包括闵薇薇在内。"

岑词微微点头，话似乎都被周军一个人说了："有可能的话，我需要见一下周军。"她很坚持。

裴陆压低了嗓音："不是我不想让你见，现在的问题是我说了不算，周军不是犯人，总不能强迫他怎么样。另外当事人都不追究了，闵薇薇那边又问不出个所以然来，这件案子很快就会被撤了。"

汤图急了："就这么撤了？那我家小词的声誉谁来负责？在闵薇薇这件事上她可是背锅的。"

"汤图。"岑词止住她的话，抬眼看裴陆，"声不声誉的我倒不在乎，正所谓身正不怕影子斜，我没做过的事，你们也不能欲加之罪。但是闵薇薇的记忆确实是出了些问题，这件事我总得负责。"

这就是精神和心理上的问题，照理说跟裴陆八竿子打不着了，更何况人家当事人都没说什么。但闻听这番话，裴陆还是沉默了片刻，说："这样吧，我一会儿再去趟疗养院见一下闵薇薇，周军这边……刚才应该是护工跟着进去了，我背地里打个招呼，等那些人走了，你们找机会进去。"

岑词点头，又给汤图使了个眼色。

汤图明白岑词的意思，恢复了清脆脆的嗓音："裴队，我跟你一起去见闵薇薇吧。"

等汤图和裴陆走了之后，岑词又回到病房外等着。后来病房里的那些人也走了，走之前都用怪异的眼神看着她，不定把她看成是周军的什么人了。

护工并没卖她这个人情，跟她低声低气地说："小姑娘你就别为难我了，之前那位警官是打过招呼，但里头的那位不同意我也没办法，我是拿人钱的。"

岑词了解，不强人所难。

风窜进了走廊，刚刚还明艳的光，落在走廊尽头的窗棂上就显得冷了。不知是谁开了窗子,她觉得脚踝都凉飕飕的。

但很快就有人关了窗子,岑词扭头一瞧,竟是秦勋。

眼睁睁地看着他朝这边过来,宽阔的肩膀上映着走廊尽头的光,衬得他眼深如夜,微微弯起的嘴角煞是好看,她没想到他能来。

秦勋在她的注视下来到她跟前,停下脚步,居高临下看了她会儿,然后俯身下来笑了笑:"好像我来得挺是时候,你的眼神很欣喜。"

有欣喜吗?

秦勋将手里的热奶茶递给她,她接过,杯身暖了她冰凉的手指,便又道了一声谢。

"别在这儿待着了。"

岑词抬眼看了一下病房:"可是——"

"跟我走吧。"秦勋将她拉起。

从疗养院出来时夕阳已泼了天。

汤图坐回车里感叹,这一天过得可真快,想着才刚刚天明,眨眼就得考虑晚上要吃什么的问题了。

裴陆笑说:"你还用考虑吗?漂亮女孩不缺请客吃饭的男人。"说完这话许是觉得不妥,又解释道,"你别误会啊,我不是说你的交友——"

"那你请我吃吧。"汤图不怒反笑。

裴陆微怔:"今晚?"

"今晚。"汤图扭头看着他,"难道裴队佳人有约?"

裴陆笑了笑:"哪个佳人能不要命地想跟我约会?"

汤图抿唇浅笑,心想,我能啊。

等车子上了主干道,裴陆说回了案子:"照闵薇薇目前的情况来看,岑词会被怀疑太正常了。"

他们在疗养院里一无所获。

闵薇薇对裴陆不是很友好,许是还在埋怨自己被送进疗养院的事,所以问什么都不怎么配合。同样的,她也不买汤图的账,除了岑词,其他人她一概信不过。

得知周军醒了,闵薇薇的反应很淡漠,对裴陆说:"那正好,你们去问他。"

弄得裴陆都快抓狂。

汤图明白裴陆话里的意思，现如今闵薇薇别人的话都不听，就只听岑词一人的，怎么能不让人起疑。

她叹了口气，替岑词说话："周军这个人本末倒置，闵薇薇是先有了病，才会去我们那儿治病的，正常的人谁会往门会所里跑啊，真当我们什么病人都收呢？"

裴陆这么一听倒是来了兴趣："那你们会收什么样的病人？"

"一是看病情，一般的精神类疾病还不足以进到门会所，去的都是常年的顽疾和同行治疗师解决不了的；二是看缘分，主要是岑词那个人，总说跟病人的眼缘很重要。这话吧其实也对，你说我们就是私营，当然还是要选些好说话的客户，要不然惹起事端来很麻烦。"说到这儿，汤图又是一声长叹，"不过今年也是犯太岁了。"先是闵薇薇然后是湛小野，个顶个的让人不省心啊。

"闵薇薇是个例外吧？"裴陆问，据岑词说，当时闵薇薇找上她的时候是因为有抑郁症，但并不严重。

汤图点头："闵薇薇算是岑词口中的有眼缘的病人吧。"说到这儿，她冲着裴陆一笑，"在岑词嘴里问不出来的话，裴队打算从我这儿了解？"

一句话说得裴陆尴尬，随后大大方方承认："好吧，我觉得在你们面前很难藏心思。"

汤图笑："不仅难藏心思，连精神问题都很难藏呢，裴队，你有些焦虑啊。"

裴陆方向盘一打："这话岑词也说过，没办法，干我们这行的都焦虑。"

汤图瞅准时机："找我，给你打折。"

裴陆被逗笑："你不会因为我怀疑岑词所以想打击报复我吧？听说你们催眠都有一套。"

"谣传，你们把催眠看得太神了，你不配合，我也没法啊。"

裴陆抿唇浅笑："成啊，吃饭的时候我好好请教。"

"吃饭？"

"刚才你不是让我请你吃饭吗？走着。"

"想见周军的话你硬闯不行。"

接上岑词后，秦勋得知她连午饭都没吃，便带她来了餐厅。还不到晚餐点，这个时间安静，适合聊天说话。

岑词没什么胃口，对着菜单发呆了好一会儿，秦勋见状抽走菜单，跟服务员说先上些点心和热茶。

等小食和红茶上桌后，秦勋说了自己的看法。

"我明白。"岑词轻轻转着手里的茶杯，看着杯里漾开的水纹，"但如果始终见不到，我就只有硬闯了。"

秦勋靠在椅背上："闵薇薇的情况现在还扑朔迷离，你怎么说服周军？"

"我压根儿就不在乎他怀不怀疑我。"岑词与他目光相对。

秦勋闻言意外，微微一眯眼，眸色里就有了思量："你怀疑周军？"

岑词终于找出不排斥秦勋的原因了，就是很多话不用明说他就能猜到，许是在商场浮沉的关系，自然练得耳聪目明。

"闵薇薇不会无缘无故变成这样，一直以来她在我这儿的情绪都很稳定。如果说之前有人动过闵薇薇的记忆，那当晚一定是发生了能够引起她记忆混乱的事。"

秦勋的拇指有一下没一下地轻蹭着杯沿，沉默不语似有思考。岑词从开始到现在，思维都是在自己的频率上，不经意看向秦勋时，目光就落在了他的手指上。

他的动作不疾不徐，像是无意识行为。岑词没移开目光，看着看着竟一时间觉得恍惚，思绪像是被风吹散了，想收却收不回来，一直伸向无边无际的幽暗里……

直到餐厅服务生从身边经过，脚步声很轻，轻到近乎听不到。可岑词意外听到了，紧跟着那些散向远方的意识倏然收回，尽数回到岑词脑中，她蓦地回过神，呼吸急促，像是憋了一口长气终于舒出来了似的。

坐在她对面的秦勋愕然，问她怎么了。

岑词打量了他一会儿，轻轻摇头："只是在想周军的问题。"

秦勋呷了一口茶，眉间舒展："这样吧，你等我的消息。"

"嗯？"

"不是一定要见周军吗？"秦勋微微一笑，"我来想办法。"

湛小野之后没再出现持刀的行为，湛小野的妈妈为此还松了一口气，带着孩子来找岑词的时候问她是不是小野好转了。

岑词没打击她但也没说鼓舞的话,只是告知再观察看看。

药物治疗配合精神引导治疗,湛小野有配合并未排斥的表现,再问他有关另一个自己的问题时,湛小野反应木讷,好半天才说:"我不知道他去哪儿了。"

岑词引导湛小野在画纸上画出心中所想,整个过程中她都在观察,又想起之前秦勋说过的话,便对小野妈妈说想去家里看看,了解一下小野的生活环境。

对此小野妈丝毫没反对,连忙说:"您随时都可以过去。"

岑词想着自己还要安排一下时间,便对她说去之前提前打电话给她。

等羊小桃在为岑词计划行程时,听闻她要去家访十分吃惊。

汤图直接敲开了岑词的办公室,她端了煮好的咖啡进来,开门见山道:"家访不是你的风格啊。"

岑词也累了,端起咖啡杯喝了一口,醇厚的咖啡香提了提神,道:"因为湛小野的病根没找到,所以家访就变得很有必要。"

汤图诧异:"湛小野之前给出的资料是假的?"

"倒未必是假的,但可能只是表面病因。"

在接诊湛小野之前,有关湛小野的情况和背景资料岑词的确都拿到手了。湛小野之前接受过一段时间的心理治疗,档案里显示说,湛小野最开始的表现为情绪抑郁,源于家庭氛围。

湛小野的父母是典型的严父慈母组合。小野爸对他不但严格,而且从未对小野的成绩给予过肯定;小野妈是全职家庭主妇,一方面对小野的事亲力亲为,另一方面也要承受小野爸回家后的百般挑剔。据小野妈说,不管是学习成绩还是其他事情上小野处处要强要拔尖。

岑词不是没怀疑过湛小野的病因过于简单,仅仅是因为家庭氛围?但经过这段时间的了解和治疗,她发现湛小野的确是受到父亲的影响太大,并且意识里他惧怕湛昌。

汤图慢慢喝着咖啡,末了问她:"湛小野的妈妈不是凡事亲力亲为吗?问她,她不清楚?"

岑词摇头,不是没问过,回答是湛小野自小到大就没发生过太大的事,除了经常被湛昌训骂。

汤图思索,冷不丁道:"你说,小野爸会不会虐待孩子啊,弄得孩子长期处于恐惧环境形成人格分裂?"

"如果是显性原因,小野刚来门会所的时候咱们就能察觉出来了。"

汤图点头,这倒也是。

"但湛昌这个人的确也要留意一下。"岑词话锋一转,"秦勋算是给我提供了一个新思路。"

秦勋?

汤图耳朵尖又心思细腻,从沙发上站起,走到她桌前,腿一伸钩过椅子,坐下跟她面对面。"昨晚都九点多了,我才听你房门响,我还纳闷你去哪儿了,原来是跟秦勋在一起啊。"

岑词瞧出汤图眉眼间的八卦意味,反问她:"那你是希望我跟他能有点什么还是没有什么?"

汤图用手抵着脸道:"秦勋那个人虽说有点神秘感,但人家的公司和身份明晃晃地摆在那儿骗不了人,所以我觉得还挺靠谱。"

岑词故作恍悟:"原来是瞧着人家的身份才觉出靠谱来啊。"

汤图可不在乎她的取笑:"人靠衣装马靠鞍,身份也是衣装的一种嘛。"

"看来你背地里也查过秦勋。"岑词聪明,一想就明白了汤图立场转变的原因。

汤图懒洋洋地道:"突然蹦出来的一人,我总得清楚他是圆是方吧。"

岑词浅笑:"最后只查出他是个商人?"

汤图笑了,本来一句"不就是商人吗?还能有什么身份"马上要脱口,蓦地觉出岑词的问话不对劲,收了笑:"难道……不是?"

岑词的目光落在面前的咖啡杯上,轻声说:"他会催眠。"又抬眼看着汤图,强调,"专业级。"

汤图一怔,好半天才反应过来:"啊?"

"昨晚他试图对我进行催眠。"

他蹭杯沿的动作看似没什么,可就偏偏令她意识涣散,那一下又一下十分有节奏,却又无声无息,当时幸好有服务生经过。

汤图震惊了:"还有能把你催眠的人?"

岑词的催眠本事她是心知肚明的,只是作为一名精神分析师,一般情况下不主张利用催眠手段达到目的,因为现如今催眠被过于神化,实际上,一个人在接受催眠解决问题的同时,有可能就会催生另一个问题的出现。

"侥幸没有而已。"岑词说。

汤图起身,手臂抱怀,一手支起摩挲着下巴,来回踱步思考,末了说:"他的背景资料明明白白摆在那儿呢,怎么发家的也都一清二楚,底子干净清白,又没旁的乱七八糟的事,没查出他会催眠啊。"止步,又转头问岑词,"那之后呢?"

"没之后,一切就当没发生过。"

汤图怎么想怎么觉得不妥,回到桌前跟她说:"你还是离他远一点吧。"

"如果他有心接近,我避而不见也没用。"

汤图叹气:"本来好好的英雄救美能成就一段佳话,一个施恩一个报恩的,看对眼了这人生也就齐全了,怎么就又冒出个阴谋诡计来了?"

岑词笑了笑:"或许也是我多想,顺其自然,至少有一点能肯定,他不想要我的命。"

有命活着就有机会查到想查的事,有命活着也有时间解决想解决的难题,这是岑词生活的宗旨。

第二天,秦勋就打来了电话,告知周军同意见面。

不管是秦勋的办事效率还是周军的态度转变都快到令岑词惊讶,所以在等秦勋的时候岑词就在想,不管秦勋真正的目的如何,至少在这一环节上他是尽心尽力帮忙了。

秦勋很快来了门会所。

两人的车子都还在修理厂,所以他开了公司的车。羊小桃打远就瞧见斜靠着车身的秦勋,在岑词临出门前兴奋地问她:"岑医生,你俩是确定关系了吗?"

上了车后,岑词想着羊小桃的模样真心想笑,这得是多恨嫁的姑娘啊。

见她眉眼染笑,秦勋轻声说:"很少见你笑。"

岑词闻言微微一怔,轻声说:"我好像……从前不是这样。"

"嗯?"

"哦,没什么。"岑词转了话题,"撞了你的车,又麻烦你搞定了周军,我欠你的人情似乎越来越多了。"

秦勋笑了,倒是没说客套话,趁着拐弯瞥了她一眼:"那你打算怎么报答?"

岑词又愣住。

说实话，她还没想到这一层，更没想到秦勋能这么问，中国人说话向来讲究分寸，我说一句感谢，你说一句不客气，这是再正常不过的事，这人咋还反其道而行？

但秦勋也不像是随口一说，似乎真在等她的答复。

岑词一时间词穷，等车子转了两个弯，她说："要不然……我还是请你吃饭吧，虽然几顿饭都抵不了救命之恩，但我只能想到这种方式。"

秦勋见她一脸的认真，忍不住被逗笑。

岑词不知他心里怎么想的，思量了小半天，说道："要不然从今以后你可以免费到门会所治疗，哦，你别误会，我是觉得现如今社会压力大，尤其是像你这类的从商人士，适当地做一些心理舒缓挺重要，至少能缓解情绪紧张。"

秦勋看着前方："你觉得我情绪紧张吗？"

"……倒没有。"

他笑了笑。

车厢里陷入安静。

岑词觉得这个念头形成是有迹可循的，对于秦勋这个人，她不排斥，但对于他极有可能会催眠这件事她耿耿于怀。

虽说她跟汤图讲一切事顺其自然，可实际上真能顺其自然吗？如果他会催眠，那实际上他还有其他的身份，如果在餐厅的时候他的确有意对她施加暗示，那他真正的目的是什么？

请君入瓮也未尝不是个办法。

正想着，车子缓缓停下来了，前方红灯，堵了一串车。

秦勋一手搭在方向盘上，转头看着她浅笑，意外问了句："如果我去的话，你做我的治疗师？"

"啊？啊……可以倒是可以，但情绪舒缓和心理辅助项是汤图的长项，到了我这儿一般都是严重的精神问题。"岑词说到这儿，又不想把风险推给汤图，便似开玩笑地说，"不过汤图现在的心思在裴队身上，不知道接不接收你。"

秦勋抿了抿唇："我跟她接触不多，也没必要多花时间再彼此了解，把我交给你，我自己也放心。你也说了，像从事我这行的定期做情绪管理和心理疏通很关键，防患于未然。"

岑词微微一笑:"好。"

周军被转到特护病房,许是耍了有钱人的脾气,样样都讲究个特殊。

病房门口多了保镖,听说这期间赶走了不少记者。保镖认出秦勋,但看见岑词后略有迟疑,秦勋淡淡地说:"一起的。"

特护病房进门有玄关,秦勋走在前头,岑词很快就听见客套话响起。

"秦总来了,快坐快坐。"

"别起别起,快躺下。"

你来我往的听着都是好说话的人,果然是生意场上的人。只是,周军的这份热情劲在看见岑词后散了,脸色变得不大好看,精神头还不错。

床头柜上摆放着白瓷细脖敞口花瓶,里面插了几枝百合花,新鲜的,花瓣上头还沾着水珠。护工只剩下一个,见来了客人,三下五除二把果盘放好后就出去了。

秦勋对周军说:"周总,昨天在电话里跟你提过。"话毕朝着岑词招手,"过来坐。"

岑词大大方方地走进来坐在床边的椅子上。在来的路上她有过担心,不知道周军能卖多少情面给秦勋,来了之后听秦勋这么一开腔,担忧就烟消云散了,能肯定的是,至少秦勋在周军面前不会矮一截。

果不其然,周军的态度缓和了,虽说没到热情相对,但至少脸上有了笑容。这已经很好了,岑词也没指望他能多欢迎她。

她没耽误时间,开门见山:"周总,闵薇薇那晚举刀之前发生了什么事?"

周军反倒是看着秦勋,笑意明显:"秦总,找个心理医生做女朋友可不好对付吧?"问完又不着痕迹地看了岑词一眼。

岑词眼里没情绪变化,可心里惊涛骇浪。照周军的意思,是秦勋谎称她是他女朋友才同意相见的?

秦勋抬手往她肩膀上轻轻一搭,笑说:"真心喜欢就顾不上其他的了。周总,我女朋友哪样都好,独独就是一根筋,所以没办法,我只能带她过来。"

又把话题扯回来了。

周军闻言微微收了收神色,靠在那儿说道:"那晚发生的事我都跟警方说了,既然岑医生主动问了,那我倒想反问一句,你对闵薇薇做了什么?"

"所以说，当晚就是因为鸡毛蒜皮的小事闵薇薇朝你动了刀子？"她没理会他的反问，冷静执着地说出她的问题。

周军重新审视眼前的这个女人。

之前陪着闵薇薇去治疗的时候不是没见过她，当时就觉得她年轻漂亮，也怀疑过她的专业性，只是不想她异常地理智，面对他刚刚的施压，还能这么坐得住。

"的确就是因为一些小事，应酬多回家晚这是我的常态，我知道她心有不满。"周军说到这儿微微一顿，不紧不慢补上了句，"但有一点需要强调，她当时不是朝着我动刀子，而是朝着她自己，我上前抢刀才受的伤。"

他说这番话的时候一直盯着岑词，岑词有意试探他不是不清楚，特意这般强调，为的就是看她如何尴尬收场。

岂料岑词半点尴尬之意都没有，嘴角微微勾起："哦，是吗？也许是我表达有误。"

一句话让周军始料未及。

站在她旁边的秦勋也忍着笑，心想，这姑娘还真是脸皮挺厚啊。

岑词又道："周总你要理解，闵薇薇是我的病人，所以我要以她的答案为标准。"

"能理解。"周军缓了情绪，"既然你是她的治疗师，那她——"

"我突然想到一种可能，说出来也许不对，但还是想跟周总探讨一下，没问题吧？"岑词生生打断周军反客为主的意图。

周军噎了一下，嘴巴张了又合，好半天才开口："你说吧。"

秦勋松了手，回到窗边斜靠着，双手插在裤兜里。不是他懒得听，而是今天算是真正领教了岑词的不按常理出牌和近乎赖皮的嘴脸，他继续待在她身边恐怕会笑场。

岑词朝着椅背上一靠，说道："那晚你们起冲突的原因是闵薇薇情绪发生了变化，看你像是在看一个陌生人，或者她干脆就说压根儿不认识你。她是你未婚妻，出了这种状况你只当玩笑话，甚至还打算对她霸王硬上弓，闵薇薇情急之下拿刀自保，一不小心才伤了你。"

周军的嘴角微微绷紧："岑医生的假设挺可笑，这是要推卸责任是吧？薇薇现在的情况我都了解，别管媒体怎么说，真实情况我该查都查了。我也很想问岑医生一句,我家薇薇怎么看了你的诊后就变得情绪反复了?怎么就在我受伤之后她什么都不记得了?"

即使有秦勋在场,说到这儿周军也忍不住冒了火气。

岑词没恼:"是啊,闵薇薇怎么就突然不认识你了呢?周总,你觉得有哪种可能?"

又把问题抛给他了。

周军一怔,紧跟着不悦道:"岑医生,你挺会倒打一耙,薇薇变成这样难道不是受了你的影响?你这么做到底有什么目的?"

岑词突然起了身,居高临下看着他:"闵薇薇是我的客户,我跟她没仇,你跟我尚且不熟,我跟你也无怨,你说是我操纵了闵薇薇,那我的目的能是什么?"

秦勋和岑词离开病房的时候,走廊那头走过来一个男人,不高也不壮,穿得整齐,沿着耳根到锁骨处隐约能见一道疤。很显然是认识秦勋,瞧见后就大步上前,笑着打招呼,一口一个"秦总"十分恭敬。

只是看向岑词时,眼神里多了几分打量的意思。秦勋微笑,礼貌相待,又不着痕迹地将岑词拉到身后。

等进了电梯,岑词问他刚刚是什么人。

"周军的手下,跟在他身边好多年了,外号叫尾巴。别看他其貌不扬,办事能力不容小觑,一旦被他盯上,真就像是长了尾巴似的甩不掉。"

岑词听了这话,心里不知怎的就有了不安。

尾巴进了病房后没立马关门,而是叮嘱门外的保镖一定要看住了,外面又多了不少记者。

"军哥,你还真见那女的了。"周军对尾巴有知遇之恩,尾巴也是个知恩图报的,这些年来兢兢业业为周军办事,深得周军信任,所以身份地位也是不同,别人见了周军都叫一声周总,只有尾巴喊军哥。

周军躺在那儿恹恹的,头微微一偏示意了一下,尾巴赶紧上前把床头摇下来。

"秦勋亲自带人来的,我再不乐意还能不见?都是混生意场的,总得给他几分面子。"

尾巴端了暖壶,给床头的水杯续了水,道:"那女的面儿挺大啊。"

"说是女朋友。"

尾巴放下暖壶:"诓人的吧?从没听说秦总有女朋友,那女的神神道道的,别是给他下什么迷幻药了。"

周军瞥了他一眼:"秦勋那个人从来绯闻不沾身,不管大小场合也没见他身边带过女人,这样的人没必要为了帮个女人扯这种谎。"

尾巴最开始是抱着死活不信的态度,听了周军这番话后迟疑了:"那……薇姐这件事咱就忍了啊?"

周军看着他。

尾巴马上说:"行,军哥我知道了,你别这么瞅着我,我瘆得慌,我离她远点还不行吗?"

"先把正事儿给我办了。"

"得嘞。"

湛小野进入药物治疗的平稳期,换言之,他的第二人格没再出现。

岑词给他做意识引导时,让他试图摘掉他以为戴在头上的帽子,湛小野跟她说,帽子不见了,他好像又是他自己了。

看上去像是恢复了很多。但汤图心细,瞧出岑词眉间的忧虑,问她是不是湛小野的情况更严重了?

是更严重了,可目前也只是她的猜测。

很快到了家访的日子,这天下了挺大的雪,院落里的松树整个白了头,团团白雪覆在松针上,只留了青色的冒尖儿部分。岑词怕冷,一件羊绒大衣,脖子上又裹了厚厚的围巾,她本来脸就小,围巾一围大半张脸都没了,只能瞧见黑白分明的大眼。

南城依山而建,高新低旧,新老城区交界处就是寸土寸金的富贵地,所以不少有钱人扎堆住在这里,其中一片名人区叫紫庭,是整个南城赫赫有名的高级别墅区。

湛小野家就在紫庭,都是独栋独院的,光是在家里干活的人就不少。

对于岑词的到来,小野妈可是下了功夫的。空运的鲜花、珍贵的食材,从院落到里屋打扫得一尘不染……可岑词没有在他们家用餐的打算,连连感谢后表示先看看小野。

好意被谢绝后,小野妈显得无所适从,想了想说:"那就用些小点心吧,都是今早我叫阿姨现做的,现在吃口感正好,刘阿姨——"

"不用麻烦。"岑词轻声打断了她的话,"小野妈妈,我今天主要是看看小野平时生活的环境和他在家的状态,您不用这么客气。另外,关于您先生打电话出言不逊这件事,之前我也跟您表过态,我并没有生气,你们为人父母,心情我很能理解。"

小野妈见自己的心思被她说中,一时间觉得挺难为情,但与此同时也心存感激,能这么开诚布公地表达和宽慰,足见岑词的坦荡。

小野没下楼,小野妈说他在睡觉,问道:"最近觉比较多,跟药物治疗有关吗?"

"因人而异,有的孩子体质敏感的话服用药物后会有喜欢瞌睡的反应。"

小野的房间在二楼,走廊的尽头,房门紧闭。

家里阿姨说,小野本想着等岑医生来,但还是没熬住,喝了杯牛奶就睡着了,刚睡下没多久。

岑词进小野卧室的时候是午后两点。房间很大,陈设挺少,惹眼的是屋子正中间的大床,地上铺着厚重的浅灰色地毯。一整面的落地窗,没遮窗帘。窗外的雪停了,阳光绵延进来落地毯上,细碎又温暖。

湛小野睡得很熟,至少卧室里进人了也没醒来的迹象,岑词也没打算叫他起来。出了卧室,小野妈跟岑词说:"是这样的岑医生,您刚才进的卧室是小野的不假,但他以前都喜欢睡阁楼,所以不少东西都在上头呢。"

岑词转头盯着走廊尽头的那扇带着毛玻璃的房门,想起之前湛小野跟她描述的情况,问小野妈:"小野持刀站在玄关那天晚上,睡的就是卧室吧?"

小野妈点头。

"之前都是住阁楼?"

"是。"

"那晚为什么睡卧室了?"

小野妈叹气:"前些日子家里阿姨给全屋消毒,那天正好清理到阁楼,小野这孩子没有熬夜的习惯,所以就回卧室睡了一晚,谁知道就发生那种事……"

岑词思量片刻又问:"所以,从那件事后小野就一直没回阁楼?"

"是啊,平时学习、睡觉都在阁楼,现在基本上都待在卧室里,很少进阁楼了。"小野妈一脸不解,"照理说他是在卧室里受到惊吓的啊,应该不愿意回卧室睡才是,怎么现在反倒不愿意去阁楼了呢?"

岑词给不了肯定的回答,想了想:"去阁楼吧。"

这里家家户户都有阁楼,大多数是用来放家中杂物的,有两个孩子的家里,阁楼往往改成了游戏间。但小野妈说,小野就算在阁楼里待着,都不见他弄出响动来,十分安静。

往阁楼走的时候经过了一间房,岑词下意识停住脚步。房门十分厚实,能瞧出采用了专业级的隔音工艺。她伸手摸了一下,金属材质,说它能防弹都不夸张。

见状小野妈说:"这是小野爸爸的书房。"

岑词收回手:"这房门够重的了,平时阿姨打扫推门进去都费劲吧?"

"都是小野爸自己打扫,他那个人事儿多,总说别人进他书房会把里面弄得乱七八糟的,别说家里阿姨了,连小野都不让往里进呢。"

岑词转头看了一眼,书房和湛小野所在的卧室成了十分刁钻的对角,只要湛小野站在卧室门口就能看见书房这边的情况。有一丝怪异感油然而生,却是隐隐的,不明……

阁楼上出乎意料地宽敞,不逼仄不阴暗,阳光正好,映得整个阁楼里都亮堂堂的。跟卧室里的格调完全不同,这里地面上铺着的是老木地板,原色,有层光晕,看着明快。

功能区分得很清晰,睡觉、看书、休闲,甚至还有个小小的衣帽区。墙上贴着动漫画报,还陈列了不少手办,除此之外,还摆着跟运动有关的物件,有辆山地自行车挂在墙上,下方摆着一副泳镜,墙角还立着滑板,滑板上头有不少涂鸦,还有个看不出是谁的签名。

书不少,多数是教材,还有课外阅读、中外文学名著,书桌上摊着卷子。岑词上前看了一眼,是物理,卷子上的题答得满满当当,每道题都没落下,旁边也摞着厚厚的卷子,都是物理竞赛题。

湛小野果然很喜欢物理。

被褥的颜色明快鲜艳,跟卧室里的暮暮沉沉截然相反。床边的墙上贴得花花绿绿,最多的是照片,单人的、合照的……

阁楼里都是生活气息,不像那间卧室,没半点人情味。岑词想起湛小野每次做完治疗的时候，他都要把躺椅上的毯子叠放得整齐，跟她交谈的同时也会下意识地把她桌上的笔纸收拾齐整。

"阁楼都是小野自己整理吧？"

小野妈点头说："不让阿姨乱碰他的东西，这点跟他爸一个样，所以大多数时间都是他自己打扫房间。但现在他也不怎么住阁楼了，阿姨进不进来打扫的他也不管了。"

岑词细细打量着这屋子里的物件，又跟小野妈了解了些情况，尤其是他从小到大的经历。能看出来小野妈是一心扑在孩子身上，湛小野打出生起的大事小情她都记得。当然最后也没说出特殊事件来，用她的话说就是，别人家的孩子怎么长大的，小野就是怎么长大的，顶多就是他爸对他严格了些。

她说着说着就哽咽了，问岑词："吃一样的米喝一样的水，怎么别人家的孩子没事，我家小野就……"

岑词其实不是很喜欢安慰人，尤其是哭哭啼啼的成年人。各有各的路就各有各的苦，自己的苦旁人替代不了，旁人的苦自己感同身受不了，安慰这种事不过是在浪费时间。

但面对小野妈的凄哀，她还是宽慰了一下，道："放心，我会治好小野。"

她抬手从墙上众多照片里摘下一张合照来，问："都是小野的朋友？平时玩得很好？"

照片上有三个男孩子，看模样不过五六岁，站在一起胳膊相互搭着肩膀，笑得开心。站在最左侧的是湛小野，眉宇间已经有了酷酷的影子。

但仔细看应该是四个孩子，只是最右边上的孩子被剪掉了，留了搭在旁边人肩膀上的手。

小野妈上前看了一眼："是，这几个孩子打小就认识，又在同一个学校上学，感情好得很呢，只是现在因为小野这病……原本都约好考同一所大学的。"

岑词边听边看其他照片，这几个孩子还真是自小玩到大，合照不少，从稚嫩到青春洋溢，只是之后的合照里都是三人。

"剪掉的孩子是谁？"

小野妈看了一眼照片，"哦"了一声，说："好像是个叫倩倩的孩子，之前都是在一起玩的。"

是个女孩子啊。

"之前？那她现在呢？"

小野妈说："很早就搬走了，之后就再没跟小野联系过。"

搬家？

"照片是小野剪的？为什么要剪？"

"小野这个孩子重感情，那个叫倩倩的小姑娘搬走了，听说连声招呼都没打，小野伤心了好几天，一气之下就把倩倩从照片里剪掉了。"

这件事湛小野倒是没跟她提过。

"关系既然这么好，应该还有倩倩的其他照片吧？"

小野妈想了半天，走到储物柜旁拉开，从里面拿出本相册来："估计这里面能有，这几个孩子都爱臭美，喜欢拍照。"

正说着阿姨敲门进来，说有电话找。小野妈将相册交到岑词手上，要她先慢慢看。等她出去后，岑词在地板上坐下来打开相册，一页页地翻看。

想要了解一个人，除了看对方平时爱看什么书外，看照片也是很好的方式。自小的生活环境、周围有些什么人、交了多少朋友等这些都能看出问题。

湛小野从小到大都不开心，这是岑词一张张照片看下来的最直观的感觉。

他单独拍照的时候挺拘谨，哪怕是得奖的照片里笑得都很勉强。相册里单人照居多，再者就是他跟妈妈的合照。很显然湛昌缺席了湛小野的成长，除了一张全家福外，很难再在合照上见到湛昌的影子。

湛小野笑得最开心的就是跟朋友们在一起，有那几张脸熟的，还有其他的朋友，但最多的还是墙上那几人。

岑词飞快翻了几页，女孩的照片几乎没有。她觉得奇怪，刚想合上相册，就觉得手指搭着的地方有点不一样。仔细一看，原来其中一张照片的内层面还夹着几张照片。

这是一本传统的相册，带着透明塑料袋子的，一张张照片往里插着放。岑词捻开袋子的边缘，从中抽出那几张照片。

插在最外层的是小野骑自行车的照片，也不知道谁给他拍的，只拍了侧面，挺酷。背后的那几张被岑词展开，果然就是他们几个的合照。

正儿八经摆拍的、在户外玩耍抓拍的、有居家的、一起吃饭的……都有倩倩，但是同样的，都被湛小野给处理过了。

方便剪的直接剪掉，不方便剪的就用黑色记号笔把整个人涂掉。

五六岁的年纪，小伙伴不声不响搬家了，突然有种被抛弃的感觉这很正常，情感强烈的也会有毁照片的举动，很显然小野就是个情感强烈的孩子，关于这点，她在治疗他的过程中就发现了。

将照片整理好重新插了回去，可插到一半时岑词的动作突然停了一下，如果毁照片的行为不是在他五六岁的时候呢？

这个念头乍起，岑词就觉得心头掠过一丝凉意，竟忍不住打了个激灵。又拿出照片来，盯着上面被涂黑的情情，她微微皱了眉头。还有就是，把情情从照片中剪掉的和涂黑的人，一定是湛小野吗？

这两处不确定性的念头一旦形成，就像刺入血肉的钩子，冰冷锋利，闪着寒光一钩钩地扎下来。岑词突然觉得后背发凉，猛地转头看向门口，这股子凉意就跟她一门之隔。

有细碎的声音传进来，仔细去听，好像是有什么人在窃窃地笑，极小的声音。岑词觉得大脑像是陡然缺氧般恍惚了一下，门外，有人。

让她冷不丁想起湛小野之前说的：他就站在门口一动不动，透过房门窥视着我，直到他缓缓把门打开……

房门还真是被推开了，门口站着一人，竟是湛小野。不知什么时候醒的，也不知道站在门口多久了。他掩着唇在笑，像是看见了好玩的事。

岑词暗自松了口气，打量着走上前的湛小野，虽说他在笑，可眼里所表达出来的情感跟平常有些不同。然而很快这感觉就没了，湛小野又是平时跟她见面的模样。

"岑医生你来了啊，他们都不叫我一声。"

岑词没把照片藏起来，道："没关系，看看相册，时间也就过去了，我听说你最近犯困？"

"没有，就是等你等得无聊了，所以才睡着的。"湛小野说着眼眸一垂，抿唇浅笑，"相册有什么好看的啊，都是我小时候的，丑毙了。"

"怎么会？"岑词微笑，"小野是漂亮的孩子，小时候也好看。"

"是吗？"湛小野走到镜子前看看自己，抬手抓了抓头发，"我也觉得我挺帅。"

岑词看着他的动作，上扬的嘴角微微僵住。小野其实是个腼腆的孩子，听不得好话。

"听说你小时候有个好朋友,叫倩倩的,还记得吗?"她开门见山。

湛小野拢头发的动作一停,转头看着她:"倩倩?"

"是,倩倩。"岑词微笑,试探,"是个挺漂亮的小姑娘吧?"

湛小野转过身来:"那个,"他又挠了挠额头,"我不大有印象了,好像是小时候玩得挺不错的,但后来她搬走了,我们就再没有联系。"说完他做无所谓的模样,"人生不就是这样吗?有聚有散的。"

"你才多大啊就有这种感悟,过来坐。"

阁楼铺着的是木地板,岑词是盘腿坐在地上看的相册,湛小野走上前后没席地而坐,反倒是拉了把椅子坐下,坐下后双手自然地搭在腿上。

这种坐姿很不"年轻人",而且他是刻意离岑词有点距离。岑词看在眼里,不动声色:"服药期间感觉怎么样?"

常规询问,湛小野也是常规回答:"还好,偶尔会头晕,但也不是很严重。"

"湛小野。"岑词叫了他一声。

湛小野微微蹙了蹙眉头:"岑医生请说。"

"不管是头疼还是瞌睡,这都是药物的正常反应,明白吗?"

湛小野点头。

"最近有做什么梦吗?"

"梦?"湛小野奇怪地看着她,"我最近很少做梦,就算做,醒了之后也都想不起来。"

岑词点头:"也算是好事,你之前说过你总做梦,第二天醒了就总没精神。"

湛小野没吱声,很显然不想聊这个话题。

可岑词抓着这个话题不放:"刚刚我进你的卧室,你在睡觉,但是睡得不是很稳当,应该是做梦了吧?是梦见了小时候?"

湛小野有些不耐烦:"什么小时候?"

岑词不紧不慢地说:"当然是你的小时候,之前你跟我说过,你很想回到小时候,所以大多的梦都跟小时候有关。在梦里你经常跟小伙伴们在一起玩,特别开心。你还问我,这是不是就叫作日有所想夜有所梦。"

湛小野抿着唇,盯着岑词,随后却又笑了:"是不是因为吃了药啊,你说的这些我都不怎么有印象了。岑医生,这个药还能让人忘事吗?"

"梦里的事忘了也就忘了,这跟吃不吃药没关系。"岑词不急不躁,"只要现实里发生的事还记得就行,像是你小时候的经历。"

湛小野眼里有晦暗不明的光:"今天怎么总提我小时候呢?"

"因为看得出你小时候就很优秀啊。"岑词又扬了扬手里的那几张照片,"而且也有不少谈得来的朋友,现在你们还有联系吗?"

"当然。"

"那为什么不跟倩倩联系?"岑词陡然一刀切中要害。

湛小野一愣。

岑词就等着他这反应呢,继续说道:"倩倩搬家了,你就讨厌她了,把她的照片都给剪了。"

湛小野嘴角的弧度僵硬了,好半天才说:"我不讨厌她。"

"那就跟我聊聊她吧。"岑词语气轻松,"在之前你跟我聊过挺多,唯独倩倩的事你说得不多,我也挺好奇的。"

"好奇?"湛小野微微眯眼,"岑医生,好奇害死猫这句话你听说过吧?"

岑词冷静应对:"做我们这行的只有保持好奇心才能治你们的病。"

湛小野盯着她,眼里闪烁着光,可又像是掩藏了什么,压抑、隐忍等情绪全收在眼底,看得岑词心头一惊,这般眼神哪像是一个孩子的?

可很快他就弯身下来,以手遮面,搓了好几下脸,看似痛苦:"可是好奇真的能害死人的,岑医生,我不想你死……"

他又抬脸,眼里就多了惊恐:"他曾经警告过我,要我别看他的脸,可是当他给我戴帽子的时候我还是看了一眼他的脸,如果当时我没看的话,可能他就变不成我的模样了。"

岑词站起身,走到他身边,与他目光相对。一时间谁都没说话,室内安静得很。

许久她抬手,刚碰他的头,他条件反射地头一偏,紧跟着站了起来。岑词轻声说:"放心,不管他长得有多像你,我都能认出你来,不要怕。"

湛小野垂着头,低低说了句:"那就好。"

出阁楼的时候湛小野表示又倦了,岑词便一路下了楼梯送他到二楼的卧室门口。房门即将关上,岑词手一伸扶住了门边。

湛小野吓了一跳,十分警觉,脱口而出:"干什么?"

"没什么。"岑词朝着湛昌书房的方向示意了一下,"你睡在二楼舒服吗?

毕竟斜对面就是你爸爸的书房,他会时刻盯着你的。"

湛小野的目光直直落在斜对面紧闭的书房,一字一句地说:"我不怕他。"

小野妈下楼之后接了通无关紧要的电话,通话结束后,小野妈对着阿姨颇有微词,怨怪她没眼力见儿,家里来了重要客人还让她接这种打发时间的电话。

正说着没承想湛昌回来了。湛昌是回来换衣服的,小野妈眼尖,瞧见他衬衫领口处有一抹口红印。

所以当岑词来到客厅时,小野妈正在跟湛昌争执,虽没歇斯底里,但眼角有泪痕,一手还扯着湛昌的衣衫不放。她没料到能看见这一幕,僵在原地。

湛昌也没料到家里有外人,先是一愣,反应过来后一脸的气急败坏,转头压低声音喝道:"扔下客人不管,你在这儿跟我吵架,我看你是疯了!"

小野妈脸上一阵红一阵白的,但既然都被看见了,她也就不藏着掖着了,愤愤道:"是我疯了还是你不要脸?小野都这样了,你还有心思在外面拈花惹草?你怕客人笑话是吧?正好岑医生也在,就让她治治你的毛病!看看你被哪个狐狸精给迷得人事不懂!"

这场景很尴尬,不管是作为主人还是客人。但对于岑词来说,像小野妈这种的算是文明了,她见过大打出手的,那场面实在让人心有余悸。

她打量了湛昌一番。个头挺高,但中年发福,脸上的横肉影响了颜值,岑词相信如果这人瘦下来的话颜值能翻番,毕竟从湛小野那张脸来看,家人的长相都不赖才是。他保养得不错,没秃顶,就是挺狼狈,领口被小野妈扯得凌乱。

湛昌闻言恼怒:"别在外人面前给我丢人现眼,我马上还得回公司,没时间看你胡闹!"

小野妈跌坐在沙发上嘤嘤哭起来了。

湛昌往楼上走的时候,岑词的目光没收回,她看清楚他的眼,眼神阴鸷,不由得就想起秦勋之前给她的提醒。

"你就是小野的精神分析师岑词?"湛昌看她,面色不好。

"是。"

湛昌微微眯眼:"作为一个风评有问题的精神分析师,我本来就不抱太大希望,但小野妈坚持用你,我也只能允许你继续治疗小野。我还是那句话,小野的情况如果继续恶化下去,我一定不会放过你。"扔了这话后他从她身边经过就往楼上走。

淡淡的香水味在空气里飘荡，不是小野妈身上的，还有凌乱领口上的那抹红。沙发上，小野妈还坐在那儿闷头低哭，岑词心头没来由地滞闷，像是压了块石头。

"湛先生。"

湛昌停住上楼的脚步，扭头看她。

"湛先生重视自己儿子的教育实属正常，但方式方法要得当，陪伴和沟通好过强制和要求。"

湛昌盯着她冷笑："你想说什么？"

"想说的很简单，孩子在成长过程里，有些事需要家长亲力亲为，但有些事就没必要较真。"岑词看着湛昌，"比如要求孩子事事优秀，再比如参与孩子的交友情况，尤其是剪掉孩子照片的行为。"

湛昌面色一僵。

二楼卧室，房门开出一道缝。湛小野站在门口处，目光透过门缝看着楼口处的岑词和湛昌，嘴角泛起冷笑。

第 四 章

汤图来找裴陆的时候,正赶上他在审讯室。

是裴陆的手下招待的她,此人人称钻天猴,汤图对他有印象,上次在机场时他就跟在裴陆身边,身手敏捷。同样地,钻天猴也记得汤图,人漂亮,又是个心理治疗师。

钻天猴挺热情,甚至是有点热情过度,端茶倒水的让汤图十分不自在,想着自己来得不是时候,便起身要走,钻天猴又把她按坐下了:"头儿马上出来,再等等,别急啊,你不是找我们头儿有事儿吗?"

"你们头儿每天都这么忙啊?"

"做警察嘛,忙是肯定的。"钻天猴说到这儿又马上往回找补,"但也不是说完全顾不上生活,不忙的时候我们头儿可会生活了。"

汤图马上顿悟了,敢情钻天猴这么急切挽留她是有目的的,她倒是喜欢他的这份小心思。

"汤医生平时也挺忙的吧?是不是都没时间陪男朋友啊?"

汤图暗笑,心想:我就等着你这句呢。

"我没男朋友,所以忙不忙的也无所谓。"

这话很显然一下子就说到钻天猴心里去了,但想到对方是心理治疗师,也不好表现得太明显:"这么巧啊,我们头儿也是单身呢。"

"不能吧,你们头儿那么帅,小姑娘肯定乌泱泱地往上扑啊。"汤图故意引话,"而且找个做警察的男朋友多有安全感啊。"

钻天猴一听这话有点激动:"哪有什么姑娘往我们裴队身上扑啊,要是姑娘们都像你这么想的话,我们头儿也不至于一直打光棍啊。"

"你们裴队就从来没交过女朋友?"

在早先岑词已经简单粗暴地跟她交代了裴陆的个人情况,但以防万一她还是要旁敲侧击一番。

钻天猴一摆手:"我们裴队可冰清玉洁了,没现女友也没前女友。"

是哪位天使姐姐开眼了啊,竟让她碰上这么个宝藏男孩!汤图坐在椅子上那叫一个心花怒放。但狂喜归狂喜,总不能让别人瞧出她内心的波澜壮阔不是?她"哦"了一声,便没多说什么。

天真烂漫的钻天猴上当了,见她眉眼波澜不惊的,心里那叫一个着急,不会就是随口那么一问吧?怎么办?又不能强行推销他家裴队,弄得好像真没人要似的那么掉价,虽然是真没人要⋯⋯

钻天猴又给汤图添了些温水:"做你们这行的也挺有风险的啊。"

"还好吧。"汤图慢悠悠地说。

"怎么能叫还好吧?"钻天猴一脸严肃,"之前在机场多危险啊,被人活生生当了人质吧?"

汤图忍笑:"这好像跟我的职业没关系吧?纯粹就是点儿背。"

"我的意思是,"钻天猴马上往回圆话,"你看啊,你从事的行业要接触那么多精神有问题的人,当然,我可没半点歧视他们的意思啊。像汤医生这种职业的,最适合找个警察当男朋友,有安全感啊。"

这个钻天猴深得她意,将纸杯搁回桌上,汤图手撑着脸看钻天猴:"我挺好奇一件事,你说你们家老大一直没女朋友,他是有哪方面的隐疾吗?"

钻天猴身旁还有别人,刚开始大家都竖着耳朵听不参与聊天,但汤图这话一问出来,大家的目光唰地一下全都对准她,面露吃惊。

汤图觉得好笑,这问题有什么不好意思的,不管是生理还是心理,有病治病没病健身呗。

钻天猴脸上的笑容也僵住了,然后目光一转落在汤图身后,紧跟着整个人都不对劲了,尴尬得很。

汤图觉得奇怪,刚要问,就听身后有人低喝了一嗓子:"都挺闲是吧?"

用汤图的话说就是,她来公安局是想了解一下岑词车祸的情况。生怕裴陆觉得突兀,她忙又补充道:"是这样的,当时出警的警察我不熟,也说不上话,我是怕其中还有什么事是人家不方便说的。"

岑词的那场车祸出得十分蹊跷,绝对不能当成普通事件看待。

这起事故不是裴陆负责,所以个中因由他不清楚,笑说:"你恐怕是对警方办事有误解啊,有人报警,警方出警,本着的原则就是为了解决问题,不会出现你说的那种情况,凡事都会跟当事人或家属讲明白的。不过你要是不放心的话,我倒是可以帮你问问。"

汤图今天来,其实更多的是借着岑词车祸的幌子来找裴陆,正所谓一日不见如隔三秋,自打上次分开后都不知道过了几个三秋了,她昨晚做梦都梦见他了。

对于她的这番相思,岑词十分不理解,问她不是打算要倒追吗?

汤图也不知道该怎么跟她解释,算是一种胆怯吧。太主动吧,怕被他厌烦。太不主动吧,怕他跑了。情感左右折腾思量,看得岑词都觉得心烦,送她一句话:"汤图,你就是典型的色心怯胆。"

说得多到位啊,汤图觉得没白交岑词这个朋友,总会手持数万枚银针把她扎得体无完肤。

裴陆打了电话,通话过程中汤图一直手撑着脸看他。

午后阳光正好,雪停之后天空异常干净,裴陆站在窗旁,警服平正笔挺,肩上的四角星花被映得发亮,连带着他的眉眼都明朗俊逸。

汤图心想:这能怪我腿软乏力心头发酥吗?

她曾经就裴陆的问题跟岑词讨论过,岑词说:"他长得是比普通人好看点,但还不至于让人五迷三道吧?"

气得汤图咬牙,绝交!

岑词不紧不慢地刺激她:"为了个男的跟好朋友绝交?可把你出息坏了。"

出息,她怎么没出息?这不就来了吗?

正想着,裴陆朝她这边看了一眼,正好跟她的一脸花痴撞个正着。不过汤图从业这么多年,也算是练出了虽然脸红心跳但也能强行淡定自若的本事,她转过眼故作从容,视线落在他的办公区。

电脑是待机状态,办公桌上的笔、纸张、烟盒放得乱七八糟,水杯推在桌子的最里头,杯盖扔到电脑旁。杯子里干干的,哪怕一片茶叶都没有。桌角还放着餐盒，三盒摞放在一起装在塑料袋里，袋子口是系着的，下面还贴着餐食明细。应该是午饭，他还没来得及吃。

汤图看了一眼餐食明细，订餐人不是他，看名字应该是个女的。看来不是没人惦记啊，单身就是抢手。

杂乱、不修边幅，这裴陆在性格上也是洒脱不羁，照理说这种人是最擅调节自己情绪的，但或许就是从警的缘故，工作强度高压力大，从桌上烟灰缸里快堆成小山的烟头就能看得出来。

她拿过烟灰缸，刚倒干净，裴陆就挂断电话过来了，赶忙拿过她手里的烟灰缸，说道："我自己来，你快坐。"

他这才瞧见自己办公区的一片狼藉，顿觉尴尬，赶忙收拾，汤图这边伸手帮忙又被他止住。她在旁边看着，他看上去手忙脚乱，所谓的收拾也不过就是把东西往旁边一摞，没有分门别类的意识。

汤图看看看看，心头泛起从未有过的柔软，夺过他手里的文件，说道："还是我来吧，你看你，越收拾越乱。"

裴陆有些不好意思："我这个人平时乱惯了。"

"没时间收拾嘛，能理解。"汤图利落，三下五除二解决了脏乱差的问题，拎起盒饭，"快去吃吧，可别浪费了人家姑娘的一片心意。"她心里可不是这么想的，恨不得立刻去看看关心他的人长得是圆是方。

裴陆先是一愣，紧跟着竟尴尬了，赶紧接过她手里的盒饭："嗨，一忙活早就不饿了，那个，"他清清嗓子，隔空一喝，"钻天猴！"

钻天猴马上到位，裴陆把盒饭往他跟前一递："没吃拿去吃。"

钻天猴接过来看了一眼单子，笑得不怀好意："这是你的盒饭我哪敢吃啊。"

"废他妈——"裴陆生生咽下半截话，改了口吻，"让你吃你就吃，麻溜拿走。"

"得嘞。"

等钻天猴跑了之后，他抬手摸了一下鼻子："他那个人特爱贫嘴，让你看笑话了啊。"

汤图说了句没事。

像是突然冷场。汤图刚开始还没觉出什么来，等她察觉出尴尬来，裴陆很及时地开口了："说一下岑词车祸的事吧，你是对那场车祸还有怀疑的地方？"

岑词的那场车祸，其实后续事情没多少，一是事故没牵扯其他车辆，二是两个当事人都没有追究的打算。至于当时的事故原因，岑词的确也没跟警察交代得太清楚。

裴陆在电话里问得详细，可再详细也不过都是汤图所知道的情况。

汤图迟疑，她十分了解岑词这个人，平时看着没什么，关键的时候很惜命，她再迷糊，在开车这件事上还是很谨慎的。

裴陆眼尖，道："当然，如果你觉得还有什么地方不妥的，都可以跟我讲。"

汤图笑说没什么，毕竟不是他接手的案子。裴陆轻笑说："只要不是有人恶作剧又或者真是冲着要岑词的命去的就行。"

汤图心里一咯噔："不会吧，岑词又没得罪过什么人。"

"你忘了她前阵子撞在舆论风口上了？"裴陆提醒她。

汤图轻轻一挑眼，看着裴陆。

裴陆被她看得有些不自在，清清嗓子："怎么了？"

"周军醒了。裴队，我知道你还在怀疑岑词，但说实在的，周军要是有证据的话就不是不想见她那么简单了，恐怕早就告她了吧？"

这件案子成了无头案，周军主动要求销案，闵薇薇无法提供有效供词，岑词那边无从下手，所以，要让裴陆彻底死心也是不可能。

他没隐瞒汤图："是，我的确一直怀疑岑词，不但怀疑岑词，我甚至也怀疑周军。"

汤图听出他话里的端倪，一针见血道："你并不怀疑闵薇薇？"

裴陆沉默半晌，再开口时语气轻松了不少："怀不怀疑的目前也没办法继续查下去，不是吗？"

虽说裴陆的回答令她不是很满意，但作为警察，他有他的职责和要坚守的原则，她不认同他对岑词的怀疑，可也能理解。

"头儿！"

是钻天猴，朝着裴陆打了个手势。裴陆见状，跟她说了声"稍等"，就跟着钻天猴出去了。

汤图其实是想走了，人家那么忙，原本是想打着岑词车祸的幌子约他吃饭来着。当然，今天聊得话不投机也是真的，不像上次在一起吃饭的时候，裴陆一开始就表明态度，只聊天不聊工作，所以算是相谈甚欢。

很快裴陆就回来了，没等汤图开口，他就告知自己要出警，对此很抱歉。汤图愣怔片刻，也没弄明白他为什么跟自己道歉。

告了别，刚要出门，裴陆又叫了她一声："那个，我腾出时间就去门会所。"

"啊？啊……好。"

岑词在修车行等候室坐着的时候，脑子里反复出现的都是湛小野的模样。

他跟她说话时的语气，他坐在椅子上的姿态，他谈到倩倩时的神情……从湛小野家出来后，她的后背一阵凉过一阵。

修车行的师傅进来通知她可以验车了。

崭新如初，岑词摸着车头的时候就在想，终究不是以前的车了。又得知秦勋那辆车还有几个进口零件需要等，她便擅自做主升级了几组零件，还有他车内的音响系统。

交钱的时候，岑词想到了自己车上的音响系统，便问音响的情况，有没有什么不同的地方。师傅是个挺实在靠谱的人，跟她说音响没损伤，不用替换，挺好的。

师傅没理解她的意思。但岑词也不打算追问了，总不能让她挑明问：师傅，您在修音响的过程中有没有发生类似灵异的事件……

那首歌她后来越想越觉得诡异，但当时一切发生得太过突然，她都没来得及好好记住那首歌。

签账单的时候羊小桃打来了电话，急躁躁的。岑词听的过程中皱了眉头。等那头说完，她说了声"知道了"，挂了电话后又拨了一通出去。对方很快接通，她自报家门，问那边："是心甘情愿走的吗？"

半分钟后岑词收好了手机，走到修车师傅面前，手一伸："车钥匙，我马上开走。"

闵薇薇离开疗养院了，被周军的人接走的。再来病房时门口的保镖没拦她，岑词心里清楚，周军早就猜到她会来找他。

周军今天的身体状况挺不错，岑词特意问了护士，护士的意思是，他也就是这一两天出院了。见岑词来了，周军含笑道："岑医生，你说我这是不是叫作吉人自有天相？"

"恭喜。"岑词语气清淡。

"今天怎么是岑医生一个人来了？秦总呢？他舍得让这么漂亮的女朋友在外面奔波啊？"

岑词没顺着他的话题，也没急没躁，只问道："闵薇薇呢？"

周军故作愕然，然后拍了一下额头："哎呀，你瞧我这记性，忘了通知岑医生一声，我派人把薇薇接回家了。疗养院那种地方哪能长待。"

岑词抿唇一笑："闵薇薇不是被强迫带走的吗？"

"怎么可能？"周军整个一笑面虎，眼里闪过层层叠叠的心思，"我是她未婚夫，是一家人。"

"欣慰的是，周总还没当她是疯子。"

"疯子倒不至于，但她能举刀。"周军微微敛了笑，"说实话，我对你仍旧抱有怀疑。"

"听过解铃还须系铃人吧？"

周军一愣。

"如果真像周总怀疑的那样，那恐怕这世上也只有我才能让闵薇薇恢复正常。"

周军彻底收了笑，看了她良久，道："岑医生如果是始作俑者，我怎么敢再把薇薇往虎口里送？"

"闵薇薇是我的病人，我需要跟她通话确认一下。"

周军叹息："岑医生这是在怀疑我？这样可不好，做你们这行的不应该多疑吧？"

"周总说错了。"岑词淡淡反驳，"做我们这行的不会轻易相信别人。"

周军似无奈，片刻后拿过床头的手机，拨了一串号码。很快那头接通了，他说："叫薇薇接电话。"

又等了一小会儿，周军把手机递给岑词。

岑词接过来看了一眼屏幕上的号码，"喂"了一声，那边是怯生生的嗓音："岑医生？"

"是我，你是在家里？"

闵薇薇在那头"嗯"了一声。

"你是自愿走的吗？"

"我……"闵薇薇迟疑了一下,"岑医生,我不想待在疗养院里。虽然我到现在还是对周军没印象,可是我相信他。"

岑词皱眉:"你确定?"

"是,因为我熟悉我的房子,这里有不少周军的痕迹,我想,他说得没错。岑医生,我待在熟悉的环境里,面对着一个陌生的周军,总好过在疗养院里面对着一群精神病患者。"

这话其实说得也没错。

岑词本想问她还会不会来门会所,但目光一瞥周军,他正盯着她,脸上多有谨慎。她想了想便道:"你回去也好,起码能让你安静下来。另外,如果日后你需要我,随时打我电话。"

闵薇薇在那头一谢再谢,末了又问她:"我是不是给你带来了很大的麻烦?我看网上——"

"没有,别多想。"

事实上岑词有预感,闵薇薇的这件事所带来的真正麻烦还在后头。

岑词从医院出来就接到了秦勋的电话,他开门见山道:"你去见了周军?"

"他倒是挺及时跟你报备的。"

"可能是希望我能管管自己的女朋友。"秦勋在那边低笑。

岑词走到车前停了步子:"对于这个忙,我总觉得欠你一声谢谢。"

见周军这件事对于秦勋来说也许是举手之劳,但用这种方式就在无形当中给了她压力,所以不管是真情还是假意,她都觉得自己有必要用一声谢谢来保持彼此的距离。

果然秦勋也是聪明,轻叹:"你跟我太客气了,你总这样,会让我没成就感。"

想要什么成就感呢?

"客气是维系人与人之间平衡关系的基本礼节,而且你的确帮我不少。"

"所以你在我车上花了大价钱。"秦勋轻声说。

岑词坐回车里,车门一关:"没什么,就是觉得新音响更配你的车。"

秦勋在那头笑了:"我可不习惯花女人的钱,这样吧,晚上一起吃饭。"

"我还有——"

"打电话问过羊小桃了,她说你今天没约客户。"秦勋打断她的话,"我把餐厅地址发你,直接过来吧,顺便谈谈周军的事。"

岑词一看时间:"现在?"

离晚饭点还早着呢。

秦勋笑道:"是,现在,放心,餐厅对你二十四小时开放。"

在南城有什么餐厅是二十四小时开放的?除非是快餐店。

餐厅避开了熙攘的老城区,在新城区著名的樱花大道上。樱花大道全长近两千米,来回两条车道并不算宽,两旁种满了樱花树。据说这樱花树跟南城同岁,已有数百年的历史。

有南城坐地户的,他们提到了樱花大道的来历。相传在古时有一商贾富可敌国,来南城做生意后就爱上了这里,并盘下来整条街的商铺。他有一位十分宠爱的妾室,特别喜欢下雪,可南城当时鲜少下雪,所以商贾便命人在长街两侧栽种白色樱花树,只待樱花盛开之时,花瓣簌簌而落胜似皑雪。

后来朝代更迭,商贾的住所几经换主,直到新中国成立前长街尽头的府邸被拆得不留痕迹,唯独这白樱留下了。

岑词不是南城本地人,但奶奶在南城,三年前她也是因为亲人和汤图才留在了南城,两人决定在一起做事时汤图就说:"南城适合你,有亲人有朋友的,多好。"

岑词喜欢南城,尤其是樱花盛开的季节。后来她们二人选址便选了新城区,隔着几条街就是这樱花大道。

照理说距离门会所这么近,岑词找餐厅该找得顺利才是。怪只怪这樱花大道虽说叫大道,却不是一条路走到头的,七拐八拐的巷子,巷子里又分左右岔路的,就像毛细血管的分布结构。

巷子里匿藏着不少店铺,有的铺子可能连本地人都不清楚。秦勋给出的餐厅位置就藏在樱花大道的深巷里,岑词按照导航一路找店,结果毫无悬念地迷路了。

岑词最开始不好意思打给秦勋,便一个电话打给羊小桃问路。羊小桃是出了名的爱扫街,查了餐厅后跟她说,那是一家新开没多久的店,主打创意菜,店铺不大,预约制,尤其是周日,只接待五桌客人,即使这样,这家餐厅还是预约不断,特别是周日的预约更抢手。

岑词想起今天就是周日，十分不理解周日这家餐厅有什么特殊的，羊小桃说，可能是因为只有周日店主才在吧，亲自下厨。

秦勋打来电话的时候她还在巷子里转圈，得知她迷路了，他一阵笑，问了大致位置后就让她在原地等着，别乱走了。

巷子安静，这样的周末很是难得，许是冬季的关系，来樱花大道溜达的人不多。岑词有点倦，趴在方向盘上，看着车窗外的街景。这里的巷子都是有年头的，一屋一墙都是被重点保护的文物。快到元旦了，樱花树上挂满了彩灯，临街的商铺窗玻璃上喷了 Happy new year（新年快乐）。

车窗玻璃被人轻敲了两下，岑词转头一看，是秦勋。他今天穿得清爽干净，一袭烟灰色大衣，白色鸡心领毛衫和灰色系衬衫，背后是古色古香的红色屋顶，瓦上还有未化的白雪。

他步行过来的，等她停好车后就带着她朝来时的路走。他的步子比较大，岑词跟在他后面有些吃力，很快就拉出一段距离。

岑词看着他的背影，逆着光，在巷子里越走越快，她喊了他一声，希望他能放慢脚步，岂料他拐了个弯就不见了。

岑词一愣，快步追上前，等到拐角处脚跟一旋，紧跟着愣住，前方没路了。有薄而浅的雾气缭绕，穿过薄雾竟是一道门。这门很厚重，铁艺，上头还有雕花的纹儿，门把手上内嵌了一枚黄铜风铃。她试图去推，推不开，只能听见风铃在叮当作响。

岑词僵在原地，任由雾气像长了脚似的往她衣领子里钻，只觉后背凉飕飕的，转头一看，身后的路也被雾气给遮住了。

她又喊了一嗓子："秦勋！"

"当当当……"

岑词一个激灵，猛地睁眼。车窗外已是夕阳沉落，天际大片黑红相接，宛若白天与黑夜进行的盛大的交接仪式。现实中的世界，那她刚刚是在做梦？

有人在敲车窗，伴着低沉的一声："岑词？"

岑词蓦地转过头，车窗外站着秦勋，微蹙着眉头，似乎在担心她的情况。

这一幕……

秦勋的穿着不是梦里的模样，但也是大衣，只不过是黑色。他示意开车门，她开了锁，发现手指头竟在微颤。

车门被秦勋拉开了,他问:"怎么了?"

岑词说了声"没事",看了一眼时间,从挂了电话到秦勋出现,不过才五六分钟,她竟能在这五六分钟里迅速入睡并且做了个感觉挺漫长的梦。

秦勋见她脸色无异,也没再追问,朝前方指了一下:"车就停这儿吧,走过去就行。"

岑词结巴:"走、走过去?"

秦勋没料到她是这种反应,笑了,顺带将她拉出来:"餐厅在窄巷里,门前停不了车,走过去不到五分钟,放心。"他抬手拍了一下她的脑袋,"能在餐厅门口迷路,你也是厉害的。"

拍她头的动作自然而然,却有了异样的亲昵,岑词说不上来这种感觉,便不去深想。她笑了笑,不着痕迹地避开他的手,弯身取包,锁车。

极淡的光打在巷子的路上,秦勋带路,她走在他身边,时不时就会想起刚才的梦来,不敢放松丝毫,紧跟他的脚步。他低头看了一眼她的鞋,放慢了脚步。岑词不知秦勋的心思,整个人都在梦境和现实的场景里穿梭,生怕真的瞧见雾气氤氲,人也消失不见。

"这条巷子的灯一开其实挺亮堂的。"秦勋以为她害怕了。

岑词点头,没说什么。

果真脚程不长,秦勋带她朝右手边一转……岑词心里咯噔一下,下意识伸手抓住秦勋的袖子。这一下把秦勋给抓愣了,问道:"怎么了?"

岑词抿着唇,视线投过去,然后又觉得丢脸了。没有雾气缭绕,也没有死胡同。眼前的巷子虽窄,但曲径悠长,此时恰巧也开了街灯,映得巷子里宛若白昼,那有了几百年历史的小路也温暖了很多。她的手还拉着人家的袖子,指间是羊绒衣料的温暖。

"没事,就是……差点崴了脚。"她说着赶忙松手。

秦勋微笑,胳膊朝她一伸:"随便扯。"

岑词忙摆手,笑道:"你就别取笑我了。"

"平时多穿穿平底鞋,高跟鞋穿多了伤脚。"

"习惯了。"岑词说完这话就后悔了,习惯了还崴脚?

"到了。"

岑词一抬眼,先是瞧见个不大的门脸,上头悬着一个纯木色挂牌,牌中镂空雕着一个字——忆。

店名？

目光一转落到餐厅大门上，一僵，紧跟着一丝丝凉气顺着脚跟往上爬。餐厅门厚重，铁艺的，上头有雕花的纹儿，门把手上内嵌了一枚黄铜风铃。

秦勋上前拉门时，那只风铃轻轻撞击了一下，发出清脆的声响。却像是根针似的刺了一下岑词的大脑皮层，她皱眉扶了额头："这个门……"

"嗯？"

"没什么，很独特。"岑词调整了情绪，"店名也挺与众不同的。"

湛昌推了应酬，在书房里待了挺长时间，直到保姆来送果盘他才开了门。问及小野的情况，保姆说又睡下了。湛昌看了一眼时间，这才几点。

他先去了趟湛小野的卧室，湛小野在睡觉，侧躺着，脸冲着窗子的方向。夕阳沉落的光偏移进来，整个房间里的光线很暗，又显得异样的妖艳。

湛小野现在睡觉从来不拉窗帘。湛昌思量要不要把窗帘拉上，终究还是打消了念头。绕到床边，他把被子往上盖了盖，又瞅了湛小野良久，叹了口气出了卧室。

阁楼里有人正在打扫，湛昌命人先出去。环顾四周，东西多而杂，椅子上还放着厚厚的相册。

湛昌拿过相册翻看，翻到最后，几张照片从里面滑落下来。他拾起，挨张去看，越看神情就越严肃，最后将那几张照片对边一折。

视线又落在那堵照片墙上，他上前，盯着照片一张张过滤，最后从众多照片里看见了那张合照。那三个笑得开心的孩子，还有没被剪干净的边。

湛昌皱眉，将那张照片摘了下来，跟那几张照片一样，对边一折。照片还没揣进兜里，就听门口一道冷冷的声音："那是我的东西吧？"

这冷不丁的，吓了湛昌一跳，手一抖照片就掉地上了，他扭头一看是湛小野。

"小兔崽子，你吓死我了，不是睡着了吗？"

湛小野没理会他的话，径直进屋。

"老子跟你说话呢，没听见？"湛昌不满他的态度。

湛小野冷冷地跟湛昌对视，他的个头都已经蹿起来了，用"人高马大"来形容湛小野丝毫不夸张。他就一动不动地站在那儿，目光里是能逼死人的寒气。

湛昌竟暗自打了个冷战,后背发凉。他微微眯眼,打量着湛小野的目光,总觉得透过这目光像是在看着个陌生人。

很快湛小野就移开了目光,弯身拾起地上的照片,拿在手里展开,然后一张一张地看。湛昌不知道此时此刻自己应该说点什么,气氛尴尬,令他很不自在。末了,他说:"都是过去的人和事了,该忘就忘了吧。"

湛小野没理会湛昌,将那几张照片放回原本的位置。湛昌不悦,但想着湛小野的情况也就作罢了,他转身要走。

"岑医生的问题你还没回答吧?"冷不丁地,湛小野说了这么一句话。

湛昌转头看他。

湛小野坐在床边,冷笑着与他对视:"但是她有句话说错了,你的亲力亲为不是为我好,一切都只是为了你自己。"

"餐厅的门是当时设计好了之后找人现做的。"进餐厅后,秦勋跟岑词介绍了这里的情况。

餐厅果真不大,进门后店里有几张桌椅一目了然。有茂盛的绿植在墙角,岑词叫不上名字,却觉得放的位置恰到好处。装修色调以浅灰深灰为主,偶尔会用浅色提亮。

音响里播放的是怀旧的布鲁斯风曲子。空气里有淡淡的松树味,却不是点了香薰,后来,秦勋在她对面坐下来的时候她才意识到,这餐厅里的松树味跟他身上的气息很相似,干净淡泊。

今天餐厅不对外营业,很是安静。落地窗外最后一抹夕阳沉落,路灯与店里的光交织,有种岁月静好的错觉。

"怎么想到开餐厅了?"岑词不解,他应该挺忙的吧。

秦勋亲自下厨,系着素色的围裙,平添了几分温柔。食材都是早就备好的,他在厨房里忙,岑词就靠在厨房门边看着,没想到他竟是这家餐厅的老板。

"开餐厅是我和我朋友多年前就有的想法,只是一直在忙没能操持起来。"秦勋娴熟地在弄配料,"因为都爱吃,渐渐地舌头就挑剔了,想着自己开家餐厅,也不需要多大,满足自己的舌头,顺带经营一下。"

岑词问他:"沈序?"

秦勋抬头看了她一眼,回答:"对。"低头又继续捣鼓配料,各调料的比例用得讲究,"没开餐厅的时候想着挺麻烦,毕竟是餐饮业,事事都要操心,开了餐厅之后觉得也还行,平时雇人打理,我有空就来店里。"

岑词想到羊小桃说的,周日格外难预约,因为是店主亲自下厨。看来秦勋的手艺不错,否则怎么才开业没多久就一炮而红,不愧是个生意人,抓准了消费者的心理,饥饿营销这一套他倒是驾轻就熟。

"后来你找过沈序吗?"岑词问。

秦勋的动作稍稍停滞:"找过,但找不到。"

"一点消息都没有?"

"是。"

岑词心想:当今社会如果真想找一个人的话也未必找不到蛛丝马迹,能消失得这么彻底,是不是他已经不在了?当然这番话她不能说出口,想着秦勋这个人说到底也是个有情有义的,开了这家餐厅也算是圆了朋友的心愿。

"或许从他失踪前最后到过的地方去查呢?"

秦勋取了菜刀出来,砧板上的食材被利落地切得精细。

"他是在南城失踪的。"

轮到岑词惊讶了:"所以,你来南城真正的目的其实还是找沈序?"

秦勋将切好的食材装盘:"是,后来遇上了闵薇薇的案子,情况还跟沈序当年研究的课题差不多,所以我就想着能不能从中找到线索。"

岑词听着有点糊涂:"据我所知,南城一向太平,怎么可能发生失踪事件?这么多年也没听谁谈论过这件事。"

羊小桃出了名地喜欢八卦,南城的风吹草动都逃不过她的双眼,再加上汤图这个本地通,更是对南城的大小事情了若指掌。可她都没听她们提过这件事,哪怕是沈序这个名字都没听过。

秦勋笑问她:"门会所不是坐地户吧?"

"三年前在南城成立的。"

秦勋说:"沈序是四年前失踪的,你没听过很正常。"

岑词了然,想了想问:"你没想过如果一直找不到呢?"

"总能找到。"秦勋语气清淡,"不管是活着还是死了。"

秦勋的手艺真的不错,四菜一汤,外加一瓶香槟。

"艾玛斯的鱼子酱和白地菇都是今天刚运到的,很新鲜,尝尝看。"

不用尝，光是眼睛看着都馋，汤也是讲究，主料用的是素有"贵如黄金"一说的黄唇鱼。岑词坐下后"啧啧"了两声："价值连城啊这桌，更别提还是老板亲自下厨。"

　　"食客决定食材的价值。"秦勋开了香槟。

　　岑词笑了："我从来不知道自己这么值钱呢。"

　　秦勋给她倒了香槟："岑词这个名字在南城也是无人不知无人不晓的。"

　　"南城的记者让整个南城人都认识我了，但凡知道我的，那都是怕了我的。"

　　秦勋轻声说："那是别人不了解你，这个时代人心浮乱，大家都习惯了人云亦云，但越是这样大家就越是健忘，信息高速更迭的社会，谁能永远记得一个人的功与过？就算记得，也顶多是偶尔拿出来说道两句罢了。"

　　岑词想着他这番话，倒也是没错。

　　"这家店名有什么特殊含义？"

　　一个"忆"字，简单。但往往越是简单的东西，背后的意义就越不简单。

　　"记忆。"秦勋没忌讳这个话题，"含义很多，可以是一个人对另一人的记忆，也可以是一个人对一餐美食的怀念。当时也是朋友想出来的字，还有那道门，也是那位朋友设计的。"

　　岑词听出端倪来："是除了沈序的另一位朋友？"

　　秦勋点头，拿了公筷为她夹了块鱼肉。

　　岑词道了谢，又追问："你的那位朋友也没有沈序的消息？"

　　"我不知道。"

　　岑词不解。

　　"是沈序的朋友，我其实不是很熟。"秦勋明言，"后来沈序失踪，那位朋友也下落不明，直到现在这两人一点消息都没有。"

　　岑词惊讶，这一个两个的都失踪了，可就不是偶然事件了。

　　秦勋抿了一口酒，继续道："该报警的报警，该立案的也立案了，所有的方法都用上了，该没消息还是没消息，不过我也习惯了，慢慢找吧。"

　　今天信息量不少，倒是能将秦勋出现在南城的原因讲得通了。想了想，岑词开口："你是不是……"

　　秦勋抬眼看她。

　　岑词咽下后半截话，不着痕迹地转了话题："你是不是要在南城待很久？"

想想刚才真是鬼使神差，差点就问他是不是会催眠了。虽然对他的疑虑减轻了不少，但有些事还得留三分空白。

"我是两地跑，南城这边也有业务。"

看来是会经常在南城了。

"你去找了周军，他不会卖你情面。"这次是秦勋主动转了话题。

"你觉得周军有问题？"

秦勋不慌不忙："先说说你的看法。"

在闵薇薇这件事上，秦勋算是参与了不少，岑词没必要对他隐瞒。

"首先我能肯定的是，周军对精神分析或者心理治疗方面并不擅长，也就是说，他不是动了闵薇薇记忆的人。"

为什么一定要去医院见周军？她需要观察周军，近距离地观察才能知道他的底细。结果发现周军就是个地地道道的生意人，让这样的人去完成高难度的专业课题，太难。因此也更加肯定了她之前的想法，闵薇薇的记忆早就被人给改了。

秦勋明白岑词之前的用意，而后她第二次找上周军的目的他也就清楚了。

"但是，对于闵薇薇记忆的问题，周军早就是清楚的。"

岑词没料到他能说中她的想法，一怔："是，所以，很有可能周军知道是谁动了闵薇薇的记忆。"

"但是你早就料到周军会接走闵薇薇。"

"是。"岑词坦言。

闵薇薇不可能一直待在疗养院，周军醒了之后第一件事是把她接走，问题是，他接走闵薇薇之后不是送到门会所，这才让岑词肯定了猜测。

周军先是隐瞒了事发现场的真相，然后接走闵薇薇，阻止她跟闵薇薇见面。表面上像是防止她再对闵薇薇做些什么，可实际上正常逻辑不该是这样，而是会先想方设法治好闵薇薇。

所以这只能说明，周军对于闵薇薇的记忆被篡改是知情的，只是操作者不是他。

在讲述的过程里秦勋一直在倾听，偶然会给她夹菜、添汤。直到岑词说到周军禁止她再见闵薇薇的态度很坚决时，他才问她："接下来怎么做你想好了吗？"

岑词想了想说："如果周军不松口，闵薇薇又不配合，那这件事只能作罢。"

"虽然认识你的时间不长,但我总觉得你不是个容易放弃的人。"

岑词笑着摇头:"我想你弄错了一个概念,不是我放弃了这件事,而是这件事放弃了我。"

"有区别吗?"秦勋反问,"在我看来,这件事并没有结束。"

岑词沉默。

"你不是也有所怀疑吗?"

岑词端起酒杯,杯沿抵在唇边,光顾着想事情,半天都忘了喝上一口。又过了两三分钟,她抬眼看秦勋,目光里似有妥协:"这件事,也许真的超出我的能力范围了。"

"你现在放弃了倒是没什么,但如果有一天闵薇薇又找上你了呢?又或者类似闵薇薇的患者出现,你该怎么办?"

岑词放下酒杯:"你能这么说,是有什么建议吧?"

"拙见而已。"秦勋将酒杯推到一边,面前空出大片位置,食指在桌上画了一下。

"你说了,闵薇薇的记忆被人改过,这就好比是一台电脑,有人将原本的程序全换成新的,所以闵薇薇不认识周军很正常。但人脑终归不是电脑,记忆被篡改的情况也不是万无一失,一旦被人破坏,当事人是不是就会发生记忆混淆甚至出现虚假难定的幻觉?"

岑词看着他放在桌上的手,非常漂亮。

"记忆的篡改模式一旦被破坏,的确会出现你说的这些状况,所以这也许就是闵薇薇举刀的关键,一来她变得不认识周军,二来很有可能出现幻觉,认为周军可能会伤害她。"

"有可能的话,是不是可以对闵薇薇进行一次记忆修补?"

岑词微微一蹙眉,秦勋见状问她怎么了。

岑词说了实话:"记忆篡改这种事已经是违反行规了,这是精神和心理治疗范畴内最忌讳,也是我们最不想碰的课题。闵薇薇的情况的确是摆在那儿,这么长时间,我一直希望能找到其他方法帮她恢复,例如记忆唤醒。"

秦勋收回手,夹了块鱼肉搁在盘里:"记忆篡改是人为,或许就只能用人为的记忆修补,你想唤醒病人自身的记忆,不可能。岑词,闵薇薇丢的是记忆。就像我刚才打的那个比方,电脑里的原程序全都没了,你想靠它自己修复?"

岑词不语，良久后突然笑了："秦勋，你很奇怪。"

"这话怎么说？"

岑词抽出纸巾擦了嘴："在我看来，周军和湛昌同样不可信，你对这两人的态度却不一样，前者你让我积极，后者你让我规避。"

秦勋不紧不慢给了解答："湛昌的发家史并不光彩，他是从社会上摸爬滚打上来的，现在就算再光鲜亮丽，骨子里的戾气还在。而周军，就目前来看没什么黑料，算是个正经的生意人。"

岑词盯着他瞧，目光里流转着异样的光："你舍命相救又不怕忠言逆耳，秦勋，如果这一切都是你的真心实意，我会很感激你。"

"你认为我对你有企图？"

"我希望不是这样，我对你讨厌不起来，所以如果你真的耍了一招苦肉计，那我也只能自认倒霉。"

秦勋微微抿唇，看了她良久，轻声说："既然你不讨厌我，那怎么就不能相信我对你的企图有可能只是男女之情？"

岑词心里不知怎的一咯噔："你想说一见钟情？秦勋，做我们这行其实并不相信这个。"

"我也不相信。"秦勋笑，"所以我们慢慢来也不错，你看，至少你现在不再喊我秦先生了吧，也许连你自己都没察觉。"

岑词哑口。

"要一个人完全接受另一个人不是件容易的事。"秦勋微微朝前探身，语气温柔，"但首先不能排斥别人对你的关心，例如，我希望你远离湛昌这个人，纯粹只是怕你受到伤害。但事实上你去了湛小野家，不可避免地你或许也见到了湛昌。"

岑词拿过酒杯晃着玩："我的行踪你很清楚。"

"有心打听就不是难事吧。"

岑词微微一笑。

就这么一笑，倒是让秦勋看明白了，他恍悟："原来啊。"她就是冲着湛昌去的。

岑词没否认，晃酒杯的动作一停："不管是找上门算账还是故意激怒，既然有些事停滞不前，那我就让这些事主动来找我。"她朝着他举酒杯，"所以你刚才说对了,闵薇薇的事还没完,我不会轻易放弃的。"

周五天又阴沉了,许是过不了响午就能来场暴雪。

羊小桃一大早就来了,将岑词和汤图的治疗室打扫得干干净净,心情格外地好。周五了,谁不喜欢?正美呢,却被汤图告知这个周末要做好宣传文案。

羊小桃一个趔趄,门会所开门至今也从来没弄过什么宣传文案啊。

汤图甩了句:"多招揽有需求的客户,岑医生不接的统统扔我这儿。"

岑词进门正好听见这句话。

羊小桃拉着岑词的大衣袖子,冲着汤图的背影一抬下巴:"是不是受什么刺激了啊?"

岑词倒是不觉得汤图能受什么刺激,顶多就是心血来潮。看了预约名单,跟羊小桃核对了时间后她去了汤图的治疗室。

偌大的桌子收拾得一尘不染,桌中央摆了个塔罗牌阵。岑词斜靠在门边,笑着看汤图:"打算改行啊?"

汤图盘腿坐在椅子上,合着眼,双手分别搭在膝盖上,掌心向上,中指与拇指相抵,这架势都有一种远离红尘的超然。她没睁眼,不紧不慢地吐出个字:"悟。"

岑词靠在那儿低笑,这都不说人话了。

汤图缓缓睁眼,食指一伸竖在唇边。岑词不出声了,好奇地看着她接下来的动作。汤图将桌上摆放的塔罗牌一一翻开。

翻到最上头的那张后,就听她一声哀号。岑词保持冷静,走到桌前瞧了一眼最上头的牌面,画着的像是辆马车,车前还有一双翅膀,牌的端写着 The chariot。战车啊?怎么看都只像辆马车,这画功有待提高。

"你要破财了?"所以才着急忙慌地拼命敛财?

"不懂就别乱说。"汤图一脸颓废,拾起那张 Chariot,左右打量。

"是不是装陆长得太帅让我望而却步了?"

岑词无语,转身要走。汤图一把抱住她的胳膊,连带着身下的椅子蹭出半米远:"别走啊,你忍心看你姐们儿这么郁闷吗?"

岑词任由她死抱着自己的胳膊,回头瞪她:"就这点破事儿磨磨叽叽的,你说你郁闷是不是自找的?我可把话说在前头,你要是憋出病来我可不管。"

汤图把脸贴她胳膊上："我不是没勇气啊，就总觉得我跟他吧，说着说着总能拐到敏感话题上，弄得大家就失去了心气儿，尤其是他对你的疑虑没消，这就像道隐形墙似的让我不舒服。"

岑词听了心头泛暖，但嘴巴不饶人："你喜欢他就喜欢，非得拉上我干什么？厌就承认，别把帽子扣我头上。"

"没良心。"汤图笑着推了她一下，借力滑到了原位。她示意了一下塔罗牌，继续说："算得也是挺准，我啊终究是个拉不下脸皮的人，做不来主动倒贴的事。"

"你心理学算是白学了，最后对着纸牌折腰。"

"我想走走捷径，看看我未来的感情走向。"

岑词看了一眼墙上时钟的时间，拉了把椅子在对面坐下："这样吧，你给我诊费，我帮你分析分析。"

汤图诧异地盯着她："岑词！你是掉钱眼里了吗？据我所知你可不是这样的人！"

"知人知面不知心，你敢保证你了解我的全部吗？"岑词开了句玩笑。

汤图微微一怔，但很快恢复如常："感情这种事我咨询你，我信不过啊。"

岑词没注意到她刚刚面色的变化，笑叹："这可真是救人者不自救，你说你也算是长了双火眼金睛，如果裴陆对你感兴趣的话，你应该能看出来吧？"

"这话说得轻巧了，换作是你，能看出来秦勋对你是不是感兴趣？"

"能。他对我是感兴趣。"

这话听得汤图娇躯一震："他表白了？也是啊，肯定对你感兴趣，都能为你挡车呢，那可是生死攸关的大事。"

岑词若有所思："是啊，生死攸关的大事，所以怎么还能教人怀疑呢……"

汤图听着这话里的意思不大对劲，问道："你觉得秦勋对你有感情之外的企图？"

岑词咬了咬嘴唇，没说话。可实际上她确实觉得秦勋的出现没那么简单，真的只是为了找他的朋友？

汤图在桌面上轻轻敲了两声："如果秦勋是有别的企图，你认为他想在你身上得到什么呢？"

岑词愣住，是啊，能得到什么？

羊小桃敲门进来，提醒岑词客户还有十分钟就到，又问茶、果汁、咖啡和矿泉水,准备哪一种。

岑词说:"矿泉水吧,别让客户看见茶和果汁。"

羊小桃走了之后,汤图问这是怎么个意思。

"顶闵薇薇空缺名额进来的客户怕水,喝水只敢喝没有颜色的。"

汤图"啧"了两声,似乎没见到其人,就能闻得到酸气。

"哎。"她叫住已经走到门口的岑词,"周军真拒绝你见闵薇薇了?"

岑词轻笑:"他现在巴不得我离闵薇薇远远的。"

所以能肯定,闵薇薇这次出事应该是周军始料未及的,那么,他究竟知道多少还是个未知数。

周末岑词没去门会所,想着好好睡上一觉却也没能如愿。这阵子睡眠总是不好,睡着了也总是做梦。一会儿是湛小野,一会儿又是闵薇薇,要么就是湛昌,他冷冷地盯着她说:"岑医生,你太爱管闲事了。"

天亮前岑词又梦见一人,跟秦勋站在一起,是一个男人。

他们两人周围雾气氤氲,像是在交谈,她只能瞧见他们的侧影。隐隐有风铃声,叮叮当当的,被清风吹动着。一并入耳的还有道低沉的嗓音:"我不赞同你这么做……"

是秦勋的声音?

汤图打来电话的时候,岑词刚在泡澡水里滴上精油。她问岑词:"你说我约裴陆吃饭的话,他能答应吗?还说要来会所呢,这人说话也不算数啊。"

岑词真心觉得她这位朋友是陷入爱河了,也不知该怎么劝,末了提议,打个电话给裴陆,先别说吃饭的事,又不是饭桶,看看人家有没有在忙,识相点。

汤图乐滋滋地照办了。

还没等筋骨彻底舒展,汤图又发来语音:"裴陆关机了!他怎么还关机啊?!"

岑词被她号得耳朵疼,心想:这女人的智商是不是都让一腔爱意给碾轧了?

岑词回了一条:估计是执行任务吧。想了想又补发了一句:你抓我这么个没有经验的人做参谋,好意思吗?

汤图很快回复:特别好意思,你就当预习了。

手机刚要放下又响了,岑词以为还是汤图,点开一看是秦勋。先是发了张蓝鳍金枪鱼图片,紧跟着有一条语音:"下周五我回南城,到时候会进一条蓝鳍金枪鱼，周末来店里吃。"

岑词这才知道他去了外地，在回复上打了一个"好"字，想想又删掉了，点开语音，回了声："好。"

转眼又到了工作日，羊小桃顶着俩黑眼圈来上班，见着岑词就痛诉汤图剥夺周末私人时间的可耻行为。

还真别说，羊小桃做的宣传方案又劲又爆的，挂在网上很快就有了反响，电话不断，咨询的咨询，约见的约见。

汤图大包大揽，尤其是有情感问题的客户她来者不拒。岑词心有余悸，自己都是个花架子，还给别人做情感咨询？

为此汤图振振有词："我接案子，凭的都是专业实力。"

羊小桃挺没眼力见儿的，拉着汤图说："那给我也算算塔罗牌呗，看看我什么时候能嫁出去。"

就这样热闹了一周，其间，不管是周军还是湛昌都没消息，平静得就好像什么事都没发生过似的。

等到周五，一大早秦勋就发来信息："我能预约接机服务吗？"

岑词听完语音后想笑，他十有八九还不知道她路盲得厉害吧。正要回复，手机响了，一个陌生号。她盯着屏幕上的手机号，心中隐隐有了一丝预感。

第 五 章

紫廷这处会所成立之初就十分低调，选址隐蔽，顺着新城区的主干道一路出城，就在城外那座山的山脚下。

去过的人都知道，进了紫廷钱就不是钱了，那都是纸，漫天地撒。这里是娱乐场所，也是生意洽谈场地，更是拓展人脉的好地方。

岑词抵达紫廷的时间是晚上七点四十分，湛昌在电话里跟她约的见面时间是晚八点。

紫廷有两处停车场，一处地上一处地下，地下方便，直通会所。但岑词开着车在地下停车场里转了一圈后就去了地上停车场，选了个车辆少又有摄像头的位置停车。

熄火后岑词想，也幸亏从城区到紫廷就这么一条路，要不然她还不定要找多久呢。

翻出手机，点开与秦勋的对话框，上头有一组航班信息，是秦勋白天发过来的。还有一条她早前发的消息：很抱歉，临时有事无法去接机。始终没有回复，许是秦勋一直在忙。

差五分钟到八点，岑词没急着进去，站在门外仔细打量了一下眼前的会所。

四周是竹林，风从林间过。紫廷会所就坐落在竹林间，一栋上下两层高的红砖墙老宅。别看只有上下两层，大大小小的房间却有两百多间，一道围墙加两扇开的铁艺门围出了老宅的范围。

门眉有砖雕，前庭立深山老木木雕，刀法粗犷，不回刀也不喷漆，外面涂了层桐油。红砖墙上就简单地挂了个铜牌，上头雕着一个"紫"字。黄杨木梅花窗棂，玻璃上有花纹，手工吹制，花纹独特没有重复的。

会所人员得知岑词是找湛昌的，请她稍作等候，打了通电话确定后带着她上了二楼，湛昌在走廊尽头的包间。

岑词以为包间里会是湛昌自己，哪怕不是他一个人，顶多还有个助理或保镖。保镖是有，站在包间外，包间内竟有十几人的样子。七八个男人，西装革履的，个个怀里搂着个美娇娥，咿咿呀呀地唱着一首怀旧的歌。

把我们的悲哀送走

送到小河流

让流水冲去多年的离愁

有情人来到桥头……

还有人在玩骰子，长桌上两排酒瓶空着。

湛昌坐在沙发正中间，正跟一中年男人说话，看见岑词来了后，朝她一招手："岑医生来了，过来坐。"

这个称呼一甩出来，众多目光里来了兴趣，音乐声停了。坐在湛昌身边的中年男人往边上挪了挪，腾出足够的两人空间。

岑词走上前，于湛昌的右手侧坐下，中间隔着一人的距离，不至于挨着亲密，又不影响交谈。湛昌示意了下道："大家继续，我跟岑医生有正事谈。"

大家伙这么一听，谁还敢看热闹？音乐起，那些人又接着玩乐，刚刚的那首老歌又咿咿呀呀响起。

和她约在这种地方，湛昌摆明了就是要给她个下马威。

"岑医生，说一下我儿子的情况吧。"湛昌拿了支雪茄，当着她的面就点燃了。

岑词敢来，那是算准了湛昌心思的，今晚他是势必要听见些实料，否则他真想在这里为难她，简直是易如反掌的事。

岑词没隐瞒，道："简单来说，小野有第二人格，目前主要也是他的第二人格在跟我们对话。"

湛昌一愣，雪茄都忘了抽，看了她好半天，问道："你的意思是现在的小野不是小野？"

岑词摇头："是小野，但不是他的主人格。"

湛昌听得一头雾水："人格分裂？"

"确切来说是精神分裂引发第二人格出现。"

湛昌忙抬手阻止："我听不懂你们这些名词，你就告诉我，我儿子的病能不能马上治好？"

岑词垂眸低笑，这一笑倒把湛昌给笑蒙了，他微微一眯眼："你是不是在耍我？"

"有必要吗？"岑词淡声反问，"湛小野目前在家是个什么状态，我想你也看到了。"

湛昌沉默，许久抽了一口雪茄，大团烟雾吐出模糊了面容。不像他儿子，这点是肯定的。

岑词的话戳中了湛昌的痛点，她继续说："湛小野的主人格善良，遇事习惯谦让，他很优秀，也知道怎么做能让你们满意。但他的第二人格不是这样，叛逆、沉默、说话尖锐毫不留情。"

"为什么会这样？"

"精神分裂很大程度上是遗传，但也有后天形成的病例。一般来说，精神问题十有八九都是受到环境和人际关系的影响，而引发第二人格的出现，可能有两种目的：第一，填补心理空白；第二，保护主人格。"

湛昌皱眉："什么叫保护主人格？你的意思是，小野有危险？"

"是小野觉得自己有危险。"岑词纠正了他的说辞，"他有心魔，常年处在自责和恐惧里无法自拔，人格分裂的病症之所以会出现，那是因为主人格再也承受不住压力，激发原本隐性的第二人格出现，目的就是为了延续生命，这其实也是心理防御机制的开启。"

"心魔……"湛昌喃喃道，眉头越皱越紧。

"心魔是主要病因，心魔不除，小野的情况不会改善。"岑词说到这儿停下了。

湛昌抬眼看她。

她思虑片刻，接着说："而且一般来说，第二人格的出现都是情绪极端化的表现。我去过你们家，也看过小野目前的状况，说实话，他的第二人格将会有攻击性，这很危险。"

湛昌的手一抖，警觉道："什么意思？"

岑词的身子微微前倾，盯着湛昌的眼睛："报复，以彼之道还治彼身。"

湛昌目光一闪。

岑词能感觉到湛昌的呼吸有一瞬变得急促，他闷着头抽烟，整张脸都阴沉沉的。良久后他才开口："你还没回答我刚才的问题，我儿子的病能不能马上治好？"

"马上治好不可能。"岑词干脆利落，"湛先生，找出心魔才是——"

"你把我当三岁孩子骗呢？"湛昌陡然震怒，拍案而起，"什么不着调的心魔，你要是不行趁早给老子滚蛋！"

这一声着实能掀了房顶，四周顿时安静下来，就连唱歌的都大气不敢出了，所有人都不知道这是什么情况。

"湛总，怎么个意思？跟个妞儿置气没必要啊。"

"什么来头啊？还有你湛总搞不定的妞儿呢？"

有人说笑，有人调侃，不管说什么，都朝着岑词之前预想的方向发展。湛昌没理会周遭人的话，一直死盯着她。她也未有惧色，视线跟他对峙。

良久后湛昌才冷笑："跟我这么说话，你还真不怕我就把你扔在这儿，真要是得罪了我，你想囫囵个儿地出去根本不可能，脱掉你一层皮都是轻的。"

"我知道。"

"你知道？"

岑词一字一句："敢来，我就多少了解过湛总的情况。"

湛昌微微眯眼："看来，岑医生是想挖我的底子啊。"

"除非你不想救你儿子，否则肯定要把不堪的过往说给我听。"岑词淡淡道，"比如，那个倩倩。"

湛昌这次没恼，只是眼神阴鸷，让人感觉黑压压的。他坐下来吸了口雪茄，良久后开口："这么跟你说吧，我们湛家的船你能上，但未必下得来。小野你得给我治好，其他的，免谈。"

岑词笑，低头玩了两下指甲："看来湛总并不相信我。"

湛昌凑近她，往她手里塞了杯酒，冷笑："这些年跟我巧言令色的人太多了，还有想方设法要搞死我的，你说我怎么信你？"

话音刚落，就听斜对面沙发上有人扯着嗓子喊："你不让爷尽兴了，想拿钱？没门！"

岑词目光一转。是个穿花衬衫的男人,看样子四十出头,卷起袖子露出大截花臂。

"老五,你又想什么花样了?你可别让姑娘吃不消啊。"有人笑。

被叫作老五的男人手臂一挥,示意那人闭嘴。他伸手拍了拍桌上的钱,斜眼瞅着身边手拿蜡烛的姑娘:"老子的钱可不好拿!你能玩,钱就揣走,不玩,我也不逼你。"

湛昌拿了个空酒杯,倒了半杯酒送她面前,问道:"要不然岑医生赏个脸,陪我看个热闹?"

岑词盯着眼前这杯烈酒,酒反射着头顶晃动的光,有些刺眼。她轻笑,接过杯子:"好啊。"

酒杯碰撞,湛昌冲着她举杯示意了一下:"我半开,你随意,不强求。"话毕真就喝下大半杯。

这是高度酒,小抿一口都能醉死人。说是不强求,可他们这伙人,哪能不强求?可岑词还真就是抿了抿,连半口都不到,冲着湛昌一抬杯子。

湛昌先是惊讶,紧跟着笑道:"岑医生,你还真敢随意啊。"

"我这个人向来客随主便。"

"有意思。"

斜对面沙发上一声尖叫,岑词转头去看,顿觉身上冒冷汗。拿钱的姑娘倒立在酒桌上,两人一左一右扶着,下身着了一团火,她发出惨叫,火苗甚至烧了裙子下摆,几个姑娘吓得扯布的扯布,找水的找水,这才把火给扑灭了。

整个过程中,包间里的男人没一个上前帮忙的,个个都在看热闹。老五跷着二郎腿,不紧不慢地吞吐着烟雾,道:"没劲,连五分钟都挺不了啊。"

那个姑娘哭得梨花带雨的,坐都不敢坐了,就蹲在那儿,许是疼得厉害,汗津津的。湛昌看足了好戏,啧啧摇头:"岑医生,人性这玩意儿有时候真是一文不值啊。"

岑词看了他一眼,倾身放下酒杯起了身,众目睽睽之下走到那姑娘身边,脱下外套披在她身上。老五跳起:"你他妈——"

"老五!"湛昌喝了一嗓子。

老五不悦地狠吐了一口烟,又坐下。那姑娘极小声地跟岑词道谢。包间里的音乐也停了,谁都没想到岑词能为了一个"小姐"挺身而出。

经理闻讯赶来时被这一幕吓了一跳,但湛昌是这里的常客,也只能替手底下的姑娘们赔不是。老五皱着眉头道:"他妈的赶紧送医院,别在这儿碍老子的眼。"

那姑娘被扶了出去,经理拾起衣服,还给岑词连连道谢,只是瞅着她的眼神有些奇怪,末了问了句:"我们是在哪儿见过吗?"

岑词摇头。

经理忙改口:"瞧我瞎说什么呢,您是贵人。"

经理又叫了几名姑娘过来陪客,一时间包间又热闹起来了,就好像刚刚的那场闹剧从没出现过,就连那根罪魁祸首的蜡烛和地上的血都被清理干净了。

湛昌跟她碰杯的时候说:"有时候闲事不能管,管了,那就是出头鸟。"

岑词哪会听不出他的言下之意?

"岑医生,你这就不对了,说话咄咄逼人,酒却只抿一点点。"湛昌说着覆上她的手,一边端着酒杯凑到她嘴边,硬是要往她嘴里灌酒。

岑词没恼羞成怒,顺势喝下一口,只觉有把锋利的刀子顺着喉咙一路向下,这酒果真够烈。她不着痕迹地抽出手,为湛昌添了酒,微微侧身,胳膊肘撑在沙发上,右手持着酒杯轻轻晃动。

杯中酒轻轻晃荡,加了冰块,每晃一下,冰块就发出一道撞击声,很轻浅的一声。

"我管的不是闲事。"她面朝着湛昌,轻声说,"只是刚才突然在想,是不是当初也有人这么求救过、绝望过?"

"这是什么意思?"

"我听见有人哭。"岑词微微倾身,红唇上沾着酒,波光诱人,"湛总没听见吗?"

湛昌觉得她充满诱惑力,那双唇,那双眼,都像是沾着高度酒精,让人沉醉,他忍不住凑前:"我怎么没听见?你醉了吧……"

老五见湛昌和岑词两人都快贴一起了,酒光暗影下怎么看怎么暧昧,他讽刺哼笑,心想,什么医生不医生的,还不是一样只要给钱就能睡?

"好像是个孩子啊。"岑词叹息,"你再仔细听听。"

湛昌盯着她的红唇:"孩子吗?"

"一个小姑娘。"岑词的嗓音轻轻柔柔的,抬手一挥,"你去看看,是那个叫倩倩的女孩儿吗?"

....

"湛哥?哥!"

湛昌一个激灵,定睛一看,老五一脸焦急地晃他胳膊,见他有反应了,赶忙道:"出事了!"

湛昌环顾四周,愕然:"咱们不是在会所吗?我怎么在办公室?这是什么情况?"

"什么会所?湛哥,你是开会开糊涂了吧?"

湛昌使劲晃了一下头,不对,挺清醒的,可他记得刚刚还在跟岑词喝酒。

"我什么时候回的办公室?刚才咱们是在紫廷喝酒,你还差点烧了个小妞……"

老五脸色尴尬,摸摸鼻子:"这事儿您能别老提吗?这都过去好几天了,差不多行了啊,我后来不也没找那小姐的麻烦吗?"

湛昌紧皱眉头,前几天的事?

"哎呀,都火烧眉毛了!"老五反应过来,一把抓住他胳膊,"仓库塌了!咱们的货全压在里面呢!"

等湛昌火急火燎地赶到仓库时,仓库已经塌了大半了,裸露在外的钢筋也都吱吱呀呀地在晃,另一头起了火,火苗倒是蹿得不大,但火点不少。有手下跑过来,急得都快哭了:"湛总,小野他、他在里面呢!"

湛昌只觉得大脑嗡的一声,惊道:"怎么会在里面?"

"不知道啊——"

湛昌冲了进去。

"湛哥!"老五急得直跺脚,"危险啊!"

四周都在簌簌落灰,火苗噌噌地往上蹿,还有时不时砸下来的瓦砾和货物。有人在哭喊,湛昌听出是小野的声音,拼命喊拼命找。

突然,有人抓住了他的裤脚。他低头一看是个小姑娘,被压在厚重的石板下,纤细的胳膊上有伤,还在流血,她死死攥住他的裤腿不撒手,说道:"救我……"

....

"湛哥!"

湛昌猛地清醒,目光所及,竟还是会所里的灯红酒绿。叫他的是老五,伸手在他眼前晃了晃:"这是怎么了?"

湛昌这才发现自己竟站在包间门口,一手还攥着门把手,目光转到沙发上,岑词压根儿就不在那儿,刚才是做了一场梦还是现在是梦?

他迟疑地问老五岑医生有没有来过。老五回答:"怎么能没来过啊!不还跟你喝酒了吗,刚走,还是你亲自送到包间门口的。"

"哥,你可别吓我啊。"老五心里没底了,心想,这是出什么事了?

"你掐我一下。"

"啊?"

"掐!"

老五照着湛昌的胳膊就来了一下子,劲倒是不小,让湛昌彻底清醒过来了,问他:"走多久了?"

"没多久,也就一两分钟。"

"追!"湛昌脸色难看,"绑也得给我绑回来!"

户外停车场有些远,要穿过竹林才能到停车的大片空地,所以来紫廷玩的客人都会把车停在地下停车场。岑词特意没把车停在地下,就是怕进出口一堵,里面的车辆插翅也难飞。

湛昌那边拖不住,估计很快就能反应过来。果不其然,岑词刚穿过竹林,就听见脚步声朝这边追过来了。

她加快了脚步,经过一辆车的时候看了一眼后视镜,隔着几排车,他们已经从竹林里出来了,带头的就是那个老五。

"岑小姐!"还有段距离老五就扯着嗓子喊。

岑词不能跑,否则就会被扣上做贼心虚的帽子。她三步并作两步,鞋底踩在石子上时脚踝骨疼得要命。

老五带着几个大男人手长脚长的,见岑词头也不回,更是改用跑的。岑词一时心急,脚步一快鞋跟一歪,顿时觉得疼得要命,再想使劲就有些费劲了。

那些人越来越近,岑词心想,完了。

然而这个念头刚起,就从外口那边开过来一辆车,车灯闪过,岑词抬手挡了视线,车子在她身边停下。她的第一反应就是这是湛昌的人,落手一看竟是秦勋。

他降下车窗,探过身给她开了副驾的门,道:"上来。"

岑词想都没想，拉门就上。老五带着人已经只有几步之遥了，她催促秦勋快开车，可秦勋不紧不慢地说："不急。"

那伙人上前了，秦勋没升车窗，在等他们。老五走近一瞧才看清车里坐着谁，马上道："哎哟，是秦总啊，您怎么来紫廷了？"

岑词从老五的态度里能看出秦勋的分量来，看来他对秦勋还是有所忌讳的。

秦勋一手搭在方向盘上，微微一笑："来接女朋友。"

岑词的心猛地一跳。

老五许是没料到："女、女朋友？"

岑词这个时候情绪也平稳了下来，微微探头，故作惊讶道："刚刚是你在叫我？林子大了有风，我还以为是我听错了呢。"

老五面露尴尬道："是，是我叫的。"

"有事？"秦勋淡淡问。

老五反应也尚算快："哦，也没什么，就是湛总看岑小姐喝了点酒，怕她不方便开车，让我追出来问问。"

秦勋视线一转，落在老五斜后方那人身上："呵，王经理？"

是紫廷保卫部的头儿，很会看人眼色的一个人。其实刚刚他就瞧见是秦勋了，正头疼呢，没想到就被人点名了，赶忙上前道："秦总好久不见了。"

老五打圆场："岑小姐是贵客，王经理也是担心，所以跟我一起出来看看。"

秦勋作恍悟状："辛苦王经理了。"

"不辛苦不辛苦，来紫廷的客人我们都是要照顾到的。"

秦勋转头，朝着岑词一伸手："小词，车钥匙给我。"

叫得很亲昵，车内车外的人都听得清楚。

岑词不知道他要做什么，但也没多问，掏出车钥匙交到秦勋手里。他转手送到车窗外："王经理，我女朋友的车就拜托你送回去了，具体地址我回头发给会所。"

王经理接过钥匙，连忙说"好"。

"老五。"

"秦总您说。"

"湛总还在里面吧？我今天就不叨扰了，改日拜访。"

"您客气您客气，话我帮您带到。"

秦勋没继续浪费口舌,车窗一升开车走人。

等秦勋的车走出老远,王经理才小心翼翼问老五:"五爷,岑小姐是怎么招惹湛总了?"

老五没追着人自然恼怒,喝了一嗓子:"怎么招惹的还要跟你报备啊?滚蛋!"

在回市区的路上,岑词终于忍不住下了车,扶着路边的树干一个劲地呕。秦勋赶忙从车里拿出一盒纸巾,上前时发现她什么都没吐出来。

"湛昌给你吃什么了?"秦勋轻抚她的后背,皱眉问。

岑词好半天才缓过来,靠着树干调整呼吸:"喝了两口酒,恶心那个环境,让我不舒服。"

秦勋明白了,从车里拿出瓶水,拧开递给她。她接过喝了两口,这才觉得胃里舒服些。

"脚怎么了?"

岑词照实说了,倒也没伤筋动骨,就是崴得狠了点:"我当时就是没注意脚底下的石子,老五跟追命似的。"

"你也知道追命。"秦勋拿她没办法,"湛昌我了解,他要对付一个人什么下三烂的手段都能使出来,行了,回家再说。"

汤图正在家里煲电话粥,听见走廊有动静后赶忙挂断电话,敞了房门,跟被人背回来的岑词打了个照面,一愣。

岑词一时尴尬,轻拍了一下秦勋的肩膀,示意先放她下来。秦勋照做,与此同时也看见了汤图,笑了笑道:"你好。"

汤图也冲着秦勋打招呼:"嗨。"眼里满满的八卦意味。

岑词受不了汤图这眼神,解释了句:"我脚崴了。"

汤图闻言拉了个长音:"哦——"

岑词也明白言多必失,于是开门懒得再搭理她。

"所以,湛昌那伙人还给别人下过药?"

进了家门,秦勋先从药箱里翻出跌打扭伤药,岑词终究抹不开面子坚持自己涂,他也没为难她。

洗了手进厨房,秦勋第一件事就是看冰箱。岑词知道他手艺好,但也不好意思坐享其成,单腿儿蹦到厨房门口陪他说话。

秦勋一手搭在冰箱门上，一手叉着腰，吐了口气："之前有个合作商亏了本想取消合作，结果被湛昌的人下了药，拍了不少难堪的照片。那位合作商的老婆是从政的，闹得一时下不来台离了婚，合作商是折了钱又赔了夫人，后来被湛昌的人几次恐吓，受不了刺激跳楼了。"

岑词靠在门框上，后背凉飕飕的。

"所以，"秦勋转头看着她，目光严肃，"你一个人去见湛昌太危险了，老五要是在停车场把你抓住，你想过会有什么后果吗？"

岑词看着他，抿唇微笑。她这么一笑倒是让秦勋气不起来了："我在跟你说认真的呢。"

"我知道。"岑词轻声说，"我奇怪的是，我在哪儿你都能找到我，而且发生了什么你都像是能看见似的。"

秦勋轻叹一声："知道你的行踪是因为我打过电话到门会所，至于老五，说白了他就是湛昌的帮凶，那么着急忙慌地出来追你，十有八九是因为你对湛昌做了什么。"

岑词饶有兴致地问："那你觉得我能对湛昌做什么？"

冰箱发出嘀嘀的提醒声，秦勋关了冰箱门，走到岑词面前，浅笑道："听说之前有过一个案子，嫌疑人面对警方死活不开口，但你去了跟对方说了几句话，对方就乖乖供认。小词，你能单枪匹马去，我相信你是觉得自己有办法从湛昌嘴里套出话，可要想全身而退就没那么容易了，风险很大。"

岑词心里跃过浅浅悸动，垂眸低笑，真是什么都瞒不过他呢。

"我有想过湛昌会被激怒，甚至想过一旦被老五抓回去，我也有办法保住自己不受伤害。但你说得对，面对湛昌这种人，我想做到全身而退又日后不留麻烦很难，除非我找到能让他没法继续追究的关键信息。所以秦勋，今晚你的出现确实护了我的周全，我很感谢你。"

老五对秦勋礼让三分，他的出现宣示了他的主权，这么一来，湛昌暂时不会对她做什么了。

"我想要的不是你的感谢。"秦勋轻叹。

岑词看他："那你想要什么？"

秦勋静静凝视她，没说话。

岑词的视线被他的目光牵引，一直看进他目光深处去。他好像有思索，像是在迟疑犹豫，可更多的是似深海般的沉邃，仿佛望进去就能淹死在那一片海里。

秦勋抬手，将她一缕头发别在耳后，岑词只觉得恍惚，呼吸都有点不畅。他的手指碰过她的耳部，痒痒的。

秦勋微微压下脸，岑词的心猛地提至嗓子眼，很惊讶，不知他要干什么。

他呼出的气息落在她的鼻梁上，温热又暧昧。她有些预感，可这预感抓不住，如丝般游离。

秦勋却没有下一步的行动，只是盯着她的脸，视线从红唇转回她的双眼，微笑着说："吃面怎么样，你家冰箱里的东西少得可怜。"

岑词很快反应过来，清清嗓子："好啊。"

出了厨房，岑词穿过客厅进了卧室，掩了房门。等隐约听见厨房那边锅碗瓢盆响了的时候，她打了一通电话给羊小桃。

"秦总今天打电话了吗？"

"秦总？哦，对，打电话了，是我接的。"

"你怎么跟他说的？"

"我说你接了湛总的电话就走了。"

岑词若有所思。

"岑医生？"

"没事了，谢谢。"

岑词靠着墙站了会儿，看来秦勋并没骗她，自己还真是小人之心度君子之腹。

秦勋做了鸡蛋面，然后一小碟的香菜泡菜炒肉末。岑词盯着那碟下面菜，怎么都没办法相信这些出自她的冰箱。

"仅存的两根香菜和一小点泡菜，幸好还能翻出点猪肉，放在一起炒了一下，你将就吃。"秦勋说到这儿补了句，"我刚才都有去对门你同事那儿借菜的念头了。"

岑词忍不住笑："还真行啊，汤图家的冰箱里什么时候都是满满登登的。"

秦勋递给她筷子："好，我记住了。"

岑词接过筷子。记住了？他还真打算以后跟汤图借菜去啊？

"你也没吃饭？"见是两碗鸡蛋面，岑词问。

秦勋将装了两个煎鸡蛋的那碗面端给岑词："我呢，之前计划得挺好，你来接机,我趁机约你吃晚饭。"

岑词连连道歉:"当时接湛昌的电话接得急,你也知道我一直在等他主动联系我。"

"前有周军后有湛昌,你在冒险。"

岑词拿起筷子,夹了一个煎鸡蛋放到秦勋碗里:"周军主动联系我的概率很小,除非闵薇薇的情况到了让他无法控制的地步。湛昌就不一样了,他没那么大的能力解决湛小野的问题。另外,大晚上的我真吃不了两个蛋,会胖的。"

前半段话秦勋听得很认真,等听到最后一句时笑了:"你又不胖。"视线打量了她一番,继续道,"身材已经很好了。"

"真心夸奖的话,我照单全收。"岑词大大方方的。

汤图来的时候,岑词的一碗面近乎见底,汤图笑着说:"太阳打西边出来了,不爱吃面的人竟然能吃下一整碗的面啊。"

"他做得好吃。"岑词毫不隐瞒。

秦勋笑道:"你来得不是时候,面只做了两人份。"

"嗨,我早吃完了。"汤图看向秦勋,"不过话说回来,赶明儿我去秦总您的餐厅打不打折啊?"

秦勋微微一笑:"小词的朋友,免单。"话毕收拾了餐桌上的空碗。

岑词见状赶紧起身道:"我来——"

"坐着吧,多少还算是个残障人士。"秦勋笑着说了句。

"残障这个词我一直觉得用着不妥,总给人一种既残疾又智障的感觉。"被汤图扶进客厅后,岑词懒懒地靠在沙发上,挺认真地说。

汤图在沙发另一侧坐着,斜靠着沙发扶手道:"残不残障的可以先放到一边说,他刚刚叫你小词啊?"说着抽了张纸巾攥成团,朝着岑词怀里一扔,"这男朋友的身份什么时候转正的?"

岑词愣了,她还真没察觉到,秦勋第一次这么喊她是在紫廷的停车场。现在回想一下,回了家之后他的确一直叫她小词,怪不得刚刚她觉得哪里不对劲又说不上来。

汤图凑上前道:"假戏真做?"

"你小点声。"岑词伸手捂住她的嘴。

恰好秦勋从厨房出来了,进了客厅瞧见这幕,笑道:"什么情况?"

"没什么。"岑词拿不准秦勋到底有没有听见,刚刚汤图的嗓音不低,问汤图,"你干什么来了?"

"给你送药来的,你这个没良心的,我这么关心你,你还对我遮着藏着。"

岑词挑眉看她,汤图抬手一戳她的额头:"湛昌的事。"

湛昌是有事,心里藏着秘密,并且污秽不堪。湛小野也有秘密,只是他终究被这秘密压垮了,导致主人格退隐,第二人格取而代之。

岑词在跟汤图描述情况的时候没背着秦勋,她总是隐隐有种感觉,秦勋这个人在心理学领域可能懂得的不比专业的少。

汤图不解:"湛小野的问题一定要通过湛昌解决吗?你想套出一个人的秘密,不是难事吧?"

"湛小野的心理状况从很早之前就出现了停滞,换句话说他是陷入了对某种生活或某个人的自责之中,继而选择了逃避,这也是引发他精神问题的原因,分裂人格也就隐性共存了。直到主人格脆弱溃败,他的第二人格崛起,但这种崛起是有条件的,那就是必然要跟主人格达成共识,保护好自身的秘密,也就是保护好两个人格赖以生存的生命体。"

她倒了杯水,润了润喉,道:"不管是湛小野的主人格还是第二人格,都对湛昌有特别的感觉。湛小野的主人格听从于湛昌,可同时又不满意他的做法;而第二人格不同,他仇视湛昌,甚至对湛昌还带有报复性,当然目前来看,第二人格的报复性只是小打小闹。"

"例如?"汤图问。

"例如湛小野向来喜欢睡阁楼,但第二人格主导后就搬去了卧室,我观察过湛小野卧室的情况,正好斜对着湛昌的书房;另外,湛小野的主人格回避倩倩这个名字,可第二人格不同,他不逃避不惧怕,更多的是将这份错误归到湛昌身上。"

那次家访给她留下很深的印象。不管是湛小野的言谈还是坐姿,那都不是她所认识的湛小野。湛小野对往事避而不谈,直到第二人格显性出现才让岑词注意到倩倩这个名字,所以,倩倩以及那些照片是湛小野不愿意去碰甚至不敢去碰的秘密,但同时他又忘不掉,照片墙上才会残留着那么一张照片。连过往都不敢正视的人,照片是怎么剪的?

岑词观察过湛小野的妈妈,发现湛小野的妈妈并不清楚过往的情况。没有人可能再参与到湛小野对其恐惧的过往里,最大的可能就是湛昌。所以她猜测,照片里的倩倩或许就是湛昌剪掉的。

"所以汤图,湛小野的第二人格太狡猾,而且他很清楚我之前对湛小野的治疗手段,想要让他吐口当年的事,挖出真正发病的原因很难。"岑词回答了汤图最开始的疑问。

汤图听了这番话只觉头疼,这期间秦勋始终没发表意见,直到见岑词转头似笑非笑地看着他,他才开口:"怎么了?"

"我想听听你的意见。"岑词说。

秦勋笑:"我的意见?你是专业的。"

"涉及湛昌,那就不单单是精神领域的问题了。"岑词十分认真,"毕竟你对湛昌的了解胜过我和汤图。"

秦勋想了想,半晌后开口:"那就先说湛小野的问题。在我看来,湛小野第二人格目前的种种行为更像是猫戏老鼠,是更有耐性的报复性行为。他在等湛昌崩溃,然后才会给上致命一击。"他顿了顿,手指在水杯上轻轻蹭了蹭,"至于湛小野的主人格,他对过往避而不谈一方面的确是恐惧,但如果这件事跟湛昌有直接关系,那湛小野极有可能是在维护湛昌,换言之是在保护湛家的声誉。"

岑词思考良久,点头道:"这种推断站得住脚,能解释得通他为什么明明遭受精神重创却不敢表达,也能解释得明白当第二人格出现后对湛昌的敌对情绪,和坚决要将湛昌拖下水的决心。"

秦勋点头:"没错。"

"秦总,行家啊。不但能跟上我们小词的思路,还能一针见血发现问题。"汤图说完看了一眼岑词,给了一个眼神示意。

岑词接到示意,视线微微一落,只见秦勋一手托着杯子,一手钩着茶杯把手,拇指搭在杯沿轻轻摩挲。现在看来,这好像更像是个习惯性动作。

岑词将视线不着痕迹地收回来,低头抿了一口水。

秦勋眉眼淡定:"行家算不上,只是想到什么说什么。"

在讲到紫廷里发生的事后,汤图惊讶:"不应该啊,湛昌那种经历过大风大浪的人怎么就在阴沟翻船了?"

岑词坦白:"我也没想到他的精神力那么容易控制。"

秦勋却说:"因为今晚他没把你放在眼里,一旦对方傲慢轻敌,反而就便宜了你这位专家。"

岑词头微偏，轻叹："我宁可相信是我技能高超，也不愿承认自己是捡了个大便宜。"

"便宜这种事能捡一次是幸运，捡到两次真成了赚到。湛昌在你这儿吃过一次亏，下次你再想从他嘴里套消息，太难。"

岑词懒懒地往沙发上一靠："就是知道便宜难捡，所以才要做好万全准备。"

秦勋笑看着岑词，眼神温柔："说来听听。"

汤图坐在这两人对面，将秦勋的神情看得清楚，怎么都能闻得到是爱情的味道。

岑词视线落在秦勋脸上："以防万一，我提前给他的大脑里埋了道指令，不出意外的话，下次我再想从他嘴里掏东西出来也不会太费劲。"

她心里想的却是另外一件事。如果秦勋是个催眠高手，那他应该能想到她会在湛昌大脑里埋指令的可能，但他刚才的问话又像是真没想到，加上他摩挲杯沿更像是下意识的动作，真的像是个只知心理理论不懂催眠术的人。有没有可能是假装的？

秦勋了悟，点了一下头。

岑词有心等着秦勋再继续往下问，有句话说得好，问多错多，越是掩饰，从问出来的问题里就能发现端倪。

可秦勋没再就着话头问下去，倒是汤图，问了个原本秦勋应该问的问题："今晚你套出来的信息不多吗？"

岑词轻声说："不多，但足够了。"

她引导湛昌回到过去，并混淆了时间的概念。当时包间里的环境嘈杂，反倒成了最利于她行事的背景。

她问湛昌："仓库已经保不住了吗？"

湛昌说："倒塌了一角，另一侧有火点，但不严重。"

她又问："小女孩抓住你裤脚了？"

湛昌："是。"

她问："你在犹豫？"

湛昌："是。"

"为什么？"

湛昌沉默。

她换了个角度问他："你进仓库就是为了救人，为什么面对小女孩的时候犹豫？是时间不够用吗？"

湛昌良久后才回答："不是时间不够用，是我不能救她。"

时间足够却不能救。

于是，她问了湛昌另一个问题："仓库里装着什么？"

这一次湛昌沉默的时间更长，而且因为离得近，她清楚看到他眼神的变化，是要绝后患的眼神。

她无法再逼着他继续往意识深处走，便问了他最后一个问题："被压在石板下的小姑娘，是倩倩吗？"

其实她有过私心，不是倩倩的话，那这件事是不是就能不牵扯湛昌？说实话她不想招惹湛昌，更不想到最后挖出来的是湛家费心隐瞒的秘密。

但湛昌的回答让她心凉了大半。

他说："是。"

跟秦勋判断的一样，湛昌果然对那晚没得手的事耿耿于怀。羊小桃是最先发现状况的，拉上百叶窗告知了汤图。

隔着门会所的铁艺大门，一辆黑色商务车停在怀抱粗的槐树下。

"车牌号我记得，1818，要发要发的，这辆车昨天就来过。"

汤图从不怀疑羊小桃的观察力，但凡来过的客人她都记得清楚。她问："岑医生治疗室的客人走了没有？"

羊小桃明白汤图的意思，说："还没走，但那位客人是有司机接送的，车子从来不在会所门外停。"

她又忧心忡忡地问汤图："到底是你俩谁又得罪人了啊？"

没来门会所的时候，羊小桃觉得能在心理诊所上班好牛啊，可来了才知道这份工作的不容易，平时总能接触些奇奇怪怪的人不说，就连门会所里最该正常的汤图和岑词都变得不正常。

正常人哪有三天两头就接到恐吓电话和骚扰电话的？或者动不动就被记者尾随。羊小桃现如今都不敢轻易拆快递，保不齐打开之后就是血淋淋的东西。

前不久她们还收到一份大礼，大箱子套小箱子，最后掏出个巴掌大的盒子，隔着盒子能听见嘀嗒声，警察来了才知道对方寄的是一个模拟定时炸弹。

今天，怎么又来了个盯梢的？真是如花似玉的年龄，天天搁这儿练艺高人胆大呢。

汤图面色凝重。

挨到岑词的客人走，果然，很准点地来了辆保姆车，来访者是个女人，出治疗室时已经戴好了鸭舌帽和太阳镜，全副武装，能理解，名人嘛。

汤图将那辆车的事跟岑词说了，岑词走到百叶窗前，伸手往下一拉窗叶，扫了一眼，淡声说："是福不是祸，是祸躲不过。"话毕伸手去拉百叶窗。

"你干吗？"汤图上前按住她的手。

岑词转头看着她，不解道："房里这么热，你还挡着窗帘，不嫌闷吗？"

她这份淡定落在汤图眼里，不知道是该高兴还是该愁，叹了口气道："你真不怕湛昌对你使点阴招啊？你是个女的，不管怎么样都是你吃亏，就算你埋了指令，但也不是炸弹啊。"

岑词浅笑："遇上湛昌那种穷凶极恶的谁能不怕啊？但我总不能对他认怂吧？"

汤图刚想说她心大，就听羊小桃惊呼一声："呀！"

岑词顺着半遮的百叶窗往外看了一眼，有辆车悄然停在门口，就靠着铁艺大门。汤图立马认出了那辆车，清清嗓子："呦呦呦，这是哪位上神呢？"

秦勋是来接岑词下班的。

用他的话说就是，在未来的一段时间里，他都会接她上下班，工作时间若出门，必须把定位打开。岑词问他："未来的一段时间里是多久？"秦勋笑说："直到湛昌觉得治好儿子非你不可，并且彻底打消窥探你的念头。"

岑词最开始并不同意，这人情越欠越多，就跟滚雪球似的。秦勋笑问她："我对你好，你会觉得透不过气？"

岑词想了半天说："更多的是怕我习惯。"

习惯了别人对她的好，习惯了别人主动付出，时间一长她就会习以为常。可这世上，谁能保证谁不会失去呢？

秦勋闻言笑了："你错了，人与人之间的相处就是一种习惯，相处的过程就是你来我往，这样才能维持正常的人际关系。"

岑词倒是觉得，她和他之间，只有他的付出，没有她的回报。

秦勋说："你在回报了。"

岑词竟一时间没想明白，而他也压根儿没有跟她讲明白的打算。

后来羊小桃跟岑词说："当时你从门会所出去的那一刻是相当的威风啊。"其实岑词也觉得心里痛快，尤其是与那辆车擦肩而过时，她清楚地看到车主就是老五。

他们在前方开，他的车就在后面跟着，不超车但他们也甩不掉。事实上秦勋也没打算甩，能快开的时候他也不快开，路况不好时，他竟也能为后面的车着想。

岑词觉得秦勋骨子里其实是有恶趣味的，她问他："就让他这么跟着啊？"

"不然呢？"秦勋笑问。

岑词想想也对，不然呢？

这场跟踪与被跟踪的游戏彼此都做得心知肚明毫不遮掩。老五跟着，是让他们知道湛昌对会所那晚的事已经不满了；秦勋让跟着，是告诉他们现在由他罩着她，真想对她做点什么，那还真得经过他同意。

"要不然，咱们逗逗老五他们？"

"逗？"岑词不解。

秦勋轻轻一抿唇："坐好了啊。"

猛地加大油门，车子撒了野地狂奔，后面那辆车见状也加速，死咬着秦勋的车不放。岑词心里真是……这秦勋没事逗他们干什么。

最后车子奔着忆餐厅的方向去了，拐进了胡同，在停车位上停好，这边刚熄火，那边老五就追上了。秦勋不急不忙地下了车，岑词紧跟其后。老五的车横挡在那儿，一头扎进来之后才发现进退两难。车窗被人敲了两下，老五不情不愿地降下玻璃。

秦勋淡笑："前面不远就是我开的餐厅，怎么着，进去吃点？"

老五也不尴尬，笑了笑："秦总还有这雅兴呢？佩服佩服啊。"

"顺着这条路走到头右转，能看见一家名叫忆的餐厅，老五，改天你带着湛总过来，我亲自下厨。"

"那怎么好意思。"

"没什么不好意思的。"秦勋说，"餐厅刚开业，记得带见面礼金就行。"

两人离开后，老五砸了一下方向盘："无缘无故欠了个份子钱！"

今天餐厅人不少，爆满。秦勋没惊扰前厅的食客，带着岑词进了独立小间。

先是上了一碟蓝鳍金枪鱼，吓得她没敢吃。秦勋看出她的心思来，笑道："瞧你的小心眼，早就不是之前空运的那条了，放心，新鲜的。"

岑词感叹，一条这么贵的蓝鳍金枪鱼，这才几天啊就更新换代了，生意着实不错。

忆餐厅不显山不露水，每周秦勋来餐厅做菜也都低调，从不露面，而主厨张师傅厨艺精湛，也是忆餐厅口味品质的保证，所以忆餐厅能迅速蹿红的首要原因就是——菜品好。

秦勋进厨房的时候，张师傅已经备好料了。今天非周日，还不到他来店里做菜的日子。张师傅朝着单间的方向瞅了一眼，问秦勋："女朋友？"

秦勋想了想："目前算是。"

这话说得让张师傅挺不理解："那是追上还是没追上啊？"

秦勋笑了笑："拿些豆豉给我吧。"

张师傅是个爱操心的主儿，转身拿豆豉的时候还不忘多说一句："越是漂亮的姑娘就越难追，你如果真心喜欢人家，就有点耐心。"

秦勋切菜的动作微微一滞，又继续改刀。

小菜端进包间时萧杭在，见秦勋进来了，萧杭笑说："怕冷落你这位贵宾朋友，所以作为店长的我先过来陪聊一下。"

秦勋不着痕迹地看了他一眼，萧杭起身："正主儿回来了，我也该到前厅忙了。"

"回来。"秦勋出声。

萧杭停步看他。

秦勋却是跟岑词讲："萧杭，忆餐厅的店长，你随时想吃随时过来，他不敢收你钱。"

岑词抿唇轻笑。

萧杭却认真问岑词："你朋友多吗？"

岑词应得含蓄："交心的数得过来，走肾的不会往这里带，萧店长放心。"

萧杭笑了，扭头看秦勋："不愧是看人心的啊，一眼就能瞧出我怕被吃穷。"

岑词浅笑。

"开玩笑的，你是秦勋的朋友，也就是我的朋友，放心，忆餐厅的大门永远为你敞开。"萧杭爽爽快快的。

等萧杭出去后，岑词说："钱掏了不少，把店主的位置让出去了，我发现你这个人还真不像个生意人。"

"生意人什么样？"秦勋笑问她。

岑词想了半天说："像是湛昌，或许又像是周军。"

"你喜欢那种生意人？"

"不，我很讨厌。"

秦勋将焗蘑菇放进她面前的盘里，将了她一军："所以，我为什么要成为你讨厌的？"

岑词抬眼看他，目光轻轻盈盈，掬了水似的清澈。秦勋看着她这般眼神，心神轻轻恍惚了一下，像是乘上了一叶小舟，徜徉在青山绿水间，有和煦的阳光，落在身上温暖柔和。

准备甜点时，萧杭来了厨房。张师傅是个有眼力见儿的人，找个由头出去了。

萧杭没上前帮忙，本身他也只会吃不会做。他靠着操作台站着，一脚搭着另一只脚，双臂交叉环抱。秦勋知道他有话说，但就是不催，不紧不慢地打着奶油。

最后自然是萧杭绷不住："这次回南城你有点变了。"

秦勋将打好的奶油搁在一旁，从冰箱里拿出两个鸡蛋："怎么讲？"

"以前你不爱管闲事。"

"你是想说我老了？"

"不。"萧杭调整了个站姿，"我是觉得，你有点把那女人的事当成自己事了。"

"她有名字。"

"好，岑词。"萧杭妥协，言归正传，"她先是惹上周军，后又招了湛昌，你是半分不嫌烦一件件帮她解决，前阵子你差点没命也是因为这岑词，秦勋我问你，你到底要干什么？"

秦勋把蛋清打进模子里，轻描淡写道："不管是周军还是湛昌她都有能力解决，我不过露个面提醒了一下对方而已，至于前阵子的车祸，哪有你说得那么严重，我怎么就差点没命了？"

萧杭叹了口气："她是长得漂亮,你跟我说实话也无所谓,窈窕淑女君子好逑,能理解。"

秦勋笑而不语。

"你现在还怀疑她吗?"萧杭又问。

"当然。"

萧杭面露不解。

"沈序失踪之前提到的女人,从描述来看很大程度上就是岑词,可经过这段时间相处,岑词不管是脾气秉性还是生活阅历都跟沈序提到的有所出入,我目前还不清楚问题出在哪儿。所以在一切都不明朗的情况下,我要尽可能保护她的安全,万一真的能在她身上找出沈序失踪的线索呢?"

"你完全可以不用这么费劲。"

秦勋一点点切着芝士片,他明白萧杭的意思,说:"我尝试过对她意识引导,但岑词这个人警惕心高,轻易下不了手,上次她已经怀疑了。"

"你觉得她现在还怀疑你吗?"

秦勋眼里含笑:"搁寻常的姑娘早就不怀疑了,但是岑词,至今也没停了对我的怀疑和揣测。"

萧杭冷不丁问秦勋:"所以,你觉得她正常吗?"

秦勋停下手里的动作,思量了会儿说:"不正常。"

第六章

接下来的几天里,岑词还真是享受了有专车接送的待遇,重要的还是个帅司机。

看得汤图一个劲地说:"你这是天天朝着咱们门会所撒糖呢!"

秦勋想得周全,每天都买好早餐带给她,买了两次后岑词觉得不好意思,便在他接她之前就买好了早餐送他。晚上在一起吃饭,秦勋如果有应酬走不开就把她送回家,她便去蹭汤图家的饭。

她的车一直放在秦勋家的车库没取,是之前紫廷的经理按照地址开过去的。老五一打听是秦勋的住所,气得捶桌子:"还真他妈是搞对象呢!"

但老五还是照跟,每次秦勋都会跟老五打声招呼,问他:"湛总什么时候来,我还等着份子钱呢。"

老五连连赔笑。

接送岑词上下班毕竟不是长久之计,秦勋有自己的工作,也要多地跑,还有大大小小的应酬,岑词知道,在这段时间里他都是尽量能推就给推了。就在她想着要不要跟秦勋谈谈不必要接送时,湛小野来了。

这是继上次家访后,湛小野的第一次来访。

他一个人来的,羊小桃带着他进治疗室后,想了想没把门关死。他没留意身后的情况,刚坐下桌上的电话就响了。

岑词示意他稍等,接了电话。湛小野笑得漫不经心的,用口型告诉了岑词两个字:我妈。

果然是小野妈。岑词告知湛小野已经到了,小野妈才放心,末了把嗓音压得很低:"小野这阵子让我们觉得越来越陌生了。"

结束通话,湛小野冷笑着说:"我妈跟你告状了吧?"

岑词也没避讳,在他对面坐下:"看来这段时间你做过不少事。"

"那倒没有。"湛小野吊儿郎当地坐在那儿,两腿岔开,胳膊随意搭在椅背上,一摊手,"只是看不惯的事情太多。"

岑词给他倒了杯水,放在桌上:"我该怎么称呼你?总不能继续叫你湛小野吧?"

他微微一怔,又笑了:"厉害啊岑医生。其实随你怎么叫,要不你给我重新起个名字?"

岑词故作思考:"湛小野二号?"

湛小野皱眉,面色明显不悦:"为什么我就是二号?"

"好吧,你想叫什么?"岑词风轻云淡地问他。

湛小野低着头思考,眉头紧锁。本不该是他这个年龄该有的纠结和矛盾,统统在他脸上尽数体现了。

"我不喜欢'小'字,叫我湛野!"他终于想到,抬头时脸上阴霾一扫而空。

对于一个将主人格取代的次人格来说,拥有个全新的名字也是件很有成就的事。"湛小野"很满足这个名字,急躁不满退去后,他又恢复吊儿郎当的模样,岑词当时在阁楼看见的模样。

"岑医生,我以为你会锲而不舍呢,怎么?被湛昌吓着了?""湛小野"哼笑。

从进门到现在,他都保持谈话的主动权。岑词面色不惊,却在心里迅速总结出湛小野次人格的性格特点:阴沉、报复心强、做事有计划。但同时他也未必能耐得住性子,像是他的主动现身,还有他的敏感。

"湛小野,病因在你,所以你为什么会觉得我要对你爸爸锲而不舍?"

"湛野。"他出声纠正。

岑词笑而不语。

他慵懒地靠着椅背,跷起二郎腿:"湛小野很无辜,该死的是他爸,岑医生不该找准病灶吗?"

"你爸为什么该死?"岑词问。

他脸上闪过一丝不悦，但很快就掩去了："你直接去问湛昌啊。"

岑词浅笑："没这个打算。"

他看着她微微皱眉："什么叫没有这个打算？"

岑词杯没离唇，抬眼看着他，却只看不说话。看得他终究不耐烦了，催问："为什么不说话？"

岑词这才放下杯子，双臂交叉环抱，似上下打量："湛小野，我才发现你今天换了穿衣风格，要不然怎么就觉得不对劲呢，说实话这身衣服不大适合你啊。"

湛小野以往来她这儿，在穿戴上很简洁整齐，今天风格大变，外面天寒地冻的，他就穿着条破洞牛仔裤加宽大 T 恤、牛仔服外套，涂鸦风，头发染成金色，其中几缕挑染成白色，左耳耳垂上戴了枚金属骷髅头的耳钉。

早在一进门岑词就发现湛小野的变化，心想着，该来的终归还是来了。

这番话果真激怒了"湛小野"，他一拳头捶在桌上，怒瞪着岑词："我喜欢这么穿！难道还像那个厌蛋似的每天扮乖巧？你不要顾左右而言他，为什么不找湛昌？"

"我觉得应该换个词来形容你以前，那是有教养。"

"为什么不回答我的话？！"他彻底恼怒了，椅子一推站起身，一拳头又砸桌上。

这次动静不小，引得羊小桃赶紧透过门缝看里面的情况。岑词不动声色地坐在那儿，手指轻敲了两下桌面，从羊小桃那个方向看得清楚，她这才退回去。

"那天我跟你爸相谈甚欢，所以为什么还要去找你爸？"岑词丝毫没按照他的想法来。

他闻言，牙咬得咯咯响："别以为我不知道，湛昌一直派人跟着你！难道你不认为他是因为心虚吗？"

"心虚？"岑词轻笑，"我倒不觉得，他是担心有人会对我不利，派人保护我而已。"

"湛小野"一怔，紧跟着阴森森冷笑，指着她道："你偏袒他是吧？或者你就是怕了他！你怕他对你打击报复！哦，我明白了，他一定是跟你说了什么，你们想联起手来害我！"

"湛小野，你爸只是希望我能治好你。"

他一脚就把椅子给踹飞了，怒吼："我叫湛野，不是湛小野！你给我听明白了！还有，湛昌不是我爸，他不配做我爸！治好我？我看你们是打算杀了我！"

门缝外羊小桃又站在那儿，手里还攥着手机，心想着汤图今天不在，万一里面的病人出手伤人了能不能来得及报警。

岑词面对湛小野近乎活吞人的架势仍是不为所动，与他目光相对："我是你的治疗师，没有害你的想法，小野你病了，你该好好听你爸的话，来我这儿配合治疗。"

"湛小野"眼里是熊熊火焰，恨不得将她挫骨扬灰，许久后指着她："真有你的！你们都给老子等着！"

门口处的羊小桃没料到他说走就走，他这转头的工夫，她就隔着条门缝跟他的视线打了个照面，后背一阵发凉，没等反应过来房门就被拉开了。

等他离开后羊小桃都快瘫在地上了，攥了攥手指，方觉整只手都是凉的。岑词却像是个没事人似的，拿起杯子走到饮水机前接了杯水，见羊小桃靠在门框上步子都挪不动，便跟她说："下次记住不要留门缝，会刺激到病人。"

羊小桃好半天才缓过来，迈着踉跄的步子进来，说："我是怕你有危险啊，岑医生，要不我们安个暗门吧，这样的话我和汤医生都放心。"

"没必要。"

"怎么就没必要啊！刚刚吓死我了，我都想给秦总打电话了。"

岑词不解："给他打电话干什么？"

"救你啊，或者在咱们这儿镇场子。"羊小桃一本正经。

岑词忍不住笑出声，一戳羊小桃的脑门："还镇场子，人家是做企业的，来给你个小小诊所卖力气？"

"他不是……"羊小桃嘀咕，"你男朋友嘛。"

"别乱讲话。"岑词拿着水杯绕回桌前，"再说了，不管是不是男朋友，哪怕是丈夫，有些时候有些情况，需要靠自己的还是要靠自己。"

羊小桃在心里回了句：那要男朋友或者老公干什么啊？！

"今天的情况不算什么。"岑词轻声说了句，"所以没必要去麻烦别人。"

"还不算什么？刚才多瘆人啊！"羊小桃现在想起来还心有余悸。

"还有更严重的呢，那到时候你不得被吓死？"

"更、更严重的?"羊小桃结巴了。

岑词放下杯子,目光严肃:"可能很快就会发生了。"

窗外的积雪早就化没了,院子里的松树绿意葱葱。不下雪的南城像极了春天来临时的模样。

岑词静静地看着窗外,看着看着,总觉得玻璃上映着的那张脸在瞅自己。她定睛看过去,不是自己的脸吗?

抬手去碰,那张脸在日光下映得模糊不清。

是自己的脸,没错。

秦勋还是知道了白天的事,因为汤图的惴惴不安。

忆餐厅今晚仍旧爆满,张师傅在厨房忙得不亦乐乎,萧杭也忙得半口水喝不上,挨桌端盘子送水外加催单的,还得时不时应对年轻小姑娘们的询问。

"听说你们餐厅的店主可帅了?"

"我就是店长,你们觉得我帅吗?"

"看侧面不像网上流传的啊?"

"你们说的是我们店的幕后老板,他一般不怎么来店里。"

"周日才会来是吧?"

"是,但目前不接受预订了。"

"为什么?"

"预约的客人太多了,所以暂停周日接单。"

姑娘们都挺遗憾的。

萧杭心里不平衡,怎么着?本少爷长得不帅吗?

引得怨声载道的始作俑者就坐在餐厅的小包间里,今晚岑词的胃口不错,秦勋特意给她煨了汤,还加了一小坛的红烧肉。

岑词没嫌腻,一块块红烧肉吃起来毫不含糊,直夸是入口即化。秦勋看着她,直说重点:"你是打算逼湛小野动手?这么做有风险。"

接她下班的时候他就察觉出会所的气氛不对,羊小桃面色凝重,汤图看着也忧心忡忡,后来岑词上车了,汤图跟他说了湛小野的事。

"倒不是她以前没遇上过歇斯底里的,但毕竟是湛家,我怕她会惹上麻烦。"

秦勋理解汤图的担忧。

岑词捞出汤里的栗子，用筷子夹住一点一点地啃，笑着看他，道："冬天的栗子可真甜，我一直就这么喜欢吃栗子，小口啃开，舌尖就甜滋滋的。"

"你在逃避我的话。"

岑词吃干净了栗子，轻声说："我不主动出击，那最后被动挨打的就是我。湛小野的次人格很有心思，这些天一直按兵不动就是在跟我玩拉锯战。他是想借我的手把湛家的不堪给揪出来，这个锅我不背。"

"湛小野的治疗你完全可以停了。"秦勋明白岑词的意思，"你要知道，逼不了你他自然会去找别人，再或者他自己解决。"

岑词反问他："依照你对湛昌的理解，就算我想罢手，他能放过我吗？"

秦勋压根儿就没觉得这是多大的事："你在我身边就很安全，他不会动你，大不了我带你走也行。"

话落下他自己怔住，最后一句是随心的话，就那么自然而然地冒出来。他看向岑词，她眼里也有惊愕，似蒙了薄雾，浅浅淡淡。于是他又轻声补了句："我说的是真的。"

岑词忙垂眸，笑得言不由衷："怎么可能？快吃吧，饭菜都要凉了。"

这年头谁会跟着谁走天涯？她觉得自己做不到，今天门会所的种种都是她辛苦打拼出来的，要她走？不可能。可明明知道是不可能，听了这话她还是心生喜悦。

秦勋静静地看着她，突然很想跟她说，为什么不可能？又或者说，要不然就把你交给我，试试看。

可终究没能说出来，只是笑了笑问她："平安夜有安排吗？没安排的话我们去看电影。"

裴陆来门会所时有光，是室外的光落在他的肩章上，亮眼得很。却着实吓了羊小桃一跳，她第一反应是岑医生是不是又惹事了，后来听裴陆说找汤图，她又在纳闷，不会是汤医生掺和进去什么案子了吧？

汤图刚完成个治疗，出来把档案交给羊小桃封存的时候瞧见了裴陆，一时间心花怒放，喜不自胜。

"前阵子在外地做支援。"进了治疗室，裴陆坐了下来，开门见山。

汤图"啊"了一声，急忙问他："那你受伤了吗？"

裴陆一笑:"没事儿,擦伤。"

还真受伤了?

"我看看。"

裴陆抬手拍了拍左后肩:"追犯人的时候蹭到了,你要是坚持的话,那我只能脱衣服了,你要看啊?"

汤图被他这么一问,耳根子就臊了:"算了,我又不是外科大夫。"又绕回桌前坐下,问他,"今天怎么想开了来我这儿渡劫了?"她又上下一比画,"而且穿得这么正式。"

裴陆在案子之外喜欢开玩笑,但今天看着面色不好,汤图问完这话后,他重重叹了口气,道:"我已经三晚上没睡了,困,还累,一躺下就清醒,一坐起来就犯晕。"

汤图问他平时的睡眠怎么样,裴陆说勉强吧,睡的时间不长,睡着了梦多。

汤图又问他:"经常做什么梦?"

裴陆想了想说:"不是抓犯人就是审犯人,要么就是追着犯人满街跑,还会梦见有人流血、受伤。"

"都是这些?"汤图心想,都是跟工作有关啊。

裴陆又想了半天:"倒是还有别的,我这三个月以来经常会梦见自己站在荒野上,就一个人孤零零的,我家人和朋友都不见了,我不停地走,不停地找。"

"是这段时间发生什么事了吗?"

裴陆沉默了会儿:"我有个搭档,三个月前执行任务失踪了,现在生不见人死不见尸。"

汤图心里一咯噔。

"其实不用来找你,我心里也明镜似的。"裴陆抬眼,幽幽地说,"三个月没消息,基本上就是没希望了。只是做我们这行不求别的,真要是落在对方手里,心里想着的就是两件事,第一没拖累家人朋友,第二……"他顿了顿,隔了数秒哑着嗓子说,"死得痛快些。"

汤图明白他口中的"落在对方手里"的意思,也明白了他焦躁不安的根源。

"人体就像个气球,会装着各色各样的情绪,情绪达到一定程度时你就得发泄出去,否则气球会炸。"

"我知道,但我控制不了我自己。"裴陆看着自己的双手,"今天审犯人的时候我差点动手,所以我知道我肯定出问题了。"

汤图看着他,想起初见他的模样,步履匆匆眉心紧锁,擦肩而过时她听见心花绽开的声音,身边也有女孩在窃窃私语,说他长得可真帅,现在她倒是生出怜惜了。

"你给你自己设定了个角色。"汤图轻叹一口气。

"什么?"

汤图看着他的眼睛:"警察。"

这话听得裴陆一头雾水,警察?他本来就是警察。

汤图解释:"有的人会把生活和工作分开,比方说一个演员吧,工作的时候是演员,工作之外他会有或父亲或儿子,又或者是男朋友或丈夫的角色。但有的演员就成了戏痴,身陷戏中出不来。"

"你的意思是,我是陷在警察身份里出不来?"

汤图点头。

"我们都觉得做警察跟其他职业不同,要有绝对的责任感和正义感,身上的担子很重。但是裴陆你仔细想想看,难道别的职业就不需要责任吗?像是医生、建筑师,甚至是修理工,每一份职业都有它的责任和压力。对职业有敬畏有责任感是好事,但如果困在其中就成了压得自己透不过气的那座山。"

她朝着他上下比画了一下。

"你看你的穿着,我就问你,你有特别休闲的衣服吗?"

裴陆想了想,摇头。

"警察的身份让你休息不下来,哪怕真有休息时间,你也不会轻易让自己停下来,尤其是你的搭档失踪,你更是绷着根神经。或许你已经预感到最糟糕的后果,所以你就不停地告诉自己,没资格休息没资格放松,只有坚持在岗位上,你才对得起你搭档的付出。"

裴陆低垂着脸,沉默不语。

"可是你没有错,你搭档的失踪不是你造成的。"

裴陆十指交叉眉心紧锁,汤图看着他的神情,隐隐的预感油然而生。她陡然懊恼,暗责自己陷入所谓的经验之谈里了。

深吸了一口气,她问裴陆:"其实你一直认为,你搭档的失踪跟你有关对吧？"

裴陆蓦地抬头看着她。

汤图心里的石头落下来，与此同时也心生担忧，往往有这种意识的人都会被道德和情感绑架。她问他："你想说说吗？"

裴陆的神情显得僵硬和迟疑，许久后才说："三个月前去外地执行任务的人应该是我，但当时家人出事，我搭档就替我去了。"

汤图一切都明白了，她细细斟酌，没轻易发表意见。像是裴陆这样的人，并非讲讲道理就能解决问题了，相反，警察出身的他什么道理没跟犯人讲过？最后汤图什么都没说，就让他躺在躺椅上。

窗外的阳光被百叶窗过滤得柔和，午后的门会所安静得很，门前的那条林荫小路也极少过车。有只橘色狸猫钻进了门会所的前院里，往窗台上一趴就不走了。明明是只流浪猫，却被附近一带的居民养得膘肥体壮。

裴陆看着窗台上犯懒的大橘猫，跟汤图讲述他那位搭档的事，两人是如何在警校不打不相识的，后来又从不同分局调到了一起。提到了他们两人在不忙的时候就喜欢去喝点酒，专挑人间烟火气旺的小店，来上两道小菜，外加一小碟花生米就开始侃天侃地。

说到他的搭档命苦，打小父母离异，谁都不想要他这个拖油瓶，今儿在舅舅家待几天，明儿在姑姑家待一阵子，就这么居无定所地长大。

"他总说这样长大挺好的，无依无靠，尤其是做我们这行的，一旦出事也心无牵挂。"裴陆觉得心里堵得慌，胸口像是被块巨石压着似的。

汤图始终倾听着，没做话题引导，就是随裴陆说到哪儿算到哪儿。裴陆其实也是说说停停，大多数时候是沉默，因为有些话好像不管怎么说都显得那么矫情。

窗台的那只大橘猫没走，他看着它，它也在看着他。那猫眼似黄色宝石，金灿灿的。它的瞳孔随着光亮放大或缩小，裴陆心里难得这么平静，渐渐地觉得身体愈发沉重。

直到裴陆闭上双眼沉沉睡去，汤图这才起了身，放轻了脚步，走到窗子前，稍稍弯身下来，隔着玻璃窗跟那只猫轻声说了句"谢谢"，探出手指在窗玻璃上有节奏地敲了三声，那猫才蓦地有了动作，打了个哈欠，下巴往前爪上一搭，睡去了。

平安夜这天，南城市的苹果价格暴涨，被装进五彩斑斓的包装袋里，再绑上条火红的丝带，就能卖到单价二十五元到五十元不等。

玫瑰花在这天也是走俏，还有空气里的甜腻气。羊小桃凑热闹买了两盒巧克力，拿到门会所分给大家吃的时候还直埋怨，说那家店营销策略简直是太缺德了，买吧，这价钱都能买好几盒了，不买吧还心痒痒。

天将黑，整个南城就被霓虹燃亮。今年羊小桃特意订了一棵两米高的真树，装饰得热闹，树围里还堆了人造雪，雪中埋着各色礼盒，旁边有驯鹿，鹿角有暖光，有节奏地时隐时亮。

秦勋来门会所的时候恰好就下雪了，进门之前拂去了大衣上的雪，进门后就听见羊小桃的一声欢呼："秦总真是个雪天使啊！"

说得秦勋忍不住乐了："雪天使？"

岑词好心给他解释："小桃盼了一天的雪了，你来了，雪就下了，挺巧。"

汤图提早下了班，羊小桃两只眼睛闪闪亮："今天好像她跟裴队有约会呢。岑医生，你也早点走吧，别让秦总等着了，平安夜约约会看看电影多好。"

等上了车，岑词还在思考羊小桃的话。

秦勋上了车后见她沉思，笑了，倾身过来道："想什么呢？"

忽然离这么近，男人气息都蹿进她呼吸里，令她一窒。秦勋却拉过她那侧的安全带，替她扣好，但没坐直，就势笑看着她，等她开口。

岑词觉得他目光炙热，有些无所适从："看电影……算是约会吗？"

秦勋没料到她会问这个问题，微微一怔低笑问："你希望这是一场约会吗？"

这个问题对她来说有点难，甚至让她觉着好像难过以往的来诊病人。

秦勋早就料到她会是这种反应，道："你想今晚是场约会它就是场约会。"

岑词心脏猛跳一下，轻推他一下："快开车吧。"

湛昌打来电话时，秦勋已经买好了电影票和爆米花，她收好手机，叹了声："怪不得今天没见老五跟梢。"

一路浮光掠影，车子开到紫廷会所，还是上次的包间，只是没上次热闹。

见岑词来了，老五就迎上去，行色匆匆，也不在乎秦勋跟着了："岑医生你总算来了，快看看湛总吧。"

没有闪烁晃荡的灯光，也没有姑娘们陪酒的嬉笑声，甚至连酒气都没有。

老五推开包间门的时候，岑词只觉得眼前很暗。秦勋谨慎，没让岑词直接进，冷声问老五："湛总人呢？"

很快从沙发角落里传出急促的一声来："是岑医生来了吗？"

"是，湛哥，还有秦总。"

湛昌似乎在迟疑。

秦勋见状，拉起岑词的手腕，故意放声说了句："小词，走。"

"别别别！"包间里的声音急了，"进来进来，岑医生、秦总，你俩请进来吧，老五你在门外守着，给我看住了，谁都不准往里进了！"

他们前脚刚迈进包间，后脚老五就紧忙关了门，整个房里彻底暗下来了。秦勋没惯着湛昌，摸到开关，倏然灯光大亮。

湛昌惊叫："关灯！关灯！"

秦勋坐下来，盯着躲在沙发角落里的湛昌，笑说："湛总，天大的事您也得坐直了说吧，更何况对方还是您儿子。"

"他不是我儿子！不是！"湛昌的反应很强烈。

岑词借着一室流光打量湛昌，他蜷缩着耷拉着脑袋，一手抬起遮光。片刻后适应了才放下手。岂料这么一瞧，岑词着实大吃一惊，这才小半个月没见，他怎么变这样了？颓废惊恐不说，还形容枯槁，整张脸都有点脱相了。

半个月前，也就是在这个包间里，湛昌那叫一个不可一世，跟他交好的那伙人也是整起人来毫不含糊。岑词又想到了小野妈妈，想到她隐忍委屈的模样，再看湛昌现在的样子就觉得痛快。

"秦总说得对，别管发生什么事，你得先调整一下自己。"岑词开口，语气淡淡。

湛昌环顾四周，眼里尽是惊恐。岑词也循着他的视线看了一眼四周，寻思，他找什么呢？

"你们两个有没有听到……"湛昌紧张地咽了下口水，"听到些什么声音？"

声音？岑词问他到底发生了什么事。

"我敢肯定，现在的小野已经不是我儿子了……"湛昌说着竟哽咽了。

岑词冷静道："关于小野的情况，上次见面的时候我就跟你说过了。"

"不，他是个魔鬼！"湛昌呼吸陡然急促，盯着岑词压低了嗓音，生怕被什么人听到似的,"他招来了鬼魂,天天跟着我缠着我……"

她不解道:"鬼魂?谁的鬼魂?"

湛昌皱着眉头,干涩地说:"是个小女孩的……"

岑词明白了。

"岑医生,之前你说小野有第二人格,可是我觉得他更像是被什么邪灵附体了,又或者说,他本身就是邪灵。"

没人会这么说自己的孩子,尤其是湛昌。岑词看过资料,湛昌这个人虽说浑不吝,但对儿子还是挺重视的,他比任何人都希望小野能够有出息,看来湛小野这阵子的所作所为已经超出了她之前的预判。

湛昌像是溺水的人,这个时候的岑词就是他好不容易握住的救生圈,他便一五一十讲述了近半个月来的遭遇。

家访后一切就变得不对劲了。最开始湛昌总能瞧见湛小野站在卧室门口,隔着门缝冷冷地盯着他。湛昌也没觉得有什么,就是感到不自在。跟湛小野也聊过,小野却不少阴冷讥讽,跟他说:"是你心里有鬼吧。"

直到一天夜里他突然从梦里惊醒,隐隐觉得屋子里不对劲。借着月光,像是个东西,但又像是团影子站在门口。床头灯怎么开都不亮,那影子不说话,一动不动的,以一种十分怪异的姿势站在那儿。

"什么怪异姿势?"秦勋问湛昌。

湛昌形容得挺艰难:"就好像,是有人弯腰弯到了90度,然后继续往下弯,上半身跟下半身快要折叠了。"

岑词能够想象到那种姿势,一般来说腰软的人都能办到,可问题是大半夜有人以这种姿势站在门口就不正常了。

她问:"是小野吗?"

湛昌点头,声音很干涩:"不知道他什么时候进的我房里,就一直站在那儿。"

"他在干什么?"

湛昌抬眼看岑词,眼里的惊惧重了一层:"在说话。"

家里不知道为什么停电了,这是从没发生过的事。他很想知道湛小野在干什么,但因为太诡异了,一时间就没敢下床,于是万籁寂静的深夜,湛昌就听见湛小野嘴里在念叨着什么。语速特别快,几乎是用气声,细细碎碎的。

"像是咒语，听得让人起鸡皮疙瘩。"湛昌额头上渗了汗。

后来湛小野就从湛昌房间出去了，也没理会僵坐在床头的湛昌。

接下来的几天里湛小野都表现得很怪异，只要湛昌回家，他就跟鬼魅似的时不时出现，到了晚上就会出现在他房间，哪怕是锁了房门也无济于事。

后来他从家里搬出去，可就在酒店睡下的当晚，湛小野又出现了。跟往常不同，这次他是在跟湛昌说话，他说："逃不掉的、逃不掉的……"边说还边怪笑。

紧跟着湛小野就表现得十分痛苦，整个人都在扭曲，跟他说："你快走、快走。"下一秒湛小野的嗓音又变回了湛昌感到陌生的那个，冷冰冰的，在那儿怪笑，"逃不掉的……"

那晚湛昌不知道自己是怎么逃出酒店房间的，等反应过来时自己已经坐车上了。

"那家酒店我经常去住，所以很熟悉地下停车场的结构，可、可是……"湛昌说到这儿上下牙都在打战，"我发现我是在一个陌生的地方，不是酒店的停车场！四周都黑漆漆的，我还听见小野在我耳边说话。"

秦勋冷不丁问他："你把小野扔在了酒店？"

湛昌摇头："当时我开车开不走，所以我就又回了房间，除了害怕我还很生气、愤怒，我想问问他到底要干什么，还有他到底是谁！可我回房里之后发现他不见了。"

更令他恐怖的是，等他回家发现小野就在屋子里睡觉，家里保姆和小野妈都说他一整天都没出过门。

湛昌耷拉着脑袋说："我让老五去查了酒店监控，监控里没拍到小野。"

后来湛小野变得越来越怪异，大白天也会自言自语，嗓音一会儿是湛小野一会儿又变了，像是身体里藏了两个人，这两个人会经常吵架，但吵架的声音是急促的，旁人听不清具体在吵什么。家里的氛围变得奇怪，上到小野妈下到家里干活的人，竟没一个察觉出小野的不对劲来。

"不管我晚上在哪儿睡，一到那个时间总能被吓醒，然后就能看见小野，后来我就叫了老五暗守着，小野一出现就让老五按住了，可小野还是跑了，等我追出去的时候连影子都没看见。"湛昌讲到这儿情绪激动，"我立马打电话回家，你们猜怎么着……小野在家！他竟然在家！我不信，让小野妈进房里确认一下，于是我就在电话里听见小野的声音！"

当时他听得清楚，电话里就是小野的声音，嗓音沙哑，似醒没醒。

"其实我早就有预感，小野肯定在家睡觉呢，我看见的那个人是个邪灵，他想逼疯我甚至想逼死我。"湛昌抹了把脸，眼里满是倦怠。

再后来的几天里，湛昌真就看见了邪灵。

那晚出现在他眼前的可不止小野一个了，他还是那个姿势，90度角再往下压，很快又缓缓直身，嘴里念叨得越来越快。于是，湛昌就眼睁睁看见另一个黑影显现出来了。

"显现？"岑词想要确定一下这个词。

湛昌点了一下头："显现。"他重重强调，"另一个黑影就是凭空出现的，就像是一株植物从地上长出来似的，渐渐长高，只不过那是个人影。"

那人影长到一半就不长了，是小女孩。

"就是从那天开始，小女孩就总跟着我，我走到哪儿都能看见她。"

"倩倩？"岑词问。

湛昌面部肌肉抽搐了一下，摇头："我不知道，她就是个影子，总跟着我……"他小心翼翼环顾了四周，压低了嗓音，"也许，她就藏在这屋子里呢。"

"倩倩当时是怎么死的？"

"跟我无关！跟湛家也无关！是她自己！"湛昌十分抵触，皱紧眉头。

岑词沉默。

湛昌调整了呼吸喘匀了气，这才道："你是小野的治疗师，事到如今你也不能撒手不管，总之，你要把他治好！"

岑词刚要开口，秦勋快她一步："湛总，罹患精神疾病的人需要很漫长的治疗过程。小野的情况还需要进一步观察，但是在这期间你需要好好保护自己。"

他说得很有技巧性，果不其然湛昌慌了："你这话什么意思？难道……"

"没错，你会有性命之忧。"

秦勋这般肯定的言辞可真是把湛昌吓得不轻。

"这样吧湛总，如果你信得过我，今晚我帮你安排地方。"秦勋环顾了下四周，"至少，你不能在紫廷睡吧。"

"不能不能……"湛昌忙摆手，"紫廷地偏，等你们走了，那些影子再出现的话我真就是叫天天不应叫地地不灵了。只是，秦总你安排的地方……"

"我在南城的公寓，当然，跟湛家的条件不能比。我是想着，也许换个你从没去过的地方，说不准对方就找不到你了。"

湛昌叹气："条件不条件的我都无所谓，只要能让我睡个安稳觉，再说了，秦总安排的地方能差到哪儿去呢，我是担心……"他抬眼看岑词，问她的意见，"我换个陌生的地方，真能甩了他们吗？"

岑词垂眼，视线落在秦勋搭在沙发扶手上的手，他的手指在有一下没一下地轻敲，很无意识的，看来真是他的习惯动作。

"是个可以尝试的办法。"她抬眼轻声说，"但是湛总，有些事躲得了一时躲不了一世，不管是你还是湛小野，打开心结才能治本。"

湛昌紧抿着嘴死盯着她："能躲一时是一时！"

秦勋住南城老区，公寓却在新区，离岑词所住的地方隔了几条街区，那里是整个新区地价最高的楼盘。紧临着通往老城区的入口，相当于挨着热闹，但小区里很幽静，又有独立的花园、喷泉、健身房、温泉厅等设备，算得上是闹中取静了。

"是开发商欠了我的钱拿了套房子抵债，我呢，平时回了南城也经常住老城区，这边的公寓基本上是一直空着。"

安排好湛昌后，秦勋带着岑词步行出小区。小区面积不小，一路走过来看到了不少奇花异草。闻言后，岑词笑说："你们圈子里的都是大手笔，还债动辄就是抵套房子的啊！"

秦勋轻笑："对方就只有房子。"

"遇上能拿房子抵债的也算有良心了，还有那种死活不还钱的，你能怎样呢？"

秦勋随口说道："手段多了。"

"例如？"

"例如，"秦勋想了想，"先敲折他一条腿，然后问他是还钱还是填命。"

岑词脚步一停。

秦勋往前走了两步见她没跟上，停步转头看她，笑了："逗你呢，没钱还能怎么样？我总不能逼着对方跳楼吧。"

岑词也不知道自己刚刚是怎么了,竟意外信了他的话。跟上他的步伐,轻声说:"我还想着日后可不可能跟你借钱,万一还不上,你把我腿给敲折了怎么办。"

"不会。"秦勋低笑,"不舍得。"

岑词心脏狂跳一下,嘴角扯了扯没说什么。都过了耳听动人话的年龄了,怎么还慌了呢?

"折现卖掉也好,你一个人住得过来吗?"说完这话她有点尴尬,因为突然意识到他的私生活她并不知晓。

秦勋看了她一眼,笑了笑:"倒是不能一直空着,我总得找个能把房子变成家的人吧。"

岑词抬眼,蓦地就跟他视线相撞,心就一揪,她勉强笑了笑:"是啊。"

"你交过男朋友吗?"他冷不丁地问道。

岑词脚一崴,秦勋眼疾手快将她扶稳,失笑:"这个问题很让你猝不及防吗?"

崴得也不是很严重,他倒是说对了,这话的确是让她猝不及防。岑词抬眼,语气怨怼:"什么叫交过?我现在就不能有男朋友吗?"

"你现在,有啊,不就是我吗?"

岑词心跳加速:"帮我,我感激,占便宜我可不干。"

"那你把你男朋友叫出来,我跟他谈谈。"

"谈什么?"

秦勋嘴角始终浅浅笑:"谈谈怎么放着你这么个漂亮姑娘不陪,反倒经常被我占着。"

岑词呼吸一窒,忙推开他:"什么叫经常占着。"

秦勋看着她的背影,窈窕立在小区的夜灯之下,如一幅画似的美好,看着看着,心底竟摇曳出难以言喻的情感来,促使他忍不住脱口:"小词。"

这声低沉磁性,岑词听在心里都颤悠悠的,停步转身看秦勋。他还站在刚才的位置没动,双手插兜,潇洒帅气,树上缠着七色灯,绚烂的光笼罩着他,衬得他眉眼温柔。

这样的秦勋让她心里有点慌乱,好像是预感到了一种怎样的情感,她紧张着却又隐隐期待着。秦勋走上前,看着她的眼神似复杂,但很快就烟消云散,抬手抚了她的发丝,道:"沾了东西。"

是残叶,极小,于他修长的手指间几乎都瞧不见。他终究没能把真正想说的话说出来,岑词清楚知道,也委实松了口气,她不知道刚刚一旦他真的说了什么她该如何反应,又或者该如何回应。

"可惜了一场好电影。"秦勋转了话题。

这阵子的闲暇时光恐怕都是要消耗在湛昌这件事上了,回了车里,岑词问他为什么要湛昌换地方。

"湛小野就是利用了他的心魔达到目的,他就算换到天上住也无济于事。"岑词说。

秦勋不答反问:"所以,你也认为影子这件事是湛昌的幻觉?"

岑词思量片刻:"我还真小瞧了湛小野的第二人格,本来想逼得他恼羞成怒,不想他换了种方式来对付湛昌。他大半夜吓唬湛昌是肯定的,但湛昌说无论到哪儿都能看见湛小野,那就是亦真亦假了。"

临走时老五出来送他们,她问了老五些情况,老五说那晚湛昌让他抓住湛小野,可当时他并没看见湛小野,也没看见湛昌嘴里说的黑影。末了他紧张地问岑词:"昌哥他……是疯了吗?"

"看来,湛小野的第二人格为了保护主人格还真是不遗余力。"

岑词点头,这就是她不愿做那个刽子手的原因。湛小野的第二人格对湛昌有恨,却企图利用她的手把湛昌的秘密挖出来,原因很简单,湛小野的第二人格不想主人格受到伤害。

"湛小野的第二人格不仅是擅筹划,而且自负得很,这种很好对付。"秦勋靠在车座上,目视前方,"自信的人没了自信会吸取教训重新振作,但自负的人没了自信,那就离歇斯底里不远了。"

岑词就知道秦勋不会无缘无故提供住所给湛昌,果不其然。

"可是湛昌心魔难除的话,今晚他还是一样。"岑词看了一眼时间,"距离他每晚惊醒的时间不到两小时了。"

"你觉得湛小野的第二人格会催眠吗?"秦勋问。

岑词仔细回忆了一下,摇头:"应该不会。"

"所以能肯定一点的是,湛昌的心魔不是受了催眠控制,对吧?"

岑词点头:"对,我早先是在湛昌潜意识里下了锁的,如果谁动他的潜意识我就能发现。"

"所以,刺激湛小野第二人格就更简单了。"秦勋笑说,"只要能让湛昌睡个好觉。据我所知,明天湛昌要出席活动,想想看,湛小野的第二人格要是看见镜头里神清气爽的湛昌会怎样?"

"问题就是,湛昌今晚未必睡得好。"

秦勋笑得爽朗:"既然不是受了催眠影响,那两粒安眠药就能解决。"

岑词愕然,很快失笑了:"湛昌不敢吃安眠药吧,怕睡着了被害。"

秦勋:"当然不会,但有老五帮忙,不难。"

次日圣诞节,南城的雪竟下到了半尺厚。门会所里的松树枝又白了头,那雪积得大团,跟白馒头似的。

羊小桃给花浇水的时候就在感叹,这么大的雪真是好多年都没看见了。见岑词从治疗室里出来,她问:"岑医生,你从小到大见过这么大的雪吗?"

岑词站在前台正翻签名记录,手里的动作停了片刻:"好像……没有印象了。"

"我的印象可深了。"羊小桃在给一盆墨兰浇水,细细地打理着兰花叶,"我六岁那年跟着我爸第一次去北方,那雪下得可夸张了,一脚踩进去都能埋了半条腿呢!"她又不死心地回头问岑词,"岑医生,你小时候生活的地方不下雪吗?"

好像是……不下雪,可一时间岑词又有点拿不准,半天没回答上来。

汤图送完客户回来后瞧见这幕,面色微微一变,却也是瞬间收敛了神色,笑说:"咱家岑医生智商为高情商为下,生活方面近乎白痴,你让她回忆小时候的事这不是难为她吗?"

这围解得有点人身攻击,岑词据理力争:"我是生活不能自理了还是天天作你闹你了?再说了,小时候赶海我还是有印象的,捡的扇贝都比你脸大。"

羊小桃来了兴致,忙问真实的赶海是跟电视里演的一样吗,鱼有多大,贝有多厚,更别提四处乱蹦的虾子和横冲直撞的大蟹……

她说着说着想起哪里不对劲来,问岑词:"榕市有海吗?"

岑词出生在榕市,自小也是长在榕市,有关门会所的人事档案都是羊小桃负责整理的,所以她知道。关于岑词的个人情况,资料上虽不详细,但寥寥几笔也就足够了。父母离世得早，就只剩一个奶奶，独来独往惯了。"

岑词一怔。

汤图却笑说："榕市没海，但紧挨着榕市的郊县挨着海啊，你就不兴人家每次去渔村啊？哎，小词，你今晚的晚礼裙备好了吗？"

"晚礼裙？不需要吧？"

"规模不小的圣诞晚宴，你说需不需要？"汤图上前轻拍了她两下，轻笑，"你打扮漂亮点。"

正如秦勋说的，圣诞节当天湛昌就在媒体上露了面，为了新品的发布和即将到来的产品联合战略部署的合作。岑词看不懂他们商家的意图，却能从湛昌的神采奕奕里看出他昨晚的确睡得不错。

所以一大早，湛昌邀请她参加晚宴，无论如何都要给他捧个场，他这主动邀请也算是正中岑词的下怀。

湛昌有没有邀请秦勋她不得而知，因为昨晚秦勋送她回家时就说了今天一早要飞外地谈事，想来又是几天不露面了。

汤图爽朗提议："要不我把裴陆借你，跟在你身边总能起到保驾护航的作用。"

岑词笑道："瞧给你大方的啊。"

一下午的时间，岑词都在翻看湛小野的过往就诊资料，其间汤图来敲了两次门，问她真不去买套晚礼裙什么的。

岑词懒得搭理她。

快傍晚时有人敲门进来，顺带地给她倒了杯水。岑词没抬头，道："汤医生走了吧，你也走吧，今天过节，早点下班跟你的小姐妹蹦跶去。"

说了半天不见羊小桃回应，却也不见她离开，岑词觉得奇怪，抬眼一瞧，紧跟着惊喜道："怎么是你啊？不是去外地了吗？"

秦勋抿唇浅笑着站在她桌前："也不是什么大事，谈完了当天就能回来。"

"你也太折腾了。"话虽这么说，但岑词就是莫名地高兴。

"不折腾，习惯了。"秦勋看了一眼时间，"也算赶得及时，来接你去晚宴。"

"你也去？"

"当然，总不能把你一个人扔男人堆里吧？"

简单吃了点东西，秦勋先带着她来了WAN礼裙定制店。WAN是以老板的姓氏而定,是市值不菲的品牌,作品多次登上国际服饰设计舞台。

看得出万老板跟秦勋熟识,往外拿的衣服都是限量版的,岑词想,这可真是挺下血本的。甚至万老板亲自带她去试衣服,夸她身材好的同时还旁敲侧击地问她是不是秦勋的女朋友。又说:"秦勋这个人眼光高,多少姑娘往他身上扑,也没见他带谁来我这儿试过衣服。"

岑词心跳得不规律,但面上风轻云淡的:"或许去过商场,又或许其他礼裙店呢。"

"那他怎么不带你去商场?我这儿可不是随随便便什么人都能来的,因为我这里除了礼裙,就只有婚纱。"万老板将最后一根带子替她系好,似笑非笑的。

最后秦勋为她拍板敲定了红色礼裙,说这个颜色能把她的野心勾出来。

她哪儿来的野心?

等上了车后,秦勋对她说:"野心是刻在你骨子里,然后从眼睛流露出来的。"

岑词静静地看着他。

秦勋转头与她的目光相对:"重要的是,你穿这件礼裙很好看,漂亮极了。"

她瞥了他一眼,轻笑:"你夸人的形容词可真苍白啊。"

秦勋投降,温柔低语:"有些话我还真不知道该怎么说,就是觉得你好看。"

这话说的……但岑词莫名觉得比书面上的那些锦绣言辞更叫她心慌脸红。

"那位万老板喜欢你吧?"

秦勋不解:"喜欢我?我看你是误会了,万老板开门做生意的,对谁都热情。"

岑词没跟他掰扯,只是笑笑不说话。

晚宴选址在南城五星级酒店的旋转大厅,都不用站在落地窗旁就能瞧见南城新老城区霓虹的闪耀和车水马龙的壮观。

她挽着秦勋的胳膊入场,顿时就领略到"万众瞩目"这四个字的含义。

窗外是皑皑的雪,室内是浪一般的目光会聚,几乎将她给吞了。她保持面部微笑,小声对秦勋说:"你觉得这些眼神里有多少是怕我的?"

秦勋被她逗笑,刚想调侃几句,就有人主动上前来了。岑词本想避一避,秦勋却轻轻搂住她的腰，小声道："现在全场都在盯着你，你还是乖乖待在我身边比较好，另外，周军也来了。"

想法是好的，但十几分钟不到，岑词就有点扛不住了，迎来送往全都是些客套话，最后都会说上一句："秦总，有佳人相伴，羡慕啊！"

秦勋温润如玉，浅笑回句："是我三生有幸。"

喘气的工夫，岑词对秦勋说："没想到你这么受欢迎。"

之前查过他的资料，过于官方，而且他也不怎么接受采访。后来通过周军和湛昌对他的反应来看，他在商界着实是有一定地位的。

秦勋给她夹了块蛋糕："这话说得让我很失落，看来我在你心里没什么位置啊。"

岑词接过蛋糕，这句话她不知道该怎么接。倒是秦勋又好心作答："我们公司手里有全球顶尖级品牌的策划和运营权，所以，明白了吧？"

明白了，哪怕岑词不是圈中人，也明白这名利场上的利益牵扯。

湛昌百忙之中脱了身，选了个人少的地方跟岑词和秦勋交谈。

"秦总，多亏了你，我昨晚上睡得挺好，好像很久没睡过踏实觉了。"湛昌手持红酒，抿了一口，又压低了嗓音，"老五帮我守夜，他说一晚上没看见那个影子。"

秦勋说："睡得好就行，湛总如果不嫌弃，可以一直住着。"

"哪能嫌弃啊，今天就算秦总不主动提，我也得厚着脸皮跟秦总讨住。"湛昌叹了口气，"小野那个兔崽子就是中了邪啊，宴会开始之前还给我打了个电话，冷冰冰地跟我说……"他顿了顿，似乎是羞于启齿，但最后还是说了，"别以为藏起来他就找不到了。"

用了"藏"字，这对习惯呼风唤雨的湛昌来说的确是个耻辱。

秦勋轻轻晃了晃酒杯，低声说："湛总就安心在我那儿住着吧，那边安保做得不错，不是熟脸的不会轻易放进去。"

"那就好那就好。"

岑词在一旁没说话，湛昌刚想问她的意见，就见她的视线落在他的斜后方，他顺势看过去，陡然脸色一变。

是湛小野，不显山不露水地坐在角落里，像个看热闹的。

湛昌这个人招摇，但有一点好，就是把家人保护得很好，所以场上不少人并不认识湛小野。湛小野往这边看时笑了一下，就跟从前的乖乖宝一般无二。

湛昌却吓得脸白如纸。

岑词见状说："毕竟父子，总不能落得一句话不说的局面吧。"

湛昌皱着眉头，嗓音压得很低："岑医生，跟你说实话，我现在连他是谁我都不知道了，哪还敢跟他说话。"

岑词浅笑："他就是小野，哪怕现如今是被第二人格支配。"

湛昌紧抿着唇，不情不愿。那头有人在叫湛昌，他示意了一下便离开了。

等秦勋跟一位合作商私聊时，岑词终于落了单。她知道，热闹和好戏即将开始了。

果不其然，在她拿水果的时候有人挡了她的去路，抬眼一瞧，是湛小野。她心叹，毕竟年轻，再周全的计划都抵不住沉不住气。

湛小野冷冰冰地问她："包庇个杀人凶手心安吗？岑医生你可别忘了，你是站在我这边的。"

岑词不疾不徐夹了两块苹果放在盘子里，眼皮都没抬一下："你的意思是，我们是一条绳上的蚂蚱？"

"当然。"

岑词笑了，抬眼看他："那你说说看，你我的共同利益在哪儿。"

湛小野沉默了片刻，许是这个问题回答不上来，便换了说辞："你是我的治疗师。"

"终于想起来我是你的治疗师了？"岑词反问他，"那为什么你要对我遮遮掩掩的？"

湛小野冷笑："你想知道什么？"

"你对你父亲做了什么？"

"我说过，他不是我父亲！"湛小野一脸不悦，"而且是他心里有鬼，所以很容易中招。"

到底还是使了手段，看来她之前的推测没跑了。

"你不信任我，所以一开始就没打算跟我和盘托出，其实你在小野的体内觉醒很久了吧，小野来找我，你没阻止，目的不就是想找一把刀吗？"岑词语气平淡，"没有真心以待，何来的站队呢？"

"岑医生的目的就单纯了？"湛小野冷笑反击，"你筛选病人，无非就是过滤身份吧？有头有脸的才能入得了你岑医生的眼，一来他们钱多，二来他们是你积累名声的垫脚石，平头老百姓你岑医生会接？看着高风亮节，实际上还不是依仗权势活着？湛家的事你不想参与，因为你很清楚一旦参与了那就是得罪了湛昌！"

岑词未恼，唇角弯弯："所以呢？"

"所以？"

"是啊，所以你来找我是想达到什么目的？就是为了骂我一顿？"岑词轻笑，"这不像是你的性格。"

湛小野的主人格谦逊有礼，上门骂人这种事他做不出；湛小野的第二人格深沉隐忍，上门骂人这种事他不会做。

果不其然，湛小野亮了意图："我只是来警告你，既然你不想掺和这件事，那就别坏我好事！"

岑词眼里笑意轻盈，似藏了一整个春季的樱花。她说："找我帮忙，首先要信任我，关于这点不管是你还是湛昌都没做到。我做不了你的刀子，同时我也不愿意去做湛昌的避难所。但是你要明白，这世上还存在一种关系。"

湛小野微微眯眼："什么？"

"利益关系。"岑词抬起下巴朝着秦勋的方向示意了一下，"我不想插手不代表别人不插手，身在商场，拔不出的就是利益关系，今天你帮我一把，明天我再拉你一下，有来有往才能互惠互利。"

湛小野暗自咬牙。

宴席大同小异，即使这期间加了拍卖扶贫助学环节，这里也仍旧是个交际和利益交换的场所。湛昌一口气拍了五件藏品，当场宣布资助贫困山区建立校舍的决定。

岑词看着台上的湛昌，心里发笑。

"明明自己就很阴暗，还要装出太阳的光芒来照耀世人，岑医生是这么想的吧？"身边平添了古龙水的气味。

岑词不喜欢喷香水的男人，总觉着都不如自然体香或皂水味来得好闻。

是周军，宴会过半才找过来，岑词觉得这人着实有耐性。

"周总什么时候开始研究心理学了？"

周军手持酒杯："商人嘛，眼睛多少犀利点。"

岑词没过多掰扯这个话题,直接问周军:"闵薇薇怎么样了?"

"很好。"周军没掩藏,"至少她在慢慢接受我,我想婚礼照常举行应该没问题。"

岑词恍悟,怪不得今天能这么心平气和地跟她说话。

"不管怎么说薇薇都是你的病人,总要跟你交代一声她的近况,重要的是她需要安静。"

话说得委婉,但意思明显,其实周军就是过来警告她一句,别想着打扰闵薇薇了。

等周军走后岑词忍不住笑,她是洪水猛兽吗?一个两个的都跑过来警告她。

视线穿过衣香鬓影,秦勋站在靠窗的位置,之前是有人跟他攀谈,现在那人走了,跟秦勋说话的换成了别人。

是湛小野。

第七章

岑词到家后洗漱了一番,没睡。全屋的灯关了,只留了客厅的落地灯,她就靠在沙发上就着唯一的光源看书。

窗帘没拉,霓虹星点的光斑映在窗玻璃上,室内温暖,教人犯懒。她伸手按了茶几上的手机,屏幕亮了,上头的时间显示 23:00。

手落下时余光突然扫到了靠近卧室墙角的一抹黑影,那黑影的速度极快,唰的一下就过去了。

她全身僵住,凉意不受控地开始往背上爬。许久她才能动弹,缓缓伸手去够沙发后的操控板,一撳控制键,霎时全屋大亮。她猛地起身冲向卧室,可卧室里哪儿来的人?

岑词屏住了呼吸,心脏跳得厉害,聒噪着耳膜,一下又一下的,手开始发颤,她折回客厅,冲到钢琴旁抓起节拍器,拨了一下拉杆,紧跟着发出的音清晰响亮,一切都能证明她没陷入虚幻里。手机响了,是秦勋来的电话,她调整了一下,深吸一口气接通,道:"怎么样?"

"过来吧,事情已经发生了。"

再来公寓的时候,门口的保安认出她来了,一路给她带到了地方。

"秦总怕您迷路了。"

秦勋出来迎她,见着她后松了口气,打完电话他就后悔了,大半夜的万一她没记住路乱了方向……谢天谢地。

房里大亮，客厅里汤图在，见着岑词后下巴往次卧方向一抬，竖起拇指往她身后指了指，岑词就明白了。

没等进次卧，裴陆就从里面出来了，跟她打了个照面，小声说："挺吓人啊，我办案这么多年了，头一次见着这款的。"

"这半夜的，辛苦裴队了。"

"哪儿的话，我是警察，应该的。"

次卧很暗，岑词走进去的时候，身影就像被里面的暗光给吞噬了似的，裴陆下意识地瞅了一眼她的背影，不知怎的心头泛起一丝异样来。

细细品来，这种感觉竟是恐惧。就好像与岑词随行的是黑暗，这黑暗不但能将她给吞了，还有她周遭的人。阻挡不了，驱散不开，与生俱来。

裴陆不知道自己为什么会有这种感觉，直到听见屋里湛小野在说话，他才回过神。

湛小野一只手被铐在床头，整个人坐在床上，低垂着头，一手插进头发里，刚开始的时候喃喃自语，后来声音越来越大。岑词进屋后就站在他面前，没打扰他，观察他的情况。

秦勋从主卧出来后就进了次卧，他不知道裴陆站在那儿瞅什么，倍感奇怪，但也没多问，径直进了次卧后站在岑词身边，不动声色。

湛小野始终耷拉着脑袋，最开始的窃窃私语很诡异，渐渐地清晰了，明显是两个人的声音。

"杀了他！"

"不行，你不能这么做。"

前者的声音低沉狠辣，后者的声音胆怯急促。

岑词心底一惊，没想到湛小野的第二人格想要湛昌的命。一直以来她都在等湛小野的第二人格出手，他要她叫他湛野，讨厌湛小野的名字，就形同他讨厌湛小野的软弱。事实上，湛野的确要比湛小野强悍得多，而她这些日子在做的，就是一步步逼疯湛野。

湛野对湛昌有计划地下手，目的就是逼迫湛昌就范。但这个时候秦勋横插一脚，给湛昌提供了一处安稳之所。秦勋做这个决定的时候岑词就明白，他是想最后逼一下湛野，让他按捺不住出手罢了。

如果岑词判断没错的话，假设秦勋不插手，那圣诞节这天，湛昌在镜头前就不是介绍新品的情况了，而是将掩藏在心底最肮脏和阴暗的秘密公布于世。

湛野如果再沉住气一点就能想到安眠药的事，但湛昌总不能不分昼夜地吃安眠药吧，总有个适当的时机能让湛野达成目的。

湛野在晚宴露面，目的有二，警告岑词和得到湛昌所在的位置。岑词在晚宴上要做的就是把湛野推给秦勋，而秦勋"满足了"湛野的诉求。

湛野上钩了，而在之前岑词已经通知了汤图，请求裴陆帮忙各就各位。

这件事从计划到发展阶段，岑词都没跟秦勋具体沟通过，但他主动邀请了湛昌，从他做出这个决定的时候岑词就明白，他已经参与进来了。没跟她商量，却做得天衣无缝，跟她的计划离奇地契合，直到今晚让她的计划顺利达成，她着实惊讶。

湛野和湛小野还在对话。

"该死的是你！关键的时候你为什么手软？他欠了你的，欠了倩倩的！"

"他是我爸……不行，不行。"

"那倩倩呢！"

"倩倩……"湛小野颤抖，"我不知道，我对不起她……我求求你。"他猛地抬头，面色痛苦，"岑医生，你救救我……"

岑词站在原地没动，抿着唇微微皱眉。

突然湛小野的神情又变了，盯着岑词恶狠狠道："八婆！都是你坏的好事！还有你！"他指着秦勋，匿在暗影里的眼眸隐约可见凶狠，他扯着嗓子喊，"湛昌给了你什么好处你要这么帮他？你们都是凶手！凶手！"

秦勋跟岑词一样，静静注视着湛小野。

湛小野喊累了，头重新耷拉下来，隔了许久又抬头，玩味戏谑的神情，嗓音竟是中年男人："秦总，你心里怎么想的我一清二楚，岑医生年轻漂亮，你想得到她。"

他话一脱口，岑词震惊。

"你是谁？"秦勋没急没恼，淡淡问他。

岑词下意识看了一眼秦勋，果然够冷静，又能一针见血切中问题所在。之前对他建立起来的信任又开始摇摆不定，他的理智已经超出了商人该有的范围。

湛小野眼神暧昧，没回话，反倒继续说："能理解，窈窕淑女君子好逑。但是秦总，这女人专挑有钱人接待，还不定跟多少客户发生过关系。"

秦勋上前一把揪住湛小野的衣领，拳头差点就挥下来，但被岑词喊住了。秦勋低声训斥："说我可以，诋毁一个女人算什么本事？"

"那我还是个孩子呢。"湛小野的声音又变了，冷笑，"你打我啊！"

秦勋微微眯眼，许久松了手，但使了点手劲，湛小野一个不稳，身子歪了一下。

"警察同志，有人使用暴力你不管吗？"声音再次是中年人的嗓音，带有嘲讽。

裴陆走了进来，岑词示意了他一下，他就站住没再继续往前走，现如今是亲眼见到了人格分裂，太瘆人了。汤图一直守着主卧方向没敢离开，对于次卧里发生的一切只能用耳朵听，她气愤道："说话怎么这么难听？狠揍他一顿！"

湛小野又用中年男人的嗓音刺激秦勋："你觉得我侮辱她了，还是觉得自己戴了绿帽子？哦，我明白了，秦总，你喜欢这个女人，对吧？"

秦勋居高临下地盯着他，情绪很快稳定下来了。岑词看着秦勋的背影，心生涟漪。

"岑医生，那你呢？跟那些男客户比起来，秦总还是很合你胃口吧？"

岑词哪是那么容易被激怒的？她轻轻一笑："湛昌。"

裴陆和秦勋一怔，客厅里的汤图冲着这边嚷嚷："湛昌在主卧一动不动地窝着呢，没进次卧啊，你可别吓我！"

湛小野眼睛里迸着兴奋："有意思有意思，你说我是谁？"

"湛小野的第三人格，湛昌。"岑词淡淡地说。

裴陆倒吸了一口气。

秦勋走到岑词跟前，小声问："怎么回事儿？"

"我没想到他会有第三人格，更没想到隐藏最深的就是这个第三人格。"岑词叹息。

人格分裂，没人能得出其中的规律，至于能分裂多少人格也没有固定结论。湛小野的主人格惧怕湛昌的同时也痛恨湛昌，所以分裂出的第二人格对湛昌就只有痛恨，那剩下惧怕的部分呢？怎么才能变得不惧怕？那就只能变成那个人。第三人格应运而生，只有自己成了湛昌，才能彻底摆脱心中阴影。

幸好室内光线不明，否则岑词额头上的冷汗一定会被湛小野看到。这冷汗是生生惊出来的，她犯了个错误，差点酿成大错。

往往计划越复杂就越容易出错,所以她对湛小野的治疗简单粗暴,既然不能共存,那就只能杀掉次人格。

激化情绪是最直接的办法,湛小野的主人格和第二人格的刺激点就在湛昌,当紧急事件出现时,主人格的重现就会引起次人格的情绪波动。唤起湛小野主人格的觉醒,在精神领域中杀掉情绪波动的湛野不是难事,只要岑词能够适当引导。

现在想想,一旦按照她之前的计划进行,湛小野的主人格在厮杀之后幸存,最后必然会被等着坐收渔利的第三人格击毁。

在人格歼灭这件事上,就形同几个人在打架,湛小野的主人格压根儿承受不起背后一击。幸好湛小野的第三人格显现了,许是心急,又或者还有其他什么原因,总之,谢天谢地,此刻调整计划为时不晚。

岑词冷笑:"湛野,我以为你是个王者,没想到你就一青铜啊!"

"湛昌"闻言,眼里警觉:"你说什么?"

岑词没理会"湛昌",继续道:"湛野,原来你是真厌啊,费劲巴拉筹划一切,最后是为他人做嫁衣。"

"闭嘴!"第三人格看出她有意挑拨。

"湛昌,你想做渔翁是吧?要我看,湛野比你更适合,毕竟他还年轻,你又何必鸠占鹊巢呢?"

"湛昌"盯着岑词,眼神阴冷。

裴陆瞧见湛小野这般神情后惊觉,第三人格竟能将湛昌模仿得淋漓尽致,如果不是因为那张年轻的脸,简直就是湛昌。

岑词迈步上前,被秦勋一把拉住。她转头看着他,给他一个心安的眼神。

走到床前,她句句寒凉:"湛野,从头到尾你都只是人家手里的一把刀,他利用你除掉心魔,最后再反捅你一刀。你刚才为什么没能得手?你以为是湛小野阻止的你吗?不,就是你体内的另一个他,是他扮成了小野的模样来阻止你,他要看着你崩溃、疯狂,最后毁灭——"

话音未落,岑词的脖子一下被湛小野给掐住,秦勋疾步上前,岑词伸手朝后做示意,阻止了他。裴陆也高度警觉,下意识摸了枪。

湛小野一手被铐住不方便起身,就跪在床上,另一只手却使了十足的气力。岑词被掐得喘不上气,两手用力卡住他的手,尽量让自己能说出话来。是"湛昌"

的声音，冷冰冰的："贱人！我说过让你闭嘴，你是没听见吗？"

紧跟着是"湛野"的声音，他愤愤地问："你到底是谁？怎么会在这儿？"

"湛昌"："你不要听这个贱人瞎说，她在挑拨咱俩的关系。"

岑词："湛野……你是个聪明人，如果……如果他把你当成伙伴，你会今天才知道他的存在？"

"湛昌"加重手劲，恶狠狠道："你给我闭嘴！"

"湛野"："从我身体里滚出去！"

"湛昌"："死小子，你可别上当了！"

岑词："湛野，你自己想清楚，你留着……留着他做什么？真以为他能跟你和平相处？"

"湛野"："岑词，别以为我不知道你怎么想的！他阴险狡诈，你也不是什么良善的人！"

岑词："就算我有目的……又能怎样？除非……你往后余生都受他控制。"

"湛昌"彻底怒了："去死吧！"

脖子上的手劲又是一紧，岑词愈发呼吸不畅，头晕沉沉的，眼前也开始出现重影，却硬凭着理智阻止秦勋上前。

听见动静不对的汤图跑了进来，大惊失色道："你们两个干什么呢？就这么眼瞅着啊？"说着就要往前冲，被裴陆一把扯住。

"你拉我干什么？快出人命了！"汤图回头低吼。

裴陆干脆一把抱住她的腰，低声劝阻："她不让上前，再等等……"

说这话其实他心里也没底，等什么呢？他是个警察，难道眼睁睁看着一条人命在他眼前没了？可既然她有心阻止，那是不是就意味着把握十足？

秦勋紧紧攥着拳头，额头泛出细汗，呼吸急促。

而岑词使尽全力微微掰开湛小野的手，艰难说道："湛野……他如果掐死我，你……你就再也找不到对付湛昌的办法了，你可想好了，你要面对的可是两个湛昌。"

岑词用最后的力气挤出这句话，凭的也是最后一搏。搏赢了，计划顺利推进；搏输了，她倒是可以一脚踹开他求个自保，可与此同时计划功亏一篑，也辜负了小野妈妈的嘱托。念头刚起，她只觉得脖间一松，蹿上心头的想法是：成了！

岑词猛吸一口气，又被呛得直咳嗽，被秦勋搂在怀里的瞬间，只觉得太阳穴一鼓一鼓地猛跳,脖子火辣辣地疼。

接下来发生的一幕,裴陆觉得该是他职业生涯中看到的最为惊悚的一幕。

只见湛小野松了手后神情大变,冲着岑词的方向用力去抓,额头青筋凸起,眼珠子都快爆出来了。手铐撞在床头上咣咣响,嘴里发出厉吼声,令人胆战心惊。

很快他的姿势就变了,那只伸向岑词的手好像是被什么力量给扯回去似的,脸上竟有两种不同神情来回交替,就像是两张面孔。

"湛昌":"你疯了吗?阻止我对你有什么好处?"

下一秒声音又成了"湛野":"我不相信她,但更不相信你!只有先除了你,我才能安生。"

手一转方向,掐住了自己的脖子,手劲不小,掐得湛小野直瞪眼。

岑词几乎瘫靠着秦勋,秦勋算是半松了口气,环搂着岑词,总有点失而复得的感觉,但眼前的情况也不容乐观,他明白岑词的用意。

汤图从事心理行业这么多年,自认为见过的奇形怪状的病人不少,可用这种方式来治疗多重人格障碍着实是头一次。她很怕出事,看向岑词,却猛地打了个寒战。

岑词盯着湛小野,目光冷静到平添一股子狠辣来,教汤图后背直发凉。她回头瞅了一眼裴陆,不知怎的就冒出一句这样的话来:"你可千万要搂住我啊,我现在站不稳。"

裴陆有点蒙,不知道她怎么就站不稳了,但还是点了一下头道:"放心,不会摔着你。"

汤图松了口气,不停安慰自己:没事的,岑词不会有事的。

湛小野脸都涨红了,直翻白眼。被手铐箍住的手试图去抓另一只手,无奈动弹不得,五根手指拼命张开,喉咙艰难发出声响。

"湛昌":"你杀死我有……有什么好处?蠢货!"

"湛野":"就算我活不成……也不会便宜你……"

掐在脖子上的手又撤离了些,湛小野趁机呼吸了两口。

"湛昌"发了狠话:"好,那你就别怪我不客气了!"

手又掐住了脖子。

两种人格在同一身体里拼杀,目光里都似乎沾了血腥。

突然,湛小野不动了,猝不及防地,他半跪在床上,脑袋耷拉下来,那只手还掐着脖子,一动不动。

房间里陷入死寂。良久后汤图跟裴陆说:"你先放开我。"

裴陆松手,与此同时心里在打鼓,心想:湛小野该不会是断气了吧?真要是这样的话,他一个目击者,还是警察身份的目击者要怎么跟外界交代?怎么跟被害人家属交代?

汤图挪到岑词身边,头昏沉沉的,问:"我去探探?"

"不用。"岑词的力气还没缓过来,说话无力,"他们不是以伤害自己的身体为目的。"

这番话听进裴陆的耳朵里,周身一阵冷过一阵,小声问岑词:"你的意思是,虽然湛小野不动弹了,但脑子里的几个自己在……打架?"

"不是打架,是相杀。"岑词轻声说,"而且不是几个,就只有湛昌和湛野。"

秦勋低声:"看来主人格的软弱不是件坏事。"

岑词点头。

之前想着利用湛小野顾念亲情对付"湛野",但其实岑词也只是有一半的把握,最后极有可能是次人格杀了主人格。但现在,湛小野的第三人格按捺不住显现,恰好就解决了她的担忧。

突然湛小野头一仰,在一声极刺耳的嘶喊后往床上一倒,缩成一团,整个人在抽搐。

"怎么回事?"裴陆吃惊。

"别上前!"岑词借着秦勋的力量站直,死死盯着湛小野。

这种情况维持了不到半分钟,湛小野又不动了。他伏在那儿,眼睛瞪得跟铜铃似的,龇牙咧嘴惊骇得很,然后彻底瘫在床上了。

岑词这才挣扎着上前,秦勋陪同一起,汤图和裴陆也紧跟其后。岑词伸手去探鼻息,随后提着的一口气终于舒出来,腿一软。

秦勋眼疾手快接住了她,岑词软绵绵地说了句:"行了。"

行了是什么意思?现在什么情况?

裴陆正一头雾水呢,就听客厅里传来一声歇斯底里:"不是我、不是我!别来找我!"

一道黑影冲着玄关跑过去。

秦勋低喝:"快抓住他!"

裴陆反应得快，秦勋这边话还没落，他就冲出了次卧。没一会儿就听见湛昌鬼哭狼嚎的声音。

汤图站在次卧门口，看着被裴陆"擒"回来的湛昌，心口突突直跳。湛昌一脸惊骇，五官近乎扭曲，又似疯非疯的，豆大的汗珠顺着鬓角往下滴。他蜷缩在沙发一角，双手举着挡住脸，嘴里念叨着："别过来啊，别过来……"

汤图低声问岑词："他到底是怎么回事？"

要说今晚的场景还真是惊险诡异，她两肋插刀，带着裴陆按照地址和时间到了秦勋的公寓。可一进门，眼前的一幕让他俩倒吸一口凉气。

当时客厅没开灯，他们只听到湛昌发出的惊叫声，借着月光能瞧见屋里还有个黑影，手持匕首，刀光一闪往下扎。湛昌倒在沙发上抵着黑影的手，跟对方对峙。

湛昌像是被人掐住了似的，声音听着刺耳，手持凶器的黑影在说话。

"湛小野你疯了吗？你反抗我？"

"你不能伤害他！"

"你不想替倩倩报仇了？"

"他是我爸……"

两个人的声音，加上湛昌的粗喘惊恐声，三个人。

裴陆眼疾手快地去摸墙开灯，灯光大亮后他俩也看清了室内的状况。就只有两人，手持凶器的竟是湛小野。事发突然，湛小野第一反应就是跑，被裴陆冲上前将其擒拿，铐在床头。

湛昌着实吓坏了，嘴里喃喃自语。岑词上前探身朝向他，盯了他好半天，冷不丁地朝他打了个响指，就见他猛地一颤，双手就慢慢放下了，直勾勾地瞅着岑词。

汤图忍不住搓胳膊，隔着衣服都能感觉到汗毛竖起来了。

岑词坐了下来，湛昌像是被操控了似的，可眼珠子是跟着岑词活动而转动的。裴陆看在眼里，冷不丁又想起那句话来：她进去之后也没见做什么，犯人就乖乖交代了……

裴陆后背一阵凉过一阵，难道岑词真如外界所说的，会精神操控？没容得他多想，就听岑词开口了，嗓音很轻很低，似夏夜凉风过耳，教人身心放松。

"湛昌，我数到1的时候你就能看见一条长长的隧道，你试着走进隧道里去，

5、4、3、2、1。"

　　湛昌没应答，可眼神明显看出有了变化，瞳仁微微收缩。

　　岑词在做引导："跟着我的声音去走，一步一步慢慢来，不要怕……"

　　裴陆盯着湛昌瞧，湛昌看着挺清醒，全程是睁着眼睛的。

　　岑词："看见你的仓库了吗？"

　　湛昌："……"

　　岑词："你往前再走一走，顺着光走出隧道，看看你的周围。"

　　湛昌的目光移动了，像是在找什么，很快就定格在岑词的身后。他说："我看见仓库了。"

　　岑词："仓库现在是什么模样？"

　　湛昌："仓库……塌了。"

　　岑词："然后呢？你周围都有谁？"

　　湛昌："有几名员工，还有……老五。"

　　岑词："老五在做什么？"

　　湛昌："他拉着我不让我进去，说是危险。"

　　岑词："你进去了吗？"

　　湛昌点头。

　　岑词："为什么？"

　　湛昌："小野在里面。"

　　岑词："你进去后看见什么了？"

　　湛昌呼吸转急："横梁都砸下来了，到处是灰，一箱子一箱子的货全都从货架子上掉下来……"

　　岑词："看见小野了吗？"

　　湛昌摇头："我看不到。"

　　岑词引导："你往前走，试着找找小野。"

　　湛昌沉默了会儿，突然目光一凝。

　　岑词的呼吸微微加重，之前在紫廷的时候，湛昌的意识就停在了这儿，当时她试图干预引导，可一来当时的环境不大允许，二来湛昌不是很配合，就像是块暗疮，深藏在如皮肤般的潜意识里，强行排出不得。

　　岑词深吸了一口气，问他："为什么停下来了？"

湛昌的目光从远处拉回来了，低头瞅着自己的脚。岑词心脏竟怦怦狂跳，裴陆不明就里，顺着湛昌的目光往下看，什么都没有，瞅什么呢？

良久后才听湛昌低声说："有人拉住了我的脚。"

岑词："是小野吗？"

湛昌摇头，眉头皱得紧紧的，许久后说："是倩倩。"

同一时空下的晚上十一点多，羊小桃跟朋友们吃完圣诞大餐后才发现家里的钥匙落在诊所，于是又折回了门会所。

钥匙放在前台，羊小桃拿到手后习惯性地搓了搓挂在上面的粉狐狸挂件。又对着灯光将粉狐狸举高，狐身细腻得很。羊小桃心想，如果你真灵验的话，那就让我赶紧脱单吧，重要的愿望嘟囔三遍。

狐狸光润的身上有光反射了一下，羊小桃将钥匙揣进兜里，走到门口正要关灯，突然想起了什么，陡然停住动作。

她朝窗子方向看了一眼。窗子那儿堆满了彩灯，还有圣诞树，枝杈间的光一隐一隐的。

羊小桃莫名紧张起来，深吸一口气，一步步朝着窗子走过去，快到窗前她停了脚步。

将粉狐狸再次举高，冲着窗子方向，就是刚刚粉狐狸面朝着的位置，她透过狐身看向外面……

什么都没有。

羊小桃松了口气，看来是眼花了。想着还是拉上窗帘的好，不想手刚碰到窗帘，一张脸赫然贴在窗玻璃上。

羊小桃一屁股坐地上，死死盯着窗玻璃上的那张脸，嘴巴半张着却喊不出来，喉咙就跟被人掐住了似的，很快冷汗就顺着额头往下淌，上下牙齿相撞的声响震得太阳穴都疼。

玻璃上的那张脸，紧紧地贴着，甚至五官都变了形，是个男人。

深更半夜的，这男人只穿了一身西服，身后是被大团雪盖得通白的松树，衬得他脸跟白蜡似的，扭曲、阴森。

羊小桃哪经历过这般场景？好半天才从嗓子眼里挤出一声："你是谁？"

这声音倒是把自己吓了一跳，就像是被绳子勒紧之后艰难发出的声响。许久羊小桃才反应过来，这声音就是她自己的。

男人始终保持着脸贴玻璃的动作，眼睛死死瞪着。她觉得他在看自己，可又觉得不像，后背突然发凉，他好像在看她的身后。

这一次羊小桃终于有反应了，尖叫一声，噌地跳起来，一个箭步蹿到墙根而站，扭头瞅着右手边，就是刚刚她背后的位置，什么都没有。

羊小桃的心口突突跳，他到底在看什么？他是人吗？她哆哆嗦嗦地去掏手机，飞速解屏，按号，11……手指悬在"0"上直颤，就是迟迟按不下去。

玻璃窗上的那张脸已经撤离了，可那人接下来的动作再次让羊小桃吓得失了声。手一抖，手机落地。

"你看见了倩倩？她现在怎么样？"公寓里，岑词一步步引导着湛昌回忆当年所经历的场景。

湛昌的脸愈发难看扭曲，嘴角抽搐，他没说话，眼睛看着一个方向不动。汤图在旁边看得担忧，岑词这是在强制性引导对方进入潜意识，这种方式并不被业内认可，假如湛昌投诉她，那她被吊销职业资格证就是板上钉钉的事。

湛昌说话了，声音微颤："倩倩……被压在石板下面。"

岑词多少料到了，继续问："压得重吗？能救出来吗？"

"压得很重，她……就算救回来也会高位截瘫，生不如死。"

岑词深吸一口气："你能救她吗？"

湛昌又一次沉默，这次的沉默明显长于之前的几次。他的脸色变得阴沉，眼睛里也透着寒凉。岑词想着继续引导的时候他开口了，嗓音低得令人压抑："我不能救她。"

这个答案并不意外，可岑词听在耳朵里，就像是寒流直往心里灌似的。

岑词问："为什么不能救她？"

湛昌这次没沉默："因为仓库里的秘密不能被外人知道。"

裴陆是警察，一听这话就差点问出口。秦勋抬眼看了他一眼没说话，这一眼反倒让裴陆转移了注意力，落在秦勋身上。刚刚秦勋看他的眼神很随意，像是无心，却让裴陆觉得他眼神里的沉静不是常人该有的。

岑词轻声追问："仓库里有什么秘密？"

裴陆的注意力又转回湛昌身上。

湛昌不语。

岑词换了个问法:"你看看货架上的货摔下来了吗?"

湛昌:"都摔下来了,箱子都砸坏了,货散了一地。"

岑词:"你去检查一下货有问题吗?"

湛昌停顿片刻后说:"枪栓都碎了。"

裴陆头皮一紧。

汤图最开始没反应过来,后来冷不丁想到了,整个人一颤。

这次是岑词抬眼看裴陆,裴陆也瞅了她一眼,他从来没像现在这样么敬佩这个女人。岑词落眼的时候不经意跟秦勋目光相撞,秦勋冲着她微微点了下头,示意她继续。

是啊,继续,因为还有一个最关键,也是令湛家父子反目成仇的重要原因。

岑词:"湛昌,你是将倩倩扔在仓库没管她吗?"

倩倩怎么死的,这是重点。

岂料湛昌缓缓道:"找到小野后,我放火烧了仓库。"

湛家深藏多年的秘密和不堪的过去都浮出了水面。

真相显而易见了:湛昌多年从事违法经营,极大可能就是走私军火,这些货被藏在仓库等待中转,一直以来都顺风顺水,湛昌也由此富甲一方。直到仓库出事,湛昌杀人灭口。

而这一幕,都被湛小野看在眼里,心里就埋下了颗恐惧的种子。这种子不停地生根发芽,随着时间生长,形成他的复杂人格。

湛小野的报复有两个目的,一是为倩倩报仇,二是为自己报仇。湛昌对倩倩的伤害显而易见,可同时也深深伤害了湛小野。

过了黎明的黑暗,天际线乍现明亮。车窗上爬了轻浅的冰凌花,随着微亮的天,渐渐成了一层薄霜。

经过岔道口的时候冷不丁蹿出只猫来,秦勋猛地踩刹车,那猫一跃跑远了。

秦勋看了一眼后视镜,岑词窝在后座上,合着眼,丝毫没有被惊醒的迹象。秦勋松了口气,启动了车子,一路往她家的方向赶。但也没开太快,好让岑词可以睡得舒坦些。

湛昌被裴陆带走了,早在警车来之前,他就痛哭流涕了好半天。

汤图主动请缨，跟着裴陆回公安局做笔录。小野妈妈来接小野的时候，瞧见湛昌后神情异常冷漠，可看见小野的模样，眼泪唰地掉下来了。

可想而知，至此湛家将会发生翻天覆地的变化。

秦勋手握方向盘，目视前方，看着天际渐渐明朗起来，第一缕阳光刺破黑暗，就像这个案子，解开层层谜团，终见真相。

想当初湛家仓库失火一事是上了南城报纸的头版头条的，湛昌面对媒体时很诚恳地表示，日后将会对仓库的防火系统进行加强和改造。

所有人都信了他的话，谁能想到他就是大火的始作俑者呢？

接下来的日子里，湛昌将会接受警方一系列的审讯，具体是怎样的秦勋并不在意，秦勋倒是对岑词又有了全新的认识。

湛昌的秘密之大，大到旁人避之唯恐不及，毕竟这件事一旦捅出来，知情人以后的日子也未必好过。

当岑词决定将湛昌唤醒时，裴陆一度建议她先离开，以防湛昌打击报复。但岑词只是说，没区别。她唤醒湛昌时用的是一只古法金铃，极小，食指和中指将其夹住，对着湛昌两眉之间晃动了三下，那铃声清脆，却令湛昌陡然一颤，猛地眨眼，再看向他们时，眼神就变得茫然和困惑了。

岑词跟湛昌说："你儿子要杀你，为了倩倩，也为了他自己，你还记得吗？"

一句话似乎瞬间击溃了湛昌的伪装，他先是一愣，紧跟着竟是号啕大哭，一个劲地说自己对不起家人，对不起倩倩。

除了岑词，没人能料到湛昌清醒后会是这种反应，当时秦勋看着岑词，她神情淡然，一切都了然于胸，而那只铃铛被她及时收好。

车窗外起风了，两旁树杈被风吹得摇曳不定，映在车玻璃上的影子就成了张牙舞爪，如同地狱来的鬼魅。

秦勋的思绪也如那被风吹动的树枝，四处飘摇，最后集中在一个场景上。

坐在躺椅上的沈序对着被深度催眠的客人暗示："听到最后一声铃响，你将会对你所犯下的错心存悔恨。"

沈序掏出极小的古法金铃，用食指和中指夹住，轻轻晃动了三下，最后一声落下后那客人陡然清醒。

沈序问那人："还记得你发生什么事了吗？"

那人茫然片刻，紧跟着脸色突变，扑通就给沈序跪下了，一个劲地磕头求饶。

沈序站起身来说:"你不需要跟我赎罪,向警方自首吧。"

秦勋又看了一眼后座上的岑词,她仍旧沉沉睡着。

她会的,竟是沈序的方法。

今晚秦勋算是领教"巫师级"的真正含义了。这要是一般的治疗师,追到湛昌这条线上大抵就会出现两种情况,一种是放弃,另一种是不断做沟通治疗。

岑词的手段着实不大"光明磊落",她跟湛小野的人格斗智斗勇,用最彻底和以绝后患的手段令人格相杀,面对湛昌更是没经过对方允许就埋下了意识指令,而且他要是没猜测错的话,当时岑词在湛昌脑中埋下的可不止一道指令。

湛昌清醒后的反应就是证明,更是岑词有恃无恐的原因。

她应该是在湛昌潜意识里埋下一道明指令的同时,也藏了一道暗指令,暗指令的开启钥匙就是明指令的打开,一环扣着一环。

湛昌的潜意识在情绪刺激下最容易打开,因此明指令会被轻而易举地开启,掏出真相后暗指令也随即打开,其指令内容大抵就是:对过往心怀悔恨。

金铃是引导暗指令内容开启的关键,再加上岑词的那句:你儿子要杀你,为了倩倩,也为了他自己,你还记得吗?

这是彻底击溃湛昌清醒后有可能即将建立的伪装的话,让他迅速陷入深深的自责和拷问良知的状态里。所以这样的一个湛昌,怎么可能去想着对岑词打击报复?

秦勋不清楚岑词作用在湛昌身上的指令能维持多长时间,但依照岑词的做事风格想必不会太短。湛昌认了罪、服了刑,事后哪怕再想打击报复,怕也是人走茶凉无人使唤了。

这就是岑词解决手段的高明之处,在精神的世界里步步为营,救治了别人也保全了自己。只是,秦勋也发现了岑词有个毛病,凡事不喜欢跟人商量,也不喜欢解释。要说这是她存心故意也不像,否则她会隐瞒不提,这种更像是她的习惯,就如同起床后要刷牙洗脸般自然。

湛小野和湛昌被带走后,岑词就跟他说头疼。

上了车,还没等关车门她就睡去了。

汤图跟秦勋说,岑词每次完成一个大案子都会这样,可能太耗精力了。倒也没什么大碍,睡个饱觉就好了。

抱岑词上楼的时候她睡得沉沉,秦勋心想幸好是睡在他车里了,也幸好是在他身边。

电梯间里一位大妈看了看秦勋,又看了看岑词,再抬眼看他,不想却跟他目光相撞,大妈尴尬地笑了笑:"岑医生这是怎么了?"

闻言秦勋有些诧异,想着岑词这寡淡的性子,竟还能有有交集的邻居?

"她有些不舒服。"他回了句。

大妈"哦哦"了两声没多问,但全程都在悄悄打量着秦勋。出了电梯,大妈也跟着出来了。秦勋察觉后回头看了她一眼,大妈笑呵呵地说:"我也住这层。"

一梯两户,住这层?秦勋微微一笑没说别的。

掏出之前汤图帮着翻出来的家门钥匙,刚要开门,站在汤图家门口一直在假装掏钥匙的大妈忍不住问他:"那个,岑医生她没事吧?"

秦勋将房门一开,回道:"没事,睡上一觉就好了。"

大妈又是"哦哦"两声,等房门关上时又觉着这话听着有点别扭。

秦勋刚把岑词放床上,就听有人敲门,他哑然失笑。开了门,果然还是那位大妈。大妈抻头往里瞅了一眼,秦勋站在门口,保持礼节:"您还有事?"

"啊,我是想着岑医生挺不舒服的,怕你一个人倒不过来手,过来帮帮忙,或者帮着叫个救护车。"

秦勋抿唇浅笑:"您误会了,我是岑医生的男朋友,她有什么问题我会看着处理。另外,您也不用总在汤女士家门口转悠,这楼道里有摄像头,万一汤女士误会就不好了。"

大妈闻言一愣,紧跟着一脸尴尬:"嗨,是我想多了,你别在意啊。"

转身要走,秦勋又叫住了她:"阿姨,谢谢您。"

大妈微怔,然后笑笑:"我啊是住楼上的,岑医生是个挺好的姑娘,我这不也是怕……哎,小伙子你也别怪我,岑医生平时都独来独往的,要不身边就是跟着隔壁门的汤医生,也没瞧见她家来过男的……"

等送走大妈,秦勋就在想,看来他还是来的次数太少了,这邻里邻居的都不认识他。

也没瞧见她家里来过男的……嗯,这句话听着挺舒服。

秦勋没敢离开，就在客厅的沙发上躺着，主卧房门留了条缝，方便岑词一旦醒了有什么动静他能听见。

他就这样迷迷糊糊睡去了，恍惚间回到了多年前的那个雪夜。

飞雪下的别墅群，昏暗的书房，跟沈序挺像的假人静静地坐在椅子上，掉落地上的手机里只有一句话：我们都在沙漠，白色骆驼朝我走来，你还在原地吧，因为你绝对想不到……

秦勋蓦地睁开眼。

室内的光线不明，窗帘挡住了外面的光亮，眼前是恬静的昏暗。他摸过茶几上的手表看了一眼，竟只是睡了半个多小时，这梦却像是几辈子似的长。

秦勋额角隐隐发涨。

沈序留下来的话莫名其妙，至少外人看来是这样，但这就是沈序。

秦勋还记得那晚的雪很大，大到让整个南城的交通都瘫痪了。他给沈序发了信息，告知交通情况，沈序当时还给他回了句：冬雪路滑，注意安全。

他了解沈序，只有在很危险的情况下他才会以莫名其妙的口吻来说话，别人读不懂那句话，可秦勋能看懂。

当年沈序主要研究的是人体记忆项目，这项目并不被业内认可，风险性很大，但就在那晚之前沈序兴冲冲打给他，要他速回南城。

能让沈序那么激动，应该是在项目上取得了重大突破。现如今项目的具体情况秦勋不得而知，他只知道沈序成功了，而这是从沈序在极度危险的情况下传递给他的信息中得知的。

秦勋坐了起来，揉捏着太阳穴。也不知道是沈序高估了他，还是低估了整个事件的性质，这些年他一直都在查，但始终只查到冰山一角，他开始怀疑沈序有所隐瞒，再或者还有什么是他没想到的。

想当年，他一个外行能被沈序逼成了内行。

想当年，他跟沈序就一个心理话题能吵上三天三夜，然后一壶酒喝得酩酊大醉又和好如初。

想当年，他叫秦宿不是秦勋。

卧室里有动静，秦勋蓦地回神，迅速起身到卧室。

岑词好像是在找拖鞋，脚一个劲地在地上划拉，头低垂着，整个人晃晃悠悠的。秦勋扶住她，问她要什么。

"渴了……"岑词迷迷糊糊地说。

有备好的水，秦勋把杯子送到她嘴边。要不说喝水吃饭就是生理本能呢，别看岑词是迷迷糊糊的状态，但杯沿一贴嘴，她就安静地靠在秦勋怀里，咕咚咕咚喝了。

足足三大杯水，秦勋感叹，挺能喝啊。

喝完又晃悠着往回走，秦勋生怕她闭着眼再磕了碰了的，伸手要去扶她。却只够着了她的袖角，她就一头栽回床上，连带着秦勋也往前一栽。

胳膊及时撑床，这才没压着岑词。她还真是能继续睡，刚才没醒透。秦勋本想起身，但瞧着她的眉眼一时间就不想动弹了。

很难得这么近距离打量她。她漂亮，皮肤白皙细腻，眉清淡柔和，鼻骨精致，唇形却是性感。合眼时恬静温柔，可睁开眼，整个人就有疏离感。

源于她的目光，清冷孤寂如寒霜秋月，哪怕是抿唇浅笑，都抚不走那份看穿世间冷暖的透彻。

秦勋轻抚她的眉眼，眉间发痒时她睁了眼，正好对上秦勋的目光。

岑词眼神迷离，似有困惑。这是一个人在极不清醒的状态下的表现，秦勋的心跳没来由地变得急促，他完全可以趁这个时候在她嘴里套出点信息。

可是，他的心跳不是因为这点。

单单就是岑词这么看着自己，温顺得如一只兔子，他呼吸也微微加重，喉头莫名干涩……他告诉自己，或许不想利用现在的她，仅仅是因为他不确定她是不是真的没设防。

岑词像是看清了他，喃喃地问："你怎么在这儿啊？"

秦勋觉得心口颤了一下，温柔低语："怕你出事。"

岑词笑了，脸在枕头上蹭了两下，轻声叹："真好。"话毕又睡去了。

秦勋久久看着她，真好？是因为他在吗？

秦勋后来什么时候又睡着的他自己也不知道了，总之这一觉睡得很沉，像是整个人都陷入了无边无际的黑暗，动弹不得。耳边像是有什么人在叫他，嗓音轻轻柔柔的，是个女人。

终于秦勋从混沌的黑夜中醒来，但眼前还是黑漆漆的一团。奇怪的是，哪怕是视线不明的情况下，秦勋竟也知道谁在叫他。

他轻声问她:"是你吗?"

她说:"是啊,秦勋,咱俩终于见面了。"

嗓音很好听,轻柔的,有一点疏离感,却还是叫人舒服。

他问她:"这些年你去哪儿了?"

她沉默了半晌,说:"我也不知道。"

"不知道?"

"是啊,不知道,我好像一直在找东西呢。"

"找什么东西?"

她说:"可能,我在找我自己。"

秦勋不明白她的意思,她却不想继续这个话题了。她抬手轻抚他的眉眼,他觉得她的手指很纤细,微凉,叫人心疼。她说:"你跟我想象中的样子一样呢。"

是吗?可他始终看不清她的样子。

"秦勋你知道吗?我喜欢你,一直很喜欢你,我在最痛苦的时候遇上你,三生有幸。"明明是缱绻的情话,听着却总有分别的悲凉。

他听后动容,问她:"丫头你告诉我,到底发生了什么事?"

这一次她沉默的时间更久,久到他以为她是消失在黑暗里了,她才开口:"秦勋,再见了……"

秦勋急急唤道:"挽安时!"

这一叫倒是把自己给叫醒了,又是在做梦。相比梦见沈序,挽安时的这场梦似乎更加真实,好像她真的来过似的,为了一场真正意义上的离别。

室内很暗,秦勋脑回路这么一折腾视线也就适应了室内的光线,这才发现身前不远处站了一个人,他吓了一跳,定睛一看是岑词。

她什么时候醒的他竟然不知道,岑词站在那儿,像是在观察他。这种感觉让秦勋既尴尬又不舒服,他从沙发上坐起来,问她:"醒了多久了?"

岑词回答:"刚醒没多久,见你还睡着就没开窗帘。"然后又道,"秦勋你知道吗?你睡着的样子挺可爱的。"说完她就去洗漱了,留下秦勋独自坐在那儿发呆。

岑词刚刚说了什么?她说,秦勋你知道吗……跟梦里挽安时的语气一样。

秦勋感觉到有些异样,但很快也就闪过去了。他起身抻了个懒腰,抻到一半时却停住。不对啊,挽安时并不知道他叫秦勋,怎么在梦里叫他名字了?

打开窗帘，窗外阳光不明，看了一眼时间竟快中午了。闷闷的天色，许是又在憋着一场雪，南城今年的雪可真多。手上干涩，秦勋低头一看，手指头上沾了白色粉末，掌心也隐约可见，嵌在掌纹里。他闻了闻，没什么味道，什么东西？

秦勋去洗漱时，岑词正好洗完脸，脸上挂着水珠，闭着眼伸手往上抓。秦勋顺着她手的方向扯了块洗脸巾下来塞她手里，她道了谢，闭着眼打湿了洗脸巾，说道："一次性牙刷都在镜柜里，你自己拿。"

岑词家备了不少一次性牙刷，因为懒得去记着三个月换一次牙刷的事。

秦勋倒是轻车熟路的，他洗漱快，完事之后岑词也刚好在脸上打完按摩膏，擦第二遍脸的时候，秦勋开口："等等。"

拿过擦脸巾，秦勋替岑词擦净了耳根后的按摩膏。

岑词觉得耳根有点痒，抬眼跟他说："还真是你啊，我以为是我做梦呢。"

"做什么梦？"

"梦见我挺渴，你帮我倒了挺多水。"

秦勋笑出声。

睡饱了自然就得冲着填饱肚子去了，秦勋原想着带她去餐厅吃，一开手机，数通未接电话和未读信息就过来了。岑词经过他身边的时候惊讶道："你关机了？"

是该惊讶，他平时都不关机。但今早他关了，也不知道是怕吵着她还是单纯觉着自己挺累，想趁此好好休息一下。

都是些项目进程的汇报，秦勋简单回了邮件，又给助理去了通电话安排了工作，然后就把手机扔茶几上了。进了厨房，见岑词正叉腰站在操作台旁，他凑上前一看，吃惊道："行啊，我这才打了几通电话，你都和好面了？"

岑词扭头看他："不是你和的面吗？"

秦勋冷不丁想起刚刚手上的白色粉末，面粉？他什么时候进的厨房？

岑词不解地看他："秦勋？"

"可能是我睡得迷迷糊糊的时候和的面，想着你起来最好先吃口面，胃能舒服些。"他给自己打了圆场。

岑词"哦"了一声。她其实不爱吃面，但唯独爱吃秦勋做的面。许是放了鸡蛋的缘故，面条入口爽滑不说，火候恰到好处，再配上橙黄泛着丁点油光的面汤，就成了人间美味。

岑词吃饭的时候很少说话，秦勋又是个挺有餐桌礼仪的人，话题起了也就点到为止，所以两人之间安静用餐的时候较多，但彼此也不觉得尴尬；有时候吃着吃着，四目相对时就会相视一笑，然后秦勋会拿起公筷，给她夹点小菜放碗里。

　　岑词喜欢这种感觉，不紧迫不担忧，她思来想去，觉得能给她这种感觉的除了汤图好像就只有秦勋。

　　窗外又下雪了，她转头看了一眼窗子，雪纷纷扬扬，却静寂无声。

　　岑词问："挽安时是谁？"

第 八 章

汤图跟着裴陆回公安局配合调查完，天已经大亮了。裴陆觉得挺对不住她，汤图性子爽朗，说湛小野是门会所的病人，这也是她该做的工作。随后又笑着说，如果觉得过意不去，那就请她吃早饭吧。

裴陆其实没有吃早饭的习惯，有时候追案子一熬就能熬到后半夜，简单眯上一觉，洗漱完就得继续盯案子，饭都是匆匆吃过就罢。

所以汤图的提议让他迟疑了一下，想着湛昌还得抓紧时间审问。汤图见状忙道："没事没事，你要忙的话就改天。"

这么一说反倒让裴陆不好意思了，暗骂自己矫情，还让个姑娘家这么让着。他抄起外套一笑："走着，想吃什么随便点。"

南城的早餐店不少，新式老式天南地北的。汤图平时早饭吃得不多，但总是要吃一些的，前提是别等到岑词登门。

岑词是那种不会做饭还挺能吃的人，尤其是早餐必须讲求个吃饱，所以每次大早上的赶上岑词敲门，汤图就得默默地从冰箱里成倍地往外拿东西。但这阵子岑词的嘴明显挑了，总嫌她做得不好吃那做得不精致，汤图觉得她是被秦勋给惯的。

裴陆带着汤图来的是家老店，离公安局不远，就是七拐八拐地难走。裴陆平时办案快手快脚惯了，但跟汤图吃过几次饭走过几次路也知道她步子跟不上，所以总会提醒自己放慢脚步。

"店的门脸不大，看着招牌上吃的倒是不少，就是不知道味道怎么样。"

裴陆一拍汤图的肩膀："进去尝尝不就知道了。"

这手劲……汤图觉得肩膀麻酥酥的。裴陆推门就往里进，汤图忍不住笑，这糙汉子啊。

室内六七桌，都是那种大圆桌，拼桌能坐好几拨客人，一看还挺传统的。裴陆让汤图占着座，问她想吃什么。汤图坐在那儿，抬头就能看见斜上方的餐食灯牌，想了想跟他说："你看着点吧，你点什么我吃什么。"

裴陆笑着一点头，扭头点餐去了。

坐在斜对面的大妈笑呵呵地跟汤图说："丫头有福气啊，男朋友吗？小伙子挺俊呢。"

汤图听了心里美滋滋的，转头瞅了一眼正在点餐的裴陆，他没穿警服，一身便装也是挺拔俊朗。汤图越看越喜欢，南城人爽朗，上了年龄的人更喜欢大声说话，她不知道裴陆有没有听见刚刚大妈说的话，心想，从认识到现在接触也算有段时间了；他对我是什么感觉呢？

能肯定的一点是不反感吧，否则这几次出来吃饭他也不会同意，而且这次湛昌的事他二话没说就同意了。汤图不敢多去奢望，毕竟他是个警察。

裴陆点了不少，锅贴、卤蛋、清蒸咸鱼和豆腐汤，光是凉拌小菜就挨样都夹了一碟，汤图数了一下，十样小菜。

老店的风格，从点餐到端餐再到拿筷子、调料都需要自力更生，汤图将消毒筷、勺子、碟盘又用热水过了一遍，记得他爱吃酸的，就在小碟里多倒了些醋。

"这能吃得完吗？"

"你得多吃，补心血。"裴陆在她身边坐下来，接过她递上来的筷子，夹了块酱土豆放到她面前的小碟里，"听同事说这是他家的招牌菜，你尝尝看。"

汤图的心脏在胸腔里猛跳了一下，点头，夹起尝了一口，脑子里想的还都是他刚刚给她夹菜的动作。餐厅椅子都是简易的，所以彼此挨得挺近，裴陆轻声问她味道怎么样，男人的气息就一下子落下，烫了她的耳朵。

呼吸有点急，汤图哪还顾得上小土豆的味道如何，只一个劲点头说："好吃、好吃。"

这顿饭吃得不着急，再加上东西多，其他客人吃完都走了，裴陆和汤图两个人还没吃完。

"我记得你是……狮子座。"裴陆留在门会所的档案里有出生日期，汤图当时看得清楚。"

裴陆是个糙汉子，哪会去关注星座一说，摇头表示不知道，又说当警察的不信这套。

"办案讲求证据，哪能依据星座啊。"

"会有些性格关联的，像是我们从事心理行业的，有时候也会先看看对方是什么星座。"

裴陆问她："那狮子座什么特点？"

"狮子男啊，有勇气、骄傲、好面子，这是典型特点，做事果敢，锁定目标后会主动出击……"汤图的声音越来越小。

裴陆听得正起劲，见她不说了，好奇道："继续啊。"

继续什么呢？

汤图就卡在刚刚那句"锁定目标后会主动出击"上了，是啊，狮子座的人主动性很强，一旦有了喜欢的人就会主动追求，极少去做被动的那一个。想想从认识到现在裴陆对她都没主动过，是不是他对她其实就没什么感觉呢？

见裴陆还等着听，汤图想了想问他："你有喜欢过谁吗？"

虽说之前跟钻天猴打听过他的情况，但男女之间关系定下来了才叫男女朋友，难道他就从没有过动心的或暗恋的女生？

"喜欢过。"

汤图心里咯噔一下，故作轻松问道："你主动追求了吗？"

裴陆点头："是，我当时追了她很久。"

羡慕，更多的是嫉妒。她该想到的，裴陆的性子爽快，这种人遇上自己喜欢的哪会干等？不是他不会主动，而是他不想对她主动罢了。

"挺好的。"汤图也不知道自己要说什么，喉咙干涩得慌，"那你们在一起了吗？怎么又分开了？"

裴陆将锅贴往嘴里一塞，含含糊糊地回了句："没追上，而且性格也不合适。"

汤图咬了一口烧麦，酸牙得很。原来是不小心蘸了醋，一直酸进了心里。

秦勋不记得他和挽安时是怎么成为网友的。他平时工作忙，登聊天软件基本上都是接收沈序传来的文件，撞上挽安时在线时就会聊上几句。后来渐渐熟了，秦勋发现挽安时对心理方面很感兴趣，两人经常会就心理方面的话题和各种案例聊上很久。

秦勋说:"跟挽安时聊天总会有种特别的感觉,没压力,很放松,可是……"他停顿了片刻,又道,"也很心疼。"

岑词不理解一个人在网上光凭聊天就能对另一个人心疼是怎样的一种经历,隔着电脑,你永远不知道跟你热火朝天唠嗑的人是男是女,还是条狗。所以秦勋说了"心疼"二字,岑词第一个反应是:他被骗了!

秦勋读懂她挑眉浅笑的意思,低低一笑道:"我对她心疼的前提是,我已经了解了她不少情况。"

岑词没表态,等着他继续说下去。

秦勋讲了些关于挽安时的事,她心善,胆子不怎么大,怕雷雨天,怕虫子,怕潮湿,还有点怕跟外人接触。秦勋曾问过挽安时,既然害怕交际,为什么会跟他聊这么久。

挽安时说:"因为你看不见我,我也看不见你。"

"一直以来挽安时给我的感觉是忧伤的,尽管她会说些玩笑话,但我也总能察觉到她的不安、焦虑和彷徨。有一天她跟我说她男朋友跟她分手了,她问我,是不是她这个人真的挺无趣的。"

岑词听到这儿并没太多感触,淡淡道:"她年纪不大吧,年少无知的时候爱情至上,以为拥有了爱情就拥有了一切,爱情走了,就跟天塌下来了似的。等到了一定年龄,过了耳听誓言的岁月就会知道,诗和远方你未必能得到,但爱情也绝不是唯一。"

秦勋抬眼看她,若有所思。

"你觉得我说得不对?"

秦勋笑:"我听汤图说,你从来没交过男朋友。"

一句话噎了岑词好半天,等反应过来脸有些涨红:"没交过男朋友怎么了?我是精神分析师,就算没吃过猪肉也见过猪跑。"

"你别激动。"秦勋往她的碗里夹了片火腿,轻声说,"没前男友不打紧,有现男友就够了。"

岑词这次热的是耳朵,抬起筷子啪地打了他手里的筷子:"我同意了吗?别占便宜。"

"小词,你这算不算是念了经打和尚?"秦勋唇角微微扬起,"湛昌的问题是解决了,周军还在呢。"

"我不主动招惹他,他也不会过来打扰我。不是在聊挽安时的事吗?扯我头上干什么?你可怜她被男朋友甩?"

秦勋又给她盛了些面,道:"不是,她在此之前的遭遇更让人心疼。"

那是一个初冬的晚上,那晚的月色不好,惨淡得很,像是灰突突的死鱼眼似的嵌入黑夜里。

挽安时上线了,跟秦勋说:"我努力去爱这个世界,可惜世界从来没爱过我。"

当时秦勋吓了一跳,忙问她怎么了。

挽安时在那边沉默了很久,久到如果不是头像还亮着,他会以为她早就下线了。挽安时跟他说,她这世上唯一的亲人没了。

之前秦勋和挽安时聊过不少,但挽安时很少谈及自己的家庭,秦勋只知道她跟着母亲生活,其他的亲戚几乎没听她提过。用她的话说就是,从小到大她好像不知道什么是快乐。唯一快乐的时光就是跟男朋友在一起的那段时光,他带着她去坐摩天轮,去看电影,给她买些小玩意儿,虽说不贵重,但她也会开心好久。

她说:"你知道吗?快乐就跟玻璃纸包裹的糖块似的,很少吃糖的人哪怕吃上一块就心满意足了。"

那晚挽安时跟秦勋说了她母亲的事,说她是被淹死的。

"她就用这种方式终于扔了我这个拖油瓶。"挽安时说。她没感受过亲情的滋味,只是很小的时候短暂地被奶奶疼爱过。她母亲改嫁过两次,至于她的亲生父亲是怎样一个人母亲从来不说,她追问,母亲也只会甩出一句:他早就死了。

母亲改嫁后的生活并不理想,而挽安时刻在骨子里的恐惧不是来自继父,而是母亲。

在挽安时的记忆里,她家里几乎没有笑声,前后两任继父不是醉酒就是动手,然后她不可避免地就成了母亲的撒气桶,母亲边打她边骂:"你就是个拖油瓶,当初为什么要把你生下来?你赶紧去死!死了就不会拖累我了!"

后来母亲又离婚了,接下来的几年里都没再婚。最初挽安时心存侥幸,觉得母亲没再婚就没那么多烦恼,没烦恼就不会拿她撒气,事实上不是她母亲不想再婚,是她跟着的那个男人不愿意离婚,说白了,她母亲是给人做了情妇。

那男人给母亲租了挺豪华的公寓,顺带地对挽安时也挺好,总给她买漂亮衣服和首饰,但挽安时觉得他每次看她的目光都怪怪的。

终于有一天男人闯进了她的房里,对她动手动脚,跟她说:"你可比你妈年轻漂亮多了,身材还好,你乖乖从了我,我保证以后你和你妈都吃香的,喝辣的。"

挽安时拿起台灯狠狠砸在那男人头上。她以为母亲会心疼她,甚至会一怒之下离开那男人,岂料母亲沉默了会儿说:"我养你这么多年,必要的时候你也得为我牺牲一下吧。"

那一刻,挽安时终于知道,原来那晚她母亲并没睡着。换句话说,如果她被侵犯了,救她的也不会是她的母亲。

"对于挽安时来说,她的母亲就是魔鬼一样的存在,是她这辈子都甩不掉的恐惧。"

岑词在倾听的过程里都没说话,最后连面都吃不下了,她脊背发寒,竟恐怖如斯,怎么会有这么狠毒的母亲?她莫名有了压抑和烦闷,问道:"后来呢?"

"她不见了。"秦勋低低地说。

"不见了?"

"跟沈序一样,突然就消失了。"秦勋苦笑,"我聊天软件里的这两个人,就像是商量好了似的一前一后都不见了。"

岑词思量:"你觉得她发生意外的概率有多少?"

"她虽然自小逆来顺受,但从她能在男人手里逃走的行为来看,她还是有股子狠劲的,所以我觉得她遭到意外的可能性很小。"

这也纯粹就是秦勋的感觉而已,毕竟除了网上聊天,挽安时的真实情况是怎样,她平时的状态如何,所处的环境好不好,他都一无所知,他甚至都不知道她在哪个城市。他问她的时候,她也只是说:"你就当我跟你一个城市吧,我也是这么想你的,这样的话我会觉得自己没那么孤独。"

岑词蹙眉:"那个男人的家眷呢?会不会怀恨在心对挽安时打击报复?"

"这种可能性也很低。"秦勋否定,"挽安时失踪前跟我说,她母亲下葬的时候,男人的老婆到墓地上一通闹。如果想要打击报复,那时候就可以把她抓起来带走。"

岑词真心觉得这挽安时生活不易,怪不得她说自己孤独。"或许她就是想要告别过去,打算开始新的生活了。"

这种个案她不是没见过,一个人对过去失望透顶了,想做的就是割舍和别离。

秦勋轻笑,点头道:"这样也好。"

"你……"岑词看着他,欲言又止。

"嗯?"

岑词想了想,微微一笑:"没什么,我就是觉得你做的面真好吃。"

岑词想问秦勋是不是喜欢挽安时,但这话就不是浮在舌头尖了,而是在心里被块石头压着,不知该怎么问。重要的是,她不知道自己想要听到什么答案。

秦勋看了她良久,道:"喜欢吃的话,以后我经常做给你吃。"

翌日,湛昌的事就被报道出来了。

经调查,当年的确是有个叫倩倩的小女孩死于湛家仓库的那场火灾,她是湛小野的好友,当时两个孩子都小,并不知道那是什么仓库,以为是外星人基地便进去了。

湛昌当年面对媒体时声称自己的儿子也受到了惊吓,情绪很不稳定。两家都是火灾事件的受害者,倩倩的家属伤心欲绝,之后搬离南城。现如今案件重启,虽说过去了这么多年,但丧女之痛犹在,倩家家也很配合。

据警方说,湛昌交代事实时空前配合,认罪的态度很好,更让人费解的是,湛昌痛哭流涕,对自己过往的所作所为供认不讳。对此最清楚内情的人就是裴陆,他深深感叹岑词的厉害。

湛小野还在沉睡,从公寓出来到现在。湛小野的妈妈悬着的一颗心始终放不下,打了电话来会所询问要不要送医院,岑词给她打了强心针,说小野很快就能醒,不要担心。

裴陆来会所除了告知湛昌的情况外,更多的是想了解一下湛小野的状况,当年的事情他还有些细节需要了解。岂料岑词语气肯定地说就算小野醒了也未必能帮到他什么。

裴陆第一个反应就是,湛小野失忆了?

岑词想想说:"也不能叫失忆,只是大脑的应激反应,可能会对当年发生的事提供不了具体细节。"末了她建议裴陆去问问小野的妈妈,毕竟湛昌是她丈夫，总会察觉出些蛛丝马迹。

等裴陆走后，岑词敲了汤图治疗室的门。

汤图正打算给羊小桃打电话，见状先作罢。岑词也没闲聊天的打算，是问羊小桃今天怎么没来上班，汤图敲了敲手机说："小桃请了病假，我这不刚倒出时间想打个电话问问嘛。"

岑词点了下头，又问她关于裴陆的事。

裴陆上门时，汤图以看客户资料为由没露面。岑词当时跟裴陆说的时候，裴陆笑道："没事，我今天来就是为了湛昌的事，就不打扰她工作了。"

看裴陆的样子是看不出什么来，但汤图反常，今天她是有客户上门，可临时抱佛脚看客户资料？骗鬼呢！

汤图老实交代："我是不知道怎么面对他。"

"能让他承认那份感情，那姑娘在他心里的分量肯定不一样，如果他对我感兴趣，不会到现在还没有行动吧？小词，他是狮子座，行动力最强的狮子座。"

在星座方面岑词并没汤图这么执着，所以她觉得单凭着星座特质来概括一个人太片面了。

"我倒是觉得他能承认，说明那段感情已经过去了，避而不谈才是可疑吧。"岑词分析道。

"不清楚，不知道。小词，我不怕他交过女朋友，但就怕这种在他心里拔不出去的，那我就算使再大的劲也是白搭，毕竟得不到的才是最好的，不是吗？"

岑词也不知道该怎么说，又想起秦勋，虽然他没明说，可她觉得，那位挽安时又何尝不是他忘不掉的白月光？

或许，人活一世总得执着些什么，或者一件事，又或者一个人。

羊小桃住院了。

急性上呼吸道感染引发高烧，家里人一看都烧到四十多度了，直接送医院。见汤图来了，小桃妈心有余悸道："这孩子昨晚上都烧得说胡话了，说鬼影上墙了什么的，说得我都瘆得慌。"

病房只剩汤图和羊小桃的时候，羊小桃靠在床头，杯不离手，刚开始还说自己可能是烧糊涂了，后来欲言又止。在汤图的催促下，她才别别扭扭道出实情。

"我也不知道怎么说，就是看见一个男的，像人又不像人，大晚上的在咱们会所。后来，我眼睁睁地看着他从墙上走……出去离开了会所。"

汤图第一反应就是会所遭贼了，但总觉得哪里不对劲，她看了羊小桃好半天，冷不丁想到了个关键词："从墙上走出去的？走在墙上？"

这是个什么情况？

羊小桃喉头火辣辣地疼，又喝了两口水，点头道："对，就是字面的意思。那个男的是走着上了墙……跟走在平地上似的。"

门会所的监控录像都调出来了。

岑词自认为接触过不少奇奇怪怪的病人，尤其是结束了湛小野的治疗后，更是给她的职业生涯增添了离奇经验，所以一般的奇人异事她并不会觉得有什么稀奇。

因此汤图回来后跟她说了羊小桃的事，她也会安慰自己说：天下之大无奇不有。

哪怕在电话里跟秦勋提了这件事，岑词也没什么不一样的感觉。

只是半小时后，秦勋的车就出现在了门会所。当他进门的那一刻，岑词也不知道自己是怎么了，就好像心里的那根支柱轰然倒地，所有的坚强和无所畏惧统统成了泡影。她开始后怕，大脑自动过滤汤图说过的每一句话，越是过滤就越是汗毛乍起。然后跟秦勋说了句："你终于来了。"

秦勋从没见过岑词这样，似惊恐还有些无助，他有种预感，她是期待他来的，这种感觉既让他心悦又让他心疼。

秦勋问她怎么样了。

岑词的一句"我觉得挺害怕的"差点冲出口，又死死抵在唇边，再开口时敛了情绪，平静道："我觉得这件事挺蹊跷的。"

是挺蹊跷，谁会大半夜的往会所里跑？还做出那么怪异的举动？

在医院的时候，羊小桃信誓旦旦地跟汤图保证进门时院子里绝对没人，前院就那么大，又没什么东西可藏可挡的，如果站了人的话她肯定能看见。

然后就出现了男人脸贴在窗玻璃上的那一幕。她跟汤图说："我觉得我的每一根头发丝都是立起来的。"

可让羊小桃真正惊悚的是下一幕。只见那男人慢慢地把脸撤开，低垂着脸缓缓转身，一步步朝着铁门走去。羊小桃刚要松口气，他却走向墙根前，头朝墙上一撞，两条胳膊垂在身体两侧一动不动，就跟僵尸似的。

男人撞了一次后缓缓后退,然后再往前走,再撞……几番下来,羊小桃的手脚倒是能动了,她第一反应就是想报警,可她又觉得奇怪,蹑手蹑脚到了窗边,躲在窗帘后面,露出半张脸窥视窗外的情况。

终于那个男人不撞墙了,他侧过身子,在墙壁前走过来走过去,这期间始终低垂着头,一张脸埋在阴影之中,侧脸惨白惨白的。他的步子很慢,是蹭着地面的,隔着玻璃,羊小桃似乎能听到鞋底摩擦地面的声音。他像是在想办法,又像是在找什么东西,总之表现出来的状态十分诡异。终于他面朝墙壁停下脚步,抬头了……

羊小桃只能瞧见他的背影,他仰头看着面前的墙,看着看着,就抬腿了……接下来发生的事就让羊小桃吓破了胆。

那男人一脚踩上了墙,紧跟着另一只脚也上了墙,刚开始身体还在晃,等平衡了之后,他缓缓挺直后背,竟像是在平地行走。

羊小桃后来回家发了烧,烧得迷迷糊糊的时候脑子里还总是闪过那一幕,然后她看见那男人回了头,冲着她阴恻恻地笑着说:"我会再来找你的……"

事实上那男人倒是没回头,就那么一步步走上了墙,然后又走了下去离开了。

秦勋锁定了事发时间,将两个摄像头的监控录像全都调出来,加上汤图一起,三个人六只眼一起看。时间倒也不长,据羊小桃给出的时间就是23点10到23点40分之间,因为她进门的时候看了一眼时间,后来那个男人走了之后她才反应过来,匆忙间抓了手机就往外跑,屏幕当时被她抓亮了,时间显示是23点40分。

可令三人惊讶的是,他们在监控录像里只看见羊小桃进了大门和出了大门,压根儿就没看见第二个人。

秦勋想了想说:"或许她是紧张害怕看错了时间,我们再往前、往后各调一个小时看看。"

秦勋耐性十足,做事也是不急不躁,这般沉稳的性子总能让岑词感到舒适。

但即使是前后都拉长了一小时,他们也没从监控录像里看见过第二个人,秦勋干脆将从天将黑到次日黎明前的录像全都过一遍……看得眼睛发涨发酸,还是一样的结果。

岑词轻叹:"羊小桃是不是烧糊涂了?"

"小桃是回家之后才发烧的。"汤图解释了句,想了想,"那个,要不然……

咱们放慢速度看？"

秦勋和岑词全都瞅着汤图。

汤图清清嗓子："听说如果有脏东西的话，正常倍速根本看不到，只能慢放……我的意思是世界之大无奇不有，换种思路说不定就能找到问题的答案。"

岑词反问她："你不觉得可笑吗？"

"你今天有客户在，没去医院，所以没看见羊小桃的模样。"汤图叹了一口气，"她跟我说这件事的时候特别严肃，不像是开玩笑。"

岑词沉默半晌，看向秦勋："要不咱们就把羊小桃进屋到离开这段时间的影像慢放吧？"

秦勋微微一笑："好。"

就这样他们又把影像资料重新看了一遍，放慢了速度。然而不管把速度放得有多慢，他们看到的都只有羊小桃一个人。

汤图一时间胸腔发沉发闷，这件事听起来像是没什么，但越想越觉得脊背发凉。如果羊小桃撒谎，那她的目的是什么？如果她没说谎，那她看见的到底是个什么？她正想着秦勋起了身往外走，她和岑词见状也赶忙跟上。

秦勋先去了后院，也就是岑词窗外的位置。后院比前院的面积大一些，栽了花草和四季常青的松树，花草枯枝上的积雪未化，只清了中间的一条羊肠小道。

如果羊小桃没撒谎，那男人最有可能是早就藏在门会所里。前院藏不住，屋子里锁着他进不去，只能藏后院。

这是秦勋的想法，所以到了后院后他细细检查有可能藏人的地方，不过这里能藏的地方不少，后院高树和其他植物较多，又有各式各样的花架子，高高矮矮的不等，大半夜的，后院又没有照明系统，藏个人不被发现再容易不过。

羊肠小道上的雪化得快，湿漉漉的，就算当时留下脚印现在也没了，他便沿着小道查看两旁的积雪。没有闯入或被踩踏的痕迹，化掉的地方会有湿的泥土，泥土上没有被碾压或者留有脚印。他再去检查花架等物件，都是完好无损。

岑词盯着眼前的松树，汤图上前说："这树上是不可能藏人的。"枝杈细密，藏不住人。

岑词："我在想，如果那个人是藏在后院的话，那他是怎么进来的？是从前院进来绕到后院藏好呢？还是从后院翻墙而入呢？"

汤图查看了墙根，摇头道："没有能垫脚的地方，总不能徒手翻墙吧，那不得留下血迹？"

门会所的前后院墙都没安防盗网，一是有摄像头，二是南城的治安也挺好，所以院墙翻新时就简单地往墙顶插了碎玻璃。汤图的意思是，一旦有人翻墙入院，那胳膊、腿肯定得被玻璃扎伤吧？

可说完这句话，汤图又觉得自相矛盾了。没翻墙的痕迹，那男人就是从大门而入？可摄像头又没拍到，而且门上是防盗锁，除非把锁给拆了。不是翻墙又不是走门，那他怎么进来的？难道羊小桃出现幻觉了？

秦勋走到松树前看了看，又绕到墙根仔细排查了一番，起身说："翻墙而入也不是不可能。"他指了指高墙之上的碎玻璃，又沿着院墙的高度指向那棵松树，"只需要一条类似飞虎爪的绳索就行，甚至都不用那么专业，绳头带锚钩的就行。墙上的碎玻璃插得不够密实，有心的人踩在上面避开受伤不是难事。"

岑词试想了一下，按照秦勋给出的角度和树干的高度来计算，如果利用一根带锚钩的绳索，一头甩钩在树上，顺着另一头的确可以登高上墙，眼前这棵松树虽说藏人不行，但承下一人的攀爬重量还是没问题的。她轻声问秦勋："还有其他可能吗？"

"有。"秦勋肯定地说，"对方也可以从前院进来。"

岑词和汤图一怔。

两人跟着秦勋又来到了前院，前院没高树，没法借力。他走到院墙旁，沿着大门的左侧慢慢巡视，又顺着大门右侧的院墙查看，最后拍了拍墙，笑说："走墙而进，再走墙而出，就和羊小桃说的一样。"

汤图着实吓了一跳："不会吧！"她相信羊小桃不会撒这种谎，但走着上墙这种事任谁听了都会觉得是胡诌乱扯啊，除非对方不是人。

岑词双臂交叉于胸前："你也说了，世间之大无奇不有，说不定就有人有这本事呢。"

岑词接受得挺快，毕竟勘察一番后，如果是在确定有人进了院子的前提下，那就像秦勋说的，要么是在后院利用绳索进来，要么是从前院走墙而入，刚刚她心里冒出的荒唐想法就是这个。

说话间有风吹过，岑词只披了条羊绒披肩，觉得脖子凉飕飕的，便将披肩裹紧了些。

汤图费解道:"就算真有人这么厉害吧,那咱们怎么没在监控里发现他?"

秦勋刚升始一直盯着院墙看,回头正好瞧见岑词打了个冷战,他踱步上前,将大衣脱下来披在她身上。岑词刚想说不用,秦勋就按住她的肩膀。

"没在监控里看见他,那只能说是没拍到他,并不代表他就没进来过。"秦勋的手没拿开,顺势圈着岑词的肩膀推着她走到院墙前,"墙上的确隐约能看见脚印。"

被秦勋揽入怀里时,岑词有瞬间的心神恍惚。她一直觉得秦勋的气质跟松树很像,也不知道是因为初次见面时他背后就是压雪的松树,还是他本就如此,就连外套上都是这般气息,好闻,舒心。

见汤图困惑地盯着自己瞧,岑词这才意识到自己走神了,她上前仔细查看院墙。顺着秦勋手指的方向,果然墙壁上有痕迹,很浅,虽说不完整,但明显就是脚印。从宽度来看,是男人的脚印,从印记来看,应该就是皮鞋。

羊小桃说,那男人穿得单薄又正式。

墙上的鞋印虽说不清晰,但能看出不是一处,沿着鞋印向上找,能隐约看见第二处、第三处……许是当时鞋底沾了雪和泥,现在雪化了,只留了泥,这才会有轻轻浅浅的印子出现。

秦勋衡量了一下,以手示意道:"如果按照印子的分布来看,羊小桃说得没错,就是有个人踩着墙一步一步走上去的。"

汤图震惊。

秦勋再度回到前院的窗子前,这次不是脚印。

"人的脸上会有油脂,尤其是到了晚上,这应该就是脸贴上之后留下来的。"秦勋说。

岑词仔细去看窗玻璃,印子算不上有多大,也没办法看得出就是一张人的脸形,但会所里的玻璃都有定期清洁,而且保洁阿姨爱干净,做事也十分仔细,所以应该不是没擦干净。

汤图心口突突跳,想说什么,嘴巴却没张开。还是岑词开了口:"真有人进来啊!"

"会所的前后院有摄像头不假,但这个角度正好是个盲区。对方如果是从后院进的话,那唯一可行的办法就是我之前说的,可翻了墙就会被拍到,所以后院进不可能。前院进门就能拍到,不走门,院内没支撑点可攀墙,墙上又没凿钉的痕迹，只能从盲区进入。"

从窗子到留有脚印的院墙，秦勋来回指出了一条直线，重点强调："盲区。"

"换句话说，那个人真就是从外面走墙进来，然后走墙出去？"汤图无法相信。

秦勋轻声说："如果真是有人进来，这就是唯一的解释。从院墙上的脚印和玻璃上的印记来看，羊小桃没撒谎。"

门会所发生了"灵异"事件。

这话还是从保洁阿姨嘴里说出来的，缘由是她在给盆栽浇水时"咦"了一声，盯着窗玻璃左看看右看看，又往后倒了几步。等岑词从治疗室里出来时，就见保洁阿姨蹲在地上，头仰着，身体呈近乎90度角的姿态，吓了来访者一跳。

将来访者送走后，保洁阿姨招呼岑词上前，道："这玻璃上的印子挺奇怪啊，像不像半张人脸？"

之前他们看到的只是印子，怎么保洁阿姨就能看出人脸了？还是半张的？岑词觉得奇怪，盯着窗玻璃瞅，保洁阿姨拉了拉她的衣袖："我这个角度才能看得清楚。"

岑词照做。

还真有半张脸……

保洁阿姨声音发颤地说："咱们这儿是不是闹鬼了？"

在晚高峰前岑词就到了忆餐厅，这个时间餐厅没什么人，但岑词看了一眼预订记录，今晚又是爆满，周日轮到老板亲自下厨。

萧杭开玩笑说让她一定得看好秦勋，马上一大批女粉丝将至。岑词听了这话尴尬道："我怎么看啊！"

正巧秦勋拿着食材和备料经过，一身厨师服穿在他身上还挺像样，跟他平日里的形象大相径庭。秦勋笑着扔了句："简单，有上来搭讪的，你就说是我女朋友。"

这话说得随意，似真似假教人难以捉摸，岑词避开萧杭笑得别有用意的眼神，转身进了包间。

前菜是萧杭亲自端进来的，秦勋太忙。但岑词相信，萧杭能帮着打下手进包间，心思也没那么单纯。

萧杭上了菜后果真没马上离开，他在岑词对面坐下，将托盘里的矮身彩釉酒杯拿到她跟前，顺手拿过细脖酒壶给她倒满了一杯，道："听秦勋说你挺喜欢喝我们这儿的米酒，有品位啊，这儿的米酒都是纯手工酿的，口感清甜，在外面喝不到。"

"萧店长也来一杯。"岑词拿起酒壶给他满了一杯，"趁秦勋在忙，我们边喝边聊。"

萧杭心叹这女人的眼睛也太犀利了，妥妥的反杀，于是笑说："哎，喝酒来日方长，后厨那边忙着呢，我得去——"

"不急，我每次来也没见萧店长去后厨帮忙啊。"

萧杭笑得有点尴尬，真是要命啊……

"其实我是想跟萧店长打听个人。"

"打听谁？"

"挽安时。"

其实岑词说她想打听一个人的时候，萧杭第一念头是沈序，没料到是别人，好半天才"啊？"了一声。

岑词见状笑了："萧店长以为我想打听谁？"

"没、没。"萧杭可真是领教了岑词的一针见血，"你刚才说什么时？"

"挽安时。"岑词暗自观察他的神色。

萧杭面露疑惑："这个人我没听说过，是……秦勋的朋友？"

岑词见他不像是在隐瞒，于是说："我以为你很熟悉他身边的人，毕竟你俩是多年好友。"

没回他的话却胜似回了，话里话外的意思很明显，总有种友情被质疑了的感觉。萧杭清清嗓子道："如果你说的这个人真是秦勋的朋友，那我不清楚就只有两种情况。其一，他们两个的交情没那么深；其二，那人是个女的。"

见岑词微微含笑，萧杭蓦地反应过来："女的？"

岑词点头。

萧杭脑筋转得飞快：秦勋身边的女人？她问这个干什么？难道是想了解秦勋过往的情史？

萧杭想了想，说："秦勋这个人吧，大部分时间都用在工作上，他不是一个喜欢把心思花在女人身上的人，所以没怎么正儿八经地谈过恋爱……"说到这儿他又解释，"你别误会啊，他绝对是个正常男人，就是平时时间太少。岑医生，我认识秦勋这么多年，你算是唯一一个让他上心的女人。"

萧杭是打了如意算盘的。若岑词对秦勋还在试探，那这番话足以让她认为秦勋是个单纯的人；若岑词对秦勋有意思，那正好，年轻有为英俊不凡，没那么多乱七八糟的情债，这种人上哪儿找去？

岂料岑词轻笑说："萧店长误会了，挽安时是秦勋心里的一个结。这人啊，活一世想要逍遥快乐，前提就是心无旁骛，但秦勋心里有道坎迈不过去，少不了情绪郁结。"

萧杭一愣，半晌嘴角抽搐了一下："心结？"

岑词轻叹："秦勋帮了我不少忙，加上车祸那次，算得上是我的救命恩人，之前他跟我提过挽安时，心里的郁结全都写在眼睛里，我是做情绪疏导的，相识一场，总想为他做点什么。所以萧店长，这个时候了解他的人就尤为重要，你想想看，之前他有没有在你面前提到过哪个女孩，都提到了什么？"

萧杭被她说得一激灵："我真没听他提到过你说的那个名字。"

"再仔细回忆一下，也未必会是名字。"岑词提醒。

萧杭见她不像是打听八卦，便想了想，迟疑道："你这么一说我倒是隐约想起一件事来，许多年前他好像是为了个女孩子伤神，但提得不多，就说不见了位姑娘，再打听，他就说算是萍水相逢。这话听着就矛盾，我当时也没多问，后来有一阵子他就没在公司。"

岑词问："这种举动对秦勋来说常见吗？"

萧杭摇头："他是个做事有分寸有交代的人，像是把公事撇了消失好几天的情况就那么一次。"

"那你当时不觉得奇怪吗？"岑词疑惑。

"也问过，就说找人。"

萧杭还有句话没说，当时他以为秦勋是有沈序的消息了才撇下公事，所以秦勋跟他说去找人，他也没问他具体在找什么人。

秦勋寻了个空进包间吃饭。

用餐期间他建议门会所增加摄像头，又说："保洁阿姨干活行，嘴不行，玻璃窗上的印子被她添油加醋地说出去，有损门会所的声誉。"

半张脸的事秦勋听说了，去接岑词的时候，保洁阿姨就跟撞上救星似的，把他生拉硬拽地拉到窗子前好一顿绘声绘色，然后说："秦总，这一屋子都是老孺妇女的，你可不能不管这件事。"

秦勋看得仔细，那半张脸的印子的确就是昨晚新添上去的，看来昨晚又进了不速之客。他想得周全，总不能夜夜让人守着门会所，以不打草惊蛇为前提，调整摄像头将情况查明白，心里也有底。

岑词对这件事兴趣缺缺，她手持叉子拨弄着沙拉，不咸不淡地说："没必要折腾，门会所里一没伤人，二没丢东西，先这样吧。"

秦勋一愣，抬眼看她："不管不问了？不像你的性格啊！"

那抛下公事去找个女的也不像你的性格吧？岑词在心里怼了句。这话虽不明里说出来，但情绪都在脸上了，她一叉子叉进鸡胸肉里，说道："保洁阿姨在门会所做了很多年，什么该说什么不该说她很清楚。至于大半夜进院子里的是人是鬼、是翻墙还是走墙的都跟我无关，毕竟对方这两次都没有恶意，就没必要浪费人力和物力在那上面了，除非对方有明显的攻击行为。"

岑词极少用这种语气说话，犀利、攻击力强，至少秦勋之前没领教过。在他印象里，岑词虽说性子冷淡，但也能保持礼节和控制情绪。

秦勋看着岑词，半响后说："这个人来得诡异，而且还来了两次，事情未必简单。"

岑词低头，抿唇不语，心里却在骂自己：你这无明火朝谁发呢？是你要解心结的，听说秦勋放下公事去找个女孩子，你酸什么酸？

秦勋还以为她生气了，放低了声音："我是担心你的安危。"

岑词刚想跟他道歉，就听有人敲门。进来的是个女孩子，瞧见秦勋后有些羞涩："你好，能……签名吗？"身后还跟着几位同伴，全都是年轻的姑娘。

照理说这种追上门求签名的事挺少见，客人们都懂礼节，知道老板在后厨忙，轻易不会上前打扰。像是今天这种情况秦勋心知肚明，萧杭那人心软，尤其是架不住女孩相求。

秦勋抬眼看岑词，刚刚的气氛有些不好，他感觉得到，只是不知道她为什么态度就变了。岑词抬眼撞上秦勋的目光，心里怦怦跳，脱口道："你看我干什么？想签就签呗。"

一句话说得秦勋差点吐血，他转头对门口的姑娘说："不好意思，真的不大方便,而且我也不是明星,你要我的签名也没什么用,你说对吧?"

门口的姑娘没料到他会拒绝得这么干脆,准备继续央求,秦勋及时止住了对方的念头:"毕竟有朋友在用餐,请见谅。"

秦勋将岑词扯了进来,她一手持筷,想去夹菜,闻言愣住。

门口的姑娘似乎明白了什么,再去看对面的女人,眉间略显清冷,但五官精致又漂亮,皮肤白净,便点头并道了歉。临走前又不经意看了看岑词,随口说了句:"我好像在哪儿见过你呢,挺眼熟的。"

岑词"哦"了一声:"可能我是大众脸,你看着眼熟正常。"

小野的妈妈打来了电话,电话里挺激动的。

等岑词赶到湛家的时候,小野妈妈早就在门口等着了。

"小野醒是醒了,但醒了之后一句话都不说……"

阁楼还是那天岑词看见的模样,里面的东西摆设都没变,唯独那面墙上的照片不见了。岑词敲门的时候湛小野正在收照片,听到声音后回头瞅了一眼,见是岑词他微微一笑。

等坐下来后,湛小野同岑词说了自己的情况。

"挺奇怪的经历,我好像不是我了,就跟个观众似的,所有的事都看在眼里。"

岑词问他现在感觉如何。湛小野想了想说:"好像很久没这么清醒了,虽然发生了不好的事。"他情绪低落下来。

岑词理解他的感受,毕竟是自己的亲生父亲。

湛小野又问她:"我是完全好了吗?"

岑词不想瞒着他:"你还需要做相关治疗,当然,你也别有心理负担,你属于心理自发觉醒,所以只要配合治疗一段时间就会痊愈。"

湛小野抿了抿嘴,最后点头:"行,我知道了,谢谢你岑医生。"又是以往有礼有节的湛小野。

"这件事对我来说是个结,我也不知道怎么面对以前的我和之前发生的事,所以这些照片我想先收起来,等我什么时候能面对了再拿出来。"湛小野指了指箱子,墙上的照片被他如数摆好,整齐地码放进透明的塑胶袋里,打算封箱。

岑词微笑道:"你做得很好。"能主动管理自己的情绪,根据现实情况衡量自身的心理状况,湛小野能做到这点说明已经好转。

"岑医生，你说这件事我到底是做对了还是做错了？"

岑词看了他许久，说："这世上有些事没对错之分，只有立场不同，选择也就不同。小野你要明白一件事，不管发生什么情况，先管好自己，才能顾及他人。"

之后的几天里，湛昌被批捕的消息传到了门会所。

一天岑词正在治疗室，治疗时间一到，汤图来敲了门。

来访者从治疗室里出来，早早将帽子和太阳镜戴好，听羊小桃说是个公众人物。汤图没细看，那女人出了院就立刻有车来接，很注重隐私。

"裴陆让我问你，会不会有一天湛昌突然恢复正常，开始伺机报复？"汤图靠在门口说。

岑词在整理刚刚那位客户的档案，头没抬，答非所问道："你跟裴陆和好了？"

汤图不自然地说："我又没跟他吵架，哪儿来的和不和好呢？"

"那你是不喜欢他了？"

如果这个问题是旁人问的，汤图的回答肯定是斩钉截铁，但岑词不是个八卦的人，冷不丁对她的私生活这么刨根问底倒是新鲜。汤图于是反问她："喜欢怎么样，不喜欢又怎么样？"

岑词回答："喜欢的话我就爱屋及乌，一旦湛昌发生点什么我也可以技术支持；不喜欢的话就好办了，哪儿结哪儿了，不提供售后服务。"

汤图惊愕，赶忙进了治疗室："你的意思是湛昌日后会出问题？"

岑词整理好了档案，趁着打印的空当瞅了一眼汤图，似笑非笑的。汤图见状，一翻白眼："行行行，我承认我没骨气。"她叹气，"你要问我现在对裴陆有多刻骨铭心，那倒不至于，但就是希望他一切都好。我喜欢他，可谈恋爱是两个人的事，我总不能强迫他吧。"

岑词也不多说，打开抽屉抽了个文件袋，将打印好的文件装进去，送进档案柜里。汤图盯着她的背影说："想笑话我就笑，我没觉得失恋这种事有多丢脸。"

岑词不客气地纠正："你顶多就是个恋爱未遂。"

"你别管我遂没遂，总之日后湛昌一旦有什么状况你可不能不管，裴陆就是个警察，他哪懂心理方面。"

岑词轻笑："你说你是不是胳膊往外拐？"

"我是考虑你的安危,万一湛昌在里面回过味来,想对你打击报复怎么办?"汤图一本正经。

岑词将档案柜的柜门关上,回头看她:"好了,不逗你了,给你普及两点。第一,湛昌的状况不容易反转,他本来就心存愧疚,否则我哪有那么大的本事生生造出他的配合来?第二,湛昌大势已去,媒体但凡报道湛家的事都会扯上我,我要是出事,不管是不是湛昌所为,这顶帽子也得戴在湛昌的头上。"

汤图张了张嘴巴。

"所以胳膊往外拐说的就是你,有错吗?我能想到的你想不到啊?还说为我着想,你就是心心念念操心裴陆的前程呢。"

汤图被拆了个底儿朝上,嗔怪:"有意思吗你,凡事看破不说破不懂啊?"

岑词抿嘴一笑。

"你别管我是为了谁,总之负责到底。"汤图开始蛮横不讲理了。

"行,为了你能嫁出去我也得努力啊。"

汤图一听脸红了,骂了她一句"不正经"。

打算离开的时候岑词叫住了她,站在档案柜前轻声说:"其实我挺羡慕你的。"

汤图不解。

岑词说:"我羡慕你,能心安理得喜欢上一个人。"

湛昌的事彻底翻了篇,窗玻璃上半张脸的主人再也没出现。

岑词还是听了秦勋的意见,找人在前后院又安了两个摄像头,不显山不露水,不打草惊蛇,但监控一开,前后院的情况一目了然,半点死角都没有。

岑词虽然表面不提,可实际到了晚上十点钟之后她又返回门会所守夜,这件事连汤图都不知道。

岑词守夜,门口总会有保温的便当盒,一打开色香味俱全,这手艺哪怕不用去看监控也知道是谁做的,只是给她做饭的男人没露面。

之后的几天,岑词让羊小桃去做人脸拼图,裴陆亲自来了门会所,一来是找汤图做心理咨询,二来是听说了这件事,就积极揽下了。

羊小桃能提供的也就是脸被玻璃压平的轮廓,这样一来,纸上的脸部图像就特别骇人,跟鬼似的。羊小桃吓得从椅子上站起来,连带地撞到了汤图,汤

图一个趔趄，裴陆及时一把将她搂住。

汤图觉得脑袋里嗡的一声，下意识去看岑词，岑词抿唇浅笑，将这幕结结实实地看在眼里。

这样的人脸拼图没任何价值，所以岑词觉得要么放弃，要么继续死守。

转眼到了元旦。

大街小巷换上了红灯笼，南城的梅花开了。

从那天在餐厅分开到元旦，秦勋都没在门会所出现，就好像这个人随着陈年的离去而消失了似的。

聚散随缘，本就是能想开的事，岑词也就不强求。可她每次闲下来的时候总会不自觉拿起手机，翻看有没有未接来电或是短信。有倒是有，但没有一通是来自秦勋的。

问题似乎就出在最后一次的吃饭上，找他签名的姑娘走了后，他轻声说："我还以为你至少能帮我挡一下。"

岑词说："作为朋友，我没这个资格。"

"那作为女朋友呢？"秦勋问她。

岑词迟疑了良久说："是假的啊。"

岑词还记得秦勋听了这话的神情，他没恼没怒也没尴尬，就是笑了笑，然后将切好的牛肉换到她面前。

微信上秦勋最后一条信息是：我半小时后去接你，多穿点，外面冷。

有时候岑词翻开微信，冷不丁看到这条信息时总会误以为是新的信息。

元旦之后，岑词的失落就转成了不悦和怨怼。多少次她都想打给他说：你想玩失踪就玩得彻底点啊，这边不联系，那边我一守夜还送吃的，秦勋你什么意思？

后来岑词不是天天守夜了，那便当盒也不是天天有了，但只要是她决定守夜，便当盒就会出现。

汤图上班的时候看见了便当盒，上头有忆餐厅的logo（标识），她惊讶地问岑词是怎么个情况。岑词说是秦勋神出鬼没，人不见了，便当盒倒是不断。

汤图恍悟说："怪不得好久没见着秦勋了呢，你俩吵架了？"

吵架，算吗？

汤图一针见血总结了两点："第一，不联系你可能是遇上新目标了。工作忙吗？别开玩笑了，再忙发条语音的时间总有吧，但是这餐盒里备的看着就精致，是用了心做的，所以，极有可能是我说的第二种。"

岑词问她："第二种可能是什么？"

汤图声音突然低沉了下来："他突然死亡魂魄不散，就在你身边照顾你，他能看见你，但你看不见他，人鬼情未了，多凄美多浪漫啊！"

岑词懒得听她继续瞎分析，本就是个半吊子，自己感情那点事还没弄明白呢，她是疯了才会听汤图在这儿胡言乱语。

转眼过年了。

羊小桃打算带着爸妈去三亚过年，汤图也订好了飞往国外的机票，她是受够了每逢一过年就被七大姑八大姨耳提面命地催婚，所以除夕夜一过就打算叛逃。

做完年前大扫除，保洁阿姨对岑词说："岑医生，咱们明年见喽。"

岑词点头："明年见。"

为什么要有时间的存在？让人们知道过去了一天又一天，一年又一年，让人们意识到自己的衰老，也有了月亏月圆悲欢离合。所有人都走了，她靠在落地窗前思考着这番充满哲思的大道理。

窗外又下了雪，听天气预报说，未来几天都有雪。

手机在这时响了，竟是秦勋。

岑词盯着这个名字许久，差点以为是自己看错了，这人没消息了这么久，突然就这么出现了？心里有个声音说：还好他没事，鬼哪会打电话。随后又觉得荒唐至极，她还真信了汤图的连篇鬼话了吗？

稳定了情绪接通电话，手机那边先是沉默，有男人的呼吸声，良久后才开口："在做什么？"

挺平常的问候，再自然不过，就好像这段时间的失联都不曾发生过。岑词心头倏地有点堵，他怎么能这么风轻云淡呢？

"要放假了，做做最后的整理工作。"

那边低笑："所以今晚还准备守夜？"

果然是什么都知道啊。岑词看着外面飘落的雪花，几番想问他到底什么意思。正想着，秦勋在那头又问她："你过年期间怎么安排的？"

"没安排,跟往年一样。"岑词说完这话意识到自己往年什么样他怎么知道,于是补充道,"陪家人。"

秦勋低声道:"年初一我去找你。"

岑词的心猛跳一下,不自然地就说了句:"你有时间了?"说完又暗自懊恼,她刚刚的语气怎么听着都有埋怨的意味。

"这段时间一直在外地。"秦勋轻声说,"过年总得休息,我又不是铁人。"

岑词本想说要陪家人不方便,但这话听着就像借口。她想了想回复道:"再看吧,今天不知明天事。"

秦勋:"好。"

通话的时间不长,好像是提出约会了,又好像是没有。外面起风了,原本簌簌而落的雪花失了秩序,就跟岑词的这颗心被这莫名的情绪扯得乱了似的。

第 九 章

岑词陪奶奶一起过年，奶奶是她在这世上唯一的亲人。

照理说相依为命的这种关系，应该住一起才对，但岑奶奶就喜欢守着她的一亩三分地日复一日年复一年。

岑奶奶的一亩三分地可是有讲究的，位于城郊。屋后有田地，春季撒种秋季丰收。院落不小，从大门到主屋搭了紫藤花棚，春夏秋冬能赏到的植物都尽收院里。

周围有邻居，大家都喜欢安静，远离城市喧嚣，相处起来没那么多麻烦事。岑词喜欢小院子，呼吸有山野味，抬头可看星，盛夏炎炎随手在后院里摘根黄瓜能直接入口，隆冬飞雪沏上一壶热茶，极是酣畅。

汤图也喜欢这里，每次陪她来，总能扛不少绿色食品回去塞满冰箱。

除夕一大早，岑词就到了小院，院子里有小土狗，欢快地摇着尾巴。它叫弃弃，是之前岑词捡到的一条流浪狗，放在家里没人遛，放在门会所里又不方便，所以就带回了小院子。

院落堆了不少干枝，岑词便拿了树上的手套帮忙拾掇。岑奶奶听见动静出了屋，嗓门挺洪亮的："搁那儿吧，留着烧火。"

岑词回了句："摞高一点，要不然占着道，您万一再摔了怎么办。"

岑奶奶笑道："你细皮嫩肉的，小心点。"

是荔枝树的枯枝，那荔枝树是挺有年头的一株桂味，有两人怀抱粗。据岑奶奶说在盖房子之前就有了这株树，当时也是因为这株老桂味才在这儿盖的房子。

岑词对这株老桂咪挺有感情,她还记得小时候没少吃荔枝。有一年荔枝结得格外多,她爬上树吃了个痛快,结果鼻血也流得一塌糊涂,后来一见着荔枝她就不敢吃了,再后来长大了,只要荔枝入口就过敏。

岑词动作快,收拾完了枯枝后就进屋帮忙干活了,邻居家备了不少烟花爆竹送过来,岑奶奶又回了不少干果子过去。天将黑的时候家里更热闹了,都是左邻右舍来串门送东西的,还有不少小孩子跑院子里来跟弃弃玩。

岑奶奶今年正好八十,精神矍铄身体康健,她听着外面的热闹,笑说:"周围邻家的姑娘跟你同岁的,孩子都能打酱油了。"

老生常谈的催婚话题。但岑词并不反感,有了唠叨就有了牵挂。她说:"敢跟我在一起的,那得是耳聪目明的才行。"

"你这个职业啊!"岑奶奶轻叹,又带着点期待问她,"难道一个喜欢的都没碰上?"

岑词故意问:"是喜欢我的还是我喜欢的?"

"当然是你喜欢的。"岑奶奶说,"我孙女这么漂亮,还能有人不喜欢?都是你看不上人家啊。"

岑词给奶奶盛了一碗鲍鱼粥,说:"感情这种事就随缘吧。"

提到"喜欢"这个词,她不经意想到了秦勋,心口像是被蜜蜂蜇了一下似的,浅浅痛楚蜿蜒而来。这种感觉来得莫名,她不想去深究。

上了年龄的人熬不了夜,吃过饭,岑奶奶跟邻居们唠了会儿嗑后就哈欠连连,临睡前还不忘给岑词封个大红包。

"没成家的姑娘永远是孩子,你要真觉得不好意思,那就赶快给我找个孙女婿回来。"

除夕守岁是岑词的习惯,毕竟家里有老人。

等奶奶睡下后,岑词将剩余的饺子放进保温盒,又喂了弃弃几块排骨。

零点一到,到处是鞭炮的声响。岑词给奶奶盖了盖被子,轻声说了句"新年快乐",然后依照往年习惯在奶奶枕头底下压上一枚福签。走出屋,又在荔枝老树上挂上另一枚福签,再看这株老树上,加上今年挂上的,共有五枚福签。

雪零星地下,院子里被浅浅地铺上一层白,跟被人撒了盐似的,月光一映,都闪着白光。

岑词在小院里坐了一会儿,空气清冽得很。奶奶说,岁月静好属于老年人,年轻人理解不了。但岑词觉得，瑞雪纷纷红灯映照，山间院落爆竹声声，偶有犬吠，孩童嬉戏，她觉得这就是岁月静好。

洗漱的时候她才发现换洗的衣服包没带，想了半天想起来是放在玄关忘拿了。她原本打算过年期间就待在小院里的，看了一眼时间，回家取一趟也行。

上了车，岑词这才倒出工夫看手机。祝福信息不少，静态动态，一长串的、零星几句话的。汤图总说她性子冷淡，但逢年过节收到的祝福倒是不少。

汤图和羊小桃发来的祝福很花哨，挺夸张的大娃娃抱鲤鱼，两人发的一模一样，能不能有点诚意？

湛小野发来的新年祝福挺实在，主要是感谢的话，说虽然心有愧疚，但他相信自己终究能够走出阴霾。闵薇薇也发了条消息给她，先是问候，然后跟她说："岑医生，记忆这种东西一旦带来的是痛苦，那也是可以不要的吧？"

她想打个电话给闵薇薇，拨出去才发现闵薇薇的电话已经打不进去了。

不要了吗？可记忆是说不要就能不要的吗？

还有秦勋发来的消息，内容简单：小词，新的一年，愿你快乐。

岑词看了一眼发送的时间，正好零点。如此卡点的时间，这句话就变得格外有意义。她是个待人接物清冷的人，但不代表她性别扭揪着别人的错不放，更别提从严格意义上来说秦勋并没做错什么。

都凌晨一点半了，这个时间秦勋应该休息了吧？但不回也不好，新年伊始，礼尚往来。想了想，岑词拟了信息过去：新年快乐，也祝你新的一年事事顺意。

果然是越往城里走越热闹，树上彩灯烁烁，远远近近的爆竹声，偶尔夜空乍亮，各色烟花绽放。

手机响了，是秦勋。岑词戴上蓝牙耳机，接通。秦勋那边很安静，反倒是衬着她这边挺吵闹，他问她："怎么听着你像是在车里？"

岑词说正往城里开，打算回家取点东西。秦勋在那头"哦"了一声，问她说年夜饭吃得怎么样，岑词目视前方的路况，轻声说："我跟奶奶吃得比较少，所以就简单做了些，总之就是，年夜饭不能跟大厨的比，但勉强能入口。"

秦勋嗓音低柔："是我想得不周到，年夜饭应该要餐厅准备的，这件事我记得了。"

岑词微微一怔，心口浅浅悸动了一下，沉默了几秒，说："哪能麻烦你呢，年夜饭还是亲自做比较好。"

这个时间打电话来本就没什么事，两人简单聊了两句也就挂了。

单元楼里安静，上了电梯，岑词掏出钥匙在手里把玩，想着秦勋刚刚的那通电话，挺正常的，可细品又觉得心里满满的，好像有一种期待的感觉。她嘴角微微上扬，出了电梯，一抬头却怔住。竟是秦勋，等在她家门口。

秦勋这几天过得并不理想，跟工作无关。他自小就是长辈们口中的做事能耐得住性子的人，不管是开公司还是后来为了实现沈序的愿望经营餐厅，他都很清楚自己在做什么，自己要什么。

秦勋支持沈序做课题研究，尤其在资金上，也充分尊重沈序在课题研究上的自主权，所以对于项目实施他并不过多干预。沈序研究的课题跟记忆有关，秦勋后来通过零星资料和视频，最后将目标锁定了岑词。

秦勋怀疑岑词不是无端猜忌，沈序失踪，她便出现了，而且之前她还默默无闻，来了南城就一炮而红。重要的是，她的治疗手段和理念跟沈序极为相似。

岑词就像个隐隐的关联者，秦勋在她身上总能看见沈序的影子，但又无法证实她跟沈序的具体关系。还有沈序失踪当晚，到底是谁找上了他？那人拿走了多少资料？目的是什么？

想要解开谜团，进展艰难。所以哪怕是接近岑词，秦勋也是有目的的，可是岑词在餐厅里的那句话令他很不舒服。

岑词说作为朋友，她没这个资格。其实岑词说得没错，就算是女朋友这个身份，用岑词的话说就是：假的啊。

秦勋刻意不去打电话，无非是想冷静一下，可内心深处有个声音嗤笑他：不，你是想看看她会不会主动联系你。

连萧杭都看出秦勋的心思来，提醒他提醒得一针见血："如果她跟沈序没关系，那你俩就不适合在一起，性格相差太多了；如果她跟沈序有关系，那你俩就更不适合在一起，说白了她只是沈序的作品。作品如果知道自己是个作品却故意不说，那她的心机很可怕；作品如果不知道自己是个作品，一旦水落石出，你觉得她能接受吗？"

秦勋何尝不明白这个道理？问题是他觉得他开始管不住自己了。

秦勋买通羊小桃，让她随时向他报告岑词的行踪，美其名曰，半脸人的情况没查清，他要暗自保护岑词。

过年前一天,秦勋在应酬的时候意外地看见了周军,周军选了餐厅较隐蔽的卡座,坐在对面的女人不是闵薇薇。

那女人看着要比闵薇薇年龄大一些,卡座里绿植宽大的叶子遮住了女人的脸,她抬手将头发别在耳后时,从耳根到锁骨有道明显的疤痕。

秦勋回座位上的时候一直在想着闵薇薇的事,给岑词打电话的时候,他是这么告诉自己的:不能真断了跟岑词的联系,毕竟还有沈序的事呢。

然后,手机接通的那一刻他还是没能管住自己的情绪,接下来就任由情绪恣意而淌……

年初一,我去找你。

不到年初一,秦勋就来了。

岑词从电梯出来的时候,走廊尽头的夜色被乍起的烟花点亮,也映亮了她唇角的浅笑,由心而发。所以秦勋也忍不住笑了,唇角弯弯,内心柔软。

而岑词倍感惊讶,快步上前问他:"你怎么来了?"

是啊,他怎么来了?秦勋看见她的那一刻也在想这个问题,好像挂上电话后想见她的欲望很强烈,所以鬼使神差地就来了。

秦勋沉吟片刻:"想来了。"

岑词内心悸动,只觉得手指头都在微颤。

换洗的衣服收纳包就在玄关,开门伸手就能够着,如果不是秦勋的出现,她扯过收纳包就会离开,现在总不好连家门都不让人进。

"你渴吗?可以进来喝杯水。"

这话听着像是挺没诚意的,但总不能让岑词来一句:进来坐坐吧。

坐坐,那坐到天亮都是有可能的吧?

秦勋似乎看出她的纠结来,斜靠着门框没往里进,笑说:"你回来不是取东西的吗?拿上东西咱们就走吧。"

"咱们?"岑词误会了他的意思,"也没那么急,奶奶已经睡下了,总不能你刚来我就赶你走吧。"

秦勋微笑:"我送你过去,你就别开车了。"

因为不是小区住户,秦勋的车停在小区隔街的停车位。岑词笑说他这个时间至上的人竟然能把车停那么远,秦勋回答:"附近车位紧张,再说了,大年夜,走走也挺舒服的。"然后笑问她,"是不是在家门口也会迷路?"

岑词耳根微红:"说实话,我在这儿住了这么多年,家附近真没怎么走过。"

秦勋不厚道地笑出声。

岑词抬手捶了他一下:"这不怪我,你没觉得新区的路是歪的吗?都不是按东南西北很正的方向规划的。"

"那你的意思是,到了老城区就能分清东南西北了?岑医生,忆餐厅你走过很多次了吧?怎么还能迷路?"

岑词被他一番取笑,实在找不出合适的解释来,最后憋了句:"是导航不行。"

适时飘雪,无风,秦勋扭头看岑词,她耳根的红晕无声无息爬上脸颊,令他心生异样。

街上有人放炮仗,有些年轻人嘻哈着从她身边过,手里举着冷烟花在相互追赶。秦勋边跟岑词聊天,边不动声色地将她拉到自己身侧,挡住不时炸开的鞭炮。

快靠近车子的时候,有那种零点之后放鞭炮祈福新年时运的店,拉出近两米长的鞭炮摆在门口。岑词用眼角的余光扫到时为时已晚,店主打火机一亮,飞快撤离。

岑词惊叫一声,与此同时秦勋的手已经伸过来了,堵住她的耳朵,紧跟着那声声脆的爆竹落在耳朵里就闷闷的了。她藏在秦勋的怀里,两人的姿势十分亲密。

这么冷的夜里,秦勋的手却是温热的,就像他的人。世态炎凉,唯独他孑然一身,伫立于人海,嘴角微微含笑,眼里是如旭阳般的温暖。

岑词抬眼看他,背后是烟花频起的夜色,映亮彼此眉眼。她只觉秦勋眸里深邃,又倒映着女人的脸,是她自己,这就是"他眼里有你"的含义?

岑词又有一种预感,好像接下来能发生点什么,想动却动不得,就任由这种情感如冰层下的水流恣意流淌。她看见秦勋缓缓压下脸,大脑昏昏沉沉,恍惚间听见他低哑哄劝:"小词,闭眼。"

这嗓音绝对适合催眠,岑词心想,如果这个时候秦勋控制她意识的话就易如反掌。她闭上眼,察觉到他越来越近的唇温。

就在这时,远远的又是一声爆竹响,岑词蓦地睁眼,往后退了一步。这一步倒是没多远的距离,可也能让刚刚微妙而起的暧昧化为乌有,她环顾,轻声说:"雪停了。"

秦勋虽知道刚刚的行为唐突，但心底多少有些失落，笑了笑说："是啊，雪停了，上车吧。"

半小时的车程，对于消化紧张情绪和调整状态的岑词来说刚刚好，可以大大方方跟秦勋聊天。

得知他已经好几年没跟家人一起过年了，岑词倍感惊讶。秦勋笑着解释说："父母定居国外，哪怕过年不旅游，一堆亲戚凑一起也不差我一个了。"又道，"萧杭是冲着我的面子来做店长的，他过年回不去，我总不能不厚道地把他一人扔在南城吧。"

岑词羡慕，轻声说了句："真好。"

岑词一直觉得秦勋是个家教很好的人，现在听他这么说，更是验证了这一点。他没过多说他的家人，三言两语却也能让人感受到他的家庭氛围。

"这么说，你年夜饭都没吃？"

秦勋一手控着方向盘，回道："算吃了吧，毕竟在餐厅里，饿不着。"

岑词"哦"了一声，没再多说什么。

岑奶奶家的小院子秦勋是头一次来，车只能停在路边。送岑词一直到了院门口，他打量了四周，笑说："有几次开车回城里也是路过这儿，还在想，住在这里的人简直是在过神仙日子。"

岑词微笑点头，小院下面的马路的确是这个方向回城的必经之路，只是有心的人才会关注山上。

"是啊，神仙日子，等我老了如果也能过上这种日子就知足了。"

秦勋浅笑："好，我记住了。"

岑词的心脏猛跳一下。

秦勋没多逗留，再加上夜深天冷的，便催促岑词回去，她叫他等一下，转身进了院子。等再出来的时候她手里多了个保温饭盒，往他手里一塞："饺子有点凉，你拿回去热热，多少都要吃一点。"

秦勋愕然："你包的？"

"我虽然不怎么下厨，但包饺子尚算可以，你回去尝尝，给个评价。"

"好。"秦勋笑了，眉眼温柔。

大年初一，裴陆打来电话的时候汤图正在收拾行李。汤妈妈在旁喋喋不休的:"别以为跑出去玩就算完了,该相亲还得相,你还能在外面野一辈子?"

汤图一耳朵听一耳朵出的,心想,现在单身女性多着呢,又不落她一个。

"你要真熬到嫁不出去的年龄我也就不催你了,但现在年轻貌美的还有希望。"

汤图差点吐血,刚想跟娘亲大人说她有喜欢的人的时候,手机响了。她扫了一眼屏幕,一把抓起就往屋外走。

"谁的电话啊,还避着你妈我!"

"你未来女婿的!"

年夜饭之前裴陆发了新年祝福给汤图,内容是:天天漂亮,生意兴隆。当时她看了哭笑不得,这年头还有发这种祝福语的呢?便回了句:新年快乐大帅哥,也祝你天天帅气,好好捉贼。

回复之后就石沉大海。

零点刚过,汤图又给裴陆发了条新年祝福,他始终没有回。她觉得自己跟魔怔似的,头一热就把电话打过去了,结果关机,这一晚上汤图梦里全是裴陆。

裴陆打来电话的时候背景音挺吵闹,跟汤图说:"昨晚执行任务关机了,不好意思。"

汤图诧异:"大年夜的还出警?"问完这话觉得自己傻,他是警察,真有需要的时候哪儿来的假期?

裴陆"嗯"了一声:"临时任务,习惯了。"又说,"哦,对了,新年快乐啊。"

"新年快乐。"汤图笑着回了句,又问他出警顺不顺利。

裴陆在那边刚说了句"已经抓住了",这边汤图就听见一阵嘈杂声,紧跟着是他的一声吼:"拦住他!"

一声枪响。

汤图耳贴手机,大脑嗡的一声,紧跟着一片空白。

"想听实话是吧?对,我就是烦了!"

"你想安生吗?我就算死了变成鬼也会缠着你!这辈子你都别想好过!"

…………

谁都不爱爱等待

想来就会来

该来的都不来

想爱就有爱

该爱的都不爱

谁在谁不在

该在的都不在……

岑词睁眼的时候窗外阳光很好，有只麻雀落在窗台上，正在啄奶奶撒在上面的小米。她盯着窗玻璃，明明知道是场梦，可眼前总是晃动着昏暗的一幕，有灯光摇曳，还有支黑色麦克风，网罩是用红色海绵包裹着的，有人在唱歌，看不清长相，只能从浅贴着网罩海绵的唇形判断是个女人。

岑词蓦地从床上坐起。

当时发生车祸的时候，她清清楚楚听见了这首歌。曾经受过伤的位置竟又隐隐作痛，真是怪得很，当时只是划伤，并没伤到骨头。

恍惚间，岑词似乎听见奶奶在院子里问："你是哪位？"

岑词便赶忙换好衣服，头发随便一扎出了屋。

没想到一大早登门的竟是秦勋，两手都拎着东西，有果篮还有花花绿绿的营养品。穿得很正式，藏蓝色羊绒大衣衬得他身形挺拔，四周都是白雪，漾在他眸底深处的笑却是温柔的。

岑词不自觉地拢了拢头发，快步上前："奶奶，他是我朋友。"又看向秦勋，有些局促，"你怎么来了？"

"昨晚，应该说今天凌晨不方便进门打扰，天亮了怎么也得过来拜访一下长辈才行。"秦勋说话间就见岑词冲着他挤眉瞪眼又晃手的，他想笑，心里想着，你这么明目张胆暗示提醒的，不怕被看见吗？

正想着，就听岑奶奶开口问："原来是小词的朋友啊，小伙子，怎么称呼呢？"

"奶奶，我叫秦勋。"

岑奶奶"哦"了一声，点点头："名字好听，孩子，你上前来，我摸摸你。"

摸？秦勋这才仔细打量岑奶奶的眼睛，之前是看着不对劲，但也不好总盯着瞧，现在恍然。

岑奶奶摸了他的脸，摸得还挺有技巧，眉骨、鼻梁、双眼和下巴。然后点头，语气里尽是满意："很俊的小伙子呢。"

岑词低声："奶奶。"

进了屋，岑奶奶又是备茶叶又是洗水果的，秦勋想帮忙却被岑词拉住，低声笑说："你能看出她眼睛不方便吗？"

是看不出来，岑奶奶做事手脚利索的，如果就这么瞧着，哪像个眼睛有问题的老太太？

岑奶奶对秦勋的印象显然挺好，一直拉着他聊家常，问他今年多大了，在哪儿工作，跟小词怎么认识的，认识多久了，等等。秦勋含笑，有问必答。

之后秦勋的注意力就在靠近花窗的照片墙上，黑白照片不少，还有些早期人工着色的照片，彩色照片也有。岑奶奶说，有她年轻时候的照片，还有岑词爸妈的照片，剩下的就是小词的。

从老旧照片里能看出岑奶奶年轻的时候很漂亮，其中有一张全家福，应该是岑奶奶、岑爷爷和岑词的父母，岑妈妈怀里抱着女婴，小脸粉嘟嘟的挺可爱。

彩色区域基本都是岑词现在的照片，只有两张彩色照片是她小时候的，一张是在游乐园，她骑在旋转木马上笑得开心。还有一张是合照，她站在爸妈中间，穿着粉红色的蓬蓬裙，梳着两只羊角辫，刘海别了个粉色的卡子，同样笑得开心。

看来岑词小时候是个很爱笑的孩子，倒是跟现在的性格差别挺大。

"奶奶，这是小词几岁的照片？"秦勋指了指幼年岑词骑在木马上的那张照片，指完了才想起岑奶奶眼睛的情况，补充道，"骑木马的这张。"

岑奶奶笑呵呵地说："是她五岁的时候，旁边合影里的她是四岁。"

一个四岁，一个五岁，在长相上变化不大，有婴儿肥，现在的岑词下巴尖细，清瘦。秦勋发现岑词小时候一笑起来眼睛都眯在一起，挺大的眼睛，能笑成一条缝，那是得有多开心啊。

正看着岑词洗漱好出来了，净白的一张脸，洗了头发，也吹干了，清清爽爽地披散开来，不像刚刚那么随意抓成个丸子顶在头上，秦勋觉得她哪一面都好看。

岑奶奶热情，留秦勋在家吃饭。秦勋也没客气，袖子一撸手一洗，打算下厨。岑奶奶说什么都不让，秦勋说："昨晚吃了奶奶家的饺子，礼尚往来才行。还有，您真不用跟我客气，当我是自家人就好，我的厨艺还行，小词吃过的。"

岑奶奶惊讶，这年头会做饭的年轻人可不多啊。

岑词抿唇浅笑，上前搀着岑奶奶："他厨艺可好了，奶奶您可以尝尝。"

"你这孩子。"岑奶奶拍了拍岑词的手，"你也别光顾着吃，没事儿多跟小秦学学。"

岑词被她说得不好意思,秦勋抬眼看岑词,她的脸又有些微红,看了就能教人心生喜欢。岑词没抬头,却能明显感觉他在看着自己,心又不安分地打鼓了。

夕阳漫天的时候秦勋才从小院子里出来,他做了顿丰盛的大餐,又帮着岑奶奶收拾了前院后院,收拾得利索干净。但凡上门的邻居都啧啧称赞,这小伙子可真不错啊。

秦勋打算离开的时候岑奶奶让岑词去送送,理由是他一个人回去多危险啊,人家忙活了一天,要岑词请小秦吃顿大餐。

家里还聚了不少的邻居,大家起哄似的说:"对啊小词,晚餐就不带你了,我们正好陪着花仙子聊聊天。"

什么聊天啊,无非就是打听八卦。岑词心想着,一个大男人回去能有什么危险呢?

"奶奶年轻那会儿是学植物学的,走过不少地方,恣意潇洒。"

两人回了车里,秦勋也没急着开车,岑词坐在副驾位,接过他递上来的矿泉水,润了润喉咙,继续说。

"像个文艺女青年一样活着,哪怕是生了孩子,该研究什么还研究什么,该去哪儿还去哪儿。后来爷爷过世,奶奶这才留在家里带孩子。我爸是独生子,在他们那个年代独生子女很罕见。"

当时左邻右舍有不少人都在质疑岑奶奶,常年在外头潇洒的女人能带得好孩子?但岑奶奶不光是把孩子照顾好了,还把家里家外弄得十分像样,左邻右舍都闭了嘴。

"奶奶没事总跟我念叨她年轻时候的事,说她带着孩子上着班,还把家里弄得跟花园似的,羡煞旁人,花仙子的名声也就这么出来了。后来因为工作性质,奶奶搬了几次家,等我爸成家之后她又开始全球各地走,为不少机构提供了可贵的植草资料。"

秦勋了然,又问:"她的眼睛……"

"是在我五岁那年,她被有毒的植物伤了眼睛,那时候医疗条件有限,眼睛治得不彻底,随着年岁长了,眼睛的功能就一点点衰退,但眼睛外表没伤,所以不仔细打量的话看不出端倪。"

关于这点秦勋是领教了,老太太手脚麻利得很。

"小院子那片地是她早年来南城的时候就看中买下来的,现在成了仙家之地了。"岑词笑说。

"挺有投资眼光。"

一路上岑词说了不少关于岑奶奶的事,说岑奶奶就相当于说她的过去。虽然说她大部分的成长岑奶奶都没有参与,但很显然她对奶奶的感情很深,用她的话说就是,人拥有的越少才越珍惜。

年初一的晚餐地点仍旧选在忆餐厅。

大厅布置得很有节日气氛,连桌上的香薰蜡烛都烫印了精巧的红色灯笼图案。气味浅淡,尾香却是绵长,岑词喜欢这香薰蜡烛的气味。

餐厅今天暂停营业,这倒是令岑词意外,毕竟昨天这里年夜饭火爆,进门之前她看见巷子里有不少烟花盒子,说明昨晚挺热闹。

秦勋在岑词对面坐下时,优雅得很,一点都不像是沾了柴米油盐的人。他笑问:"看来,这种方式你不喜欢。"

岑词摇头:"包下餐厅是挺好,但因为餐厅是你经营的,我就会觉得很浪费。"

"那是因为你把我看作是自己人。"

岑词凝神沉思,不答反问:"今天你为什么来找我?"

"之前我在电话里跟你说了,不是吗?"

"我的意思是,你完全可以约好地点告诉我,何必跑我奶奶家一趟呢?"

秦勋也思量了片刻:"如果我贸然登门引起你的不适,那我向你道歉。"

岑词没说什么,只是看着秦勋。都把他给看笑了:"真生气了?"

岑词突然开口:"秦勋,你喜欢我,对吧?"

裴陆挂了彩,在胳膊上。汤图拎着一颗心脚踩风火轮赶到医院的时候,护士已经为他处理好伤口。

钻天猴瞧见汤图后挺兴奋,一个劲冲着她招手:"嫂子,这儿呢!"

裴陆抬眼一道锋利的目光射过来,低喝:"瞎叫什么!"

钻天猴却没管裴陆的眼神,跟汤图绘声绘色描述了一番。大抵的意思就是他们一行人押着犯罪嫌疑人进局子,谁料对方趁他们稍稍放松的间隙竟夺枪想伤人,当时裴陆正在通电话,发现这一情况后眼疾手快撞开钻天猴,在受伤的同时将犯罪嫌疑人给制伏了。

"嫂子你都不知道啊,要是今天没裴队的话,说不准我当场就把命交待了。裴队中枪之后流了可多血了,我哪能放心他一个人来医院啊?"

裴陆实在是不想听钻天猴咋咋呼呼的,赶忙叫停:"我谢谢你赶紧回局里去吧,行吗?"

钻天猴也不愧叫钻天猴,脑子就跟猴子似的灵敏,看了一眼汤图,赶紧说:"明白,我马上撤。"

等耳根清净了,裴陆对汤图解释:"我就是子弹擦伤,哪是中枪,我是个警察,轻易中枪算是怎么回事?"

汤图凑上前,碰上裴陆胳膊上的纱布,手劲不小,疼得裴陆一龇牙。她说:"受伤了就是受伤了,有什么拉不下来面子的?被子弹擦伤跟子弹穿过胳膊有什么区别?不都一样要来医院?"

"那能一样吗?"裴陆较真,"擦伤事小,中枪事大。"

"行行行,反正你英勇无敌。"

裴陆笑了,眼睛明亮,竟还有点孩子气,看得汤图又心神荡漾的。裴陆想起刚刚钻天猴的话,清清嗓子,不自然地说:"刚刚猴子的话你别当真,他平时就那样,口无遮拦的。"

汤图笑道:"嗨,这有什么啊,又不是刚认识猴子,知道他喜欢开玩笑。"心里却在骂自己:汤图啊汤图,你就是反正不敢再往前多迈一步。

裴陆点点头,片刻后又说:"其实,他也不是开玩笑。"

汤图抬眼看他。

"可能是他看咱们经常在一起,所以就以为咱俩……"

"那就在一起呗。"汤图脱口而出。

裴陆一愣。

汤图自己也吓了一跳,怔了数秒,又笑道:"开玩笑呢,你别有心理压力。"

裴陆不知道该怎么回答才好。

"对了,"汤图马上转移话题,指了指裴陆的胳膊,"得时常换药吧?就去我那儿换吧,没必要总跑医院这么麻烦。"

"你方便吗?"裴陆问。

"你左右都是我的病人,多加一条处理外伤的服务也没什么,大不了多收你点钱。"

裴陆笑道:"好。"

汤图妈电话打来的时候,汤图和裴陆正好一前一后上了车,平时汤图开车接电话都习惯外放,所以手机一响,她就按了免提键。

"两个问题:第一,我未来女婿是怎么回事儿?是谁?第二,既然国外游取消了,那你到底去不去相亲?"

汤图妈开门见山得令汤图猝不及防,坐在副驾位的裴陆正要系安全带,听到这话后一怔。

汤图恨不得挖个地缝钻进去,挂断是不可能的,显得心虚。她赶忙消音转了蓝牙耳机,大脑乱糟糟的。裴陆在身边,她也不好说得那么明白,一清嗓子:"妈,您问的是三个问题啊。"

"别跟我打马虎眼,你接了电话急匆匆就跑了,我不主动问你就不打算主动说是吗?"

汤图连连调低音量,但汤图妈火急火燎的,嗓音那都是冲着拔高去的,她再怎么降音量都觉得裴陆听得到,只能一个劲安抚说回家再聊。

好不容易挂了电话,汤图觉得自己像是被扒了一层皮似的,喘气都困难。裴陆在旁沉默了良久,问她:"你要去相亲?"

岑词的话突如其来又开门见山,让秦勋有一刻是愣怔的。

秦勋觉得岑词能这么直接并不见得是件好事,男女之情可以是山盟海誓中刻骨的阳春白雪,也可以是柴米油盐里滋生的人间烟火。然而,岑词问这话的时候太冷静,在她眼里男女之爱是什么?是不是就是病例,是能用理智去分析的课题?

想到这儿,秦勋心里有些不舒服,但跟岑词目光对视,只得明确又清晰地说:"岑词,我是喜欢你。"

岑词眼里有光,荧荧闪亮,像是有笑,却也没到惊喜的程度,不管是神情还是情绪始终有克制。秦勋不知道她在想什么,心隐隐一沉,该不会是对他没感觉吧?

正想着,岑词轻声开口:"秦勋,你我认识的时间不算长,但经历的事足够多,甚至连生死这种事也赶上了,所以有缘我承认,但我和你之间似乎也只能这样。"

"只能这样?"

"是，不知道下一步该怎么走，其实我们彼此并没有完全的信任，也都没做好在一起的准备吧？"

秦勋持杯的动作一顿，苦笑，果然是岑词，他的顾虑和动心后的迟疑统统都没能逃过她的眼睛。抿了一口酒，他低语："我试探过你，你也试探过我，这份感情开始的时候的确掺杂了旁的东西。小词，我喜欢你是真的，想让你跟我在一起是真的，但你说得没错，我怀疑你、判断你也是真的。"

"跟沈序的事有关？"

"是。"

岑词晃了晃高脚杯，今晚她选了一瓶甜口的香槟，淡琥珀色，有细小的气泡沾在杯壁上，轻轻一摇，数个气泡就往上蹿。她说："闵薇薇的事不了了之，你却一直在我身边，其实你一直怀疑我跟沈序的失踪有关吧？"

瞒是瞒不过的，岑词心思玲珑，思维缜密，向来都不是个糊涂人，秦勋低笑，所以他之前的试探他何尝不知？包括他试图对她的意识引导。现在想来，假设当时她有心设局，或者打算将计就计摆他一道，依照她的本事怕也不是做不到。

秦勋点头，也不打算隐瞒："是，小词，我始终有个疑问，三年，应该说是四年前你为什么来南城？"

岑词也是聪明，回道："也就是说，沈序在南城失踪，我就在南城出现，还协助处理了跟记忆有关的案子。可是秦勋，你的怀疑支撑力不足。全国那么多精神分析师，真要是跟沈序失踪有关，那可以去各地，何必独独来南城？仅仅是因为我协助处理了关于记忆的案子？其实这种案子在精神、心理领域并不算罕见。至于我为什么会来南城……"她顿了顿，唇变得紧绷，语气低沉了很多，"我爸妈曾经在南城工作过，这里也算是有他们的影子，奶奶住在这儿，而且汤图是南城人，也算是一拍即合吧。"

岑词极少说起自己的事，如果不是除夕夜的话，秦勋可能都没机会见着她的奶奶。

"很抱歉。"秦勋轻声说，"你说得没错，如果只是时间上的巧合，我对你的怀疑的确来得有点莫名其妙。"

岑词听出他话里的意思："还因为什么？"

"你很清楚，不管是心理课题还是生理疾病治疗，一旦进入临床，是需要研究对象的。"

岑词微微一怔:"你怀疑我是他的合作伙伴还是他的……研究对象?"

这话一说出来,倒是让秦勋心里蓦地一动。

是啊,合作伙伴!

岑词从秦勋眼里一闪而过的微怔看出了端倪。她一手托脸,一手轻轻晃动着酒杯,唇角挑起,笑道:"原来你怀疑我是沈序的临床试验对象,并且在刚刚之前,你并不了解一项课题研究需要同行业的合作伙伴这件事。"

"我的确没想到。"

"可你支持了沈序的课题研究,换句话说你是甲方。"岑词挑眼看他,"他就算不跟你联手,也不该瞒着你有合作伙伴这件事吧。"

秦勋说:"我是拿钱的不假,但我从不干涉沈序的课题研究,所以这期间就算他找人合作我也不会过问。"

岑词听了不解:"你之所以跟沈序交好就是出于对心理的痴迷,出钱也是支持好友的理想,怎么反倒对沈序研究课题的过程一无所知?"

秦勋抿了一口酒,淡淡地说:"因为沈序后来研究的方向偏离了初衷,换句话说我并不赞同他的观点和做法。"

这倒是新鲜,岑词决定洗耳恭听。

秦勋先是问了岑词:"你相信人的记忆会被替换吗?"

岑词一怔,马上想起了闵薇薇。秦勋看穿了她的心思,笑说:"我知道闵薇薇的情况很相似,但我认为她的记忆算不上是真正意义上的替换,充其量只是你口中的篡改。"

"你的意思是将一个人原本的记忆消除,替换成另一个人的记忆?"

秦勋点头:"或者制造出全新的记忆,让受试者相信自己是另一个自己。"

这话说得绕口,但岑词一下子就明白了。她愣怔片刻,道:"沈序能做到将一个人的记忆完全换成全新的记忆?"

这违背职业操守自然是不用说的,如果掌握这项技能的人心存歹念,那完全有能力颠倒黑白,比方说让一个罪犯有了全新的记忆,那将会给警方带来极大的麻烦,甚至还有可能帮助罪犯逃脱罪名。

"他应该是成功了。"秦勋简单地跟岑词说了沈序失踪那晚的情况,以及那条还没来得及发出去的信息。

岑词倒吸一口气:"这样的人太可怕了。"

秦勋看出岑词目光里的质疑和排斥，摇头说沈序心思单纯，并不是一个会利用这项技能犯罪的人。

"我之所以反对，是因为我认为记忆不是电脑程序说替换就替换，真实的记忆是刻进意识里的，一旦跟被替换的记忆发生冲突，将会给本体造成极大的困扰，甚至会引发精神分裂。"

岑词不语，不说赞同秦勋，但也没表示反对。良久后她说了另外的问题："如果沈序成功了，那他确实时刻处在危险里。"

岑词能想到，秦勋自然也能想得到，而且岑词提到了合作伙伴，这跟他之前的怀疑十分吻合，沈序所研究的课题资料少之又少，无疑是被人拿走了，之前他只想到有可能是沈序的对手，现在想想，也很有可能是沈序的合作伙伴。

岑词以十分肯定的口吻说："这么大一个研究课题沈序肯定不能单枪匹马，但你的态度明确，跟他道不同不相为谋，所以他只能找了别人。在这里我倒是能跟你保证，我的能力应该不及沈序，至少这个课题我连想都不敢去想。"

"我倒是更想听见你为自己不是临床试验对象的事辩解。"秦勋说。

"这么说，你更希望我是个高智商犯罪者？"

"如果二选一的话，我宁可你是沈序的合作人。"

"为什么？"

秦勋轻叹："如果你是合作人，哪怕是犯罪，那你也是个有自主记忆的人，可你一旦是临床试验对象，那你就是一个蒙在鼓里的被动方。"

岑词轻轻转着酒杯，垂着长睫："你的怀疑明明能让人生气，但是这番话听着却让人感动。那么除了时间上的巧合，我还有哪点值得你怀疑呢？"

秦勋放下筷子，十指交叉搭在桌上，道："你的古法金铃从哪儿得来的？"

岑词眉角带笑："我的提醒铃？你的叫法倒是挺好听的。你能这么问，是不是沈序也有一样的提醒铃？"

跟聪明人对话总是省事，秦勋便说："是。"

"是一模一样的？"

"上次你拿在手里看不仔细，大致看上去一模一样。"

"那沈序的金铃哪儿来的？"

"我送的。"

当时沈序有一只提醒铃，就是普通的铜铃，一次保洁阿姨打扫房间的时候不小心弄丢了。秦勋便找了个打金师傅设计了一枚古法金铃,又内嵌了沈序的英文名。

"就算我有一枚一模一样的,也不能证明什么吧。"

"金铃想要达到铜铃的清脆绵长的声响不容易,当时打金师傅也是绞尽脑汁才做到这点。"

岑词明白了,换言之就是定制款,不是常见的金铃。岑词想着放下餐具拿过拎包,从包内隔层里掏出那枚古法金铃递给秦勋,说:"那你看看我这枚跟沈序的是不是一般无二。"

秦勋接过金铃,正经十足的古法锻造,轻轻晃动,内嵌的拨片敲动着铃壁,发出幽幽的声响,悠远绵长,就跟他当初定制的一模一样。他翻转了金铃,在瞧见金铃内部时暗自松了口气。

内部同样有字,镌了个"词"字,词字有连笔,言字旁的最后一提跟司字第一横相连,整体看上去像个上下结构的字。

当初打金师傅给金铃刻字之前要秦勋确定,说一旦刻上去了就改不了了。他还问师傅,如果日后想要改里面的名字呢,师傅摇头说,改不了,铃身打造得薄,想动里面的字就会破坏铃身。

秦勋看得仔细,手里的这枚金铃没有动过的痕迹。

将金铃还给岑词,秦勋沉默了片刻,开口:"说实话,我最不想怀疑的就是你。你是我喜欢的姑娘,我希望你能离沈序这件事越远越好,所以今天我就郑重其事地再问你一遍,你真的不认识沈序,对吗?"

岑词与他的目光相对,轻声说:"是,我不认识沈序。"

深更半夜,赵大胆被一股急尿给憋醒了。他披上棉外套抄起手电筒出了打更室,沿着绿化带中的逼仄小路朝着厕所方向去。天寒地冻的,他边走打哆嗦,心想,这开发商也够缺德的了。

赵大胆是公墓守护员,其实就是在墓园打更,但赵大胆认为他所在的永安墓园那可不一般,地价就不便宜,能躺进来的非富即贵。就是……赵大胆打了个喷嚏,一擤鼻涕,就是厕所离得太远。

赵大胆原名叫赵勇,早年在车间工作,后来又自己干了点小买卖,到老也攒了点家底儿,不想在社会上继续拼死拼活,还闲不住,有人说永安墓园招聘打更的,他二话没说就去试工,结果还真被录取了,大家都开玩笑地叫他赵大胆,他也乐意被人这么叫。

其实公墓打更的活儿挺轻松,平时就是防防山火,到了大晚上的也不可能有人来,所以打从他第一天来墓园工作时,有同事就跟他说了,晚上可以尽情睡。

可赵大胆是个兢兢业业的人,轮到他值夜班的时候都要巡逻一番,觉得一切没什么异常才回到打更室迷糊睡一觉。

解决了内急,赵大胆没急着回打更室,而是沿着阶梯一区一区地打算再巡逻一遍。倒不是为了防谁,就是觉得这大年初八的毕竟还在年里头,有的墓从年三十到现在都没见个来拜祭的人,人死如灯灭不假,但孤墓无倚也是可怜。所以他一边走一边念叨:"都好生安息吧,没等到家属来的也别恼别生怨,现在的人压力大,大家都忙,你们多体谅。"

赵大胆巡到最后一片区域时停了脚步,这是一处高坡,墓碑沿坡而上,很费脚力。等喘匀了气,他看了一眼时间,将近凌晨三点了,想想就算了,该叨咕的都叨咕了。

转身刚要下台阶,赵大胆余光扫到了一抹光亮。他心头一凛,抬手使劲揉了揉眼睛,再定睛,没错就是光。在斜下方的一处墓碑前,也不是很强的光,就是那种影影绰绰的、晃动着的影子,若隐若现的。

赵大胆心脏怦怦跳,别看他外号叫赵大胆,可在这伸手不见五指的墓园里,冷不丁瞧见一抹摇摇晃晃的光,是个正常人都会觉得害怕。他攥着手电筒的手开始打战,紧跟着反应过来,马上把手电筒关掉,脚步放到最轻,一步步靠近光源。

它像是蜡烛的光。

赵大胆觉得后背像是爬了蜈蚣,毛孔都张开了,冷汗直往外冒,抬手一抹额头,手心里全都是汗。墓园真出什么问题他可是要担责任的。早些年就听说有那种报复不了活人,就跑到人家老祖宗墓前砸碑的事,今晚要真是遇上这种人,那他的工作保不住是铁定的,还没法跟人家属交代。

赵大胆深吸一口气,给自己加油,加快了脚步。离那块墓碑越来越近,只隔着两排墓碑的时候赵大胆弯下身,侧蹲着,探左脚再移右脚,一点点蹭着下台阶。越离近,他越能确定是烛光。他在那排墓碑后稳了稳呼吸,拇指紧紧抵住手电筒的开关,一咬牙探头过去。

果真，在最里面的那块墓碑前立了两根蜡烛，一左一右，竟是喜蜡，挺粗的一根，上头隐约可见绘着金色祥纹和囍字。赵大胆觉得脖颈儿都僵硬了，除了蜡烛，碑前还有个人。

只见那人跪在墓碑前，额头抵地一动不动。两旁喜蜡烛火摇曳，碑前人影静止，墓园是建在山间，这大寒夜只要起风，过耳的都是萧萧声，衬得这一幕更诡异。

赵大胆猛地起身，手电筒朝着烛光处一开，一声厉喝："什么人？"

对方是个男人，一身黑西装，没穿御寒的大衣或羽绒服，也不嫌冷。令人心生寒意的是他像没听见没感觉似的，仍旧跪在那儿额头抵着地。

赵大胆心生怪异，双腿又觉泛软，照理说这么大的动静，是个正常人都应该有反应吧？不对，他转念一想，哪有正常人大半夜来墓园，还弄这么一出的？

正想着，就觉得光柱里的人动了。赵大胆一激灵，屏住呼吸。

那人缓缓直起身，但没站起来，就保持着笔挺的跪姿，然后转过头。

赵大胆瞪大双眼，听见上下牙相撞的声音，嗓子像是被人掐住了似的，好久惊叫声终于破嗓而出："鬼！鬼呀！"

第 十 章

春节一过南城又热闹了,街上的年味还没散干净,超市和各家蛋糕商铺开始推出各种口味的元宵,而清寂寺也早早备好了上元节对外斋饭的食材清单。

清寂寺位于南城老城区东面山的山麓,住持妙法大师是得道高僧,年岁过百却仍旧健步如飞。南城人喜欢到清寂寺上香,每逢初一、十五清寂寺的香客如云。上元节为香客准备斋饭是清寂寺的传统,到时会有不少信徒在上完香后留下来吃口斋饭,以保佑自己和家人这一年风调雨顺,健康安乐。

岑词每年挂在桂味上的福签就是从清寂寺求来的,她有固定的时间去清寂寺,一次是临近年底求福签,还有一次就是上元节来还愿、请愿。

元宵节这天门会所放了假,午后岑词来了清寂寺,秦勋陪着一同来的。

岑词取了六炷线香,分秦勋三炷,说:"其实烧香拜佛就是拜个心理安慰。"

"那又何必浪费时间呢?"秦勋笑问。

"这就好比从事我们这个行业,都知道心病还须心药医,解铃还须系铃人,那又何必需要我们呢?不过就是找条倾诉的途径罢了。"

秦勋抿唇浅笑,岑词看法通透。

岑词来清寂寺只求平安健康,其他的不求,她说死生有命,富贵在天,强求不得。秦勋没烧过香,在佛前默念片刻,将香插入香炉,就地躬身拜了三拜。

岑词笑秦勋男人膝下有黄金,便带着鲜花水果进殿还愿再请愿。

秦勋跟着一同进殿,观赏殿内左右罗汉雕像,扭头瞧见岑词跪于蒲团之上,双手合十合眼请愿,一时心动,掏出手机偷偷拍了张照片。等岑词请完愿后轻声提醒:"佛像禁止拍照,你别乱拍啊。"

"没拍佛像。"秦勋微笑。

烧过香拜过佛,岑词带着秦勋到了寺院开辟出的后山,那里有一片片田地,地里种出来的蔬菜足够养活寺里的人口。穿过田地竟有一大片的花园,还有一处不小的玻璃花房,远远能瞧见里面郁郁葱葱。

"都是老住持打理出来的,花房里培育了不少名贵花种,等成活了就会被移栽到花园里土生土长。"

花房里还有其他居士,在整理里面的花草。岑词给秦勋看了一株植物,半米左右高,栽种在不起眼的土盆里,土盆上贴着便笺,上面画了颗心。

"这株是我认养的,这些年大概长了……"岑词朝着秦勋比画了一下,"这么高吧,我叫它唧唧。"

秦勋一愣:"唧唧?还是你给起的名字?"不是该有植物名吗?

"其实我不知道它到底是个什么植物,当时认养的时候正好有只鸟经过叽叽喳喳叫个不停,我就叫它唧唧了。"

秦勋惊讶:"寺里没人知道它是什么?"

"知道,但不会告诉我。"岑词介绍说,但凡来寺里认养植物的都是凭眼缘而非品种,谁人认养什么都是缘分,寺里的人也不会提前跟你说这是什么植物。

秦勋觉得这倒是有意思,随后建议岑词:"可以拍照片上网,一搜就能搜出来了。"

"盲养挺好的,到时候就看它能开什么花,给自己一个惊喜也不错啊。"

"还能开花?"

岑词舔舔唇,好半天挤出来一句:"可能……能开吧。"

从花房下来会途经大雄宝殿,已是夕阳斜下,这个时候香客们基本上都奔着吃斋饭去了。可经过殿门的时候,就听里面的女子痛哭流涕:"佛祖,我求求你了,让迷了他心性的狐狸精去死吧!"

不说南城全民皆善吧,但像是这种能在佛祖面前说恶毒话的倒是少之又少。岑词跟秦勋面面相觑了一番后,赶忙拉着他离开。

"何必想不开呢,根源不在狐狸精身上。"岑词带着秦勋沿着林间小路往斋堂方向走,边走边叹息。

秦勋转头看她:"认识你这么长时间,还是头一次听你在背后吐槽一个人。"

岑词故意问:"我们认识很长时间吗?"

"应该说是一见如故。"前方小路不平整,秦勋伸手扶稳她,"小词,你是个好姑娘。"

岑词微微一怔,转头看他。

"怎么了?"秦勋笑。

岑词摇头:"就是觉得你夸人夸得挺……传统的。"

秦勋被逗笑:"传统就传统吧,反正是好话就行,注意脚下。"

小路多石子,岑词的脚滑了一下,秦勋胳膊一伸顺势揽住她的腰。她心神恍惚了一下,道了谢,但没扭扭捏捏地避开他的手臂。

年初一那晚,他俩已经把话说得再通透不过,彼此都挺喜欢,也觉得相处起来融洽又舒服,别管秦勋对岑词的喜欢有多深,至少岑词觉得见着他就很开心。但能做到相互信任吗?在成年人的世界里这一点很难,只能在相处的过程里边走边看。

用岑词的话说就是,好像只能这样。

以这样的方式,不排斥不逃避,顺从内心自然而然,最后能走到一起是缘分,走不到一起也是天意。

岑词对秦勋说,我们谁都不束缚谁,也不要定义名义和身份,但是在彼此喜欢的期间尽量不去做伤害对方的事,一旦准备做了那就要提前告知,将伤害降到最低。

秦勋同意,又问她:"对外的话我能说你是我女朋友吗?反正经过湛昌和周军的事情后,不少人都知道你是我女朋友。"

当时岑词也没多想,点头答应。

现在被秦勋这么一搂,岑词冷不丁地就想起他的请求来,一时间觉得哪里有点怪。扭头看秦勋,他侧脸含笑,嘴角微弯,英俊又温和,这一瞬她就想明白怪在哪儿了。

岑词说不给彼此名分,不束彼此自由,秦勋同意,却提出对外表明她是他女朋友的要求,当时她怎么就没觉得是个坑呢?这跟确定身份并且公开有区别吗?

"秦勋你——"

"前面就是斋堂吗?人不少啊。"

话被秦勋打断,像是故意又像是无心,总之让岑词没办法提出质疑。

上元节离不开灯谜会。

天边霞光刚没,黑夜还没来得及吞了天空,寺庙山下的清寂街就被大大小小的灯笼点亮,宛若一道星河。

岑词对秦勋说:"猜灯谜是我最拿手的。"

秦勋听后笑了,说:"巧了,好像也没什么灯谜能难得倒我。"

两人一念一猜,一路上竟赢了不少小奖品,花花绿绿的。一棵高树前,枝杈上悬一彩灯,流光溢彩,岑词走上前去够谜题挂签,几番伸手都没够着。于是她干脆改蹦的,但手指尖也就刚刚能碰到挂签的边缘,秦勋站在她身后,忍不住笑出声。

岑词见状来了倔劲,朝上猛地一蹦,手指尖挂着挂签就过去了,挂签在空中不停地翻转,她还穿着带跟的鞋,一落没站稳就撞入秦勋怀里,他顺势将她圈住。

"过分了啊。"

秦勋抿唇,一手始终圈住岑词,一手抬起,轻而易举够着挂签,一翻转,乐了:"这题有意思,先给谜底,后猜谜面,我考考你吧。"

岑词抻头去瞅,没瞅清楚。

"谜底是个'悟'字。"秦勋低头看岑词,"猜谜面。"

岑词想了想,突然将他推开:"猜不出来。"话毕噔噔往前走。

秦勋在岑词身后慢悠悠地跟着,笑着故意问:"悟字的谜面也不难吧,岑医生,你要不要再想想?"

"想不出来,不想了!"

秦勋哈哈大笑。

羊小桃也跟着家人来逛灯谜会。

在南城但凡参加灯谜会,大家基本上都会来这里,所以碰上熟人的概率很大。羊小桃没撞见岑词和秦勋,倒是瞧见了汤图和裴陆。

汤图和裴陆就一个谜面讨论得热烈,主要是裴陆提出了灵魂质疑:"盲人摸象打一成语怎么能是不识大体呢?管中窥豹意思也对啊!"

汤图说:"按照字面去猜题就是不识大体啊。"

"这题出得有歧义，那我完全可以把答案想成是近义词……"

羊小桃没上前打招呼，怕扰了两人的雅兴。家人唤她快走，她应了一声，赶了几步路，却在一盏凤凰彩灯前停了脚步，上头挂有谜面：双双恋人红线牵，打一字。

"双双恋人红线牵……"羊小桃呢喃。

正想着，有一男子的嗓音扬起："缀，点缀的缀字。"

谜底是"悟"字，谜面是什么？

岑词知道谜面是什么，看到谜底的时候就知道了。想必秦勋也猜出来了，然后才故意追问。

悟：心中有我。

这是灯谜会上增加男女恋爱情趣的惯用伎俩，往往不是一句表白就是一句承诺。

心中有我，心中也有你。话敢说，承诺却不敢轻易去许。

过了十五，年就算结束了，十六一切步入正轨，岑词还是一样，一周只接三位咨客。汤图年前订了一批好咖啡豆今天正好到了，她一次煮了不少咖啡，倒了两杯，一杯加糖加奶，一杯什么都没放。羊小桃想上前帮忙端，汤图阻止："我自己来就行。"

汤图拿了老木托盘，放了两个咖啡垫，放上咖啡杯，又添了咖啡勺，再备了些纸巾。打算往里端的时候想了想又折回来，放下托盘，将里面的纸巾折了折。

羊小桃抻头一瞅，呵，叠了个心形。她小声问汤图："我看裴警官心眼挺直的，他能品出你的心思吗？你还不如跟他直说。"

汤图瞪了羊小桃一眼："知道什么呀你。"

"我怎么不知道？你想润物细无声嘛。"羊小桃嘻嘻笑着。

"是是是，你什么都懂，你能耐就赶紧脱单。"

一句话戳中羊小桃的软肋。

岑词从治疗室出来的时候身后跟了一女的，鸭舌帽、口罩和太阳镜全副武装。羊小桃正在喝咖啡，见状后赶忙放下杯子，到前台站着。

原本以为这女人就跟平常一样直接走，岂料她突然说了一句话："什么牌子的咖啡？真香啊。"

羊小桃还是头一次听她说话，嗓音很好听，轻轻柔柔又温和有礼，便解释说是汤医生新订的咖啡豆，刚刚煮了些。岑词跟那女人说："你喜欢的话，喝一杯再走吧。"

女人想了想，点头。

咖啡之前煮好了，现在温度刚好。羊小桃分别倒了两杯，岑词喝咖啡的习惯她清楚，不加糖只加一点点奶，但另一位……

"不加糖不加奶吧，谢谢你。"女人唇角弯弯，说完这话后又转头对岑词小声说，"其实我特别怕咖啡的苦味。"

岑词微笑，转头对羊小桃说："加少量的糖和奶吧。"

女人迟疑："可是……"

"没关系，偶尔喝喝不会胖，你已经很自律了。"

女人笑道："好。"

羊小桃端咖啡上前的时候心想，眼瞅着也不胖啊，都快瘦成一道闪电了。

女人接过咖啡又跟羊小桃道了谢，谢得羊小桃都觉得不好意思了。

"真是好豆子呢。"女人闻了闻，然后突然想起什么来，放下杯子，"这种情况下还戴着太阳镜喝咖啡实在是太失礼了，很抱歉。"

话说间女人摘下了太阳镜，羊小桃瞧见她的面容后怔住。

"娄蝶！她是娄蝶吗？"等女人走后，羊小桃实在按捺不住内心的狂喜问岑词。

娄蝶，国内家喻户晓的明星，她最早是唱青衣的，后来因长相漂亮和戏曲功底被导演选中，以一部获了国际大奖的电影被大众知晓，接下来的几年里她频频在大银幕上出现，国内外拿了不少奖，甚至还拿过影后。近几年她比较少出现在大众的视野，一来她只接大制作的电影，二来长江后浪推前浪，她年近四十，能接的角色自然就少之又少。

娄蝶几乎没什么绯闻，只有早年与一位男演员的痴缠，后来男演员转行从商，这两人感情的真相也就成为不解之谜。

人人都说娄蝶不管在艺德还是人品上都极为优秀，和现在的流量小生相比已是行业标杆，虽说作品数量不多，但都是精品。所以喜欢娄蝶的影迷都是真情实感的，羊小桃就是她的影迷之一。

岑词风轻云淡，回了句："是啊，娄蝶。"

羊小桃雀跃，老天，影后娄蝶竟然来了门会所，可转念高兴劲就没了，诧异问道："可是她怎么来这儿了？"

岑词挂好了杯子，回道："无可奉告。"又叮嘱了句，"等汤医生看完诊，记得让她再帮我磨杯咖啡，几天不见手艺见长啊。"

今天是裴陆就诊的时间，一大早汤图就到门会所里候着，她化了裸妆，粉底和眼妆相宜，果然是女为悦己者容。羊小桃替她着急，觉得总这么"润物细无声"的不成啊，直接扑得了。

汤图冲她晃手指："第一，裴陆是个警察，我直接扑未必如愿；第二，男人对轻而易举得来的都不会珍惜。喜欢一个人，最好就是让对方也喜欢上你，然后主动追你。"

岑词抓关键词："让对方也喜欢……上你？汤汤，你是馋裴警官的身体啊。"

汤图丝毫没觉得不好意思，抬手一指："小词，你被秦勋给带坏了，老实交代，你和秦勋到哪一步了？"

岑词慢悠悠地回了句："到哪步都懒得跟你分享。"

裴陆的伤汤图处理得很好，年后到现在，每次汤图都是先给他换一遍药，然后再做心理沟通。

汤图没有对裴陆进行课程安排式的治疗，因为她发现裴陆对于自身情况有些排斥，不止一次问她："我这样的是不是就算心理有病？可为什么我不觉得自己有病呢？"所以汤图的目的就是给他减压，用很自然委婉的方式，聊天是放松的方式之一，聊他感兴趣的话题，聊他的专长，聊他的理想抱负。

激发理想抱负，让病患重拾人生乐趣，甚至能制定明确目标并分阶段完成，这是治疗师引导病患走出心理困境较为理想和常见的手段。

心理疏导和放松疗法不是逃避，只是要让对方放下心防能够从容面对问题，能够跟以往甚至现在并不算太好的自己握手言和。

裴陆的情况比较特殊，他缺的从来都不是斗志，相反他比任何人都充满斗志。他是把自己绷得太紧，汤图要做的就是消除他的紧张感和过度的责任感。

裴陆这段时间跟汤图说了不少自己的事，从小到大，从家人到朋友。提到爱好时他想了许久，然后说滑翔。这倒是让汤图挺意外的，问他之前是否玩过滑翔。他点头，良久后说："跟我搭档，以前经常玩。"

汤图明白了,也明白他现在不再玩滑翔的原因。

大多数时候,裴陆来她这儿聊完都会感到很累,然后就会在躺椅上睡一觉,裴陆戏谑地问:"你是给我喝的东西里加了什么吗?"

汤图笑答:"我哪敢在警察的眼皮子底下动手脚?一个人只有在自己认为很安全的地方才能睡得着。"

裴陆同意这点,但他今天没睡着,靠在躺椅上合着双眼好半天,翻了个身,小心翼翼避开伤口。

身后是汤图轻柔的声音:"你有心事睡不着?"

裴陆转过来,睁眼。汤图坐在沙发上,资料放在手旁,她隔空与他目光相对,补了句:"是大事?"

裴陆沉默了片刻,坐起身来看着她。看得汤图浑身不自在,笑问他:"怎么了?不会睡不着是跟我有关吧?"

汤图不过就是句玩笑话,裴陆却点了头:"你之前说去相亲,后来怎么样了?真去了?"

裴陆离开之后,门会所暂时有了空闲时间。

汤图在咖啡台前懒洋洋地倒着咖啡豆,也懒得手磨,一股脑儿倒进自动咖啡机里。岑词坐在沙发上整理档案,见状摇头:"变脸就跟翻书似的,裴陆一走,我们都没口福了。"

汤图按了开关键,挺大的磨豆声。羊小桃看了一眼时间,说:"平时走得没这么早啊。"

"他是接了局里的电话才提前走的。"

"是为了工作,你为什么这么没滋没味的?"岑词问。

"我在想一个问题。"汤图抬眼看着岑词,"我觉得啊,好像裴陆喜欢我。"

岑词并不认为这是个值得大惊小怪的问题,光是汤图的外形条件就碾压众多女子,裴陆又不瞎。但她还是好奇,问汤图是怎么看出来的。

汤图说:"不是看出来的,是感觉出来的。"她提了相亲的事,又说,"我是没想到他还想着这件事,总之说不清楚,就是种感觉而已。所以就算他喜欢我,那也只是好感吧。"

岑词慢悠悠说:"说不定你跟裴陆直说,虽不至于原地结婚,但总能让关系更进一步。"

汤图迟疑了好半天，舔了舔唇："我还是想等一等，有些话我觉得从他嘴里说出来更好。"

羊小桃托腮看汤图："不知道为什么，明明知道汤医生这是屁，却总觉得这话有点道理。"

汤图自行选择听夸她的那部分："小桃啊，姐姐现在的一言一行对你来说都是增长见闻，你得心领神会，以后找男朋友才不会抓瞎。"

岑词慢悠悠喝着咖啡也不急着回治疗室，闻言刚想取笑两句，就见羊小桃的神情有些异样。她便改了主意，问羊小桃："有情况？"

羊小桃竟脸一红，支支吾吾的，好半天也就说实话了："就是很短暂的心动了一下吧。其实……也没什么。"

汤图再追问，羊小桃便一五一十交代了情况。

话说元宵节当夜灯谜会上热闹，一个"缀"字叫羊小桃来了个惊鸿一瞥。

风过签文飘，男人的脸就在月色下皎洁明朗。很儒雅，嘴角微微含笑，看着她，眼里很亮。

羊小桃觉得那一刻心就沦陷了，心里有个小小的、喜悦的声音同她讲：我喜欢他啊。

羊小桃不好意思再看男人的眼，转眼去瞧谜面，傻乎乎脱口而出："为什么是缀字呢？"

男人靠近她，跟她解释了谜底，她恍悟道了谢，男人眉眼弯弯对她说："不客气。"

一切像极了风花雪月，也像是灯火阑珊处的一瞥定情，但有时候看着唾手可得的缘分，其实不过就是一场镜花水月。

一个女人挽上了那男人的胳膊："亲爱的，我看好了一对灯笼，在那边。"

男人温柔道："好。"

岑词和汤图听了这番讲述后，一时间不知道该怎么安慰羊小桃，毕竟就是如火星儿般燃起的好感，甚至连好感都没来得及升级就被人拦腰折断了。

末了，岑词端起咖啡杯回治疗室，经过羊小桃身边时拍拍她的肩膀，道："放心，如果注定只有一次的交集，那你很快就会忘了的。"

汤图也打算继续工作了，跟岑词一样拍拍她肩膀，语重心长道："天涯何处无芳草,何必单恋有主花。"

快下班的时候裴陆又来了,羊小桃好不容易平复下来的心又酸了,瞧瞧人家的惊鸿一瞥,现在可真算得上是有缘千里来相会了。

汤图见裴陆来了也感到奇怪,岂料裴陆这次来是找羊小桃的。他朝她一亮警察证,面色严肃:"羊小姐,请你跟我们走一趟。"

羊小桃摊上事了。

这事说大不大,但说小也不小,让羊小桃自己来看的话也不知道该怎么形容好,挺吓人倒是真的。这是她第一次进局子,她心想,但愿也是最后一次。

裴陆平时看着温和,一面对公事的时候眉眼严肃,进了公安局,口吻都一本正经了。

羊小桃坐在警车里心里就在犯嘀咕,她没记得做过什么违法的事啊,她自诩良善,积极工作乐观生活,顶多就是在找男朋友这件事上费劲,难道这也犯法?

所以,当裴陆跟羊小桃说是要认张照片时,羊小桃那颗惴惴不安的心终于往下降了一截:"只是……认照片吗?"

裴陆点头,在前带路,思考片刻补上句:"可能会吓着你,你心里有个准备。"

羊小桃那颗晃晃悠悠的心又没办法着地了。

但很快羊小桃就知道原因了。一张素描照片,准确地说是一张画在墓碑上的素描人像,被警方拍了下来。

素描人像不是别人,就是羊小桃。她着实吓得不轻,脸色煞白不说,说话时上下牙齿都在打架:"为什么要把我画在墓碑上?我、我没得罪过谁啊……是谁画的?"

"我同事正在给目击者做嫌疑人的人像拼图。"裴陆说。

报案的是永安墓园的负责人,说是昨天大半夜的有人闯进墓园装神弄鬼,等天亮负责人上山查看那人所在的墓碑,碑上原本放照片的地方竟画了个女人头像。

说起那个碑也是乌龙事件,当时有人订了那块墓,后来碑立起来了,却不见那人露面,墓园负责人想方设法联系对方无果,就只能一直么空着。

发现画像的是墓园打更的赵大胆,钻天猴负责做笔录,他算是裴陆最得力的手下,大风大浪也见过不少,但听着赵大胆的话也觉得脊背发凉。

裴陆问负责人:"照你们的说辞,年初八就有人夜闯墓园,当时为什么没报警?"

负责人说,之前赵大胆大半夜撞见那人的时候,那人也没什么出格的行为,所以他们觉得对方只是装神弄鬼。可在今早,赵大胆巡墓的时候发现了素描头像,而且碑前又多了上次那种龙凤烛。

"昨晚赵大胆请假没人打更,这才方便对方行动。"负责人分析说。

汤图是跟着羊小桃前后脚到的公安局,当时裴陆带走羊小桃的时候说是例行问话,但汤图和岑词也不放心,最后汤图开车一路到了公安局,等着裴陆。

裴陆出来的时候羊小桃也跟着,他叫了名同组的女警,将羊小桃带到旁边房间休息。汤图知道裴陆是有话要说,等女警离开后,她急忙问是怎么回事。

外面天凉,裴陆带着汤图进了小会议室,给她倒了杯热茶,将窗子敞开了半扇,点了烟,一五一十交代了事情的全部。

汤图听完也着实是惊着了:"这也太吓人了,什么人啊这是?"说到这儿突然停住了。

"你说,是不是做阴婚?"

裴陆一愣。

阴婚说白了就是冥婚,为死去的人找配偶,在宋代一度盛行,甚至出现了"鬼媒人"这一职业。冥婚说法不一,做法也不一:有的是少男少女订婚后双亡,家里人便为其举办冥婚;有的是活着的人跟已故的人举行冥婚,以安抚死者魂魄;还有的就是强迫式,一方故去后,亲人怕家宅不安,就找鬼媒人寻找八字相合之人将其生生下葬。

但是在当今社会,而且还是在南城,做冥婚?可能吗?

裴陆表示怀疑:"虽然我不清楚冥婚是什么步骤,但从赵大胆和墓园负责人的口供来看,当时的情形不大像冥婚,重要的是,举办冥婚至少得有死人吧?那下面是座空坟。"

汤图闻言也觉得有道理,气得牙根痒痒:"这人到底是谁啊?平白无故地折腾我家小桃干什么?"

裴陆想了想说:"这世上绝没有平白无故。"

汤图一愣。

有人敲门,是钻天猴,探头进来跟裴陆说:"头儿,拼图做出来了。"

赵大胆的记忆力不错,据钻天猴说,赵大胆在做拼图的时候,很明确能指认出那男人五官的特征,只是到了眼睛部位想了有一阵,因为当晚手电筒的光打过去的时候,男人整张脸都是惨白的,眉、鼻、嘴看得清楚,反倒是眼睛被光映得不那么清晰了。

一张男人脸跃然纸上,长得不赖,剑眉星目,挺鼻薄唇,挺儒雅的相貌。

羊小桃愣是没敢一个人进去认画像,汤图陪着她一同进的房间。

钻天猴将拼好的画像推到羊小桃面前,她紧张兮兮一看,当场愣住。钻天猴将她的反应看在眼里,问道:"认识?"

与此同时裴陆和汤图也看了画像,两人的反应也十分微妙。

羊小桃死死盯着纸上的男人脸,许久后才反应过来,声音发颤:"这……怎么可能呢?"

汤图轻轻揽着她的肩膀,给予力量:"你见过?或者你们认识?"

羊小桃一把抓住汤图的手,死死攥着,带着哭腔道:"怎么是他啊?我跟他只见过一面。"又看向裴陆,"是不是弄错了?"

羊小桃的话让外人听了一头雾水,可汤图瞬间就明白了。

"他就是元宵节那晚跟你说话的男人?"

"看着挺像,但、但是,"羊小桃情绪慌乱,"我觉得一定是弄错了。"

裴陆不解,汤图轻叹一声,跟他交代了灯谜会上羊小桃的经历。当然,什么蓦然回首那人就在灯火阑珊处之类的浪漫没必要提,总结下来就一句话:小桃在清寂街的灯谜会上见过他,两人说过话。

裴陆眼瞧着羊小桃眉间的失落和不甘,隐约中似乎明白了点什么,末了轻声说:"小桃,你还是要把当晚的情况一五一十地说清楚,这样的话才方便我们调查。"

羊小桃眼神急切,道:"这其中是有什么误会吧?"

"那你觉得会有什么误会?"裴陆反问羊小桃。

这一下把羊小桃给问住了,是啊,萍水相逢的,能有什么误会?

但片刻过后,羊小桃反应过来:"可是我跟他就只有一面之缘,他为什么要把我画在墓碑上?"

是啊,正常人都不会这么做,可不正常的呢?

裴陆说:"这就需要把他抓回公安局好好问清楚了。"

钻天猴听着裴陆的话心中一动:"头儿,你知道他是谁?"

裴陆伸手在纸上敲了敲,跟钻天猴说:"你再仔细看看。"

钻天猴狐疑地拿过画像仔细打量,还真是眼熟,到底在哪儿见过呢?他想着想着脑海里就猛地钻出一幅场景来,蓦地看向裴陆:"裴队,他……"

裴陆面色凝重,沉默。

钻天猴盯着画纸上的男人,舔了舔嘴唇,这造的是什么孽?

羊小桃没顾着裴陆和钻天猴在说什么,她直直盯着画像纸,之前是平放着的,现在被钻天猴拿在手里,落在她眼里的就是画像反面。

光线落在纸上,男人的脸就成了线条,或清晰或模糊,轻重不一深浅也不一。看着看着羊小桃冷不丁倒吸了一口凉气,一把夺过画纸。钻天猴这边余惊未散,又被羊小桃吓得够呛,刚要开口问她怎么了,裴陆抬手作阻止状。

羊小桃嘴唇翕动,好半天将手里的纸微微团起,没攥死,又给松开、展开,然后再调整方向,纸上的那张脸就变得扭曲。

紧跟着就听羊小桃一声惊叫,哆哆嗦嗦地说:"他、他就是那个能走墙的人!"

送走最后一拨客人后,萧杭就在门外挂出"今日打烊"的牌子,服务员将餐厅打扫干净后陆续都走了,张师傅问正在做蒸蛋的秦勋:"真不用帮忙?"

秦勋说不用,让他早点回去休息。

等张师傅走了后,萧杭进了厨房,也不说帮忙,就靠在那儿看着秦勋制作各种前菜以及准备主餐。备料台上有冰桶,桶里放着冰块,冰块里插了瓶香槟。

萧杭说:"这瓶香槟空运过来的时候,我还以为你是送我的。"

"为什么要送你?"秦勋头也没抬道。

萧杭懒洋洋:"犒劳我纡尊降贵为这家餐厅当牛做马,顺带的还得帮你驱赶'狂蜂浪蝶'。我就是典型的做着店长,操着经纪人心的命。"

秦勋笑了笑:"行,回头给你订一箱。"

萧杭哼笑:"这还差不多。"

"你还不走?"

"又不着急,我孤家寡人的,哪像你啊。"

秦勋将蒸蛋从蒸箱里拿出来："话里有话？"

萧杭也不掖着藏着："你是不是被岑词给征服了？"

秦勋纠正："我跟她谁也没必要征服谁，但有一点是肯定的，我喜欢她。"

萧杭压根儿就没震惊，打从秦勋将岑词带到餐厅来的那一刻，他似乎就料到了这样的局面。

"所以，你俩现在是在一起了？"

秦勋将蒸蛋搁在旁边待凉，又去料理刺身，从容回答："没有，我们之间横着信任问题，所以不急，慢慢来。"

"信任问题？"萧杭挑眉，"秦勋，作为多年的朋友我最了解你，怕是你现在早就相信她了吧？"

"是。她说她不认识沈序，所以我信她。"

萧杭不理解："也就是说，是岑词揪着信任问题不肯往前迈步是吧？你要我怎么说你好呢？秦勋，你不是纯情少年了，看不出来她在牵着你走吗？"

"什么牵不牵着的？"

"就是她既不想承认你俩的关系，又不想放过你这么个能为她跑前跑后的人。"

秦勋笑了笑："小词不是这样的人。"

萧杭"呵呵"了两声，开始点评："她是做什么的？论拿捏人心，她可未必不如你。再说了，你感情丰富吗？你是情场浪子吗？你抱着什么目的来南城的你心里清楚，结果却在阴沟里翻船，你说你……"

秦勋也没恼，任由萧杭这般数落，只是目光随意一转猛地瞧见岑词就站在厨房门口，萧杭背对着她并不知晓，还在喋喋不休："要我说，岑词那个女人并不简单，从这件事上就能看出来了——"

"喀喀！"秦勋出声示意提醒。

"你也别觉得尴尬，她是长得漂亮，但也不能为了张皮囊就失去理智吧？你可别到最后被人卖了还替人数钱——"

"如果卖他的话，是整卖合适还是论斤称合适？"身后，岑词忍笑。

吓了萧杭一跳，膝盖骤然泛软，好不容易稳住心神，盯着秦勋，眼神里有质问。秦勋给了他一记眼神：我提醒你了，是你自己非得过嘴瘾。

萧杭转过身，直面岑词。这个时候再赔笑打岔那故意的成分就太明显了，所以干脆就说："秦勋这个人在感情上挺单纯的，我是想提醒他几句。"随后又故作潇洒地一挥手,"总之,你俩聊,我撤了啊。"

萧杭离开后,秦勋反倒尴尬了:"萧杭这个人喜欢乱讲话,你别往心里去。"

"乱讲什么了?说我会欺骗你的感情?"岑词走上前洗了手,将秦勋片好的刺身摆了盘,眼皮一抬,似笑非笑的,"还是说你在感情上单纯?"

秦勋最尴尬的点就在萧杭的这句话上,他清清嗓子,拉开岑词的手:"别沾手了,等着吃就行。"

"不能总白吃啊,也得帮忙干点活呀。"岑词笑说,"顺便听听你在感情上的事。"

"哪有什么事。"

岑词抿唇浅笑:"那就是萧杭嘴里的单纯呗?"

秦勋靠着操作台,表情不大自然。

"也不对啊,你之前还有个挽安时呢,连做梦都叫她的名字。"岑词故意点出来,凑近他,"秦勋,你喜欢过她啊?"

秦勋看着她,沉默不语。

岑词突然察觉自己有些咄咄逼人,毕竟提到挽安时就能想到沈序,这不是往秦勋心口上扎刀子吗?她便跟他道歉,替自己圆场:"我就是从来没听你提过感情经历。哪个菜做好了?我先端过去吧,汤图嚷嚷着饿了。"

秦勋却伸手握住岑词的手腕,微微一用力将她带进怀里,她气息一滞,抬眼看他。他低头问:"如果我说我喜欢过挽安时,你会吃醋吗?"

岑词呼吸急促,倒是没骗他,也不想违背着心思说话,回答:"会。从听见你在梦里喊她的名字开始,我就很吃醋。"

秦勋眼里有光亮,似烟火于深邃夜色中炸开,嘴角微微扬起,心里却软得一塌糊涂。看着她的脸,他情不自禁抬手摩挲,又忍不住低下头。

岑词预感到秦勋要做什么,也忍不住闭了眼,清晰地感觉到他的唇温越来越近。

"小词!东西好了没啊?"

汤图的大嗓门骤然惊断好事。岑词蓦地睁眼,发现秦勋的唇几乎要与她的唇相贴。

秦勋没动,也没直身,就着彼此贴近的距离,温柔笑说:"果盘好了,你先端过去给她填填肚子。"

门会所的人今晚都聚在忆餐厅,虽说时间晚了些,但当秦勋听说了羊小桃的事后,跟岑词说:"来餐厅商量吧,天还没塌下来,无论如何都要好好吃饭。"

羊小桃一路上情绪都不高,到了餐厅后不知怎的,心里的委屈一股脑儿就冒了出来。岑词端果盘出来的时候,汤图正在给羊小桃递纸巾。

岑词不擅长情感安抚,所以等羊小桃一把鼻涕一把泪哭得差不多的时候,她才问:"你是为什么而哭?"

羊小桃抽泣:"我就是觉得挺倒霉的,圣诞节被吓个半死,病了好几天,然后灯谜会上碰上那么一个人吧,人家还有女朋友,心思刚被掐断,头像就被人画在墓碑上,我、我还是生平第一次进公安局。你们说我跟他又不熟,他为什么要那么做啊?"

说着说着羊小桃眼睛又红了,弄得汤图继续给她递纸巾:"没多大事,裴陆不正在调查这件事吗,别担心。"

羊小桃接过纸巾,擤了一下鼻涕。

岑词坐在羊小桃对面,轻声说:"羊小桃,就算你再痛哭流涕,事情都已经发生了。没出结果前,你该吃吃该喝喝,毕竟只是画了你的头像在墓碑上,又不是把你埋了。"

汤图的白眼没明面翻,翻在心里,十足的岑词式安慰风格。

裴陆来忆餐厅的时候,他们几个的前餐已经吃完,主餐正好上来。见人来齐,秦勋开了香槟。

裴陆说:"早就听说秦总的手艺不错,今天总算有机会尝到了。"

秦勋拿了空杯子,倒了酒推到裴陆面前,意味深长地说:"觉得好吃以后你可以经常来,让汤医生给你带路。"

汤图不着痕迹地看了一眼岑词,给了一个"你男人挺给力"的眼神。

裴陆洒脱:"秦总的餐厅每天排大长龙队伍,我可约不上。"

秦勋浅笑:"只要裴队是跟着汤医生来的都不用排队,打个电话,包间随时为你俩留着。"

"秦总仗义啊!"

"跟仗不仗义没关系。"秦勋倒了最后一杯酒轻轻推到岑词面前,"我是'爱屋及乌及乌'。"

岑词气息一急,脸微微发烫。汤图抿唇,故意说:"秦总形容得可真好。"

裴陆这阵子定期来门会所，总能时不时撞见秦勋来找岑词，再神经大条也看出点名堂来，便笑着对汤图说："既然秦总这么说了，那以后咱俩就把这儿当后食堂吧。"

汤图正等着这话呢，闻言内心雀跃不止："好啊！"又抬眼与秦勋的目光对视了一下：实在是高啊。

秦勋眼神回复：过奖。

裴陆来主要就是说羊小桃的事。在赵大胆协助警方做出人像拼图又得到羊小桃的确认后，警方就展开了调查工作。

"不管是在墓碑前插龙凤烛，在墓碑上画像的事还是圣诞节那晚的事，对方都不承认，并且对方也有不在场证据。"裴陆说到这儿，问汤图她们，"暂且不说画像的事，圣诞节发生的情况你们当时为什么没报警。"

岑词："当时是我要求的不必报警。第一，摄像头里没拍到当晚的情况，没办法提供确凿证据；第二，这件事后来就没再继续发生，我之前也守了好几晚，没发现异常。裴队，我们这是心理诊所不假，但同时也要开门做生意的，报警恐怕对会所的名声不好。"

裴陆点头，他说刚才那番话也没质问的意思，只是汤图没说，他也不知道会所出过事，岑词的理由充分又在理，他也能理解。

羊小桃在一旁紧张地抠着手指头，开口："那他、他不承认怎么办呢？我就是想知道他为什么那么做。"

裴陆回答："现在的情况是，对方有人证能证明他就在家哪儿都没去，我们这边调查取证也需要花些时间。"

"可是圣诞节当晚是我亲眼看见的，还有墓碑的事，不是也有目击者吗？"羊小桃情绪激动。

汤图安抚羊小桃："你先冷静，听裴陆怎么说。"

羊小桃点头，双手紧攥。

裴陆："我理解你的心情，现在的问题是双方各执一词，说白了还是物证最重要，只可惜不管是圣诞节还是墓碑那晚事发时都没留下明确的物证。小桃我问你，如果不是看到人像拼图，你会想起圣诞节当晚那男人的长相吗？"

"当时他的脸在窗玻璃上是贴着的，我、我说不上来他的长相……"

"这也是你在瞧见人像拼图第一眼时并没有认出对方跟圣诞节那晚有关

的原因。"

羊小桃喃喃道："裴队,你这话什么意思?"

裴陆叹道："我的意思是,或许给你其他的人像拼图,纸一攥也许你也会认错。"

"不,我绝对没认错!"

岑词给羊小桃倒了杯茶,示意她先平静下来："裴队只是在分析,并没说你在撒谎。"然后看向裴陆,"照这样判断,那初八当晚墓园的目击者也有可能看错?"

裴陆沉默片刻,点头："有这个可能,目击者当时处于极度恐惧的状态,他所看清的脸是经过手电筒照明的,他说手电筒里的脸煞白,所以对方想辩解的话,完全可以以这种理由申述。"

岑词冷静："可是同样作为人证,对方的人证也未必可靠吧?"

"对。"秦勋说,"所以人证两方我们都需要调查。"

岑词点头,紧跟着问了个关键问题："从人像拼图到真人的识别,哪怕公安局的系统再先进,必要的时候也需要你们警察的眼睛来甄别和判断,裴队,你怎么一下子就找到了对方?还有汤图,你并不好奇对方是谁,所以说,你俩早就跟对方打过交道?"

裴陆闻言惊讶："果然是岑医生,这思维太缜密了。"

汤图对裴陆道："你才知道啊?可怕吧!"又看向岑词,"你说得没错,我和裴陆都见过这人,还记得我在机场被当成人质那次吧?"

岑词一怔,问道："段意?"

机场事件对于裴陆来说只是众案之中不起眼的一件,可对于汤图来说意义重大,她还跟岑词说过,段意也算是她和裴陆的媒人。

当时,汤图就段意在机场上的表现,将其定义为躁狂症和强迫性神经症,但究竟是什么病还要进一步观察。裴陆也是热心,之前拜托过汤图,如果段意真需要心理治疗的话问她能不能接,汤图同意,也确实为段意留出了咨询时间,只是后来段意并不同意,坚持说自己只是工作压力太大,一时间情绪失控罢了。

裴陆也调查过,不管是同事还是家人都能证实段意之前一切正常,而他那段时间的确是因为项目紧迫而导致失眠和焦躁。

没人员伤亡，汤图本身觉得段意也不是个穷凶极恶之人，自己又没受伤，而且段意还带着满满的诚意跟她道过歉，所以也就没再追究这件事。后来汤图也问过裴陆有关段意的情况，裴陆表示，警方盯过他一段时间，发现他一切照旧，正常上下班，没再发现有异样。

既已至此，汤图也不能再说什么，人家不想治疗，总不能强迫人家来诊所吧。这件事不管是她还是裴陆，都以为翻篇了，岂料又来了这么一出。

段意是有女朋友的，两人同居，用他女朋友的话说就是，等他忙完手头的项目，他俩就会结婚。所以段意的情况他女朋友最清楚不过，对于圣诞节当晚，他女朋友拿了手机里的照片，跟警方说段意一整晚都没离开过家，还有根据赵大胆提供的"撞鬼"时间，段意女友也能证明段意没出过门。

"我们排查了段意所在的小区摄像头和他公司的摄像头，那几晚他的确是回了家就没再出过门。他所在的是高端小区，门卫对业主都比较熟悉，也能证实那几晚没见段意出去过。"裴陆交代。

汤图看着羊小桃，尤其是裴陆在提及段意女朋友的时候，就见她眼里的失望多过焦躁不安。

情不知所起，一往而深。

怕羊小桃胡思乱想，汤图拉过她的手腕，说道："这件事你也别太往心里去，我们再等等看，如果没有后续的话，可能一切只是个误会。"

"可墓碑上画的就是我。"

岑词想了想说："这世上的人有相似的。"

羊小桃摇头："你们不用安慰我了，我根本就没看错。"

岑词没有再发表意见，第一她没见过段意，第二圣诞节那晚的情况她没撞见过，第三她也没瞧见人像拼图。

几人一度陷入安静，直到秦勋开口："如果有可能的话，我认为可以安排小桃跟段意见一面。"

这个提议令汤图吓了一跳，羊小桃愕然地看着秦勋，唯独岑词，她一手托腮一手拿着叉子叉了块鸡肉，轻轻一笑，道："好主意。"

秦勋转头看岑词，微笑。

裴陆也是聪明人，会意道："你们的意思是让门会所介入？"

汤图顿时也明白了："我可以啊。"

"不行。"裴陆拒绝得干脆。

汤图扭头看裴陆，不解道："我觉得这是最好的方式，羊小桃跟他对质，我也能暗中观察他有没有在撒谎。"

裴陆眉头皱紧。

岑词抿唇轻笑，跟裴陆说："换我观察也行，我的眼睛比汤图犀利，又没什么同情心。"

秦勋在旁低笑，像在纵容岑词。

裴陆刚开始还没反应过来，见岑词笑得挺有深意，蓦地明白了，忙解释："你别误会，我不是……哎，我是不想无辜者卷进来，不管是你还是汤图，其实都有风险。"

汤图在旁猛地明白了，看了岑词一眼，岑词冲着她勾了勾唇，汤图心脏怦怦跳，扭头去看裴陆，一时间心潮澎湃。

"没事，之前我就承诺过你要接手段意的案子，如果他真有问题，我正好收了。"汤图故作轻松，心里却放炮庆祝，虽说她觉得踩着羊小桃的惊恐有些不道德。

裴陆迟疑。

羊小桃没心思理会他们之间的明暗心思，却觉得秦勋的主意正好说进她心里去了。

"裴队，我也想见见他。"

第十一章

秦勋叫了代驾,送岑词到家快午夜了,汤图没做电灯泡,陪着裴陆先送羊小桃回家。

岑词跟秦勋说了晚安,开门的时候,秦勋忍不住环住她的腰,岑词虽说没挣扎,但靠在他怀里的那一刻,脸红气喘。

"真把我当司机了?"秦勋低笑问。

她一缩脖,笑道:"那你想干什么?"

秦勋抿唇:"至少得请我进屋喝口水吧?"

"这么晚?"

"晚吗?"秦勋笑问。

岑词转过身,眼里盈盈笑:"秦先生能否先回答我一个问题呢?"

"知无不言。"

岑词嘴角扬起:"叫了个代驾却是单程的,你也是喝了酒的,秦先生想打车回去?"

秦勋笑着看她。

"还是你另有所图?"

"好吧,我以为我能有个落脚的地方。"

"居心叵测。"

秦勋忍不住笑:"居心叵测这个词更适合用在我直接带你回我家的场合上。"

"诡辩。"岑词拿他没办法,一把扯过秦勋,"行了别装了,进来吧。"

秦勋就不客气地进来了。他也着实不想走，一来今天处理公事加在餐厅准备食材的确挺累，二来他也有话要跟岑词讲。岑词进屋后对着他上下打量了一番，秦勋不解，问她怎么了。

岑词也没说话，扭头进了衣帽间。没一会儿她探头出来，笑问秦勋："站那儿干吗？"

秦勋微愣："你不是要换衣服吗？"

岑词忍不住笑出声，靠在衣帽间的门边，手里拿着衣服，取笑道："你都能大半夜的进我家门，我还以为你也敢趁人之危呢。"

"你当我不敢？"

"是，你可敢了。"岑词上前将手里的衣物往秦勋怀里一塞，"准许你用客卫，不过别想歪了，书房留给你，只收留你一晚。"

秦勋拎起衣物一瞧，是条家居裤，男士的，一把又将她拽回来："哪儿来的？"

"我养的小白脸。"岑词故意说。

秦勋笑着威胁："再说一遍。"

岑词将秦勋往客卫推："汤图给他爸买的家居裤，犯懒，扔我这儿洗了晾干一直没拿走，你总不能西装革履地睡吧，先换上，我回头再补给她一条新的。"

等秦勋冲完澡出来，不想岑词也冲完了澡，头发已经半干，家居服穿得挺规整。秦勋多少有点失望，他承认自己有一瞬的龌龊心思。

岑词瞅着秦勋笑了，指了指他的裤腿："大长腿的烦恼啊。"

家居裤短了一截，成了吊腿裤。

"好在肥瘦合适。"

"一般裤子满足不了你的大长腿。"岑词端着托盘走到沙发旁坐下，托盘里放了个咖啡壶和两个咖啡杯，外加一碗橙色似汤的东西。

"什么？"秦勋坐过来。

"醒酒茶，煮得品相不是很好，但起码不会让你第二天难受。当然你觉得没必要的话也可以喝咖啡，我煮咖啡的手艺还成。"

秦勋经常应酬，酒量早就练出来了，所以今晚这点酒对他来说不算什么，但他还是喝了那碗醒酒茶。岑词倒了咖啡，边喝边看着他。

秦勋放下碗，说了实话："确实煮得难喝。"

"我就是照着说明书上煮的。"

"所以说你的厨艺得有多差。"秦勋笑说。

还真是狗咬吕洞宾。

秦勋接过咖啡壶,倒了杯咖啡,她倒也没说大话,这咖啡煮得倒是不错,气味香醇厚重,是深焙过的豆子。

岑词问:"不怕睡不着?"

"睡不着才能做点什么事,否则不就浪费这一晚了。"秦勋微笑。

岑词故意问:"做点什么事?"

"处心积虑留宿,面对的又是如花似玉的姑娘,你说我想做什么?"秦勋慢悠悠说。

"好吧。"岑词笑。

她的睡眠算不得是无坚不摧,经常会做些光怪陆离的梦,但对于她来说,睡前一杯咖啡或牛奶并不能影响她的睡眠质量。

"醒酒茶喝了,咖啡也品了,言归正传吧,你想跟我说什么?"岑词放下咖啡杯,问秦勋。

"真不相信我对你有企图?"

"有企图是男人对女人在生理上的天性表现,很正常。但你留下来,更多的是想忠言逆耳,说段意的事吧?"岑词轻描淡写道。

秦勋唇角笑意扩大,心思被岑词看了个透彻。他放下咖啡杯,也不拐弯抹角:"是段意的事,我没想到最后是你来接这个案子。"

岑词垂眼,手拿咖啡勺在杯子里轻轻搅动,没说话。

"圣诞节那晚和墓园里的人一旦是他,那他的心理状况可不像汤图说的那么简单。"

岑词点头:"确实更严重些。"

"在机场有攻击性,性格里有压抑,段意挺危险的,你能离他多远就离多远。"秦勋轻声说,"当然,我也不是说把这件事扔给汤图,所以最好的办法就是门会所不介入。"

"难。"岑词跟秦勋说实话,"为了裴陆,汤图也势必会介入。"

这倒是不假,在餐厅的时候汤图就明确表示想要参与,所以秦勋觉得自己像是说了句废话似的。他想了想又说:"对于段意这件事我也只能是建议,你自己衡量,不接固然是好,如果不得不接,大不了我还像之前那样天天接送你上下班，反正你基本上就两点或三点一线，又不爱逛街，倒是不麻烦。"

岑词听了这话抗议："我哪儿是不爱逛街？我是没时间逛。"

"汤图怎么有时间逛街？"秦勋笑说，"有时候我去会所找你，看见她比你都忙，你是非预约的不接，人家呢？上门都是客，要论时间，她不比你多吧？"

岑词噎了一下。

"怕迷路又怕给别人造成麻烦，你就是想得太多。"秦勋一针见血说出岑词的担忧，"如果哪天想逛街了跟我说。"

"干吗？"

"我陪你。"秦勋轻声说，"至少多个帮你拎袋子的。"

岑词抬眼看秦勋，他不是个很会花言巧语的男人，偶尔说出的话也是悦耳，听得人心里发暖。

岑词开玩笑道："我还以为你是打算跟小说里的霸道总裁一样，跟我说哪哪家的商场是你旗下的，要我随便逛，又或者甩张什么钻石卡、黑金卡的，要我随便买。结果，你是要亲自陪啊。"

秦勋忍不住笑，往沙发背上一靠："公司的业务不在实体店铺经营，所以前者的愿望你要落空了，后者能实现，甩你张卡对于我来说倒是不难。"

"我这个人礼尚往来，你甩我张卡，我还得想方设法送你什么，何必那么麻烦。自给自足来得更心安理得。"

秦勋觉得岑词说这话见外，可一时间又不知道拿什么话来反驳她，末了只是笑笑不说话。

岑词一杯咖啡很快喝完："段意那个案子跟汤图有缘，所以从根上讲我不太想插手这件事，而且从目前来说，我手头上的客户都是满的，但如果汤图最后搞不定的话，我也会帮忙。不过……"她顿了顿，"我想汤图能搞定。"

这不是秦勋第一次在岑词家过夜，但像是今晚这么正式的过夜倒是头一回。

聊完段意的事已经挺晚了，秦勋问了岑词第二天想吃的早餐后笑说："你不怕后半夜我去占你便宜？"

岑词靠在主卧门口，点了夜灯，鹅黄色的光亮映得她眉目慵懒，说："我不是不谙世事的小姑娘，你也不是愣头愣脑的小男生，男女情爱讲究的就是你情我愿，水到渠成自然最好，有了强迫意味就变了性质，你也不想，我也不愿。"

秦勋听了这番话，也着实是服气。

就这样，两人两个房间，各自安好。

等岑词再睁眼时窗外还是黑夜，连月光都是闷的，不亮。她坐起来，盯着窗外不明的月色一时间困惑，她记得临睡之前窗帘是拉上的，怎么现在敞着了？

客厅似乎有动静，很轻浅，顺着卧室一指宽的门缝钻进来。岑词扯了外套披在身上，顺着声音找过去。手刚搭上门把手猛地怔住，不对啊，她睡觉的时候一向是房门紧关。

客厅的声音还在断断续续，有人在哭，抽泣着，一下一下。岑词头皮蓦地发麻，迅速寻找声音的方向，最终借着客厅微弱的光看见了墙角的黑影。她心里咯噔一下，墙角站了个人。

光线暗，看不清那人长什么样，隐约是个人影，紧贴着墙一动不动，唯一动的是这人的头发，挺长的，伴着哭声和抽泣微动。

岑词僵在原地，嗓子干涩，开口："谁？"

哭声骤然停了。真的就是前一秒还在哭，后一秒就突然没声，前后一点缓冲都没有，好像被惊扰的人不是岑词而是她似的。

没了哭声，那人影也没动，就杵在那儿。

岑词紧张地咽了一下口水，不知怎的，一个想法涌上心头。这想法来得突然又令她后背生寒，只觉得汗毛都竖起来了。这冷不丁来的想法就是：墙角这人是不是也在看着她？

正想着就见人影动了，一步步朝这边过来。可明明走进了月光里，岑词看到的还是一团影子，只有头发，随着脚步晃得真实。

惊惧占据身心，岑词想喊秦勋，却喊不出口，终于黑影在她面前停住脚步，几乎面对面。距离如此近，可她还是看不清这人的长相。

直到黑影又动了，她抬了手，暂且叫手吧，也是黑乎乎的一团，拨开了头发，阴恻恻地问岑词："你不记得我了吗？"

岑词蓦地惊醒。她是平躺着的，后背都是冷汗，呼吸急促，像是刚刚被人掐了脖子。许久才从床上坐起来，刘海都被额头的汗给打湿了。

梦里那女人的声音还回荡在耳边，嘶哑、刺耳，窗帘是挡着的，跟她睡前拉上的一样，不透光，摸着床头开了夜灯，看了一眼时间，两点半。

梦里漫长，岑词还以为是早晨了呢。房门也是关着的，听上去外面很安静。嘴巴干得要命，她下了床打算去厨房喝水，岂料一出卧室，她猛地停下。

客厅里有人。

岑词第一反应是自己还在做梦，掐了一下胳膊，疼。

客厅里有夜灯，光晕淡淡的，不足以映亮视线，但至少不会存在盲点，所以那人没匿藏在墙角里，也不是黑乎乎的影子，就站在窗前背对着她一动不动。

是秦勋，他整个人笼罩在月光里，很不真实。见状，岑词安静下来，狐疑却漫上心头，这大半夜的他不睡觉站在窗前干什么？

"秦勋？"

秦勋没反应，听而不闻。

岑词原想上前，可刚一抬脚，有种异样的感觉就涌上了心头，一个荒唐的念头就形成了，他是秦勋吗？

"你……没事吧？"岑词迟疑开口。

仍旧没回应，只能听见客厅墙上的钟表在一格一格地跳动。

岑词的心跳加快。想着是上前还是视而不见回卧室睡觉的时候，就见秦勋往后退了一步，转过身朝着她的方向。

岑词站在原地没动，眯眼打量着秦勋，发现秦勋像是在看她，可又像是透过她在看她的身后。岑词下意识扭头瞅了一眼身后，是有什么吗？扭头回来，一激灵，秦勋朝她走过来了，一步一步的，缓慢却十分明确。

渐渐近了她才发现秦勋的眼神十分奇怪，她下意识后退了几步，直到背贴了墙，无路可退。秦勋在岑词面前停住脚步，注视着她，像是打量。

岑词想开口叫秦勋，就见他轻轻一皱眉，用不可思议的口吻低喃："挽安时？"

岑词怔住。

秦勋抬手摩挲岑词的脸，明明指尖温暖，她却觉得寒凉。为什么叫她挽安时？

岑词心里不舒服，说道："我不是挽安时。"

秦勋却不理她，手绕到了岑词的脑后，蓦地扣住她的头。她一惊，刚想挣脱，就听他阴沉沉地问："你把沈序藏哪儿了？"

岑词倒吸一口气，秦勋为什么能把她认错？还有，他为什么觉得沈序的失踪跟挽安时有关？她盯着秦勋的脸，突然一个念头冒出来——他是不是故意为之？

人在黑夜的时候敏感度最高，承受力最差，情绪最易起伏，所以意识也容易被人牵着走。面对这样一个秦勋,岑词首先想到的就是这点,利用夜晚的有利条件来牵扯她的意识。

可这个念头很快被岑词否定了,她低喝了一声:"秦勋!"

这一声并不高亢,却在安静的夜里格外清晰,只见秦勋先是一怔,紧跟着反应过来,脸上愕然:"小词?"又意识到自己的动作,马上松手,"我……"

"没事。"岑词故作轻松,"我渴了,出来喝点水。"

秦勋脸上狐疑未散,但还是转身去了厨房。

"不用,我来——"

"没关系。"

倒了水递给她,秦勋静静地看着她喝完,又接过了空杯子,眉间似有思考。岑词轻声说:"太晚了,休息吧。"

刚进卧室,秦勋从身后叫住了她:"我刚刚是对你做什么了吗?"他不确定地问。

岑词转头看着他,微微一笑:"没有。"

羊小桃终于见到了段意,在段意接受警方调查的时候,汤图陪着她。裴陆见她俩来了,便跟审讯室那边的同事打了声招呼,又叫钻天猴去倒咖啡。钻天猴何其有眼力见儿,嚷嚷着:"嫂子来了啊,裴队,那必须得是上好的咖啡粉啊。"

裴陆喝了一嗓子:"废什么话?你看着煮!"

"得嘞。"

汤图瞄了一眼裴陆,心里暗喜,他怎么没反驳呢?

裴陆看了羊小桃一眼,挺钢铁的爷们却欲言又止。汤图敏感察觉,用眼神询问裴陆,裴陆想了想,还是跟羊小桃说了:"那个……你得有心理准备。"

羊小桃不解。

裴陆说:"段意的女朋友也来了公安局。"

羊小桃一怔,刚开始没理解裴陆的意思,等反应过来后脸唰地就红了,急急解释道:"我真的跟他一点关系都没有,甚至都不知道他叫什么名字,裴队,我发誓我真的没对你隐瞒什么……"

汤图见羊小桃急了,赶忙道:"小桃你先冷静一下,裴陆也不是那个意思,他只是提醒你一声要注意段意的女朋友,别见面了再起争执,你自己心里有数就行。"

"我不明白……"羊小桃听她这么一说更一头雾水了。

汤图轻声叹气："画像的事是发生在元宵节当晚吧，咱们假设段意就是在墓园里画你素描的人，那他就是在见过你的样子之后才画的，我们暂且先不去管他的目的，至少他是注意你了。他是有女朋友的人，他的这种注意不管是善是恶，也许在他女朋友眼里都是一个性质，移情别恋。"

羊小桃肩头一颤。

在见段意之前，羊小桃做了不少心理建设。说来也奇怪，正儿八经跟段意见面就是在元宵节灯谜会上，匆匆一眼，她不明白紧张感从何而来。但她就是紧张，手心都冒汗，推门的瞬间牙齿竟在打战。

羊小桃深吸一口气告诉自己：情绪别太起伏不定，只是一眼，谁能记得你？

段意还真记得她。

羊小桃坐下后，段意打量了她片刻，诧异道："是你？"

羊小桃一怔。

裴陆带羊小桃进的审讯室，他接过笔录簿看了看，然后递给手下。手下接过后继续审讯工作，裴陆坐一旁观察，不说话。与此同时汤图在观察室，透过单面玻璃打量着段意。

对段意的印象，汤图还停留在机场的时候，躁狂、焦虑和无助，也不像今天穿着得体。总之，审讯室里坐着的段意是典型的精英人士，从容不迫，举手投足十分有涵养。

汤图看得仔细，段意在见到羊小桃时，脸上的诧异不像是装出来的。除了诧异，他眼中还有惊喜。

羊小桃没料到段意会有这种反应，迟疑道："你记得我？"

段意微笑："双双恋人红线牵。"

灯谜会上，五彩斑斓的灯笼上写了这么一行字：双双恋人红线牵。在闪烁的灯火中，段意对羊小桃说，是缀字。当时羊小桃就在想，怎么谜面这么应景呢，提到恋人，就出现了位儒雅男士。

终究是浪漫的，只不过这浪漫不是她的。

羊小桃嘴巴张了又合，许久后问段意："我们在灯谜会之前见过吗？"

段意摇头，挺明确。

"那……"羊小桃脑子有点乱，一个字从嘴里顺出来又不知道如何完整表达，或者真该冷静下来，毕竟从一定程度上来说她才是受害者。她深吸了一口气，气息稳了又稳，不能给门会所丢脸。

"这么说，圣诞节那天晚上你也没见过我了？"

段意回答："当然，我记得你就是在灯谜会上，你对着一个谜面猜不出来，皱着眉头的样子很可爱。"

羊小桃心口微微一颤。

裴陆不着痕迹地看了看段意，与此同时，观察室里的汤图皱了皱眉头。

羊小桃垂在桌下的手攥了攥，看着段意问："你觉得可爱，所以就在墓碑上画我的头像？"

直接切进重点，不拖泥带水，这倒是叫裴陆没想到。他跟羊小桃这姑娘接触不多，只是每次去门会所都是她招待的，做警察这些年看人看眼，羊小桃是个好姑娘，心思单纯又乐观，但毕竟是个小姑娘，遇上感情的事唯恐要优柔寡断，没想到今天着实叫他另眼相看了。

段意闻言皱眉，轻声说："我已经跟警方解释很多次了，这件事不是我做的。"他抬眼看羊小桃，"真是你的头像吗？小姑娘，你仔细想想，是不是之前得罪过什么人？"

羊小桃从审讯室里出来的时候情绪挺低落，一度想哭。她低头盯着自己的双脚，如同被粘住迈不起来。

汤图端了杯咖啡给她："审一个案子没那么简单，你想做的事想见的人都做过见过了，今天迈出公安局就别再胡思乱想了，这件事是挺诡异，你就交给裴陆吧，这阵子下班后我送你回家。"

羊小桃手抱着咖啡杯，目光落在杯子里，咖啡上有淡淡的奶脂沫，轻轻一晃还能发出细微的破裂声，就像是藏在她心底的那些个细小的心思，被现实撞得尸骨无存。

羊小桃想过林林总总的可能，可哪种都不像是今天这般，有心无力的感觉。段意态度坦诚，明确表示除了灯谜会上自己从未见过她。羊小桃也不知自己是怎么了，听了这话竟是失落。

"如果就是找不出证据怎么办？"羊小桃看着汤图问。

刚刚的情况汤图都看在眼里，想了想，多余的话没说，只是告诉羊小桃："你要相信裴陆。"

岑词打来电话询问情况，汤图耳贴着手机走到窗子旁，简明扼要地说了情况，末了叹气道："小桃的情绪很不好，这丫头不会真喜欢上段意了吧？"

岑词在那头想了想说："也没准。"

"太夸张了吧。"汤图扭头瞅了一眼羊小桃，压低了嗓音，"才见了人家一面。"

"你不是也只见了裴陆一面就心旌摇曳了吗？"岑词一针见血地怼汤图。

汤图撇撇嘴，想说段意哪能跟裴陆比，但又咽下去了。

有脚步声朝着这边过来，汤图用余光扫了一下，一男一女，女的走在前面，挺漂亮，步子挺快，男的跟在她后面，五大三粗气势汹汹。

来者不善。

没等汤图转过念头，就见那女的冲着羊小桃去了，上前抬手就是一记耳光，怒骂声起："狐狸精！你怎么不去死？"

事发突然，等汤图反应过来时，羊小桃手里的咖啡已经洒了一地，手背上都是咖啡，她也怔住了，惊愕地看着打她的女人。

汤图都没来得及挂电话，冲上去，见那女人抬手还要打，一把推开，吼道："有病啊你，哪家疯人院没锁门把你给放出来了？"

女人恼了，摆出要拼命的架势。汤图哪是个逆来顺受的文明主儿？瞅着空当抬手就是一耳光扇过去，喝道："这巴掌还给你，真当我的人好欺负是吧？"

女人没料到被人扇耳光，挨打的时候跟羊小桃一样也怔住了。

倒是女人身后的那个男人蹿出来了，推了汤图一把，指着她鼻子尖骂："你是谁啊？找打是不是？我妹教训贱人你掺和什么？"

汤图被推了个趔趄，喝道："你推女人还算是个爷们吗？"

"推你？我还想打你呢！"

汤图自小跟男孩子打架就从不服输，长大后更甚，哪怕真吃亏打得头破血流也不会示弱，上前就要迎战。

还没等那人碰到汤图，一只男人的手就横了过来，攥住那人的手腕往后一推，威严喝道："闹什么闹？"

汤图抬眼看着挡在自己眼前的高大背影，以前总觉得他穿制服的时候冷冰冰的，现在却觉得异常温暖。

那人打不着汤图，冲着裴陆嚷嚷："警察有什么了不起的！"

裴陆始终挡着汤图，对那人说："警察没什么了不起，但这里是公安局，你要是敢惹事我就能抓你。"

那人七个不服八个不忿的，还想跟裴陆理论，就被旁边的女人拉住，给他递眼神。汤图冷眼看着这两位，尤其是那个女的，看来这是冷静下来了，不过她是谁啊？

那女的上前对裴陆说："段意什么时候能走？该问的上次不都问了吗？你们有完没完？"

回车上后，汤图问羊小桃是不是认出那女的就是段意女朋友了，羊小桃低垂着头，眼睛挺红，点点头。

汤图叹气："那你就眼睁睁挨打啊？你又不欠她的。"

羊小桃好半天说："我没反应过来。"

汤图咬咬牙，发动了车子："看着吧，那女的不是个省油的灯！"

羊小桃听了这话急了："那怎么办？"

"有什么怎么办？咱们又没做亏心事，还怕了他们不成？真逗了，还有我跟岑词顶着呢，轮不到你操心。补充一句啊羊小桃，你这性子可不行，我算是发现了，咱门会所，连保洁阿姨都算上，就数你最厌。"

在公安局的时候，汤图硬逼着段意的女朋友给羊小桃道了歉，刚开始那女的就是不服气，一个劲骂羊小桃是狐狸精，勾搭她男朋友。汤图怼她："你说她勾搭你男朋友，证据呢？你是看见他俩在一起轧马路了还是开房了？"

段意的女友哑口无言，最后虽说心不甘情不愿，但还是道歉了，毕竟是她动手打人在先。

羊小桃听汤图这么说，心里更愧疚，跟她道歉，觉得自己连累了门会所。

汤图骂羊小桃矫情："你的事就是门会所的事，再说了，这跟你有什么关系？你就是倒霉碰上了，要真说谁连累谁的话，那你要是不在门会所上班，可能也碰不上这些糟心事，你也知道咱们诊所，净招来些奇奇怪怪的事。"

回了诊所，岑词这边的治疗时间也到了，送走客户后，她瞧见羊小桃的眼睛有点红肿，就看了汤图一眼，汤图便说了在公安局发生的事。

岑词笑说："看来得让小桃报个拳击班了，站着挨打可不成啊。"

说得羊小桃又想哭了。

谈及段意的事，今天史是一无所获。面对裴陆的问话，他只承认机场的那件事，圣诞节和墓园的事一概不知情，裴陆接下来要做的就是搜证和走访的工作了。

"当然，前提是这件事需要立案才能继续调查。"

三人在会议室的时候，汤图说出了关键，而且她还提到了一点："后来裴陆又叫了赵大胆去指认，先是随便找了几名嫌疑人跟段意站在一起，赵大胆认出段意像是墓园那晚的人，于是裴陆又找了几个跟段意长得有点相似的人站在一起，赵大胆就不大肯定了。"她叹了口气，补上了句，"怪就怪墓园那晚太黑了，手电筒照过去，能记到现在挺不容易。"

岑词轻轻转着咖啡杯，心知光凭模棱两可的说辞想要立案太难，哪怕裴陆有心，那也得照章办事。没有确凿证据，又没伤人害人，充其量就是把人吓了个够呛，这怎么定罪？

岑词抬眼看羊小桃，冷不丁问："这次见到段意之后你有什么感觉？"

羊小桃一愣："啊？"

岑词换了个坐姿，椅子稍稍一侧："今天见过他之后，你是不是觉得自己把他装心上了？"

羊小桃肩头一颤，有些惶惶不安。

汤图瞧出端倪，惊愕道："羊小桃你不是吧？"

羊小桃面色尴尬，也不知道要说点什么。倒是岑词为她解了围："其实也没什么不能承认的，我看过段意的照片，从外形条件来说的确会讨女孩子喜欢。"

羊小桃抠着手指头，小声问："岑医生，那你觉得之前闯进门会所的人和在墓园里的人会是他吗？"

其实事情折腾到现在，别说是赵大胆了，就连岑词自己，当时那么肯定也开始迟疑了。

岑词说："是或不是，这是裴陆要去证实的事，至于段意这个人的心理状况，我相信汤图之前的专业判断。小桃你要记住，不管段意是不是有问题，你都是无辜受牵连的那位，撇开墓碑上的素描不提，至少你在公安局挨了人家正牌女友一耳光，所以段意这个人你能忘就忘吧。"

羊小桃耷拉着头不说话。

岑词起身，走到羊小桃面前拍拍她的肩膀："有些感情开始得浅，走的时候也会无声无息，不要泥足深陷了。"

岑词认为羊小桃的感情来得浅，所以一句不要泥足深陷的奉劝说得风轻云淡，事后汤图担忧地跟岑词讲："怕小桃那丫头钻牛角尖啊。"

加上上次在公安局，汤图算是跟段意打了两次交道，岑词问她，通过这次观察感觉他是个怎样的人，有没有撒谎的迹象。

汤图说，他不管是面对羊小桃还是警方，言行举止都十分自然，从容得很，丝毫没有人在撒谎时的下意识反应。说到这儿的时候，汤图沉默了片刻，又说："但不知道为什么，我总觉得这两次比较起来，他歇斯底里的时候更真实。"

岑词想了想问汤图："如果你是被人冤枉的，警方三番两次找你去公安局，甚至影响了你的工作，你会怎样？"

汤图说："生气、愤怒。"

岑词又问："那如果你不是无辜的呢？"

汤图说："心虚，也会强词夺理。"

岑词说："我虽然没见过段意，但总觉得不管他是不是无辜，好像表现得都太冷静了。之前你对他有过初步诊断，一个患有躁狂症的人情绪不该这么稳定才是。"

汤图回忆说："从段意的反应来看，跟在机场时判若两人，不会是双胞胎吧？一个正常一个有问题的那种。"

岑词敲了敲桌上的资料："如果是不是双胞胎的问题都能查错，那你家装陆做警察也做到头了。"

"双重人格？跟湛小野的情况相似？"

岑词反问汤图："你觉得是吗？"

汤图思前想后，摇头："目前无法下定论。"

"所以，静观其变吧。"

年后的日子过得飞快。

这段时间秦勋出差了，其间只要能倒出时间就会跟岑词视频通话，实在抽不出时间又担心她的安危时他就会一边开着视频一边做事，直到岑词平安到家才放心。后来岑词问他，为什么一定要视频。

秦勋挺认真地说："我不相信段意的为人，总觉得他还能生事，所以得保证你的安全才行。"

岑词不理解秦勋为什么那么肯定会有后续。

秦勋卖关子道："感觉。"

感觉？她竟意外地有点相信他的感觉。当然，这种感觉也不是凭空而来的，用秦勋的话说就是有理论支撑。他说："你不觉得在墓园发生的事更像是个仪式吗？"

"仪式"这个说法倒是新鲜，给了岑词全新的思路。

"如果不是段意呢？"岑词问。

视频里的秦勋笑吟吟地看着她："小词，其实在你心里早就判定段意有罪了。"

岑词觉得，秦勋有时候比她还了解自己。像是段意的事，平心而论，虽然她没对外表态，甚至都没跟汤图把话说死，但实际上在她心里早就认定那人就是段意。

怎么说呢？感觉，就跟秦勋的想法一样。

那抛去段意的事呢？岑词始终没跟秦勋提及那晚的事，不知道如何提，更多的是不敢提。

这种不敢源自什么岑词不得而知，秦勋从没跟她说过挽安时跟沈序还有关系，那晚秦勋的话，像是在沈序失踪的既定事实上又推开了一扇窗。

岑词怕的就是未知感。这些年她早就习惯以旁观者的身份来面对患者，绝对不能感同身受，这是她工作的原则。心理行业发展至今，各类心理问题都有法可依，没必要搭上自己，让自己麻烦缠身。但秦勋跟她说了沈序的事，然后又是挽安时，她觉得自己的生活正在受到影响，甚至她觉得梦里的女人或许就是挽安时。她讨厌这种介入感，这并不是件很好的事，哪怕对方是秦勋。

抱着这种念头晃眼就春天了。

初春，街上已经有了花色的影子，枝丫间也隐隐往外冒芽苞了。有部老电影重新上映，这是岑词期待了很久的电影，这天秦勋一早就订好了票，电影临开场前半小时来了影院。

两人没急着换票，先是钻进旁边的游戏大厅，换了许多游戏币，找了两人都能参与的游戏玩。

以往岑词来看电影就是看电影，根本不会关注游戏厅，后来认识了秦勋，他竟喜欢打打游戏，于是每次看电影之前她都陪着他进游戏厅，玩着玩着自己也爱玩了。每次进游戏厅岑词都在想，再成熟的男人也始终像个孩子。

后来秦勋无意跟岑词提起，以前他和沈序来看电影，总会在游戏厅玩上好久，甚至有一次电影都开演一多半了他俩才反应过来，干脆就撇了电影没看，将游戏厅里的游戏玩了个遍。

那部没看成的电影，就是今天重新上映的这部片子。

岑词问秦勋："所以你每次来看电影之前都玩游戏，是因为怀念沈序？"

秦勋想了想说："也不全是怀念，本身我也爱玩。"

等从游戏厅里出来换完电影票，秦勋去买爆米花和饮品，岑词在这边正玩着手机，就听有人轻唤一声："岑词？"

一直以来岑词都觉得单从性格和与人相处的方式上来说，自己并不适合从事心理行业，尤其是接触了白雅尘之后。

白雅尘是业内公认的权威导师，除了强悍的从业背景，她本人温雅从容的性子也招人喜欢。应该说她是心理从业者的老师，也是大家的心灵抚慰者，甚至可以说她是这个行业的大宗师，提出的很多观点和言论都会引起轰动。

岑词也有将近两年没见到白雅尘了，之前她听过白雅尘讲课，也跟她就心理和精神类课题进行过探讨，说真的，她挺喜欢白雅尘。

初春的天还没暖起来，白雅尘穿了件米白色大衣，衬得肤色柔和干净，脖颈间系了条湖蓝色丝带，清淡恬静。她轻笑道："好久不见，岑词，你都快成明星了。"

岑词知道她是指前些日子网上传得沸沸扬扬的风言风语，便道："只是接的患者特殊了点，也没什么。"

"可以作为经典案例了呢。"白雅尘微笑。

岑词忙道："您客气了，跟您相比我还差得远。"又问她为什么会在南城。

白雅尘回道："年龄大了身体总是不舒服，南城的温泉出名，我这不就等着孩子放寒假一起过来了呢。"说着她朝着左前方示意了一下。那边有个扎马辫尾的女孩，青春洋溢，刚买完了饮料，朝着这边热情招手。

岑词知道白雅尘有个女儿，今年好像是上高中了。瞧着那姑娘眼角眉梢间都有白雅尘的影子,也是漂亮得紧,岑词心想,十几岁的少女,美好得耀眼。

"真好。"岑词由衷地说。她羡慕白雅尘,工作领域有建树,有爱她的丈夫和优秀的女儿,虽说这两年很少出现在公众的视线里,但从她的状态可以看出轻松和幸福感来,多好。

白雅尘轻拍了岑词的手背,道:"我觉得你才是好,岑词,年轻才是资本呢,未来的路还很长,你的前途一片光明。"

岑词笑了笑,她没想那么远。

白雅尘临走的时候对岑词说,她会在南城待一段时间,如果有需要的话随时可以找她,并告知了目前的住址。等白雅尘走出几步远的时候,岑词突然想起件事,赶忙叫住了她。

白雅尘停步,岑词上前,面色略有迟疑,但最终还是问出口:"您接触的同行多,有没有听过一个叫沈序的人?"

"沈序?"白雅尘想了想,"这个名字挺陌生的。"

"您再想想,有没有可能在学术会上或者同行交流会上,再或者是什么课题发表上见过这个名字?"

白雅尘又回忆了半天,然后问岑词:"你说的这个人主攻什么方向呢?是对外有诊所吗?跟你一样。"

有没有诊所岑词不清楚,便说道:"好像也讲过课,主攻的方向可能跟记忆有关。"

白雅尘表示自己的确没听过这个名字,最后说:"咱们这个圈子说大不大说小也不小,专业的非专业的鱼龙混杂,什么样的人都有可能去接课程,对外也会声称自己有主攻方向,这是其中一种情况。还有一种情况就是这人只攻课题,不面对民众,哪怕是办讲座也是私人化和小规模的。"

岑词点头,觉得依着秦勋的意思,沈序挺像第二种情况。

"可是,"白雅尘话锋一转,"如果你说的这人属于第二种情况的话,那我应该听说过才是。外界有可能不知道,刚入行的也可能没听说过,但如果对方真在主攻方向有建树的话,最起码像我们这种行业老人应该知道。"

岑词一怔。

"所以岑词,有没有可能对方不叫这个名字?"

秦勋排长队买完了爆米花和饮品,就过来找岑词。岑词见状也不好当着秦勋的面继续追问，就浅笑说："也许是记错了吧。"

"男朋友吧？"等秦勋上前，白雅尘笑问。

岑词不知道怎么回答，倒是秦勋微微一笑道："是。"

她抬眼看了看他，心脏怦怦跳。

"郎才女貌。"白雅尘评价了句。

岑词为彼此介绍，提到白雅尘时她重点提了提："是我们行业内很有权威的心理导师。"

秦勋说："很荣幸见到你。"

白雅尘唇角弯弯："是岑词夸张了，从事我们这个行业的人其实心理压力也很大，外面的人心里不痛快了可以找他们，可他们心里不痛快了呢？所以我充其量就是帮同行们放松放松心情，也没别的。"

电影是个悬疑题材，跟梦境有关的，岑词看得津津有味。

电影散了，两人又去了超市。秦勋推着车，岑词看好了什么就往车里扔，其中不少食材和原料都挺刁钻。秦勋笑问她："你会做吗？"

岑词回得理直气壮："你会就行啊。"

秦勋浅笑，抬手摸岑词的头："行。"

两人选择在家做一顿美食，不去外面也不去餐厅，就在岑词家里，因为春天了总是好事，万物复苏，所有的希望也都在复苏。

老规矩，秦勋主厨，岑词打下手，虽说这下手打得也不是很合格，但对于秦勋来说足够了，反正他的目的就是要她陪着他，至于活干得怎么样不重要。

显然，岑词很喜欢那部电影，在厨房帮忙的时候没少聊起。

"如果人能一直活在美梦里就好了。"岑词边洗青菜边说。

"佛家有言，凡所有相，皆是虚妄。"秦勋在配菜，闻言后笑说。

岑词转头看秦勋："既然一切皆是虚妄，那你不执着于今晚这顿饭也罢。"

秦勋稳稳接住岑词的话："我是怕你饿肚子。我发现你这个人啊，不会做饭却比谁都能吃，还顿顿不落下，说到底终究是个凡人，所以还是回归现实，扎根群众比较适合你。"

岑词抿唇轻笑。

秦勋回头看了她一眼，见她眉眼温柔，一时间觉得此情此景甚好。

厨房的窗子微敞，开春后的夜晚没隆冬凛冽，风入室时多了几许柔和，还有春花和淡淡青草味。

岑词觉得有异样，一抬眼见秦勋在看着自己，一时间竟有些不好意思了，浅浅道："看什么啊？"

秦勋觉得心头软软的，说："看你啊。"

"我有什么好看的。"

秦勋抿唇浅笑："喜欢看你所以就看啊。"

男女之间的关系到了某种程度，彼此就会在一些看似毫无意义的言语上浪费时间，比方说：你在做什么呢？回答，我在想你呢；又比方说：今晚吃什么？不知道啊你想吃什么？我随便，看你想吃什么。我也随便，你想吃什么我就跟着吃什么……

这要是搁从前，岑词认为是在浪费时间，不就是一句话能解决的事吗？现在她觉得，哪怕是句废话，你来我往也是一种乐趣。男女之间所谓的这种程度，其实就叫作情侣。

岑词没再跟秦勋继续贫嘴，可心里的甜一直蔓延在眼睛里。

秦勋问了岑词专业的问题："让人沉浸在美梦里，如果利用意识操控的话也不算太难吧？"

岑词想了想，回答："意识操控也不是无所不能，也要看个人和维持时间。"说到这儿她笑，"关于这点你应该很清楚。"

秦勋打蛋的动作微微一顿，但很快恢复如常："我只能想到你可以深埋一道催眠指令在别人的脑袋里，好像能埋挺久。"

岑词瞧见秦勋有异样也是巧合，恰巧就是眼皮一抬的时候，可他的那一顿瞬间就过，她不确定自己有没有看错。其实就是无心的一句话，她想表达的是他对心理学了解，所以不难理解她说的意识操控的局限。

可如果秦勋就是愣怔了呢？如果他的愣怔是因为他以为她在试探，那是不是说明秦勋真的会意识操控？

岑词暗自告诫了自己一句：算了，这也不是紧要的事，就算他会又能怎么样？再说了，也许是自己眼花。

"埋指令这种事也是因人而异，我——"岑词突然停住了。

"怎么了？"

岑词放下菜,关了水龙头,情绪略有起伏:"沈序能办到。"

"啊?"

"让人活在美梦里也不是不可能,像你说的,沈序在研究怎样编织一套全新记忆给患者,那么这套记忆就像是编程,说白了就是造梦。"岑词赞叹,"他这项研究真是不敢细想,如果成功了,那他就等同于造物主啊!"

秦勋看着她,冷不丁问:"你赞同沈序的观点?"

"谁都不能保证记忆最终是个什么模样,在强加记忆的同时,原有记忆会不会彻底被覆盖,这的确都是未知的情况,可我觉得,如果能找到后天记忆和原有记忆的契合点,达到完美融和的话,那出问题的概率是不是就能小些?另外,如果利用意识操控的方式进行记忆替换,循序渐进,是不是也能达到理想效果?"

秦勋没说话,静静地看着岑词。

岑词被看得浑身不自在:"我说错什么了吗?"

秦勋放下手里的活,低叹:"小词,我不希望你过多地关注这项课题,沈序已经失踪了。一来,我不清楚这件事的背后还藏着什么不可告人的秘密;二来,既然你说你不认识沈序,那就离这件事越远越好,不要碰。"

"我知道,我就是说说。"但该解释的还是要解释,"我就是今天看见白老师了,她大半生研究的课题随便拿出来一个都是响当当的。"

秦勋笑道:"每天接触咨客,研究他们的心理和精神状况,这也是最直接的临床研究。"

这倒也是,岑词赞同。

见秦勋还盯着自己瞧,岑词顺手抄起滤盆挡在脸前:"行了,我真就是说说,你当我有多大野心呢?"

秦勋被岑词逗笑,伸手移开她脸前的盆:"有野心是好事,你还年轻,找合适的机会研究个课题也不错,再说了,混吃等死也不是你的风格啊。"

"混吃等死不是我的风格,却是我的理想啊。"

"行,不管是什么理想,总之有理想有抱负就是好姑娘。另外,说到那位白老师,她叫?"

"白雅尘,怎么了?"

秦勋将洗好的小牛肉拎到砧板上,利落地改刀:"也不知道是不是我想多了,我之前见过白雅尘，她跟周军在一起。"

晚饭很丰盛。

秦勋以庆祝春天为名大显身手，做了四菜一汤，外加蒸得水分恰到好处的白米饭。

岑词给汤图打电话的时候她在外面跟裴陆吃饭，笑得爽朗："开玩笑，我肯定不能去做电灯泡，哪怕我在家也不能去。"还不忘跟岑词小声抱怨，"怪不得人长得帅还能空窗那么久，搁一般姑娘谁都受不了他这职业啊，吃饭的时候电话那叫一个多，还好，吃到现在还没被局里叫回去，算是吃了顿安生饭。"

"人家警察叔叔就这样，注定了风里来雨里去，时不时还得在刀尖上晃悠，你要是受不了就赶紧撤啊，别吊着人玩。"岑词故意说。

汤图在那头笑说："谁受不了了？我对他还满满的春意盎然呢，自己喜欢的男人哭着也得宠到底啊。"

汤图这一见钟情后遗症的持久性倒是叫岑词刮目相看。

通话结束，回归到二人世界。给秦勋盛汤的时候岑词就在想，秦勋一到餐桌上也会有不少电话进来。两人刚认识那会儿，吃饭的时候他还知道避一下嫌，手机调振动或者起身接电话。

现在倒好，来她这儿就跟回他自己家似的，手机从不调静音或振动，该响就响，接电话也不避着她，跟她说话的同时也能接个电话直接"喂"上一声。

这阵子秦勋的出差明显增多了，这才刚回来没多久，餐桌上又接到助理电话，似乎又在安排出差行程。岑词把汤放秦勋跟前，他已结束通话，继续就白雅尘的事展开来说。

"也是无意之中撞见的，当时周军没看见我。"

秦勋跟岑词说了年前在餐厅见到周军的事，那个被绿植隔离的卡座里，倒没有相聊甚欢的架势，两人看上去略显凝重。

"要不是那道疤，我压根儿就认不出来白雅尘就是跟周军见面的女人。"

电影院里，白雅尘转身离开时，秦勋眼尖瞧见她耳根处有道疤痕，一直往下延伸，又被颈部的丝巾给遮住了。

岑词说："听说是早年出的一场意外，具体的就不得而知，白雅尘从不提，业内认识的也不方便问，再加上平时白老师遮挡得挺好，大家注意不到的时候也就总会忘了疤痕的存在。"

丝巾是白雅尘一年四季都不离脖的物件，但她搭得自然，时间久了，大家也都不觉得有什么。

秦勋说："虽然没什么依据，但我总觉得周军跟她见面这件事挺怪。"

岑词沉默片刻："会不会是这两人之前有过什么关系啊？比方说，有过一段情之类，毕竟周军比闵薇薇大出不少。"

"白雅尘的年龄比周军大很多吧。"

岑词用筷子拨拉了两下菜："白老师很有魅力，小她十几岁的男人迷她也不是不可能。"

秦勋直觉上认为不是这样，末了说："或许只是普通的合作关系。"

"为了闵薇薇？"岑词抿唇浅笑，"虽然我很敬重白老师，但要真是这样的话，那我心里也是不舒服的。"

秦勋说了个事实："你不得不承认闵薇薇的情况并没得到彻底解决。"

这倒是，周军视岑词为宿敌，就在年前她还打过电话给闵薇薇，岂料号码被拉黑，不但她的手机号，但凡跟门会所有关的电话号码都被拉黑了。

时间一长岑词心里滋生一缕怨怼，别管周军浑不浑，闵薇薇总是个意识清醒的吧，在她这儿治疗了这么久，到底是怎么回事她心里不清楚吗？就算有周军拦着，那闵薇薇没手没脚？周军还控制着不让她出门不成？

又或者连闵薇薇都怀疑她？想到这儿，岑词的心情低落了一层，跟秦勋说："都怪你，害得我没食欲了。"

第十二章

一天比一天暖和起来。樱花大道上的樱花开始泛白,即将迎来一场盛大的樱花雨。

很快,段意到访了,临近下班的时候。

他是来道歉的,又提出请羊小桃吃饭,重点是赔罪,为自己女朋友在公安局里的行为。汤图算是跟段意接触过,所以能说上几句话,岑词跟段意没交集,因此一句话没说回了治疗室。

不一会儿羊小桃敲门进来,挺拘谨。岑词问她怎么了,她吞吞吐吐说:"段意约我吃晚餐。"

"嗯,刚才我听到了。"

"岑医生,你说我去吗?"

岑词从文件上抬头看她,羊小桃被看得不自然,低垂着眼。

"如果诚心道歉,他可以在上班时间抱着鲜花、水果正式登门,专门赶在下班点,真正目的就是约你出去。"岑词看事情看得通透,"一个有女朋友的男人约另一个女孩出去吃饭,心思坦荡的话约午饭就行,选了个周五又是晚餐的,总会有点居心叵测的意思。小桃,如果你问我的意见的话,我说不去,但你是成年人了,有些事你自己拿捏。"

羊小桃咬唇,点头,说了声"谢谢"出了门。

秦勋周末不在南城,又出差了。等岑词从治疗室里出来时,汤图已经收拾好了,跟她说:"走吧,女王。"

这是什么意思？

"你家秦先生，知道你要去商场买东西，生怕你这个路痴回不了家，特意打电话给我，千叮咛万嘱咐要我一定陪你买完东西送你回家了之后再去约会。"

岑词无奈："不至于吧。"

汤图顺手拎起拎包："也别说不至于，你在距离家门口两百米的超市出来都能迷路，还有什么是你办不到的。"

"那家超市是新开的。"岑词抗议。

汤图"呵呵"了两声。

岑词这边也已经收拾好了，临出门时想起羊小桃，问她的情况。汤图一耸肩，道："跟段意走了。"

岑词笑了笑，没再说什么。

趁着周末，岑词去拜访白雅尘。

导航路线确认了一遍又一遍，岑词这才敢驱车出了市区。白雅尘所在的温泉小镇位于东山脚下，虽说一年四季都热闹非常，可岑词一次都没去过。

经过这几年的发展，温泉小镇已经成了城中城的结构，住在里面，吃喝玩乐应有尽有，周遭别墅群应运而生。

白雅尘在温泉小镇租了套别墅，看来一时半会儿没打算走，岑词照着门牌号一路找过去。其间秦勋打来了电话，得知她人已经在东山脚下十分惊讶。

"行啊，学会看导航了。"

"过分了啊。"

搁平时，岑词要是这么说的话秦勋肯定会笑，但今天没有，他只是叮嘱她要注意安全，一旦迷路的话一定要多问几个人。

岑词不解。

"有的人是不知道装知道，有的人纯粹就是使坏让你绕远，多问几个心里有底。"

岑词笑说："你这是多么痛的领悟啊。"

秦勋没说话。

岑词问秦勋这次出去是不是工作压力挺大，他在电话那头沉默了半晌说："不是为了工作。"

岑词一愣："那是……"

秦勋好半天不说话。

岑词觉得不对劲,将车靠边停了下来,轻声道:"秦勋?"

许久,秦勋才低低地说:"我接到警方的通知,他们要我去认尸。"

"认尸?谁的……"岑词倏然住口。

"是,有可能是沈序。"

岑词大脑嗡的一声,等缓过来觉得自己的反应很奇怪,她并不认识沈序,却从心底生出阵阵难过,难道只因为他是秦勋最好的朋友?

一时间岑词不知道该说什么,她似乎成了个笨嘴笨舌并且不会安慰人的人。

秦勋的嗓音很低沉:"我在去公安局的路上,但我停车了,就停在路边,我想听听你的声音……"

"你害怕,对吗?"岑词调整呼吸。

秦勋虽说性情温和,却不是个软性子的人,做起事来也是雷厉风行。但今天他承认了,他说:"是,我在害怕。"

"可能,不是吗?"远隔千里,岑词只能这么说。

秦勋深吸一口气:"对,可能。"

岑词听出秦勋在那边努力地想从现实中抽回理智来,说:"不管什么结果,我都陪你等着,秦勋,你还有我呢。"

这话似乎真的给了秦勋力量,他低喃:"是,我还有你呢。"顿了顿,又说,"小词……"

"嗯?"

"别离开我。"

岑词一直在想,这算不算是秦勋在跟她索取承诺?这世上有多少人能做到陪伴对方一生一世?

"岑词?"

她这才反应过来自己已经顺着地址找到了白雅尘租的别墅,别墅门口有一道半人高的栅栏木门,门旁有花岗岩石雕的门牌号:蘭。

白雅尘为岑词开了门,笑说:"想什么呢都入神了,快进来吧。"

这是个上下两层的建筑,带了十来平米的四方小院,院中有石榴树,较粗,两层楼的高度,倚种在外部楼梯的转角处。上午阳光灿烂,石榴树微微冒芽,等到枝繁叶茂的时候正好能遮住酷暑,方便住户在院中纳凉。

岑词带了新茶，白雅尘乐坏了："我今天还想着去买些新茶回来。"

天气不错，两人就在院中坐，白雅尘的女儿一早就出去玩了，周遭也安静，白雅尘说当时选房子租的时候特意选靠山近一些的。

"别说是晚上，就连白天都没什么吵闹声，多好。"白雅尘将茶桌挪到院落里，端了水果点心出来，开始烧水沏茶。

岑词问候她家先生，白雅尘说一切都好，就是一直忙没时间陪她们，这次也是她和女儿过来的。

"工作狂，停不下来。"白雅尘笑说。

岑词抿唇浅笑，刚刚她看得清楚，白雅尘提到丈夫时面色无异，说明两人感情稳定，那她之前对秦勋说的猜测有可能不对。

白雅尘呷了口茶："真不错，你这么年轻的姑娘还会挑茶呢。"

"是位朋友懂茶，平时也就耳濡目染了。"岑词随口说。

白雅尘放下茶杯，微笑道："是那位姓秦的先生吧？"

岑词轻轻一点头。

"在电影院里他说他是你男朋友，你呢？虽然没承认，但内心是喜欢他的吧？"

岑词不好意思道："我有表现得那么明显吗？"

白雅尘笑得温柔："人看着不错，要好好珍惜。"

秦勋留给外人的印象向来不错。

闲聊了一会儿，岑词就找了个合适的契机切换到了此次来的目的上。

"闵薇薇的案子当时传得满城风雨，那件事不了了之我觉得挺遗憾，事情的卡点就在闵薇薇的未婚夫周军身上，对了，周军，白老师认识他吗？"

"周军啊。"白雅尘端起茶杯抿了口茶，微笑道，"认识。"

没否认也没避讳，承认得那么坦荡荡，岑词问："那他……"

白雅尘放下杯子："他是因为闵薇薇的事来找我的。"她看向岑词，"能看得出他对你有提防心。"

"闵薇薇怎么了？"

"据周军说，她其他一切都好，但始终不记得他们之间的事，周军希望我能帮闵薇薇找回记忆。"

岑词垂下眼，突然意识到自己犯了个错误。

刚刚尽管自己语气委婉，但听在白雅尘耳朵里终究还是直接，问她认不认识周军，那么白雅尘就算真跟周军有什么，她最后的回答也会落在闵薇薇身上，而且白雅尘不会看不出自己是有心试探。

白雅尘端起茶壶为岑词添茶，她忙递杯。白雅尘说："你也不用觉得有什么，家属不理解我们的工作很正常，周军是个商人，不轻易信人和凡事权衡利弊是本能。"

岑词点头："是。"

"对于闵薇薇的情况，你有进一步想法吗？"白雅尘问。

"闵薇薇的情况挺奇怪，但我认为就是变故下的失忆。"

"失忆？是吗？"

岑词抬眼道："白老师认为不是？或者连您也相信是我在操控闵薇薇的意识？"

白雅尘跟岑词对视数秒，轻轻一笑："我没见过闵薇薇，是不是选择性失忆不好说，但说你操控意识，我当然不信。我已经拒绝了周军，之前流言对你不利，这个时候我要真接诊了闵薇薇，那外界又不知道怎么写你了。"

"我不在乎那些的。"岑词淡淡说了句。

"我最欣赏的就是你的性格。"白雅尘将身上的披肩收了收，往椅背上轻轻一靠，"周军也是神通广大，通过朋友关系找到了我，但我觉得：一来闵薇薇的情况特殊，最开始我没接手，现在也不方便接手；二来，这些年办讲座、接病患实在太累了，我来南城就是为了疗养。"

岑词笑了笑，道："是啊。"

中午的时候岑词没留下吃饭，推说约了人，白雅尘以为她有约会便没强留。将岑词送到停车场后，白雅尘冷不丁问她："你之前向我打听的那个人，打听到了吗？"

岑词回身说："也是别人向我打听的，我想对方可能也是受人之托，连名字都听错了。"

白雅尘轻轻一笑没说什么。

车子驶出温泉小镇，岑词择了处安全的位置停了下来，打了双闪，她靠在那儿开始捋今天上午跟白雅尘的对话。

今天她来找白雅尘就是冲着周军，用秦勋的话说就是，周军和白雅尘的见面总是透着一股子诡异。她来并非真想证明这两人有过一段情，恰恰是因为秦勋觉出的不对劲。

周军是商人，对人对事小心谨慎，同样的秦勋也是商人，他看人看事向来稳当，他当时为什么对周军见了什么人这么敏感？

白雅尘说明了原因，像是跟岑词解释，恰恰是因为看穿了她的心思。

岑词一手搭在方向盘上，手指有一下没一下地敲，脑子里的种种可能都在迸发、碰撞。她手指突然一停，觉得自己是不是太阴谋论了？可能就是件很简单的事，生生让她想到了人心诡谲。

白老师是德高望重的人，但岑词始终没能对白老师敞开心扉，像是闵薇薇的情况和沈序的情况，白雅尘问及，她都下意识地选择了隐瞒。是工作久了，总会时不时提防人心？

拿过手机，秦勋始终没有消息。岑词看着前方笔直的路，延伸到无尽的远方去，有路的地方就有希望，那么当年沈序到底遭遇了什么才落得走投无路的境况？

岑词打了电话过去，在等待秦勋接电话的过程里她在想，自己是希望沈序死还是继续失踪？

如果死了，那对于这些年不停在寻找他的秦勋来说是一种解脱；如果继续失踪，那对于秦勋来说仍旧是心存希望。

那头接通了。

不用秦勋开口说话，岑词在这头都能感受到压抑。她拿不准现在是个什么情况，就叫了一声他的名字。

许久秦勋才说："我在等消息，尸体鉴定需要时间。"

这是最难熬的事。

岑词想着一旦真是沈序的尸体，五年了，那尸体也难以辨认，这是对秦勋最大的折磨，倒不如给他一刀来得痛快。她该安慰他，比方说你先别急，也许那具尸体根本不是沈序；又比方说，没消息出来就是好消息，但这种话说出来怎么听着都像是局外人。实际上他内心信念的坍塌和恐慌她在这边感受得到，也心疼得很。

一股从未有过的冲动在心底滋生，盘旋而起成了汪洋。于是，她脱口而出："秦勋，你在哪个城市？"

北市，与南城千里之隔。

秦勋自打接到公安局电话后，从下了飞机到坐上车几乎都是麻木的。他不知道是出于哪一点原因想打电话给岑词。也许是车窗外一闪而过的情侣相依偎的身影，也许是嫌闷开窗时忽然闯入的凉风，总之他出奇地想她。

秦勋坐在走廊的长椅上，刚开始还有身穿警服的人来来往往，后来就只剩下穿着防护服的尸检人员，再后来走廊里只剩下他。他都能听见自己的呼吸声，一下一下压抑着，从白天到黑夜。倦怠、焦虑和无尽的恐慌，这种折磨人的情绪像极了沈序刚失踪的时候，他疯狂寻找，找遍了所有能找的地方。

直到今天，他坐在这里还在吊着一口气，这口气告诉他，也许不是沈序。

秦勋还在固执地等待，也固执地跟岑词表达他所需要的安慰，他跟她说，别离开我。

秦勋揉着发疼的额角，想着岑词在听完这话后的反应。她在电话那边沉默了许久，然后轻声说："活下来是人的本能，秦勋，你应该对沈序有点信心。"

她没回答他的话，哪怕是在这样的时刻。

秦勋突然苦笑，是啊，这才像极了岑词，不论什么时候都理智得很，哪怕是面对自己的事，她也能如局外人似的给你分析个一二三来。

他不该对她道德绑架，他的确没资格要求她这样做。

不知过了多久，走廊尽头的门推开了。秦勋一激灵，扭头去看。

是市刑警支队队长张齐，身后跟着两名警察。尸体就是在他的管辖区被发现的，张齐亲自给秦勋打的电话。

见张齐出来了，秦勋想动却动不了，眼睁睁看着张齐走到他面前。

张齐冲着他摇摇头，表示目前还没出结果。

秦勋竟松了口气。

张齐拍了拍秦勋的肩膀："别在这儿守着了，回去吧，有消息我会第一时间通知你。"

秦勋低垂着头，良久后说："我知道不符合规定，但我必须得在这儿等着。"

"咱俩认识这么多年，你还信不过我？"

"你知道我不是这个意思。"

张齐还要劝，秦勋的手机响了。这里安静，他手机调了振动模式，哪怕是轻浅的嗡嗡声都能叫人冷不丁吓一跳。秦勋掏出手机看来电显示，是岑词。

张齐听不清手机里面说了什么，总之是挺温柔，却见秦勋蓦地起身，没等来得及问，就见他快步朝外头走了。

张齐身后的警察一头雾水："张队，他……"

张齐也蒙着呢，怎么了这是？

鉴定所门口有人，秦勋刚出大厅就看见了，被霓虹光影驱散的黑夜里，那抹身影真实又温暖。

岑词等待的过程中用鞋尖踢着树下的小石子玩儿，路灯拉长了她的影子。听见动静后抬头，就见秦勋冲着这边跑过来，月色映明了他的脸，岑词心中暗惊，这才几天没见怎么憔悴成这样了？

秦勋的激动在接近岑词的时候压住了，一时间竟还有些不相信，从南城到北市，千里迢迢，她却出现在他眼前？

岑词仰头，脸颊微红："被人拦在外面进不去，只能给你打电话。早知道北市这么冷，我该回家换件厚衣服再来的。"

秦勋看了岑词好久，才开口："你来找我的？"

"对啊，找你的。"

下一秒岑词就被秦勋搂在怀里，突然又热烈起来，像是他刚才激动的延续，终究在这一刻以久违的拥抱释放出来。

岑词任由秦勋搂着自己，轻轻环住他的腰，温柔回应。良久她才说："你再这么勒着我，我就该窒息了。"

秦勋反应过来，微微放开了岑词，又脱掉身上的大衣。

"不用，我——"

他将大衣披在她身上，手臂顺势将她环住："披着，别感冒了。"

大衣烟草味多了些，看来没少抽烟。岑词也不推托了，顺着秦勋的手劲朝他身上靠了靠。秦勋一整天都凉得不过血的心脏开始回暖，好像见着她的那刻起，所有的孤冷都散了。

秦勋看了看岑词的身边，着实惊愕道："你真是行李都没带，直接来的？"

岑词轻笑："身份证随车带，加上一部手机，缺什么就随时买呗。你庆幸我今天没懒到打车去温泉小镇，要不然还得回家取证件，绝对赶不上今天最近的一趟航班。"

家都不回，直飞北市，这个念头猛地钻到脑子里的时候，岑词的手脚已经采取了行动,火速订票直奔机场。忘了自己最讨厌的就是突如其来的行程,也忘了自己对出差在外的恐惧,更忘了一旦出个差自己恨不得从前一大晚上就罗列要带什么的习惯。

就这么来了,很简单的想法,想见他。

秦勋心生感动,低头看她说:"你该告诉我一声,你可真是——"

"可真是什么?"岑词笑问。

秦勋动容:"可真是会让我担心。"

张齐从鉴定所出来,一眼就瞧见秦勋身边站着位姑娘。虽说月色朦胧,但那姑娘的面容清晰得很。这年头漂亮的姑娘不少,但漂亮得教人不敢造次的女孩却不多。她身上披着秦勋的大衣,眉眼清冷皮肤白皙,就似一株冷傲雪莲立于高山之上。

秦勋见了张齐也没避讳,拉着岑词上前为彼此介绍,张齐瞧清了秦勋的脸色,可真是跟刚刚有天壤之别,看来什么安慰都不如心头姑娘的一句话啊。

一经介绍,张齐倒是想起来了,赶忙说:"原来你就是大名鼎鼎的岑医生啊。"

网络无边界,曾经那铺天盖地的消息,还有岑词履历表上的大照片,就连秦勋接送她时的侧影都没能逃过偷拍的镜头。

岑词淡淡回应:"张队客气了,大名鼎鼎谈不上,就是运气不好被人挂网上而已。"

张齐是做刑侦出身的,懂得察言观色,他看出岑词并不热衷这个话题便收住不说了,心里想着,怪不得只可远观不可亵玩,敢情是个有能耐的厉害主儿。

张齐跟秦勋说:"既然都是等,你倒不如先回去,这大冷天的总不能拉着岑医生跟你一起受冻吧。"

岑词看了一眼前方的鉴定所,想着秦勋应该就是一直在里面等消息,看来是跟这位张队有交情。她轻声开口:"你想等,我就陪你等,不用顾及我。"

秦勋哪会让岑词跟着挨冻受累?转头对张齐说:"有消息马上通知我。"

"放心。"

带着心仪的男人去相亲是个怎样的体验?

汤图之前想都不敢想的问题,今天在咖啡厅边相亲边想了个通透。一个词形容:酸爽。

汤妈妈在遭到了汤图在相亲事件上的晃点后开始反噬性安排,这个周末一天两场。

正在崩溃的边缘汤图就接到了裴陆的电话,问她忙不忙。汤图以为他要去会所,便告知自己在家。裴陆解释说自己不是要去会所,就是问她在做什么。

汤图心里一动,故意问裴陆:"你是打算要约我吗?"

裴陆支支吾吾说:"算是吧,总之,你说你忙不忙吧。"

一听这话,汤图真是又可气又好笑,想了想就告诉了裴陆相亲的事。汤图是故意为之,她本来就想逼逼裴陆,因为之前他对这件事还挺敏感的,现在正好撞枪口上了,两全其美。

裴陆在那头沉默了好半天,汤图心里没底,追问他是不是有事。裴陆竟还是别别扭扭地说没什么,于是汤图提出邀请:"那正好,你陪我去相亲吧,就当帮我掌眼了。"

能让汤图分神,着实是跟坐在对面的男人不来电。对方一上来就把自己光鲜亮丽地介绍了个遍,后来汤图使劲想都没想起来他是做什么的。她喝咖啡的时候总能瞄向斜对面的裴陆,他点了杯美式,一手玩着手机,咖啡半天没动一口。

对方说了什么汤图没怎么听进去,直到他问她在工作时有没有发生什么有趣的事,她这才有了反应:"有趣的倒不怎么有,要命的倒不少。"

汤图绘声绘色讲了某个病人上一秒看着正常,下一秒手持尖刀差点宰了她的事,还有大半夜看见张男人脸贴在窗玻璃上,前一件事是岑词的经历,后一件事她抄袭了羊小桃的经历。

这点事倒是把对方吓得脸都青了,告别的时候都没敢说下次再见面。

…………

"原来你们行业还这么惊险刺激呢。"第二位相亲者倒是听得津津有味。

年轻俊雅,清瘦颀长,还是名外科医生,真别说,这次她妈找的适龄青年的质量还真高,而且人家还姓高,专门给病人开脑壳治病的,前途无量。重要的是说起话来不遭人烦,很低调不显摆,擅倾听,又很会找话题聊天。

汤图这次没工夫去看裴陆了,专心致志跟高医生聊天。主要是她对如何撬人家脑壳感兴趣,而高医生就跟个百科书一样,对于她的任何问题都对答如流。末了他又说:"应该早点认识你,过年那会儿我们就该见面。"

原定半小时解决相亲问题,结果聊到了斜阳西下。高医生提议出去吃饭,又说他知道家餐厅很不错,他载她过去尝尝。连邀请都那么有绅士风度。

可没等汤图回应,坐在斜对面的裴陆起身了,朝着这边过来,直不楞地往两人中间横插一杠,问汤图:"完事了吧?走吧。"

本来挺好的气氛,生生被程咬金给搅和了。别说高医生,就连汤图也是一愣。

高医生起身,问裴陆:"你是?"

汤图也站了起来,刚要介绍,就见裴陆二话没说掏出警察证往高医生眼前一亮,语气干脆:"警察,因为有起案子需要汤图回局里配合调查,所以你们晚饭是吃不成了。"

汤图扭头看他,心想,这什么跟什么啊?故意坏她名声呢。

高医生打量了一下裴陆,虽说刚才那番话听着义正词严,但他眼睛里的私人情绪似乎重了些。高医生笑了笑,转头看向汤图:"没关系,我们约明天——"

"明天她也没空。"裴陆打断他的话。

高医生一挑眉:"怎么?"

裴陆不着痕迹地往汤图身边站了站,目视高医生:"高程医生是吧?市中心医院脑外科副主任医师,我看网上风评不错,想来平时挺忙,好不容易休个周末,在家多补补觉吧。汤图,走了。"话毕牵过汤图的手离开。

等上了车,裴陆才松开手,坐定后他嗤笑:"还再联系?高程那小子还挺自作多情。"

汤图说:"我觉得高程挺不错的。"

裴陆这边都打着火了,一听这话火一熄,扭头看着她:"什么叫挺不错?"

"有颜值有身高,说话温柔,学识渊博,职业也挺好。"

裴陆脸色不大好看:"我看他比我还矮一点,至于颜值,你觉得他比我帅?"

汤图扭头盯着裴陆的侧脸,他问这话的时候挺别扭,她挺想笑,忽然心里就有了个支撑点在告诉她,这种激将法许是有用啊!

见状,裴陆不自然了,说:"我的意思是,不管帅或不帅你都不能只看外表,我从警这么多年,什么人没见过,我看那个高程就挺符合衣冠禽兽的气质,什么说话温柔的,初次见面谁不把自己最好的一面展现出来?还有学识渊博,你又没跟他长期接触,怎么知道他是不是渊博?说不定就只拣他能说明白的说。至于他的职业……"

裴陆就跟打开了话匣子似的，念叨个没完没了，完全跟他平时雷厉风行的风格大相径庭，至于从警落下的多疑毛病，今天倒是体现得淋漓尽致。

　　汤图没打岔，见裴陆提到职业，她心想，看你怎么说。

　　裴陆硬着头皮继续："是，职业听着是挺光鲜亮丽的，但也是高危职业，跟我们做警察的没什么差别，说白了都是在地狱门前瞎溜达。"

　　汤图忍不住乐出声。

　　裴陆更来劲了，转过身道："更重要的是，像是医生这种职业，尤其是做外科的压力特别大，所以罹患心理疾病的就多。前年我办了一起杀妻案，作案手法极其残忍，丈夫就是个外科大夫，分尸就跟玩儿似的。你是从事心理行业的，也接触过不少病人是医生的吧？"

　　汤图与他目光相对："还真没有。"

　　裴陆噎了一下，不过反应挺快："你没接触过，不代表你同行没接触过，要不你问岑词也行，说不定她就接触过呢。"

　　汤图故作思考，又了然一点头，反问裴陆："为什么要拿医生跟你们做警察的相比？"

　　裴陆又噎住了。

　　汤图也不催促裴陆，就笑吟吟地看着他。

　　良久后裴陆憋出了句："我是觉得医生就跟我们做警察的一样，其实都不好找对象。我就是好心提醒你，别被他的外表给骗了，他可能还不如我。"

　　"哦？"

　　"最起码你对我知根知底吧？"

　　汤图转头看向前方，抿唇浅笑。

　　她这一笑裴陆就心里没底了："你不会是真看上他了吧？"

　　"只见了那么一面，看上看不上的不好说，就是不讨厌吧。"

　　"你还想继续见面？"

　　汤图憋笑："这种事我不喜欢主动，看他约不约吧。再说了，我也算是欠人家一顿咖啡。"

　　"怎么就欠他了？"

　　汤图扭头看他："你把我拽走，咖啡还没结账呢。"

　　裴陆的嘴巴张了又合的，好半天说："男人付钱天经地义！"

道理讲不通，裴陆是明摆着不想讲，但这番不讲理倒是甚得汤图的心。等他把车开到主路上时，汤图问："这是要把我往哪儿带呢？"

　　"你不是饿了吗，先带你吃饭。"

　　汤图无语，谁说她饿了？

　　"裴队。"她故意这么叫他，"不是去公安局配合案件调查吗？"

　　裴陆抿了抿唇："不这么说的话，我看你都恨不得跟他走了。"

　　汤图笑："你当你的借口无懈可击呢？高医生又不是傻子。"

　　哪有警察一上来就直呼其名的，而且真有案子，他一个警察还能在咖啡厅守那么长时间？

　　裴陆从鼻腔里哼出一声来："故意的，让他自己寻思去。"

　　"寻思什么？"

　　裴陆看了汤图一眼，视线又移回前方，道："寻思你身边有个警察，别想着打你主意。"

　　汤图闻言，心怦怦跳，想了想问："你今天打给我是不是真有事啊？"

　　不问还好，一问，裴陆反而不好意思了，耳根子开始泛红，清嗓子清了好半天才说："是找你有点事。"

　　汤图扭头看他。

　　裴陆择了处方便停车的地方靠了边，打了双闪。汤图不解，这怎么还停车了，看来事不小啊。

　　"是这样的，我吧，前两天接到同学的电话，他们想在这个周末聚聚，然后还跟我说要我带上家属，你说我总不能带我爸妈去吧。"

　　汤图听明白了："同学聚会携伴同去，对吧？"

　　"对对对。"

　　"什么时候？"

　　"今晚。"裴陆看了一眼时间，"还有差不多一个半小时吧。"

　　汤图惊诧："你不会想让我陪你去吧？"

　　裴陆脸色不自然，道："你现在不是闲下来了吗？陪我去一趟也没什么吧？"

　　"裴陆，你想让我陪你去参加同学会你早说啊，一整天了，临秋末晚了你才通知我？"真坐得住啊。

　　"就是临秋末晚了，我觉得你才没理由拒绝吧？"

汤图天雷滚滚。

"亲你也相了,又饿着肚子,你就跟我去趟同学会解决晚饭吧。"

一入夜,北市的温度明显低于南城,开车的时候都不敢开窗,否则顺着窗缝挤进来的夜风就跟小刀子似的,刮在人身上生疼。

进了秦勋下榻的酒店后,岑词搓了搓手道:"都春天了还这么冷,你看咱们南城,晚上穿风衣都快穿不住了,这边恨不得还得穿羽绒服才行。"

秦勋难得见岑词发牢骚,竟觉得哪怕她这份小怨怼都教人心生喜爱。这一路上他都在想,怎么有这么傻的姑娘,千里迢迢说飞就飞过来了,她是迷路迷到没有距离的概念吗?还以为是从家到门会所呢!

北市是冷,却因为有她就暖得很。秦勋拉过岑词的手,将她冰凉的手指捂在手心,低头呵了呵气。她觉得有点痒,笑了。秦勋喜欢看她笑,眉眼舒展,跟平时清冷疏远不同。

前台有人办理入住,两人倒是不急。

岑词将大衣脱下来,没给秦勋,整齐地搭在胳膊上。秦勋说:"怪不得你喜欢南城,跟榕市的气候差不多。"

"真是过分啊,就这么明目张胆地说你查过我。"

"这算查吗?充其量就是问了一嘴。"秦勋擅辩,"对一个姑娘感兴趣,问了一嘴出生地,也很正常吧。"

岑词笑而不语。

秦勋要了她的身份证递给前台,询问另一间总统套房是否订了出去。

前台姑娘不愧是受过专业训练的,有着绝对的职业素养。她拿过岑词的证件,抬眼看了看秦勋,又看了一眼岑词,目光再重回秦勋脸上,微笑问道:"秦先生,您确定是要再开一间总统套房对吧?"

很明显的意思,但人家是含蓄着问。

秦勋抬手握拳抵唇轻咳两声掩饰心中的尴尬,余光扫过岑词,却见她抿唇憋笑,似有看热闹的嫌疑。心生作弄,他转头,故意笑着看她。

岑词正好撞见秦勋的目光,收笑,马上道:"当然得两间。"

心怦怦跳。跳什么?他俩又不是偷情,谁规定男女两个进酒店就必须一间房?

秦勋戏弄得逞,转头对前台说:"再开一间。"

前台姑娘微微一笑没多说什么，低头办理。

岑词离了前台几步远，故作观赏四周，可耳朵长着呢。想着会不会出现小说里的狗血桥段，例如第二套总统房被订走了，然后男女主角被迫住在同一间房。事实证明，是她想多了，顺利办理入住。

两人都饿着肚子，岑词怕冷，秦勋就带她来了酒店里的西班牙餐厅。

已经过了用餐的高峰时间，周遭安静。两人择了风景位，十几米高的落地窗，目光所及尽是城市霓虹高厦栉比。岑词一整天都没怎么吃东西，点了一堆菜，甜食不少。她看向对面的秦勋说："你请客。"

秦勋笑："好。"

前餐很快上来了，岑词粗略填了肚子，秦勋对前餐不感兴趣，就专心为她服务，将分好的小食放进她盘里。岑词吃得快，吃完之后跟秦勋说："不及你的手艺。"

"等回家后给你做。"秦勋似随意说了句。

岑词却听得蓦然心动，回家，多美好的词。

等主餐的时间里，秦勋问岑词在北市能待多久，岑词双手抱着暖水杯，反问他打算待多久。秦勋面色渐渐沉重，低语："要等结果，结果什么时候出来什么时候再走。"

后续的话没说，一旦尸体真是沈序，那他在北市的时间会更长。

岑词了然点头，没说什么。

"小词。"秦勋拉过她的手，轻轻握住，"我真的很希望你能在身边陪我。"

岑词没抽回手，任由秦勋握着。他的掌心温热，手指却微凉，那手指漂亮修长，她每每看见都能想起初次见面时他拨弄风铃时的模样，阳光穿透他的手指，骨节分明，好看得要命，她见第一眼时就喜欢。

"要等多久？张队说了吗？"岑词轻声问。

秦勋摇头，尸体陈年太久，想要对比身份并不是件容易事。

岑词沉默。

秦勋看着她，下意识握紧她的手。其实是生怕她离开，但太勉强的话又不方便一说再说，她有她的工作安排。秦勋忍不住鄙视自己，此时就像个无理取闹的孩子。

岑词收回手，他心里一咯噔。她从随身包里翻出手机，拨了出去，很快那边接通了。

"汤图,我在外地,归期未定,工作上的事往后推一推。"

坐在对面的秦勋愣住。

汤图那边有点吵,岑词听着她像是在外面吃饭,就听汤图问:"你先告诉我,你所在的环境安不安全。"

"安全。"岑词说。

"那好,明天我打给你详细说,我这边太吵,不方便对你刨根问底。"

岑词这边挂了电话,没等说话,那边秦勋的手机就响了。他掏出来看来电显示,朝着岑词晃了晃,是汤图。

岑词抿唇浅笑,没说什么。

秦勋接通,汤图那边依旧吵吵嚷嚷的,她开门见山:"小词跟你在一起是吗?"

秦勋没隐瞒:"是。"

"好,我知道了。"汤图叮嘱,"千万别让她一个人乱跑,容易迷路。"

"放心。"

一来二去的,主菜也就上来了。秦勋将手机搁在一旁,推了岑词最喜欢吃的菜到她面前,笑着说:"这辈子能交汤图这样的朋友,也算不白活了。"

岑词拿起叉子道:"是啊,但跟我做朋友的人会很辛苦,不但要纵容我的脾气,还要考虑我的衣食住行。"

"你这么个聪明伶俐的女人,怎么偏偏总迷路呢?"秦勋着实想不通。

如果不是亲眼瞧见岑词迷路的程度,秦勋会以为她只是单纯分不清东南西北,可她是那种连导航都无法拯救的路痴,永远随心走,走着走着就离目的地越来越远,非但如此,记性还不好,走过数遍的路也会不记得。最恐怖的是,有次他送她回家,她竟在小区里挨着的两个单元间徘徊不定。

所以,当岑词突然出现在他面前时他才会动容,她能来,就好比让一个孩子独自坐上飞机贸然前往某地。

岑词从没将迷路这种事放在心上,迷路就迷路呗,大不了重新找,又没影响到她的生活。所以听秦勋这么问,她就给了他一番辩解:"其实吧,这也不是我的本愿,有时候明明走对了路,脑子里就总能蹦出另一个选择来,结果总会南辕北辙。"

"所以，你身边得时时刻刻有人才行。"

"哪有那么夸张。"她微微一笑，眼神柔和。

秦勋想着岑词刚才的决定，与她手指相缠，温柔道："谢谢你，能陪着我。"

"太长时间肯定不行，毕竟我那些客户都是约了时间的。现在就希望那边能尽快出结果，这样的话你也不会太难受。"

这种事更适合快刀斩乱麻，否则总会像把钝刀似的在心头上拉来拉去，闷疼又不出血，不痛快得很。

话说得直接干脆，像极了岑词平时的作风，可就是这样的一个岑词，秦勋情不自禁就放在心里了。说来感情这种事也是妙不可言，最初对她抱有迟疑、警惕甚至处处试探，到了后来的喜欢和思念，再到现在彻底爱上和迷恋。

在她千里迢迢出现在他眼前的那一刻，便不再是喜欢那么简单，是彻底放不下了。

秦勋拉着岑词的手送至唇边，她微怔，没料到他会有此动作。手指碰触他的唇时，她的手一颤。情人间的动作，在还没确定情人关系的男女之间发生。

接下来的时间里，秦勋没再提那具尸体的事，许是在餐厅里着实不适合聊这个话题，许是他不想再说这件事。

秦勋问岑词去见白雅尘的事，岑词没瞒他，将周军转向白雅尘求助的情况一一道出。

秦勋笑看岑词，道："看得出你挺失落。"

岑词不掩藏内心所想："说到底闵薇薇都是我的病人，半途而废的治疗的确让我担心，我不相信还有第二个人会解决闵薇薇的问题，包括白老师。"

秦勋抓住岑词话里的重点："你说的是不会，不是不能？"

"对，不会。"岑词说，"第一，闵薇薇情况特殊，治疗是个极其漫长的过程；第二，谁都知道她是我的病人，又闹得沸沸扬扬，谁还敢接手？做心理行业的，看似就跟普度众生似的，可实际上现实得很。"

秦勋看着岑词："你现在也有所怀疑了是吧？"

岑词深吸一口气，又轻轻吐出："我不想怀疑白老师，但我能想到的情况，周军那么精明的人也能想得到。"

"所以白雅尘在撒谎。"秦勋一针见血，"周军找她不是为了给闵薇薇治病。"

岑词沉默。

秦勋问岑词:"你很信任白雅尘?"

"我不知道。"岑词放下叉子,"白雅尘是行业内最受尊敬的导师。"她顿了顿,思考片刻,"其实,就算她跟周军早就认识也没什么,或许是因为别的事。"

"你在说服自己。"

岑词用叉子扒拉盘中的菜,显然心思不在用餐上了。沉默了足有半分钟,最后她说:"是,我承认我在说服自己,因为我实在想不通,除了通奸这种事不方便对外透露,白老师还有什么理由对我撒谎。"

同学会上,裴陆没少被灌酒,但凡有人撺掇汤图喝酒的,最后酒杯总会落在裴陆手里。后来不少同学使坏,故意上前敬汤图的酒,趁机灌裴陆。

这次是高中同学聚会,大家借着百年校庆的契机聚在一起,包了南城老字号的火锅店最大的包间,好生热闹。席间诸多玩笑话,不少同学调侃,裴陆以前在学校的时候又酷又跩,是校草级的人物,性子直、冲动,也没少打架,一句话概括就是:一个学习好、长得帅的坏学生。

裴陆身边能多个女人,这本来就挺叫人关注的,暂且不说他那个性格,就说他的职业,想找个敢待在他身边的女人都挺难,所以汤图成了头号关注对象。

"怪不得是一对呢,一个工作压力大,一个能解压,完美搭配。"

还有同学说:"裴警官,你找了个这么漂亮的女朋友,还善解人意,是不是办案都没心思了?"

席间的话题又都是绕着心理方面去转了。

末了,裴陆发挥了护犊子的精神:"都一边去,想要咨询都给我掏钱,真当爱心奉献搞慈善呢?"

一阵吵吵嚷嚷,欢欢笑笑,从火锅店出来的时候将近十二点。裴陆喝得已经找不着北了,红着脸走路都是飘的。汤图陪他来同学会之前都想好了,席间尽量不喝酒,也尽量不找代驾,能亲自送他回去最好。

毕竟是个警察,喝成这样太有损形象了。

裴陆也是有先见之明,进包间之前对汤图说:"如果我真喝醉了,一定要神不知鬼不觉送我回去,目击者越少越好。另外,我的手机放你那儿,一旦局里有事,第一时间通知我。"

汤图说："你真喝醉的话，通知你也没用啊。"

裴陆十分自信："但凡有案子，别管我喝得有多醉都能第一时间清醒，这叫本能。"

汤图透过后视镜看着快瘫成一团的裴陆，心想，就这状态真能唤醒本能？

裴陆住在新城区，离他工作的地方比较近，他父母住在老城区，所在的小区汤图知道，那里生活很便利。之前听裴陆说过，他在父母家住到高中毕业，后来上了大学住校，毕业后进入警队，再后来为了工作方便就在新城区买了一套公寓。

汤图临开车前问裴陆，是回自己家还是他爸妈那儿。问了好几遍，才听裴陆含含糊糊地报出公寓地址。

汤图无语，就这反应还本能呢？

单身汉的家，别指望能有多利索，在进门之前汤图就做好了心理准备。跟保安一起把裴陆拖进了屋，送走保安后，她才腾出工夫环顾四周，然后觉得用"乱"这个字来形容家里实在是抬举了。

多好的一套公寓啊，高楼层大露台的，近乎整面的落地窗能远眺大半个南城夜景，换作是她的房子，那肯定收拾得水光溜滑，整齐划一。

汤图给裴陆找毯子的时候，随脚一踩就是个塑料水瓶，再往前一脚踢开一个烟灰缸。

冰箱里孤零零地放了个坏掉的苹果，饮水机里早就没水了，旁边横七竖八地躺着几瓶矿泉水，有空的，有没打开的，还有喝了一半的。

裴陆翻了个身，差点从沙发上摔下来。汤图一个箭步上前扶稳他，又使劲往前一顶，使裴陆归位。想着今晚他只能睡沙发了，这么大一人，她是没力气扛他去床上的。

拿了枕头给裴陆，汤图往沙发旁一坐像是坐到什么东西了，随手扯出一看，顿觉脸红，男士内裤。再回头一看不止一条，还有背心，许是洗完了晾干之后就随手往沙发上一扔。

刚替他叠好放妥，这边裴陆摇摇晃晃坐起来了，汤图心里哀号，这又是要干什么？得知他要喝水，她又忙开了瓶水给他，喝完，他一手揪着她的衣角，头往她怀里一抵，嘴里嘟嘟囔囔的。

汤图心口一哆嗦，仔细一听他在说："你好香。"

汤图的脸噌的一下又红了。裴陆抬头,迷迷糊糊地看着她,良久后迷离地说:"你真好看。"

汤图觉得全身都像是触电了似的,就见裴陆一点点凑近她,她紧张得一攥拳。心原本就卡在嗓子眼,现在还死命往上蹿,她急促喘气,他的唇渐渐逼近。

近到几乎要贴上,却觉肩头一沉,裴陆倒在她身上了。

岑词睁眼时,迷惑了挺久才反应过来自己身在何处,从南城到北市,她就这么义无反顾地来了。

昨晚秦勋送她回房间,临关门前他摸了摸她的头说:"小词,谢谢你。"

"谢什么?"岑词问。

秦勋凝视她:"谢谢你心里装了我。"

岑词从不否认心里有秦勋,很早的时候就不知不觉把他放进心里了。细腻、柔和,就跟涓涓溪流似的注入心间,渐渐汇集成海。

从什么时候失去了感情上的安全感?岑词不得而知,就像是心头始终空了一块不知道怎么填满,于是她想,也许秦勋可以。

岑词想到了挽安时,想到了那晚秦勋看着她,叫她挽安时。现在一觉醒来理智就回来了,秦勋心里有她毋庸置疑,那么挽安时又占了多少分量?

她觉得挽安时就像是隐藏在黑暗里的影子,看不见,却总能隔在她和秦勋之间,渐渐地让她感到,不管什么时候都有双眼睛在注视着她,滋扰她,甚至潜入她的梦里,影响她的情绪。

岑词从床上爬起来,进了浴室,花洒打开,她站在花洒下一动没动。

昨晚她梦见了个小女孩,五六岁的样子,披散着头发,纤细羸弱。她一直在跑,岑词一直在后面追。呼吸间有了海风的腥气,小女孩跑到了海边,那海无边际,隐藏在夜空之下,暗得令人窒息。

小女孩站在沙滩上,海水涌过来时没过了她的脚踝,等退去后,小女孩的白袜子上挂着一枚七彩贝壳碎片。

岑词问她:"你是谁?"

小女孩竖起食指于唇边,然后用口型表达:你猜。

明知道是在做梦,可她就那么肯定地跟小女孩说:"你是挽安时。"

小女孩笑了,朝着岑词招招手,示意她上前。岑词就像是双脚无法控制,一步步跟了上去。那女孩拉住了她的手,伸出手指,指向海边。

惨淡的月光在她纤细的手指上反射出青白色的光,岑词冷不丁想到了一个形容:死人的手。

她顺着小女孩指的方向去看,最开始什么都没看见,海水就跟墨水似的。渐渐地,视线适应了海水里的暗光,也瞧清楚了海水里的东西。

她倏然瞪大双眼,急喘一声。海水里有张脸,是个男人,整张脸被泡得浮肿,却睁着眼。

岑词吓得不轻,往后退。下一秒海里的男人倏地伸出双臂,泡变形的手指狠狠掐住她的胳膊。她闻得到海腥气,呛得气管都疼。

岑词拼命挣扎,生出前所未有的恐惧,好不容易将其甩开,折身想跑,衣角却又被人扯住。扭头一看是小女孩,她恶狠狠地问:"你想往哪儿躲?"

岑词关了花洒,扯了浴巾裹在身上,走到镜子前伸手一抹,被镜子里的脸吓了一跳,被梦所扰,她苍白的脸上黑眼圈浓重,胳膊上有块瘀青,在大臂上方。

岑词在镜子前站了良久,直到手机响了才反应过来。出了浴室,她拿起手机的一刹那冷不丁想起梦里的那一幕:深海里的男人伸手死死掐住她的胳膊。

她心有余悸地瞅了一眼胳膊,不是在做梦吗?

是汤图打来的电话,刚一接通,那边就开门见山道:"怎么回事?"

"什么怎么回事?不是在电话里跟你说清楚了嘛。"

"你就说了你在外地,归期未定,咱们门会所有出差任务吗?我怎么不知道?"

岑词勒紧了浴袍的带子,简明道:"这边公安局发现了具尸体,初步怀疑是秦勋失踪多年的朋友,我怕他伤心难过,所以昨天一冲动就飞过来了。"

"秦勋还有这种事呢?"

"是啊,对了——"岑词话说一半止住。

"嗯?"汤图在那头还等着呢。

"没什么,等回去再说吧,电话里一句两句说不清楚。"岑词原本想问汤图有没有听过沈序这个人。

汤图"哦"了一声,紧跟着又惊叫,岑词适当地把手机移远些,耳膜被震疼。

"岑词你——"

"是,我一个人坐飞机到了外地,没迷路也没走丢,很突然,完全没规划,就是从温泉小镇出来后直接开车去的机场。"

汤图啧啧称奇，又是好一番感叹，最后下了结论："完全没想到你有一颗爱情脑。"竟能治愈她多年路痴顽疾。

"哎，那你俩昨晚上有没有——"

"没有。"

"秦勋有性功能障碍吗？！"

结束通话后岑词感叹，汤图简直是操心操到家了。

秦勋发来微信，问她醒了没有，他在餐厅等她。岑词回了句：马上。

手机刚扔沙发上又响了一下，这次是汤图，还是贼心不死，发了条语音过来：孤男寡女同在外地早晚要出事，小词你记住啊，到时候一定要提醒他做好安全措施。

岑词中断语音，汤图真是什么都敢说。

手机另一边，汤图还有点意犹未尽，心想自己可真是位活菩萨。

手机响了，汤图以为是岑词良心发现打算跟她聊聊，拿起一看是裴陆，一时间觉得气短了。

裴陆那边沉默了好半天才说话："昨晚上谢谢你啊，还有，其实你也不用那么早走，我家也有空余的房间。"

汤图惊讶道："你怎么知道我多早走的？"她走的时候他还在沙发上睡得挺死的。

裴陆清清嗓子："我看了保安室的监控。"

汤图无语，职业病吗？想了想说："我是怕太晚走会被左邻右舍看见，我一个单身姑娘得注意声誉，哪像你个大男人的，带什么姑娘回家都无所谓。"

"我没带过姑娘回家。"裴陆澄清。

汤图好半天"哦"了一声，心里却是乐开了花，这么说，他之前喜欢过的那个姑娘也没去过他家？

"我、我想……"

汤图觉得他今天挺奇怪的，问道："你到底想说什么啊？平时挺干脆的人。"

"我想请你吃饭，中午有空吗？"

汤图翻了个白眼："我当什么事呢，吃饭没问题，但今天中午不行，岑词临时放鸽子，我得去门会所整理一下她的工作安排，改天呗。"

裴陆"嗯"了一声："改天。"

第十三章

"所以,你确定这两天没磕着碰着?"

餐厅里,秦勋一早就拿好了早餐和咖啡,等岑词来了之后,直接吃现成的。她跟秦勋说了胳膊瘀青的事,然后十分认真地问:"你说这家酒店会不会闹鬼?"趁着餐厅人少,还给他看了一眼胳膊。

瘀青在上臂,靠近肩膀,只要拉下衣领就能看得到。最开始岑词真没多想,可瞧见秦勋盯着她裸露的肩膀时眼神似乎变了,方觉不妥,赶忙拉好衣服。秦勋也觉得刚刚那一瞬的心思太过明显,清清嗓子转移注意力,言归正传。

"像是掐的。"秦勋看得也是仔细。

"是掐的。"岑词半认真半开玩笑地说,夹了只小笼包。

秦勋将咖啡杯往她跟前推了推:"大名鼎鼎的岑医生还相信这世上有鬼神之说吗?"

"信,怎么不信呢。"岑词接过咖啡杯,"我曾经接触过一位精神病院的病人,每天总是在固定时间对着空气说话,其余的时间里跟正常人没什么区别。所以,你说他到底是正常还是有病?"

秦勋想了想,说:"在那种地方想要判断一个人是否正常也是挺容易的事。"

"没错,精神病院又不是福利院,正常的人也不会去那儿养老。"岑词说,"但他确实就是个正常人,除了每天夜里都要跑到院里的古树前喃喃自语,有时候还哈哈大笑,就真跟老友见面聊天似的。"

"连你也没办法?"

岑词摇头:"他没病。"

秦勋挑挑眉。

"解释起来很简单,要么他在装神弄鬼,要么他真能看见点什么。"

"最后呢?"

"不了了之,无解。"她又补上句,"同样的道理,不是所有事都要个解释的。"

秦勋用眼神示意了一下岑词的胳膊:"所以,解释不了的问题最后都归于玄学?"

"梦见个人,掐着我不放,我可以想成那人从梦里跑出来真把我给掐了,当然,也有另一种解释。"岑词放下筷子,双手怀抱,两手搭在左右手臂上,位置恰好就是瘀青处。

秦勋明白了,低笑:"对自己下手挺狠啊。"

"梦里多舛,人的生理上就会启动保护机制,我这也算是无意识中间接地缓解梦中压力。"

"梦见什么了?"

岑词喝咖啡的动作稍作停顿,浅笑道:"忘了。"

岑词匆匆而来什么都没带,便想着至少简单买些换洗的衣服和护肤品。秦勋上心,吃过饭后她还没提这茬,他就主动担当起司机加导购,带着她直奔商场。岑词觉得他有点小题大做。

秦勋说:"我现在没心思工作,陪你买衣服至少能分散我的注意力。"

岑词知道秦勋心里压了块石头,昨晚必然睡得不好,想着速战速决,但秦勋有耐性,说:"别急,慢慢试。"

岑词想过这样的画面:在某天爱上某个男人一起逛某个商场,她一件件试,他就在耐心等,或者她拉着他去男装店,亲手为他选一件她喜欢看他穿的衣服。

秦勋的电话没安静过,人虽不在公司,公事没停过,每次她换好衣服出来时都能见他在通电话,那种想象中的画面统统化为泡影,原来影视剧里都是骗人的。

秦勋无暇对岑词试过的衣服一一点评,甚至连坐下来看会儿杂志的时间都没有,等岑词看过来,他只能隔着一道玻璃门冲着她竖起拇指,示意好看。

女服务员们时不时去瞅秦勋,但说出来的话都是:"您家先生挺忙啊。"

再出来时岑词换了自己的衣服，女服务员笑脸相迎。与此同时秦勋在外面也说完了电话走了进来，岑词打量了一下他的脸色，与平时无异，看来这期间公安局一直没打来电话。

秦勋建议再多试几件，岑词摇头："太累了，我就随便选一件吧，反正我穿哪件都好看。"

女服务员在旁附和道："对对对，您身材好人又漂亮，皮肤白，这几件您穿着都好看。"

岑词轻笑，还真是挺会夸人。

"那就——"

"这几件都要了吧。"秦勋轻声打断岑词的话。

岑词扭头看秦勋："就在北市穿，回去天就暖和了。"

"明年穿。"秦勋说着就去付款了。

这一幕倒是很像电视剧里的情节，但是她哪能占这便宜？岑词赶忙上前阻拦，秦勋低语："小词，我给你买几件衣服没什么。"

"我又不是没钱。"

"知道你能赚，但我在你身边呢，没有要你掏钱的道理。"

"你为我掏钱名不正言不顺。"

秦勋接得顺溜："那你就让我名正言顺。"

岑词语塞，想了半天，又扔了个理由出来："这么多衣服我、我拿不了。"

"选一件大衣现在穿，其余几件让专卖店邮寄。"秦勋抬手一摸她的头，"这不是什么难事吧。"

是，简单粗暴的事，符合神经大条的男人的性子。

一刷卡，好几个零哗啦啦地飞了，岑词看在眼里，觉得她这一趟也真够值钱的了。

选了个咖啡厅坐下休息的时候，岑词拍了拍搭在椅背上的新大衣，道："店里女服务员们猜测咱俩的关系，我应该明确告诉她们，你是我的金主。秦总，您今天破费了，情绪能安稳下来了吗？"

"猜测咱俩什么关系？"秦勋好奇。

岑词没隐瞒："以为你是我先生，但结账的时候我那么一客气，她们估计会认为我是小三。"

秦勋勾唇："这关系好，我喜欢。"

"先生还是小三？"

"都好。"秦勋说，"至于金主，你这么一叫，贬低了我们俩之间的感情，你换个叫法，金主男朋友就不错。"

岑词大大方方说："你这么一说，要照着影视剧情来看，我是不是该表现得矜持点？"

"照着影视剧的方向，你该以身相许。"秦勋似开玩笑，"固有剧情就是，两个成年人，其中一个千里迢迢飞奔另一方，那必然是要发生关系。"

岑词扑哧笑了："你的心思昭然若揭。"

"我说得不对？至少你的朋友汤图不会认为咱俩还相敬如宾。"

"也对，这种情况的确会让人误会，尤其是，"她朝着新衣服示意了一下，"这个。"

秦勋被她逗笑，苍白的脸因为这一来二去的对话倒是红润了一些。岑词起身又去了吧台，回来手里多了份烤牛肉帕尼尼，顺势推到秦勋面前。

"补充点体力。"

"回报？"

岑词抿唇："关心。"

秦勋看着她，眼神柔和。他觉得一切都好，她人好，说话的声音也好，性子更好。

秦勋拿起叉子刚要吃，手机又响了，只是这次来电显然令他异常紧张，叉子一放，赶忙接听。

岑词在他对面，见状猜出对方是谁了。果然秦勋唇角凝固了，片刻后说："好，我马上过去。"

张齐早就在鉴定所门口等着了，见秦勋来了后大步上前，跟他说："警方今天又打捞出一些残骸，可能对死者的身份鉴定起到至关重要的作用。"他抬腕看了一眼，"已经在里面做鉴定了，估计初步的结果很快就能出来。"

秦勋显得紧张，点头道："好。"

刚要跟着张齐进去，一下想到岑词，秦勋转头看着她说："你……"

"我跟你进去吧。"来都来了，她也想知道里头的到底是不是沈序。

"进这种地方你不怕吗?"秦勋担心,问道。

岑词笑了:"怕什么?这世上没什么能比人更可怕的了。"

鉴定所里安静,结果没出来的时候秦勋和岑词就等在走廊,拐弯处是一扇挺高的落地窗,天边余晖洒进来蜿蜒在地面上,止于转弯处,形成了一道分界线。

一明一暗,成了阴阳两面。张齐在跟秦勋说话,岑词趁机走到落地窗前去透透气。

想来人活一世,最后死相百千。能终老固然是好,最怕的就是落得这般支离破碎的结局。岑词转头朝着转角处望过去,头顶上一纵排灯全都开着,光环打在大理石地面上反射出刺眼的亮,清冷得很。

这期间张齐的手下来回了几趟,张齐和秦勋都靠在墙上,注视着鉴定室的方向,隔着不大的玻璃窗,能看见里面偶尔走过的身影。

过了半小时左右,有人从里面出来了,没等张齐开口,秦勋就迫不及待询问情况。

鉴定尸体的是从业多年的老法医,他问秦勋:"你朋友之前腿部做过手术、移植过金属环吗?右小腿的位置。"

秦勋微微皱眉:"没做过。"

"今天送来的残骸,经尸骨重建后我们发现死者右小腿应该动过手术,虽然没找到移植的金属,但从骨边缘来看是金属环没错。"

秦勋喃喃道:"腿是好的,我朋友的腿是好的。"

岑词作为旁观者,想问题比较周全,问法医:"能看出伤口的形成时间吗?"

秦勋微微一颤,他明白岑词的意思。沈序没失踪时双腿是好的,但在失踪期间遇上了什么事,腿受了伤动了手术也有可能。

法医回答:"我们通过骨伤情况初步能判断出死者伤龄应该在十年以上了。"

秦勋悬着的心蓦地放下,问法医:"确定是旧伤,不会低于三四年?"

"伤的时间没那么短,而且能看出当初手术做得并不成功,恢复得并不好。"

法医下了定论,"死者死亡时间超过三年,腿伤有十年多的时间,这跟你朋友不一样吧?"

是不一样,沈序的腿从没做过手术,如果里面躺着的真是沈序,那是否动过手术他肯定知道。事实上沈序十分健康,每年体检各项指标都算正常。

张齐拍了拍秦勋的肩膀说:"这下能松口气了,虽然还没消息,但至少还没听见坏消息。"

秦勋许是一直在撑着一口气,最后这口气也像是张齐说的,泄下来,整个人就像是被抽了脊梁骨顿觉无力。他一手扶墙,点头。

张齐转头对法医说:"我们还是要尽快确认死者身份才行。"

中午裴陆竟来了门会所,汤图又惊又喜地说:"不是说改天吗?"

"怕你饿肚子。"裴陆将手里的外卖盒晃了晃,"另外,我也想找个安静点的地方吃饭。"

午饭过程中,两人聊了不少,但都不牵扯到公事,唯独两句是关于岑词的,裴陆也是随口问汤图岑词去哪儿了,汤图便简单地将岑词一拍脑袋远飞千里的壮举说了说。

裴陆听完后说:"我总觉得秦勋他……"

汤图等着他继续说。

裴陆迟疑,最后说:"算了,讲到底我对秦勋也不是很了解。"

汤图没追问,裴陆这么吞吐,说出来的必然不会是好话。岑词跟秦勋郎有情妾有意的,万一裴陆真说出秦勋的不好来,她是告诉岑词还是不告诉?

问到段意的情况时,裴陆也简单说了一下,就说目前还在密切观察中,但如果始终没见异常的话,可能就要撤回警力了。末了,他提醒汤图:"总之,羊小桃出来进去的都要注意点。"

吃过饭,裴陆没有要走的意思,自顾自地磨了咖啡豆冲了两杯咖啡,一杯递给汤图,一杯放到躺椅旁的茶几上,跟汤图说:"你不用管我,你忙你的。"

汤图好奇:"你不用回公安局吗?"

裴陆往躺椅上一坐,顺了本书,回道:"我想清净清净。"

就这样一直到夕阳西下,裴陆在这期间看了一本杂志和半本书,然后睡了一小会儿。汤图看他的侧脸看了好半天,觉得他睡着的样子跟孩子似的惹人喜爱。

等裴陆醒了,汤图的工作也忙完了。

裴陆起身伸了个懒腰,满足地说:"只有在你这儿,我才能睡个好觉,连梦都不做。"

汤图将文件归档,开门见山道:"说吧,你找我到底什么事?或者,你有什么话要对我说？"

裴陆在午餐的时候没少扯东扯西，躺在那儿的时候也不是很安生，一看就是有心事，有时候她还能感觉到他时不时会瞅她一眼。汤图有预感，十有八九是跟她有关的事，毕竟他直到现在还张口没提昨晚的事。

裴陆也知道瞒不过，嘴唇舔了又舔，最后心一横："对，我是有话对你说。我……汤图，要不然你就做我女朋友吧？"

汤图愣了好半天，怀疑是耳朵听错了，又觉得哪里怪怪的。品了又品，她终于明白这不对劲是出在这句话上了。

要不然？这哪是表白的口吻？

挺高兴的一件事儿，等品过来味的时候汤图就有点不高兴了。

"找女朋友可不是你吃盒饭，对付一顿就行了。"

裴陆一怔，反应过来后解释："我不是对付，汤图，我是认真的。"

"所以，"汤图迟疑，"你刚才真是在表白啊？"

裴陆无奈道："我的表达能力有那么差吗？"

"你刚刚的语气确实不像啊。"

裴陆有点蒙，想了想，立正站直："行，那我再重说。汤图，你做我女朋友吧！"

汤图跟他对视了许久，突然笑出声来，弄得裴陆一头雾水。

"不行了不行了，你别误会啊，我没取笑你的意思，我就是觉得你怎么表白的时候都像是审犯人似的呢。"

裴陆内心抓狂，伸手一抓汤图，却不想手劲没控制住把她抓疼了，改成给她揉胳膊，边揉边说："你说你这个人，我语气轻松点吧，你觉得我对付，我说得认真点吧，你又觉得我像是在审犯人。"

汤图用眼神示意了胳膊："不像吗？抓女朋友也跟抓犯人似的。"

"这个我道歉，我是习惯了，再说，哎？你刚刚说什么？"裴陆蓦地反应过来，惊喜地看着她。

"好话不说第二遍。"

"别别，好话就得常说。"裴陆眼睛晶晶亮的，"你答应我了？"

当然答应，她心里乐得不行呢，心心念念这么久的男人终于是她的了，还是主动跟她表白的，她做梦都能乐醒。但她还是保留了几分理智，开口道："答应倒是能答应，但你得先告诉我，怎么突然就跟我表白了？"

裴陆想了想，说："我是觉得吧，你是以我女朋友的身份参加的同学会，那大家都知道你是我女朋友了，我就……"

"啊？"

"我总得对你的名声负责吧？要不然我成什么人了？姑娘家的名声很重要。"

"就因为这个？"

"那不然呢？"

汤图的一腔热情被盆冷水给浇灭了，灭得死死的，一点火星子都没了。她推了裴陆一把："我用不着你裴大警官来负责我的名声。"

"怎么说生气就生气了？我——"

"你走吧。"

"啊？"

"我还有工作。"

"不是忙完了要去吃饭——"

"像我们这种职业，工作是永远忙不完的，走，别打扰我。"汤图把裴陆推到了门外，哐当关了门。

裴陆一脸无辜地站在门外，无奈道："你给我个死缓机会也成啊。"

秦勋难得喝醉了。

至少，这是岑词第一次见他喝醉。平时他喝归喝，喝过他还是清醒着。她觉得他酒量应该不浅，一个经常应酬的商人，酒量是能保证的。

张齐因为局里有事，没跟他们一同吃饭。秦勋找了家不错的餐厅，点了岑词爱吃的菜，又要了不错的红酒。席间跟岑词讲了不少他跟沈序的事，怎么认识的，如何惺惺相惜，末了，他似自言自语又似问岑词："你说，沈序到底在哪儿呢？"

岑词也是喝了酒的，但她量浅，所以就浅尝辄止。她听着秦勋的喋喋不休，心里觉得，他没表面看上去那么开心。

果然，把他往酒店搀的时候，秦勋吐露真言，嗓音低而含糊："小词你知道吗？其实在等的时候，有那么一刻我希望……希望里面的尸体就是沈序。"

把秦勋扶进房间后，岑词累得气喘吁吁，看着身材挺匀称的男人怎么这么重啊！

坐在床边，岑词好半天才有力气抬胳膊，边揉边看着床上的秦勋。他半靠着床头，脸偏向床头灯这边，从脸一直红到脖子。嘴里还嘀嘀咕咕，很低很轻。

岑词好半天才缓了倦怠，她也真是佩服自己，生生把这么个人高马大的男人给架回了房，目光落在他那两条大长腿上……真是个体力活啊。

起身给秦勋倒水的工夫岑词头有点晕，一点没醉是假。

秦勋喝了些水后迷迷糊糊睁眼，见岑词坐在床边，伸手来抓她的手。她觉得他掌心挺烫，跟他说："你闭上眼，休息。"

秦勋摇头。

岑词见他挺难受，想了想还是麻烦酒店煮些解酒茶送过来。她站在床头用座机拨打前台电话，灯光打在她身上，妖娆的身形就映在墙上，也落在秦勋的眼里。他看着那身影，似钩子一直在钩他的心。想去触碰，甚至想要把这钩子紧搂入怀，于是他就这么做了。

岑词这边话筒刚挂，就蓦地被人从后面搂住，吓了一跳。她一直觉得跟秦勋其实是有亲昵的，自打他明确表示了喜欢后，他对她的肢体碰触明显多于从前。但他的分寸掌握得很好，亲昵暧昧却始终没越雷池一步。像是今晚这行为，秦勋是头一次。

她被他搂在怀里，后背贴着他的前胸。彼此都是褪去外套的人，虽做不到肌肤相贴，可能感受到彼此的体温。她觉得他呼出来的气息顺着她头顶泄下来，烫了她的耳朵和脖颈。

试图挣扎，他却极有力量，紧箍着她不放，明显异于寻常的温文尔雅。

岑词转过身，一抬眼却被他的眼神吓到。他眼里不再有克制，像是撒了火种。她心口在跳，理智跟她说，推开他，可情感不断下沉拉扯着她，试图将她拽进泥潭深处。

秦勋抬手，手指穿过她的长发放在她脑后，脸下压要来亲她。她伸手抵住他的唇，嗓音发颤："秦勋，你喝醉了。"

秦勋没拉开她的手，任由她的手心抵着他的唇。

要换作平常，自小到大的礼数会拉回他的理智。但今晚他没有，就那么醉眼迷离地看着她，眼里的火非但没灭反而更强烈。良久后他开口了，嗓音低哑得很："你知道我喜欢你。"

今晚他口中的喜欢有了别样的意义，之前像是一种付出，今晚更像是索取，好像这句喜欢就是鉴定他下一步行动的条件，因为他喜欢，所以他能对她为所欲为。

醉酒的人体热，所以她觉得他的唇烫了她的手心，试图挣脱却被他攥得更紧。她想说，秦勋你放开我。可跟他对视时浑身泛软，只有呼吸的劲。

秦勋斜靠床头，胸前的衣衫经刚才的拉扯有些凌乱。他盯着她的脸，就着攥她手的便利将她往前拉，直到将她拉扯到身前。

"秦勋，你……"岑词声音微颤，话没说完就一激灵。

他的手攀附她的腰身，隔着衣料，男人的掌心也着了火。岑词僵在那儿一动不动，秦勋就着手劲坐了起来，看着她低语："今晚留下。"

如果刚刚她还在揣测他的意思，那么此时此刻他的直接叫她无路可退。岑词的迟疑令秦勋误会，一腔热血被酒精顶到了沸点，把她压倒在床。

秦勋的吻落下来的时候，岑词尚算寻得一丝理智，抵住他微弱地问："秦勋，你、你现在知道我是谁吗？"

曾经也是夜里，他似迷似惑，摩挲着她的脸叫她挽安时。她也怕，今晚的她在他眼里也是挽安时。她可以做飞蛾，但也得衡量一下这场火值不值得她以身相扑。

秦勋的唇顺着她的耳畔滑下："小词，我想要你，一直就很想要你。"

岑词心里好不容易竖起的壁垒顷刻坍塌，一时间柔软如水。恍惚觉得衣衫被他扯落时听见了门铃声，她撑着他的肩膀，颤抖轻语："解酒茶……"

秦勋的一腔热情哪是个门铃能阻止的，他压下身来，低低说："你就是我的解酒茶。"

岑词浑身都软了，如小舟于海上浮沉。痛与快乐并重，最后连她自己都化身为海，与这坚实的力量撞击、厮缠，最后融合。天地间，似乎只有男女之事才能将这先苦后甜体味得淋漓尽致了吧。

她似飞身天际，脑中却不经意想到的是汤图的话：你既然能千里迢迢奔他去，就早做好心理准备了吧。孤男寡女同在外地早晚要出事。

早晚要出事，这该死的套路。

飞机冲上云霄时，天际的光也落在岑词脸上，她伸手拉下遮光板，放平椅背，窝在宽大的舱位里，合眼之前提醒空姐，用餐的时候不要叫她。空姐替她拉了拉毯子，点头离开。

打车往机场走的时候岑词就在想，上机后一定要结结实实地补上一觉。拖着几乎快支离破碎的身体过了安检，可真正躺下，她却发现自己睡不着了。

过安检的时候要求脱外套，她脱下时不小心扯了一下里面的衣服，露出大片脖颈，她故意忽略安检人员看她的眼神。

秦勋昨晚吃饱了，平时那么温雅的男人，在床上就跟变了个人似的，恨不得能把她拆骨断筋。那还不过瘾，近凌晨的时候他又翻身上来，她迷迷糊糊间只觉他所碰之处都疼得要命。

岑词蓦地睁眼，盯着斜上方的遮光板脸红心跳，呼吸都跟着急促起来。她算是睡不着了，蓦地起身，又让她龇牙咧嘴了一下，困，累，好想睡。

她在心里狠狠狠骂秦勋：都是你害的！

斜前方是一对情侣，只听女的娇滴滴地说："等回家我要好好泡个澡，晚上我们去吃西班牙菜吧？"

男人说了句："随你喜欢吧。"

宽厚的半弧形舱位遮住了两人的脸，直到女人起身去了洗手间，男人的脸微微一侧，面容清晰可见。

岑词重新躺了下来，将那对男女的腻歪屏蔽在视线外。那男的和女的她都在照片里见过，汤图给她看的。

男的是段意，女人是段意的女朋友，之前打过羊小桃的那位。

那女的，岑词其实是见过的，在清寂寺，跪地痛哭祈求佛祖惩罚狐狸精的那位。

岑词驱车赶到青舞台时已是下午，来不及吃饭，也不饿。顺着导航兜兜转转，见到"青舞台"三个字的时候，岑词终于可以趴在方向盘上喘口气。

她发现自己简直是无敌了，从南城到北市，再从北市回南城，然后再到青舞台，竟然都能挂单机模式了，谁说她逢路必迷的？

娄蝶的经纪人陈萱蕊打老远就看见岑词的车了，走近见她趴在方向盘上不知怎么了，便急促地敲了两下车窗。

岑词抬脸，降下车窗，陈萱蕊的声音冲进来："岑医生你没事吧？"

风风火火是陈萱蕊的作风，不管是生活还是工作上。说起陈萱蕊这个人也是长情，多年前她作为娄蝶的助理进了演艺圈，听说那是在娄蝶最红的时候，能要一个什么都不懂的她来做助理,这就是伯乐之恩。陈萱蕊也是个有能力的姑娘,从助理一跃成了经纪人,娄蝶不少优秀作品甚至在海外拿奖的作品都是陈萱蕊给死磕下来的。

陈萱蕊曾经对岑词说,蝶姐怕是整个演艺圈里最好带的艺人,跟她合作过的导演和艺人都喜欢她。可就这么个好带的、通情达理的艺人还是翻了船。

近两个月来,娄蝶成了门会所的常客,是岑词的病人。当时是陈萱蕊找到了岑词,第一句话就是:"救救我家蝶姐吧!"

一个在国际上拿奖拿到手软的艺人,却有一天陷入心疾无法自拔,你相信吗?

岑词相信。

这世上之人,你爬得有多高,就有多怕会摔下来,渐渐地心就不静了,心不静就爱生病。

岑词这边刚说了句没事,那边陈萱蕊就把车门给打开了:"没事就好,你快来看看我家蝶姐吧,她就像魔怔了似的。"

青舞台是娄蝶买下来的一处梨园剧场,其中戏台子就叫青舞台,剧场也就跟着这么叫了。之前狗仔队一直在跟消息,娄蝶确实时不时就会回这里唱上那么一小段,然后再看看戏园子新人的情况。

据陈萱蕊说,近段时间,娄蝶回这里回得勤了些,也不跟新人接触,就是自己在台上唱,唱完往台上一坐就坐上很久。

岑词往园子里走的时候,远远就听见有人在唱戏,声音幽幽绵长,几多寂寥悲伤。进了大院,透过敞开的剧场大门就能看见舞台。舞台之上独有一人,是娄蝶扮作青衣的模样,长袖一甩,咿咿呀呀,回眸时那张精致的脸叫人移不开目光。

娄蝶漂亮,哪怕人近中年,骨子里还是透着叫男人怜惜不已的魅力。

"这曲子听着熟悉。"

陈萱蕊说:"就是《尘桥》里莱尘唱的。"

《尘桥》是早年火遍大江南北的电影,在曾经故事质量决定市场的年代,这部影片算是商业与文艺双丰收的典范,同时也斩获了国内和国际上不少大奖。

影片大抵讲述的是军阀割据年代,官家少爷司桥与青衣伶人莱尘相识相恋,却因不被世俗看好终究折戟沉沙在纷纷战火中,家国情怀与人性的碰撞,成就了《尘桥》影片的经典。

在陈萱蕊找到岑词之后，岑词又重温了这部片子，片中莱尘的扮演者就是娄蝶。

当年《尘桥》的导演选角时第一眼就相中了娄蝶，觉得她就是莱尘。一位知名大导演，主角选了个毫无演戏经验的新人，戏份重不说还是大制作电影，这在当时引起不小的轰动。

但娄蝶没令导演失望，凭着专业底子完全撑起了戏中莱尘的戏份。也是凭借着这部影片，她出道即是巅峰，而后片约不断。

人人都道，一个好的演员，一生能成就一个经典角色就是成功，这话用在娄蝶身上最合适。娄蝶虽说在日后塑造了不少角色，但大家对她最深的印象始终还是莱尘。

莱尘就是娄蝶，娄蝶就是莱尘。所以不少人说娄蝶很幸运，出道就遇上大制作电影、大导演，一个角色成就一生。

但岑词不这么认为，不成疯魔不成活是典型的戏痴表现，如果人戏不分，那等待演员的将会是无穷尽的煎熬。

娄蝶就是这样。

当年司桥和莱尘的爱情一度成为津津乐道的话题，甚至影射到演员本身。戏中莱尘是青衣，现实中娄蝶也是唱青衣的，戏中司桥是司令之子，而戏外扮演者晋茂除了是当红小生，还有爆料说他家世显赫，是有钱人家的小公子。

而后爆出两人相恋，像极了司桥与莱尘爱情绝唱的延续。人人都看好那段爱情，可现实终归是现实，晋茂也终归不是司桥，他做不到剧中司桥为了爱情敢于抗争世俗的决绝。两人的恋情长达五年，最后以晋茂提出分手而告终。

之后晋茂退出演艺圈投身商场，娄蝶转攻国际市场拿了不少奖，可身边始终无良人。现实不是《尘桥》，晋茂不是司桥，可娄蝶却把自己当成了莱尘，到现在都没从这个角色里走出来。

岑词看过娄蝶所有的访谈，但凡提到最喜欢的角色，她的回答都是莱尘，她说："因为莱尘就是我，我就是莱尘。"岑词看得出，她是认真的。

"唱多久了？"岑词问陈萱蕊。

陈萱蕊叹了口气："今天早上一睁眼就来了，直到现在，唱完了就坐在台上休息也不搭理人。这两天都是这样，我都要愁死了。"

"发生什么事了吗?"

"也没什么特别的事,就是接了部剧……"陈萱蕊思量,"不会是因为剧的关系吧?"

"什么剧?"

"一部都市爱情剧。"

岑词不解,目光从台上移到陈萱蕊脸上:"电视剧?"

"嗯。"

"娄蝶从出道到现在,几乎没怎么接过电视剧吧,都是电影。"

陈萱蕊点头,神情凝重,半响后说:"影视市场遇冷,尤其是电影市场,所以这两年不少资方和导演都转战剧作或者网络剧,反正心理落差肯定会大。"

"还有呢?"岑词冷静问,如果只是因为这件事娄蝶不会这样,大不了不接就完事了。

"不仅仅是因为这个……"

中年女演员市场遇冷,不可能跟年轻小姑娘似的再去演些情情爱爱的片子,大多希望能遇上有质量的本子,可有质量的本子何其难等,等来了还有那么多有流量准备转型的小花们候着呢。

找到娄蝶的还是《尘桥》的导演,只是这一次他导的不再是大荧幕电影,而是一部甜得腻牙的剧。用导演的话说就是"我不能总在高处悬着吧,总得接接地气",后来他跟陈萱蕊说实话了:"电影这几年不好做,我得吃饭,得养公司里的人。"

不得不向现实低头。

导演念旧,硬是给娄蝶饰演的角色加了爱情戏,唯独一点,娄蝶不是主角。

"其实刚开始谈的时候,蝶姐就是主角。"陈萱蕊的无奈都藏在声声的叹息里,"但资方死活要把女二的戏加成女一,原本是个职业剧,现在成了披着职业皮的狗甜剧,主角成了当今一线流量女演员。导演内疚,才坚决要给蝶姐加戏。"

岑词明白了娄蝶的心境变化。

"蝶姐不想接这个剧,但又怕被外界说是白眼狼,我看她那样子,过阵子的颁奖盛典她都不想去了。"

陈萱蕊在这头说着,那头台上青衣已唱到尾音,一声凄凉结束了唱词。然后娄蝶就跪坐在台上,背对着观众席一动不动。

娄蝶这儿次去门会所,岑词更多的是沟通,像是介入式的物理手段治疗还没涉及。陈萱蕊性子谨慎,早就表示能尽量避免药物就避免,怕娄蝶会接受不了。

岑词最初也是这么想的,毕竟是曾经红极一时的艺人,用药的消息一旦走漏,流言蜚语就成了杀人的刀。

岑词从一侧台阶走了上去,戏台很宽很高。刺眼的光都聚在戏台上,照得头皮都觉生疼。她心叹,这高悬的戏台啊,大而空,台子的另一头又是淹没在无尽的黑暗里,一眼看不到头。

有的演员在台子上一待就是一辈子,有的演员演到一半的时候骤然离场,何尝不是像极了人生路?

岑词走到娄蝶面前,蹲下身来。娄蝶低垂着脸合着眼,粉饰后的脸有倦意,额上冒了细汗,睫毛微颤,许久后才缓缓睁眼。那目光渐渐上移,几多风情又几多寂寥。落在岑词脸上时没有惊讶,微微一笑时有些勉强。

"岑医生,你来了啊。"

岑词也蹲累了,坐在了台子上:"是,我来了。娄蝶,你感觉怎么样?"

娄蝶很信任岑词,没隐瞒道:"岑医生,我很不好。"

"说说看。"

"我胃疼,有时候疼起来会连着心脏一起疼。"

"是最近才疼得更严重是吧?"

"对。"

岑词若有所思。

娄蝶抓住她的手,目光无助:"你跟我说实话,是不是我真的老了、过气了,真的再也没能力去演戏了?"

岑词只觉手间冰凉,是娄蝶的手温,就跟这戏台里的温度一样,叫人脊背发寒。

"娄蝶需要用药了。"娄蝶去卸妆的时候,岑词如实跟陈萱蕊说。

陈萱蕊如临大敌:"你的意思是蝶姐她这里真是病得严重?"她指了指头。

岑词摇头,把她的手拉到心脏位置:"是这里病得严重。"

陈萱蕊不解:"如果只是心理疾病,是心里想不开的话,那也不一定要用药吧？没有器质性损伤。"

"心理和精神相辅相成，判断一个人有没有患上精神类疾病，主要是看病人的意识能不能控制症状的出现，症状一旦出现的话，通过转移是否能消失，还有就是症状跟周遭环境相不相称。更重要的一点是，这些症状是不是已经给病人带来不同程度的社会功能损害。"

陈萱蕊听不懂这些专业说辞，但也能明白大抵意思，她手指松开，嘴唇发抖。

岑词说："之前娄蝶是有问题，但我觉得还可控，只要她适当放下也都好办，现在看来，你说的那部剧就是导火线，把她深藏的问题全都炸出来了。"

"她到底怎么了？"陈萱蕊问。

"内脏性幻觉，属于感知觉障碍的一种，外加道林·格雷综合征，简称DGS。"

陈萱蕊目瞪口呆："这是两种病？"

"严格来说，DGS算不上是确诊的心理病症。"岑词说，"这个病症名是来源于奥斯卡·王尔德的小说《道林·格雷的画像》，复杂点说就是病人过分关注自身，伴随难以应付老龄化进程，难以达到老龄化所要求的成熟。简单点说就是怕老去，并且会大量使用医疗程序和产品来葆青春。这种心理说它是疾病，倒不如说是文化和社会现象更准确。现如今有太多明星都会有这种心理，属于自恋型人格失调。"

"如果只是一种社会现象的话，那也不是太严重吧。"陈萱蕊迟疑说，"至于内脏性幻觉……"

"娄蝶的身体检查报告我都看过，一切正常。所以她所说的胃疼和心脏疼，其实就是内脏器官出现的幻觉体验，是心理问题的投射。"

陈萱蕊连连点头："对对对，蝶姐总说胃疼胃疼的，一检查什么病都没有。"她语气迟疑，"所以一定要吃药对吗？"

岑词看着戏台化妆间，缓缓道："你要明白一件事，如果娄蝶的情况用药物能控制的话，这已经算是万幸了。"

岑词进家门的时候天色暗了，她唯一的念头就是把自己扔床上好好补上一觉。

挣扎着冲了个澡，伸手够浴巾的时候全身又是酸疼，岑词想起昨晚那幕，呼吸一窒，将浴巾往身上一裹，浴巾一角往腋下一掖。

岑词快速吹干头发，打算回卧室的时候才想起手机来。从包里摸出来一看，竟有二十几通未接电话，还有未读的信息。

有汤图的，还有秦勋的。

经过昨晚的事，岑词现在光是看见"秦勋"二字，心都紧张慌乱。点开他的信息，一水的都是问她：在哪儿？去哪儿了？这般连环call（呼叫）弄得好像她是挺不负责的那位似的。

门铃响了。

岑词想是汤图来了，她还得做一番自我澄清，但怎么个澄清法呢？门把手按下的瞬间，她才想到没换家居服，这一身印子被汤图看见……

为时已晚，房门开了。

门外，站着秦勋。

"为什么逃？"这是秦勋进门后的第一句话。他看上去风尘仆仆，应该是下飞机后直奔了这里。

"逃？"岑词用疑惑的口吻来表达对这个字眼的不认同，虽说她承认自己是有点这个意思。

秦勋逼进一步，目光从岑词脸上游离至脖颈肩膀，微微偏头含笑，道："不是吗？"

岑词哪怕身上的印子有多昭示她落于下风的处境，都得傲然挺立，硬气地回击一句："别自作多情啊。"

"又逃？"秦勋看出岑词目光里的躲闪，伸手拉住她的胳膊。

"什么叫又逃？"岑词嘴硬，"衣衫不整有失体面，我得有点待客之道。"

"赤诚相待挺好。"秦勋故意道，"就这，我还觉得你穿多了。"

果然，这男人脱掉外衣的同时也扯掉了高级文明的标签。

在衣帽间岑词没少做心理建设，光是深呼吸就做出了健身级的标准动作，她万万没想到秦勋会直登家门。能促使她有"逃"的下意识，纯粹是因为她觉得昨晚的事是秦勋酒后起性。重要的是秦勋做人做事一般都会给自己和旁人台阶下，是个考虑周全的男人。

像是这种情况，他极大可能是给她发信息，讲明自己的立场，给她足够的思考空间。而绝不是像现在这样登门入室，逼问她为什么逃。

秦勋早就在沙发上正襟危坐，顺带的，茶几上还多了果盘。反客为主不说，还不忘善待自己的嘴。

"我要跟你郑重声明,我今早上不是逃。"岑词坐下后为自己辩解,"我收到工作上的信息,必须得马上回来。"

"所以,你就把我一个人扔酒店了。"

把自己说得那么可怜,岑词心里嘀咕,这么大人了至于吗?我都敢千里走单骑了。

见岑词不语,秦勋也知道她在腹诽,语气挺认真地说道:"岑词,你不能这么不负责任。"

岑词一愣,好半天"啊?"了一声。心想,不负责从何谈起?

秦勋伸手在茶几上轻敲了两下,将话挑明:"睡了我就跑路,这就是不负责。"

"我是因为工作——"

"借口。"秦勋收回手,双臂环抱于胸前,朝后一靠,"你完全可以叫醒我。"

岑词生平哪经历过这事?她喃喃道:"那照理说,我起床的时候你就该察觉啊。"

秦勋给出的理由十分直接,意思却暧昧:"身心舒爽,所以睡得沉。"

……好吧。

"倒是你,"秦勋打量岑词,"还有精力看手机呢,看来还是不够累。"

"不不不,挺累的挺累的。"岑词一激灵,说完方觉怪怪的,脸微烫。

秦勋忍不住笑了,气氛一下就轻松了。

岑词虽说对处理这种事没经验,但她毕竟是个成熟女性,在人性的熔炉里也是浮沉多年,所以哪怕一开始有点蒙,现在经过几番拉扯理智也回来了。她直面秦勋,道:"对于昨晚的事,我觉得我们的确应该聊聊。"

秦勋笑着看岑词,能说这话才是她的性格。

"你说。"

岑词倒了杯水,喝了口润了润喉,说道:"你我彼此喜欢,但没确定恋爱关系,这是现状,关于这点,你不否认吧?"

秦勋点头:"是。"

岑词舔唇,很显然接下来的话她在思量着如何说。秦勋见她目光闪烁,眉眼间刻意掩饰那份不好意思就挺想笑。

"接着说。"

的确得接着说，岑词不喜欢一件事拖拖拉拉，态度不明。她放下杯子，道："昨晚的事，如果是你深思熟虑之后有意为之，那说明你是想通过这种方式来捅破你我之间的窗户纸，那从今天起咱俩就确定恋爱关系，那种事不说谁占谁便宜吧，但毕竟是肌肤相亲，算是男女间最亲密的接触了。"

秦勋微笑着看她。

"但如果昨晚上只是你的一时性起，又或者是酒精作祟，那你完全不用顾忌太多，昨晚我是心甘情愿，你没必要对我内疚，更没必要对我负责，这种事我对我自己负责就行了。"

"你的意思是，我可以不用对你负责任？"

岑词"嗯"了一声。

秦勋看了她一眼，又问："那你希不希望我对你负责？"

"都行。"

一句话气得秦勋差点吐血："都行？"

岑词没重复话，又把水杯拿起来，实则心里在打鼓。

秦勋沉默片刻，思量着她这句"都行"的分量，然后认真问她："小词，你心里到底有没有我？"

"有。"岑词没遮没藏。

"有多大分量？"秦勋刨根问底。

"这个，"岑词迟疑，"我没交过男朋友，所以没有参数对比。"

一句话又把秦勋给气笑了："我知道你没交过男朋友。"

岑词原本想戏言一句：你怎么知道我不是骗你的？但一想到昨晚，嗯，这话他的确有资格说。

"我没法形容你在我心里有多大分量。但我喜欢你，昨晚我也没后悔，就这样。"

秦勋知道就算逼岑词，她也未必能说出个什么来，便开门见山了："行，那我就表明我的立场吧。岑词，我就是想对你负责，这跟内疚不内疚没关系，事实上我不内疚，你是我喜欢的人，我拥有你的目的就是想让你跟我在一起。"

岑词觉得自己挺干脆的了，不想秦勋比她还直接，闻言她有几秒的愣怔。

秦勋故意问："你还有什么异议吗？"

"……没有。"

对于岑词的这种懵懂反应，秦勋倒是挺满意，点头道："那好，那咱们——"

"有件事我觉得我应该说一下。"岑词拉回理智。

秦勋作洗耳恭听状。

岑词再开口时有些不自在："那个，我就是想说，昨晚你没做安全措施。"

"你担心？"

岑词噎了一下，心想着，这不废话吗？

秦勋轻声说："我刚才跟你说过，我想对你负责，也心甘情愿对你负责。"

"不不不。"岑词觉得有必要表明一下自己的立场，"我现在还没做好心理准备，再说了，咱俩才刚刚……我觉得进度有点快。"

"好。"秦勋嗓音低沉好听，"我下次会做安全措施。"

岑词"嗯"了一声，紧跟着反应过来："什么下次？没有下次。"

秦勋拿了一个苹果，手拿过水果刀削果皮，轻笑道："你刚才还嗯来着。"

"我那是下意识。"

秦勋微微抬了一下眼瞅了瞅她，然后目光又落回苹果上："下意识就是本能，小词，你的本能早就接纳我了。"

岑词竟无言以对，看着他手间的果皮越来越长，那果皮被削得薄得很，临到收尾她才开口："好吧，我说不过你。"

秦勋笑了，唇角温柔，切了块苹果递给岑词："所以，我们算是确定关系了吧？"

岑词觉得怪怪的，但又说不出哪里奇怪，接过苹果啃了两口才反应过来："确定关系倒是没什么，就是觉得有点亏。"

"亏？"

"你好像都没怎么追求过我。"

一句话说得秦勋想去撞墙，他放下苹果和水果刀，很认真地看着岑词说："岑词，你是不是记忆出问题了？"

"嗯？"

"从我知道我喜欢你的那天开始，我就一直在追你，你是感官失调感觉不到吗？"

岑词噎住，认识秦勋这么长时间，今天这话算是他说得最狠和最有情绪的了吧。好像经过了昨晚，两人的关系的确有些不一样，以前也会开玩笑，但玩笑里还带着点距离。现在这种感觉没了,好像他成了她生命里很重要的人了。

"那你可以表现得更明显点啊。"

秦勋笑看她:"敢情你是觉得我之前太含蓄了是吧。"

……也不是。

秦勋起身晃了晃脖子,显倦怠,说:"我冲个澡,干净的家居服在我行李箱里,记得一会儿帮我拿进去。"

岑词前所未有地麻利,恨不得借着沙发来个侧身翻,冲上去一把扯住秦勋的胳膊,如临大敌:"你干吗?"

"冲澡啊。"秦勋说得自然,"一觉醒来,自己的女人跑了,酒店不见人影,打电话也不接,再赶赴个千里之外,我真是身心俱疲。"

岑词压了压气息:"你完全可以回自己家冲澡吧。"

"没必要折腾,反正今晚我睡你这儿。"

"啊?"

秦勋低头看她:"不欢迎啊?"

秦勋的气息冷冽却又有暧昧,如藤似蔓,岑词气息就短了一截:"这不是欢迎不欢迎的问题。"

秦勋捏着岑词的肩膀,轻轻一推按她于墙上,低笑道:"你刚才说什么来着?希望我能表现得更明显点对吧?"

"不,我不是——"

秦勋低头吻上岑词的唇,没容她多解释。

情起多巴胺大多绚烂而短暂,荷尔蒙也不过是昙花,绽放时最美,归于理性又会被时间掩了华光。可哪怕这样,只要岑词得空了,总能想起缠缠绻绻的那幕来。

汤图敲门进来时见岑词单手托腮不知在想什么,便拉过椅子在她对面坐下。

"有情况啊。"汤图怪笑。

吓了岑词一跳,猛地缓过神,道:"你什么时候进来的?"

"什么时候进来的不重要,重要的是我进来之后发现了件了不得的事。认识你这么多年,没见你脸红过,我想想啊,是因为秦勋吧?"

岑词早就知道依着汤图的八卦特质,自己千里迢迢赶赴北市一事肯定要被刨根问底。她起身倒了两杯水,其中一杯放汤图面前,满足了她的八卦心。

"是,脸红就是跟秦勋有关。"

汤图双眼乍亮:"你俩——"

"发生关系了。"

汤图一怔,紧跟着笑,指着岑词:"你可真是太直接了。"

"跟你还用藏着掖着?"

"这倒是,你藏着掖着的,在我这儿的确说不过去。"汤图自我感觉很良好,"哎,怎么样啊?"

岑词抱着杯喝水,故作糊涂:"什么怎么样?"

"你俩的契合度怎么样?"

岑词抬眼看她:"你好歹一个女孩子家,问这话合适吗?"

"问别人肯定不合适,但我问的是你。"汤图十分自然,"你是我朋友,你满意我才安心。"故意把"满意"俩字咬重。

"无可奉告。"

汤图呵呵笑:"能让你白天思之想之的,行啊秦勋。"

"差不多行了啊,工作时间呢。"岑词放下杯子,驱赶汤图,"出去出去。"

午后陈萱蕊来了,一脸的歉意:"蝶姐下午见导演,所以我替她来了。"

岑词倒是没计较这个,娄蝶的情况就摆在那儿,她来或不来没多大影响。

"我给娄蝶开些抗抑郁药,你必须要监督她用药。"

陈萱蕊心突突跳,问道:"岑医生,确定就是抑郁症吗?"

"上次我已经说了,娄蝶感知觉障碍,出现内脏性幻觉,并且有道林·格雷综合征,这两种症状多见于抑郁症和心理安全感的缺失。必要的时候需要药物介入,否则情况严重了会很危险。"

"你所说的危险是……"

"精神分裂甚至是自杀。"

陈萱蕊一哆嗦。

"娱乐圈里患有抑郁症的不少。"岑词说,"欲望大压力就大,人心乱,抑郁也就随之到来。作为娄蝶的经纪人,你要有心理准备。"

陈萱蕊抿唇抿了好半天,恳求道:"岑医生,你一定要治好蝶姐啊。"

"娄蝶是我的病人,我肯定会想方设法让她痊愈,但你也要明白,抑郁症的形成就是个漫长过程，治疗起来也很漫长。所谓心疾其实就是心坎，周遭环境给娄蝶的心里上了一副枷锁，要打开这副枷锁，除了药物的介入外，环境和她身边的人也是关键。"

陈萱蕊点头："我明白。"

岑词问及娄蝶见导演的事，陈萱蕊解释："是她主动去见的导演，其实她挺矛盾的，接吧心里还是不甘，毕竟要去给后辈抬戏，不接吧也会失去机会，虽说火过，但在这个圈子，有几个能真正活成常青树呢！"她又叹一声，"我能理解蝶姐的心情，一个实力派演员，活在拼流量、拼数据的年代，好的资源、顶级配置那都是留给一线流量明星。现在影视作品流水化、快餐式，观众的品位和喜好早就被这种审美给定型了，哪儿还会静心坐下来去细品一部剧？也不知道从什么时候开始评价一个演员好坏就只有流量高不高，数据好不好了。"

陈萱蕊临走前又跟岑词说了件事。

"一周后蝶姐应邀当颁奖嘉宾，我挺担心她的状态。以前都是站在台上领奖的，现在……"

"我会开导她。"

送走陈萱蕊后，岑词陷入沉思，娱乐圈的生存法则，又何尝不是当今社会大多数行业的缩影？

拼速度、拼效率，最后各行各业都成了被拔苗助长的怪物，人心浮躁，似乎每个人都不敢停下来去仔细想想自己究竟要什么，拼命地去活成自己最讨厌的模样，目的就是要在人前摆出"我活得很好"的姿态。

可是，谁又真正在乎呢？

第十四章

羊小桃见缝插针,寻得岑词休息的空当进了治疗室,端了果盘和点心。

岑词一看:"这下午茶够丰富的了。"

"汤医生去了超市,买了不少对口味的小零食,叫我拿给你尝尝。"

岑词示意羊小桃放桌上。见她没马上走,便问:"你想说段意的事?"

羊小桃点头,绞着手指说:"岑医生,我是想跟你咨询一下……"

"你说。"

羊小桃咬唇,思量了半天也不知道该怎么开这个口。见状岑词就了然于心了,她身子朝后一靠,问道:"你跟段意不是一顿饭的交情了吧?"

一语中的。

羊小桃的脸蓦地涨红,片刻后点头:"是,这期间我们又见了几次面。"

岑词微微蹙眉。

"段意他、他跟我表白了,想要我做他女朋友。"

岑词观察着羊小桃的神情:"你喜欢他?"

羊小桃抬头看了岑词一眼,又马上低头:"是,我挺喜欢他的,我觉得他挺有魅力,对我还好,可是我不知道要不要跟他在一起。"

"他有女朋友了。"岑词觉得必须要提醒她一句,"而且这次我在回程的航班上还看见他跟他女朋友在一起。"

"我知道。"

"你知道?"

"他是陪他女朋友度假去了,顺便找机会跟她提分手。"

岑词叹气:"可我看着他俩感情挺好的,不像是分手的样子。"

"那……分手这件事肯定要慢慢说吧。"

"羊小桃。"岑词目光严厉,"不管他是不是真想分手,你已经成了第三者。"

"他又没结婚。"

岑词无奈,良久后说:"不要走进复杂的三人关系里,这就是我给你的意见。他要真喜欢你心疼你,那就应该先处理干净了上段感情再来招惹你,现在这样算什么?"

羊小桃低着头,眼眶有点红。

岑词没再多说什么。她就是这样性格的人,劝慰或告诫的话不多说,点到即止,大家都是成年人了,该懂的道理也都懂。

良久后羊小桃抬眼看岑词:"你说,他能是真心喜欢我的吗?"

"我不知道。"岑词如实说,"我没接触过段意,所以无法判断他的情感。"

等羊小桃离开后岑词长长一叹气,出于专业和理性,她的回答是"不知道",但出于个人,她会说:一个能让你陷入为难境遇的男人,你觉得他是真心喜欢你吗?

岑词正想着,就听见门外有动静,吵吵嚷嚷的。她一皱眉,直觉上不太好。

门会所来了人,一男一女,气势汹汹。

岑词出来的时候,那女人正揪着羊小桃,边骂边要扬手去打,她身边的那个男人嗓门大,保洁阿姨不在,就汤图一个人拉扯着那女人的同时还得跟男人周旋。

羊小桃是发蒙的状态,脖子被那个女人抓了好几道血痕都想不起来反击。

哪怕没在飞机上见过,单瞧着这架势岑词也能猜出来,找上门的女人就是段意的女朋友,至于那个男的,她想起汤图之前说的,该是女人的哥哥了。

岑词也没急着冲上去,反正情况已经不能再糟了。她先把项链摘了搁一旁,这项链做工精细,是秦勋送她的,总不能在混战中无辜受损吧。她微微眯眼,瞧着那女人的指甲,那么长。

女人力气着实不小,一手扯着羊小桃的同时,又把汤图推得差点摔了个跟头,汤图往上冲时又被那男人给扯住了。

岑词快步上前,在巴掌落下之前截住。女人一愣,没等反应过来就被控制住了手腕，岑词扯过她的手指头就往墙上戳，与此同时掐住指甲的边缘。

女人连连号叫，用力一挣脱，再抬手一瞧，原本的长指甲被折断了，沿着指肉的位置，断得齐刷刷的。

气得女人冲上前就要挠岑词，岑词往旁一侧，女人扑了个空，她又顺势一推，女人高跟鞋不稳，脚一崴跌倒在地，开始哇哇叫。

羊小桃披头散发地缩在角落里，一个劲地哭。

女人的哥哥一把甩开汤图，冲着岑词就过来了，指着她鼻尖骂："你他妈管闲事是吧？"

汤图生怕岑词吃亏，欲往前冲，被岑词抬手止住。她盯着男人的眼睛，语气淡漠："你最好别指我。"

"我就指你了，怎么着吧？"男人粗声粗气，依旧指着岑词骂，"你就是她领导是吧？看好你的人，再勾引我妹夫，我一把火烧了你这里！烧死一个算一个！"

"放火烧我的地盘？"岑词冷笑，一直盯着他，突然语气转得低沉，"现在，这把火不就着起来了吗？"

男人一愣。

"火顺着你的裤腿烧上来了。"岑词似笑非笑的，"你没觉得疼吗？"

男人怔住，与岑词的目光相对，一时间移不开视线，像是被什么拉扯住，又觉得她目光里像是有什么东西，黑暗、幽深，他被抓了进去，周围什么动静都没了，就只有她的声音：火顺着你的裤腿烧上来了，你没觉得疼吗？

段意女友从地上爬起来，准备继续跟岑词拼命，却见哥哥僵在原地，脸部抽搐。她察觉不对劲，冲上前喊："哥！"

却见男人从原地跳起来，惊叫乱窜，不停拍打裤腿，叫到："救火！着火了，救火啊！"然后又使劲蹭自己的脸，惊恐大喊，"疼，疼啊！"

这幕不但让段意女友目瞪口呆，连一旁抽泣的羊小桃也忘了哭，一脸愕然地看着男人诡异的反应。

段意女友反应过来扑了上去："哥，没有火，没着火！你清醒点！"

男人像是没听见她的话，满地打滚："有火啊！烧死我了！"

汤图叉着腰在旁站着，气喘吁吁的，心想着：该！

段意女友回过味了，扭头怒视岑词，指着她厉喝："你对我哥做什么了？"

岑词目光一转落在段意女友脸上。

就这么一眼着实吓得她一哆嗦,冷不丁想起岑词那句话:你最好别指我。

她马上收回手指。

岑词的态度不冷不热的,看着女人说:"不管如何,登门打人就是不对,所以你要不要去给被你打的人道个歉?"

"我给她道歉?她就是个狐狸精,我给她道歉?"段意女友盯着羊小桃,眼睛里都快喷火了,"没她的话段意也不能跟我分手!你不怕遭报应吗?"

羊小桃眼眶又红了,支支吾吾地说不出来话。女人继续诅咒:"你这个贱人,你不得好死!"

"这是工作场合,你们已经严重影响我们的工作了,所以道歉吧。"岑词语气冷淡。

段意女友紧抿着嘴。

岑词也没勉强她,走到男人跟前,轻声说:"脸上的火,也许用手拍才能熄灭。"

男人二话没说,开始啪啪扇自己耳光,左右开弓扇得挺用力。段意女友疯了,上前拉扯,却怎么都拉不开,没一会儿男人的脸就肿了。

段意女友这才意识到岑词不是个好招惹的主儿,上前哀求道:"你放过我哥吧,我、我道歉,道歉。"她看向羊小桃,虽是不甘但还是说了句对不起。

话说间有人推门闯了进来,急匆匆的。羊小桃抬眼一看,身体一僵。

段意女友听见动静看过去,顿时开始了鬼哭狼嚎:"都是你!都是你害的!"

岑词抬眼看来者,是段意。

段意震惊地看着眼前发生的这幕,原本以为是乱成一锅粥的场面,岂料……竟然还有跪在地上啪啪打自己耳光的?

岑词淡淡地说了句:"行了,火灭了,你没事了。"

男人一下停住动作,就跟被人点了穴似的,好半天才有了反应,然后茫然看向四周:"刚刚我是怎么了?"

这是段意第一次与岑词正面相对。

段意亲眼看见女友一脸的惊恐,和她哥跟疯了似的打自己的脸,甚至将他送回到车上后还不记得自己发生过什么事。

"听过网上对岑医生的评价,以前还觉得夸张,今天算是领教了。"

"我不喜欢管闲事,但你的人闹了我的办公场地,又打了羊小桃,这件事总不能轻飘飘过去吧。"

说这话的时候大家都在会议室,汤图面色严肃,羊小桃坐在靠窗的位置,全程没看段意,眼睛都哭肿了。

段意面色尴尬,下意识看了一眼羊小桃,然后跟汤图和岑词连连道歉。

经过这几次的接触,汤图对段意的印象已经很不好了,所以没好气地说:"你没必要跟我们道歉,你女朋友跟她哥也算是被我家岑医生给教训了,小桃呢,你怎么跟她交代?"

段意面色凝重道:"我是真心喜欢小桃的,很喜欢,我想跟她在一起。"

汤图冷哼:"你这算是脚踩两只船?"

"不是,我绝对没有这个想法。"段意赶忙解释,"我会处理好这段关系,绝对不会让小桃受委屈。倪荞那个人平时强势惯了的,她只是觉得面子上过不去,并不是对这段感情还有多留恋。"

原来他女朋友叫倪荞。

接下来的时间里,段意描述了一番他和倪荞目前的相处状况。算是客户拉线两人才认识的,前两年相处得还不错,第三年开始争吵不断。

"甚至我每天吃什么她都要干涉。"段意惆怅,"我不少合作伙伴都被她给得罪光了,但凡有异性靠近我,她都如临大敌。讲真的,我受够这种日子了,现在还没结婚呢,要真是跟她结了婚,后果不堪设想,我——"

"段先生。"岑词打断了段意的满腹委屈,淡淡地说,"你的感情故事我没兴趣,但你需要知道一点,羊小桃要是下次再因为你的关系受委屈,就别怪我不客气了。我不是什么愚善的人,真心想要对付一个人的话也不会手下留情的,希望你明白。"

只见段意渐渐冷了脸,盯着岑词,许久后说:"岑医生的本事,我当然知道。"

段意走后,羊小桃这才往会议桌前边凑,红着眼,支支吾吾地跟汤图和岑词道歉。

汤图向来看不得人哭,叹了声,抽出纸巾递给羊小桃:"没事了没事了,你看你,挺漂亮的小姑娘把眼睛都哭肿了,不好看了啊。"

羊小桃擤着鼻涕,点头。汤图看了岑词一眼,示意她说点安慰话。

岑词开口了,但态度清冷:"小桃,在你插足段意感情的时候,今天这幕你就该想到,之前又不是没有发生过。"

羊小桃身体一僵。

"小词。"汤图轻声叫她,朝着她摇摇头。心想着,让岑词去安慰一个人,简直是错误的决定。

岑词起身:"总之就一句话,你最好立刻、马上跟段意断干净。我的话就撂在这儿,他分不了手,所以你还想继续受罪?"说完头也不回地离开了会议室。

岑词进治疗室没一会儿,汤图敲门进来了。她没看汤图,继续整理档案。

汤图倒了杯水,靠在桌边慢悠悠地喝。片刻后,她说:"你很少这么干脆地干预别人的事,应该跟生气无关吧?"

岑词合上手里的档案,知她者果然是汤图。

"段意这个人有问题。"

"有问题的意思是?"

"说不上来,就是感觉……"岑词想着用什么词语来形容,思索片刻,"危险。"

汤图惊讶:"我之前的确怀疑过他患有躁狂症,但后来他的举止一切正常,又没在咱们这儿诊疗过,所以我以为是我判断错了。"

岑词思考着说:"人的心理复杂,有些疾病是显性的,看得见摸得着,有的是藏在海底的暗礁,表面风平浪静,实则暗涌诡谲。"

"你担心段意是后者?"

"是担心,但没证据,一切都是直觉。"

"不管他危不危险,他女朋友肯定危险,但愿小桃能听你劝吧。"

面对爱情,谁能听谁的劝?岑词心里明镜似的,虽然她把话说得那么难听,但实际上羊小桃还会有自己的考量,她真能断干净?

羊小桃的事是门会所的插曲,甚至可以说是个小插曲,这里是人性的展示场,所以哪怕段意真是个危险人物,在门会所如沙般的个案里也不过是沧海一粟。

岑词接到了娄蝶的电话。她刚见完导演,情绪听上去不算太高,这通电话打来主要是致歉的。

"我实在是没脱开身,又怕你多等,所以就叫萱蕊去了。"

岑词说没关系,又问她今天的收获。娄蝶说了句马马虎虎,反而说了另外一件事,是关于颁奖晚会的,她邀请岑词一同参加。

"我不是你们圈子里的……"

"岑医生,那种环境下,只有你在我身边我才安心。"

要说娄蝶有多喜欢来岑词这儿,那还真是未必,但在她开始意识到自己的心理状况不佳时,她除了依赖岑词也并无他法。

娄蝶的抑郁症不是一天两天了,这种也是岑词最头疼的病人。虽说心理疾病百种烦,但抑郁症是格外烦,潜伏期长,难痊愈,易复发,极其容易受周围环境影响。

娄蝶说:"人心现实,你红的时候人人都捧着你、敬着你,会让你觉得你是这世上最重要的人。"

岑词跟娄蝶说:"所谓红不红都是分阶段,要看用什么标准衡量,以你现在的阅历和成绩,何必跟新人争夺商业市场呢?"

娄蝶苦笑:"不是我想争,是这个行业没那么多深度空间容你发展,大家都在看市场、看流量,我怎么办?我知道我这个年龄拼不过年轻人,想等有质量的本子,但叫好不叫座的后果就是机会越来越少。"她又感叹,"讲真心话,确实是瞧不上那些流量明星拍的片子,要敬业精神没敬业精神要演技没演技,但人家就是把名和利赚了。现在想想,还是人家活得明白,别管作品怎么样,趁着红的时候先大笔捞钱,有了资本以后再找机会转型。"

岑词是听说过娄蝶在片场时候的样子,哪怕最红的时候也没拿过架子,准时开工十分敬业,在她眼里戏比天大。她平时很少接综艺节目,怕的就是耽误本职工作,所以她现在瞧不上那些爆红后就到处拢钱的流量明星也正常。

岑词宽慰娄蝶道:"现在也有不少的老戏骨翻红。"

娄蝶情绪低落,叹气道:"那也是需要运气的,我的运气好像在前半生都用完了。"

岑词理解娄蝶的心情,她追逐不了名利,却又放不下名利,用她自己的话说就是:岑医生,我孤家寡人,活到最后总要给自己留条后路,保证我的生活吧。

有执念,心有郁结。执念越深郁结越重,最后陷入无法逃脱的怪圈之中,一方面想要证明自己,一方面又摆脱不了自己所处的环境。时间一长,这心里的毒瘤越来越大。

晚饭挪到了岑词家里。

秦勋难得没应酬，早早去了超市，又从忆餐厅拿了西餐调料，萧杭取笑他说："再这样下去，咱餐厅要被你吃黄了。"

"小词爱吃墨鱼饭，超市里的料哪有咱店里的好！"秦勋甩了个理由。

当晚秦勋做了墨鱼饭，前餐和主菜精致多样，外加一瓶上了年份的红酒，不用说这酒也是从店里拿来的。

墨鱼饭出锅的时候岑词直吧嗒嘴，又一个劲埋怨秦勋："非得做这个，做了吧我又忍不住不吃，吃吧，弄得嘴里黑乎乎一片。"

秦勋笑："在家吃不怕丢脸，再说了，我又不嫌弃你。"

"我嫌弃我自己。"

吃饭的时候秦勋才问岑词："看你今天情绪不是很高，遇到难题了？"

客户私隐，岑词不方便透露，就只能长叹："抑郁症啊，害死人。"

"有你搞不定的问题？"

岑词想到了娄蝶的状态，说："如果她能配合，这个问题就能解决。"

抑郁症是顽疾，有时候往往不是医生退缩了，而是病人本身选择了放弃。

秦勋给岑词加了块红酒鸭肉，说："医生和病人之间有时候也看缘分。"

岑词想了许久，怎么都觉着这话着实通透。

"对了，过几天我有个活动要参加，作为我的女朋友，你得陪我去。"

岑词咬着叉子："不怕那些莺莺燕燕就此弃了你？"

秦勋笑："哪有什么莺莺燕燕。"

岑词也不过是句玩笑话，所以痛快答应。问及什么活动，秦勋说是个颁奖晚会，他们公司是晚会的赞助商，所以在邀请之列，又是在南城举办，也不方便推掉。

岑词一听，笑了，这不是巧了吗？

"我还真得去，但不是以你女友的身份。"

秦勋一听这话就明白了："是你的病人？"

岑词点头，想着这世界真小，本以为跟娱乐圈毫不搭边的秦勋，竟也会参加颁奖晚会。这样一来也没必要对他遮着藏着，就算现在不说，到了会场他一看就知道。娄蝶具体的病情她倒是没详说，只说是受抑郁症的影响。

秦勋闻言惊讶："娄蝶？她是个挺不错的演员。"

是啊，挺不错的，只是被这追逐商业的社会折磨得面目全非。

晚餐羊小桃是跟段意一起吃的。

在段意安顿好倪荞和她哥哥之后，他主动联系了羊小桃，说要谈谈。羊小桃在哭过、伤心过后也有此意，两人约了家人少的餐厅，吃什么不重要，谈什么才是关键。

段意先表明了自己的态度，他说自己已经不爱倪荞了，也受够了跟倪荞在一起的日子，对于倪荞在公安局和门会所滋事的行为他也极其厌恶。

段意拉过羊小桃的手说："小桃，我第一眼见到你的时候就喜欢上你了，所以你放心，我绝对不会让你受委屈，我会跟她分手，跟你在一起。"

羊小桃沉默良久，把手抽了回来，跟段意说："你以后不要再来找我了，我们就当从来没认识过吧。"

段意闻言急了，想继续游说，被羊小桃阻止。

"我今天同意跟你见面吃饭，不是想听你发誓。今天我想了很多，咱俩终归不是一路人，就算喜欢，那你把倪荞抛弃了跟我在一起算什么？我又算什么？段意，我们不能这么自私。"

"我对她真的——"

"你对她还有没有感情，那是你俩之间的事。"羊小桃狠下心，"今天这顿就算是散伙饭吧，倪荞因为你打了我两次，今天这顿你请，算是对我的补偿。吃过这顿饭，你我就互不联系，如果你真心喜欢我，可以，你跟倪荞彻底断干净了再来找我。"

又过两天，羊小桃约了闺密去酒吧喝一杯。

其间谈到了感情话题，闺密说得直接，也表明不看好她跟段意。

往家走的时候羊小桃在想，道理她都懂，只不过她在这段短暂的情感里尝到了甜，就很不舍得放手。

到家已经午夜了。

羊小桃前脚刚迈进单元门，后脚就觉着哪里不对劲。往四周瞅了瞅，没人，可就是觉得不舒服，好像有双眼睛就藏匿在黑暗里盯着她。

电梯坏了，门上贴着维修提醒，她进了楼梯间，走到二楼拐角的时候听见有人推开了单元门。

喝了点酒，气短，上到五楼的时候她歇了歇，与此同时又跺了一下脚，保持感应灯长亮，想着给后面要上楼的人提个醒，别一拐弯看见她站在这儿吓一跳。

可是，楼下的脚步声没了。羊小桃以为对方是到家了也没往心里去，歇了口气继续往上爬。然而下面的脚步声又有了，跟着她的节奏，一步步地上楼。

羊小桃一激灵，又停下脚步，下面的脚步也停住了，她这才意识到那个脚步声一直跟着她。

她扭身就往上走，比刚才的速度快，楼下那人的脚步也加快了。

这一刻羊小桃的头皮都快炸开，脊背发凉，那口气悬在胸腔里上不来下不去，卡得骨头都生疼。更恐怖的是那脚步声似乎要追上她了，凭着感觉好像仅隔着半层楼。

意识到身后的危险越来越近，羊小桃的脚步也越来越快。到了八楼近乎冲出楼梯间，她火速开门，拿钥匙的手都在抖。脑中浮现看过的恐怖片段：主人公几番开门都不灵光，钥匙落地，一回头撞见张森白的脸。

房门开了。

钥匙没落地，羊小桃也没敢回头去看到底有没有鬼脸，钻进房间把房门合上的瞬间，她听见那人出了楼梯间，朝着走廊这头过来。

羊小桃后背贴着房门，大口大口地喘气，连动都不敢动，甚至都不敢看猫眼。但能肯定一点，这人绝对是冲着她来的，就站在门外。她掏出手机，紧紧攥着。如果门外真有进一步的动作，那就报警。

正想着就听那脚步声又有了，一步一步，鞋底蹭着地面，听得人心发慌，渐渐远去。

羊小桃腿一软瘫在地上。

岑词从噩梦中惊醒时，桌上夜明钟指示凌晨三点。

头发被汗水打湿，嗓子又干又疼，她揪了揪脖子，摸了床头水杯喝了水。一扭头，秦勋没在身边，去洗手间了？

房门半掩，客厅不亮，洗手间里的灯应该没开。岑词狐疑，将水杯放上床头柜，找了拖鞋下了床，一出卧室被客厅的人影吓了一跳。

是秦勋。

他不知道在想什么,就在客厅窗户旁走来走去,一遍又一遍,来来回回步伐缓慢。

岑词僵在原地没动,冷不丁想起上次半夜的时候他对她说的话,后背一阵阵凉。秦勋后来就不踱步了,站在窗户前背对着岑词,像是在看窗外,又像是在思考。

岑词靠近秦勋,因为上次的经历又刻意保持了两步的距离,唤道:"秦勋。"

就见秦勋肩头颤了一下,像是受到了惊吓。

岑词盯着他转过身。有那么一瞬她看得清楚,秦勋的目光里充满了陌生。她一激灵,他怎么会有这种眼神?

"秦勋?"这次她声音微微提高。

秦勋像是蓦地反应过来,看着岑词的目光渐渐变得澄明,随后略有惊讶,开口:"你怎么醒了?"

回卧室后岑词就睡不着了。她不睡,秦勋也不想睡,拥她在怀里,大手顺着她的头发轻抚到后背。

"你刚刚……"

秦勋低头,目光与她的纠缠,似有询问。

"没事。"岑词微微一笑。

秦勋也没刨根问底,拍拍她的头:"做什么梦了,吓得你都睡不着了?"

"要说有多吓人也不是,就是一个梦好像有延续。"她一摇头,"算了不说了,反正就是个梦,也没什么。"

秦勋倒是听得懂她在说什么,低语:"梦有延续性,这在现实中很常见。"

这倒是,之前汤图也接过这样的病人,有个人天天做梦,梦里的内容都能连起来,跟电视剧似的。

嗜梦症。

后来被汤图治好了嗜梦的毛病,那人还送了个金光闪闪的大锦旗来会所。

汤图有自己所长,汤图会的未必是岑词所擅长的,像是治疗嗜梦症。

她跟汤图的那个病人还不一样,做梦是做梦,但频率不高,也没影响正常生活。

她又梦见了那个女孩,只是长大了,亭亭玉立。仍旧看不清具体长相,她却在梦里能肯定少女就是之前那个孩子。

少女爬到了一棵很高的荔枝树上,树下走过来一个女人,披头散发的,仰头冲着上头大喊:"想死快点你就吃!"

吓得少女从树上摔下来,钻心地疼。

女人对摔在地上的少女视若无睹,扭头就走,边走边咒骂:"一天到晚给我找麻烦!"

少女忍着疼从地上爬起来,一瘸一拐往前走。试图追上那女人,可女人转眼就不见了。周围又像是起了雾,少女被困雾中,她急坏了,大声喊,却始终没见那女人回头来找她。

这一幕在岑词的梦里,她像是旁观者,明明看不清少女的模样,却能真切感受到少女的焦急。

岑词在秦勋怀里想着梦里的场景,迷迷糊糊的都快要睡着了,蓦地睁眼,紧跟着坐了起来,吓了秦勋一跳。

"是恐惧。"

秦勋听愣了,什么恐惧?

岑词自说自话:"对,不是焦急,就是恐惧。"她转头看秦勋,"可是她在恐惧什么呢?"

这话说得没头没脑的,秦勋一时间跟不上岑词的节奏,片刻才反应过来:"你的梦?"

岑词点头,简单交代:"我梦里的女孩,她在恐惧。"困在雾里那就走出去好了,恐惧什么呢?她重新栽倒在床上,太阳穴都在突突地跳,边揉边问秦勋:"你说啊,有没有一种可能,她在跟我求救?"

秦勋哑然失笑:"我看你是接奇奇怪怪的病人接多了。"

"平行空间!"岑词一拍秦勋的胳膊,"她在她的维度里经历着她的事,我在我的维度里生活,也许某个契机,像是湛小野说的什么量子分子学之类的,总之让我的梦成了连接她那个世界的入口,所以,我梦到的都是那个女孩真实的生活经历。"

秦勋认真地听岑词说完,摸着她的头:"设定不够,量子来凑。其实也不是没有可能,宇宙之广,无奇不有。但是岑医生,你现在是打算改行去做空间研究了吗?"

岑词听出秦勋的取笑之意,推了他一把:"我在跟你研究课题呢。"

秦勋哭笑不得："大半夜的，咱俩在床上研究课题？"

"反正又睡不着。"

"明天你不用上班？"

岑词又是一声叹，每天天一亮都是全新的开始，新的问题、新的挑战就迎着日出而来。

秦勋关了床头灯。

岑词躺在黑暗里，翻了身背对着他。等视线适应了，有浅淡的月光从窗帘上透进来。这世间的悲欢离合，怕是都被这月光看在眼里吧。

岑词转身面对着秦勋，说："还有一种可能，我梦见的，可能就是曾经发生过的事，那个女孩在她那个年代一定发生了什么事。"

秦勋开了床头灯，看着岑词。

"你觉得我说得没道理？"

"有道理。"秦勋叹气，"但我觉得现在最重要的是要解决你失眠的问题。"

岑词一愣，下一秒秦勋就压了上来。

转眼，颁奖这天就到了。这是岑词第一次跨圈参加活动，尤其还是娱乐圈的。活动将会分成三部分进行，走红毯、颁奖典礼、晚宴。

秦勋叫礼服店送了礼裙过来，汤图打量叹息："这手工绝了，行啊你家秦勋，都不用拉着你去礼服店试呢。"

岑词早就知道她憋着一肚子坏水，于是道："想说什么就说。"

"我就是想说，这身体力行丈量过的尺寸就是不会错啊。"

岑词故意刺激她："有本事，你也身体力行丈量一下你家裴陆。"

汤图一撇嘴，去工作了。

这几天裴陆来得勤，不是治疗时间也总能瞥见他的身影。岑词明白，这两人的关系肯定是有了突破。但某天裴陆找上她，面带恳求："岑医生，你说我这个人是不是笨嘴笨舌？"

岑词回了句："怎么会？你在审犯人的时候挺伶牙俐齿的。"

裴陆尴尬。

岑词多少猜出个大概了，跟裴陆说："给你个定心丸，汤图肯定是喜欢你的，就看你怎么让她安心了。"

裴陆一听这话又乐了。

岑词瞧着眼前的礼裙直发愁，又不是主角有必要吗？心一横，想着算了，穿平常的衣服去吧。

事实上，岑词做了个错误决定，娄蝶希望她陪着走红毯。

岑词惊愕，她又不是圈中人，连连婉拒。娄蝶挽住她的胳膊，轻声跟她说："你知道吗？以前这种场合我都是绝对的女主角，现在我来就是给人做陪衬。所以你要陪着我，只有你在我身边，我心里才不会慌。"

化妆的时候，岑词问娄蝶心里慌什么。娄蝶想了想说："怕被人说我已经失去光华，怕被人看轻。"

岑词看着镜子里的娄蝶说："自轻者被轻之。"

娄蝶沉默了半天，苦笑："我还有什么资本骄傲呢？"

"这世上谁都不是不可替代，我知道你想做所有人的偶像，但在这之前，先给自己做偶像不好吗？"

娄蝶今晚很漂亮，虽说年龄在那儿摆着，但相比其他同龄的明星，娄蝶确实要显得年轻许多。

岑词最终没陪娄蝶走红毯，她说："我不适合陪你走红毯，别人会挖我的职业，对你不利。"

最后娄蝶跟那位导演一起走的红毯，算是在红毯上短暂地收获了一拨"回忆杀"。

岑词是看着娄蝶走完红毯的，她心中感叹，人活一世，倒不能说是欲望作祟，只是现实逼着你不得不去索求。像是娄蝶，要名没利，要利就失名，两者总不能齐全。

颁奖快开始时，娄蝶跟着一群明星在补妆，对比以前她有单独化妆间的待遇着实是有天壤之别。娄蝶跟岑词小声说："你看这个化妆间，有多少都是穿得光鲜亮丽但已经过气的明星。"末了苦笑，补上一句，"不过都是在强撑自己的颜面罢了。"

岑词说："你是演员，可以不是明星。"

秦勋也就是这时候来找的岑词，当时她没注意，直到腰身被人轻轻一搂，她才反应过来，笑问他怎么来后台了。

问完这话方觉不妥，眼下都是大小明星，秦勋这么一来，大家的目光都落在了他身上。秦勋得体，也只是轻搂一下岑词就松了手，下一刻被岑词给拉走了。

"这不公平，你是我女朋友。"

择了人少的拐角，秦勋的文雅不要了，开始了撒娇耍赖："客户比男朋友还重要呢？"

"秦总，你要拎清楚啊，在这个场子里你是尊贵的客人，我就是个跟班的，你在跟我讨公平吗？"

秦勋将岑词抵在墙上，笑说："你跟在我身边不就不一样了？"

岑词抿唇浅笑："我有名、有姓、有独立人格的，为什么要借着你的光环上位？"

秦勋一手撑墙，一手环过岑词的腰："我还想趁着这次机会，让圈里人认识认识你呢。"

岑词挑眉。

秦勋低笑："好吧我承认，我是有点显摆的意思。"

岑词笑了。

见她笑，秦勋心中欢喜，情不自禁低头想要吻她，却被匆匆而来的脚步声给打断了。

是主办方的人，见着秦勋后顿松一口气："哎呦秦总，您在这儿呢，快入席吧，就等您了。"

说完看了岑词一眼，有些抱歉地笑笑。这两人现在这姿势，明眼人一瞧就知道怎么回事儿。

岑词推搡着秦勋让他快走，秦勋还不死心道："跟我走得了。"

"哎呀你快走吧。"

话音刚落另一头又来了人，见着岑词也像是见着救星似的，几乎带着哭腔。

"岑医生你快去看看吧，出事了，蕊姐在那儿快扛不住了。"是娄蝶经纪人的助理，小姑娘也是没经过太大世面，遇事慌慌张张的。

岑词心里一咯噔，颁奖马上要开始了。

秦勋见状跟岑词说："我陪你去看看。"

休息室里的气氛令人窒息，岑词推门进来的时候，有主办方的人正在细声细语地跟坐在沙发上的女人说话，一口一个"小席老师"。

席季，当红顶级流量小花，之前拍了一部古装穿越网络剧，火到破圈，一度成为热搜话题女王。

之前岑词听了那么一耳朵,好像今天娄蝶就是为席季颁奖,而席季接下来接的就是那部被导演挑中想要娄蝶演女二的剧。陈萱蕊跟岑词抱怨说:"为了能让席季接戏,剧本已经改得面目全非,现在还要改,这不就明摆着想要导演删我家蝶姐的戏吗?"

娄蝶坐在单人沙发那儿,靠着窗,背对着休息室的门,陈萱蕊看见了岑词,赶忙上前小声说:"蝶姐沉默得吓人,没办法,我只能把你找来了,我怕她想不开。"

岑词微微点头:"没事的,放心。"

两人的争执缘于这次颁奖。

席季是单独休息室,娄蝶跟着几名老戏骨在这间休息室里休息,本来气氛挺好,不想席季带着经纪人进来了,身后还跟着主办方的人。

席季一进门就跟娄蝶说:"娄老师,我想跟你谈谈。"

"谈吧。"

娄蝶也没当回事儿,直到见席季坐在了沙发上,这才意识到席季是想在这儿跟她谈。

其他几名戏骨那都是经历过大风大浪的,一瞧着这架势就敬而远之,提前进会场了。没了闲杂人等,席季说话直截了当,她希望娄蝶去跟主办方协调更换颁奖对象。

主办方就在眼前,她却要娄蝶亲自跟主办方谈,这明摆着是欺负人。娄蝶原本就瞧不上席季这种撞大运火了的流量明星,更别提网上还那么多质疑席季演技的声音。所以闻言后也没搭理她,自顾自地刷手机看晚会流程。

娄蝶不说话,陈萱蕊不能不表态,就问席季什么意思。

席季看了一眼经纪人任珊珊。

任珊珊私下跟陈萱蕊的关系不错,所以一上来有点为难,简单表态了席季的诉求,大体就是席季不大想让娄蝶为她颁奖。

陈萱蕊气笑了,看着席季问任珊珊:"那你家宝贝想要谁为她颁奖?"

任珊珊一脸尴尬,没说话。倒是主办方出来说话了,挺低声下气的,跟席季解释说历来都没有赞助商为演员颁奖的,还是按照流程走,就一个颁奖而已。

席季一听这话就不乐意了,质问主办方什么叫一个颁奖而已,既然无足轻重,那她就不参加了。吓得主办方赶忙按住她,生怕她真要起脾气来一走了之砸了场子。

席季阴阳怪气地表示要娄蝶多谅解,像她们这样的新生代演员不容易,当然有机会就得抓住,又说娄蝶今非昔比,她做颁奖人不合适。

娄蝶始终无动于衷,席季见状不悦道:"娄老师,你总得出个声吧。"

娄蝶这才有反应,问席季:"你算是演员吗?"

一句话惹火了席季,她冲着娄蝶嚷嚷:"你自命清高个什么?是,我作品是没你的硬,但我有人气、有热度!我有千万粉丝和顶级流量!现在我有挑资源的资格,你呢?你就是那个被挑的!"

娄蝶淡淡地说:"行啊,你想闹我就奉陪,这场颁奖典礼谁都别想好过。"

就这样两人僵持到现在。

席季的诉求明确,换颁奖人,要求是赞助商,另外要求娄蝶道歉。而娄蝶的态度也坚决,颁不颁奖是其次,主办方能搞定赞助商她就听从安排,但是道歉,门儿都没有。

谁都不让谁一步。

岑词没看过席季的戏,事实上如果不是因为娄蝶,她都很少关注娱乐圈。席季长得倒是漂亮,身上有股子清纯劲。

再看娄蝶,她坐在那儿看着没什么,但岑词眼尖瞧见她手指在发颤。岑词上前,顺势将娄蝶手里的手机按下,连带地缓和了她的情绪。

娄蝶抬眼一看是她,眼里有了情绪,像是感激又像是有了安全感。

岑词示意她少安毋躁,抬眼对主办方说:"时间差不多了吧?"

岑词不是圈内人,这种简单粗暴结束话题的话不管是任珊珊还是陈萱蕊来说都不合适,所以岑词算是直截了当给彼此一个台阶下。

可席季不算完,没等主办方开口,她就对岑词发难:"你是谁?"

这话一问出,娄蝶紧张了,倏地起身。岑词没回头也能察觉娄蝶的警觉,微微一笑对上席季质疑的目光:"我是娄蝶的朋友。"

身后的娄蝶松了口气。

席季也没怀疑什么,扭头对主办方的人说:"我还是那句话,换颁奖人。"她看出来要娄蝶道歉是不可能了,就死咬着颁奖人这件事不放。

主办方的人一听都快哭了,上前劝说:"你看啊,蝶姐在圈里多年,不管是资历还是咖位为你颁奖绝对是最合适的。"

席季扫了一眼任珊珊，任珊珊暗自叹了口气，上前跟主办方挑明想法："蝶姐的名望自然不用说，可我家季季需要的是话题，是热度。"

娄蝶哂笑。

席季不傻，自然明白娄蝶这笑里的内涵，脸色一变，但再撕下去不利于自己，忍了情绪说："娄老师，我为我刚才的态度道歉。但也请你多体恤一下后辈，像我们这代人想在演艺圈里出头不容易，那么多年轻小花都等着上位呢，我也得趁热为自己考虑不是吗？"

娄蝶沉默。

陈萱蕊带了娄蝶多年，最清楚她的性子。她是典型的对方说几句好话就心软的主儿，生怕她再一个松口应了席季，马上道："这件事问题不在我家娄蝶身上，想要换颁奖人，为什么现在了才说？另外，如果调换的话，那颁奖对象要换成谁？总不能随便塞个人给我家艺人。"

岑词将双方的心思看了个明白。席季想要引爆话题，显然娄蝶不具备带话题的能力，而陈萱蕊的这番话意思也很明确：主办方你换人可以，但我家艺人也不是随便什么人都给配合的。

换句话说陈萱蕊也有私心，席季是顶流，老戏骨搭配流量小花，对于娄蝶来说确实能割一拨热度，而这热度的主动权就在娄蝶而不在席季了。这个圈子里的水深，可大家都玩得明白游戏规则。

主办方可真是挠头，下意识地抬眼瞅了一下岑词。

岑词一愣，哑然失笑，这一眼是求救的意味啊，大有溺水者胡乱抓了根浮木的感觉。

正想着秦勋走了进来："怎么还没开始吗？"

他被岑词拦在休息室门口，想着里头都是演艺圈的人的确不方便掺和，便在门口静观其变，最后见这里情况胶着也就进来了，毕竟岑词在里面呢。

休息室里的目光全都向他投过去。

岑词原想着不要秦勋参与，但他能露面，一时间竟也心生踏实。她紧跟着想到了什么，转眼去看席季，果真席季的眼睛都亮了。

主办方的人认得秦勋，上前赶忙说："秦总不好意思，马上开始、马上开始。"

秦勋身后也跟着主办方的人，估摸这人跟对方是上下级关系，只见这人皱眉道："怎么回事？外面多少人等着呢。"转头又对秦勋赔笑脸，"秦总，您就别管这里的事了，交给我同事，他处理没问题。"

秦勋自然是懒得管这种事，进来纯粹就是为了岑词，刚要招呼岑词跟他一起走，任珊珊上前，一腔热情道："秦总您好，我是席季的经纪人，真抱歉耽误您时间了。今天的情况吧，也不是我家季季在闹，她就是太崇拜您了，这不今天听说您能来，就希望能让主办方协调一下，请您做颁奖人。"

岑词恍悟，敢情绕来绕去又绕秦勋身上了。再看席季，这时候完全收回刚刚的嚣张跋扈，真可谓是清丽佳人，出水芙蓉了。

秦勋闻言笑了："崇拜我？这就有意思了，我不是你们圈子里的，真要崇拜，也得是娄蝶老师这种德艺双馨的才对。"

要说秦勋这话挺得罪人的，捧一踩一意思挺明显。但在场的人中，这话还真就是他来说最合适。

娄蝶看向秦勋，朝着他一点头，实有感谢之意。席季看着脸色难看了，又悄然地甩了个眼神给任珊珊。

任珊珊可不怕得罪人，不动声色地就挽回了局面："业内谁不知道秦总化腐朽为神奇的本事呢？多少都快死了的品牌到您手里最后都能生龙活虎。我家季季啊，平时总会看些商业杂志，崇拜您也正常啊。"话毕朝着席季一招呼，"对吧？"

岑词在旁看戏，心想着，这话说得可真有水平，俗话说得好，千穿万穿马屁不穿，这任珊珊是好话说尽，但也明摆着挺了解秦勋的情况。出手不打笑脸人，这的确是不好驳人面子。

再看，席季已经上前去了，嗓音能甜进男人心里的那种："秦总，我能有那个荣幸请您为我颁奖吗？"

娄蝶凑近岑词，暗自碰了她一下，意思挺明显的。她虽说每次去门会所都是来去匆匆，但也是不止一次跟秦勋前后脚擦肩而过，自然看得出这两人的关系。

岑词明白娄蝶的好心，但这个时候她上前宣示主权也太奇怪，她觉得，处理这种场面对秦勋来说应该是小菜一碟。

秦勋故作愕然，看向身边的人："什么时候圈外人也能参与了？"

秦勋身边的主办方领导刚要说话，一直给席季说好话的主办方现场经理就赶忙开口："可以参与、可以参与，只要秦总您没意见，我们马上安排。"

秦勋一直看着身边那人。

同是主办方的人,也不能一个说一个拆台,那位领导想了想便说:"倒是可以安排,就是需要找个合适的理由。不过这点秦总不用担心,我们来想办法。"

"谢谢秦总。"席季马上道。

好一个见缝插针,这一声谢倒是接得恰到好处。

任珊珊也趁热打铁:"秦总,太谢谢了,回头晚宴的时候让季季多敬您一杯酒。"

秦勋笑而不语,不说答应了也没说不同意。

主办方现场经理见状可要狠命抓住机会,忙说:"秦总,先撇开席季的身份不谈,就说这么个楚楚动人的小姑娘,提出的请求咱也不好意思拒绝吧?"

秦勋身边那位主办方的领导闻言脸色一变,用力地咳嗽了两声,又不动声色地朝着岑词这边看了一眼。都是聪明人,说话这人见状虽不明就里,但也知道自己许是说错话了,赶忙闭嘴。

席季也看出些端倪来,但没瞧见主办领导的眼神,她笑道:"秦总不会是有女朋友了吧?"

秦勋微微一笑:"是,我有女朋友。"

现场气氛变得十分微妙,岑词也没惊讶,她就在场呢,难道秦勋会傻了吧唧说自己没女朋友?

席季倒是大方:"那您应该不会不方便颁奖吧,这也没什么呢。"

岑词暗笑,还真是小瞧了这席季,牙尖嘴利啊。

秦勋也不知是怎么想的,竟没朝她这边看,含笑道:"没什么不方便的。"

席季惊喜,连连道谢。

秦勋都点头了,那剩下的就是娄蝶这关。主办方现场经理刚要劝就被任珊珊拉住了,她给了席季一个眼神。

都已经得了便宜了,席季自然心情大好,对待娄蝶的态度也来了个一百八十度的大转弯。

"蝶姐,您看这件事就得委屈您让个步了。"

娄蝶没搭理席季,她看向岑词,眼里有疑惑。岑词低垂着眼,在想秦勋的意图。

"蝶姐?"席季唤了她一声。

娄蝶转回目光,冷笑:"无所谓。"

席季眼睛一亮，又是甜甜的一声："谢谢蝶姐。"

这般退让陈萱蕊肯定不满意，朝主办方发难："不妥吧，那蝶姐怎么办？"

席季一听这话反身就坐回沙发上，反正她的问题解决了。主办方现场经理刚要开口，却听秦勋说："我跟娄老师一起上台颁奖。"

席季这边刚坐下，下一秒就弹跳起来，什么？其他人也是一愣，就只有岑词忽而笑了。

秦勋说："我毕竟是圈外人，单独为席小姐颁奖会遭人非议，有娄老师在就不同了，她在圈里的分量摆在那儿，不会显得我太突兀。"

"这怎么行？"席季失言。

秦勋挑眉："怎么不行？"

"我……"

岑词静观席季，想笑。

席季当然是不想了，秦勋独自颁奖，那势必能引来不少话题，但拉上娄蝶那就不一样了，话题的风向有可能就会被娄蝶抢走。

"行！当然行了！"主办方的领导一听太好了，如此两方都不得罪。

陈萱蕊一听，眉开眼笑："秦总英明。"

席季还要说话，被任珊珊给拉住了，任珊珊朝她使了个眼神，要她适可而止。

秦勋这才扫了一眼岑词，有刻意的成分，但又像是不经意。

岑词低头抿唇。

可真有你的！

第十五章

　　整个奖项里，关注度最高的当数最佳新人奖和最佳女主角奖。席季作为新蹿红的小花，想拿最佳女主角奖是不可能的，所以她是奔着新人奖去的。

　　主办方安排娄蝶颁新人奖也是有考量的，娄蝶现在热度虽说比不上席季之辈，但毕竟早年的口碑打下来了，而且也是拿过最佳女主角奖的人，颁新人奖总有种前辈提携后辈的意思。

　　岑词挨着娄蝶坐，时不时会观察她的情绪。但娄蝶看着还不错，跟岑词说，来的时候觉得有心理落差，可真经历了也就觉不出什么来了。她又低声叮嘱岑词一定要看好自己的男朋友，朝着最前排席季的位置努努嘴："我敢保证她已经惦记上秦总了，你留点儿神。"

　　岑词反问娄蝶："你认为男人能看住吗？"

　　娄蝶思量一会儿说："总要努力一下才行，否则日后会后悔。"

　　岑词轻叹："感情这种事需要彼此奔赴，当然，该争取的时候是该争取，但缘分散了也就不强求了。"

　　娄蝶弯唇，眼底却有苦涩："你的意思我明白，对于感情的事，我早就看淡了。"

　　"我不是要你看淡，而是希望你能继续前行。"

　　抑郁症说白了是心结，这心结得深了，那就是一场天翻地覆的灾难。她总觉得娄蝶还没坠入深渊，药物配合心理疏导能行得通。

　　一念地狱，又能一念天堂，就看娄蝶想不想放过自己了。

娄蝶轻轻拉住岑词的手,说:"我再也找不到司桥了。"

台上大戏轮番来,利益交织的场所,每个人都给自己立了个人设。

快颁到新人奖的时候,岑词侧过头低声问陈萱蕊:"真定死了?"

陈萱蕊说:"颁奖这种事吧,谁都不会把话说得太死。但席季这个悬念不大,一来主办方的意思挺明显,二来……"她示意了一下斜前排,"乔佳佳有演技不假,但经纪团队忒差了。"

乔佳佳跟席季同期,她的剧也刚热播完,恰好可以角逐新人奖。对比热度和曝光度,乔佳佳比席季是差了点,但她的演技观众很认可,平时是个挺低调的人。后来有人扒出,她除了是个演员,还是个考下了从业资格证的兽医。

岑词觉得这小姑娘挺有意思,现场这么看着对她也挺有好感,安安静静坐在那儿,不争不抢的。

娄蝶早早地就去准备了,陈萱蕊没陪着,留在岑词身边,说:"我觉得蝶姐这两天的状态还行,是不是跟吃药有关?"

"药效没那么快,应该是她想通了什么事或做了某种决定。"

"做什么决定了?"

这话倒是问住了岑词,她哑然失笑道:"她做了什么决定你应该最清楚吧?"

陈萱蕊欲哭无泪,关键是,她也不知道啊。

"她接那部戏了?"岑词冷不丁问。

"还在考虑。"

岑词看着台上的璀璨,许久说:"那就是她决定不接了。"

新人奖提名,席季和乔佳佳。

秦勋被请上了台,身旁伴着娄蝶,当然,主办方想了通冠冕堂皇的词儿通过主持人来堵住了悠悠之口。

秦勋先是就娄蝶的演技来了番赞赏,谈到了她的作品成绩,也引出她曾经拍摄《尘桥》背后有意思的事。

台上因为有了新人物、新话题,气氛就热闹了不少。开名单的时候,台下的岑词竟跟着捏了把汗,想着是不是有可能真就出了意外。她下意识扫了一眼乔佳佳,她低着头玩手机,挺随意。

秦勋请娄蝶宣布新人奖的获奖者,娄蝶看了一眼名单后合上,对着麦克风,风轻云淡地说:"乔佳佳。"

全场有惊讶声,也有欢呼声,岑词一愣,这是"万一"出现了?再去看乔佳佳,她坐在座位上没动,脸上风轻云淡的。但席季很明显有了情绪波动,不知道在跟任珊珊说什么。

秦勋朝着娄蝶手里的名单看了一眼,但也只是一眼,没过多的表情,却让岑词一下反应过来了:娄蝶故意的。

果不其然,娄蝶接着说:"乔佳佳,我特别喜欢你。"

台下恍悟,发出友善的笑。现场镜头给到了乔佳佳,大屏幕上乔佳佳妆容精致,微微含笑,丝毫没因这次小插曲变了脸色。

"佳佳是个被老天爷赏饭吃的演员,年纪很小但演技很棒,很有自己的想法。而且我也听说佳佳在剧组里有个称号,叫乔铁人,最早到,最晚走,没戏的时候就守着监视器观摩学习,不管多危险的动作都尽量自己上。对职业有敬畏,这是佳佳最难得可贵的品质,我相信你的前途不可限量。"

相比席季,乔佳佳并非科班出身,她进入这行算是阴差阳错。有的演员的演技是天赐的,有的演员的演技是经验积累的,乔佳佳属于前者。

娄蝶说:"所以佳佳,我手里的新人奖不适合你,你值得更高的奖项。"

全场鼓掌,乔佳佳起身朝着台上鞠躬,又朝着周围点头示意,十分谦逊。

岑词反观席季的反应,嘴角僵硬,脸色看上去也不是很好。

这个奖项所有的噱头和热闹都给了乔佳佳,所以等席季再上台时,台下的兴奋劲都已经过去了。

席季之所以央着秦勋上台,目的就是要他亲自颁奖给她,趁机来波宣传。但奖杯上来后,秦勋十分自然地朝着娄蝶示意女士优先,这颁奖的事就落在娄蝶身上了。

而娄蝶呢,念到席季名字的时候就是淡淡的一声,奖杯放到她手上,娄蝶也只是微笑着说了声"恭喜",除此并无多余的话。

嘉宾之间没互动,奖杯拿到手又是个人秀时间,所以席季在台上就算是肠子悔青了也得硬着头皮继续。

岑词在想,娄蝶弄这么一出的目的是什么?只是为了让席季难堪?

依着娄蝶的岁数,应该不会做出这么幼稚的事。再看席季,作了一通,秦勋的确上台了,但上台之后如何做她干预不了,同时又得罪了娄蝶。

台上的席季"激动"到哽咽。

岑词失笑，这娱乐圈本身就像个戏台似的，真是什么戏都能看到呢。

晚宴的气氛就不一样了，欢乐多的局面。娄蝶不喜欢这种场合，晚宴开始之前就离开了，陈萱蕊留下来了。

岑词原想着同娄蝶一起走，但半途就被秦勋给拦下了，他笑着对娄蝶说："差不多该把女朋友还我了吧？"

娄蝶抿唇浅笑，临走时在岑词耳边低低落下句："你还真得在这儿盯住了，你看，席季不打算走呢。"

这场晚宴上不止秦勋一位"金主"，所以真正能潇洒自如离开的艺人还真没几个。岑词跟着秦勋往席位走的时候，不经意回头望了一眼宴会厅的大门，隐约中好像看见了乔佳佳同娄蝶一道离开的。

宴席之上，最初座位都是有安排的，后来相互敬酒气氛活跃也就不管那么多了。秦勋算不上场上最有分量的那位，却能算得上是所有赞助商里最英俊潇洒又有前途的一位了，一时间就跟个后起之秀似的成了焦点。

岑词不想成为焦点，只想安安静静做个旁观者，吃吃小菜，填填肚子，无奈秦勋不让她随意乱走。直到陈萱蕊上前敬酒，以谈事之名把她从秦勋手里拉走，这才算是救了岑词一命。

"喝多了？"岑词见陈萱蕊脸挺红。

陈萱蕊朝她摆手："我这酒量啊早就练出来了，没事。"

岑词端了些果盘过来，拉着陈萱蕊坐在沙发上吃。

"什么事？"岑词将叉子递给她。

陈萱蕊接过叉子，吃了点水果权当解酒："还真叫你说中了，蝶姐决定不接那部剧了。蝶姐跟导演直说席季演技不行，有席季没她，有她就没席季。席季目前是顶级流量女星，肯定要先尽着人家啊。要我说，蝶姐就是找了个推托的借口。"

岑词思量道："娄蝶做这个决定前没跟你说？"

陈萱蕊摇头，然后一摆手："嗨，我都习惯了，她知道一旦跟我商量这事儿，我肯定得劝她。"

"你希望她接？"

陈萱蕊放下叉子："怎么说呢，从情感上来讲，我不希望蝶姐接这种剧来糟蹋自己，但从理智上来说，现在就这么个市场环境，难道要坐吃山空，喝西北风吗？"

"不接也行，但你要把她业余时间安排稳妥，她现在很敏感。"岑词将叉子的尖轻轻插进一瓣橙子肉里，那橙子肉流出了橙黄的果汁，她继续说，"像她目前的情况不适合闲着，尽量给她安排跟工作无关的事情。"

"行，我知道了。"

岑词想起今天在台上的情况，迟疑着问："娄蝶跟乔佳佳很熟吗？"

陈萱蕊笑："倒也没多熟，这个圈子里哪有一成不变的关系啊，大家都现实着呢。"

岑词觉得她话里藏着别的意思，刚要问，就见陈萱蕊朝着她的斜后方一抬下巴："席季出招了啊，岑医生，你不上阵啊？"

岑词扭头一看，席季到了秦勋那桌，手持酒杯，好一出风情万种的柔情戏啊。她剖析人性可以，但处理眼前这种情况就显得吃力。要怎样？冲上去宣示主权？

正想着就见秦勋朝这边看过来，对着她一招手。

这台阶给的，岑词立马抬阶而上。秦勋的手一直朝她伸着，她的手搭上去，他顺势就握住她的手。

酒桌的人一见这幕也就明白了，席季不瞎，看两人十指相扣，于是笑了："怪不得当时秦总会去休息室呢。"

秦勋笑了笑，跟大家介绍："我女朋友。"

岑词没想到他还能补上这么一句，照理说两手相牵十指相扣不就可以了？众人的恭维话不断，岑词想着，拍马屁果然是人见人爱呢。

席季的这杯酒哪会轻易放下？笑着问秦勋："秦总的女朋友是做什么的？"

岑词扭头看席季，占据了主动权，微微一笑："我和秦总一样，都是圈外人。"

一句话叫席季嘴角的笑容僵了一下。这话是厉害，不动声色间提醒了席季一件事：我们跟你是两个世界的人。

晚宴没到最后，秦勋以醉酒头疼的借口带着岑词离开了会场。岑词全程喝的是气泡水，就连最后席季那一杯的赔罪酒她都没喝，而是落到了秦勋手里，被他喝了。

岑词充当了代驾，秦勋慵懒地靠着椅背，多少有耍赖的意思，要岑词给他系安全带。

"又没酩酊大醉，还想着要人伺候，真是个爷。"岑词侧过身来给他系安全带。

秦勋就等着岑词投怀送抱呢，她一靠近，他一搂就把她抱怀里。岑词也没挣扎，抬眼笑着看他："车顶就是摄像头，你想干吗？"

秦勋笑："我还以为你不会吃醋呢。"

"别的女人都打算攻占城池了，我总得奋起反抗维护自己利益吧？"

"我是你的利益吗？"秦勋低头问。

岑词抬眼，手指轻触他的唇角："你说呢？你的人都是我的了。"

秦勋喜欢听这话，唇角的笑加深。

一直觉得岑词为人处世太过冷静，现在听她这么说，秦勋的心被填满了，她不是冷淡，只是在爱情里有些慢热。

"估计席季还会联系你。"岑词轻笑说，"你自己把握分寸啊。"

"你让我自己把握？就不怕我把控不住真跟她走了？"

"你觉得她好看？"岑词挑眉。

秦勋想了想说："好看啊。"

岑词使劲戳了一下秦勋的胸膛，说："你自己开车，我不管你了。"

话毕想起身，秦勋手臂一用力又将她重新入怀："没你好看行了吧。"

"人家是明星，你说话不动脑子的？"

"明星又怎么样？"秦勋捏岑词的鼻子，"能让我心里喜欢的，才是明星。"

情商真高。

岑词抿唇笑了："总之呢，席季再来找你的时候你要把控好距离感，把自己择出来的同时也不能让她太丢脸面。"

秦勋愕然地瞅着岑词："不是吧？我以为凭着咱俩的关系，你应该叫我跟她老死不相往来才是，怎么还得顾着她的脸面？"这不是怂恿着他留后路吗？

岑词微微撑起身体："狗急跳墙的道理懂吧？我怕席季对你求而不得，转头去查娄蝶的情况，那就成了件棘手的事。"

秦勋闻言不可思议："所以，你牺牲男朋友去搞怀柔政策？"

"哪有啊，你就委婉地、礼貌地回拒就好了，别让她下不来台。"岑词提议。

秦勋推岑词，故作不悦："离我远点，你要气死我了。为了个客户能把男朋友搭进去，你可真行。"

"别啊。"岑词主动抱着他，"我绝对相信你万花丛中过片叶不沾身的本事。"

"开车，我头疼。"

岑词看出秦勋也不是真心生气,坐直道:"行,我开车,马上送你回家啊。"

"我不回家。"

"那你去哪儿?"岑词转头看他。

秦勋伸手招岑词的脸,语气忽转暧昧:"你不是也说我没酩酊大醉吗?去你家,要你伺候。"

岑词心脏快跳了几下,心想,流氓。

南城的春季短,走遍大街小巷,到处都是春花泛滥了。

岑词来门会所的时候,汤图早就到了。窗子敞着的,清早的风钻进室内,散发着百花香,这季节好,都不用买鲜花插了,每一天都生机勃勃。

汤图磨好了咖啡,见岑词进门后说:"今年夏天提前了啊,这才几月份,外头就有穿短袖的了。"

岑词进屋挂好包,出来洗了个手,回道:"这不正合你意吗?满大街都是行走的荷尔蒙。"

汤图将磨好的咖啡粉放咖啡壶里煮,随后说:"今时不同往日,有了裴陆谁还看街上那些发育不良的。"

岑词诧异:"你连人家裴陆发育良不良都知道了?什么时候的事?"

汤图瞪岑词:"我俩纯洁着呢。"

"这裴陆除非是出警,否则只要有时间就黏在咱们这儿,对外就声称你是他女朋友,你的心愿达成了,怎么反而还拿捏上了?"

岑词早上尚算有点时间,乐得跟汤图打趣。

"谁拿捏了?"汤图辩解,"我就是觉得他把男女感情这种事想得太简单了,就跟过家家似的,说在一起就在一起,太不正规了。"

"男女之间不是说在一起就在一起的话,那还怎么在一起?"岑词不解,"三拜九叩八抬大轿吗?"

"反正跟你说不明白。"

"今天上午又是裴警官的治疗时间吧?"岑词朝着汤图上下比画了一下,"这打扮得跟选美似的。"

汤图被岑词说得"颜面尽失",抿嘴道:"我发现你跟了秦勋之后就学坏了,损人的话一套一套的,话说你大早上的怎么这么闲?"

岑词靠在那儿，笑说："谁说我闲？我这不是在等咖啡吗？"

汤图吧嗒两下嘴，嘟囔道："我真是上辈子欠了你的。"

咖啡好了，岑词往屋里端的时候随口问了句："都这个点了，羊小桃怎么还没来？今天也请假了？"

平时就数羊小桃来诊所最早，然后是岑词，汤图就犯懒了些，要是上午没客户的话，她十有八九都会晚到。

汤图继续煮咖啡，把裴陆那份的给留出来，倒水的时候说："跟我联系了，说还想请两天假，身体不舒服。"

"去医院了吗？"

"这倒是没跟我说，不过我劝她了，如果不舒服就赶紧去医院，别拖着。要我说啊，她是这里不舒服。"汤图指了指心口。

岑词诧异："她认识段意也没多久，就算老死不相往来也不至于那么难过吧。"

"小姑娘嘛，平时爱情剧看多了，失个恋就跟天塌了似的。"

岑词没再说什么，走到吧台旁拿了个托盘，从冰箱里拿出一瓶果汁，想了想又放了回去。

汤图见状，问她："是那个见不得带颜色水的客户？"

岑词纠正道："不是见不得，是不敢喝。"

上午的时间过得很快。

汤图等岑词的客户离开后便进了治疗室，岑词边收拾档案边朝着汤图身后看了一眼。汤图也顺着岑词的目光瞅了一眼身后，什么都没有。

"裴警官没来啊？"

汤图翻了个白眼说："做他那行的，临时出任务太正常了。"

岑词一耸肩，没说什么。

汤图跟进来是有正事的，跟岑词说："你客户上热搜了，快看一下，可热闹了。"

除了闵薇薇那次，这次算是岑词又一次离热搜最近。

铺天盖地都是昨晚颁奖典礼上的事，"娄蝶"这个名字稳站了热搜榜第一，跟着的"沸"字都紫了。

汤图凑热闹，一手端咖啡，一手拿着手机往治疗椅上一坐："你今年时运不济啊！"

岑词没应声,翻开话题来看。这次热搜除了娄蝶还提到了两个名字,一是席季,二是乔佳佳。大抵的意思就是娄蝶因不满奖项人选,当场发飙。

有照片,有视频截图,主要就是娄蝶在台上夸赞乔佳佳演技那段。当然还有一段对比视频,是娄蝶为席季颁奖的时候,两人几乎全程没交流。

说娄蝶之所以表现这么明显,缘于她不满现如今只靠流量蹿红、毫无演技的明星,而业内对有演技的新人,例如乔佳佳这种却视而不见。

娄蝶是为当今实力派演员发声的倡导者,这个定位贯穿所有的热点、爆点话题。

一时间不少"路转粉"的,还有的翻出娄蝶以往的影视资料,尤其是《尘桥》里的片段,纷纷说实力派演员:看看这才叫演技。

话题不断发酵,甚至上升到当今娱乐圈里为什么只有明星而无演员的讨论上去了。又有人爆料说,娄蝶的辞演是缘于席季的不专业。

汤图翻着热搜,惊叹:"这才一个多小时,搜索量就跟坐火箭似的,娄蝶这是要翻红啊。"

"娄蝶代表着一个时代的人,真要是引爆话题,也会牵扯到她过往的粉丝。"说到这儿岑词猛地反应过来,反问汤图,"你刚刚说什么?翻红?"

"对啊,像娄蝶这种老戏骨,一旦翻红可不得了,现如今有多少个例子摆在那儿呢。"汤图往下划拉着屏幕,"啧啧"两声,"哎,视频里一闪而过的赞助商,我没看错的话是你家秦勋吧?怎么着啊,进军娱乐圈了?"

岑词喃喃回了句:"他就是临时被拉上场的⋯⋯"

是啊,翻红。翻红的方式不是只有拍戏,她怎么就没想到呢?

席季扒高踩低,想利用赞助商使自己成为颁奖典礼上的主角,手拿新人奖刷足存在感,并且带出一拨热搜话题。

但姜还是老的辣,娄蝶逆盘而上,不卖惨不吵闹,就掐住"演技"二字来制造话题,打蛇打七寸,着实打中了席季最致命的一点。

岑词翻看消息的时候就在拼命回忆,从休息室到就座,娄蝶到底什么时候跟乔佳佳达成共识的?她实在想不通,但也明白在这场戏里,乔佳佳选择了跟娄蝶联手。

陈萱蕊也是厉害,在引导话题上的确手段不低,反观席季那头,做足了拿新人奖之后的公关宣传,但显然被娄蝶这边压得死死的。

岑词给秦勋打了通电话，他在开会，对这件事一无所知，倒也能理解，他也不怎么关注这类新闻。

岑词问秦勋："是无心成就还是推波助澜啊？"

秦勋听岑词说了这件事，在那头笑："我只是在台上随口说了几句话，相比席季，娄蝶之前演过什么我还多少知道点，要不然在台上多尴尬。"

岑词明白了："没想到商业精英秦总也有被人利用的一天啊。"

"所以说隔行如隔山。"秦勋也没恼，这种事对他来说无所谓的。

"庆幸的是热炒的话题里没重点揪出你。"这才是岑词能平静的原因。

秦勋爽朗笑问："如果把我牵扯进去了呢？"

"那可不行。"岑词斩钉截铁，"一旦把你作为重点对象来炒，那话题的性质就变了。我虽然不专业，但也能想到话题的内容，什么商业大亨情迷曾经很红的艺人之类的。"

"吃醋啊？"

岑词没掩藏心思，道："你是我男朋友，我能不吃醋吗？"

"这话听着受用。"

那头有人在叫秦勋，岑词听见了是在催促他去开会，于是说："我就是打电话问问这件事，没什么了。"

秦勋给了岑词一颗定心丸："这一看就是娄蝶被逼到那个份上做的反击，所以不会把我牵扯出来，一旦牵扯出来，就像你说的，话题的性质就变了，这对于她炒热自己来说也不利，毕竟花边新闻的热度赶不上演技大作战来得持久。"

结束通话后岑词感叹，娄蝶在圈子里待久了，虽说平时低调，但真要是被人掐了脖子那也不是好惹的。看着不融于圈子，实则早就把圈子里的规则看得通透。

到了中午，那话题和各类帖子已经被炒得很热了，发酵的速度也很快，岑词看了一眼数据，晕眼睛。

娄蝶成了赢家，风向标一直跟着她走，顺带的乔佳佳也获利，而席季，公关那边越是洗白，对方就越是拿演技说事，弄得很被动。

中午吃饭那会儿，席季已经被逼着露面做声明，表示说她会精进演技，不会让粉丝们失望。口水大军蜂拥而至，逼问她新人奖是不是早就内定好了。

岑词将手机的页面关掉,觉得总算安静了。

汤图将饭盒给她打开,倒了两杯水,说:"这娱乐圈的人啊,你说她复杂,但说话做事还挺单纯,你说她简单,这利用舆论来踩一个人的手段那可叫高。"

"是啊,秦勋都成了棋子。"岑词接过杯子。

"所以你还替人家操心,怕对方知道娄蝶请了精神分析师。"汤图在岑词对面坐下,抽了筷子,"我看她真耍起手段来,段位也不低啊。"

岑词想了想,说:"席季肯定不会善罢甘休,说不准就会拿娄蝶的隐疾说事。"

汤图盛了两碗汤,将其中一碗推到岑词跟前:"问题来了,娄蝶在想着攻击席季之前,有没有想到这一点?"

岑词夹了口菜入口,低眼沉思,半晌后摇头:"我现在想的倒是另一个问题,她来了这么一招,那接下来呢?要想翻红只靠话题肯定不行。"

汤图想了半天,开口:"她是你的客户,你尚且猜不透,那我更不行了,离那个圈子远了去了。"

也对,而且这件事也没有跟汤图讨论的价值。末了岑词边吃边说:"那就说点离你近的,你家裴警官现在的心理状况怎么样?"

"倒不是要人命的问题,就是吧,"汤图咬着筷子,"他心里的那个结总是解不开。"

"他搭档一丁点消息都没有吗?"

汤图摇头:"这样最熬人,哪怕来点痛快的呢。"

岑词又想到秦勋:"是啊,生不见人死不见尸,叫活着的人伤心难过。我有时候也怕秦勋会有心理阴影。"

汤图诧异:"他那个失踪的朋友啊?"

岑词点头:"也是挺奇怪的,你说要是同行的话,白老师应该听说过才是吧。"

"也不一定,同行多了去了,白老师哪能都知道。"汤图说着反应过来,"还是同行?"

"从事心理行业的,而且还在做记忆课题研究,能研究这类课题的就不会是个小虾米,难道白老师一点都没听说过?"

汤图的筷子一停:"你说的这人叫什么名字?"

岑词闷头夹菜,随口道:"沈序。"

汤图的手一抖,筷子险些掉了。岑词见她神情不对,便问:"你听过这个名字?"

"没有,没听说过。"

岑词狐疑看着汤图,问道:"真的?你——"

话没说完,就被推门进来的人打断。来人看见汤图和岑词在屋里吃饭,着急地问:"二位就是小桃的领导吧?这两天你们有没有看见我家小桃?"

羊小桃不见了。

小桃妈火急火燎找到诊所时,汤图和岑词才知道羊小桃这几天都没回家。

羊小桃平时一个人住,但离父母家不远,所以小桃妈时不时会过去帮忙打扫房间。前两天小桃妈给她送鸡蛋,可羊小桃不在家,打了电话也不接。

刚开始小桃妈没多想,想着可能是跟朋友吃饭没听见手机响。可没一会儿羊小桃发了条信息给她,说这两天都不回家住,朋友身体不好,她要去照顾。

"小桃说的那个朋友我知道,两人关系挺好,我也就没怀疑。但我今天在街上见着小桃的那位朋友了,她说小桃根本就没去她那儿。"

会议室里,小桃妈情绪十分激动,坐着没坐,死死抓着汤图的手腕,一个劲问:"会不会是出事了啊?她没在家啊,一直没在家!"

岑词和汤图相互瞅了一眼。

羊小桃也一直没来上班,之前汤图收到过羊小桃的请假短信,跟小桃妈一样也从没怀疑过短信的真实性。想着这姑娘因为段意的事弄得灰头土脸,甭管是不是真的身体不舒服,给她点时间处理感情问题也行。

岑词给羊小桃拨了电话过去,那头告知关机。

岑词下午没安排接诊,边等电话,边整理过往客户的资料。

倒是来了电话,却不是汤图。

陈萱蕊。为今天的热搜跟岑词道歉。

这就是岑词没办法讨厌娄蝶和陈萱蕊的原因,网上话题不断刷新,热搜数值不停上升的工夫,陈萱蕊还想着打一通电话过来,是个做事很周全的人。

"生气不至于,毕竟你们很巧妙地避开了秦勋的话题,不管是有心还是无意。"要是秦勋也被连累,那她才生气。

陈萱蕊在那头明显松口气,说:"蝶姐也是怕你多想,叮嘱我无论如何都要跟你好好解释。毕竟你是蝶姐的精神分析师,她怕你误会。"

岑词停了笔,思量了一下说:"放心,不管外面炒得有多热,也不管娄蝶这次能不能借机翻红,到了我这里,但凡是客户的资料都会保密,记者就算问到我这儿也无济于事。"

陈萱蕊闻言赔笑,岑词一针见血说出了她的顾虑,着实叫她有些尴尬,忙道:"岑医生你别多想,蝶姐当然相信你的职业操守。"

岑词"嗯"了一声,想了想问陈萱蕊:"昨天你跟我说,娄蝶跟乔佳佳并没有多深的交情。"

"是,一个前辈一个后辈,的确没什么交情。"陈萱蕊也是个聪明人,知道岑词话里的意思,"昨晚人多,有些话也不方便说,其实这个圈子里就这样,敌人的敌人就是朋友,不需要多深厚的交情。"

"换句话说,你们也是临时起意?"

"是,也不是。"陈萱蕊轻声道,"是准备了话题和公关稿,也想着做些适当的引导。没想到昨晚席季一通闹,秦总又推波助澜了一把,蝶姐就在台上临场发挥,这才有了今天的局面。"

岑词轻笑,这世间事就是这样,塞翁失马焉知非福,造化弄人。陈萱蕊又问她和秦勋什么时候有时间,娄蝶想请客吃饭。

"吃饭就免了,娄蝶接下来有什么打算?"

陈萱蕊高兴地说:"当然是接戏了,这话题一炸开,就有本子送上来了呢。"

"这么快?"岑词惊讶。

"这就是娱乐圈啊。蝶姐这一上热搜,不少之前的冷眼都跑过来了,我都瞧不上这种。真的,你说人活一辈子都是风水轮流转,扒高踩低有意思吗?之前蝶姐受多大委屈、遭了多少白眼啊,那话说得可难听了,什么风光不再了、已经过气了、难挑大梁了,现在见有苗头了又赶紧过来巴结。"

岑词在这头安静地听着,心中也是感慨,她问陈萱蕊是个什么样的本子。

陈萱蕊更是高兴了,说:"巧了,跟《尘桥》里的角色很像,重要的是也要有唱戏的底子,真是老天赐的本子!"

对于剧本的选择岑词是外行,于是跟陈萱蕊实话实说:"作为她的治疗师,我不大建议她接同类型的角色,很容易让她陷进去。"

陈萱蕊说合同都签了,这次蝶姐特别坚决,跟导演聊了不到两小时就签了,看来是真喜欢这个本子。

岑词无奈说:"行吧,这期间一定要保证她的看诊时间。"

通完电话后岑词倦怠地靠在椅背上,娱乐圈里的血雨腥风,光是听着就叫人心累。手机又响了,是陪着小桃妈在公安局里的汤图。

岑词马上抓起手机,接通。汤图在那头情绪低沉地说:"小词,羊小桃可能真出事了。"

裴陆接手了羊小桃的案子,经排查,正式定性为失踪。

汤图一直在公安局陪着小桃妈,当小桃妈知道羊小桃确定是失踪后,一个腿软没站住就瘫地上了,任汤图怎么扶都起不来。

很快小桃爸也赶了过来,见了身穿制服的裴陆后一把扯住,嘴唇一个劲地颤抖。

裴陆见状说:"放心,警方已经立案了。"

"请你们,警察同志,一定要……"小桃爸说话的同时按着心脏。

小桃妈见状也顾不上哭了,踉跄上前,喊道:"怎么了你这是?药呢!"

她慌忙翻出救心丸,压在小桃爸的舌根,好半天他才缓过来,补上刚刚那句没说完的话:"一定要找到我家小桃啊!"

岑词和秦勋赶到公安局的时候,小桃她爸妈的情绪暂时算是稳定下来了,因为不跟羊小桃住,所以小桃她爸妈很多时候也不清楚她下班之后会去哪儿。

问到房里的情况时,小桃妈表示家里不乱,一切都跟平时收拾的一样。与此同时汤图和岑词也做了笔录,将这两天羊小桃的请假信息递给裴陆看。

裴陆看了看,通过号码打过去,关机。于是命钻天猴去查羊小桃全部的通话记录,尤其是注意有没有删掉的信息和来电。羊小桃的住所需要排查,同时调监控资料。

好不容易将羊小桃的爸妈劝走之后,汤图开门见山说:"会不会是段意?"

裴陆蹙眉凝思,段意的确是重点排查的对象。

汤图坐不住,来回踱着步子道:"说不定真是他带走了羊小桃。"

"带走?"秦勋敏感抓住字眼。

裴陆也抬眼看汤图。

汤图被他们俩一瞅,舔了舔唇,组织了一下语言,说:"我是觉得,羊小桃现在就是个恋爱脑了,真要是段意的话,压根儿就不用掳走她吧?"

"也未必。"一直沉默的岑词开口,"羊小桃虽说喜欢段意,但并不代表她能接受段意跟倪荞拉扯不断的现状,我是觉得说不准小桃已经想开了,又或者使出杀手锏逼段意做出选择。"

汤图转头看她:"杀手锏是……"

"分手。"岑词冷静分析。

秦勋皱眉:"羊小桃提出分手,段意恼羞成怒绑架?正常逻辑,段意这么做会更容易失去羊小桃吧?"

"除非他的逻辑不正常。"岑词一语中的。

汤图一激灵:"真有问题?"

裴陆这边脸色微变,有人敲门,进来的是钻天猴。

"头儿,段意联系不上,去他公司也没见着人,我又查了出入境,他应该还在国内,但离没离开南城还在查。"

"倪荞那边什么情况?"裴陆问。

"已经有同事去了。"钻天猴看了一眼时间,"差不多半小时能带到公安局。"

等钻天猴出去后汤图按捺不住,跟裴陆说:"一定就是段意。"

裴陆扭头看汤图说:"我知道你着急,但这种事要讲证据。"

毕竟是在一起工作的同事,裴陆能理解汤图和岑词的心情,于是跟她们说:"我查过段意,工作上是小有成绩,但整个人中规中矩没什么特殊的,唯独之前在机场的那次很不寻常。如果他真有心理问题,那之后总该有迹象吧?"

岑词开口:"也未必,有些人的心理疾病是隐性的。"

汤图觉得这就是失策,毕竟是靠近羊小桃的人,有机场的经历,她该提高警惕才是。

秦勋思量后说:"隐性心疾的话,也能有迹可循,像是段意,他的生活轨迹也未必中规中矩。"

裴陆不解地看秦勋。

秦勋掏出手机,抬眼看裴陆说:"你邮箱发我。"

裴陆说了邮箱地址,很快就听手机里有邮件提醒,翻开一看愕然。汤图凑到他身边,看清后也是一愣,抬眼看秦勋,问:"这都是你查的?够详细的了。"

一份有关段意的个人资料,差不多是他从小到大的个人经历和个人情况、社交状况等，也包括近况。

秦勋说："我不相信段意那个人，调查他，只是为了保障我女朋友的安全。"

汤图又给了岑词一个意味深长的眼神，岑词虽说没看秦勋给裴陆发了什么，但这一来一回的对话也听明白了，心里就涌动着感动。

"段意这两天的确没什么消息，但在之前，他每隔一阵子就会去郊外的朋友家，一待就是一晚上，第二天再驱车上班。我手底下的人查了一下，段意这种情况持续了将近两年。"秦勋接着道。

裴陆朝下翻着资料。

岑词听出端倪："去什么朋友家需要去得这么频繁？"

"倒是多年的朋友，但问题是他那位朋友不回郊区住。"秦勋说，"段意去郊区像是在躲倪荞，但这只是推测。"

裴陆看了段意外出的时间，迟疑道："看日期似乎没什么关联。"

秦勋说："刚开始我也没在意他去郊区的时间，看着杂乱无章，但如果把每个日期对照农历日子的话，那就变得一目了然。是每个月的农历初一、初八、十四、十五、十八、二十三、二十四、二十八、二十九、三十。"

"这日子有什么特殊的？"岑词想不明白。

秦勋低眸看她："是佛家的十斋日，也是诸罪结集定其轻重日。"

十斋日出自《地藏经·如来赞叹品》：复次普广，若未来世众生，于月一日、八日、十四日、十五日、十八日、二十三、二十四、二十八、二十九日，乃至三十日……能于是十斋日，对佛菩萨、诸贤圣像前，读是经一遍，东西南北百由旬内，无诸灾难。

在佛家，以上十日是诸罪结集定其轻重的日子，可对于段意来说有什么意义？据调查他并不是佛教徒。

直到进了家门，岑词还是想不通，又问秦勋："查段意的时候，你手底下的人进过郊区的房子吗？"

秦勋摇头，当时他只想知道段意的行踪，只要不打扰岑词，段意爱做什么做什么，跟他也没关系。

简单做了两菜一汤，饭菜上桌的时候，岑词还在念着羊小桃失踪的事。

"你查段意真是为了我啊？"

"不然呢？我对男人又不感兴趣。"

秦勋到对面拉了椅子坐下,盛了碗汤给岑词:"自打羊小桃跟他在一起之后我就叫停了手底下的人,早知道一直跟着他就好了。"

岑词没滋没味地喝着汤:"谁能料到会发生这种事,你说如果真是段意掳走了羊小桃,那他的目的是什么?他要对小桃做什么?"

秦勋摇头,这没法揣测。

岑词放下勺子,盯着秦勋,问道:"如果换作是你绑架我,要对我做什么?"

秦勋哑然失笑:"我想对你做的事夜夜在做,所以没理由绑架你。"

"能不能有点正形?还有什么叫夜夜?"

"哦,前两天我出差了。"

岑词瞪他。

秦勋含笑,又给她添了汤,说:"我知道你担心羊小桃,但饭得照吃,觉得照睡,我的意思就是睡觉,休息。"

岑词没好气地"嗯"了声。

"郊区房子的情况裴陆会查,还有倪荞,肯定也知道不少段意的事,等裴陆的消息吧。"秦勋宽慰岑词说,"现在的问题就卡在羊小桃是怎么被人带出去的。"

小桃妈报案后,裴陆第一时间调取了羊小桃家附近的监控。监控资料显示,羊小桃失踪前挺晚才回家,许是跟朋友在外面玩的时候喝多了,走路有些踉跄。电梯到了她住的那层就停了,她出了电梯,之后怎么样就看不到了。

羊小桃当晚的确回了家,那出事也是在家里,又或者是在家门口。可裴陆看遍了监控资料,都没找到羊小桃被带走的影像。他也想到了会有人乔装,利用各种方法藏好羊小桃带走,但该排查的都排查了,那个时间段里出现在监控里的人少之又少。

岑词想不通,这好端端的一个大活人,怎么不见的呢?

夜半的时候岑词又做梦了。

还是那个女孩儿,长大的模样。仍旧看不清脸庞,她在哭,有个男人在拼命拉扯着她,像是强行要把她带走。梦里的岑词就跟个观众似的,眼睁睁看着这一幕在眼前发生,她朝着男人大喊:"你干什么?放开她!"

男人听不见她的声音,还在死命拖拽那女孩儿,她看见女孩儿情急之下在地上摸到一根尖桩，攥紧。

"不要！"岑词这一喊竟把自己给喊醒了。

墙上的钟表一格格跳动，室内是柔和的月光，映亮了她一张煞白的脸。她这才发现自己是坐着的，视线朝上一移，左手举高攥得死死的。

她的视线又落到身边的秦勋身上，这个角度这个姿势，像极了她在攥着那根尖桩准备插进他的心脏。

岑词打了个寒战，放下手呼吸急促，心头有些惶惶不安，不经意想起湛小野之前的话："岑医生，你相信这世上还有另一个自己吗？"又夹杂着闵薇薇惊恐的叫喊："不是我！我压根儿就没做过这件事！"

她昏昏沉沉躺回床上，整个人像是陷入冰冷的海水不停往下沉、往下沉。抬眼看秦勋，他面朝着她，呼吸平稳睡得很熟。

她不知道自己坐了多久，也不知道自己的手举了有多久，他应该不知道吧？岑词心里不安，主动凑到秦勋怀里将他轻轻搂住。跟自己说，这般心境就是被噩梦影响的。

对，只是噩梦。

岑词合上眼，尽量让大脑放空，重新入眠。

许久，幽暗里秦勋缓缓睁开双眼。

裴陆那边很快有了些消息。

第一，羊小桃打从那晚出了电梯后就再无踪影，警方将监控资料一直排查到小桃妈报案时，也没从影像里看见羊小桃，更没看见可疑的人。

第二，羊小桃家没人。警方搜查得很仔细，排查了家里的指纹，有羊小桃的，还有小桃妈妈的，其他的就没了。

以上两点，怎么看怎么都像是坐实了羊小桃凭空失踪了的事实，可这世上哪会有人凭空失踪？

裴陆的意思是，如果羊小桃是被带走的话，十有八九是还没进家门的时候。

然而又有疑问了，假设羊小桃是在家门口被人带走的,那为什么没大喊大叫？

羊小桃所住的小区都是一梯两户，两户是门对门的，中间是长长的走廊。羊小桃的对屋邻居是个自由职业者，白天睡觉晚上工作。据邻居说，羊小桃失踪那晚他没听见房门外有动静，走廊是声控灯，一丁点动静都能亮，他敢肯定的是，当晚声控灯就亮了一下，然后就再也没亮过。

当问及为什么清楚声控灯亮的次数，那邻居刚开始还遮着藏着不想说，后来得知对面屋发生了失踪案，为了撇清自己就赶忙说了。

邻居表示每次羊小桃回来他听见动静后都要从猫眼里看一看，出事那晚也一样。他看见羊小桃走到房门前，正看得津津有味的时候羊小桃停住了开门的动作，蓦地往身后看了一眼。

当时给他吓了一跳，条件反射地从猫眼上撤离，片刻后小心翼翼地又去看猫眼，这一眼可给他吓得不轻。羊小桃还站在原地，目光直直地朝这边看，似乎知道他在看她似的，紧跟着声控灯就灭了。

当时他后背直冒冷汗，赶忙又离开猫眼，感觉羊小桃就一直站在黑暗里，直直盯着他家的房门。后来他敢确定的是声控灯一直没亮，因为没听见羊小桃开门的声音。

汤图一大早敲开岑词的门，过来跟她传达警方的调查结果。

秦勋来开的门，他就跟是这家的主人似的，跟汤图说："小词在洗澡呢。"然后往旁一侧身，"进来吃早饭吧。"

餐桌上早点丰富，岑词也洗漱好出来。汤图乐得享用，边吃包子边朝浴室方向一瞥："问你啊，你就这么放心大胆地让他在你这儿住啊？"

"这话问得奇怪。"岑词喝牛奶吃麦片，外加一小份蔬菜鸡肉沙拉，"他家在老城区，我去他那儿住也不方便啊。"

"我不是这个意思，他一直在找他那位朋友，现在跟你在一起，是不是有什么目的性？"

"他之前是怀疑过我，但现在误会解除了。"

汤图吃包子的动作也一停，试探问："怀疑你什么？"

岑词没抬眼，极其自然地说："怀疑我跟他那位朋友的失踪有关。"

汤图追问："他怎么个怀疑法？"

这下岑词抬眼了，汤图见状改了问法："那你怎么解释的啊？"

没等岑词回答，洗漱完的秦勋恰好进了餐厅，两人见状就没再继续这个话题。

今天是周末，难得秦勋休息一天。坐在岑词身旁一身清爽，头发还半干着，对比平时形象显得温柔、亲近多了。

秦勋问汤图早餐怎么样，汤图冲着他竖拇指，连说好吃。秦勋笑说只要他在家，她都有早餐可以蹭。

汤图抓住秦勋嘴里的关键词，抬眼笑看岑词："家呀……"

岑词一个白眼递过去。

餐桌上还是以讨论羊小桃失踪一事为主，听了汤图传达的意思后，岑词陷入沉思，好半天才开口："也就是说，那位邻居认为小桃是一直站在门口的？"

汤图点头："裴陆说走廊的声控灯的确敏感，一小点声音都能亮，羊小桃开门总不能一点声音都没有吧？而且就算声控灯真没亮，那依照门对门的距离，小桃如果开了门，对面肯定能听见。"

换句话说，羊小桃是在走廊里被带走的。

那么问题来了，对面邻居透过猫眼看羊小桃时并没看见尾随者。

第二点是，如果是灯灭之后有人进了这层，那怎么一点动静都没有？

秦勋喝了口咖啡，放下杯子后说："所以现在更能说明一点，羊小桃认识那个带走她的人。"

不可能凭空消失，又能无声无息，至少羊小桃在看见他后不会惊慌不会反抗，只能说明是熟人。

汤图咬了一口包子，冲着秦勋晃了晃食指："你说的是常规逻辑，还有种非正常逻辑的推断。"

秦勋好奇："愿闻其详。"

"对方能操控和影响人的意识，换句话说催眠干预。"汤图又冲着岑词一指，"她就能做到。"

秦勋笑了："这点我倒是同意。"

岑词之前参与的调查案件就不说了，就说近的，倪荞的哥哥可被她折腾得够呛，只因为他用手指头指她。秦勋抬手摸了岑词的头说："还是不能轻易得罪的。"

岑词任由秦勋摸着自己，不紧不慢地说："干脆你俩给我押去公安局得了，就说是我做的。"

汤图接住她的话："我也想弄个替罪羔羊，这样我家裴陆就不用成宿成宿地熬了。可惜啊，你成天都在我眼前晃，我想扯谎都不行。"

岑词喝了半杯牛奶，慢悠悠地说："白天你能盯着我，晚上呢，你也不能证明我二十四小时都有不在场证据。"

汤图冲着秦勋一努嘴:"晚上有他呢,他能证明。"

平时都是岑词怼汤图,没料到今天被汤图反怼,还怼得她一时间找不出反驳的理由来。

秦勋抿唇浅笑,也没多说什么,给岑词切了块三明治放盘里。岑词这才反应过来自己吃了个小亏,清清嗓子,道:"这裴陆身上的匪气都被你学去了。"

裴陆打电话过来了,知道他们仨都在,说了句太好了,然后说警方找到了那处住所,需要秦勋赶过去配合调查一下。

"段意就在南城,还是正常上下班,但这阵子他没回家住,有同事能证明他住公司。我们对段意进行了审讯,他不是很配合,警方需要找到更有力的证据。另外,倪荞也要接受调查,两位治疗师对羊小桃的情况最了解,如果有时间的话也需要来一趟公安局。"裴陆在电话里说。

所以三人决定兵分两路,岑词和汤图去公安局,秦勋去郊区的那处住所,等从公安局出来,她们再去郊区跟秦勋会合。

第 十 六 章

才数天不见，倪荞就憔悴得叫人吃惊。

她跟警方表示，自打上次段意知道她闹了门会所后就跟她提分手了，并且再也没回家住过。她几次找到段意的公司，段意都避而不见。

整整半个多小时倪荞没说别的，就在说这些年来她跟段意的点点滴滴，还有当初段意是如何追她的，如何跟她承诺说要一生一世的。

桌上的面巾纸堆成了个小山，倪荞的哭势仍没有减缓的迹象。裴陆听得头疼，过来找汤图和岑词，坐在那儿直揉太阳穴。

以汤图和岑词所在的位置，她们完全能听到倪荞说了什么，甚至岑词一抻头也能看见倪荞的模样，眼睛都哭肿了。裴陆坐在那儿，警帽搁在一边，脸色憔悴。

汤图看着心疼，倒了杯水给裴陆，然后绕到他身后，抬手抵住他太阳穴。裴陆睁眼，拉下她的手轻声说："在局里呢，让人看见了不好。"

汤图没勉强，示意他多喝点水。

裴陆倒是听话把水都给喝了，一抹嘴对她俩说："我原本想着让你俩帮忙从她的言谈举止里找找线索，结果……"

那边倪荞又是一阵痛哭，因为有警察问她段意这两天的行踪。

裴陆就跟条件反射似的又开始揉太阳穴，压低嗓音说："听她哭了半小时，我这脑筋啊一跳一跳地疼，都留后遗症了。"

汤图听着也是心烦，说："咱这是私底下说，我要是段意，摊上她这种性格的女朋友也受不了啊。"

岑词坐着没任何反应，汤图见状凑上前低声问她发现什么了。

"有些不确定。裴队，"岑词转头看裴陆，"刚才那个问题再问她一遍。"

汤图道："那还得哭一轮。"

裴陆又命人去问了。

刚才警察问倪荞的是"段意对你避而不见，你就再也没见着他吗？"，于是同样的问题又来了一遍。果然倪荞又是一通哭，等情绪总算稳定了，这才复述，但比前一遍吐字清楚得多。

"他铁了心要分手，从家里搬出去，不见我，白天我也不想耽误他工作，就晚上去找他。好几次都是大半夜了他也不在，我知道他去找那个小妖精了。是我贱，他那么对不起我，我还想着给他洗衣服什么的，他换下来的衣服那么脏，那个小妖精口口声声说爱他，怎么连衣服都不给他洗一件……"接下来又是哭号。

倪荞说这话的时候裴陆在旁边，闻言问她："怎么就确定公司的休息室就是段意住的？"

倪荞哭着说："他日用品都在，而且前一阵子我过去就想堵他睡觉的时间，想着能堵着他啊，但好几次他都不在，被子都是铺好的。凌晨一点多啊，他不是在躲我就是去那个女人家里了。"

"从倪荞的反应和说话逻辑来看，她不像在撒谎，段意离家后的所作所为她很可能不大清楚。"短暂休息时，岑词、汤图和裴陆开了个小会，顺带地喝了咖啡。

裴陆的耳朵里还都是倪荞的哭声，哪怕现在她本人消停下来了。

"段意还有大半夜出去的习惯呢？羊小桃有没有跟你们提过这件事？"

汤图很肯定地道："绝对不是去找小桃的。"

这点裴陆倒是同意，他们将监控录像又往前翻了好几天，根据倪荞提供的段意大半夜不见的时间段来对比，小桃家附近的监控中并没发现段意。

岑词喝了大半杯咖啡才又发表意见："有一点我不明白，倪荞说段意换下来的衣服那么脏，我几次观察倪荞下来，她没洁癖，所以提到段意的衣服脏，那就说明肯定是脏了的。段意是个坐办公室的，为什么衣服会那么脏？"

汤图也反应过来了："是啊。"

裴陆皱了眉头："段意咬死了这阵子都没见着羊小桃，而且羊小桃出事前后又能在公司监控录像里看见他，有不在场证据……"

"所以，倪荞说的他不在，又是怎么一回事？"岑词提出关键问题。

裴陆摇头："别看倪荞总在哭，但也很敏锐，有些问题她就避而不谈了。"

关于这点岑词和汤图也都发现了。当问到有没有跟踪段意，或者有没有查过他大半夜不在休息室去了哪里等问题，倪荞回答得就四含含糊糊了。

"我知道了。"汤图眯眼，"说不准真正绑架羊小桃的人是倪荞，她故意泄露点端倪让我们怀疑段意，实则就是想报复段意、报复羊小桃。"

裴陆笑着看汤图，说："一切怀疑都合理，问题是证据呢？"

"提供办案线索是我们做心理治疗师应该做的，而根据线索找证据是你们警方的责任。"

裴陆说："现在知道了，做你们这行的都巧舌如簧。"

对于羊小桃的失踪，裴陆的压力最大。一方面要安抚羊小桃的爸妈，一方面也要顾及岑词和汤图。

有电话进来了，找裴陆的，听那说完后他道："行，知道了，我们马上过去。"

收好手机，裴陆对岑词和汤图说："郊区房子里发现了些奇怪的东西，去看看。"

段意在南城有一处住所，就是目前倪荞住的那套房，据倪荞说那套房子是段意花钱买的，两人决定同居后倪荞就搬了进去。现如今段意离家出走，晚上也不回去住，是想让倪荞搬走，并且给了她限定的时间。但倪荞软硬不吃，死活不肯搬。

秦勋掌握的信息没错，郊区的房子的确是段意一位朋友的，他们俩关系挺不错，但那位朋友前些年去了国外，房子的钥匙就一直在段意手里。

羊小桃出事后警方第一时间联系了房子的主人，并且给他传真了搜查令，那朋友也是怕担责任，便应允了警方入室搜查。而这期间那位朋友也承诺警方，暂时不跟段意联系。

岑词和汤图随着裴陆赶到郊区房子的时候，天已经将黑了。

房子是联排小别墅，上下两层自带小花园。正值春天，各家的花园都有了绿意，那些个爬藤也蜿蜒着吐了很多新叶。段意朋友的院子里种了一株石榴树，由于常年不打理，任由它野生疯长，可谓是枝繁叶茂，树高盖过两层，枝叶将二楼房间遮得严实。

裴陆推开院门进来后，就瞧见秦勋站在石榴树下朝上看，听见动静后他转头道："来了。"

裴陆见他刚刚看得入神，问他是不是发现什么了。说话间岑词和汤图也上前来齐刷刷往上看，什么都没看着，除了挂满新叶的枝条。

秦勋说："有想不通的地方，我再想想。"

裴陆转头看岑词："你俩可真是，不是一家人不进一家门，说话的调调都一样。"

几人进屋的时候，有辆车无声无息地开过来。车里的人没下来，就隔着前挡风玻璃关注不远处的动静，那几辆警车几乎把停车道都给占了。车主人抿着嘴，太阳镜后面的眼眯了眯，车子一个掉头又开走了。

房子面积在二百多平方米，对于别墅来说的确不大，那名警察所说的有问题，就在二楼。楼上一间书房、一个卫生间和一间主卧，呈品字形。

洗手间里有洗漱用品，但牙刷是干的。主卧床铺干净，床单、被罩还有洗衣液的气味。衣柜里挂着衣服，其中一件岑词看着眼熟，浅米色衬衫，领口处镶有一缕金丝。她想了半天终于想起来，当时段意去门会所的时候穿的就是这件衬衫。

一名警察戴着手套将鞋柜里的一双鞋拿了出来，是双黑色皮鞋。

乍看没什么特殊的，皮质有褶皱，挺旧的，对比衣柜挂的那件镶着金丝的衬衫可就廉价多了。仔细打量就能看出端倪了，虽说鞋面擦得干净，可在鞋底的缝隙里能找到泥土。

是泥土，不是灰尘。那种泛着红的、已经干了的泥土。

这不就奇怪了吗？

现在整个南城都找不出能一脚踩中泥土的地方了吧？就算是这个别墅所在的郊区，外面也都是平坦大路，周围绿化围得严实，哪还有机会踩到泥土？

鞋子只是其中一处疑点，那警察从衣柜下面的抽屉里找到了一套西服。黑色的，剪裁得中规中矩没什么特殊，看着就像是穿过了的，但是不是段意穿的，还需要从衣服上残留的皮屑等物排查 DNA。

岑词盯着这套西服，心里总有股子不舒服，具体的还说不上来。她想了想，问那名警察："有人动过吗？"

警察说没有。

岑词打量着西装和鞋子，对汤图说："你之前怀疑段意有躁狂症和强迫性神经症是吧？你看看这西服叠着的方式和鞋子摆放的方式。"

西装叠得规整，鞋子也不是随便放着的，鞋尖方向一致不说，还都是对齐的，很齐。

汤图观察了一下，又将视线落在衣柜里挂着的衣服上，虽说没几件，但都是同一款式的衬衫，统一用黑色无痕防滑衣架挂着，衣服和衣服之间不挨着，能隔出个五厘米左右的距离。衣架挂钩的朝向相同，也是齐刷刷的。

"如果这些衣服和鞋子确定就是段意的，那他的确有强迫症的倾向。"汤图说。

寻常整齐跟强迫症式样的整齐是两种概念，前者会让人觉得自然舒服，后者整齐得会叫人心里发毛。

最奇怪的是靠墙的一个柜子，说是柜子，更像是个带门的龛，半米深，一人多高，下面带着储物柜的那种。

打开龛门，里面的东西教人头皮发麻。中间悬着个同心结式样的小盒子，用数不清的红线系着，小盒子前方有红色蜡烛，装电池的那种，火头是亮着的，两支。小盒子贴了黄底红字的符，看不懂。

秦勋先到的这里，警察发现龛里的东西时他也看见了，没太大反应。倒是岑词和汤图，甚至是裴陆，瞧见这幕着实吓了一跳。

裴陆问："这什么玩意儿？"

岑词皱眉看着龛里的东西，心里的不舒服感更加强烈，开口道："看着像一种什么仪式？或者诅咒？"

裴陆提议看看小盒子里的东西，汤图觉得头皮发麻："打开盒子的话，就只能把红线剪开吧？要不然怎么解？"

旁边的警察不同意："这也是物证，一旦破坏就很麻烦。"

岑词又观察了一番，指着红线打结的位置和符贴的方向说："结扣和符贴的方向都整齐划一，所以一定就是衣服主人的杰作。红线是系死的，解不开，只能破坏。"

裴陆叫手下先各个角度拍下照片，最后剪开红线，将悬在半空的心形盒子取了出来。半个手掌大小的盒子，侧开扣，扣子是市面上最常见的金属扣。

裴陆戴上手套，从侧面打开扣子，盒子一打开众人愣住，里面有两张照片。一张是段意，而另一张是羊小桃。

秦勋送岑词和汤图回家的时候，窗外已经黑透了。

她们俩坐在后面，一路没交流，车内很压抑。刚出电梯就瞧见了羊小桃的爸妈，羊小桃她爸手里还拎着个果篮。

见他们回来了，小桃妈快步上前，一手拉着汤图，一手拉着岑词，还没开口眼眶就先红了："警方对案情保密，我们这边实在是等不起只能找你们，听说你们这次在协助办案。"

小桃爸跟在后面，眼睛也是红的。

秦勋见状宽慰他们："你们先别激动，有事进屋说。"

"是啊，叔叔阿姨，我们先进屋。"岑词最怕遇上这种情况，安慰人的活儿真不是她擅长的。

羊小桃的爸妈都是懂礼数的人，连连说不用进屋，就在走廊说明了来意。

说白了就是来求岑词看在同事一场的分上帮他们找到羊小桃，他们之前就听羊小桃说过岑词的本事，现在老两口除了等着警方的消息外，也将希望寄托在岑词身上。

羊小桃她爸又将果篮递上来，他们死活就要岑词和汤图收着，说要不然他们不安心。后来岑词也就收下了，告诉二老让他们放心，但凡能帮上忙的她们一定帮。

好说歹说把二老送走，进了屋，岑词跟脱了骨似的瘫软无力。

"小桃的爸妈现在是有病乱投医了。"秦勋轻声说。

岑词进了屋，从柜子里拿出套干净的家居服，扭头瞅他："这话听着有歧义啊，怎么着，你不相信我的本事？"

"相信。"秦勋靠在门边，双臂交叉于胸前，"只怕你的感情作祟，毕竟是熟人，一旦偏了理智看问题的角度也就不同了。"

岑词明白这话的意思，想了想，手里的家居服一扬："我要换衣服了。"

"你换。"

岑词瞪他："过分啊。"

"咱俩夜夜相拥而眠，还有什么是我不能看的？"

"能一样吗?"岑词朝他一扔靠垫,"出去,别耍流氓。"

秦勋没为难她,笑着退了出去,还好心地替她关了门。

没一会儿汤图过来了,手里拎着食品袋,两大包,进门之后就放客厅的茶几上,又自顾自地拿了餐盘出来。

刚洗漱完的秦勋凑上前一看,好家伙,烤串、麻辣小龙虾,还有一份干锅鸭头,满眼的红彤彤。

"今晚你俩别指望能早睡了。"汤图抓了个靠垫放在地板上,盘腿往上一坐,开始往盘子里倒腾这些吃的,"夜宵与开会最配哟,秦总,冰箱里的啤酒来上几罐呗。"

秦勋拎了啤酒,笑说:"你也真是不怕长胖。"

"我胖吗?"

秦勋上下打量了汤图一番:"现在倒是不胖,但女人一旦过了三十,新陈代谢就变慢了,你现在有恃无恐地吃,都是在为三十岁之后变胖做准备。"

汤图翻了个白眼:"秦总,你也这么控制你家岑词吃饭吗?"

"她随便吃。"秦勋坐在沙发上,轻笑,"她变胖了也无所谓,我喜欢就行。"

好一拨狗粮,汤图抖了抖两条胳膊上的鸡皮疙瘩。

见秦勋不急着走,汤图思量了片刻,问:"我听岑词说,你一直在找你的朋友,他一丁点儿消息都没有吗?"

秦勋沉默。

"你别误会啊,我就是突然想起这件事。"

"是多年的朋友,生不见人死不见尸,每次提起来心里都会不舒服。"

"或者,"汤图迟疑,"你朋友会不会还有其他什么朋友,他们也不清楚他的去向吗?"

秦勋轻声说:"他的朋友很少,聊得来的就只有我一个……"说到这儿,顿了顿,"还跟一个人走得很近,但我从没见过这个人,只是在我朋友口中知道有这么一个人的存在。"

汤图"哦"了一声,沉默了半晌又开口:"有句话我不知道该不该说。"

秦勋看她。

汤图轻声说:"小词说你找了很多年,其实我想说的是,这么多年过去了,可能找到的希望极其渺小了。不管你朋友是生是死,你这个活人还得继续生活不是？至于找人的事就顺其自然吧。"

秦勋仍旧看着汤图，没说话。

汤图一抬眼跟秦勋目光相对，一激灵，忙笑道："我这不想着你现在跟小词在一起了，日子都是朝前看的，以前的事就别太执着了吧。"

秦勋淡淡道："其实你更想劝我别找了吧？"

"不是不是。"汤图赶忙摆手，"我就是不想让以前的事影响你俩的日子，因为你的朋友，你心里始终有个结，小词是从事心理的，却帮不了自己的男朋友，她心里该多难过。"

秦勋叹气："我没心疾。"

"我不是说你有心疾，我就是说这种情况。"汤图将自己的表达解释清楚，"你心里藏事她能看不出来吗？"

秦勋不吱声了，良久后说："行，我知道了。"

汤图暗自松了口气，又怕自己把气氛给弄压抑了，又补充说："你别误会啊，可能是我没考虑你的心情，毕竟我跟小词这么多年朋友，我是站在她的立场的。"

"我明白。"

岑词冲完澡出来的时候，头发还未干，瞧见这一茶几的红彤彤，问："有我的微辣吗？"

"那必须有啊。"汤图抬手一扫，"都是微辣，我吃什么都得想着你啊。"

秦勋不着痕迹地看了汤图一眼，朝岑词一伸手，将她拉过来坐在自己身边。

"你家裴陆呢？"岑词靠在秦勋身上，抬眼看了看墙上的时间，"我可没熬夜的习惯啊，再晚我就不等他了。"

"在路上呢，说是调查工作遇上了点问题。"汤图开了啤酒，"所以，咱们的意见对他来说还挺重要的。"

岑词一怔："遇上什么问题了？"

汤图摇头，电话里没说。

岑词微微皱眉，她有预感，也许这问题就是段意。

有问题的还真是段意，他不见了。

裴陆进门的时候快午夜十二点了，岑词掰过汤图的脑袋朝向时钟，汤图也知道太晚了，赔笑道："他这不都是为了咱家小桃吗？"

裴陆光顾着案子，连着两顿饭没吃，进来瞅见夜宵就跟见着亲爹似的。他大快朵颐又是大半瓶啤酒下肚，这才瞅见仨人齐刷刷瞅着自己，问他们："你们不吃吗？"

都吃过了……茶几的另一头都是空签子和空啤酒罐，就这观察力还当警察呢？

饱腹后裴陆告诉他们段意就跟人间蒸发了似的，寻不到踪影。这话说得就连秦勋也没想明白，于是问裴陆："什么叫人间蒸发了寻不到踪影？"

裴陆给了他们一个有力的说辞："就跟羊小桃一样，人间蒸发。"

羊小桃失踪后，段意就成了警方的重点排查对象。前几次他倒是都配合警方，随传随到，也写了保证书，保证在羊小桃找到前他不会离开南城。

而对于羊小桃的失踪，段意十分震惊和难过。他表示自己能接受羊小桃的分手决定，想要羊小桃轻轻松松地跟他在一起，他首先就要结束他跟倪荞的关系。倪荞不同意分手，他就只能搬出去住。他说，时间一长倪荞总能想得通吧，这种生活无趣，她总不会想一辈子就过这种日子吧。

段意的话似乎无懈可击，直到后来段意质问警方，为什么怀疑他，难道就不能是倪荞？

裴陆放下啤酒瓶，问他们仨："是啊，为什么不能是倪荞？"

岑词回答得简单明了："因为段意身上的疑点太多，而且我赞同汤图当初对他的心理评估，他绝对是有严重的心理问题。"

裴陆陷入沉思。

这时秦勋开口了："如果是倪荞，在整个过程里不可能跟羊小桃一句交流都没有，那走廊的灯为什么没亮？没说话，一个眼神就让羊小桃跟着走了？不现实。再看段意，不管他多配合警方，郊区别墅里的东西是他摆的，这是跑不掉的，难不成还是倪荞过去摆的？"他接过裴陆递上来的啤酒，继续说，"而且我相信，段意是发现了警方在查郊区的房子后消失的。"

裴陆点头，的确是。

郊区别墅里搜查出些奇怪的东西来，自然要把他再拎到公安局接受调查，结果公司不见人影，家里也找不到人，同事没人见过他，再问倪荞，倪荞也一脸茫然，说自己这两天就没去公司找段意，所以不知道他去哪儿了。

末了倪荞问警方是不是查出什么线索了，警方以案件调查期间不方便透露为由，并未告知，然后针对段意的那些脏衣服进行询问。

岂料倪荞改了口风,她说,其实段意换下来的衣服并不算脏,一个天天在办公室里的男人,衣服再脏能脏到哪儿去呢?

岑词说:"倪荞在撒谎,显然她是察觉出段意有问题了,在为他打掩护。"

秦勋却摇头说:"也有可能是故意为之,就是想引警方百分百怀疑段意。"

裴陆想了想:"倒是也有这种可能。"

汤图思虑片刻,说:"倪荞爱而不得,也的确有报复的可能,虽然说她可能不是绑架者,但做个推波助澜的也不是不行。"

"等等,"岑词打断他们的思路,不解道,"搭上自己的前途去报复一个男人,就仅仅是因为爱而不得?"

"难道这个理由还不充分?"汤图反问岑词。

"这个理由为什么就充分?"岑词抬眼看裴陆,"换作是你,你会吗?"

裴陆下意识看了一眼汤图,说:"我觉得我没那么惨吧。"

汤图将裴陆的脸扳正:"往哪儿看呢,谈案情。"

"好。"裴陆倒是听话,认真思考了一下,"这还要看一个人的性格吧,有的人过不去这道坎就能做出极端的事,有的人就不同,知道强扭的瓜不甜,打打闹闹之后也就放下了。"

岑词换了个坐姿,斜靠沙发,显得悠闲,道:"裴队的求生欲挺强啊!"

裴陆反应过来,一时间竟有点手足无措:"谈正事、正事。"

汤图接过他的话,将问题甩给岑词:"如果换作是你呢?你会吗?"

"不会。"岑词干脆。

这一次,秦勋扭头看她。

岑词很认真地说:"爱而不得那就放手,伺机报复失了尊严和面子,还会把对方仅存的好感给败光,何必呢?"

汤图挑眉:"尊严和面子比什么都重要?"

"我一直认为人要先爱自己才有能力去爱别人,在爱情里也是一样。"岑词说。

汤图说:"你看得通透,不代表其他人也这么想。"

"倪荞这个人虽然爱恨分明,性格很直,爱一个人会飞蛾扑火,但想开了也就放下了。"岑词从心理角度分析,"所以我认为,爱而不得继而搭上前程打击报复这种事不大符合倪荞的性格。"

裴陆向岑词求救:"你应该有办法让她说真话吧?"

"有,但是很难。"岑词直截了当,"倪荞见过我对她哥使手段,所以她会心生警觉,这样一来我很难入手,倒不如汤图去。"

"我?"汤图一怔,"我只会聊天……"

"聊天也行,分辨她是不是在撒谎对你来说不难。"

很快,郊区别墅里衣服和鞋子的情况有了结果。经过比对DNA,衣服和鞋子的确是段意的没错。至于龛里的照片,段意的是中规中矩的职业照,而羊小桃的更像是偷拍。

当时在别墅的时候,岑词就怀疑过这张照片的来源,后来裴陆便命人去查了照片。尺寸虽小,却是正儿八经用相纸洗出来的。

整个南城的照相馆都翻遍了,终于在老城区的一家挺不起眼的店找到了冲洗那张相片的存根。店老板说,如果搁在从前生意好的话,他肯定就对这种没印象了,但恰逢客人少,而且那人要求的尺寸还挺小,等洗出来后老板就多看了一眼。

"照片里的小姑娘挺好看的,但一看就是被偷拍了。"老板跟警察同志积极证明自己的立场,"我当时就觉得洗照片的人思想品德有问题。"

裴陆后来又跟老板对了照片,老板确定洗照片的人就是段意,而洗照片的日期竟是元旦之前。

这个时间点就很耐人寻味。

往公安局去的时候,秦勋跟岑词说:"元旦之前恰好发生有人夜闯门会所的事,看来这些事还真是一环套一环。"

秦勋之所以用一环套一环来形容,主要是鉴于裴陆的另一份报告,别墅郊区那双鞋上的泥土来自墓园。

南城的墓园有限,有规模的就俩,一个在很远的郊区,但近些年因为风水的问题那里经营得不善,另一个就是永安墓园,目击者赵大胆所在的那个墓园。

所以说很多事兜兜转转又绕回了原点,只是之前证据不明,人如在迷雾中行走,现如今证据愈发明朗,有些情况也就能顺势推断出来了。

倪荞被再次请到公安局,但对于段意的事又是一问三不知。不知道照片的事,不清楚郊区别墅的事,对于段意可能去的地方也选择了失忆。

后来倪荞回了家,路线不复杂,就去了趟超市,买的东西不多。

晚八点的时候岑词和汤图到访,身后站着秦勋。倪荞对他们的印象不好,想要强行关门,汤图眼疾手快亮出张照片来。

倪荞吓了一跳,等看清照片后脸色陡然一变,伸手去夺,汤图快她一步收了回来。

倪荞质问照片什么意思,汤图轻叹:"还能有什么意思?你以为我来你这儿是为了什么?我想让你知道你男朋友无声无息间究竟干了件多大的事。"

倪荞将下嘴唇咬了又咬,最后身子往旁边一侧,让他们进来了。但眼瞧着秦勋也进了屋,她多少有点胆怯,摸出手机刚想搬救兵,就听岑词不紧不慢说:"你哥怕是不敢再见我吧?"

倪荞手一哆嗦,手机就掉地上了。秦勋绅士了一回,替她拾起手机,微笑问:"方便参观一下吗?"

倪荞紧张地咽了下口水,说话都没多大底气:"这是私宅,你们、你们要参观什么?"

"就是随便看看,说不准还能解决掉你心中的疑问。"秦勋始终淡笑。

倪荞结巴了:"我、我没什么疑问。"

"关于段意和羊小桃之间的事你也不好奇?比方说,你男朋友什么时候爱上羊小桃的。"

"他不爱她!"倪荞不悦,"他就是图一时新鲜,等过劲了他还会回到我身边!"

人在激动下,言语之中总会泄露点信息出来,秦勋和岑词相互看了一眼。

汤图这时拉过倪荞,轻声宽慰:"其实我也知道,段意未必是真心喜欢羊小桃,所以我们今天来找你,是想要证实一下这件事。"

倪荞敏感地问汤图:"你说段意也没那么爱羊小桃?"

汤图见状,拉过倪荞的手一同坐在沙发上,不着痕迹地给岑词一个眼神,岑词拉着秦勋离得倪荞远了些,打量这房子的环境。

房子不小,目测有将近四百平方米,而且还是个大平层。客厅很艺术地分了区域,汤图所坐的沙发在靠窗处,通透的落地窗,窗外是黑漆漆的夜色。楼与楼之间有着绝对安全的距离,不会远到失了人间烟火,也不会近到没了隐私。

岑词和秦勋稍微远离一些,从倪荞那个角度就很难看见他俩了。

倪荞警觉刚要起身，又被汤图一把拉着坐下来，说："如果段意真对小桃死心塌地，那也不用跟你一直当断不断的，更何况他还一直留你在这儿住，这是段意的房子吧？"

倪荞见汤图并没说什么实质的话，兴致缺缺，抬眼又去看岑词，却见她站在照片墙前看照片，心多少放下些。视线再去找跟岑词同行的男人，隐约能看见身影在鱼缸旁，许是在赏鱼。

倪荞冲着岑词方向说了一声："我可没允许你们四处参观啊，你们最好别乱走。"

岑词站那儿没动，甚至都没转头瞅她一眼，视线就一直落在照片墙上，淡淡甩了句："放心，你家这么大，我怕迷路。"

房间不少，有几间房门是敞着的，目光能及的有厨房、卧室、健身房、衣帽间和一间客房，还有关着门的，岑词敢肯定，这关着房门的房间里肯定少不了书房。

听了岑词这话后，倪荞反而起疑心，起身去把衣帽间和卧室的房门给关上了，又折回来坐回汤图身边，说："事实上他真打算跟我断了，所以现在连面都不见了。"

岑词这边假意看照片呢，见倪荞的行为后心里咯噔了一下，把卧室和衣帽间的门给关了？

沙发这边，汤图尽量吸住倪荞的注意力。

"警方应该跟你说了段意的情况，他失踪了。"

倪荞先是一愣，紧跟着嗤笑："他能失踪？别开玩笑了，他就是在躲我，还有那个羊小桃，这是他俩做的局，你们可别被他们给骗了，他们就想用这种方式甩开我，双宿双飞！"

汤图笑了："你觉得段意有必要这么做吗？他有把这个房子过到你名下吗？如果没有的话，他何必多此一举？你完全可以一直住在这里等着他出现。"

倪荞不说话了，低垂着脸。

汤图飞快朝岑词瞅了一眼，岑词沿着照片墙往前挪了挪，而秦勋顺势开了衣帽间的门，无声无息地进去了。那件衣服还挂在鱼缸那头，乍一看就像有人站在那儿观赏热带鱼。

汤图继续跟倪荞攀谈，但很显然倪荞并不买汤图的账，不耐烦了，说：

"羊小桃失踪跟我有什么关系？你们一个两个的都来找我，难道是怀疑我绑架了她？开什么玩笑？我绑她干什么？"

汤图就有一搭没一搭地跟她说："你不是恨她吗？"

"是，恨，但也不至于绑架吧？"倪荞大声嚷嚷，"那要是她真把段意给抢走了，我是不是还得找人杀了她？汤医生，我闹过你们没错，也打过羊小桃，但那真是极限了。"

汤图看了倪荞半晌，突然问："你说你几次去段意公司找他，他都不在，当时还是大半夜的，你是真不知道他去哪儿了吗？"

倪荞冷笑："除了去找她还能去哪儿？"

还是在公安局里的说辞。

这边，岑词边看照片边听汤图跟倪荞的聊天，心里着急，这汤图搞什么？问的话东一榔头西一棒槌的，哪儿是在套话呢？好在，许是汤图这不按常理的拉家常令倪荞的警惕心放低了，总之她没再朝这边看。

衣帽间的门又悄无声息地打开了，留了一道缝，岑词心思一动，知道秦勋是有所发现了，赶忙闪身进去。

两人的举动都落在汤图眼里，她清清嗓子，又问了倪荞一个问题："你以前见过羊小桃吗？"

倪荞一愣，反问："什么意思？"

"我的意思是，去公安局之前你有没有见过她？"

倪荞皱眉："没有啊，公安局里是第一次见，你这么问……难道段意老早就跟羊小桃在一起了？"

"能肯定的是，段意老早就注意到了羊小桃。"

在去过倪荞那儿之后，岑词和秦勋趁机"敲诈"了裴陆一笔，让他请吃火锅，然后他们提供线索。

结果是吃火锅，不过是在岑词家里。

裴陆拉着汤图在超市里选购了大包小包的东西，拎进岑词家门的时候秦勋都震惊了。岑词无语地看着裴陆，却是在说汤图："果然不是一家人不进一家门，你家裴陆抠门，你也纵着他抠门。"

汤图帮着裴陆说话："差不多行了啊，他多忙啊。"

不过裴陆在涮锅食材的购买上倒是丝毫不含糊，从绿叶菜到牛羊肉，从各种丸到各类海鲜，一应俱全。准备火锅的时候汤图悄悄跟岑词说："你都不知道，他在超市买东西的时候老帅了，好多小姑娘都看他呢。"

岑词用怪异的眼神瞅着汤图，这人神经大条了？男朋友被人用眼神揩油竟然挺兴奋。

去倪荞家找证据的事秦勋大抵跟裴陆说了，汤图认为段意在上元节那天与羊小桃的相遇不是偶然，更多的是有预谋。关于这点岑词也同意，在为秦勋做掩护时，她看了不少墙上的照片。

"很有意思的是，有这么两张照片。"岑词说着起身拿过包，从包里抽出照片来，"你们看。"

汤图诧异："你从倪荞那儿拿的？"什么时候拿的她都没发现，手够快的了。当然这不是重点，重点在照片上。

两张都是自拍，一张是段意和倪荞的合照。照片中两人亲密无间，倪荞笑靥如花，一脸幸福。

外人看着第一眼，关注的重点只会落在这两人上。当时岑词的视线也差点一扫而过，后来觉得哪儿不对劲，重新再看就发现了端倪。

她敲了敲照片："背景虽然模糊，但也能看清楚，是门会所。"

其他三人一瞧，还真是，就在门会所的斜对面，两人自拍了合影。

另一张是段意的自拍，在地铁上，角度由上自下。他是站着的，一手拉着拉环。身后的人或站或坐，或闭眼休息或玩着手机，挺拥挤。

刚开始汤图没瞧出什么来，裴陆眼尖，指着段意身后一位站着的、低头看手机的姑娘侧影说："羊小桃？"

汤图凑近一瞧："老天啊，就是羊小桃。"

秦勋说："这是晚高峰的地铁里。"他问岑词，"羊小桃家是南站方向吗？"

岑词知道他想到了，点头说："是。"

裴陆脸色一僵："段意的住所跟羊小桃的一南一北。"

"再看这两张照片拍摄的时间，都是在去年圣诞节之前。"秦勋微微蹙眉，下了定论，"段意果然一直在跟踪羊小桃，并且在上元节那天制造了相遇机会。"

汤图听得很困惑，结论都能听懂，而且她也同意这结论，但怎么能看出是晚高峰？地铁走地下，不管白天晚上窗外都是黑着的，又不是轻轨走地上。

裴陆将照片拿给她，指了指段意那只拉着拉环的手，说："戴着表。"

细节观察很可怕。

将照片倒了个个儿，她仔细打量着段意手腕上的那块表，虽说不是很清晰，但时针和分针的位置大概判断下时间还是可以的。

六点半左右。

当然，可以看成是傍晚六点半左右，也可以看成是早上六点半左右。

但羊小桃的住所离门会所没几站地，所以犯不上六点半就从家里出来。再看照片的背景，虽说没拍到行驶方向的箭头，可也能隐约瞧出站名，是门会所和羊小桃家那段行程中的其中一站。

从地铁行驶的时间来看，如果是早上从羊小桃家往门会所这边来不大可能，反之晚上回家最有可能。这个细节点弄明白了之后，再去想秦勋刚刚说的话就顺理成章了，细思极恐。

"从什么时候留意的呢？"汤图皱眉。

岑词思量道："我在照片墙上没发现更多的信息，所以关于这一点没办法判断。"火锅底汤开了，她夹了茼蒿入锅，接言道，"总之就是段意留意了羊小桃，上元节的接触算是正式的，在此之前，他已经用其他方式接近了羊小桃。"

裴陆一怔，很快反应过来："圣诞节。"

岑词点头。

汤图皱眉："能百分百确定？"

这种假设之前他们想过，曾经也不是没调查过，哪怕到了现在，他们也愈发相信段意就是闯入门会所并且做出了一系列恐怖行为的那个人，但证据呢？

岑词点头："能。"

裴陆来了兴致，刚煮好的鱼丸也顾不上入口，催促道："说说看。"

岑词却卖了个关子："在说圣诞节这件事之前，我觉得你有必要先知道一件事，毕竟圣诞节那次只是段意的一场无意识行为，而圣诞节之后发生的事才是关键。"

裴陆放下筷子："你是指墓园一事？"

岑词"嗯"了一声，紧跟着她看了秦勋一眼。秦勋接着岑词的话题具体展开："我们看了段意的书房和衣帽间，的确有发现。"

与其说"我们"，倒不如说"我"，因为当时三人之中能有机会进到房间里的人就只有秦勋。

"从卧室物品的摆放习惯来看,段意的确有强迫症,就算他不在家的这段时间里倪荞也没碰他的东西,或者碰过,碰过之后又照着旧模样给摆放好了。"

所以才能看出问题,而且问题很大,可以说段意的强迫症已经到了挺严重的程度。

裴陆仔细回忆:"我跟他接触几次都没发现,看来他掩藏得很好。"

岑词点头:"修饰性是心理人格的一种自我保护,但心理问题始终存在,所以家里是最好的表达场所。"

"还有什么发现?"裴陆点了点头,又看向秦勋,"你刚刚提到书房和衣帽间。"

"先说衣帽间。"

跟郊区别墅里的情况一样,只是段意绝大多数的衣服、鞋子都在衣帽间里存放。衣服会按照四季、颜色,甚至是材质码放整齐,鞋子也一样,更别提那些内衣、领带甚至小到袖扣。

所有的服饰都十分干净,除了一套。秦勋掏出手机调出张照片,手机一转推到裴陆面前。裴陆抻头一瞧,照片里也是身西装,看着没什么特殊的,样式跟在郊区里发现的一样,硬说是郊区那套也成。

羊小桃说在会所院子里的男人是从墙上离开的,当时秦勋通过院里的布局给出了对方有可能离开的路线。

所以看见那男人穿着的就只有羊小桃,但裴陆也想到了,他说:"圣诞节那天穿的衣服?"

秦勋点头:"这套衣服跟之前羊小桃说的一样,更重要的是我在西装的裤腿上找到了细微的碎末,看样子像是树皮屑,但不确定。"

裴陆抬眼看着秦勋:"然后?"

"然后我就干脆剪了一块,一会儿你带走,是不是门会所院子里的那棵树上的,一验就知道了。"

汤图水喝一半都惊了:"你就这么把人家裤子给剪了?"

"不然呢?"他又没有取证工具。

裴陆冲着他一竖手指:"你是狠人。"

书房除了常规书之外,秦勋也有新的发现,同样的也拍了照片。

旁门左道的书不少,什么各地方巫术史、志怪考、鬼力怪谈之类的,也不乏南洋降头和黑苗巫蛊等。这类书摆放得有意思,没分门别类地放,只是随意地插在书与书之间,似乎是怕人刻意关注。

秦勋调出张照片,敲了敲,说:"看这张。"

裴陆一瞧,书名挺奇怪——《阴阳合婚记》。

"小说?"

"已经消失了的习俗合集本。"秦勋说,"我翻了翻,阴阳合婚简单来说就是活着的男人寻找一位跟自己八字合的女性,完成阴间的婚礼形式,继而达到为自己续阳寿的目的。"

汤图愕然:"这听着跟冥婚挺像。"

"对象不同,冥婚至少有一个要是死人,阴阳合婚必须是两个活人,重要的是目的也不同。"秦勋总结,"所以仪式更不同。"

裴陆一下想到目击者的话:"也就是说,当时段意在墓园正在进行阴阳合婚的仪式?"

"或者说,打从段意留意到了羊小桃后这场仪式就没停过,应该是个很漫长的过程,直到羊小桃失踪,时机成熟。"岑词分析说。

汤图一激灵:"时机成熟了之后呢?他会对小桃做什么?"

岑词没说话。

秦勋思量片刻,说:"怕是只有死,仪式才算完成。"

汤图手一抖。

岑词接着说:"依照对段意的心理分析来看,他不会破坏羊小桃的完整性,换句话说就是,他极大可能是将羊小桃活埋。"

汤图急了:"那我们还等什么?万一——"

"没有万一。"岑词轻声打断汤图的话,"段意虽然说患有躁狂症,但强迫症更重,他筹划了那么久,也会力求完美,我猜他会等到十斋日的最后一日才动手。"

患有强迫症的人十有八九忍受不了不完美,一个整月的十斋日被破坏,对于一个患有强迫症的人来说的确是场灾难。

"段意前后两次出入墓园,或许是在找场所,或许是仪式中的一部分,总之必须要完成一系列的仪式步骤心里才舒坦。"岑词轻声说。

火锅咕嘟咕嘟地开，却没人动筷子，注定了是一场无法大快朵颐的火锅盛宴。

良久后，裴陆提出疑问："你刚才说段意圣诞节那天是无意识行为，这话什么意思？"

岑词轻叹道："因为当时的段意，在梦游。"

段意有梦游症，这是之前岑词怀疑过但没能确定的事，直到去了趟倪荞那儿。

汤图虽说面对倪荞像是发挥失常，但她问到了段意小时候的事。倪荞跟段意在一起时间长，不能说事无巨细，但知道的也不少。她说段意这个人骨子里挺野，喜欢户外旅行。又提到段意说他小时候爬房子、爬树不在话下，后来有一次两人出去露营，等倪荞醒来发现段意竟是抱着她在树上睡的。段意说怕有熊瞎子，他就抱着她上了树躲着。

汤图当时听了倍感惊讶，跟倪荞再次确定："抱着你上了树？你当时不知道？"

倪荞摇头。

汤图追问："段意还有其他让你认为比较怪异的行为吗？"

岑词听见汤图这么问了，于是就扭头打量倪荞的神情。她看得清楚，倪荞的侧脸有明显的变化，眼神变得不自然。

许是发觉岑词往这边瞅，倪荞蓦地转脸过来。岑词表现得十分自然，不着痕迹地把注意力又放回照片墙上。倪荞还是朝着她这边瞧，朝前探了个身，目光落在鱼缸处，说："他那么喜欢看鱼啊？其实也没什么好看的。"

话毕就要起身，又被汤图给拉住了："你不用紧张，我不是窥探段意的隐私，我只是觉得，也许段意还有不为人知的一面是你不知道的。"

倪荞此刻显得很焦躁，对汤图说："他在我这儿没什么秘密，他也没有秘密！总之，他正常得很！"

正常吗？

秦勋在卧室床榻最下方抽屉里找到了好几段绳子，不同材质，有打扣的痕迹。他按照痕迹恢复了扣结，发现是渔人结。

"渔人结在户外很常见，易打难拆，通常是用软硬两条绳子打的。"秦勋跟他们说。

在家留有绳索，但绳索又不是户外标准，打的结却是户外运动常用的结，说明倪荞有一点没撒谎，就是这两人可能经常去户外。那在家里打绳扣是怎么回事？没事练习吗？

岑词说："倪荞早就知道段意有梦游症，所以绳子是用来绑他的。"

裴陆明白了岑词的意思，沉默了好一会儿，说："梦游的人真能做出令人匪夷所思的行为举动吗？"

岑词点头。

不少研究证明，患有梦游症的人的确能做出平时做不出的怪异举止来，无法用常识甚至科学来解释。所以，圣诞节当晚羊小桃被吓得够呛也有迹可循了。

或许真就那么离奇，也或许梦游中的段意能在墙上找到很好的落脚点，借力而去。就像是擅于攀岩的人，只要存在一个小的凸点就能很好利用。

羊小桃当时处于极度震惊状态，一个屋外一个屋内，间隔着距离不说还是大晚上的，段意背对着她，当时他真就是利用墙壁的凹凸点攀了出去，她看错也很正常。

但也听说国外有过这种例子，梦游者走在墙上如履平地，而梦游者平时并不会攀岩。

一旦裴陆能证实秦勋剪下的布料上的树皮屑是属于门会所的，那她的推断就成立了。梦游症成立，之前和之后的种种事就解释得通了。

在段意留意到了羊小桃后，他就摸清了她上下班的时间和路线，他会经常跟踪她，还有恃无恐地带着倪荞从门会所前经过。

他这种留意也许是为了达到目的，也许是在这过程里真的迷恋上了羊小桃，总之日有所思夜有所梦。圣诞节当晚段意梦游到了门会所，其实是他的潜意识想见羊小桃，恰巧羊小桃也在，于是就发生了惊骇事件。

也许段意清醒后反应过来，又或许是从倪荞绑着的绳索里发现自己又梦游了，总之他是从自己的西装外套和鞋子上发现了端倪。

"那套西装可能是他想正儿八经去见羊小桃的时候要穿的，却不想在梦游的时候穿去见了羊小桃，他便保留了下来，甚至都没舍得洗。"

至于段意是怎么知道自己去了门会所的……

岑词说："是倪荞告诉他的。"

这是唯一的解释，否则段意怎么知道自己去见了羊小桃，并且不舍得把那套西装给扔了？

如果段意的隐私就是梦游症，那说实在的也不是什么难以启齿的病，这世上有梦游症的人多了去了，可倪荞为什么避而不谈？并且在公安局不小心说漏嘴的时候马上改了口？

　　这只能说明，段意在梦游的时候做的事不同寻常。

　　"倪荞在去公安局之前没见过羊小桃，这点她不像是在说谎。"汤图之前问过倪荞。

　　"但她应该很早就察觉到段意的三心二意了，除了梦游，这也是倪荞跟踪他的原因。"岑词提到了之前在清寂寺看到了倪荞的事，又说，"只是她并不清楚牵着段意心思的女人到底是谁。圣诞节那晚倪荞只能远远跟着，她要进门会所就只能走正门，所以当晚她没瞧见羊小桃。或者还有一种可能，就是等她追到段意的时候发现他已经从门会所出来了，而且还是走墙出来的，她肯定吓坏了，自然不敢声张，也没跟警方主动提。"

　　当然，还有第三种可能，那就是倪荞不想被牵扯进去，所以她之前在公安局其实是做了伪证。

　　那一晚的火锅，四个人吃到大半夜。

　　基本上都是在分析羊小桃失踪这件事，主要的一些判断几乎都是岑词来做，从心理角度出发。而汤图也自认为在跟倪荞的那场谈话里发挥得并不算太好，感叹道："我要是会催眠就好了。"

　　岑词笑说："你的嘴皮子溜就行。"

　　汤图："也就你不嫌弃我，要是我再有本事点，可能小桃的事会进展得更快。"

　　裴陆往汤图碗里夹了颗牛肉丸，说："我不嫌弃你。"

　　秦勋抬眼看了一下汤图，没说什么。

　　那厢羊小桃案子的调查在紧张进行，这厢门会所的工作还得继续。

　　只是暂时没前台，接待就成了麻烦事，有时候汤图和岑词同时都在诊上，就只能任由前台的电话丁零丁零地响。再招一个吧也不厚道，哪能说小桃还下落不明呢，她们这边就卸磨杀驴了？

　　所以秦勋来门会所的时候，见她俩忙得跟陀螺似的，便给一同进门的姑娘使了个眼神，那姑娘一点头，马上钻到前台去帮忙了。

　　等汤图看完诊终于能喘口气的时候，这才想起刚才帮忙的姑娘来。窗外已经黑透,一看时间将近九点了。

见秦勋坐在沙发上不疾不徐地翻着杂志,汤图便给他倒了杯水,问他是怎么回事。

秦勋接过水喝了一口,放下杯子后说:"我看你们这儿人手不够,忙不过来,就从我那儿调了一个人过来,做行政的,来你们这儿帮忙绰绰有余。从明天起,她会按照你们这儿的时间正常上下班,直到小桃回来为止。"

"为了女朋友又出钱又出力的,真是雪中送炭。"汤图是真累了,揉了揉肩膀,揉着揉着又停下动作,笑问他,"或许你还有点私心?"

"比如?"

"比如安插个眼线在我们这儿,可以帮你一整天盯着岑词。"

秦勋笑了,合上杂志说:"她需要盯着吗?"

"你可别太自信啊,来我们会所的帅哥也不少。"汤图戏言。

秦勋嘴角微扬:"我相信小词的职业操守。"

"如果是病人家属呢?就不牵扯到职业操守问题了。"汤图冲着岑词的治疗室一努嘴。

秦勋挑眉:"有多帅?"

"挺帅的呢。"汤图靠在沙发背上,放懒,"这两次都是陪着妹妹来的,出于女人的第六感,我觉得是因为想见岑词。"

秦勋没急没恼地说:"小词漂亮,惦记她的人多也不奇怪。"

汤图笑道:"你倒是坐得住啊。"

"我没必要杯弓蛇影,小词什么性格的人你也很清楚,她为人处世直接,真要是不喜欢一个人就会开门见山,不会藏着掖着。"

"通透啊秦总。"

调侃过后汤图的倦怠劲也减轻了不少,一个劲嚷着说这不是人干的活,劳心劳力的。

秦勋却趁机说回了倪荞的事,提到了那日倪荞的行为。

"你也别内疚,其实你也帮了很大的忙。"

汤图叹气。

秦勋看着她道:"就像是倪荞起身关房门的动作,这动作明摆着是在告诉我们那几间房里有问题。"

汤图嘴角微微一扯,轻声道:"也许就是情急之下吧。"

"所以如果没有你步步相逼,她怎么会有情急之下的动作?"

汤图又是一声叹:"我也算是瞎猫逮到死耗子,话赶话可能就赶上了。"说完这话起了身又伸伸腰,下巴冲着岑词治疗室一扬,"你且等着吧,这几次里头的那位都是晚上来,还做了延时,等完事估摸着也得十一点多。"

"一起吧,送你。"秦勋建议。

"不了,我可不想等她,这些天太困了,我早点回去休息,不做你们的电灯泡了。"

等汤图走后,秦勋在想她刚才说话的神情,很明显她对那日在倪荞家的事很不满意,甚至都不愿意多提。

明明是羊小桃的事,她为什么不愿多提?

(上册完)

一门之隔 下

殷寻 著

本 故 事 纯 属 虚 构

北京联合出版公司
Beijing United Publishing Co.,Ltd.

第十七章

秦勋是被玻璃杯砸碎的声音给惊醒的。

睁眼才反应过来,自己在等岑词的时候竟不知不觉睡着了,手间的杂志滑落在地板上,摊开的页面是一篇专访。他弯身拾起杂志,顺势瞅了一眼专访上的照片,照片下方写着:白雅尘。

最新一期的访谈。

这倒是奇怪了,听岑词说白雅尘向来低调,不爱登报上杂志,看来这白雅尘也未必那么清心寡欲。

又是一声惊叫从治疗室里传来,秦勋蓦地起身,耳边却隐隐像是漾起一道声音来,幽幽的:你想我了吗?

秦勋猛地回头,身后没人,环顾四周只有黄昏的落地灯光。

治疗室里有三个人。

一位是汤图说的,英俊的哥哥,他死搂着一个女人,那女人在发抖,脸埋在男人的怀里,看不见长相。就听她在呜咽地说:"拿走、拿走!"

再看岑词站在治疗床旁,手指正滴着血。

"见不得带颜色的水,像是饮料什么的都不敢凑近。"

秦勋这边帮岑词处理着伤口,那边前台姑娘送走了病人和家属。岑词坐在沙发上,瞧着他脸色有些阴沉,便简单地说了因由。

秦勋的注意力都在她手上,低垂着眼,不搭理她。

岑词想了想又说:"这个姑娘心疾严重,害怕跟人有肢体接触,目前唯一能靠近她的就只有她的哥哥,我是想着试试用应激法。"见秦勋还不说话,她抿了抿嘴又道,"而且就是划了一道,伤口也不深。"

之后她保持沉默,岂料秦勋抬眼看了看她:"怎么不继续说了?"

"不知道要说什么了。"

分析羊小桃失踪案件的时候冷静沉着,治疗病人果断不拖泥带水,现在岑词是一脸傻乎乎的,秦勋心里的滞闷莫名一扫而光,忍不住笑了,真是跟她生不起来这气。

岑词见秦勋笑了,也弯唇浅笑:"情绪好了?"

秦勋收拾好医药箱,用似赌气似认真的语气说:"你这份工作危险系数不小,干脆别做了。"

闻言岑词愕然,抬起受伤的手在他眼前晃了晃:"就为这?"

这点伤还叫伤啊?那走在路上也挺危险,说不准就被什么东西给撞一下呢。

"你明白我的意思。"

从事心理研究,接触的大多是人性难测,那些隐着心理疾病的,落在行为举止上就是招招能要人命。

"自打我认识你以来,哪个病人让人省心了?"秦勋道,"你腿、脖子的伤都忘了是吧?"

岑词轻笑:"成,我不工作了,你养我。"

"行。"

岑词心口一动,没料到秦勋回答得这么干脆,她想着如何转移话题的时候,秦勋又补充了句:"我是说认真的,咱俩之间有一个拼命的就行。我不要求你其他的,平安就好。"

岑词听着这话不动容是假的,要说没人关心吗,也不是,至少她身边有汤图,平时还有奶奶。不管是汤图还是奶奶,他们的关心都会令她倍感温暖、从容。

可秦勋不同,她会觉得甜,觉得整个人都是飘飘然的,于是又生怕从高空坠落,会患得患失。他们之间没有利益合作,没有血缘骨肉的牵扯,就纯粹靠着彼此的吸引,这种关系如果想要长久拥有,势必会叫人费思量。

换句话说就是,他的关心是出于他的喜欢,那有一天他的喜欢不在了呢?

此时手机响了,岑词一激灵。是刚离开的那位家属,关心地询问了一下她伤口的情况，又聊了聊他妹妹的情绪问题。末了男人突然问："刚刚进治疗室的人是岑医生的男朋友？"

秦勋抬眼瞅了一下岑词。

岑词忍住笑意看着他说："对，我男朋友。"

结束通话后秦勋开口："怕你受到异性干扰，这也是我不想你工作的重要原因。"

还怕她受到异性干扰，秦勋这说法也是够婉转的了。

岑词再梦见那个女孩的时候，人和场景都是雾蒙蒙的。就是那种周围都是雾气的感觉，女孩陷在雾中不知道在做什么。有人在说话，声音低低的，仔细听是男人的声音。

岑词试图走进雾里，可不论怎么走，她也只能影影绰绰看见女孩的身形。男人的身影也能看见，虽然也不清楚，但隐约瞧见身形颀长，跟之前那个男人不大一样。

那男人在打电话，侧脸落在薄雾里，她觉得男人发音的口型有点眼熟，可惜看不懂唇语，无法得知对方说的话。而那个女孩闷着头，手里握着支笔在画什么，笔尖蹭着纸张沙沙地响。

岑词努力凑前，倒是看清楚了。

是一道门。

岑词是被手机铃声给叫醒的。

秦勋已经不在身边，床头柜放了张留言笺。她没来得及看，先接了电话。

是陈萱蕊，一大早挺亢奋的，打电话来是给娄蝶请假，说今天蝶姐拍定妆照，去不了诊所了。

今天按照约定时间，该是娄蝶来看诊了。

岑词靠在床头，大脑还有点混沌，眼前晃动着的是梦里的那道门，耳朵里是陈萱蕊的声音，冲撞、拉扯着。她努力将自己拉回现实："不行，今天无论如何你都要带娄蝶来诊所，她的病情不能耽误。"

陈萱蕊许是没料到岑词的态度如此强硬，愣了片刻，然后说："可是蝶姐已经进组了，还不知道几点——"

"她几点完事你就几点带她过来，我等着她就是。"

陈萱蕊那边没应允，但也没一口回绝："岑医生，是这样的，我觉得之前蝶姐的心理状况完全就是因为周围环境，现在她找到了喜欢的角色，投资方也很重视这部剧，我看蝶姐的状态十分好。"

岑词听出了陈萱蕊的意思："你是不打算让她继续接受治疗了？"

陈萱蕊也没瞒她，表明自己的确是有这个打算。她觉得现在娄蝶有翻红的机会，如果这个时候被人挖出她在看心理医生，那对她的事业肯定有影响。于是她态度诚恳地跟岑词说："颁奖事件只能说是蝶姐的一个契机，要是光靠着这个点翻红的话太难了，所以这个角色对蝶姐来说十分重要。岑医生，希望你能理解，现在不少网友都在关注蝶姐这次的角色，真的起来了那就是翻红了，起不来的话这辈子也许就这样了。"

岑词揉着太阳穴，耐心地听陈萱蕊说完话，末了问陈萱蕊："是不是翻红重过一切，甚至是命？"

陈萱蕊愣住，好半天问岑词："不会这么严重吧？"

"那是你根本就不清楚抑郁症有多可怕！"

抑郁症发病率极高，可这种心理疾病又是很容易被人忽视的。

"抑郁症不是简单的情绪发作，你觉得娄蝶现在看上去情绪不错斗志昂扬，可不代表她的抑郁症解决了，有多少看着很乐观的人，前一天还在饮酒作乐，第二天就跳楼自杀了。"岑词皱着眉头说。

陈萱蕊沉默良久后说："可是，现在的情况的确是不允许蝶姐去诊所看病，这件事连导演都不知道，一旦知道了……"

岑词也不知道今早是怎么了，就是有股子邪气撒不出来。她想不通，明明病了为什么就不能好好治病，难道名和利真比命还重要？

命只有一次啊，何其珍贵。这世上有多少人拼尽全力就是为了能活下来？人活着，这是本能。

岑词努力地压下这口郁气，问陈萱蕊："你说这些是公司的意思还是你的意思？又或者是娄蝶的意思？"

"蝶姐也是这么想的。"

结束通话后岑词心口更是堵得不行，将手机扔回床头柜，顺带地又瞧见了秦勋的留言笺。大抵就是说他出差了，要走几天，在此期间要她别多管闲事，好好照顾自己。

岑词抓了手机，下了床坐在贵妃椅上，蜷起腿。窗外明明是阳春的天色，那万紫千红很喜人，她的心情却是低落到了极点。

岑词拨了电话给秦勋，这倒是从前都没有的事。

手机那头接通，隐约听见秦勋跟什么人说"盯一下"，似乎在忙工作。岑词觉得这通电话打得不合时宜，其实自己也没什么重要的事找他。

秦勋的嗓音传过来，问她是才醒吗。

岑词"嗯"了一声，问他几点走的，怎么都不提前跟她说一声出差的事。

秦勋笑说："我走得早，没必要把你折腾醒。出差的事昨晚是想跟你说，一来到家就挺晚的了，二来，咱俩也没倒出时间说别的吧。"

没倒出时间。

岑词扫了一眼床上，心口一阵急跳。

手机那头，秦勋还故意补上了句："昨晚上你那么投入，我总不能不懂事地大煞风景吧。"

"挂了。"岑词不想跟他说话了。

秦勋在那头低笑："行，挂了吧，我这边还有工作，另外记住我的话，这几天我不在你身边，危险的事能不碰就不碰，听见了吗？"

岑词叹气。

秦勋一听，觉得这是有事儿，便问岑词："怎么了？"

岑词想着秦勋刚才的话，便催促他挂电话去忙工作。秦勋哪能放心，继续追问。

岑词也没磨叽，简明扼要地说了娄蝶的事。秦勋闻言放下心来，说："你只是治疗师，不是她的监护人也不是她的亲朋挚友，既然她有心回避你，你也得尊重她的选择。"

岑词其实不同意秦勋的看法，对方是个病人，而且还是个不知道自己的病情有多严重的病人，她总不能眼睁睁看着对方病发吧？

秦勋也知道岑词会纠结他的说辞，补了句："哪怕就是在医院，医生也要尊重病人的选择。"

这话着实是说在点子上了，可岑词心里还是别扭，不过她觉得也没必要跟秦勋在这件事上掰扯浪费时间，就"嗯"了一声以示答应，又不想耽误他工作，便说："也不是我要操心和拼命，我就是觉得自打认识你之后，我的工作怎么就变得危险了呢？"

秦勋低笑："这恰恰说明我是最合适的护花使者。"

这歪理论，岑词竟觉得心里舒坦些了。

裴陆带来消息的时候已是午后，他跟岑词和汤图表明，段意衣服上的树皮屑的确就是门会所里的。他冲着院里的那棵老树示意了一下，说："而且我们破译了他的电脑密码，发现了一些奇怪的片子。我觉得，是不是跟他的心理疾病有关？"

羊小桃不知道自己在这个地方待了多久。

刚被带进来的时候她昏昏沉沉的，眼被蒙着，双手被捆得结实。

意外的是她最开始没怕，因为记忆还在。

那天，她跟朋友吃完饭挺晚回了家。走到小区门口她下意识停了脚步，那段时间她经常会觉得有人在跟踪她。但又看不见找不到，像个鬼影似的在她左右。

打算开房门的时候，她心里冷不丁地又升腾起一丝异样来，好像是有什么人在盯着她，身后是走廊，走廊的尽头是对门那户。

就在这时感应灯陡然灭了，她闭了一下眼睛，等视线适应了后陡然瞧见黑暗里匿着团影子。

不是别的什么，是一个人。她转身想跑，可念头刚起就看清了黑影的脸。

是段意。

他怎么出现的羊小桃不清楚，只记得他整个人融在黑暗里，一步步朝她走过来，没有脚步声，跟踩在空气里似的。她眼睁睁地看着他走到了自己面前，又眼睁睁地看着他压下脸。

段意吻了她。

再有意识时她就在现在这个地方了。

一个封闭的空间，像是个废弃的房间，可周围又是石壁。没窗子，唯一的光亮就是距离她两米多远的石桌上的蜡烛光。是龙凤喜烛，挺长挺粗的，打从她眼罩被摘下后就开始燃烧，现在烛身之下有一大摊凝固的蜡液，就跟眼泪似的。

她被带来之后，手腕始终被条铁链子拴着，吃喝拉撒睡都不能离开床边范围。床铺什么的都是新的，被褥枕头都是大红色，室内都贴上了大红喜字。

羊小桃蜷坐在床头，身上也早就被换成了红色的睡裙。她望着前方幽幽的通道，看不见头。

但她知道那尽头有门，像是道铁门，很沉很重，每次打开都会发出刺耳的声响。有一天段意回来，亲吻着她的唇角说："不能有太大声音，否则别人就会发现我老婆。"

他应该是给门上了油，再开关时就无声无息了。

羊小桃觉得应该是过去了几天，而在这几天里她的心境也发生了变化，由最开始的惊讶到后来的惊惧，再到现在……有脚步声，羊小桃一哆嗦。

是段意回来了，一如既往的西装革履，好像不论到了什么时候他都不曾灰头土脸过。他带回来吃的，往石桌上一放，饭香四溢。

羊小桃蜷腿坐在床上，头发披散着，盯着段意的一举一动。段意走到床前坐下，抬手摸她的脸，温柔道："想我了吗？你放心，我不会把你一个人扔在这儿的。"

羊小桃整个人都是绷紧着的，嘴唇微颤，问段意："你什么时候能放我离开？"

段意手指一顿，目露不解："为什么想着离开？我对你不好吗？"

羊小桃示意了一下手腕，反问他："这就是你对我的好？"

段意的视线落下来，充满怜惜："我不这么对你，你怎么能死心塌地地跟着我呢？"

"段意你——"

段意竖起食指放在嘴唇上，示意羊小桃嘘声。她不说话了，警觉地看着他。

段意问她饿不饿，饿了的话他就喂她吃饭。羊小桃抿着嘴不说话也没食欲，见状段意又抬手摸着她的脸说："别这样，我会心疼的。"

羊小桃眼睛一下子就红了，委屈道："我求你放了我吧。"

她想回家，想爸妈，想朋友，想岑词和汤图她们。这几天她每晚都在做梦，梦见回到了原来的生活，可睁眼还是这冷冰冰的屋子，身边躺着段意。

在门会所待了这么久，她清楚地知道段意肯定是有问题了，可是为什么会这样？

段意的手从羊小桃的脸滑到了她的脖颈上，轻轻抚摸，语气低沉："小桃，你已经嫁给我了，你还想去哪儿呢？"

"我没有，清醒点！"

"你是怪我还没举行仪式对吧？别着急，很快了。"

羊小桃一听他这么说，心里就紧张了，很快要举行仪式是什么意思？

"你这么做是犯法的，段意，你有大好的前程。"

段意借着烛光细细打量着羊小桃，充耳不闻，视线落在蕾丝的边缘，眼神就变了。她心一凛，下意识朝后缩。可段意一把将她扯住，顺势将她压在床上。

情急之下她喊："段意！你、你还有倪荞呢，你忘了倪荞吗？"

段意抬头看她。

羊小桃见他停下来了，心中燃出些希望，继续说："我、我是觉得既然你想娶我，那是不是应该跟倪荞说明白？你现在这样她知道吗？一定不知道吧，她、她可能还在等着你去给她一个交代。如果你真心喜欢我，就该去跟倪荞谈清楚，对不对？"

羊小桃尽量去安抚段意，不停地告诉自己他现在不正常，不能跟他硬碰硬。

段意想了想，起身。

羊小桃赶紧一骨碌坐起来，心中那根弦松了松。岂料段意抬手，一颗颗解开衬衫扣子，盯着她说："这样你不会觉得更刺激吗？"

羊小桃惊喘后退，紧跟着就被段意擒住，被一下按在床头的墙壁上。她挣扎不开，锁骨紧贴着石壁的一处棱角，硌得生疼。

段意贴在她的身后，脸压了下来，笑得低沉阴凉："不刺激吗？想想看，倪荞一直在等我，日夜都在等着我，可她等着的男人却在跟你巫山云雨。"

接下来的时间，她屈辱痛苦，可又身不由己。许是她提到了倪荞，这个名字不知怎的就深深刺激了段意，今晚的他格外暴虐。

可思绪总能飘到她被他带回来的第一晚，那一晚，才叫真的疼。

那晚过后羊小桃就活在这样的一种惊恐中，她害怕他的靠近，但这种亲密行为几乎每天都在上演。

裴陆带来的片子并不美好。

岑词告知了前台的姑娘，在他们开会这段时间里不接待任何客户。

休息室里的投影仪打开，片子映在墙上。像是纪实，可又像是部片子。光线很暗，看周围的环境应该是在山野，没有城市里的万家灯火，唯一的光亮就是烛光，映亮巴掌点大的空间。

片子里的人看不清楚脸，但明显不是段意。

一男一女，男的西装革履，女的也穿得艳丽，可看状态就不对。女人看上去很害怕，全身都在抖，手和脚都是用绳子捆着的，跪在地上。

汤图朝着烛光的位置指了指,示意岑词:"你看。"

岑词也看见了,那蜡烛的模样不陌生,是龙凤喜烛。

岑词心一凛,这不是在演电影。

镜头固定不动,应该就是用支架固定在拍,换句话说整场没有导演、没有灯光、没有道具等工作人员,就只有这一对男女。

男人在对着一个石碑式样的东西跪拜,额头抵在地上,弯下腰的瞬间岑词看到石碑上有照片,照片上的女人隐约很像跪着的那个女人。

男人嘴里也不知道在念叨着什么,旁边的女人抖得更厉害,在哭。

大概二十多分钟,男人起身了,手里多了些东西。汤图倒吸一口气:"怎么这么像郊区别墅里的东西呢?"

如果不是在郊区别墅里见过,视频里男人拿的就是普通东西。是红线,红线的另一头挂着黄底红字的符。

岑词盯着男子的动作,心里翻腾起一种不好的预感来。

果不其然,裴陆给她们打了预防针:"接下来的画面,会让人很不舒服。"

汤图本就吊着一颗心,闻言打了个寒战,条件反射问裴陆:"怎么个不舒服法?"

裴陆按了暂停键,说:"你们注意一下石碑,石碑后面应该是被挖开了,能容纳一人的空间。男人把女人抱进去,强要了她,然后……"

裴陆边说边将视频快进,片中男人果真是把女人抱到了石碑后面,视频一闪而过的是女人的尖叫声。再出来时,女人的身上被男人缠了红线,就跟网子一样。

岑词下意识问道:"他要做什么?"

裴陆再次按了暂停键:"他杀了她,所以……"

汤图头皮一麻,岑词也明白了裴陆的意思,她深吸一口气:"正常放吧。"

接下来的时间里,对于岑词和汤图来说是漫长又残忍的。

那男人也不知道给女人喝了什么,就见女人软绵绵地躺在石碑前,没死,还有呼吸。

男人蹲在女人的背后,锋利的刀尖沿着红线的走向划开了女人的皮肤,缓慢又坚决。女人动弹不得,甚至连叫都叫不出来,就只能抽搐着,渐渐地血流成河。

汤图实在受不了冲向洗手间,裴陆起身,却又停住脚步。岑词对他说:"我没事,你去看看汤图吧。"

休息室里有洗手间,门半掩着,从里面传出汤图的干呕声。而岑词胃里早就翻江倒海,只是一直忍着。她觉得,视频里的男人是有意将女人的整张皮都划开。可他不是冲着剥皮的目的去的,只是顺着红线缠绕的方向,其他位置都不碰。

岑词嘴唇抿紧,微微眯眼。男人起了身,让开镜头的瞬间也让她看清楚了,血沿着地上划好的浅沟流淌,形成的就是一个符文的图案。

"从心理层面来分析段意的话,基本能断定他最后了结这件事的时间应该就在这个月的15号,农历三十。十斋日的最后一天,我们之前猜测得没错。"

一部片子下来大概一小时,不是一天拍摄的,是由几天的片子剪成的。换句话说,从女人被绑着跪在石碑前到被杀害不是一天完成,这个仪式有时间规定。

片子来源无从考证,其真实性也有待确认,但裴陆是警察出身,对于这段片子他认为十有八九是真实拍摄。片子里的男人和女人,警方已经介入调查了。

视频定格在片子最后的画面上,血色的符文图案。

"我们还有营救的时间,可问题在困住羊小桃的地点上。"裴陆皱眉头,"片子里的是片荒野,如果段意效仿的话,不用放眼全国,哪怕是一个南城,在15号之前也未必能搜得完。"

岑词抬手揉着涨乎乎的太阳穴,说:"所以,一定是有针对性的地点,既能满足段意的心理需求,又是待着稍微舒服些的地方,否则这么长时间他总不能带着羊小桃留宿在外吧?现在已经过了惊蛰,野外的蛇虫鼠蚁全都出洞了,段意应该不会允许自己所在的环境乱七八糟。"

裴陆思考道:"段意前后两次做仪式的地方都在墓园,墓碑上因为没有羊小桃的照片,所以他画了肖像放上去。"

"墓园应该是段意的第一选择。"岑词又提到片子里的场景,"石碑的性质跟墓碑大同小异,开始我也认为那是一个墓,最后我猜想,那女人应该是要被埋进石碑之下的,完成阴阳合婚的流程。"

所以段意选了墓园,而且还选了一处空墓,那还能有什么地方能取代墓园?

三人陷入了沉思。

良久,始终没说话的汤图提出了疑问:"你们说,段意绑架羊小桃就是想让她死吗?"

岑词抿了抿嘴,说:"从心理习惯来分析的话,是的。"

裴陆问汤图:"你有不同的意见?"

汤图也说不上什么意见,就是觉得心里发慌。她说:"如果羊小桃对段意来说只是个工具人,那段意有必要跟倪荞分手吗?如果就是仪式里需要这么一个女人的话,段意完全可以瞒住倪荞,何必起事端?"

岑词想了许久,抬眼看汤图,语气很低沉:"你说的可能性也存在,可一旦段意对羊小桃是真感情的话,那羊小桃也许会面临另一种遭遇。"

汤图一激灵,裴陆追问岑词另一种遭遇指的是什么。

岑词组织语言,稍后说:"如果我们按照段意对羊小桃有感情这条线去捋逻辑的话,在我看来最后的结局不会有太大变化,但这过程里发生的事可能就跟段意之前的设定有所出入了。段意注意羊小桃不是一天两天了,最开始的时候他并不忌讳倪荞,还带着倪荞在门会所附近拍照,说明当时他只是关注了羊小桃,并没有跟倪荞分手的打算。"

关于这点汤图同意,她接着岑词的思路继续说:"那时候段意的目的很简单,羊小桃只是一个能跟他阴阳合婚的'工具人',其他的就没了。"

岑词点头说:"但也许日有所思夜有所梦,总之段意的跟踪行为引发了他的梦游症,所以有了圣诞节的第一次见面。从段意的职业和穿着习惯来看,他是个很注重形象的人,梦游的见面势必对他的形象有损,因此就有了上元节正式的见面。"

一切都是段意在按计划进行,哪怕是跟羊小桃的会面。

岑词舔了舔唇,继续说:"其实在段意爱上羊小桃的那一瞬间,有可能就已经偏离了他举办那个仪式的初衷。之前我们分析的是,阴阳合婚只是为了延长男方的寿命,又或者是消除累生累世的阴债,总之结果是作用在男人身上。这也是段意在跟羊小桃见面之后没有马上执行计划的原因,可能他有过放弃仪式的念头,他想跟羊小桃在一起,便跟倪荞摊了牌,然而倪荞不依不饶,甚至三番两次打扰羊小桃,这就让羊小桃做出了退出的决定。"

羊小桃的退出,会刺激到段意,那么段意会怎么做?

仪式继续。

岑词的手攥了攥,说:"段意的心理状态很危险,既然他决定仪式继续,那就说明他的情绪已经处在崩溃边缘。阴阳合婚,前提是婚,片子里的男人强要了女人,可在男人眼里,那就是入洞房。那么羊小桃能逃过吗?"

汤图的大脑嗡的一声。

"而且，"岑词觉得心里闷得慌，说了刚刚才闪过的大胆假设，"段意能再次想着完成仪式，有可能就是情绪刺激下做出的决定，有可能他会跟羊小桃一起死。"

"不行，我们不能再等了。"汤图一把抓住裴陆的手，"这太危险了！"

是啊，裴陆也深知不能再等。

岑词走到窗子前看着外面，院落中已是绿意盎然，哪有半点疾风骤雨的影子？可这春天本就变化多端，前一秒艳阳高照下一秒就淫雨霏霏了。

岑词转过来，背靠窗子，开口："裴队，墓园里有佛像吗？"

裴陆回忆了一下："有，在墓园入口处有一片环湖，湖边就有一座观世音像，怎么？"

岑词迟疑道："我在照片墙上看过不少段意在佛寺的照片，全世界各地的寺庙都有，尤其是泰国的最多，他好像每年都会去一趟泰国。"她蓦地抬眼看裴陆，"他信佛，所以十分注重十斋日。"

裴陆手一捶桌子，陡然起身，恍然大悟："我知道了！"

刚拉开休息室的门，岑词又叫住了裴陆："千万别忘了段意还有躁狂症，注意点，如果想要段意松口，躁狂症也是他的短板。"

转眼快到周末，距离 15 号又近了两天。

这两天裴陆一直没跟汤图联系，她也没发微信打扰他，不用想也知道，这两天他在死盯着段意的事，而且应该是有进展了。

岑词稍微空闲些了，之前划伤她的那名患者，也不知道是因为内疚还是工作真的忙，推了最近的一次治疗。还是她哥哥打来的电话，语气中有明显的歉意。

岑词跟他说："治病最重要，让你妹妹安心来吧，我没怪她。"

其实这通电话打得没太大的必要，因为那姑娘之前已经给她发过微信告知了，她哥哥又忙不迭地打通电话过来，总像是刻意了。

果不其然，结束通话后她哥哥一条微信也发过来了：岑医生，明晚有时间吗？我想请你吃顿饭，当作给我妹妹赔罪。

没提带着他妹妹赴约，事实上依他妹妹的心理状况，在外面吃饭还是挺有风险性的。

岑词很快回复：不好意思，明晚跟男朋友约好了。

微信再响时岑词以为还是他，拿过手机一看，是秦勋，问她干什么呢。

岑词输入"在处理客户资料"，想了想删除，改成：一个男人很用心地约我吃晚餐，我正想着去不去呢。

发完等了半分钟都没见回复，岑词就忙手头的工作了。过了十来分钟，有微信进来。

是汤图，发了条语音："哎，看热搜。"

岑词早就习惯明明在一个屋檐下都懒得挪步子而直接甩微信的汤图，打开某网站一看，娄蝶又上了热搜。

是一张定妆照，一个人分饰两妆，一半现代一半伶人。帖子里炸开了，什么冻龄、逆龄的满天飞，呼声最高的，当数"莱尘"这个角色。

微信又来了一条，还是汤图：娄蝶保养得太好了，那张脸啊，你要说她才二十来岁也有人信吧，是不是做医美了？

做不做医美的岑词不关注，她揉着太阳穴。莱尘这个名字是她最担忧的，它是娄蝶的荣耀不假，可也像个套子似的箍住娄蝶，叫她无法再往前迈一步，只怕是这一生她都活在莱尘里了。

将热搜一关手机又亮了，是秦勋的微信。

秦勋：不准去。

秦勋：你患者的哥哥？

连续两条。

还没等岑词打字，一条语音又追加了过来。

秦勋："就说你要陪男朋友，没空赴约。"

嗓音听着慵懒，还带着点命令。岑词一听乐了，还挺心有灵犀的。她想了想输入了一条：对方只是想要表达歉意。

这次秦勋的回复快，还是语音："礼尚往来岑医生，给我发语音。"

岑词抿唇浅笑，发了语音问他："为什么？"

秦勋："想听你的声音了。"

他又连续发了两条语音。

"表达歉意你让他给你送果篮，再不行就送面锦旗。"

"总之，不准去吃饭。"

大约隔了半分钟，他又敲了四个字：等我回来。

岑词按住语音键,拉长了嗓音回了他:"好。"

等结束了微信聊天好一会儿,岑词又想起娄蝶的事,心口一堵。她忍不住给秦勋又发了一条微信:你说,为什么有人喜欢顶着别人的身份和名字过活呢?

发完之后岑词才觉得自己有点情绪化,秦勋肯定在忙,而且这句话说得没头没脑的。不想秦勋马上回了,还是语音:"可能是因为害怕吧,害怕面对,或者又是害怕失去……"

这条语音后面的话没说完,有另外的声音挤进来说:"秦总,会议室都等着呢。"然后听秦勋回了个"好"字,然后继续给岑词发语音说:"我先开会,有事发我微信。"

岑词光是听着就觉得他挺忙,再开热搜时,她肉眼可见数据在嗖嗖上涨。

微信又响了,还是秦勋,这次是文字,许是不太方便语音了:工作上的事尽心就好,我只希望你能开心。

紧跟着又一条:等我回家给你做好吃的。

岑词放下手机,一时间心里暖暖的,那些滞闷烟消云散了。她心里冒出个声音说:这世上有秦勋,真好。

转眼周一,裴陆带来了消息。

他们找到了段意,并且也找到了羊小桃!

接到这个消息之前,岑词刚到门会所。那位被秦勋临时揪来做前台的姑娘挺有情调,特意买了一大束的百合放在厅里,配了个挺后现代风的瓶子。

后来她见岑词不忙,笑问:"岑医生,你跟我们秦总什么时候结婚啊?"

岑词正在接水,闻言手劲一松,杯子差点掉地上。也幸好汤图的电话进来了,解了这尴尬的局面。

汤图的声音火急火燎的:"赶紧来第一中心医院!"

岑词第一反应是汤图受伤了,问道:"怎么进医院了?"

"不是我,是小桃!"汤图咬牙切齿的,"段意那孙子都快把小桃折磨死了!幸亏裴陆赶到得及时,要不然……"

岑词心中一惊,段意的计划提前了?

羊小桃是在段意被抓后,趁着大家不注意一刀割了腕。

当时是裴陆把她抱上救护车的,他先给羊小桃的爸妈打了通电话,快到医院时又给汤图去了通电话。

段意被押回了公安局，与此同时也传唤了倪荞。裴陆跟汤图交代说，医院里留了两名同事，他先回局里，要是羊小桃有什么情况的话他会第一时间赶到。

羊小桃的爸妈接到消息后差点昏过去，汤图到了医院没多久，老两口也赶过来了，很快岑词也到了。她前脚到，后脚羊小桃就从抢救室里推出来了，挂着水，手腕上缠着纱布。

才几天没见，岑词都差点认不出躺在病床上的就是羊小桃了。

她瘦得厉害，脸色煞白，合着眼就跟纸糊的假人似的。她身上穿着宽大的病号服，露出的一截手臂细白得很，能看见深浅不一的瘀痕。

岑词看在眼里，眼皮就倏地那么一跳，手铐。她走上前，挡住羊小桃父母的视线，轻轻一挑羊小桃的衣领，胸口上的瘀痕更多、更重。

汤图挨着岑词站着，岑词的动作，她也看了个清楚，满是惊愕。岑词松开手，面色凝重。

医生进来后问谁是病人家属，小桃妈愣是没站起来，小桃爸签字的时候手都在抖，一个劲问医生女儿的情况，医生说没生命危险，就是失血过多，又说幸亏送来得及时。

医生说，这姑娘体力严重透支，又说了些注意事项。

裴陆留了两个人在医院，其中一人就是钻天猴，他问医生羊小桃大概什么时候能醒。医生无法估算时间，就说，要看病人本身，但已经给她输了营养液，应该不会睡太久。

等医生出去了之后，岑词拿了病房里的暖水瓶，给汤图递了个眼神后就无声无息地出了病房。

汤图尽量宽慰小桃妈，小桃爸想得远，问钻天猴："绑架我闺女的人被抓起来了是吧？一定会判刑的对不对？他还能出来吗？一旦出来的话……"

钻天猴明白小桃爸的担心，宽慰道："你放心，有我们警察呢，我们绝对不会让犯罪分子逍遥法外，也一定会给受害者和受害者家属一个交代。"

汤图转头看着钻天猴。在她的印象里，钻天猴整天都是嘻嘻哈哈的，没个正形，今天见他这么正式地说出这番话来还挺感动的，又想起裴陆来，想着正是有了他们这样一群人，才能叫人心里踏实吧。

小桃爸紧紧抓着钻天猴的手，颤着唇一个劲道谢。钻天猴说，能这么顺利找到小桃，还多亏了汤医生和岑医生。

小桃妈离汤图最近，说着感谢话的同时眼眶又红了。汤图其实心有愧疚，哪能承受得了老两口的感谢。赶忙说这都是她们应该做的，她们是小桃的领导，没照顾好小桃其实她们也有责任。

这边，岑词叫住了医生，手里还拎着空暖瓶。

"小桃身上的伤，我还想确认一下。"

医生点头："我知道你想问什么，关于这点我也会跟警方反映。"

岑词一激灵。

"她身上的擦伤不严重，手腕上的伤算是最深的，目前抢救回来了也没事。"医生没遮着藏着，继续说，"我给病人做了全身检查，她有被人侵犯的迹象。"

岑词顿时觉得脑子里嗡的一声。

午后，羊小桃醒了。

羊小桃睁眼的时候小桃妈又哭了，这次都恨不得号啕大哭，将这几日的担忧和恐惧一并发泄了。

羊小桃躺在那儿拉着她的手，虚弱地开口："妈，我都没事了，您就别哭了。"

小桃爸也说："是啊，孩子没事了，别哭哭啼啼了，警察同志还得问话呢。"

钻天猴他们都准备好了，羊小桃看了他们一眼，又看了看岑词和汤图，转头对小桃妈说："我想喝鸡汤了。"

"好、好，我马上回家给你……"小桃妈说到这儿顿了下，语气迟疑。

岑词看出对方的心思，上前说："叔叔，您陪着阿姨先回去吧，食材都得现买，你们去忙，这里还有我和汤图呢。"

小桃妈其实不想走，但小桃爸是个明白人，点头道："行，有什么事就打我电话，我陪着小桃妈去趟超市，熬好了汤再过来。"

羊小桃有意支开爸妈。虽说是醒了，但体力还是不行，面对钻天猴她肯定是配合的，只不过在述说的时候时不时就得歇上一歇。她回想当晚段意出现在家门口的情况，说得缓慢，始终眉头紧皱。

"我真不知道他是怎么出现的，之前又藏在哪儿，就是声控灯一灭的工夫。"羊小桃照实说了，"声控灯特别敏感，为什么不亮我也想不通。"

不但声控灯没亮，就连羊小桃家附近的摄像头里也没发现段意的身影。

岑词靠窗站着没插话，就静静地看着羊小桃。汤图坐在病床旁拿了个苹果，边削皮边听双方的对话。

直到现在,羊小桃也不清楚自己是怎么被段意带走的,她跟钻天猴说自己醒来的时候已经在那个像是石屋的地方了。

钻天猴问她这期间段意的行为。

羊小桃低垂着脸,想了好半天说:"他每天会出门,但时间不长就回来了,好像不是上班,只是出去买东西。"

段意的账户被监控了,羊小桃被绑架的这段时间里他没交易记录,想来是早就备好了现金。问及绑架期间段意对她说了什么做了什么时,羊小桃那只没包纱布的手下意识攥紧了,抿着唇,眼里满是惶惶不安。汤图离她最近,停下削皮的动作轻声安慰:"现在一切都过去了,你把事情都说出来,他们可以帮你。"

"对。"钻天猴十分严肃,"我知道这件事让你再回忆一遍很痛苦,但请你相信我们,我们会还你一个公道,将罪犯绳之于法。"

羊小桃抬眼看钻天猴,喃喃道:"绳之于法……"

钻天猴点头,羊小桃又低下脸,好半天不说话。

钻天猴虽说有耐性,但裴陆那边还等着他的这份笔录,他清清嗓子,尽量把距离拉近,说:"小桃,你想起什么都要跟我说啊,再说了,你在门会所工作了这么几年也明白,有些事不能藏心里,否则会生病的。"

岑词在一旁听着,有些无语了。

果不其然这番话没引起羊小桃的共鸣,她仍旧咬着唇,拳头一直攥着。钻天猴也不敢逼太紧,抬眼看汤图,有求助的意味:"嫂子。"

汤图之前挺喜欢听钻天猴这么叫她的,但此时还是给了他一记白眼,劝说的工作还真揽下了。"如果你有顾虑的话也可以跟他们讲。"

羊小桃也算是听了汤图的话,支支吾吾跟钻天猴说:"我只是觉得他的行为举止很可怕,不像个正常人。每天好像固定时间会朝着一个方向做些动作,我也不清楚……"

"其他的呢?他还做什么了?"

羊小桃抿了抿唇:"其他的……没什么了。"

钻天猴又问了些问题,但羊小桃的回答都模棱两可,只知道自己被绑架了,段意拿着她的手机,至于具体做了什么就不清楚了。

等钻天猴离开,汤图把切好的苹果放在小碟里,用牙签扎上,递给她"吃点吧。"

羊小桃摇摇头，低声说自己累了，想要休息一下。

汤图刚要给她放平床头，岑词上前按住了汤图的手，顺势坐在床边，汤图见状起身绕到床的另一边。

羊小桃抬眼看了一下岑词，又马上垂下眼，小声说："这次谢谢你们了。"

"为什么没对警方说实话？"岑词开门见山问。

羊小桃的视线无处安放，不自然地说："我、我说的都是实话啊。"

"你说段意没对你做什么，那你身上的伤是怎么回事？"

"身上的伤是，"羊小桃迟疑，小声说，"这段时间我总是想尽办法跑，但每次都会被他抓回去，一来二去的，就留了瘀青。"

汤图苦口婆心："小桃啊，我知道这段时间你很害怕，遇上这种事心有顾虑很正常。"

羊小桃不解："顾虑？"

"对啊，你是不是怕段意一旦被放出来会对你打击报复？"汤图轻声细语，"段意心理疾病很严重，也有伤人的趋势，所以小桃，你不能对警察遮着藏着，这样才能保障你的安全。"

羊小桃头微蹙，继而说道："我没顾忌什么，真的，我说的都是真的，你们为什么不信我？"

汤图张了张嘴巴，好半天没说出什么来。岑词冷不丁问羊小桃："听裴陆说，你是在警察闯入后割了腕，为什么？"

羊小桃看上去不大想说了，语气和态度都是淡淡的："我当时觉得很没劲，想一死了之。"

"你已经得救了，还想死？"岑词质疑。

"我不记得了，什么都不记得了。"羊小桃摇头，看上去很不想继续配合。

岑词这次却大有追问到底的架势，问道："割腕是觉得生无可恋？"

羊小桃往下躺了躺，看样子似乎想休息，简单回答："也许吧。"

"生无可恋是因为段意对你做过出格的事，还是因为段意被抓？"岑词又问。

羊小桃本来都合上眼了，闻言蓦地睁眼，情绪有了波动："什么出格的事？段意被抓，我巴不得他死！"

"你希望他死？"岑词反问，"还是你希望他能好好活着？或者其实你很享受被绑架的日子？"

"你说什么？岑医生，你是看病人看多了就把谁都想得心理阴暗是吗？我是受害者，我为什么要为他着想？"

羊小桃的情绪变得很激动，声调也提高，盯着岑词的眼睛都快冒出火来，看得汤图在一旁惊诧，这么歇斯底里不像是羊小桃的性子。

她喊完了，许是也察觉出自己的情绪不对，又重新躺回床上，语气淡淡地说："我只是挺累的，什么都不想说。"

汤图在一旁叹了口气："小桃……"

羊小桃合着眼，显然是真不想说话了。

岑词的手机振了一下，她从衣兜里掏出来看了一眼后又揣了回去，语气清淡："那你好好休息吧，如果想起了什么可以直接联系裴队，或者说给汤图听也行。"

汤图看了一眼羊小桃，她还闭着眼，对于岑词的离开没有丝毫反应。她轻声说："你先休息，我出去看看到没到打饭的时间。"

汤图出了病房，岑词站在走廊的尽头，那头的窗子是开着的，她像是站在那儿透气，又像是在等汤图。听见动静，岑词回头，见她出来了，转身靠着窗台。

"羊小桃这种反应很正常，毕竟这段时间她都是在恐惧里度过的。"走上前，汤图为羊小桃解释。

"我没怪她的意思，汤汤，今晚你最好守着她，或者跟裴队说一声，派个警察守着。"

"不用吧，她爸妈……"汤图说到这儿蓦地反应过来，"你在怀疑什么？"

岑词双手揣兜脸色沉静，视线落在长长的走廊里，看向不知尽头的未来。

"我只怕她是斯德哥尔摩综合征。"

汤图蓦地一僵。

"只是我目前的猜测，确定的话还需要更多的佐证，羊小桃肯定不会配合我做确诊。所以要你今晚守住羊小桃，我怕她再做什么傻事。"

汤图心里发慌，点头道："好。"

岑词坐上车的时候，陈萱蕊发了条微信过来，问她已经上车了吗。

她回了个"嗯"。

陈萱蕊又发了一条，主要是致歉，说这么晚了临时麻烦她到剧组挺内疚的，然后解释说蝶姐还在工作，要不然一定会出来见面。

岑词回了三个字：没关系。

在医院那会儿她接到的是陈萱蕊的微信，想请她去剧组一趟聊聊娄蝶的情况，这种临时邀约的确会让岑词不舒服。

外场戏有点远，要绕过大半个南城到郊区，出城的时候天色就暗了。

岑词降下了一半车窗，这里少了城市里的尾气，多了草木气和清淡的紫丁香气味，让她冷不丁想到"春夜多温柔"这几个字。灯影斑驳地落在车玻璃上，恍惚间她总能想到秦勋的脸，也是如春夜般温柔。

她靠在后车座上，懒懒的，突然就全身心地放缓，也许是因为刚刚想到了秦勋。她觉得心口软软的，也泛着痒，这春夜啊真是要了命地勾人。

来接她的司机是跑剧组的老油条了，跟她说这是场大夜戏，有的等呢。接着又叹气："做演员这行不容易，不但要动脑子提升演技，体力还得好，酷暑拍冬天的戏，大冷天的往冰窟窿里跳，没点体能还真不成。"说到这儿转了话锋，"嗨，忘了还有替身呢，现在这些明星哪像是老辈艺人那么拼命啊，有的参加几场综艺下来就赶上拍好几部剧，几辈子的钱都赚回来了。"

岑词没搭腔，在她看来，不管演员这行是辛苦还是轻松，那都是一份工作。

车子停在了宾馆门前，这里是演员和剧组工作人员下榻的地方。大部队还没回来，宾馆看着冷冷清清的。陈萱蕊早就在门口等着了，身上披了件军大衣，朝着岑词猛劲儿晃手。

等岑词走上前，诧异地看着她，问道："有这么冷吗？"

陈萱蕊笑："春天不就这样吗，外面比屋里暖和。"

她带着岑词进了娄蝶的房间，没有想象中的奢华，就是个套房，里间睡觉外间会客。房间里挺乱，三个行李箱全都是敞着的，里面的东西被翻得乱七八糟，都是些日用品。衣服一水儿挂在移动衣架上，衣架下面有鞋架子，休闲的偏多。

陈萱蕊边收拾边说："蝶姐的助理从睁开眼睛就没闲着，我这儿也是，一天了连口水都没喝着，房间也来不及收拾，岑医生别介意啊。"

岑词临来剧组前做了些准备，在路上临时买了帽子、眼镜和口罩，把自己全副武装，到了房里她才把帽子、眼镜什么的都摘了下来。

陈萱蕊给她开了瓶苏打气泡水，说："今晚挺对不住的，蝶姐一直都挺想见你的，但这部剧赶进度，蝶姐自打进组就没好好睡过觉。"

岑词接过气泡水，轻描淡写地说："娄蝶是我的客户，这是我应该做的。"

陈萱蕊笑着，又洗了不少水果放果盘里端上来。岑词问她："都没时间睡觉，那娄蝶平时吃饭怎么样?"

陈萱蕊如实回答,剧组放饭倒是正常,但是蝶姐总说没胃口,省下来的时间要么看剧本要么就补觉,就是饮食不规律,饿得慌的时候就吃点水果。

"娄蝶的情况跟别人不一样,碳水摄入少的话会影响她的情绪。"

陈萱蕊点头说明白,又叹气:"蝶姐对自己的身材管理很严格。"

岑词想了想,问:"她对自己的病情了解多少?"

"其实蝶姐什么都清楚,所以这次她想跟你好好谈谈。"

两人简单说了会儿话,主要是围绕娄蝶目前的情况。在陈萱蕊看来,何以解忧?唯有工作。所以,她始终强调这段时间娄蝶的状态很好。

她的电话不得闲,临出门前对岑词又是一番歉意,说娄蝶还有一场戏,拍完了马上就回来了,要她无论如何都辛苦等一下。

等陈萱蕊离开后,岑词起身帮着拾掇,反正闲着也是闲着。收拾到桌面时她瞧见了备份剧本,上头密密麻麻的备注,但凡是苏衍这个角色的台词都被各色的笔标注了不同的重点,还写有不少角色的心情诠释。

苏衍,岑词记得好像是娄蝶这次接的角色,看得出娄蝶对这个角色相当上心。

只是,她翻看了一下剧本,眉头下意识蹙紧。

也不知道娄蝶是不是拍大夜戏,岑词没跟过组,也不清楚一场戏能拍多久,总之等她把屋子都收拾整齐了娄蝶还没回来。

看了一眼时间,岑词叹气,还不定几点能回市里。而这时她才意识到一件事,她在这儿待了这么久,非但没见着娄蝶,就连陈萱蕊也没回来,甚至一通电话都没有。

岑词觉得荒唐,她倒不是介意等,只是这么长时间了,一声交代总得有吧,这是最起码的礼节。她掏出手机,刚想给陈萱蕊打过去问情况,不料秦勋来了条微信,问她在哪儿。

岑词如实相告,秦勋发了语音过来:"下楼。"

岑词一头雾水,回了个:?

秦勋又是一条语音发过来:"你下楼,有惊喜。"

有惊喜吗?他回来了?然后知道她来了剧组,特意过来接她?

岑词将手机往衣兜里一揣,戴好帽子、眼镜和口罩往楼下走。宾馆大厅仍旧冷冷清清，也不知道什么时候下了雨，雨丝如针绵密得很。还起了雾，外面就跟罩着层塑料布似的，影影绰绰看不清楚。

岑词心里激动，可出了宾馆大门也没看见人影。她找了半天，确定秦勋确实没来，一时间心里有点闷闷的。掏出手机想问他在哪儿，输入一半的时候停住了，她在想，如果秦勋所说的惊喜是别的呢？

于是她重新输入：楼下什么都没有啊。

发送，却没成功。

岑词看了一眼手机信号，挺稳定的啊，又试了几次还是不行，拨秦勋的电话，也打不通。

她没来由觉出冷意来，这才发现衣服和头发都湿了。这雨下得刁钻，无声无息间能浇得人透心凉。她转身想回宾馆，却隐约听见有人叫她。

声音很低，低得几乎能湮没在偶尔刮过的风声里。可岑词就是听到了，她转了念头，去寻找那道声音。

雨雾越来越重，像是层层叠叠的棉絮，看不清前方的路。她顺着隐隐钻进耳朵里的声音一路前行，也不知道走了多久，只觉得雾气淡薄了，终于看清了前方不远处的东西。

一道门，厚重，纯铁艺风，就那么孤零零地立在雾气之中，细雨打湿了门把手，还有那串嵌在把手上的黄铜风铃。有风经过，黄铜风铃叮当乱响，声音钻进岑词的耳朵里，她的头皮又开始跟针扎似的疼。

岑词眼前冷不丁地浮现一幕场景：女孩手持铅笔在画纸上画得专注，她设计了一道门，那门是纯铁艺的。有一只手拿过画纸，嗓音含笑："这道门不错，他会喜欢。"

岑词捂着耳朵，心想，哪个他？

抬眼却瞧见个人影推门走了进去，她赶忙跟上。门很重，推开的那一瞬间有点吃力，门后却还是室外，空旷旷的也是一片雾蒙蒙。

有个女孩坐在绵绵烟雨里，手里拿了一个瓶子。

岑词试图走近，可怎么也靠近不了。是那个女孩，她记得。可她不是在梦里吗？女孩怎么在现实里出现了？

女孩坐在那儿一动不动，耷拉着脑袋，任由雨丝打在身上，头发却没打湿，披散着跟游魂似的。突然她动了，拧开手里的瓶子，将东西倒了满满一手心，紧跟着往嘴里塞,也不用水,就咬碎了直接往下咽,然后又倒了一把。

岑词一激灵,哪怕隔着一段距离也能听见女孩牙齿咬碎药片的声音,嘎吱嘎吱的,听得脊背都发寒。她抬腿就往前冲,大喊:"别吃,别想不开!"

"岑医生?"耳边有人在叫,声音轻柔。

岑词蓦地睁眼。

头顶是鹅黄色的灯带,柔和得很,岑词一动不动地盯着那光亮,脊背的寒意也渐渐消退。眼前还是一片岁月静好,哪儿还有绵雨凉风和雾中的女孩?

娄蝶心生担忧,轻轻碰了岑词一下,问道:"岑医生,你怎么了?"

岑词这才清醒,目光一转,先是看见了娄蝶的脸,然后是陈萱蕊的。再看四周,她还在娄蝶的房里,坐在躺椅上。

刚刚是在做梦?

第十八章

　　岑词坐起身,一时间理不清这现实和梦境的分界线在哪儿,细细回忆,好像是自己收拾完了房间后接到了秦勋的微信。

　　她又打量了四周,行李箱还是摊开放的,里头的东西也仍旧乱七八糟,茶几上的水果是陈萱蕊离开之前摆上的,一切都没变化。

　　紧跟着岑词摸出了手机,点开一看压根儿就没收到过秦勋的微信。她愣怔,又想到了一件事,看手机上的时间,还不到晚上七点半。岑词心里咯噔一下,刚刚收拾完房间的时候她看了一眼时间,快十点了。

　　娄蝶有点蒙,忍不住又问:"是出什么事了吗?"

　　岑词轻轻说了一声"没事",随后抬眼看着陈萱蕊问道:"你出去了多久?"

　　"也就半小时左右吧,我出去接了个电话,然后就去组里接蝶姐回来了。"陈萱蕊小心翼翼地问她,"岑医生,你是做梦了?"

　　岑词也没瞒着,淡声道:"是,做了个梦,最近太累了。"

　　这次的确是娄蝶想好好谈谈自己的情况。

　　在跟岑词谈话的时候,娄蝶没让陈萱蕊出去,看得出她很信任陈萱蕊。陈萱蕊又备了些点心,把瓜果切了切,分了两个碟放到了岑词和娄蝶面前。

　　娄蝶跟岑词笑说自己一天都没怎么吃东西,就贪嘴吃了块小点心,还是零糖的。等吃完,她抽出纸巾擦擦嘴说:"萱蕊跟我传达了你的意思,但是做演员就这样,哪敢敞开怀去吃呢。"

　　岑词也知道娄蝶的顾虑,但既然都把她从市里叫过来,那也不是就听些有的没的，于是开门见山道："像是你现在的心理状况尽量不要节食，而且你接这部剧我并不是很支持。"

娄蝶不吃了，把叉子轻轻搭在碟子的边缘："你是怕我一直在莱尘的角色里出不来？"

"是。"

"岑医生你多虑了，莱尘是莱尘，苏衍是苏衍。"

岑词一场噩梦醒来嘴巴干得要命，在说话间就没少喝水，这么一会儿两杯水都进肚了。

水喝完，岑词说："我是你的治疗师，所以才会去做那个忠言逆耳的人。"她靠着椅背，目光落在娄蝶脸上。娄蝶脸上还带着妆，精致得很，也漂亮得很，让岑词仿佛看见了曾经的莱尘。

"举个简单的例子吧，有人只喜欢穿一种风格的衣服，所以不管什么场合下他就只穿这一种风格的衣服。有人喜欢看恐怖片，那他的片库里基本上都是恐怖电影。"

岑词不疾不徐地开口："而你呢，莱尘的角色让你痴让你狂，不是因为这个角色成就了你，而是你将莱尘视为了自己。之后你其实接了不少好角色，但你不喜欢，因为她们都不是莱尘。"

"对于角色你几乎挑剔，其实你只是在寻找下一个莱尘，于是你等来了苏衍。我之前看过介绍，苏衍和莱尘这两个角色很相似，所以你接受起来更容易。"

娄蝶抿了抿嘴，许久后说："可能是我觉得自己比较能驾驭这种角色吧。"

"你可以尝试下其他角色，完全从莱尘的世界里跳出来。"岑词苦口婆心。

娄蝶笑了："不是我不想尝试，我已经不年轻了，能让我选择的机会其实很少。我明白你说的道理，但现实不允许。"

岑词见自己说了半天，最后只换了娄蝶这么一句，心头堵得慌。

"我没有阻止你的意思，事实上也阻止不了，我只能给你建议。你现在必须要服药，哪怕不能定期来我这儿复诊。"

娄蝶轻叹："这就是我今天找你来的目的，我不能吃药，这个角色对我来说很重要。"

"我会帮你控制药量，不会影响你拍戏。"

娄蝶摇头："我担心的是舆论，患了抑郁症的女演员，以后谁还敢找我拍戏？

另外这段时间我觉得我恢复了,真的,可能就是前阵子太压抑、太丧了,所以才会想不开。"

岑词看着娄蝶:"你是怎么看待抑郁症的?"

娄蝶迟疑道:"就是很常见的情绪低落吧,或者就跟感冒发热似的。"

岑词点头:"是很常见,甚至有不少人在网上调侃这年头谁还不患个抑郁症?可说这些话的人压根儿就不了解抑郁症,它跟情绪低落是两码事。感冒发热好治,抑郁症不同,你不管它,它就会吞了你。"她起身拿过桌上的剧本,朝着娄蝶示意了一下,"你每次拍完戏都要钻研剧本多久?"

"我研究剧本也没什么吧,这是演员的基本素养啊。"

"在合理安排下你钻研剧本无可厚非,但你是天天宁可不睡觉也得看剧本,这就很令人担忧。你是老戏骨了,背剧本和分析角色对你来说很容易,但还这么细致,甚至为了这个角色不吃不睡,说明你太在乎这个角色了,甚至到了疯魔的程度。"

娄蝶笑了:"岑医生,你说得太夸张了。"

陈萱蕊在一旁没吱声。

岑词坐回椅子上,看着娄蝶,说:"你现在就像是一根被拉紧的橡皮筋,太紧张、太用力,你不想把时间浪费在睡觉、吃饭这种事情上,恰恰说明你很焦虑。听我的话,不要轻易断药。"岑词缓和了语气。

娄蝶轻轻咬着唇,说:"我可不可以不吃药啊?"

"可以不吃药,但不能不治疗,抑郁症的发病率很高。"岑词说得清楚明白。

娄蝶问:"还有其他的治疗方式?"

"有。所以我希望你在拍戏期间,尽量能安排去门会所的时间。"

岑词临别前,娄蝶冷不丁问她:"岑医生,如果我真的病了,是不是已经病入膏肓了?"

"你很在意自己的形象,对观众时常存有歉意,所以对自己的要求越来越高,适度的话这是一种进步,但极端的话就成了病态。抑郁症有发病期和缓和期,你只要按时服药,有问题随时问我,我保证不会让你病入膏肓。"

"能治好吗?"娄蝶问。

岑词想了想说:"最好的方式就是,与抑郁症和平相处。"

因为怕被狗仔队发现,所以是陈萱蕊送岑词下的楼。等车的时候,陈萱蕊问岑词:"蝶姐的情况加重了是吗?"

岑词没隐瞒:"是,前阵子她应该坚持治疗。"

陈萱蕊惶惶不安:"她这阵子情绪很好,也很爱笑,我还以为……"

郊区入夜果然气温低,岑词收紧了身上的外套,说:"抑郁症并不会改变人的基本属性,就算正常人,一天之中也会有情绪波动。一般来说,抑郁发作期间患病者也会笑,只是会觉得快乐很短暂,还有些患者会装出很开心的样子,继而来麻痹自己和别人。所以开不开心并不是抑郁症的典型表现,也不能以此来作为判断抑郁症是否好了的标准。"

陈萱蕊的一颗心就跟被一只手抓了似的难受。

"还是那句话,不能中断治疗,还有,"岑词想起那个剧本,"女主角最后自杀了?"

陈萱蕊点头。

"有可能改本子吗?"

"改结局?"

岑词点头。

"结局是导演定下来的,岑医生,你……"

"我只是防患于未然。"

陈萱蕊立马明白了,迟疑道:"应该不会吧?"

车来了。

岑词说:"不怕一万就怕万一,如果大结局改不了的话,那你就要时刻盯着她,尤其是那场自杀戏,千万别让她离开你的视线。这段时间尽量让她去看诊,有什么事随时打我电话。"

段意被警方逮捕,对于他对羊小桃所做的事,他供认不讳。

但审讯的过程极其不容易,裴陆亲自上阵,又因之前搜集了不少有力的证据,这才让段意认罪。

两天两夜没合眼,所以裴陆往汤图治疗室的躺椅上一坐,困意立马上来了。

但他没法睡,后续的事他还得请教这两个人,于是就跟汤图讨了杯咖啡,跟她说:"不加糖不加奶,越苦越好。"

等咖啡上来了,裴陆说了段意的情况。之前大体的事都跟岑词推断的没偏差,他的确是一直跟着羊小桃,直到圣诞节那晚他出现了梦游。之后段意制造了跟羊小桃偶遇的机会,实际上他知道羊小桃去逛灯谜会。

"就是阴阳合婚。"

裴陆说几句话就得喝上几口咖啡顶着,咖啡的苦涩刺激得他直皱眉,但咖啡还是很快见底了。

汤图这次咖啡煮得多,又给裴陆满上了一杯。与此同时点的外卖也到了,汤图逐一打开,摆在裴陆面前,要他边吃边说。

"段意就是冲着阴阳合婚去的,但后来他改变主意了,想跟羊小桃合葬,连位置都安排好了。"说话间他噎了一下,直翻白眼。

汤图又给裴陆倒了一杯白开水,裴陆接过之后咕咚咕咚喝了几口,血槽终于满了。将水杯往桌上一放,饭盒也见底了,他说话的重点就落在段意想要阴阳合婚这事上。

"就是咱们在视频里看到的仪式,段意要根据时辰完整地做完那些才算是完成了流程,墓园的那次应该是正式仪式之前的启动仪式,不知道我这么说你们明不明白?"

没什么不好理解的,岑词和汤图都听明白了。

"我问他为什么要阴阳合婚,为什么一定得是羊小桃。"裴陆吃饱喝足,又恢复慢悠悠品咖啡的姿态。

"他说自己寿命将尽,需要找个'妻子'来续命,也是无意间看见了羊小桃,所以认定就是她了。"裴陆说打这儿又挑眉质疑,"这完全就是想当然作案啊!"

岑词在旁听了半天,开口说:"从段意的心理状况出发,这种想当然作案倒也能说得过去,首先他是对阴阳合婚这件事深信不疑,然后才有了之后一系列的动作。"

裴陆同意这话。

警方之前是在一处石屋里堵住的段意,怎么说呢?裴陆用了"诡异"来形容这事。

首先选的地方就很"诡异"。

之前裴陆他们一组人恨不得把整个南城翻过来都没找到他,后来岑词提到了段意的信仰,又提到了墓园的那座观音像,裴陆恍然大悟,忙带着人赶往了清寂寺。

果真沿着清寂寺一路上山，在山林凹口处的一处石屋里找到了段意。

这石屋的位置十分刁钻，如果没有清寂寺的住持引路，外面的人压根儿就进不去。直到警方带人出来，老住持着实吓了一跳。

老住持说这处石屋是百年前寺中一得道高僧圆寂的地方，后来这地方就被列为禁地，旁人轻易进不得。但老住持对段意有印象，说他经常来寺中上香，而且每年都会捐不少钱来修缮寺庙和供养僧人。

其次，石屋里的摆设很"诡异"。

乍看像洞房，可石屋里没窗子，唯一的光源就是燃烧的蜡烛，还是喜蜡。屋中有床，是大红喜被不假，但床上拴着个披头散发的女人。石屋的地上还画着类似方阵的东西，段意说，那是做仪式的地方。

听到这儿，岑词提出疑问："仪式不是要在类似墓地的地方做……"没等问完她倏地就明白了，愕然道，"石屋为墓？"

裴陆点头："石屋处于地势下沉的位置，本身就像是个墓，而且还有人在里面圆寂过，那就更像个墓了。"

岑词叹息，还是她想漏了，以为阴阳合婚最后的归宿就必须得是实际墓地。

也许最开始段意的初衷就是那块无主墓地，被人发现后他才转移了目标，最终选择了一处最让人想不到的地方。

汤图问裴陆："段意到底是怎么把羊小桃带走的？摄像头那么多，他总不能隐身穿墙吧？"

裴陆说："隐身倒不至于，可'穿墙'的本事差不多吧。圣诞节那晚的事，你们不是也没在摄像头里看见他吗？"

这么一说，汤图和岑词立马就明白了。

裴陆跟她们说，之前倪荞的确是撒了谎，事实上她知道段意有梦游的习惯。

就跟岑词之前分析的一样，圣诞节那天段意的确是梦游进了门会所，因为早在之前他已经对那个地方熟得不能再熟了，只是他没料到那晚会跟羊小桃撞了个正着。

汤图抓住了话头的关键："他没料到？你的意思是段意当时有意识？"

"是有意识，段意中途醒过一次。"

汤图愕然，中途醒过？那就说明梦游这件事还能续上？这种事听着匪夷所思。

据段意说，圣诞节当晚在他对上羊小桃目光的瞬间就醒了，但没办法以当时的状态面对她,因此选择继续梦游,装神弄鬼般离开了门会所。

绑架羊小桃这天,他再次选择梦游作案,利用走墙避开摄像头,给羊小桃用了迷药,然后带走了羊小桃,离开的时候同样也是走了墙。

"段意表示,他自小就有梦游习惯,后来也是无意间发现自己梦游的时候竟然可以走墙,而且身轻如燕,这也是当时声控灯没亮的原因。"

裴陆当时详细问了段意关于走墙的事,段意说,他在清醒的时候办不到,但梦游后会很轻松地找到墙壁的借力点,继而达到走墙的目的。

跟岑词当时分析的差不多,但也是让汤图挺感慨的,这其实就是高手攀岩呢。

裴陆一脸不解:"人在梦游中有可能作案我能理解,但这人还能控制梦游?"

这也是汤图想不通的。

岑词最开始是愕然的,后来想明白了也就平静下来了。她说:"不能说是控制吧,应该是段意掌握了一种能够快速进入梦游状态的方式方法,这就好比有人利用超强的潜意识来影响梦境是一个道理。这种临床例子虽然少,但不代表没有。倒是有件事我很好奇,段意真的那么配合你们警方?"

问什么他就说什么?

裴陆摇头:"先是挺长时间的沉默,然后……"

然后段意的躁狂症就犯了。

就像在机场劫持汤图时的模样,凶神恶煞,恨不得把警察给活吞了。在能保证段意不自伤和不伤害他人的前提下,裴陆利用激将法,生生逼出了段意的实话。

裴陆之所以有准备,这也是多亏了岑词当时的提醒。

"话头一被问出来,接下来段意就跟泄了气的皮球似的,问什么就答什么了。"他想了想又道,"可能是他想通了要改过自新。"

岑词没顺着裴陆的意思,说:"你别忘了段意的心理状况,他压根儿就不是正常人的思维。我想最后他能跟你知无不言,许是觉得就算和盘托出你们也听不懂,这更像是一种炫耀心理。"

一句话说得裴陆有点尴尬。

汤图这头重重地叹了口气:"不管怎么样,段意这件事总算是尘埃落定,小桃也救出来了,别管这过程有多离奇吧,至少没出人命,万幸。"

有惊无险。

然而裴陆说:"羊小桃想见段意。"

汤图"啊"了一声，劝阻道："不行，段意太吓人了，不能让羊小桃见他。"

羊小桃住院那晚，岑词千叮咛万嘱咐要汤图看住羊小桃，她可是一晚都没敢合眼。

前半夜还好，因为羊小桃的爸妈都在，羊小桃就跟没事人似的，等把羊小桃爸妈打发回家休息了，后半夜的时候羊小桃就呈现出不对劲的架势来。

她哭一阵好一阵的，睡觉了也总是睡不踏实，时不时地在喊，把自己喊醒了之后就再也不睡了。羊小桃跟汤图说，好像一到这个时间就睡不着了。

当时汤图看了一眼时间，凌晨两点半左右。

汤图好说歹说，终于从羊小桃嘴里问出实话，原来她被困在石屋的时候，段意总是在这个时辰跪在地上做一些动作，她每每都会被吓醒。

汤图说："一直到了天亮，她才勉强睡着，段意在她心里留下的阴影太大了。"

裴陆轻叹："段意严格按照十斋日来进行仪式，他承认到了本月十斋日的最后一天，就是他拉着羊小桃殉情的时候。"

十斋日是诸罪结集定其轻重的日子，在段意心里更像是审判，他利用审判之日择人间至暗时刻举行仪式。

裴陆看着汤图，轻声说："这是羊小桃的要求，而且段意也同意了，我们没办法左右当事人的意愿。"

汤图听了着急，转头看向岑词："咱得想想办法，我怕……"

剩下的话没说，但岑词明白。想了会儿，她轻声说："羊小桃经过这件事要接受心理治疗这是必然的，但是不是跟我之前判断的一样，还有待观察。我们先劝劝羊小桃，如果她执意要见的话……"

"执意要见的话怎样？"汤图问。

"那就见吧。"

翌日，岑词和汤图去了医院。

羊小桃看上去气色还不错，小桃妈把窗子敞开了，春风吹进来带着花香，是生机勃勃的气息。小桃妈正在切水果，见岑词和汤图来了，挺热情的。得知她们有话要谈，便找借口出去了。

羊小桃挺聪明，知道她们要谈她跟段意见面的事。

岑词拉了把椅子坐下来，跟羊小桃说在谈这件事之前，先看一段视频。至于最后要不要见段意,看完视频后再做决定。

是裴陆之前给她们看过的视频,羊小桃刚开始还一头雾水,等视频中的男人开始做仪式后,她全身一颤。

但接下来的时间里羊小桃就变得很平静,哪怕最后看到女人像祭祀品似的血流成河,她的脸色都毫无波澜,像是在看一场无关痛痒的电影。

见状,汤图的一颗心开始七上八下,眼皮一抬看向岑词,岑词给了她一个少安毋躁的眼神。

直到黑屏,羊小桃才有了反应,她不紧不慢地把手机递给岑词,说了句"看完了"。

岑词一时间竟不知道该说点什么,羊小桃的反应着实打乱了她的计划。揣好手机,她尽量把主动权拉回来,开口:"段意已经供认不讳,他要做的就是阴阳合婚,也就是视频里的那个,最后的结局会怎样你也看到了。"

羊小桃轻声"嗯"了一下。

汤图赶忙配合岑词唱白脸:"小桃啊,段意的心理疾病很严重,你听我跟你说。"

接下来的时间里,汤图就把段意的心理状况,还有他早就盯上她这件事以及案件牵扯的前后,一样不落地跟羊小桃说明白。

这期间羊小桃一直安静地听。等汤图说完她才问:"段意患有心理疾病的话,那法律该怎么判呢?会减刑吗?"

这话倒是把汤图给问愣了,她没料到说了这么多,最后羊小桃关心的是这个问题。

岑词说:"绝大多数罪犯都有心理问题,否则就不会犯罪。"

羊小桃放在被子上的手攥紧,岑词把她的反应看在眼里,继续说:"你在门会所工作了这么多年,应该很清楚,犯罪分子只有按司法机关的相关要求,经过专业人员的鉴定,确定其患有精神类疾病,并且是在精神病发作期间犯罪,才能免去刑事责任。段意的确患有心理和精神类疾病,但依照他的说辞,他不论是跟踪你还是绑架你的时候意识都是清醒的,说明他是有意为之。"

"梦游的情况下也算?"羊小桃较真。

岑词看着她,平静又郑重地说:"梦游这件事在别人身上是无法控制,但对于段意来说不是,梦游已经成了他作案的手段,关于这点他很清楚。"

羊小桃沉默了许久，然后说："可是他有病是事实。"

汤图直翻白眼，刚要说话，岑词做了个手势阻止了她，而后说："像段意这种情况，一旦判刑，入狱后也会有心理医生介入，帮助他恢复健康的心理机制。"

羊小桃又不说话了。

汤图忍不住了，凑上前劝说："所以从今以后你要往前看，不能再去想段意这个人，也别想着去见他了，你跟他本来就是两个世界的人。"

羊小桃低垂着脸，食指抠着拇指的指肚，一下又一下的。

"片子的结局你也看了，段意就是冲着杀人去的。"汤图下了一剂猛药。

岂料羊小桃笑了，这么一笑又把汤图笑得心里没底了。

羊小桃轻声说："他也没打算活啊。"

汤图努力压了情绪，说："他跟你说的？所以他跟你说什么你都信，我们跟你说的你就不信？"

羊小桃抬脸看着汤图，看了良久，而后一字一句道："我想见他，裴队不是已经答应我了吗？"

往停车场走的这一路上，汤图都快把段意的祖宗问候了个遍。

回到车里后，汤图又开始骂倪荞，说她就是个戏精，骂她隐瞒段意梦游这件事，害得案情耽误，也害得羊小桃落到今天这步田地。

岑词坐在副驾座上，听得一个头两个大，太阳穴涨乎乎地疼，于是不得不提醒汤图道："其实倪荞在这件案子上起不到关键作用，她隐瞒情况也是人之常情。绑架羊小桃的是段意，他一早就盯上她了，这场悲剧发生是早晚的事。"

汤图骂人，是越骂越火的，闻言，火朝着岑词去了。

"我说你刚才也劝劝啊，本来你就觉得羊小桃有问题了，怎么还任由她往火上冲呢？"

岑词无奈："那要怎样，再把她绑起来？"

"我不是这个意思，可以促膝长谈啊，可以苦口婆心啊，总之不能眼睁睁看着她去见段意吧？"汤图着急道，"不会连你都没办法了吧？"

岑词转过头来看着汤图："实话跟你说，我是没想到她能这么坚决。"

"那怎么办啊？"

"能怎么办？她是个成年人了，做出的一切决定都应该自己负责。"岑词顿了顿，又开口，"所以，由着她去吧。"

段意被押送这天，羊小桃来见了他。

是裴陆通知的羊小桃，她又给岑词打了个电话。电话里羊小桃挺客气的，先是道了歉，然后小心翼翼地问她有没有时间，能不能陪她一起去见段意。

"岑医生，其实我是想让你帮着看看段意的心理状况严重到什么程度了。"

这理由说充分也充分，只要不仔细去推敲。毕竟她不是跟警方有常年合作的精神分析师，哪怕段意入狱后需要心理治疗，那也轮不到她上场。

但岑词还是同意了，汤图得知后也跟着去了。

羊小桃早早就在医院门口等着了，见她们来了就上了车。羊小桃的爸妈放心不下，跟汤图千叮咛万嘱咐，请她们无论如何都要帮着照顾好羊小桃。

等车开走了，二老还站在原地没动弹，汤图从后视镜里看见小桃妈在抹眼泪，轻叹一声："小桃，以后别做让你爸妈担心的事了，他们年龄也大了，经不起折腾。"

羊小桃坐在后座，也没回头看，就只"嗯"了一声。

快跟裴陆会合的时候秦勋打来了电话，岑词这才记起他今天出差回来，她还承诺等他回来去接他，结果这两天被羊小桃的事弄得分了神。

羊小桃知道这件事后马上说："不好意思啊，耽误你的事了，我知道拜托你这件事挺不合理的，但我还是挺想你去。"

汤图诧异地回头瞅了一眼羊小桃。岑词提醒她注意看路，又说："没事，这个时间段往机场去太堵，他直接回城更快。"

羊小桃听了这话后明显松了口气。

之后秦勋又发了微信过来，说今晚去餐厅吃，他让张师傅备了新鲜的海胆。岑词思前想后，告知了秦勋她陪同羊小桃去见段意的事。

很快秦勋发了个"？"过来，接着又发：为什么你陪着去？别去了。

岑词发了文字：已经往裴陆那边赶了，小桃是我的员工，陪着她解决问题也是我该做的。

秦勋没再发微信过来，也不知道他是被说服了还是生气了。

裴陆给段意留了时间，在等羊小桃时他一直很冷静。

然而当羊小桃赶到的时候，现场还是出了意外。倪荠出现了，见到羊小桃后气不打一处来，咬牙切齿地就要往前冲，被钻天猴他们几个给拦住了。

不能近身，倪荞就隔空大骂，骂羊小桃是害人精，骂她臭不要脸，骂她怎么不去死，活着也是祸害人！

正好岑词从车上下来，目光相撞的瞬间，倪荞就蓦地止住声音，不敢再多骂一句了。

段意看见羊小桃的时候就不那么冷静了，他倏然起身，身边的钻天猴喝了一嗓子，他这才坐了下来。

羊小桃没上前。

明明是主动要求相见的一方，等见着了段意后却刻意地保持了距离。段意戴着手铐无法上前，见状朝羊小桃伸手，说："小桃，你过来，我很想你。"

羊小桃这一路上也都面色平静，可闻听这话后神情有了波动，她的嘴紧紧抿着，两手垂在身侧攥紧。

汤图抬手轻扶羊小桃的后背，小声说："有什么话在这儿说也一样，小桃你别怕，我和岑医生都在呢，警察也在这儿，他不会再伤害你了。"

羊小桃置若罔闻，死死盯着段意。

段意见羊小桃这副神情，脸上渐露痛苦和绝望的表情，说："你是我老婆啊，为什么要怕我？小桃，我爱你，真的很爱你。"

如果不是绑架案，这番悲怆表白绝对令人动容。最起码汤图觉得心口发堵，弄得好像是他们活生生拆散了人家两口子似的。

岑词始终保持理智，她一直在观察段意。

羊小桃眼眶红了，眼泪啪嗒啪嗒往下掉，情绪变得激动："我不是你老婆！"声音挺大，几乎歇斯底里。

听得段意愣住了，好半天喃喃道："怎么能不是呢，你就是我老婆啊，天地为证，小桃你是生我气了吗？"

"别说了！"羊小桃哭着控诉，"你口口声声说爱我，结果呢？你怎么对我的？你绑架我！限制我自由！还对我……段意，我恨不得你马上去死！我这辈子都被你给毁了！你满意了？"

段意摇头："不是，不是这样的，小桃，我爱你，我们是夫妻，就该生活在一起啊。"

羊小桃蹲下来，双臂环抱膝盖，脸埋在胳膊上呜呜大哭。汤图想劝，又不知道从何劝起，岑词站在那儿没动，静静地看着羊小桃。

段意见羊小桃这么哭,受不了了,挣扎着要往前冲,被钻天猴和其他两名警察死死按住。钻天猴呵斥:"给我老实点!再这样就把你带走了!"

一直在旁边沉默的裴陆也厉喝了一嗓子:"坐下!"

段意坐不住,但也不挣扎了,冲着羊小桃喊:"别哭了,别哭。"

也不知道怎的,汤图实在看不下去了,她往旁边移了移。岑词见状压低了嗓音说:"你别太感情用事了。"

汤图也明白,就是觉得喉头发紧,说:"是不是年龄大了啊,就是见不得这种场面,你说你怎么无动于衷?"

"犯了罪就是犯了罪,段意长相再好,用情再深那也是畸形的感情,也的确是给羊小桃造成了伤害。"

这倒是,汤图重重叹了一口气。

等羊小桃哭够了,她站起身,眼睛还是通红。段意满脸心疼道:"你怪我恨我都行,就是别再哭了,以后也别哭了行吗?"

时间差不多了,裴陆提醒。

段意悲切地说:"小桃,你以后该怎么办呢?我放心不下你。"

岑词转头看着羊小桃,想着她来这么一趟,顶着倪荞的谩骂,见到段意绝不是痛哭一场这么简单。

果不其然,羊小桃将眼泪一擦,再看段意时目光冷冷的。

"所以,你就想最后杀了我是吧?"

段意面色没变,语气轻柔:"那不是杀啊小桃,你以为人就活这一辈子吗?不是,其实我们的身体就是一座监狱,困住的是我们的灵魂。人生苦短,我们的身体也要经历各种病痛的折磨,灵魂就会跟着受苦,这是一种刑罚啊。只有摆脱了身体,我们的灵魂才能得以解放。"他双眼在冒光,很亮很有神,几乎是崇拜和向往,"小桃,我已经找到了这种方法,我们会永生永世在一起,没有谁能把我们分开。"

羊小桃抿了抿唇问:"你的意思是你杀了我,然后自杀?"

段意笑了:"当然,要不然我们怎么能永远在一起呢?"

羊小桃没再说话了。

一直到段意被押了出去,羊小桃还站在原地一动不动。

等出了房门,段意隔着窗玻璃看了羊小桃一眼,停了脚步。两人之间,一面玻璃，彼此注视。

裴陆要亲自押送段意上车，他在段意身后说了句："走吧。"

段意没动，还在看着羊小桃，裴陆皱眉，推了他一把。可刚碰到段意，屋子里的羊小桃就陡然有了状况。

她手里不知道什么时候多了把刀，刀锋一闪，锋利的刀刃朝着自己的脖子就划下去。

羊小桃身边没警察，汤图离她有点距离，最近的就是岑词，恰好站在羊小桃的身侧。

事发突然，等裴陆惊觉时，羊小桃在那边早就举了刀。说时迟那时快，岑词也是下意识，一把箍住羊小桃拿刀的手。

汤图惊喘一声往前冲，裴陆也刚要冲，一个男人的身影比他还快。羊小桃和岑词几乎是贴身的距离，就见她刀子一转方向，刀尖冲着岑词过来了。

岑词万万没想到羊小桃会发起攻击，避之不及。

蹿上来的那人虽说眼疾手快，可揪住羊小桃的时候已经来不及了。这一刀虽说被那人一挡没刺中岑词的要害，可也是一刀扎在了她的肩膀上，羊小桃紧跟着就被冲进来的裴陆和汤图给控制住了。

一名女警也冲上前查看岑词的情况。这一刀扎得不轻，疼得岑词当场就出了冷汗，差点昏死过去。

岑词脚步跟跄，紧跟着被人搂住。她顾不上抬眼看是谁救了她一命，生生扛住肩头的痛，刀子没马上拔出来，她一手捂着肩膀，死盯着羊小桃。

血浸湿了衣衫，顺着她的指缝流了出来。

汤图疯了，厉声呵斥羊小桃："你这是干什么？岑医生好心救你，你就这么报答她的？简直就是个白眼狼！"

再抬眼去看，竟是秦勋。也正巧让他看到这一幕，说是救了岑词吧，岑词还挨了一刀，但要不是他及时冲进来，那一刀肯定是冲着岑词的大动脉去的。

要真是划开了大动脉，汤图简直不敢想象。

裴陆赶紧叫了救护车。

被控制住的羊小桃动弹不得，她在笑，压根儿没理会汤图的呵斥，只是盯着岑词，笑得令人后背发凉。

更诡异的是，玻璃外的段意也看见了这一幕，竟没急也没震惊，站在原地嘴角微微扬起。

钻天猴挺着急,但这边还得压着段意防止他跑了,此时见着段意这副神情,脊背阵阵发凉。

为什么要笑?

等上了救护车岑词才反应过来,一直抱着自己的是秦勋,便问他:"你怎么来了?"

刚刚在公安局里,秦勋是一副快要吃人的神情,此时此刻就成了又气又急,他回答说:"我不来,你就成刀下魂了!一屋子警察,都是干吃饭的!"

这么一句,连带着把裴陆也给骂了。

汤图也跟着上了救护车,坐在秦勋的对面,闻言后挺尴尬,但又不好出言解释,虽说裴陆也就是前后脚冲上来的,但哪怕是差了一秒那也是差了。

救护人员及时做了止血处理,肩膀的伤不轻,在后肩。岑词不敢动弹,听到秦勋的话倒是笑了,可一笑又牵动了伤口,疼得直皱眉呼气。

秦勋见状没好气道:"又想说什么?"

岑词深吸了几口气轻轻吐出,尽量缓解疼痛。她说:"我还是第一次听你训人呢。"

岑词的肩膀上缝了好几针。相比之前的腿伤,后肩受伤的位置还挺明显,夏天只要是穿吊带就能被看见。所以缝针的时候岑词跟医生说,拜托一定要缝得漂亮点。

医生乐了,问她:"你是疤痕体质吗?"

岑词想到了腿上的缝针,想着算不上疤痕体质吧。

医生如实说:"你这伤挺深的,最后缝针落下的疤可不是那么容易消下去的,所以啊,你要不要……考虑文个身?"

从治疗室里出来岑词还在想,真要是弄个文身的话文什么图案合适?白莲花?大红玫瑰?

秦勋上前扶岑词的时候,她突然想到,要不然就把秦勋这张俊脸文上去吧。她想得挺美,忍不住唇角弯弯。

秦勋原本有余气的,等着她缝针时越想越后怕。如果当时他一念之差没去公安局呢?如果当时堵车堵得厉害他晚到公安局呢?如果当时他晚伸手一秒……

岑词能感受到秦勋的情绪,歪头看他说:"还生气呢?这都一路了,我针都缝完了。"

秦勋没搭理岑词。

"哎，咱都老大不小了，就不用玩那种小男生小女生你哄我劝的游戏了吧？"

秦勋不悦道："谁跟你玩了？"

"还真得哄哄才行？"岑词笑了。

秦勋也不是非要岑词哄，就是气她不听话，他出差之前千叮咛万嘱咐，做什么事之前都要跟他商量，不要恣意而为。他知道作为门会所的负责人，羊小桃的事她责无旁贷，但也不用亲力亲为吧？否则要警察干什么？

秦勋停住脚步，气归气，但一看见岑词笑，心里的火也就没法再烧了。他叹了口气，道："你不知道刚才有多危险吗？"

"我也是后来才知道的。"岑词如实回答。

一句话真是能把秦勋给气笑："对，你就后知后觉吧，我说什么话你都不听。"

"听，听，以后我肯定听你的。"岑词抬起未受伤的胳膊，伸出手指做立誓状，"我要是再不听你的话，那就让我吃泡面没调料包。"

秦勋抬手敲她的脑袋："打从认识你那天，我就没见你吃过泡面。"

"认识你之后我不就有口福了吗？之前汤图总拿泡面来糊弄我。"岑词语气轻松，想着缓和下气氛。

经岑词这么一搅和，秦勋也气不起来了，说："所以这誓发得有什么意义？我还能眼睁睁看你吃泡面不管？"

岑词心里泛暖，想着这男人怎么能这么好呢。

"衬衫脏了啊……"

有血迹，是抱着岑词的时候沾上的，现在都干了。秦勋低头看了一眼，又故作没好气道："对！所以，你得赔我一件。"

汤图一直在病房等着，见秦勋把岑词给扶回来了，赶忙上前帮着一起搀扶。弄得岑词哭笑不得的，伤的是肩膀又不是腿，这一个两个的真把她当残障人士照顾了。

吊水的时候，裴陆来了，十分罕见地抱了一大束花，竟是红玫瑰，人还没进来，花就先进来了。

岑词偏头一瞧，瞧见了裴陆的脸，笑说："裴队，不带你这样的啊，我这重伤住院呢,你抱着束玫瑰跑来跟汤图约会?约也得出去约啊。"

裴陆进来后把花束往床边柜一放,坦诚道:"这花不是送给汤图的,是送你的。"

岑词迟疑:"你确定送我的?"

"对啊,祝你早日康复。"裴陆一脸坦荡。

秦勋坐在旁边正在给岑词削苹果,见状停下动作,开口:"来探望拎点儿水果就行了,再不济就封个大红包,你这抱束玫瑰花送我女朋友是什么意思?还是红玫瑰,还当着我的面。"

裴陆愣怔,显然眼前这局面不在他的掌控之内。

"我就是觉得买束花看病人比较合适,鲜花店里就数红玫瑰最多,卖花的问我是不是送姑娘,我说是的。岑词受了伤,我挺内疚的。"

秦勋一皱眉:"拿走,赶紧给我拿走。"

"买都买了……"

岑词今天总算明白汤图恼裴陆的原因了,这心眼也太直了,白瞎了长那么帅,敢情所有的智商和情商都用在办案上了。

岑词笑得无奈:"裴队啊,真的,你倒不如送我一束白菊了,都比玫瑰应景。"

"那哪能行?"裴陆一脸严肃,"白菊是上坟用的,我送你白菊多不吉利。"

岑词笑:"白菊都知道用在什么场合,玫瑰不知道?"

裴陆挠挠头:"之前给同事扫墓的时候,钻天猴他们买的都是白菊。"

岑词看了一眼汤图,目光里有同情,汤图懒得看裴陆。倒不是吃醋他送岑词玫瑰花,就是单纯觉得丢脸。

秦勋对那束玫瑰花嫌弃得不行,用手里的水果刀往旁边一扒拉,说:"来来来,反正你女朋友也在,送你女朋友。"

没等裴陆有所表示,汤图哼道:"别送我,我可不要,人家买花的时候压根儿就没想着我呢。"

这话说完,只听岑词扑哧笑了一声,紧跟着牵动了伤口,疼得直皱眉。这一笑可就把汤图给笑明白了,脸一红,把头一扭,故作看风景了。

别看裴陆在鲜花这种事情上什么也不懂,但汤图刚才说的话和后知后觉的反应他可是看懂了,笑呵呵说:"赶明儿我重新买一束送我女朋友,今天的岑医生你就收着吧。"

岑词翻了个白眼，说："裴队，红玫瑰只能送给自己心爱的姑娘。"只能干脆直截了当说明白，否则他真是想不明白。

果不其然，裴陆想了半天："花不都是一样吗？那、那我再出去重新买一束，买一束什么呢？"

岑词刚想说不用买了，就见秦勋起了身，把那花束拿过来，说："收着也行，小词，晚上我让厨师给你做一道玫瑰花羹送过来。"

裴陆来医院，一来是看看岑词的伤势如何，然后正式道歉；二来，他也想跟岑词沟通一下羊小桃目前的状况。

岑词虚靠着床头，直截了当地跟裴陆说："羊小桃不是想自杀，她举刀的时候其实就是要杀我。"

当时事发突然，但哪怕再突然，羊小桃扬刀方向一转时她也看清楚了，自杀的动作只是个幌子，羊小桃真正的目的就是想把她引过来，然后一刀抹了她的脖子。

秦勋和裴陆反应都挺及时，一个扯开了她，一个控制住了羊小桃，岑词被秦勋抱上救护车的瞬间，她就想明白了，怪不得羊小桃那么希望她能跟着。

闻言裴陆不能理解："你救了她啊，怎么弄得跟仇人似的？"

"也许在她眼里，那一刻我就是她的仇人。"

"这话怎么讲？"

岑词看向裴陆："如果没有我插手的话，或许你们并没有那么快抓住段意，甚至还有可能永远找不到他们。在羊小桃眼里，我是那个把段意，又或者说把他们俩逼上绝路的人。"

汤图面色凝重："我应该相信你之前的判断，这样的话你也不会受伤。"

岑词扯了扯嘴角："之前我不也是揣测嘛，羊小桃举刀的时候我也才确认。"

"确认什么？"裴陆问。

在一旁的秦勋明白了："你的意思是，羊小桃患上了斯德哥尔摩综合征？"

这话一出，裴陆就明白了。岑词点头，这次能肯定了。

裴陆却非常诧异，晃晃手道："不对不对，这太诡异了。"

汤图轻声说："心理疾病本来就不能用正常逻辑看待，像是段意认定的永生，你会信吗？"

裴陆重申自己的看法:"我不是否认斯德哥尔摩综合征的存在,事实上,之前我们经手的案子里也有被绑架者喜欢上绑架者的。但是羊小桃的情况不同啊,她哪是普通的被绑架?她面临的是一个心理有问题的人。"

其实汤图之前也是这么想的,这也是她刚开始没去深思岑词推断的原因,就是因为这个念头,蒙蔽了她的理智。

岑词的嗓音很轻:"羊小桃确定就是在你们把段意制伏后割腕的吧?"

裴陆点头。

"所以啊,刚开始我们都以为她是承受不了这些天的刺激才割腕自杀的,但实际上她是绝望了,因为段意被抓。"

"这……"裴陆无法想象。

"其实这也好理解,就是人在绝境下的自我安慰和救赎。"岑词调整了坐姿。

秦勋将切好的苹果装进一次性餐盘里递给岑词,上头插着牙签。

岑词继续刚才的谈话:"就像是苹果,我正想吃,我家秦勋就端给我了,这在潜移默化中就让我产生了心理满足感。"

汤图"啧啧"两声:"狗粮是这么撒的吗?"

秦勋摸岑词的头,笑说:"她说得在理。"

裴陆这个直性子忍不住问了:"苹果放在这个案子里有什么关系?"

"没关系,就是打个比喻,顺便像汤图说的,撒狗粮。"岑词抿唇浅笑。

裴陆一怔。

岑词也不想逗他了,言归正传道:"羊小桃喜欢段意,这是不争的事实。如果我没猜错的话,段意应该是羊小桃第一个喜欢的男人,也就是初恋。段意外形上没的说,又事业有成,比羊小桃有社会经验,所以羊小桃对段意的喜爱里肯定是加了崇拜的。绑架事件是个分水岭,羊小桃被绑之前,她对段意是纯粹的精神喜爱,可绑架之后,段意撕碎了正常人的面纱,禁锢、强迫,甚至还威胁到她的生命。在一个封闭空间里,人的心理产生变化很正常。在羊小桃心里,段意成了她生命里真正意义上的第一个男人,更别提段意还经常叫她老婆。危险和绝望,再加上禁忌,这是羊小桃心理变化的关键。"

岑词吃了块苹果,苹果咬着生脆,很甜。她觉得,现实的滋味真好。

"很多时候,大家都认为一个人需要被劫持很长时间才会出现斯德哥尔摩综合征,但实际上并不是这样,被劫持人的强烈情绪经历才是引发病症的关键,也就是说，斯德哥尔摩综合征的产生有可能就是瞬间，核心成因就是受害者的生存本能。像是羊小桃，她在石屋里对段意所产生的感情很复杂，但终归是产生了，所以她并不认为自己被救是好事。而挥刀割腕就是彻底被段意的永生论给洗了脑，再者她不知道该怎么面对现实，也因此更痛恨我，继而想要杀了我。"

这么一番解释，也算是理清了羊小桃举刀的动机。

汤图叹气："可惜了小桃那么好的姑娘。"

裴陆看岑词，问："现在警方正在跟羊小桃的父母沟通这件事，你是怎么想的？"

"你是问我要不要追究羊小桃的责任是吧？"

裴陆点头："但这件事就在众目睽睽之下发生的，羊小桃不可能逃过法律的制裁。"

岑词笑了笑："羊小桃何罪之有呢？她病了，这才是关键。我不会追究她的责任，但你们需要请个专业的治疗师来给她治病，让她重新建立认知。这项工作，不管是我还是汤图都不适合接手，现在的阶段她见着我们都会很排斥，尤其是我。"

裴陆点头。

"还有，"岑词交代，"虽然我不追究羊小桃的责任，但不代表我相信她能放下执念，所以羊小桃的家属必须要保证看好她，我可不想有一天走在街上被她宰了。"

裴陆说："我会跟羊小桃的父母说清楚，岑医生，她对你的威胁能持续多久？"

"不会太久，说不定羊小桃被你扣住的那一刻就后悔了，毕竟不是器质病变类精神疾病，她这种情况，只要得到科学的心理治疗，康复不算难。"

裴陆说："那就好。"之后又跟岑词确定了一遍，"真的不追究她了？"

岑词将果盘往床头柜上一放，轻声说："裴队，我治疗过很多患者，像是被人拿刀追着砍的，我都记不清多少次了，要真追究的话，那得追究多少人的责任呢？我不会跟患者一般见识。"

汤图去送裴陆了。

秦勋在床边坐下，轻轻拉过岑词的手。

岑词说了那么多话也累了，往下躺了躺，翻过身面朝着秦勋，又能避开伤口，说:"我知道你在担心。"

"是。"秦勋没隐瞒,"你不追究羊小桃的责任我不怪你,但这段时间你不能去门会所,反正都受伤了,权当休息。"

"天天待在家里?"岑词好奇。

"待在家里也不见得有多安全,你必须在我眼皮子底下,所以我去哪儿,你就得去哪儿。"

岑词愕然:"不至于吧?"

"必须听我的。"

岑词叹了口气,好吧。

"还有,羊小桃不能继续在门会所工作了,之后我会帮你物色个靠谱的前台工作人员,羊小桃的辞退补偿金我替你给。"

岑词笑:"你干脆投资我们门会所得了,真是事事操心啊。"

不能让羊小桃继续待在门会所也是她决定的,虽说羊小桃是病了不假,但即使康复,她也未必能面对门会所的人和事,而且诊所需要运营,总不能一直吊着秦勋公司的人吧。

秦勋挑眉:"这主意不错。"

岑词撇嘴:"美得你。"

第 十 九 章

转眼整个南城鲜活起来了，大街小巷都是节日的气氛。岑词这段时间清闲了不少，一是养伤，二是养心。

"养心"这个词是秦勋提出来的。之前岑词听了还觉得可笑，跟他说："我就是帮人养心的，你还叫我养心？"

秦勋纠正了岑词的说辞："你是帮人治心的，治心治久了自己就得学着养心，要不然你就该成那个被治心的了。"

这段时间秦勋推了不少应酬，陪着岑词去医院换药，等伤口恢复好些了，他晚上就亲自给她上药。上完药总得占番便宜，美其名曰"我给你治伤，顺带帮你治身"。

白天的时候，秦勋拖着岑词"上班"。岑词埋怨："你这样拖家带口地去公司，会遭人烦的。"

秦勋笑说："拖家带口这个词用得挺好，为了不浪费这个词，我也得把你拴在身边显摆显摆。"

对于秦勋带着个女人上下班，全公司显然挺震惊的，也有好事的，故意问秦勋，秦勋爽朗笑说："我女朋友。"

岑词发现秦勋的公司氛围很好，许是跟行业有关，品牌运营讲究的就是创意，所以公司里从装修风格到人员管理都挺别具一格。

没有传统整齐的格子间，工位很随意，可谓是五彩斑斓，有的员工桌上还搭了个接近一米五高的钢铁侠。各部门之间流通性很强，小型的头脑风暴就几个人往铺着整张牛皮的视频区域的地上一坐就可以进行了。

有的员工踩着滑轮去复印文件,有的员工还带了自己的宠物。

岑词问秦勋:"怎么员工那么潮,你这个做老板的平时穿得正经八百的?"

秦勋想了想说:"一来我是老板,二来穿习惯了。"

公司行政助理跟岑词说:"我跟着秦总挺多年了,从总部到分部,总算见着他对女人上心了,之前我都心惊胆战的,生怕秦总是喜欢上我了呢。"

行政助理是个男的,长得尚算清秀。

就这样到了五一节的前一天,岑词还得陪着秦勋加班。一本书快看完的时候,助理敲门进来,说秦总要他拿些文件。

岑词觉得奇怪,这种事没必要跟她交代吧。助理则笑说:"是秦总吩咐的,怕我贸然进来吓着您。"

当她是三岁孩子呢,还能被吓着。

助理拿的文件比较多,一时间腾不出手来。岑词见状上前,问他需不需要帮忙。

助理要她帮忙打开抽屉,把里头的文件帮忙拿一下。岑词照做,但抽错了抽屉,助理赶忙喊住她,说在右手边第一个抽屉。

岑词赶忙照做,取了文件一并摞在助理怀里的文件上。

助理说:"会议挺重要的,估摸着一时半会儿散不了,您别急啊,就在办公室里等秦总吧。"

等人离开,岑词又绕到了办公桌后面,她盯着刚刚抽错的、开了一半被叫停的抽屉,半晌缓缓打开。

抽屉里只有一个相框,扣着放的。不知怎么的,岑词心里涌上来一股子莫名的感觉,紧张、慌乱,甚至还有些不安。

将那个相框翻过来,里面夹着张合照。俩男人,都穿着球服,相互搭着肩膀,笑得挺开心,背景是个篮球场。

其中一个人是秦勋,一手搭着对方,一手抱着篮球,脸上是发自内心的笑容,爽朗潇洒。另一个人生得剑眉星目,很斯文,笑得也肆意开朗,两人看上去关系很好。

岑词心中预感强烈,他应该就是沈序。

相框的边缘压了大半的数字,如果是胶卷洗出来的照片,那这个位置就是日期。

岑词放下相框，恢复原样摆放。

抽屉推进去一半，想了想又拉了出来。将相框后面用来固定的金属扣逐一打开，相框后面的挡板松动了。

挡板朝上，所以打开的时候，也就相当于照片的背面朝上。于是岑词就看见了写在照片背面的话：照片一式三份，一份给沈序，一份给你，第三份给跟你素未谋面的我。

没有落款。

字很漂亮，是女孩子的字。晃在心里的那份预感又急速攀升了，她觉得拿走第三张照片的姑娘，十有八九就是挽安时。

照片正面最下方标着日期，岑词一看，将近六年前的照片了。

她一时间有点透不过气，也就是说，秦勋跟挽安时也认识了挺长时间了。更重要的是，岑词意识到了一件事，秦勋很有可能在撒谎。

挽安时跟秦勋没见过面，至少在拍这张照片之前没见过，又或者像秦勋说的，他跟挽安时素未谋面。

但挽安时极有可能是认识沈序的，否则挽安时怎么会有照片？没跟秦勋见过面，那谁能把照片给挽安时？就只能是沈序。

如果是这样的话，那秦勋说过的话就有隐瞒的成分了。另有隐情？还是觉得没必要说？

但岑词在想这个问题的时候用了"可能""极有可能"，因为她还想到了另一种可能。那就是秦勋将底片给了挽安时，挽安时洗了三张照片，自己留了一张？

秦勋跟挽安时虽然没见过面，但相知甚多，他们之间或许相互邮寄过东西呢？

倒也可能。

只是岑词总觉得这么推断，挺别扭和蹩脚的。从照片上的文字来看，总像是沈序和秦勋拍了张合照，然后不知出于什么原因，沈序把底片给了挽安时，挽安时洗了三份后一张给了沈序，一张给了秦勋，最后一张留给了自己，这个逻辑更顺理成章。

岑词厌烦这种感觉，厌烦这种猜测的感觉。

照片翻到正面，这该是秦勋笑得最开心的一次吧。跟他认识这么长时间，也没见他这么爽朗大笑过。

沈序是个怎样的人？

岑词盯着他的眉眼，盯着盯着心头就泛起丝丝缕缕的怪异来。脑子里闪过些画面，像是在一个房里，有个女人坐在桌前画什么。旁边站着一个男人，聚精会神地看着她。

桌子临窗，窗子敞着，外面绿意盎然，有风进屋，轻轻晃动了挂在窗棂上的风铃，叮叮当当的挺好听。

岑词觉得大脑皮层一阵紧过一阵，像是被根针扎了似的疼，这种感觉有过两次。一次是秦勋第一次来门会所，他抬手拨弄她那串从川蜀之地带回来的风铃；另一次是她第一次去忆餐厅，秦勋开门的瞬间，那串黄铜风铃撞击着门把手发出了声响。

脑中的画面像是镜头移动了似的，岑词看到那女人竟在画一道门。

岑词猛地放下照片，她想起来了，这是梦里的画面。她梦见过那个女孩在画纸上设计了一道门，旁边站着一个男人正在打电话。

是沈序！

岑词的呼吸变得急促，如果没看见这张照片，她还没把梦里的那张男人的脸跟沈序对上，现在看着之所以觉得似曾相识，原来是在梦里见过。

她无法解释这个问题，也无法理解这种现象。不知从何时起，她会梦见那个女孩，从孩童到婷婷少女再到青葱岁月，她相当于见证了那个女孩的人生。原来在她梦里，不仅只有那个女孩，竟也还有沈序。

除了沈序还有一个男人，就是在梦里拖拽女孩的那个男人，后来呢？

将照片放回相框里，又照旧将相框放回抽屉里，岑词脑海里突然蹦出个念头来。

梦里的那个女孩，有没有可能就是挽安时？

五一这天正值农历初一。

清寂寺可热闹了，烧香拜佛的人不少，排队往山上走的车也不少。

岑词在家睡了个懒觉，秦勋休假，等岑词醒了，他已经从超市买好了食材，做好饭菜了。

原本秦勋定的是去看电影,晚上回忆餐厅吃顿浪漫的烛光晚餐。岑词想了想说:"要不去清寂寺吧。"

秦勋第一个念头就是她想去看看羊小桃被囚的石屋。

岑词说:"就是想去烧烧香,拜拜佛。"

"主要是这段时间就跟犯了太岁似的,总受伤,去除除身上的晦气。"

两人往清寂寺赶的时候,正好避开了人最多的上午。岑词沿着山间石阶往上走,会时不时看到香客三三两两地下山。

岑词:"也不知道这帮人都赶在一个时间来有什么劲,烧香拜佛这种事讲究的就是心诚,心中有佛,什么时候来都一样。"

秦勋笑说:"明明是睡懒觉错过了上香的时间,你也能无理搅出三分来。"

岑词笑:"我是有先见之明。"

午后的清寂寺又恢复了以往的宁静,正是好时节,枝繁叶茂。寺中最名贵的当数大雄宝殿前的帝王树,两个成年人拉手环抱都抱不过来的粗壮树干,盘根错节绵延周边,枝杈似伞伸出老远,几乎能遮住大半个殿顶。

还有一株株白玉兰树,据说也有几百年的树龄了。开花早的那批已经凋落得差不多了。晚玉兰开花正旺,一朵朵碗大的花跟润玉似的光泽透亮。

寺中的僧人们闲暇时还种了不少牡丹,牡丹园再偏南还有数棵菩提树,也都是枝繁叶茂的,上头挂满了祈福的红条签和福包。

空气中浮荡着清浅的香火气,偶尔能看见流浪猫慢慢悠悠地从香炉旁走过去,很是悠哉,丝毫不怕人。

岑词这次拜得挺彻底,从进门到最后都在拜,最后又捐了笔钱给寺庙。秦勋觉得干脆就好事成双,也随着岑词捐了一笔钱。

岑词懒得去做登记,这活就落在秦勋身上了,岑词请了几条福签高悬于菩提树上。

因为发生了段意的事,所以秦勋在做登记时顺带问了寺里的人。寺中人说,那个石屋已经封死了,以后没人能进得去,末了又感叹一句:"本是我们的地方,现在倒好……"

秦勋觉得封了也挺好,省得以后再有人效仿。那清寂寺里可就一点都不清寂了。

两人捐赠的金额不小,登记的时候对方认出了岑词的名字,便笑说:"原来是岑施主啊。"

秦勋好奇。

对方解释说:"岑施主每年都会捐不少钱修缮寺庙呢,但她不愿在功德碑上刻名字,经过我们劝说,她才勉强同意在功德簿上留名字。"

秦勋笑说:"她的性格就这样。"

"很好的人。"对方说,"您也一样,都是有善念之人,会有福报的。"

出了大殿,远远就瞧见岑词在那儿挂福包,她还非得往高处挂。踮着脚,挂得挺吃力的,再加上肩膀上的伤,动作也不是很利落。

挂了好像不止一条,秦勋记得她去请福签之前说过今年要多请一条了。他心里泛着暖,多出来的那条,应该就是他的了。

刚想过去帮忙,脑海中突然闪过一个念头,这个念头来得既突然又怪异,甚至秦勋都觉得可笑,可他就奔着可笑去了。

脚一旋,秦勋重新回了大殿。对方见他又回来了,问他怎么了。秦勋走上前,手指搭在功德簿上轻轻敲了两下:"岑女士往年的捐赠情况也都在这个本子上吗?"

对方说没在,要想查往年的话,可以去问住持要。又问秦勋:"施主是要看吗?"

秦勋有一瞬间觉得没必要,但脑子里的那个念头催促着他点头:"看。"

寺中老住持这个时间正好念完经,去了小花园里摆弄那些花花草草。寺中人上前把秦勋的情况介绍了一番,老住持闻言放下手中活,带着秦勋往房里去了。

清寂寺的记录采用传统方式,老住持把功德簿一本本拿出来的时候说:"我们啊,用不惯电脑,再说了,一旦丢了那就是丢了,想找都很麻烦,哪有写在纸上的牢靠呢?"

秦勋心想,老师父,文档传云端的话,丢了也能找回来。

老住持的记性也是挺不错的,之前能记住段意,现在问及岑词,他也有印象。

"岑施主是个很低调的人。"老住持看着年份,将有她记录的地方都摊开给了秦勋看。

秦勋先是看了一眼时间,再去看功德栏,发现上头没写具体的捐赠金额,其他人都在这栏里写得明明白白的。

老住持说:"她每次来捐赠,就只写个名字,其他的也不多写。"

秦勋的目光落在名字上,蓦地一怔。老住持接下来说了什么他没顾得上听,等反应过来后去翻其他几本功德簿。

一个个的签名从他眼前闪过,是他熟悉的名字没错,却叫他背后陡然发凉。

来清寂寺,岑词总要看看"唧唧"的。

比上次见又蹿高了不少,冒出来的叶子宽大结实。仍旧看不出是什么品种的植物来,只觉得长势喜人。

秦勋看了半天,问岑词:"这不像是盆栽植物啊,照这架势,得换花盆吧?"

秦勋不懂植物,岑词也没懂多少,家里也都从没养过植物。关于这点,她跟汤图就是两极分化,汤图家里都快开植物园了。

岑词找了一圈,花房这边只有他们两个人,她又懒得跑下去找人问清楚,想了想就给汤图去了通视频电话。

汤图在外面,看着像是在商场买衣服。岑词一瞧挺感兴趣,问她今天怎么落单了。

汤图没被刺激到,哼哼笑说:"不是落单,是我想要一点私人时间和空间打扮自己,然后让裴陆惊艳一下。"

"惊艳什么?"

"今晚他们大学同学聚会啊。"

呵!岑词明白了。

之前高中同学聚会,现在又是大学同学聚会,口口声声不想参加,又骂裴陆心直口快,可聚会的日子一到,她比谁都积极呢。

岑词懒得看她显摆,镜头一转,对准盆中植物,要她帮着掌掌眼。

汤图愕然:"它就是唧唧啊,我还真不知道这是什么植物,但是,的确得换盆。"末了提议,"你拍一张照片放到网上查一下不就行了?"

岑词想想还是算了,跟寺里换了个大点的花盆,栽种完了,两手全都是泥。洗手的时候岑词问秦勋:"你说,我有没有可能养的是一株惊世骇俗的植物?"

"比方说?"

岑词思索:"比如那种上古植物。"

"你希望它是什么?"

"什么都行。"岑词想得开,"我肯定是希望它能开花,但是不开花也没关系,养活就挺不错的了。"

秦勋没说话,一直在看她。

岑词洗完了,甩了甩手说:"但是啊,我就是有点私心,总想着自己选的植物是不是与众不同呢?看着是没什么特别的,实际上它就是用其貌不扬的身份掩盖了自己终极大佬的本质。"她扭头看秦勋,"你觉得可能吗?"

秦勋轻声说:"植物我不清楚,但人会这么做。"

岑词笑:"那就看看最后它能长成什么样吧。"

晚餐没回忆餐厅吃,因为萧杭打电话来说,餐厅里实在是人多,翻台都翻不过来,劝秦勋就别回店里捣乱了。

这话说的。秦勋道:"我回店里能帮上忙,什么叫捣乱?"

"那么多双姑娘的眼睛盯着呢,你可别过来让我糟心了,带着你家岑医生爱上哪儿逍遥哪儿逍遥去。"

两人在山脚下的农家菜馆吃的,岑词选的地方。说是农家菜,实则是各类应季野菜,挺地道的,还有自家养的牛羊,肉质都很放心。屋后一大片鱼塘,客人可以亲自去捕捞,鱼捞上来有各种做法。

开春天暖直到夏季结束,捞上来的鱼最受客人喜欢的吃法就是烤。将整条鱼放在两扇铁网中间,一夹一扣紧,鱼在炭火上再如何翻转肉也不会脱落。酱料直接往铁网上刷,各种滋味就透过网孔渗进鱼肉里,最后皮焦肉嫩,香得很。

岑词喜欢吃这家的烤鱼,说这个季节他家的鱼肉很嫩,又跟秦勋说,这顿饭她来请,不准抢着付钱。秦勋想了想,点头说"好"。

吃饭的时候,秦勋提到了倪荞。

"寺里的人说,她在石屋前坐了一天一夜,不说话,也不吃不喝的。"他夹了块鱼肉,挑了鱼腩部位的肉放到了岑词盘里。

这是岑词最爱吃的鱼身上的肉,没刺还肥美,吃上一口就觉得幸福满满。

她点头说:"倪荞给我打过电话。"

秦勋挑眉。岑词就怕他多想,所以之前也没提,今天既然说起这件事,她也就如实说了。其实倪荞就是想不通才打的电话,她不懂段意为什么选择羊小桃不选择她。

"她始终不愿意承认段意爱上了羊小桃,所以特别希望进石屋的人能是她而不是羊小桃。"

"段意有心疾,时间一长,跟在他身边的人也会或多或少受影响。"秦勋说。

桌上的饭菜很好吃,但她和秦勋聊着聊着就几度冷场。岑词不知道秦勋是不是在想工作上的事,但她清楚自己在想什么,从昨晚一直到现在,盘旋在心头的疑问就一直压着她。

末了岑词放下筷子,直截了当问秦勋:"其实,挽安时跟沈序是认识的吧?"

秦勋的筷子一顿,抬眼看岑词。岑词也没瞒他,跟他提到了照片的事,又跟着解释了句:"你别误会,我只是在帮你助理拿文件的时候不小心看见的。"

秦勋了然点头:"我没怪你,事实上,我办公室里所有的东西没有你不能看的。"

岑词闻言,心底最深处有清浅的异样感觉萌生,像是裹着一层薄而脆壳子的小种子炸裂开来似的,声音不大,却能产生一股子温暖的力量。

关于挽安时的话题,岑词一直在纠结问还是不问,何况这次还牵扯了沈序。她想过秦勋有可能的反应,想了林林总总的,却独独没想到他会这么说。所以这一刻让她觉得,也许事情并没有她想的那么复杂。

秦勋夹上一块鱼肉放到岑词盘里,说:"是,沈序和挽安时是认识的。"

"我不明白。"她不明白这件事有什么好隐瞒的。

秦勋明白她的意思,继续说:"刚开始没承认这件事,其实是觉得没必要,因为我接近你,的确是为了沈序失踪的事,后来……"他顿了顿,再开口有些自嘲,"我觉得承认他俩认识这件事有点丢脸。"

"丢脸?"岑词意外。

"男人自尊心作祟吧,总觉得自己先认识的姑娘,结果好朋友都跟对方见着面了,我自己还单机玩儿呢。"

这……

"我知道挺幼稚,但当时我真就是这么想的,我怕你在心里笑话我。"

"笑话你什么?被好朋友戴了绿帽子?"

"你看,我就怕你弄这么个罪名扣我头上。"秦勋倒也没气,轻声说,"其实就是有点别扭,更多什么的,就真没了。"

岑词也能理解秦勋的"别扭"。换作是她的话,在网上跟个小鲜肉聊得热火朝天,最后还有点郎情妾意的意思,想见面还生怕影响彼此好感,转头才知道这位小鲜肉却跟汤图也相交甚欢,两人还突破了虚拟,来了个现实生活大相见。失落是有的,但更多的她会觉得自己像个多余的吧。

岑词轻声说:"那当你喜欢我了之后呢?心里还别扭?"

换言之:那个时候总该说实话了吧?

秦勋是个聪明人,岑词心里想的他未必想不到,便如实告知。

"咱俩在一起后我就不想提这件事了,我怕你误会更深。"

误会更深?岑词不明白秦勋这话的意思,刚想问明白,冷不丁就想起之前做的那些个梦来,脱口而出:"忆餐厅的那道大门,是不是挽安时设计的?"

这话着实叫秦勋一惊:"你怎么知道的?"

岑词脊背一僵,丝丝缕缕的凉就从尾骨蔓延开来,游走全身,这怎么就成现实了?

秦勋放下筷子:"我刚才就想跟你提这件事,餐厅大门的设计者的确是挽安时,我不想说是怕你误会我对她念念不忘。"很显然,这番解释有点多余,他又补了句,"我之所以用挽安时设计的大门,是因为沈序特别喜欢,开餐厅我也是为了他,所以他喜欢的东西,我尽量帮他实现。你能明白我的意思吗?只是,你怎么知道这件事的?"

岑词也想知道,自己是怎么知道这件事的?

"也许,是我推断出来的?在你跟我说大门是沈序的一个朋友设计的时候,我的潜意识里就认定了挽安时吧?"

听着像是没什么科学根据,但从女人的第六感出发,可能性也是极大的。然而秦勋抓住了关键词:"也许?"

"是,也许,因为我梦里的那个女孩,好像就是挽安时。"

秦勋一怔,好半天"啊?"了一声。

岑词也不知道该怎么解释,就只能说挽安时做设计图的场景她梦见过。她觉得梦里的男人是沈序,那也只是觉得,说白了,是将沈序的脸安在了梦里男人身上,所以究竟是不是现实影响了梦境,她无法说清楚。再者说,挽安时是梦里女孩这件事,也只是她的直觉。

秦勋思量片刻,说:"有时候心理暗示也会影响梦境,关于这点你也是清楚的。"

岑词点头,手轻轻转动着杯子:"所以,我说不清楚。"

梦这种东西，很大程度是受了现实影响，所谓"日有所思夜有所梦"，说的就是这个意思。通过梦去发现心理问题，这也是心理学的一个分支。

秦勋没再深问，这种事怕是再问也问不出所以然来。想了想他说："所以，挽安时的事，情况就是这么个情况。"

岑词第一次在秦勋眼睛里看出了紧张和迟疑。他对这件事的解释程度，其实早就超过她的心理预期。心里芥蒂已然烟消云散，她却又故意板脸问他："你真没见过挽安时？"

"真没有，真是只在网上交流了。"

"那挽安时是怎么跟沈序认识并且见面的？"

秦勋如实道："我刚开始真不知道这件事，后来是沈序说的他有个朋友，挺巧还是我网友，相互一说才知道就是挽安时。具体的情况我也没多问，一来是觉得挺尴尬，二来我跟沈序见面都是在聊课题的事，其他的事很少聊。"

岑词也不过就是想逗逗他，见他如此老实坦诚的，也就心满意足了。她挺不愿意再继续就这件事深究个不停，沈序和挽安时的前后不见已是既定事实，虽说秦勋至今也没放弃，可说实在话，她没抱乐观态度，她就希望有些事淡淡遗忘就好。

一顿饭吃了挺长时间，岑词坚持说这顿她请客，秦勋也就任由她去了。

刷了卡，签字的时候秦勋扫了一眼。"岑词"两个字写得龙飞凤舞的，感觉都恨不得是一条线连下来的。

秦勋想起功德簿上看到的签名，"岑词"两个字写得娟秀，当然眼前账单上的签名也不是岑词平时的字迹。

往停车场走的时候，秦勋笑说："都说字迹反映性格，看来你有可能藏了一个热情奔放的自己。"

岑词知道秦勋是指账单签名的事，笑言："什么啊，我就是懒得多写字瞎划拉一通。签名得看场合，有时候应付一下就行，有时候就要一笔一画不能含糊。"

"什么时候不能含糊？"

"像是，嗯，寺庙捐赠需要签名字的时候，要诚心实意，好好地把自己的名字写出来，那才叫心诚。"

秦勋想着，岑词平时的字迹是有连笔的，没刚才签名的那么张狂，也不像功德簿上的那么秀气。

敢情,她是故意写成那样的,想到这儿秦勋笑了。为岑词开车门的时候,顺势摸了一下她的头,心里那些个疑虑,也就随风而逝了。

这次聚会裴陆穿得挺周正的。

白衬衫,像是披了月光似的干净。但毕竟是张狂不羁的性子,许是嫌袖口系着太板正,就解了扣子挽了起来,露出精壮结实的小臂。

汤图看着这样的裴陆,心脏莫名地跳得快了。她也是一袭白色小礼裙,设计简约,却把身段修饰得极好,裴陆来接她的时候想起了"娇人多媚"这四个字。

聚会地点选在整个南城人均消费最高的地方,米其林头衔,从餐厅落地窗看出去能俯视大半个南城夜景。而参加聚会的男人个个西装革履不说,陪同的女伴那都是直接着礼裙的。

整个聚餐的氛围,怎么说呢,汤图觉得异常诡异。

就是大学同窗了那么多年,如今再聚起来,大家都像是装在套子里的人似的,一举一动都透着让人很不想亲近的"高雅"。

裴陆之前在高中同学聚会上喝了不少,到最后都能到信口开河胡扯淡的地步。

今晚不同,喝酒喝得有节制,能抿半口不抿一口的,也很少吃菜。满桌的菜做得别提有多漂亮了,造型好,特别适合拍照、提档次,就是不适合吃。所以别说裴陆没怎么动筷子,其他同学也都吃得很少。

聚会散了的时候,裴陆还挺清醒的,看得出来是真没喝好。往停车场走的时候,有人叫住了他。

汤图回头看了一眼,是桌上的一位女同学,席间坐在裴陆的斜对面,当时介绍说叫管安。汤图之所以对她有印象,是缘于她在吃饭的时候总会时不时看上裴陆几眼,这明摆着是有事。

管安上前的时候,汤图对裴陆说回车里等他,不料裴陆说了声"不用",她就没走成。

管安见状笑了笑,对裴陆说:"其实也没什么事,我就是想问你有没有苗甜的消息,从大学毕业到现在,我一直没她的消息。"

汤图在旁听得清楚，这名字一听就是个女人，怎么独独来问裴陆？

裴陆的语气很淡："我也好久没她的消息了。"

管安"哦"了一声："你没试着跟她联系一下？你做警察的，想查一个人也不难啊。"

裴陆淡淡一笑："我为什么要查她？"

管安噎了一下，似乎想说什么，但看了一眼汤图，就笑说："也对。"

各自回了车里，汤图坐了驾驶位，问裴陆怎么样，头疼不疼。裴陆解开了胸前的两粒扣子，这才觉得能自由呼吸了。

"没事儿，就今天这酒，呵，纯粹拿来点缀的。"桌上一水儿红酒，净摆高雅了。

裴陆往座位上一靠，懒洋洋地说："这同学聚会吧，就得大口酒大口肉，其他的都是扯淡。现在这么一对比，还是秦勋的厨艺绝啊，色香味俱全，你说，咱要不要再去忆餐厅吃一顿？我没吃饱。"

汤图想到席上的气氛，叹了口气道："像这种聚会，我觉得完全没必要参加。"

"走个过场，毕竟聚会放在南城了，我要是不去，总显得有点装逼之嫌。"

汤图莞尔："都是些什么妖魔鬼怪啊，这聚会聚得太不舒服了。"

裴陆也同意汤图的说法，身子一栽就歪靠在她身上，有点耍赖偷懒的架势。汤图用肩膀顶了他一下没顶开，笑说："你这样我怎么开车？"

"不着急。"裴陆跟只考拉似的，恨不得黏汤图身上，又缓缓地说，"我吧，之所以参加这个同学会，目的就是要告诉所有认识我的人，我交女朋友了。"

汤图直翻白眼，他可真是够幼稚的了。

"先别说女朋友不女朋友的事，刚刚管安问你的话，是什么意思？"

裴陆微微抬脸，惊讶看她："你都能记着对方叫什么呢？"

"我是心理治疗师，记个人名有什么难？"

裴陆笑了笑，又往她肩膀上靠，被汤图一个歪身给躲过去了，裴陆差点趴她腿上，又被汤图给推起来了。

"先把苗甜的事说清楚了。"

裴陆面色有清浅的变化，很快又恢复吊儿郎当，道："说清楚什么啊？"

汤图不说话，扭头看着裴陆。

裴陆见状收了慵懒，靠回车座上，抿着唇似有思考。汤图也不催他，就安静地等着，可就在等的过程里有个念头一下冒出来，该不会是当初让他追了好久的那个女孩吧？

失落的情绪刚一爬上来，手机响了。

是裴陆的。

汤图猜，是公安局来的电话。果不其然，裴陆接电话的时候语气都变得严肃了。

那边不知道说了什么，语气挺低沉的。汤图听不清对话内容，大抵就是叫他马上回公安局，好像是发生了什么事。

通话结束后裴陆转头看汤图，还没等他开口，汤图就说："我送你。"

五一过后，岑词就来门会所上班了。肩上的伤还没好利索，但起码自理没问题了。

汤图特意订了一大束的格桑花送给她，附言一句：亲爱的小词，你就跟高原上的格桑花一样顽强。

话是好话，但听着怎么就挺别扭？

岑词眼瞧着汤图把那大束的格桑花插进1升装的可乐瓶里，说："格桑花就是扫帚梅，在乡野山村，房前屋后都随便长。"

汤图理由充足："岑医生啊，这个月份我能帮你弄到格桑花来庆祝你大难没死，这叫用心。"

岑词手一伸："你送我花，倒不如给我封个红包，汤医生，我这次算工伤啊。"

"你次次工伤，咱诊所会关门大吉的。"汤图也不客气，将一份文件放到她手上，"你不在诊所的这阵子，来了个有点特殊的病人，我一看这是你的菜啊，所以留给你了。"

岑词没翻看，往桌上一放："你还真舍得折腾我，我手头上也压了不少病人。"

"你可以先看看资料，如果不想接的话我也不勉强你。"

临出门前，汤图又想起件事："你那个客户，冷求求，她来门会所好几趟了，挺奇怪的是这几次她哥都没跟着啊。"

冷求求就是划伤岑词手的客户，怕跟人接触，喝水怕喝带颜色的。闻言岑词觉得奇怪，问道："她知道我休假呢，怎么还来诊所了？"

"不知道，来了就问你回没回来上班，知道你没在她就走了，也不跟我多说什么。"

等汤图出去后，岑词给冷求求打了个电话。

那边是一个男人接的，不是冷求求的哥哥，听声音是位中年男子，嗓音挺好听，低低的，很有磁性。他跟岑词说，冷求求今天上班没带电话，落家里了。

家里？

岑词了解冷求求的情况。

冷求求的父母在她挺小的时候就过世了，她是被哥哥带大的。冷求求学习成绩不错，也考入了国内数一数二的高等学府，所学专业也注定了日后是热门抢手人才。

而事实上冷求求也确实很优秀，毕业后进了排进全球五百强的企业，而冷求求的哥哥冷霖是本市三甲医院心脏外科主治医生，年轻有为。

兄妹俩都活成了别人眼里天之骄子的模样。

直到一年前的一个午后，冷霖值完班回到家，就在家门口看见了冷求求，她蜷缩在门口，脸色煞白。

冷求求之前是有冷霖家钥匙的，后来冷求求为了离公司近，就贷款在公司附近买了房子，三四十平方米的面积，不大，适合单身人士的公寓。然后她就把冷霖家的钥匙还给了冷霖，跟他说："你早晚得交女朋友，我以后到你家还是敲门吧。"

可那天之后她就不敢回公寓了。

冷霖问冷求求发生了什么事，她也不说，就说不敢一个人在家。自己的妹妹来家里住冷霖倒是无所谓，再说了，他本来就不放心冷求求在外面住，所以就把她的东西收拾收拾搬过来了。

时间一长，冷霖发现冷求求不对劲了。她总是成宿成宿地失眠，要不然就会从梦里惊醒，大声喊叫。冷霖的房子是三室的，其中一间客卧跟主卧一样大，但冷求求就只想住最小的那间。

刚开始冷霖还以为她是觉得寄人篱下，还取笑她说，跟自己的哥哥有什么不好意思的。但后来他发现她不是他想的那样，而是就喜欢待在狭小的空间里。

渐渐地，冷求求的状况愈发不正常，她讨厌跟别人接触。这里的接触不是打交道，就是实实在在的接触，肢体上的接触。

冷霖带着冷求求找到岑词的时候，冷求求把自己包裹得挺厚，在室内也戴着手套，冷霖说，这是常态。除非在家，但也只局限于家里只有冷霖和冷求求两个人的时候。

冷求求这样的状态也渗透到工作中了，时间一长，大家就开始在背后议论纷纷。她变得孤僻，也杜绝跟朋友们来往。

唯一能跟冷求求有肢体接触的就是冷霖。

岑词问过冷求求，为什么只有冷霖。

她想了想说，因为她觉得冷霖不会伤害她。

冷求求害怕接触带颜色的水是在一个清晨。冷霖的早餐习惯有一杯黑咖啡，冷求求住进来之后，早饭这个任务就落在她头上了。

那天早上，冷霖刚换好衣服就听见杯子打碎的声音。最开始他没在意，觉得可能是冷求求没拿稳杯子给打碎了。

等他到餐厅一看才傻眼了，咖啡洒了一地，咖啡壶和咖啡杯也都碎在地上。冷求求蜷缩在角落里全身发抖，脸埋在胳膊上。

从那天起，冷求求就只敢喝不带颜色的水了，就连冷霖，早上的那杯咖啡也换成了水。

岑词对于冷求求把手机落家里这件事感到奇怪，不过她更奇怪的是接电话的人。

岑词不解，问："您是？"

那边说："我是求求的小叔，这两天来南城出差，正好过来看看他们。"

挂上电话后岑词纳闷，冷求求还有个小叔？倒是没听冷家兄妹跟她提过。

岑词受伤这件事不胫而走，冷求求这通电话刚完事，岑词就接到了白雅尘的电话。白雅尘问她的伤势，说有个朋友在医院，那天正好看见她去换药。

"你这个南城名人最好认。"

"南城名人"岑词可不敢领，跟白雅尘说自己的伤口没什么大碍，让她不用担心，已经好得七七八八了。

白雅尘轻叹："你啊，有时候就是太实在了，怎么什么情况都往上冲呢？

你只是个精神分析师,又不是警察。"

岑词微笑道:"知道了。"

白雅尘打电话来,一是看看她的伤势怎么样,二是约她出来见面聊聊。

闻知白雅尘还在南城,岑词倍感惊讶。

"我本来是打算离开了,但被闵薇薇的事给耽误了。"

"闵薇薇?"岑词一怔。

"是,闵薇薇。"白雅尘的语气转凝重,"闵薇薇的情况越来越不好,周军再次找上我,不帮也不好。你之前是闵薇薇的治疗师,我想先从你那儿了解些状况。"

岑词原本挺明朗的心情,像是瞬间被蒙上阴霾似的。

当时闵薇薇同意周军给她断了治疗后,岑词就预感到闵薇薇日后肯定会出问题,还真是一语成谶了?

一回门会所,时间就成了虚无。还没约诊客户呢,这一上午眨眼就过去了。

门会所的保洁阿姨兼着午餐阿姨的活,当初汤图想着另外请个做饭阿姨,保洁阿姨知道后一拍胸脯说:"不用另请人,我给你们做,不就是多几双筷子的事吗?"

保洁阿姨的做饭手艺还不错,虽说比不上餐厅,但做出来的饭菜有家的味道。时间一长汤图于心不忍,就给了保洁阿姨双人份的工资。

知道岑词身上有伤,保洁阿姨特意煲了鲫鱼汤,慢火熬制,等岑词入口的时候,那汤真是浓白又清口。汤图直嚷着有口福了,又故意调侃岑词:"你要是再多受几次伤,我都能被养成个胖子。"

保洁阿姨赶忙说:"呸呸呸,童言无忌童言无忌!"她也不邀功,跟岑词说,"菜单都是秦总给的,哦,尤其是鲫鱼汤,就是用了秦总给的做法才能这么好喝。"

汤图闻言,戏谑道:"哎呀,怪不得这一汤一菜这么甜呢,敢情是有人借着饭菜撒糖呢。"

岑词怼汤图:"那你也叫你家裴队撒糖啊。"

"他不撒玻璃碴就不错了。"汤图从鼻腔里哼了一声。

岑词见状笑说:"看来同学会上有情况啊。"

一般来说,同学会上不闹点什么,那也就枉费了这场费尽心思的相聚啦。

汤图想起苗甜的事就心烦,也懒得多说,搪塞了两句,就闷头喝汤了。

午休时间,秦勋来了微信,发语音问岑词吃饭了没有。

岑词靠在躺椅上,腿上摊着上午汤图拿来的那份文件,一手拿着手机回语音:"托你洪福,我这儿的保洁阿姨都快成专业厨师了。"

秦勋发了个笑脸,又说:"晚餐你去忆餐厅吃吧,我交代萧杭了,今晚我有应酬,等完事我去餐厅接你一起回家。"

岑词真是又感动又无奈,想跟秦勋说其实不必这么紧张,之前她单身的时候日子不也这样过来的吗?但她清楚秦勋的脾气,就回了个"好"。

过了一会儿,秦勋又发了语音过来:"明晚去奶奶家需要的东西我都备好了,你什么都不用买。"

岑词回了一个"嗯"字。

前一阵子因为受伤,岑词没敢往奶奶家跑,就连五一那天都没敢露面,只是打了个电话。秦勋明白她的顾虑,老太太看着眼睛不行,但什么事都瞒不过她。

自打秦勋过年那会儿主动跑到奶奶家,之后只要倒出时间就过去坐坐,有时候是陪岑词一起过去,岑词没时间的话他就单独过去。接触得多了,秦勋也了解了,这老太太"看见"的比眼神好的人看见的还要多。

跟秦勋讲完微信,岑词重新靠回到躺椅上。这一刻她觉得全身心地放松,整个人像是陷在棉花里似的。之后也不知自己抽什么风,点开秦勋刚刚的那条语音听了一遍又一遍。

"明晚去奶奶家需要的东西我都备好了……"

岑词觉得从语音信息里听秦勋的嗓音,出奇地好听。心里又会滋生一种异常的感动来,让她觉得这世上就有那么一个人在关心她,念着她。

下午三点半,汤图治疗室里的客人离开了。岑词敲门进来。

"两件事问你。"岑词开门见山。

汤图一小时治疗下来有点倦怠,见岑词进来了,起身倒了两杯咖啡。没加糖也没加奶,纯美式。看得岑词惊呼:"怕苦的汤医生哪儿去了?"

汤图朝岑词伸了两根手指晃了晃,说:"第一,解乏解困;第二,减肥。"

岑词是个喝惯了美式咖啡的人,所以不觉得苦了,见汤图一大口美式灌下去之后一副皱眉又想吐的神情,叹了口气:"你这是何苦呢?因为裴陆?"

汤图眼皮一抬:"这么明显呢?"

"典型的沾枕头就睡着的人,这怎么就哈欠连连了?再说了你又不胖,减什么肥?"

"一言难尽。"汤图皱着鼻子又喝了一口咖啡,"你刚才说两件事?"

"也是巧了,第一件事就跟裴队有关。"岑词含笑,"其实也纯粹是我八卦,我就是想知道同学会上发生了什么事,这两天你明显不大对劲啊。"

汤图本来也因为这事闹心,所以没瞒岑词,把同学会上的事一五一十说了,提到了管安和苗甜。

岑词不解:"就算管安美若天仙又如何,她又不是裴陆的前女友,也刺激你吗?"

汤图一声叹气:"听管安的意思,她跟苗甜是挺不错的朋友,正所谓物以类聚人以群分,管安那么漂亮,苗甜能差吗?就像你吧,这么优秀的一个人,交的也是优秀如我这样的朋友。"

汤图决定减肥,成为最好的自己,面对有可能出现的情感危机。

岑词也是服了汤图,说:"承认自己优秀的同时又心存自卑,汤医生,你这个人很分裂啊。"

汤图手撑着脸,无精打采的。

"裴队怎么说?"

汤图眼没抬,开口:"那晚接到局里电话后就再没出现过,执行任务呢。"

岑词了悟,怪不得晚上睡不着白天直瞌睡。

"汤医生啊,你得了一种叫作'杞人忧天'的病,怎么着,去我那屋我帮你治治?治疗费给你打九折。"

汤图给了岑词一个很完美的评价:"没公德心。"

岑词说的第二件事就是上午汤图推给她的病人,她将文件夹打开,问:"幻想症?"

汤图抱着咖啡杯,状态回归得挺快:"幻想症Plus(升级版),病理性幻想不明显,生理性幻想升级。"

岑词伸手敲了敲资料,说:"病因含糊不清,却知道放个'钩子'在里面,让我特别好奇这是哪位天才做的档案。"

下午的时间,岑词都用在这份文件上了。

一位步入耄耋之年的婆婆整日沉浸在幻境之中,其儿女声称,婆婆这种情况已经持续了十多年，近段时间症状加重。

无攻击力，也无自杀倾向，让儿女们很不能理解的是婆婆似乎停止了衰老。

档案里的资料少之又少，倒是"停止衰老"这几个字着重强调，所以岑词笑骂汤图放了个钩子在资料里。

汤图也就任由岑词这般说，她放下咖啡杯，捂着脸看着岑词："不放钩子怎么引你上钩？而且我觉得这老人的孩子们也挺孝顺的，我这人心软，实在见不得有人求我。"

岑词将文件一合："行，你的钩子起效了。"

汤图一拍手："就知道你肯定会接。"

岑词起身，拿起文件，说："记住，对秦勋保密，别让他知道我接了新案子。"

这肩膀上的一刀，足足把秦勋的保护欲和强势给激发出来了。

汤图伸手在嘴上一比画，做了个拉拉锁的动作。

手机响了，汤图接通。那头钻天猴开门见山之余还不忘来个尊称："嫂子，你和岑医生有空吗？江湖救急。"

房里安静，岑词在这头听得一清二楚。

汤图还保持着手机贴耳朵的姿势，眼皮一抬瞅向岑词，岑词嘴角微扬，轻声开口："我家一个月伙食的食材。"

必须没问题啊。汤图笑着回了钻天猴："行，我们马上过去。"

是段意的事。

这两天他死活要见羊小桃，见不着羊小桃的话就不吃不喝，也不配合治疗，似乎在以此跟警方对抗。

看守所的警察跟段意明确说了羊小桃目前的心理状况不适合来这里，他又提出要见岑词，岑词不来的话见汤图也行，总之门会所的人他必须得见。

钻天猴前来迎岑词和汤图，见面后感恩戴德，一个劲解释说看守所的警察没办法了才联系的他，他也觉得挺不妥，但想到段意的心理状况，总不能精神虐待吧。

岑词倒是无所谓，毕竟牵扯了羊小桃的事。汤图问钻天猴裴陆的情况，钻天猴的神情有些一言难尽："回来倒是回来了，就是……"

汤图惊讶："回来了？他怎么了？"

"嗨，也不是他怎么了，总之让他自己跟你说吧。"钻天猴又强调了句，"他心情不好，我觉得还是等他联系你吧。"

段意见着岑词后，第一句话就是问羊小桃怎么样了。岑词跟他说一切都好，目前已经有心理医生介入了。

段意摇头苦笑。

岑词看明白段意的心思，一针见血道："你认为她没病，你也认为她还爱着你，当你看见她差点杀了我的时候，你甚至还认为她是想跟你永远在一起。"

段意反问："难道不是吗？"

"她病了，就跟你一样。"岑词朝后靠了靠，"不过好在她在逐渐恢复，就在前两天我还接到了她的电话，跟我道歉。"

段意情绪激动："不可能！"

岑词对视他的目光说："段意，你要明白一个事实，自始至终都是你一个人在疯，所以你还想继续疯下去？"

段意不吱声了，嘴抿得死死的，像是在隐忍。

关于羊小桃的事岑词的确没骗段意。也许她的血在公安局洒了一地的时候羊小桃就清醒了，所以之后羊小桃的确给她打过电话。

羊小桃跟岑词道歉，尤其是她还没追究责任这件事，更叫羊小桃无地自容。她在电话里哭着跟岑词说："我也不知道那阵子是怎么了，就跟魔怔了似的，心里还有股气出不来，憋得特别难受。"

岑词也没瞒羊小桃，说了她的情况，又说相关的心理治疗师已经帮她找好了，要她无论如何都要配合治疗，不为别的，只为担心着自己的父母。

段意的情况复杂些，但也不是不能控制。

岑词起身打算离开的时候，段意突然抬头了，语气挺奇怪的："我见过秦勋。"

冷不丁这么一句话，成功令岑词停住了脚步。她转头看他，等着他继续往下说。见过秦勋没什么奇怪的，但她相信段意要说的可不是这个意思。

段意笑得意味不明："我大半夜去墓地的时候，见过他。"

岑词一僵。

段意一字一句："所以，你真以为是我一个人在疯吗？"

段意的情况不难处理，无非就是让他彻底死心。见过段意，岑词又见了段意的心理治疗师，跟对方沟通了一下段意的心理情况和治疗手段，做完这些外面天已经黑透了。

钻天猴要请岑词和汤图吃饭，汤图意兴索然，岑词也没什么胃口，就替汤图一并回绝了。

等上了车，岑词问汤图："你怎么样？"

汤图没参与到跟段意的会面环节，只是跟着岑词一起和那个心理治疗师进行了交流，整个过程也几乎没在状态。

汤图心情不好，车让给了岑词开，她坐在副驾驶座，靠在那儿半死不活的。

"我一直以为裴陆没回来，你说就算他遇上事了，是不是也要跟我说？"

岑词一猜就知道汤图是因为裴陆的事，叹了口气，道："哪怕是两口子，也不可能言无不尽，不想说，一是可能他还没准备好，二是他可能觉得说出来会伤害你。"

汤图抿着唇目视前方，良久后说："我就是觉得他瞒着我的话，会让我衡量不出自己在他心里的分量。小词，换作是你的话，你会无动于衷吗？"

"我不会。"岑词发动了车子。

汤图转头看她。

"我在想，"岑词将车子开到了大路上，加了速，"给他一点时间，等他主动告诉我。"

"你给他时间，但他一直不说呢？"

一直不说……

岑词微微一抿唇，眼里有隐匿的光，片刻后说："我会直接问。"

这样总好过，两个人为无端的误会错过彼此。

岑词的确打算问秦勋，关于段意在墓地里见过他这件事。在回家的路上岑词想了很久，一半真一半假。

在那种情况下，尤其是从段意当时的心理角度出发，他不可能毫无目的的就提到秦勋，所以他说见过秦勋这件事很大可能是真的。但也有可能是他的恶作剧，只为了满足心理快感，报复她一下？

秦勋打来电话的时候已经晚上九点多了，一听就是在酒桌上，嗓音有了醉意："听萧杭说你没去餐厅？"

岑词"嗯"了一声，说诊所有事耽误了。

"吃饭了吗？"秦勋关心道。

岑词笑说："吃了，我又不是小孩子。"又问秦勋那边的情况。

秦勋语气透着歉意："我这边不知道要折腾到几点，你先睡，别等我了，太晚的话我就回老城区了。"

岑词叹气："你要真是喝得酩酊大醉的，回老城区都没人给你灌醒酒汤，明天头不得疼死？没事，你那边结束就回来吧，我又没那么早睡。"

秦勋在那边低低笑，嗓音温柔道："好，我尽量早回家。"

第 二 十 章

门会所的前台工作人员换了。

新来的姑娘叫任晓璇,跟羊小桃差不多的年龄,往岑词面前一站,让岑词想起羊小桃刚来门会所的时候。

秦勋说话算话,还真是找了个业务能力不错的人,说话做事落落大方,毕业院校也很不错,对此汤图也挺满意,所以在岑词养伤期间就已经让她上岗了。

一早的阳光不错。

岑词进屋时觉得阳光一直落在肩膀上,暖暖的。门会所的前后院已经有了花红柳绿,天气愈发热了,穿裙子的季节转眼就这么到了。

任晓璇在打理大厅里的花束,见岑词来了,跟她打了声招呼。岑词见那花束插得不错,想着这姑娘的审美还不错。

汤图的治疗室是关着的。

岑词看过去,任晓璇耳聪目明,跟她说:"今天汤医生来得可早了,裴队在里面呢。"

小姑娘也不愧是做行政的,听说来门会所没多久,很快就把这里的人情往来摸了个清楚透彻。

岑词闻言倒是奇怪,裴陆一大早就来,不会是真有什么事吧!又问任晓璇裴队看上去怎么样。

任晓璇如实说:"脸色特别不好看,眼睛里都是红的,就像好几天没睡觉似的。汤医生她……"顿了顿,任晓璇朝着吧台的方向看了一眼,"没让我端进去,她自己也没出来取。"

岑词顺着任晓璇的视线看过去,咖啡机里的咖啡豆只磨了一半扔在那儿,看来裴陆来诊所之前没告诉汤图。

进了治疗室看了一眼时间,按照预约,上午应该是冷求求的会诊。刚把资料调出来,任晓璇敲门进来了,手里抱着几个文件袋。

"岑医生,我把诊所文件重新归档的时候,发现这几份文件没有电子版序号,对不上,所以给您拿来看看。"

文件袋挺老旧的,上头的浮灰应该是被擦了,牛皮纸上有痕迹,摸上去干涩。

"放我这儿吧,可能是诊所里作废了的文件,我看一下。"

任晓璇快出门的时候,岑词叫住她,问汤图那屋什么情况。任晓璇说:"一直没出来呢。"

冷求求始终没来。

倒是冷霖来了通电话,充满歉意地跟岑词说:"不管我怎么劝她她都不去,这几天也不知道她怎么了,跟我都不亲近。"

岑词眉头皱起,出什么事了?很显然冷霖不知情,在他看来,这段时间过得跟从前没什么区别。

跟冷霖通话结束后,岑词正想着给冷求求打电话,不想她的电话打过来了。岑词接通后,听到对方的通话背景里有风声,呼呼的。

岑词看了看窗外,风和日丽,只是偶尔见树叶摇晃一下。她的心咯噔一下,问冷求求在哪儿。

"天台。"冷求求的声音被淹没在呼呼的风里。

"冷求求你——"

"岑医生你别误会。"那边应该是移动了位置,风声小了很多,她说,"我就是觉得办公室里太闷,所以上天台透透气,我不会自杀的,我没那个勇气。"

岑词知道冷求求所在的公司,六十几层的高度,也怪不得风那么大。是个望景的好地方,同时防护措施做得也很牢固,真要有人想要从天台上跳下去也不大容易。

岑词松了口气,跟冷求求说:"你忘了今天要来看诊了?"

"我没忘,只是今天工作太多我请不了假。"

岑词了然,想了想,建议道:"要不然开视频也行,趁着你现在没回工位上,而且你之前还找过我对吗?正好跟我说说。"

"我……"冷求求迟疑,半天后开口,"岑医生,我打电话就是跟你说一声我去不了了,有些事我想不明白,我也不太想去诊所。"

岑词敏感地抓住关键词:"你的意思是,前几天发生了一些事?"

冷求求沉默了许久,再出声时语无伦次的:"我不知道,岑医生你别再问了,我想、想静一静。"

岑词尽量安抚冷求求的情绪:"好,我不逼你,冷求求,如果你想给我打电话或者来找我,随时都可以,明白吗?"

冷求求在那边"嗯"了一声,说了"谢谢"。

通话结束后岑词还是不放心,又打电话给冷霖,说了冷求求目前的状况,叮嘱他多留意,如果能劝服她来诊所是最好的。

"病是果,一天找不到因,冷求求的病就无法被根治。"岑词这么跟冷霖说。

其实冷求求对于来诊所治疗是有排斥心理的,她的态度一直都不怎么配合,有些事还是有所隐瞒。岑词就算再擅长剑走偏锋也无济于事,还是要知道根上的原因才行。

一上午的时间倒是空出来了。

岑词看了工作安排,又跟白雅尘敲定了见面时间,然后才瞧见了一直搁在桌边的文件袋。

她拿过来,三个文件袋,逐一解开翻看。前两个里面都是废弃的文件,所以没被归档,岑词将其放到一旁,想着一会儿叫任晓璇拿去碎了。

第三个文件袋打开的时候,岑词不知怎么的心里生出一丝异样感来,只是这感觉来得快跑得也快,她没抓住。

就一页纸,讲白了就是简单做了个登记和资料填写就被放进文件袋里了。岑词抽出这页纸,戚苏苏?

岑词在脑海中努力搜索这个人名,可是一丁点儿印象都没有,她又仔细看了资料。资料上只有名字,没照片,年龄显示比她小,不是本市人,教育情况没写全,就写了个小学的校名:竹山县第二中心小学。

竹山县?在哪儿?

岑词没听过，再看家庭成员，也简单明了，除了戚苏苏这个名字外就只有一个：陶凤云。关系栏上写有：母女。

病情描述都是空的，但在最末端有个类似三角形的印章，红色印。很像是有人拿了这份资料做了废纸，印了个印子在上头。

资料能填到这种程度，这在岑词眼里其实就是废弃的，这种情况并不罕见，门会所每年都会碰上这种状况。

比方说病人家属带着病人来了，填了个简单的资料，就类似她手上的这种。其实就是个简单的个人信息登记，见了医生后经过问诊，医生会在病情栏上写出诊断意见。但这期间有不少反悔的，不等跟医生见面就直接夺门而出的，大有人在。

换言之，这第三份文件也是废的。

羊小桃清楚门会所的就诊流程，知道这是废弃文件所以没有归档，后来也就忘碎了，任晓璇刚来不了解。岑词将文件装回文件袋里，刚打算叫任晓璇进来，想了想，又放下了文件袋。

竹山县，是个山区吗？岑词挺好奇，用手机查了一下。

这一查竟然挺意外，竹山县所属竹山市，并非她认为的山区，偏远不假，却是个渔村。

岑词想，这地方也是挺逗的，从名字上压根儿看不出是个渔村。一个来自小渔村的姑娘，是什么原因到了门会所呢？

不是她的病人，那是汤图接待的？岑词想着汤图一心顾着裴陆的事，这资料上的人可问可不问。

手机响了，岑词习惯性地把三个文件袋往抽屉里放，接通了电话。

是白雅尘。岑词以为她是临时有事要改见面的时间，岂料白雅尘问她："接到消息了吗？"

"什么消息？"

白雅尘语气低沉："听说，闵薇薇出车祸了。"

岑词从治疗室里急匆匆出来的时候，正好汤图治疗室的门也打开了。裴陆从里面出来，风风火火的，就像任晓璇形容的一样，眼睛里都是红血丝，面色憔悴，整个人状态不是很好。

岑词不清楚为什么裴陆在这儿待了快一上午了还是这么颓丧，也来不及多想，裴陆能这么急匆匆的，十有八九跟闵薇薇的事有关。

果然，裴陆说："我也是刚接到局里通知，闵薇薇已经送去抢救，具体情况我还得赶到现场去看。"

汤图跟在裴陆后面，眉头皱得挺紧，岑词想去医院看看，被裴陆给拦下了。

"闵薇薇那边肯定有不少媒体记者，你就不要露面了，而且周军肯定也在。等我电话吧。"说完，他匆匆就走了。

汤图叹了口气，走到咖啡机旁，接着磨剩下的那些咖啡豆。她边磨咖啡边说："今年也不知道是怎么了，净是些跟咱们门会所有关的人出事。"

岑词没说话，心里却隐隐不安。

汤图抬头看她："我怎么觉得闵薇薇那个人不吉利呢？"

岑词不明白汤图为什么这么说。

"你看啊。"汤图手里的动作没停，咖啡豆子被碾轧、磨碎，声音入耳倒是清脆，"从她最开始差点把周军杀了那次之后，门会所就没消停过。这人和人之间真是讲气场的，气场合做什么都顺当，气场不合的话就霉运连连。"

岑词不相信这些东西，但惶惶不安的感觉总是无处安放，她没理会汤图的"歪理邪说"，拿起手机给白雅尘打了电话。

白雅尘很快接了，岑词问了闵薇薇的情况，白雅尘在那头直叹气，说具体情况她也不清楚。

"今天下午除了约了你，我其实还约了周军，就是想三人坐下来好好聊聊闵薇薇的事，谁知道接到闵薇薇出车祸的消息，周军赶去医院了。"

岑词心里一咯噔，也就是说，闵薇薇出车祸的时候就她自己？

末了白雅尘跟岑词说："听说这场车祸挺严重的。"

通话结束，岑词一度觉得呼吸困难。汤图连同她那份咖啡一起磨出来了，那边保洁阿姨在忙活着做饭，她倒好咖啡跟岑词说："去我屋聊聊吧。"

岑词上午被人放鸽子，又出了闵薇薇这事，汤图一上午的时间全给了裴陆，现下两个人倒是都闲下来了。

汤图把咖啡放桌上，跟岑词说："你也别怪我说话不好听啊，闵薇薇的事你就不要参与了，你现在不是她的治疗师，多一事不如少一事。再说了，就算你想爱心奉献，周军也肯定不领情，你再一露面，说不定他又该倒打一耙了。"

岑词端着咖啡坐在沙发上，沙发靠窗，窗子开着的，有微风往里钻的时候，带了花园的清新气息。她明白汤图的意思，而且汤图也的确没说错，当闵薇薇背着她从疗养院里出来，又默许周军拦着她不与她相见的那刻起，其实就已经用行动切断了自己跟门会所的关系。当初汤图就骂闵薇薇是白眼狼，现在自然是不希望她再参与进去。

岑词喝了一口咖啡，格外酸涩。

"这款浅焙的豆子很不适合做美式，你是有失水准了。"

汤图拿着咖啡杯坐岑词对面："谁在跟你说豆子的事。"

"我知道你的担心。"岑词放下咖啡杯，"但事实上，闵薇薇的问题我确实没解决。"

"是周军没给你时间解决，帮凶就是闵薇薇。"汤图不悦，"我不知道你跟白老师达成什么共识了，总之离他们远点吧，人家又没给你治疗费，那么上赶着干什么。"

岑词懒得跟汤图掰扯，现在闵薇薇是个什么情况还不知道呢，之后的事走一步看一步吧。

"裴陆怎么回事？"

听岑词这么问，汤图整个人倦怠下来了，咖啡杯放到茶几上，绵软地靠在沙发靠背上，良久后说："我也不知道他怎么了。"

岑词一挑眉，强调："他一大早上就来了吧？"

"是，什么都不说，一直在发呆。"

这一幕……岑词努力去想，一个坐在那儿发呆，一个坐在那儿看着另一个发呆，是这样吗？她抬手搓了搓胳膊，觉得鸡皮疙瘩都起来了。

裴陆很快来了电话。

闵薇薇伤势严重，虽说人是抢救过来了，但目前还处于深度昏迷状态。

"可能，要成植物人了。"

直到秦勋接上了岑词，她脑子里回荡的还都是裴陆的这句话。

秦勋知道这件事，说当时周军正在拍卖会上，然后匆匆忙忙离开了，拍卖会上的人都看见他面色难看，甚至慌乱。

秦勋的态度很明确，他说："我不知道那位白老师为什么还要邀请你参与闵薇薇的事，但事到如今闵薇薇昏迷不醒，周军也不可能再同意你介入，所以我跟汤图的意见一样，你别掺和了。"

岑词叹气，还能掺和什么啊，这个时候怕是只有警察才能参与了。

出城的方向有点堵，可能是临近周五的原因。岑词看着前面的车灯，一红一灭，然后再一红一灭，恍惚间觉得人这辈子好像也是这样，眼睛一睁一闭间就过去了。

等出了城，路就宽了，秦勋加快车速。快到奶奶家时，秦勋似玩笑又似认真地说："小词，你要是能为我这么费心思就好了。"

岑词先是一愣，紧跟着反应过来，扭头看他抗议："我怎么不为你费心思了？昨天你应酬那么晚回来，我不是一直等到你回来？光是解酒茶我就煮了三回。"

秦勋腾出一只手拉过岑词的手，轻轻把玩，笑说："行行行，是我说错话了。"

岑词看秦勋的侧脸，被车窗上飞走的光影映得虚虚实实，唇角的笑清清淡淡的，她抓紧了他的手。

"怎么了？"秦勋看了岑词一眼后又看回前方。

"没什么，就是觉得缘分这东西很神奇，能让两个天南地北的人在一起，就像是你能成为我男朋友。"

秦勋嘴角弯弯，笑意入眼："窈窕淑女君子好逑，这是规律，哪是神奇。"

岑词抿唇浅笑。她没说出口的是，其实在刚刚的那一刻她很怕失去，好像他出现得太完美，她得到幸福也太轻易，总怕是一场大梦，真正醒来的世界里只有荒凉。

到了岑词奶奶家，秦勋停好了车，岑词解开安全带刚要开车门，秦勋拉住她的手，开口："等等。"

他拿出一个锦盒来，打开，里面是条手链。岑词定睛一看，这手链从设计到宝石的选择上都极为讲究，送她的？

"在拍卖会上看见的，觉得很适合你。"秦勋将手链拿出来，拉过岑词的胳膊亲自为她戴上。

岑词恍悟，怪不得他知道周军的情况，他们当时应该都在那个拍卖会上。

手链很漂亮,正好又是夏季,能衬得手腕白皙。岑词晃了晃手腕,冲着秦勋,道:"藏品级的,很贵啊。"

秦勋拉过岑词的手腕,倾身过去,轻吻了她的唇,低语:"我想让你陪我走一辈子,所以不贵。"

秦勋的唇贴上来时,岑词的脑子里忽而闪过另一个男人的身影,还有低低的嗓音:"别怕,我会保护你。"

秦勋负责下厨,岑词喜欢的话就帮着打打下手,懒得进厨房就去陪奶奶聊聊天。这样的分工,在秦勋陪着岑词来这里几次后就成了常态。

夏季天长了,秦勋进厨房的时候天边还有余晖,是大片的火烧云,红透了半边天。

岑词帮着奶奶在院子里打理花草,花儿、草儿的种类众多,爬藤类的已经爬满了墙,还有紫菱花的花墙也都绿影葱葱了。

"奶奶,我是一直练不出您的本事的,别说是只靠手摸了,就拿眼睛看的,我都养不好。"岑词帮着奶奶换花盆,她手里抱着一株栀子花,看着奶奶熟练地调配花土,叹为观止。

奶奶接过岑词递上来的栀子花,笑说:"术业有专攻,你就不是能养花花草草的人,我种花再厉害,不是也做不来精神分析师的工作?"

岑词抿唇笑,跟着奶奶一起往花盆里培土,轻声说:"我吧,也不是种不了花草,在清寂寺里倒是认领了一棵,不知道什么植物,长得挺快,就是不开花。"

"回头可以拿过来养,我这儿开花的植物多,它们啊,都是相互有影响的。"

岑词想了想,说:"也行,得空我去趟清寂寺,这段时间有点忙。"

奶奶叮嘱岑词多注意点身体,等会儿从家走的时候多带点菜回去,都是自己种的没有用化肥。然后奶奶言归正传了:"小秦他有没有跟你求婚啊?"

一句话险些让岑词一个趔趄,好半天"啊?"了一声。

奶奶笑说:"啊什么啊,这男女谈恋爱到最后不都是奔着结婚去的吗?我看小秦也不像是个对感情不负责的人。"

"奶奶,"岑词思量着说,"我跟他是男女朋友不假,但我俩在一起的时间也不算长,现在提结婚早了点吧。"

"不早了,你都多大了?"

奶奶起身，岑词上前搀扶着她去洗手。院内有一口大水缸，半人多高，老式土陶的，有些年头了。

缸里养着鱼，水面有几株睡莲。平时会用这口缸里的水浇花，也顺便洗个手什么的。像是现在，岑词用老葫芦劈成的水瓢舀了水，奶奶就着这水洗了手，然后顺势浇了花。

奶奶接着说："有些人初次见面就相见恨晚，有些人认识了一辈子都形同陌路，所以两个人能不能走到最后，看的可不是时间长短，只在于缘分到或没到。"

岑词同意奶奶这番话。

奶奶见岑词不语，又问她："你是没想过结婚，还是没想过跟小秦结婚？"

"我是……还没想结婚的事。"

这是岑词的真心话，她是觉得谈恋爱这种事就像是超出了她的能力范围似的，那么结婚这件事，她更是不敢多想。

奶奶闻言拍拍岑词的手："小秦是个好孩子，奶奶虽然眼睛瞎，但心不瞎，他是真心实意对你的。"

回家的路上，岑词在想奶奶的话，然后时不时会瞅一眼秦勋。她确实喜欢眼前这个男人，这些年，冥冥之中她好像就在等他，所以遇上他后才明白情为何物。她会记挂着他、想念着他、爱恋着他，见着他的时候心欢喜、雀跃，见不着他的时候总会想着他在做什么，总忍不住想给他打电话，听听他的声音。

岑词觉得这种感觉很好，直到"结婚"这两个字闯进她耳朵里。就像是忽然有人给她推开了一扇门，告诉她其实你还可以往前再走一步。

可是穿过那道门呢？是会一辈子鸟语花香吗？她和他，真到了都离不开彼此要相守一生的程度了吗？

岑词低头玩弄着手腕上的手链，秦勋说了一辈子。现在她就像是开了窍，听着"一辈子"这三个字就有了不一样的感觉，也许秦勋早就做好了准备？

岑词轻叹一口气，想起段意跟她说的话。

秦勋见岑词叹气，这一路上又不吱声，便问她怎么了。

岑词摇摇头："就是在想一个问题。"

秦勋笑了："想不通的话说出来，说不定我能帮你拿主意。"

岑词还是摇头，她的心情有点乱，不知从何说起。见状秦勋倒是没追问，而是问她下周末有没有工作安排。

岑词想了想,不确定道:"至少目前为止没安排,除非有突发状况。怎么了?"

"没什么,小事。"秦勋拉过岑词的手送至唇边亲了一下,"我妈下周末来南城,如果那天你有空,咱们就一起吃个饭。"

岑词一愣,好半天才"啊?"了一声。

秦勋轻笑:"不反驳我就当你答应了啊,其实也没什么,就是一顿家常便饭,在忆餐厅吃就行。"

岑词一时间脑子里嗡嗡的:"你先等会儿,让我捋捋。"

"捋什么?"

捋……岑词心跳加快了。

"你从来没跟我提过你的家人。"

秦勋乐了:"我又不是从石头缝里蹦出来的。"转头瞅了岑词一眼,又道,"我是觉得我家里成员都挺简单的,也没那么多乱七八糟的事,所以就没刻意去提。"

岑词紧张地咽了一下口水:"那、那你妈,不是,是阿姨,她知道我吗?"

"当然。"秦勋的语气就像是她问了一个极其可笑的问题似的,"就是因为她知道我交女朋友了,也因为知道你受伤了,所以她才来南城,表达一下对你的关心。"

岑词好半天没倒过来气,问:"不是,阿姨怎么知道你交女朋友了?"

秦勋被岑词给气笑了:"岑医生,你今晚智商不在线啊,我妈之所以知道我交女朋友了,那肯定是我告诉她的啊!"

前方有个岔路口,秦勋将方向盘一打拐进了辅路,择了一处方便停车的位置停了车。他转头看着岑词:"你不想见?"

岑词与秦勋视线相对的瞬间,她看见他眼神里有压抑着的紧张,这一刻她的一颗惶惶不安的心倒是有了底,原来他也不是一直那么从容淡定的啊。

"我不是不想见,就是……"岑词在想怎么说这话,舔舔唇,"就是没想到你会跟阿姨提到我。"

秦勋笑了,眼里是暖暖的,那紧张也就不见了。他揽过岑词的头:"我跟家人提到你,是因为我有为未来考虑,也是因为我认定你了,这就跟你同意让我见奶奶是一个道理。"

岑词心脏狂跳一下，嘴硬道："我是同意你了吗？是你大年初一自作主张跑到奶奶家的，我、我都没时间考虑，是……身不由己。"

秦勋抿唇浅笑，温柔说："行啊，你是身不由己，我可不是，我是宣示主权。"

"什么啊，你就是先斩后奏。"

秦勋任由岑词这般强词夺理，揉了揉她的头："那就说定了啊，见面，吃饭。"

岑词的心脏又开始怦怦狂跳，想问秦勋，这就是正式见家长了吧？但没好意思问，虽说秦勋的意思表达得很明确。

直到回了地下车库的时候，岑词才开口："要不然，让阿姨来家里吃饭吧，但你得提前教我做道菜。我是觉得，阿姨特意来看我，我也得有点表示才行。"

秦勋眼里有光亮，语气轻柔说："好。"

转眼又到周一，天愈发热了，路边姹紫嫣红。南城其实整体气候算好，冬天不会太冷，夏天也不会太酷热，所以是最宜居的城市。

任晓璇又抱了束鲜花，插了三瓶，分别放在大厅、两位医生的诊疗室，然后有条不紊地开始安排预约，一天的工作也就从容不迫地开始了。

汤图今天没开车，她搭了秦勋的顺风车跟岑词一起来的。进门的时候任晓璇早已经煮好了咖啡，汤图跟岑词说："心情不好，进门看到鲜花和咖啡，也算是挽救了我。"

岑词明白汤图的意思，这两天裴陆都在跟闵薇薇的案子，许是这两人也没时间见面。

闵薇薇的事被传得沸沸扬扬，她本来就是个名人，之前又闹过那样一次事，现在这场车祸就备受关注，很快又上了热搜。连带的岑词的名字在网上又被人提起，有人半开玩笑半认真地说闵薇薇之所以发生车祸是不是跟被人控制了意识有关。

岑词懒得看网友们的评论，"键盘侠"只图逞口舌之快，随口一句就能伤人于无形，如果当事人再不懂得保护自己，那就会被这些口水淹没。

冷求求来了。

非预约时间，被任晓璇拦住，然后任晓璇进治疗室来通报。

岑词刚好在跟那位陷入幻境的老人家属打电话，跟他们约见面时间。闻言后她略感惊讶，问任晓璇："她一个人来的？"

"是。"

岑词点了一下头。

冷求求进来的时候吓了岑词一跳，现在已经是满大街穿裙子的了，但她还是一件大长衫把自己遮个严实，戴着鸭舌帽和口罩。

冷求求坐下来后显得局促不安，岑词先给她倒了杯白开水，让她稳定一下情绪。也没急着问，就安静地陪着她坐着，等着她开口。

冷求求的状况很明显，她拒绝同人有肢体上的接触，其实就是对人与人之间的接触产生了抗拒感和恐惧感，属于恐惧性神经症范畴。喝不了带颜色的水，也是神经症的一种症状，是特定恐惧症。

当初冷霖带冷求求来看诊的时候，岑词已经通过问诊了解了她的情况。

研究发现不少恐惧症都跟遗传有关，但冷求求的症状跟遗传无关，那么，她过往的负面经历就是病症发生的原因，然后引发了神经生物学上的影响。

岑词其实对冷求求的情况做了阶段性治疗计划，主要会对她进行认知性治疗，每十次为一个疗程。

评估阶段进行了两次，目前是治疗阶段，其实就是帮助冷求求进行识别与认知的重建，行为矫正和找到她不合理信念的来源。这需要时间和观察，就是要从她意识的外延渐渐向内探索。

冷求求不是一个很配合的人，她对岑词的信任感还没建立起来，警觉性特别高。对于她过往的探知，岑词不能直接去问，否则会引起她的排斥。

所以岑词对于冷求求今天的到访惊讶之余还有些惊喜，不管她是出于何种目的，只要不是过来中断治疗的，那都表明她对诊所的信任感开始一点点建立了。

冷求求没喝面前的水，只是盯着它，许久之后问岑词："你说它会不会突然变成带颜色的了？"

岑词记录下她的关键词，想了想说："那你可以好好观察一下，看看它能不能变成带颜色的。"

冷求求凑上前，仔细盯着玻璃杯里的水。

借此岑词打量着冷求求，她比岑词上次见到的时候瘦了些，挺漂亮的一张脸,现在显得下巴特别尖。冷求求这个长相和职业,照理说追求她的人挺多的才是。但看她的资料,不管是在学生时期还是工作之后她都从来没交过男朋友,也不见她跟哪个异性走得近,好像挺排斥男性。直到现在她快步入三十岁,这在别人眼里就成了典型的大龄剩女。

冷霖对于冷求求的单身状况倒是不着急,他对岑词说:"单不单身的无所谓,真要是一直找不到合适的,我养她一辈子都可以,只要她能像普通人一样就行。"

冷求求没注意岑词一直打量自己,她始终盯着水杯,眼里还有紧张。没一会儿她坐直不再看那个水杯了,轻声说:"可能,会变吧。"

岑词轻声问:"如果会变的话,你认为它会在什么情况下发生变化?"

这是问题的关键,其实岑词就是想通过这个问题,深入到冷求求内心去。

冷求求的呼吸渐渐急促,她咽了一下口水,咬唇咬了好半天,才开口:"会在我……意识不清醒的时候。"

岑词心里咯噔一下,很想问她,什么时候意识不清醒?或者问她,意识不清醒的时候你身边都有谁?

但岑词还是没这么问。

经过接触她发现,冷求求敏感又脆弱,一不小心就会重新缩回到壳子里,再引她探头就特别难。

"所以,你在意识不清醒的情况下发现了水变色,那你就不会喝了吧?"岑词状似闲聊。

冷求求没应声,又死咬着嘴唇,十指绞在一起,呼吸相比刚刚更急促了些。

岑词见状,又不动声色地记下一个"喝"字。片刻后,她故作轻松地问:"如果在意识不清醒的情况下喝了带颜色的水应该挺危险的吧?没人提醒你吗?比方说你哥。"

这个问题挺危险,很容易触发冷求求的警觉性,但这也是岑词的目的所在,刺痛一下,才能知道答案。

果不其然,冷求求的情绪突然变得激动,声音也很尖锐:"别提他!他不在!不在!他骗人,他说他会保护我的!"

岑词上前轻轻按住冷求求的肩膀,试图安抚,却被冷求求一把推开,大叫:"别碰我!"

任晓璇敲门进来，问："岑医生没事吧？"

岑词抬了一下手，示意她出去。冷求求坐在那儿几乎缩成一团，耷拉着脑袋，紧张坏了。

等治疗室的门关上后，岑词在冷求求身边蹲下来，抬头看着她，缓缓说："放松些，求求，我是来帮你的。"

冷求求紧抿着唇，许久后微微点头，用很细小的声音说："对不起岑医生，我、我控制不住我自己……"说着她把袖子往上撸了一截。

岑词一看惊愕。

冷求求眼底有恐慌，她说："这就是我今天来找你的原因，我现在只要碰到谁，身上就会起这些东西。"

岑词见了冷霖。

在医院楼下新开的咖啡厅，户外白色桌椅，头顶深咖色蘑菇伞，干净得很。她主要是跟裴陆见面，先提前了半小时跟冷霖见了面。

岑词说得直接："你妹妹现在已经反射到生理，所以除了做认知治疗外，她还需要进行系统脱敏。"

冷霖眉头紧皱，许久后说："怎么会这样？"然后抬眼看岑词，继续说，"岑医生，请你务必帮帮我妹妹。"

岑词："这是我该做的，但我需要问你几个问题，你必须如实回答。"

"你问。"

"这段时间，冷求求发生了什么事？尤其是生活环境有什么变化？"

冷霖想了想，说："据我所知没有，一切都挺正常的，她在工作上也没发生什么事。"

"听说你们的小叔来了，他跟你们住在一起？"

冷霖点头："他来出差，顺便过来看看我们，我们家的亲戚不多，小叔跟我们走得最近。"

岑词敏感道："冷求求不排斥吗？毕竟家里多了一个人。"

"她跟小叔的关系很好，虽然也怕肢体接触，但她不排斥。我们小时候小叔对我们很好的。"

岑词"嗯"了一声，跟冷霖说了一下冷求求最近一次就诊时的情况。

"她没让你陪，是你没时间？"

"她是我妹妹，我再忙也得顾虑她的事啊，岑医生，这段时间她对我也挺排斥的，她去找你这件事，我压根儿就不知道。"

岑词多少已猜出来了。这期间一定是发生了什么，冷霖也许不知情，也许是其他什么原因，总之让原本对他信任的冷求求开始质疑甚至排斥。

"冷医生，我再问你一次。"岑词用严肃的口吻问，"你妹妹以前甚至更小的时候有没有发生过什么事，我的意思是，不好的事。"

冷霖狐疑道："不好的事，你是指？"

"被人侵犯或者被人猥亵。"

冷霖震惊："没有，这种事绝对不会发生。妹妹是我带大的，要是发生过这种事我肯定知道。"

岑词陷入沉思。

"你……为什么会有这种怀疑？"

岑词见冷霖眼底的担忧，安慰他说："这只是我浅显的推断，因为你妹妹也是一口咬定从没发生过什么事，但我还是得要把任何可能性都想到，别担心。"

冷霖稍稍放下心，又跟岑词表示，以后无论如何都会陪着求求来诊所。

岑词反倒不同意。

"不要勉强她，如果她不喜欢你陪着，那就让她一个人来，她能主动来找我，就是好的开始。"

冷霖想了想说："好吧。"

咖啡厅的斜对街就是医院，门口还能看见不少采访车，有记者也在蹲坑候着。

冷霖："岑医生一直在为我妹妹的事操心，我也得有所表示才行，不知道今晚你有没有时间，有家餐厅——"

"闵薇薇就住在你们医院吧？"岑词轻声打断冷霖的话。

冷霖微微一笑，回答："是。"然后顺着岑词的视线看向对街，"你要是现在进去，又会成为焦点，但是……"他转过头看着岑词，笑容入眼，"我可以帮你。"

冷霖就在对面医院上班，岑词也清楚，有了冷霖的掩护，她想进去医院又不被记者发现是易如反掌的事。她抿唇浅笑："看来冷医生也有时间上网八卦我的事。"

"不是八卦,是关心。"冷霖说话挺大胆直接,"岑医生,我喜欢你,想追求你,所以如果你能给我一个可以帮助你的机会,这对我来说求之不得。"

岑词笑了,端起咖啡杯喝了一口咖啡。

"你别误会,我这不是交换条件,我只是希望能帮你做点事。"冷霖轻声说,"希望我的表白没吓着你。"

岑词放下咖啡杯,抬眼看冷霖:"我笑不是因为别的,就是觉得能被人喜欢,是件很幸福的事。"

见冷霖双眼一亮,岑词又轻声说:"你也别误会,我呢,没打算进对面的医院,不过的确有件事想请教冷医生,但是如果问题的答案需要跟你约会才能得到,那我就不问了。"

岑词不排斥冷霖,因为他长得帅,阳光明朗,性格好,而且还有份令人敬重的职业,她没理由去讨厌他。但也不能说喜欢,喜欢一个人,她觉得靠的是缘分,缘分这东西很难说得清,自然也妙不可言。

冷霖闻言苦笑:"我没那么差吧。"

"不是差,是我已经有男朋友了。"

"这世上不是只有秦先生才是优秀的。"

岑词唇角始终浮着淡淡笑意,看来冷霖还真是打听过她的事。她说:"是,这世上有很多优秀的男人,但我只喜欢秦勋。"

"我是说假如啊,如果你要是最早遇上的是我,会不会喜欢上我呢?"冷霖有些不甘心。

岑词心叹,这个冷霖看来是个被女人扑惯了的又被女人惯坏的人,势必想要在心理上找补些平衡。她态度诚恳又坦然:"冷医生,这世上没有假如。"

冷霖先是轻怔,紧跟着笑了,笑得挺无奈:"我今天算是领教你的厉害了,真是不给别人半点机会啊。行,有什么问题你就尽管问,放心,我不趁机提条件。不过我猜,你是想问闵薇薇的事吧?"

岑词点头,直截了当:"是,我听说,你们科室也参与了闵薇薇的抢救?"

"对,而且是我亲自接手的。"

岑词心微微一提:"虽然这话问你不大合适,但作为医生,你们也有你们的判断。闵薇薇的这场车祸有什么异常吗?"

冷霖是个聪明人，明白岑词问这话的意思，也没拐弯抹角，更没长篇大论，点头道："有。"

岑词眸光一凝。

冷霖说："没明显外因，却又像是被外因影响。"

裴陆来咖啡厅见岑词的时候，冷霖已经离开了二十多分钟。

他往岑词对面一坐，抬手招服务生点了杯咖啡后对岑词道了歉："有点事耽误了，不好意思。"

今天裴陆穿的是便装，短袖衫和休闲裤，身后是大片阳光，却丝毫没爬上他的脸。他看上去风尘仆仆的，眉间隐隐有忧意。

岑词问他闵薇薇怎么样了。

裴陆回答："颅内严重受损，醒来的可能性很低。"

岑词拧眉，不管怎样，她最不想听见的就是这种情况。

"今天约你来，我是想再多了解一下闵薇薇之前的状况。"

岑词点了点头。

裴陆提到闵薇薇以前的心理状况，重提闵薇薇捅伤周军事件，从专业角度又询问了岑词。岑词也从专业角度回答了裴陆，顺带说了之前她对周军的怀疑。

裴陆沉默良久后问："闵薇薇之前在你那儿治疗的时候，出现过记忆问题吗？"

"没有。"岑词很肯定地说，"但我觉得，她的记忆就是被人篡改了。"

这么说就牵扯了专业性，照理说裴陆听了就会追问下去。可他没有，他闻言只是若有所思。这番反应令岑词上心，冷不丁问裴陆："闵薇薇的车祸，是不是跟我之前发生的车祸很像？"

冷霖的话岑词思考了很久，说白了就是没有人为的痕迹却又像是人为造成。

裴陆："正常人谁会往最危险的地方撞？"

是啊，正常人都会避开危险，可如果当时开车的人出现幻觉了呢？岑词不是没有过那种经历，那件事至今都是个谜。

另外，她做过闵薇薇的治疗师，闵薇薇是个特别惜命的人，平时出门能用司机就用司机，自己极少开车。

裴陆没有惊讶，看着岑词说："所以我今天还要重新了解一遍当时你发生车祸的情况。"

一句话令岑词心里咯噔一下。

裴陆是警察，关于案情他不方便详细透露，可也很明显地给了岑词回应，那就是闵薇薇这场车祸跟她怀疑的一样。

不简单。

岑词又把当时车祸的事一五一十跟裴陆交代清楚，这过程，一颗心总是惶惶不安的。末了她问裴陆："周军什么反应？"

这次裴陆回答得直接："我们接到举报，周军很大可能与闵薇薇的这场车祸有关，顺着举报者给出的资料往上摸，原来早年周军投资参与了一项心理课题研究。"

岑词手端着咖啡杯不稳，咣当磕了一声。

"周军已经被我们控制，我感兴趣的倒是举报者。"裴陆目光如炬，嘴角却似笑非笑，"从调查的资料看，这人从你发生车祸起就在查，这么长时间了一直没放弃过，你说谁能有这么大的耐性呢？"

这阵子秦勋挺忙，出差了。岑词算了一下时间，等他再回来的时候也差不多到周末了。

周末，要请秦勋妈妈来家吃饭。

岑词每每想到这点就觉得自己当时挺牛的，竟然能提出这种建议，搁现在她绝对没胆量了。可能当时是气氛烘托的，胆量也就大了。

为此岑词跟秦勋通电话的时候直抱怨："周末阿姨就来家里了，你不在，谁教我做饭？汤图的厨艺跟你就不是一个级别的。"

秦勋笑说："我下厨就行了。"

那怎么行？当着人家家长的面使唤人家儿子在厨房里忙活？还美其名曰邀请人家来家里吃饭？

岑词没辙，决定跟着网上学。每晚都能糟蹋一些食材，又不想浪费，就敲开对面的门，说好听点是叫人试菜。

汤图每次都皱着眉头说："岑词，你不是在做饭，你是在制毒啊！"

岑词："……"

岑词见到了老人家。

蔡婆婆,九十岁高龄,退休前从事地质勘探工作。实际上据她儿女说,老人家退休后闲不住,接受了返聘,在南城大学任职,工作到了七十岁突然什么都不做了,就在家种种花、养养鸟,门都不怎么出了。

最开始蔡婆婆的儿女觉得这是好事,毕竟年岁大了,整天在外面他们也担心。可渐渐地,他们发现了不对劲。

"我妈总是发呆。"说话的是蔡婆婆的女儿,也是做婆婆的人了,但气质很好。

蔡婆婆一儿一女都毕业于数一数二的大学,从言谈举止来看,也是受了家风影响,十分得体儒雅,一看就是出自书香门第。

蔡婆婆女儿说,蔡婆婆是一发呆就能发很久的那种,最开始的时候是一两个小时,后来是大半天,再后来就是一整天,现如今严重的时候都能持续三四天。而在发呆期间,蔡婆婆吃喝极少,也不睡觉,等不发呆的时候会睡觉,但也不会是那种补觉。

蔡婆婆的儿子说:"她老人家说是去了幻境,叫我们不用担心,问她是什么幻境,她就只说跟我们父亲有关,说是很美的幻境。"

蔡婆婆的丈夫也是从事地质勘探工作的,两人因工作和兴趣结缘组建了家庭,后来蔡婆婆的丈夫病逝,那一年正好蔡婆婆退休。所以当时蔡婆婆决定接受返聘的时候,她的儿女都很赞成。

"主要是我父母的感情太好了,能去学校教课,多少还能缓解我母亲的心情。"蔡婆婆儿子说。

其实在蔡婆婆被返聘那年,她就有发呆的习惯,但那时候不明显,而且只是回家才那样。

"现在我们都觉得,这可能会危害母亲的健康。"蔡婆婆女儿补充了句,"她的身体一直很好,但再好也经不起折腾啊,毕竟九十岁了,虽然她看着一点都不像这么高龄的人。"

九十岁的老人,背不驼、腿不弯,身材保持得十分苗条,比同龄人要年轻太多,着实叫岑词惊讶。

蔡婆婆进门后没参与他们的谈话,喝着花茶坐在窗子旁的沙发上,望着窗外的风景很是着迷,从岑词这个角度看过去,蔡婆婆真可谓是优雅从容得很。

谈到停止衰老一说,蔡婆婆的女儿笑了:"只能说我妈衰老得慢。"又拿出二十多年前的照片来对比,变老是肯定的,不过没那么明显。

看来,汤图故意这么说就是勾着她接诊这个病人。

等蔡婆婆的儿女出去后,岑词决定跟蔡婆婆好好聊聊。蔡婆婆挺配合,岑词问什么她就答什么。

在记录的过程中,岑词发现蔡婆婆的思维清晰,丝毫都没有九十岁老人常有的糊涂和老态。甚至更让她想不到的是,蔡婆婆主动提起了自己的情况。

"是幻境,我已经跟他们说过很多遍了,我说我喜欢这样,让他们不用担心,可他们就是不听,还带着我来您这儿。"

蔡婆婆说到这里微微一笑,似无奈又有纵容:"他们不懂我。"

其实情况了解到这里,岑词的脑子里也是乱的,这在她的职业生涯里很罕见。好像有很多问题要问、要去了解,可又不知道从何问起。

那些个过往的问诊经验、流程似乎在面对蔡婆婆时都变得杂乱无序。岑词给出的解释是:也许是蔡婆婆太清醒了,她知道自己是什么问题,也能清楚说明白自己的问题。重要的是,蔡婆婆不认为这是个问题。

岑词让自己的思绪沉静下来,尽量回归到平时接诊的状态。她问蔡婆婆:"也就是说,您进幻境的时候也是知道的?"

蔡婆婆点头,不紧不慢地说:"我进幻境不是睡觉,所以很清醒地知道自己是进了幻境。刚开始我并不知道那是幻境,还以为是自己做了一场梦,但等着从幻境出来的时候才明白那不是梦。"她想了想又说,"怎么讲呢,就好像是进入了另一个世界,很美很漂亮,能让人心情愉悦。"

"您能自由进出幻境?"岑词不解。

蔡婆婆笑着摇头:"这个是我无法控制的,幻境来了我就进去了,幻境走了我就出来了。"

岑词不知怎么的,心口怦怦直跳:"幻境里有什么?"

蔡婆婆嘴角含笑,眼睛却像是透过岑词看向很遥远的地方,满是向往、幸福、甜蜜。

"有我的丈夫,我跟他的过往,还有那些我跟他一起走过的山河,那个年代,他一直陪着我,从来没离开过我。"

岑词惊愕，良久后又问蔡婆婆："您知道自己比同龄人年轻很多吗？"

"我在幻境里很开心，人的心年轻了，也就不容易老吧。"

"也就是说，蔡婆婆的幻境就像个仙境一样，里面的她很年轻，她的丈夫也很年轻，是他们两个人的世界？"汤图听了岑词的简单描述后问。

送走蔡婆婆之后到了午餐时间，岑词跟汤图说了上午的情况，听得汤图连连称奇。上次汤图只知道老人痴迷幻境，还以为她是幻想症之类，没想到还内有乾坤。

岑词吃饭吃得漫不经心："大抵就是这个意思吧，她跟我说，幻境里没有时间的概念。"

汤图手里拿着勺子："所以她看着那么年轻？衰老是人体生理不可抗的吧？"

岑词夹了一口清炒茼蒿入口，茼蒿生脆，一口咬下去又是清新的味道。放下筷子，喝了口水，她说："事实证明人的心理的确能够影响生理。"

"那你打算怎么入手？"

岑词轻叹："说实话，我从业到现在从没接过也没见过这种个案，蔡婆婆的情况明显还不是那种陷入梦境里的，是不是能按照相同方法治疗我也没把握。另外，蔡婆婆虽然不排斥来咱们这儿，但她不愿意接受治疗的意愿也挺明显。"

午后白雅尘来了。

还没到客户预约的时间，所以白雅尘这趟来得算是挺巧。

汤图治疗室里有人，岑词就没打扰，将白雅尘请进了会客室，又磨了两杯咖啡端进来。

白雅尘简单参观了门会所后说："选址选得不错，安静，风景又好，装修风格也叫人舒服。"岑词笑说，她不擅长这些，都是汤图一手负责的。

"汤图那个姑娘我又听你提过，好像还没正式见过面。"白雅尘仔细回想了下。

岑词说了一下汤图现在治疗室的情况，白雅尘倒是不介意，说，客户重要。

白雅尘这次主要是因为周军和闵薇薇的事来的。一来她是觉得不管有没有接诊闵薇薇,她都有必要来跟岑词道歉,毕竟这件事又造成了岑词的困扰。二来……

"听说周军被警方带走了,我其实对闵薇薇的这场车祸也抱有怀疑。"白雅尘说到这儿,抬眼问岑词,"你之前不是也发生过挺难以解释的车祸吗?"

岑词出车祸这件事不是什么秘密,当时她撞车的视频在网上被疯传,网友们都戏称是南城最诡异车祸现场。还有网友说,她会控制别人的意识,出车祸是因为被反噬了。

岑词沉默片刻,然后开口:"闵薇薇的车祸情况我并不了解实情,所以没办法判断说跟我的情况一样。"

岑词没跟白雅尘道出自己的怀疑。

白雅尘却说:"我看到了闵薇薇的车祸视频,不能说跟你当时的情况一模一样吧,但很相似。"

岑词愕然,她没想到白雅尘能看到视频。当时她跟裴陆提出过看视频的要求,但被裴陆拒绝了。闵薇薇是公众人物,车祸现场的视频绝对会被封锁,想来白雅尘还是有一定人脉关系的。

白雅尘描述了那段视频,大抵上就是闵薇薇那辆车开着开着就莫名其妙进入了自杀式状态,她先是反复往围栏上撞,最后逆行主动迎向一辆重型卡车。末了白雅尘不解:"你说,当时闵薇薇到底看见了什么?"

岑词听后脊梁森凉。

等汤图结束了问诊,岑词和白雅尘就闵薇薇的事已经聊完了,其实也没聊出什么结果来,而后岑词就蔡婆婆的情况也请教了白雅尘。

没等白雅尘作答,汤图就敲门进来了。

汤图很热情,连连跟白雅尘握手,说自己听过她的课,受益匪浅。白雅尘笑得温柔,问汤图:"我们之前是不是在哪儿见过?"

汤图想了半天,回答说:"没有吧,白老师进出的都是重要场合,我这么个小虾米哪有资格啊。"

白雅尘轻笑:"门会所现在火得很,你是这里的股东,哪儿还是小虾米?"

说得汤图挺不好意思的,聊了没几句,她手机响了,便跟白雅尘道了歉,回房去接电话了。

白雅尘也打算走了,临出门前笑着跟岑词说:"都说物以类聚人以群分,汤图的性子跟你截然相反,你们两个竟能成为好朋友。"

岑词送白雅尘出门,微笑道:"所以这就是缘分,汤图很懂我。"

快上车的时候,白雅尘想起岑词之前问过的事,她说:"你提到人沉浸幻境这种情况我也真是没见过,甚至都没听说过。"

岑词心叹,连白老师这么有经验的人都没接触过呢。

"但有一点能肯定,幻由心生。"白雅尘看着岑词一字一句,"人之幻境都是心之所向,要么是崇敬,要么是忘记。所谓幻境,就是唤醒了心里的魔,魔苏醒了,再想回到现实就难了。"

岑词僵在原地,仔细品味着白雅尘的这番话,像是在说蔡婆婆的事,可又像是道出了人心真相。

白雅尘的车子走了,留下了淡淡的尾气,但很快就被空气里的花香给驱散了。今天的阳光不错,午后虽说热得很,但这就是生命的力量吧。

滚烫、炙热,蓬勃向上。

岑词深吸了一口气,感觉很好。

门会所,汤图一直站在治疗室的窗子前盯着窗外,等白雅尘走了之后,她才放下百叶窗,继续工作了。

第二十一章

再见到冷求求的时候是隔天下午了，跟上次一样，没预约，直接来的。

任晓璇记得她，这姑娘当时在治疗室里大喊大叫的时候还吓了她一跳，弄得她不明就里地敲门就进。等这人走了后岑词提醒她："治疗室里面都有呼叫铃，除非听见铃响，否则不要进治疗室打扰。但就算是听见铃响也不要轻易进来，很可能要第一时间报警。"

任晓璇是有丰富的行政工作经验，但在心理诊所这类机构工作还是头一遭，这也算是被上司给训了吧，不懂行规。她也发现这行的特殊性，最起码接触的客户都不算是正常人。

任晓璇看网上的传言，门会所的上一任前台工作人员都疯了。究竟是怎么回事她没打听也没多问，任晓璇秉承的理念是，既然拿了人家的钱，就踏踏实实给人家干活。

所以，面对冷求求的时候她接待得很坦然。一直等到治疗室里的客人走了，任晓璇才进去通报，没一会儿出来了，请冷求求进去。

冷求求快速起身，刚往前迈了两步又停住脚步，回头瞅了一眼。从任晓璇的角度看得清楚，冷求求在看陪她一起来的男人。

男人看着冷求求微微一笑，示意她进去。冷求求浅抿了嘴，赶忙进了治疗室。

任晓璇悄悄打量了一下那个男人。看上去有四十多岁，面庞英俊，身材高大，商务T恤、西装裤，成熟内敛。她在心里暗叹：长得挺帅，优质男啊！

岑词给冷求求倒了杯白开水，又故意当着她的面往水里加了一点点蜂蜜，搅匀，像是这种试探性的脱敏治疗势在必得。

"这是一位客户送的，说是深山里的百花蜜，口感特别好，你尝尝看。"

冷求求盯着水杯，半天没伸手。

岑词说："不想喝没关系，先放着吧。"

冷求求点头，看着挺局促，就像是面前摆着的不是一杯水，而是一枚炸弹。

岑词将她的反应看在眼里，却是不动声色。她问冷求求最近这几天过得怎么样，是不是还有跟人接触皮肤就会过敏的现象。

冷求求两只手攥在一起，搭在小腹上，她回答："还好，有时候会过敏，有时候就不会。"

这像是一件好事，至少说明冷求求的生理反射不是绝对的。可岑词发现，她的脸色相比上一次更苍白。

岑词问冷求求最近有没有试着碰触什么人。

冷求求的手攥得更紧了，牙齿挺用力地咬着下唇，许久后才松开，唇上留了挺深的一道印子。她点了一下头，但很快又摇头。

这让岑词感到不解。

冷求求抬眼看了看岑词，放低了声音："就是接触了……家人，外面的人……"她摇摇头。

岑词明白了，冷求求指的应该是冷霖。

岑词微笑："看来你不生哥哥的气了。"

冷求求没点头也没摇头，像是若有所思，但又像是在回避。岑词觉得她这反应挺奇怪，可又说不上哪里奇怪。

"我希望你能尽可能地去完成心理作业，当然，你在外面做不到没关系，在这里也行，我陪着你。"

对冷求求的系统脱敏是建立在认知治疗体系之上的，一般来说是对病人采用层级式放松，鼓励病人去接近所害怕的事物，直到消除对该刺激的恐惧感。

患者在面对恐惧事物会做出抑制焦虑的反应，也就是排斥或远离行为。脱敏治疗的目的就是要最终切断刺激物与焦虑的条件联系。所以，岑词需要在每一次面见的时候为她做练习，从放松状态到想象脱敏训练，最后再到现实训练。

目前来说，冷求求的两个恐惧点在于，一是无法跟人肢体接触，二是不敢喝带颜色的水。

这是表象恐惧。

不管是进行认知治疗还是脱敏治疗，挖出引发冷求求恐惧焦虑的根本原因才是关键。

冷求求始终没喝放了蜂蜜的水，岑词心知肚明，冷求求不是害怕带颜色的水，她害怕的只是水里放了东西，在潜意识里她认为，无色的水才是最安全的。

那么她曾经喝过放了什么东西的水？谁给她喝的？

冷求求今天在状态放松时还算配合，只是看上去挺虚弱，靠在躺椅上，感觉是真累了，唯独双手还攥在一起。

岑词坐在冷求求斜对面，视线落在她的双手上。这不是岑词第一次看她的手了，在冷求求刚进门的时候岑词就瞧见，她染了指甲。

车厘子红，这种颜色不大适合日益炎热的季节，更适合秋冬，显得温暖。

岑词细细打量，她涂的就是指甲油，不是甲油胶，涂抹得尚算均匀，但还是多少染在了甲肉上。

因为冷求求的手很白，染了这么个浓艳的甲油倒也挺漂亮。就跟冷求求的眉眼一般，乍一看觉得普通冷淡，可端详下来是个挺有气质的美人。

"这颜色真好看，我能看看吗？"岑词问。

冷求求顺着岑词的视线往下，落在自己的手上，她第一反应就是收回手指，然后又很缓慢地，伸开手指。

岑词抬手，问："能碰吗？"

冷求求一下子从躺椅上坐起来，跟刺猬似的。岑词始终看着她，嘴角有笑，微微的，不疏冷，就这样一直等着她的决定。过了许久，冷求求才耷拉下来眼皮，艰难地把手伸出来，岑词发现冷求求的神情很拧巴。

岑词反倒是放下了手，这叫冷求求倍感奇怪，抬眼不解地看着岑词。岑词跟她说："你不用特别强迫自己，我们需要慢慢来，如果你真不想让我碰触你，你就要勇敢地说出来。"

冷求求又咬了好一阵子嘴，然后低低说："我、我想摆脱这种状况，我实在是受够了。"

冷求求蓦地伸手，似乎想要来抓岑词，可指尖还没等碰上就止住了。她在迟疑，在恐惧。

"我们不能心急，明白吗？"岑词轻声说，"或者你能不能跟我说一下，当你第一次发现自己没法跟人肢体接触之前，发生了什么事？"

无奈冷求求还跟从前一样，摇头道："没有，或许……有，但我忘了。"

岑词微微一笑："没关系。"

冷求求不是忘了，而是不愿想起。

治疗快结束的时候，岑词鼓励冷求求："别气馁，也别心急，大家都能理解你的情况，没人会把你当成怪物看的。你要明白，这世上有太多不幸的人，你绝不是最不幸的那一个，至少你还有关心你的家人。像是你哥，你看你再怎么跟他生气，他今天还是抽出时间陪你来了。"

冷求求微微一怔。

等出了治疗室岑词才明白冷求求的反应。

之前任晓璇通报的时候，岑词就问了句她是不是一个人来的，任晓璇说不是，有人陪着，岑词以为是冷霖。

来的是冷求求的小叔，所以岑词瞧见他第一眼时微愣。

"岑医生的反应，这是惊讶？"男人微笑。

"我没想到求求的小叔会这么年轻。"

虽然之前通电话的时候，岑词觉得对方年龄不会太老，可也没想过会这么年轻，正是男人最有魅力的年龄，她认为，能让冷求求和冷霖喊一声小叔的人，怎么着都该是父辈的年龄了吧？

"年轻吗？只是看着而已，我比求求大将近二十岁呢。"男人说话的时候看向冷求求，微微含笑，目光柔和得很。

冷求求低垂着头，没说话。

男人转过脸，跟岑词介绍了自己："我是冷延。"

岑词微微点头当打过招呼，心中却狐疑：这冷霖怎么没陪着来？

与此同时，岑词打量着冷延，之前她听冷霖提过这位小叔，他从商，产业做得也不算小，真是个只手拼出天地的人。

冷延唇角带笑，只是这笑总让岑词觉得哪里眼熟。仔细一想就想起来了，跟她第一次见着秦勋的感觉很像。

或许都是从商的人，嘴角的笑无非都是礼节，虽有，却没入心，面对外人总会有些疏离感。只有面对亲近的人，这笑才会揉进眼睛里，就像是冷延看着冷求求的时候。

"今天配合岑医生做治疗了吗？"冷延在跟冷求求说话，并且抬手，将她一缕头发轻轻别在耳后，动作轻柔。

冷求求竟没排斥，也没躲避，她抬眼看向冷延，又看了一眼岑词，然后轻轻点头。

冷延笑了，轻轻摸了摸她的头，就跟父亲宠溺女儿似的。

冷延跟岑词轻声说："求求的问题还请岑医生多费心了。"

"应该的，冷先生客气了。"

冷延转头看向冷求求："那我们走吧？晚上想吃什么？小叔带你吃。"

"都可以。"冷求求的嗓音低低的。

冷延始终含笑，转头跟岑词说："再见。"十分有礼节。

就这样，岑词看着冷延和冷求求走出去。

任晓璇站在前台那儿叹了口气，开口道："真希望我也有这样一个小叔啊！"

这话听得岑词倍感奇怪，于是问任晓璇为什么。

任晓璇笑说："人长得那么帅，还事业有成，你看刚才，他多宠冷求求啊。要说这冷求求也是命挺好的，大哥和小叔都那么帅，还都那么疼她。"

说话间汤图从外面进来，她去跟客户见面了才回来，进门就问："刚刚走出去的帅哥是谁啊？"

岑词走到咖啡机前，磨了咖啡粉，最近她有点嗜喝，这款咖啡豆子香醇，之前她每天就一杯咖啡，只敢在上午喝，现在真是连下午都开始念着了。将咖啡粉压实，岑词跟汤图说："冷延，冷求求的小叔。"

"冷求求的……小叔？"汤图惊愕，"他们冷家颜值都这么高啊，挺年轻的啊，我以为会是个半糟老头子。"

岑词无语，糟老头子就糟老头子呗，还弄个半糟老头子。

"真幸福啊。"汤图伸了个懒腰，走上前，胳膊往岑词身上一搭，"帮我也倒一杯，真是太累了。"

岑词任汤图在自己身上挂着，调侃道："你是去谈事了吗？不知情的还以为你被谁给潜规则了呢。"

"你跟你家秦勋不学好,什么乱糟的想法都有。"汤图懒洋洋说,"还有,就不兴我去潜规则别人吗?"

岑词倒了牛奶在奶缸里,随后说:"你?有贼心没贼胆吧,先把你家裴陆潜规则了再说别的。"

这两天杂乱的事太多,每次岑词回到家都跟条死狗似的,等有空看手机的时候才发现,她跟秦勋的微信还是前两天的内容。

他应该是挺忙的吧?岑词心想。

车往家开的时候,岑词就在想任晓璇和汤图对冷延的反应,一个两个的都觉着冷求求太幸福了,岑词不理解为什么她们会这么想。

前方红灯,岑词缓缓停了车。

夜色已浓,明月初升,南城的夜景梦幻得很。可今晚岑词没精力享受徐徐而来的小夜风,也没像平常那样拐几条街散散心,就看着前方不远的红灯,那上头的数字在一格一格地变化。

岑词脑子里闪过太多事,像是蔡婆婆,像是冷求求,像是闵薇薇,像是这段时间都没跟她联系,又经常能在网上看到热搜的娄蝶。

所有的事都交织在一起,所有人的情况也都像是隔着一层窗户纸,只要捅破了就水落石出,可要想捅破,又谈何容易?

正想着,岑词觉得视线像是被什么牵引了,定睛一看,就在路边上站了一个女孩,穿了一件奶白色裙子,裙边在膝盖上头,显得青春俏皮。头发挺长,披在肩上,像是在等什么人,东张西望的。

岑词也不知道为什么要看她,就好像视线转移不开似的。疑惑间,就见那女孩抬了一下脸。像是朝着岑词这边看,但又像是朝着对面街看。

可这一眼,就令岑词蓦地怔住了,紧跟着像是一盆冷水从头浇下,激得她浑身打战。

岑词认出了那个女孩,就是经常在梦里出现的那位。虽然在梦里总看不清她的脸,可岑词就是很能确定,她就是梦里的女孩。

有男人从人行横道上过,街边的女孩站在那儿,看不清她脸上的神情。男人靠近她后主动揽过她的肩膀,女孩没挣脱。

隔着车窗玻璃，岑词死死盯着那男人，心里开始发慌，眼皮也开始突突直跳。

他也在她梦里出现过！

岑词记得清楚，那晚她梦见这女孩被一个男人强行拖拽，在一条幽暗的巷子里，女孩拾起地上的尖桩。

梦里的人为什么会在现实中出现？

岑词紧跟着抬手拨弄了一下车上的挂件，是一只精巧的风铃，声音不会很大，随着车行会发出清浅的声音，幽幽的，不刺耳，却又绵长。

风铃响了，那"叮"的一声在岑词耳朵里回荡、回荡。没错，是现实。

正想着，就见男人拥着女孩往巷子里去了。岑词一惊，不知怎的就有了不祥的预感，也顾不上太多，方向盘一打就转了车道去追那女孩，身后的车鸣声连成片，都在表示抗议。

岑词顺着女孩刚刚进去的巷子去寻，想着两个人都是走路的，怎么着也不会转瞬不见吧。南城的巷子不算太窄，能容得下一辆车的进出，她就一条巷子一条巷子地去寻。

可那两人就跟消失了似的，岑词总有种预感，很不好，像是有什么重大的事情要发生。她一咬牙一踩油门，转到了另一条巷子。

岑词借着昏暗的路灯才看见女孩的身影，如果不是瞥了一眼，她差点开车错过。

这条巷子挺黑，路灯的光只照着半截，深处就看得不大清楚，只有月光，惨淡而清冷，又像是被路口的灯稀释了似的，并不明朗。

可岑词恰恰就借着那稀薄的月光看清了眼前的一幕：女孩手持尖桩僵站着，桩子的尖端滴着血，男人倒在地上。

岑词冲着女孩的背影歇斯底里地喊了一声："苏苏！"

一阵刺耳的车鸣声蓦地将岑词拉回，她定睛一看，愕然。前方已经绿灯，身后的车子不耐烦地催促。目光再一扫窗外，路边哪儿还站着女孩？

自己还在车里，还在等红灯，并没有转车道去追女孩？容不得多想，岑词赶忙一个油门继续前行。

苏苏？

电梯里岑词一直在想着这个名字，自己刚刚脱口而出。那个女孩明明就在她梦里，怎么在现实中出现了？还有不应该是挽安时吗？她为什么会冲着那女孩叫苏苏？

电梯门开了。

岑词出了电梯往家门方向走，刚走了两步陡然停了脚步。

苏苏，戚苏苏！

紧跟着就被人一把搂住腰，岑词惊呼，扭头一瞧竟是张陌生的男人脸，她骇然，用力挣脱。搂住她的男人在叫她的名字，低低的，急促，又有些诧异。

岑词停了挣扎，回头再看男人。秦勋顺势将她扳过来，又唤了她一声："小词？"

岑词看了他好半天，无力喃喃道："秦勋。"

进了门，岑词简单洗漱了一番，窝在沙发上想今晚的事，路边的那个女孩，还有出了电梯之后的状况……

秦勋换好了家居服出来，坐在沙发上看着岑词。许久岑词才有所察觉，与秦勋的目光相对。

他朝她伸手，语气淡淡的："你过来。"

岑词凑上前。

秦勋将她拉得更近一些，修长的手指落在她的脸颊上，轻轻摩挲，注视着她，似在端详。

岑词刚想开口问秦勋几点回来的，他就压下了脸。这个吻突如其来，又有点强迫的意味。岑词仰着头很不舒服，试图推秦勋，却被他箍住双手，紧跟着被压在沙发上，双手被秦勋控制在头顶，动弹不得。

没了平时的温柔，岑词都能听见衣扣掉在地上的声响。过程中秦勋是霸道攻城略地的那个，不准她反抗。她艰难惊叫，他却扳过她的脸，堵住她所有的声音。

末了他一遍遍问她："我是谁？"

岑词一遍遍回答："秦勋，你是秦勋。"

他的脸埋在她的头发里，低低跟她道歉："我只是怕你忘了我。"

岑词一怔，反应过来后回头看着秦勋，不解："忘了你？我为什么会忘了你？"

这话成功地令秦勋松开了她，他眉心微蹙，看着她良久。岑词想起自己刚出电梯那会儿，顿时不悦："你突然抱住我，我一时间没反应过来挣扎也很正常吧？原本就是你不对，是你吓着我了，进了门你还这么对我？"

搁平常岑词要是能发这么一通脾气，那秦勋肯定是马上搂住她，一个劲道歉，然后好好哄她一番。岑词这个人在感情上从不矫情，平时就算跟秦勋置气也是一哄就好，更何况平时秦勋也不怎么惹她生气。

但今天，秦勋听了岑词的话后没有寻常的反应，他眉头皱得更深，跟她说："不是出了电梯，是在电梯里你就一副不认识我的模样，我跟你说话你也毫无反应。"

岑词的反应完全是面对一个陌生人，因为秦勋在搂上她的那一刻，她是回头瞅了他一眼的，就那一眼，能让秦勋从头凉到脚，完全是看陌生人的眼神。从电梯口到进了屋，短短数步的距离，秦勋就像是踩在冰窟窿里似的，虽然岑词对着他笑，可那一眼的陌生始终像条绳子似的勒着他，透不过气来。

萧杭前两天的话在秦勋脑子里回荡："我查到了一些事，也许岑词并不像你想的那样毫不知情。"

爱情之中是有不确定性的，就如他和岑词。

秦勋决定追求岑词的时候，其实早就感觉到两人之间的不确定性，甚至是冒险。可他爱她，这是早就明确下来的心思，哪怕有再多的不确定性，他也不想回头，就想牵着她的手，一直走下去。

岑词听了秦勋的话，惊得够呛："在电梯里，我不认识你？"

等等……"当时，你在电梯里？"岑词抓住问题的关键。

这绝对不可能！电梯的空间就摆在那儿，而且三面都是镜子，如果秦勋在电梯里她能看不见？

然而秦勋明明白白地告诉她："我在一楼上的电梯，当时你就在电梯里不知道想什么，我跟你说话，你完全听不见。"

秦勋每次来岑词这儿，车子都是停在地上的，地下车位都是业主固定的车位，所以岑词是从地下上的电梯。

岑词觉得心惶惶的，这件事让秦勋说得特别诡异，他就在她面前，可她看不见、听不到？

还有在电梯口被秦勋搂上的瞬间，她看到的，的确就是个陌生男人。

"可能，"岑词迟疑，"最近事情比较多，我想事情太专注了。这种情况也正常，注意力在高度集中的情况下，人的五感会产生盲区。"

秦勋看着岑词，看着看着就忍不住把她搂在怀里："对不起，是我太敏感了。"

"你敏感的不单单是这件事吧？"岑词没恼没怒，整个人很平静。

秦勋一怔。

岑词微微抿唇："不管你怎么说服自己，其实你都在担心，你爱上的是你兄弟的女人。"

裴陆来汤图家时已经挺晚了，汤图第一反应就是出事了。但裴陆只是低低地问她："是不是耽误你休息了？"

汤图一听这话，心里的不安就消失了，松了口气说："还在整理病人资料呢，哪会这么早睡。"

裴陆进来后径直走到沙发旁，坐下后靠在沙发椅背上，像是松了一身的紧张。汤图看得仔细，他眉梢的倦意很浓，看着特别累。

裴陆有空的时候也会来家里找她，但从没像今天这么晚过。汤图放心不下，走上前，坐下来问他："需要叫岑词吗？"

毕竟现在裴陆在处理闵薇薇的案子。

裴陆偏头瞅汤图，嗓音浅淡倦怠："这么晚了，她也该睡了吧？"

睡不睡的汤图就不大清楚了，她今天到家晚，刚才听见隔壁隐约传出声响来，像是什么东西被撞到了。估摸着十有八九秦勋出差回来了，两人小别胜新婚吧。

"也许吧。真是为闵薇薇的案子来的？"

"闵薇薇的案子的确有疑点，但我今晚来不是为了案子。"裴陆说着，轻轻拉过汤图的手，"我就是想你了，然后还有，挺累的，想来你这儿休息一下。"

汤图心口暖了一下，又心疼道："那你吃饭了吗？"

裴陆的头靠在那儿，看着汤图摇了摇头，那眼神就跟饿了一天的孩子才回家似的。看得汤图又好气又好笑，脚尖轻轻一踢他的腿："什么想我了？就是找地儿吃饭来了。"她起身，"对付吃一口呗？"

裴陆"嗯"了一声："你弄什么我吃什么。"

这模样看着就跟小奶狗似的，真是乖巧可怜得很，哪是平常身穿警服威风凛凛的样子?

汤图临进厨房前伸头看了一眼客厅,裴陆原本是坐靠着的,现在直接躺下了,他腿长,左腿叠右腿搭在沙发扶手上。汤图心里暖暖的,抿唇浅笑。

不到十分钟餐食上桌。

汤图嘴上说让裴陆对付一口,但还是给他做了新菜,晚上剩的米饭做了个蛋炒饭,挺香。

来叫裴陆的时候发现他睡着了,枕着沙发扶手的一头,一手还垂搭在沙发下面,眉间虽舒缓,但留了纹路。汤图坐了下来看着他,就像在欣赏一幅画似的。片刻后她伸手碰了碰他,轻唤:"裴陆?"

他蓦地睁眼,条件反射地去摸后腰。

摸枪的动作。

很快裴陆反应过来,眼里满是歉意:"不好意思,是不是吓着你了?"

汤图摇头,跟他说饭好了,去洗手吃饭。然而裴陆一扫刚刚的警觉,又像是一摊烂泥似的黏在她身上,口吻耍赖:"懒得动弹,怎么办?"

汤图一把将裴陆推开。

也就五分钟左右,在沙发的茶几上,汤图做的饭菜全被裴陆一扫而光。

好在裴陆还算知道分工协作,吃完饭主动刷了碗,然后喝了大半壶的水,这才重新往沙发上一躺,一脸满足的样子。

汤图靠着沙发靠背,看了一眼时间,问他:"还不走啊?"

裴陆扭头,对上汤图的目光,对视了一会儿朝着她伸手。汤图伸手过去跟他相握,他又顺势起来,却没坐定,不过是倒了个头重新躺下来,枕着她的腿。

这是什么意思?

汤图抿唇笑,抬手摸了摸裴陆的头:"裴警官,你今晚不会是不想走了吧?"

裴陆的脸埋过来,点头道:"不想回家,累,就想在你这儿待着。"几乎孩子气的黏糊。

"霸占民宅啊,我是不是该报警?"汤图开玩笑地说。

裴陆低喃:"我就是警,你喜欢怎么抱着都行。"

汤图被他逗笑,这男人耍起赖来还真是不讲道理。

"在我这儿也不是不行,客房、客厅随便睡,就是不能进主卧。"

裴陆看着汤图,眼里像是吸了光亮似的,深邃又迷人,口吻似揶揄:"也就是说，我在这屋子里随便睡，就是不能睡你？"

汤图打了裴陆一巴掌，疼得他咧嘴："你刚才不就这意思吗，还是你希望我睡你？"

汤图又狠狠掐了裴陆一下，疼得他连连求饶。许久裴陆搂着她，压低了嗓音："汤汤，我今天就是想见你，而且有些话我也想跟你说。"

从裴陆进屋到现在，汤图不是没感觉出他情绪的低落，哪怕是吃饭，也哪怕他刚刚跟她开玩笑。他的倦怠应该不是工作上的，从他敲开房门的瞬间她就清楚了。

汤图心里隐隐有点感觉，但不敢多问，等着裴陆开口。

裴陆没立刻开口，他在沉默，沉默到汤图以为他睡着了，直到他低低地说："还记得同学会那晚提到的苗甜吗？"

汤图一怔。

裴陆微微松开了她，目光纠缠着她的视线。这一刻汤图觉得心脏像是漏跳了一下似的，他的眼神深沉又凝重，似布满霜，一层层都能往人心上压。

"可能你早就想到了，苗甜就是那个女孩，我跟你提到过的，追过的女孩。"

汤图不知道这个时候自己是该点头，还是该否认。似乎任何表情和反应都不符合当下的情境，她干脆也就什么都不表示了，听裴陆继续往下说。

裴陆接着说："后来我知道她喜欢的是我那位搭档，我就放弃了。"

……这就有些尴尬了吧？

"当然，后来她也没跟我搭档在一起，听说是嫁到国外，跟国内同学不怎么来往了，所以那晚管安才那么问。"

汤图明白了，还真是没什么啊。但她也明白，裴陆真正想说的在后面。果不其然，裴陆的目光从汤图脸上转开，落在窗外沉沉的夜色里。

汤图看见他眼睛里涌上了大片悲哀，心陡然一紧。

"前两天我接到局里的电话，他们找到了他，我搭档……他的碎尸。汤汤，我宁可一辈子没有他的消息。"

娄蝶这阵子频频上热搜，在那部剧拍摄的后半期。

最开始是因为这部剧的一组剧照，娄蝶的形象受到一致好评，本就在早年收割了一批忠实粉丝，现如今又斩获了不少路人粉，大家纷纷表示，光是看着剧照,就知道这部剧的质量上乘。

之后是零星剧组花絮流出,没牵扯剧情,就是演员在剧组里平时的状态,娄蝶又收获了一拨好感。

可将热搜顶到 TOP1(第一)的,是一则绯闻。

娄蝶和这部剧的男主角被拍到双双出入一家冰激凌店,还有男主角抬手为娄蝶擦嘴角的动作。照片不算清晰,男女主被狗仔队特意标了出来,从身形上看,的确就是剧中人。

话题热度始终不下,网友们的评论褒贬不一。有人觉得这两个人因戏生情,毕竟男的帅,女的美,年龄差得也不算太大。还有人一口咬定这就是炒作,一方在蹭另一方的热度,说这话的人大多是男演员的粉丝,在他们心里,自己的偶像是神一般的存在,没有谁能配得上。

也有理智的网友表示,也许就是两人关系不错去吃了个冰激凌,没什么,大家还是把精力放在戏上吧。再说了,他们真要是官宣了也是好事。

觉得是好事的人不少都是娄蝶的粉丝,他们认为娄蝶真要是恋爱了也挺好,毕竟她是出了名的戏痴,早年就跟晋茂有过那么一段情,之后就再没见她跟谁传过绯闻。

岑词从来对娱乐圈的八卦不感兴趣,但因为娄蝶,她也会时不时关注一下。刚开始看到热搜的时候,第一感觉就是公关团队在做噱头,毕竟剧快杀青了,那话题的热度还是要时不时蹭上一蹭。

但岑词思前想后还是跟陈萱蕊打了个电话,开门见山问她,娄蝶跟饰演男主的演员有没有因戏生情。

热搜自打炸开后,陈萱蕊的手机就没停歇,大多数都是来问她这个问题的。接到岑词的电话后,陈萱蕊心知肚明,她可不是冲着八卦来的。

选了个没人的地方,陈萱蕊压低了嗓音对岑词说:"蝶姐没跟我说,但我觉得她好像是动了情。"

面对岑词,陈萱蕊不敢不说实话。

岑词在这头沉默片刻,一针见血问陈萱蕊:"你觉得,她是对男演员动了情,还是对剧中男主角动了情?"这完全就是两回事。

经岑词这么一问,陈萱蕊立马就明白了,后背陡生寒凉。许久后她才出声:"不、不会吧,蝶姐什么都没跟我说,我就是觉得她、她看男主角的眼神不大一样，我以为……"

以为她可以放下晋茂，有了对其他男人心动的感觉。

"如果蝶姐只是对剧中人产生感情，那会出什么问题？毕竟男主不是晋茂。"陈萱蕊急急地问。

岑词反问陈萱蕊："你觉得，一个剧中人物的死亡是在什么时候？"

这话问得叫陈萱蕊回答不上，思考了好半天才道："剧里的结局？又或者，按照剧本上的人物命运线……"她说不上来了。

岑词语气沉重："剧中人物，都是随着杀青而死亡的。"

陈萱蕊一激灵。

"我不管现在娄蝶是个什么状态，哪怕真就是在谈恋爱，你也要想办法让她来我这儿，或者去别的地方也可以，总之我要知道她现在的精神状况。"

一通电话打得岑词心力交瘁。窗外的阳光很灿烂，晃得耀眼，还不到中午她就觉得有点力不从心。所以等冷求求进来的时候，岑词正在按发疼的额角。

冷求求见状问："岑医生是没休息好吗？"

岑词抬眼一看，除了冷求求，冷霖也跟着进来了，怀里还抱着一大束的鲜花，白玫瑰和白色百合，搭配幸福草，在这个燥热的夏天倒是挺清新的。

冷霖将花束递给岑词，态度诚恳真切："别有心理负担，既然岑医生不肯赏脸吃饭，那送束花总不过分吧，你操心我妹妹的事，感谢之意还是要有的。而且……"他微微偏头打量岑词的脸色，"看着花，岑医生也会精神些。"

话说到这份上，岑词也不好拒绝，只能接过来，道了谢，然后搁在一旁说："倒也不是没休息好，就是事情稍多了些。"

冷求求今天的状态还不错，她轻声说："天气越来越热了，岑医生也要多备点解暑的东西，不能一忙起来就什么都不顾了。"

"会的，不为了我，也得为了上门的客户。"岑词微笑。

很快任晓璇就送进来三杯代茶饮，以晒干的鲜花为主压的茶块，一入水，花瓣就舒展开来，朵朵绽放。

冷霖看上去比冷求求还紧张，他看了看眼前的杯子，又看了看冷求求。冷求求没有太排斥，可眼里也是小心翼翼，她试图去碰杯子，但几番下来都失败了。

岑词没强迫冷求求一定要去接受水杯，就是简单聊两句冷霖工作上的事后,治疗就开始了。

治疗室只剩冷求求和岑词时,她看着就比刚才要紧张了。岑词见状微笑道:"刚刚你哥在的时候你还能侃侃而谈,现在他一出去你就紧张,我会很有挫败感。"

冷求求挺不好意思地笑笑:"岑医生这职业,其实还挺让人紧张的。"

岑词不解。

冷求求低低说:"因为岑医生的眼睛,好像是能看穿所有人的秘密一样。"

冷求求有秘密,这都不用岑词去分析,只有心藏秘密的人,才会怕被看穿秘密。可是冷求求忘了秘密是什么,或许是因为她知道,内心藏着的那个秘密是一场巨大的灾,一旦戳破,她将会万劫不复,所以才会有她现如今只字不提过往,只要求岑词治好她的表象。

"最起码能让我看着像个正常人,我不求别的。"

在近一个小时的治疗时间里,冷求求尽量配合岑词,至少经过岑词的鼓励,她可以勉强伸手碰岑词了。

这是个挺大的进步。

治疗结束后,岑词送冷求求出来时才发现,今天不光是冷霖陪同,还有他们的小叔冷延。冷霖在打电话,好像是在处理医院的事,冷延坐在沙发一头,在看杂志。

见冷求求出来了,冷霖挂了电话,冷延把杂志放回原处,也起了身。岑词在心里感叹,这冷霖和冷延站在一起哪像是叔侄俩?

岑词打算跟冷霖说冷求求的情况时,冷延上前开口:"跟我说吧。"又让冷霖先带求求上车。

冷求求转头瞅了岑词一眼,那神情叫岑词有些捉摸不透。但很快冷延开了口,这次是对冷求求说:"先跟哥哥上车,听话。"

冷求求抿抿唇,跟着冷霖出门了。

岑词这儿其实也不过就几句话的事,家属陪着来的,总得交代一下。她说:"求求现在很配合,但说到底还是要挖根的,冷先生,您明白我的意思吗?"

冷延点头,眉眼间有了思索:"我也听冷霖说了,可我不认为求求有什么难以启齿的秘密,这个病因一定存在?"

他把问题抛给了岑词。

岑词微微一笑:"有因才有果,而且我之前检查过求求的生理状况,她没有器质性病变。"

冷延看过来,视线相对时,岑词莫名地感到一股压力,恰恰就来自冷延的目光。

他淡淡道:"岑医生,并非所有的病都能追到根源,可能有些事发生了,在外人眼里微不足道,但在求求心里就过不去。我认为求求今天的状况,更多是因为她太敏感。"

岑词微微一怔,许久后稍一扯唇:"也许吧。"

冷家人离开后任晓璇又是一声叹气,还摆出捶足顿胸的模样来,说:"这冷家的叔侄俩,匀一个给我也行啊。一个两个的都单着,这不是干眼气吗?"

岑词刚要回治疗室,闻言惊讶,停下脚步问:"冷求求的小叔也单身?"

"是啊,企业做得不小,黄金单身汉一个,不是结了婚离婚的那种单身,是一直没结婚、没交女朋友的那种单身。"

岑词十分佩服任晓璇的八卦能力,在这方面她跟羊小桃有一拼。看来皮囊好的男人,的确很受姑娘关注。

那头汤图的治疗室开了门,里面的客户出来了,眼睛通红,是个富太太,无非是丈夫出轨小三嚣张这点事。富太太嗓门挺大,岑词送走冷求求后,隔着一道门都能听见里面的哭喊声:"我哪点不如她啊,是,她年轻漂亮,又温柔又会撒娇,身材还好……"

等富太太离开后,汤图整个人看着也挺累,走到咖啡机前倒了杯咖啡。

任晓璇眼睛挺尖,狐疑问汤图和岑词:"两位股东大人,这是昨晚上都没休息好?"

午后时间尚算充裕,汤图约岑词找了家轻食餐厅在外面吃的,吃完之后顺带喝茶聊天,在下一个时间段客户来之前偷得半点赋闲。

宁可对付一口也不想在诊所里吃,岑词也心知肚明,汤图是有话说。

想到今早出门的时候,正好跟汤图前后脚,她身边跟着裴陆,换句话说,裴陆昨晚留宿在了汤图家里。照理说是挺暧昧的一件事,可汤图的神情并不像是两人的关系更上了一层楼。

岑词聪明,想到了一种可能性,问道:"裴陆跟你说发生什么事了?"

汤图觉得胸口堵得慌,喝了口茶,缓缓情绪。没瞒着岑词,一五一十就把裴陆昨晚的情况说了,岑词听了后胃里翻江倒海,后背阵阵发凉。

汤图又深吸了一口气,这才缓了胸口的滞闷:"裴陆那几天,我想应该是崩溃到了极点。"

作为一名警察,对于人性的复杂,他接触的远比普通人多得多,但昨晚他情绪一度失控,几番哽咽。

"他心结太重,总觉得是他害死了他的搭档。"汤图自嘲地笑了笑,"我是个心理治疗师,现在竟然毫无办法。"

岑词压下了不适,轻声说:"这件事在裴陆心里不会轻易过去,哪怕是找到了凶手。汤图,你只是个心理医生,不是神。"她想了想,再开口变得迟疑,"或者……"

话没说完,没头没脑,汤图却听明白了,摇头道:"裴陆的心理戒备很强,一般催眠师搞不定他,再说了我也不擅长,你呢,做短时间的意识控制还可以,时间一长还是没用,他反倒会怪我。"

这倒是。

"也许,我们可以请白老师帮忙。"岑词建议。

汤图一叹气:"再说吧,我先观察看看。"又感慨说,"这个时候啊,我还真希望他能像冈薇薇似的,发生的事都不记得,相当于没发生。"

岑词陷入沉思,想起裴陆之前跟她提的,有关周军的资助。

"小词,"汤图又是一声重叹,"你家秦勋还在找他朋友的下落?"

岑词点头。

秦勋没把这件事天天放在嘴上,但岑词知道他肯定不会放弃。

"裴陆为他搭档伤神的时候我就在想,赶紧找到吧,哪怕是尸体也好,总能让人把悬着的心放下。"汤图苦笑一声,"现在你看到了吧。"

岑词明白。

"找了那么久都找不到的人,肯定是不在了。"汤图轻声说,"所以你要不要试着说服秦勋放弃?"

岑词觉得挺难。

"你又是怎么了?"汤图转了话题,指了指岑词的脸,"都有黑眼圈了。"

岑词一点点喝着茶,直到一杯茶抿尽了,才开口:"我昨晚没认出秦勋来。"

很显然汤图没明白岑词这句话的意思:"没看清?这有什么?"

"是陌生人,有一瞬间,我看着他就像是看着陌生人。"

汤图一激灵,"啊?"了一声,半晌后才说:"可能是你这段时间太累了。"

岑词笑了笑,抿唇时有些苦涩。汤图看着她,低声说:"好吧,我承认,这个说辞很牵强,但我觉得这是唯一的解释。"

"闵薇薇也是这样,她认不得周军。"

"哪儿能一样?"汤图条件反射来了句。许是察觉情绪上的起伏,她又轻声道:"你刚刚不是说了,只是一瞬间嘛,闵薇薇是一直,你俩怎么能一样?别乱想了,之后呢?秦勋就因为这事跟你闹别扭啊?"

岑词手撑着脸,跟汤图对视:"他应该还是认为我跟沈序有瓜葛,或者其他什么的,我不清楚。"

汤图搭在茶杯上的手指微不可见地颤了一下,很快嗤笑道:"我发现这秦勋也是挺逗的,你都解释多少遍了还不信呢?要我说啊,你也发通火给他瞧瞧,否则总拿你当软柿子捏呢。"

"汤汤啊,"这次轮到岑词轻叹,端起茶壶,轻缓地为彼此添了茶,"也不知道是怎么了,或者被他无形当中洗脑了也说不准,我竟觉得,可能我真跟沈序有什么关系。"

汤图的唇稍僵了僵,抬眼时似有苦笑,还有揶揄:"嗯对,你是被他洗脑了。"

没再继续这个话题,汤图喝了口茶,手指头在桌上敲了敲:"你家秦勋纯粹就是无理取闹,你该治治他了。"

"那我得好好想想。"

时间过得快,汤图的下一位客人预约的时间快到了。

结账的时候岑词很随意地说:"你说得对,可能就是最近工作压力太大了,我昨晚竟活生生撞见了梦里的人。"

"梦中情人?"汤图笑道。

"一个可能叫挽安时的姑娘。"岑词轻描淡写,抬眼看汤图。

汤图没什么反应,接过结账单打算签名字。岑词又补上句:"但是,我昨晚喊她的是,苏苏。"

汤图笔一顿,抬眼看岑词:"这个名字……"

"听过?"

汤图笑了笑，垂眸把名字签完："奇奇怪怪的。"

快下班的时候秦勋来了。
车停进诊所的时候任晓璇看见了，走到治疗室，敲了敲敞开的房门，笑容里有羡慕："岑医生，秦总来接你了，你俩的感情可真好呢。"
岑词头也没抬，就淡淡"嗯"了一声。
汤图今天早走，拎了包走上前打了声招呼，又跟岑词强调说："争取做压倒西风的东风啊。"
听得任晓璇一头雾水。
秦勋进屋时正好跟汤图擦肩而过，汤图笑着对秦勋说："看见我家小词的黑眼圈了没，回头买最贵的眼膜给伺候上，女人不管年龄几许，最怕的就是休息不好。"
秦勋微笑，说了个"好"。
治疗室里岑词还在忙，手头堆了不少文件夹，电脑开着，里面全是个案资料。正在整理的是冷求求的档案，在联系人这栏敲上"冷霖"两个字后，又在后面补了个名：冷延。
秦勋上前，恰恰就看见了这个名字，又顺带瞧见了桌上的那大束花，笑说："花是谁送的？冷霖，又或者冷延？"
"冷霖。"岑词语气淡淡，手上的工作没停。
秦勋想了想，绕到桌那边拿起花束，走到门口朝着任晓璇一招手。任晓璇也要下班了，见状上前说："秦总您吩咐。"
"拿去扔了，或者，"他将花束递给任晓璇，"你拿回去做个鲜花面膜。"
任晓璇朝里面看了一眼，心里明镜似的，接过花忍住笑，说："这花吧，如果不是心爱之人送的，就算拿去做面膜，脸上也黯淡无光啊。秦总，我还是拿去扔了吧。"
等任晓璇离开后，岑词从资料上抬头，看向秦勋："也许我就是想拿回家做面膜呢？"
秦勋走上前，双手搭在桌边："想做鲜花面膜，我每天送你一束。任晓璇那姑娘看问题看得通透，鲜花还得是心爱之人送的才好。"
岑词看着秦勋，面色寡淡。秦勋伸手，轻轻一捏她的下巴，低笑说："不是想学做菜吗？走吧，去忆餐厅，新到的食材供你挥霍。"

岑词一低头，秦勋的手松开了她的下巴，她合上文件，开口道："我觉得，咱们该聊聊。"

第二十二章

夏季至，忆餐厅推了新菜品出来，据萧杭说，挺受欢迎的。

但其实他是收着说了，又或者他并不上网去看，在点评网上，作为全市口碑排名第一的忆餐厅，其夏日新推菜单一跃成为最受欢迎的热门菜，在必吃榜上也是排名第一的菜。

忆餐厅从不花钱做宣传、打广告，凭的都是口碑，吃客的推荐力度远比广告效果好太多，而且吃客们还自动上传不少推荐主题，那忆餐厅的新菜品必然是推荐的重点。

萧杭嘴挺欠儿，见岑词来了就说："周末要见未来婆婆了吧？不是想学一手吗？就新菜呗，我会做。"

没等岑词说话，秦勋推萧杭出包间："哪儿都能显摆，什么厨艺水平就敢教学了？"

等萧杭出去后，秦勋坐回岑词的对面，问她最想学哪道菜，然后想了想又说："其实从我个人角度来看，你真没必要勉强自己学，你在厨艺方面的确没什么天赋，关于这点我妈也不会计较。"

岑词拿起筷子，抬眼看秦勋，似真似假地笑："萧杭都成神算子了，连我要做饭给阿姨吃这件事都知道？"

秦勋面色略有尴尬，清清嗓子道："他是知道我妈要来，想在餐厅准备些食材，我跟他说不用了……"接下来的话也不用多说了。

岑词嘴角隐隐上扬，轻声说："这种事其实也没什么好显摆的。"

"萧杭是单身汉,跟他显摆最合适。"

岑词忍不住笑,心想着这萧杭真是倒了八辈子霉了才交秦勋这个朋友,表面正经周正得很,内里全是腹黑。

见岑词笑了,秦勋这才轻松下来,拉过她的手说:"不生我气了?"

岑词看着秦勋,说:"我不是小女生了,芝麻大的小事就生气,甜言蜜语就雨过天晴。秦勋你该清楚,咱们之间不是生不生气的问题。"

昨晚岑词问完那句话,秦勋沉默了良久,然后摸着她的头说:"你太累了,早点休息吧。"

岑词其实是从他眼神里看出些沉重的东西来,就像是窗外压得人心发慌的夜色。她没合眼,就那么一眨不眨地看着他。注视良久后他低低说:"小词,在一段爱情里诚惶诚恐的人不单是你,所以你得允许我的偏执存在。"

后来她怎么睡着的自己也忘了,只记得做梦了。梦里没有挽安时,也没有那道门。她梦见了一个男人,背影颀长,他在前方慢慢走,她在后面缓缓跟,在他周身有温柔耀眼的水,蓝色的。而她周身都是火,烈烈而燃,她深陷其中,摆脱不掉。直到水与火相交的地方,男人才停下脚步,转过身来,朝她伸手,问:"跟我走吗?"

清晨醒了,眼前晃动着的还是梦里的那张男人脸。

那男人,是秦勋。

秦勋沉默片刻,轻声跟她说:"我清楚,但是小词,这并不耽误我爱你。有些事我的确是在担心,因为混沌不清,因为无法确定,可是,你是我的,这点毋庸置疑。剩下的事,你给我点时间。"

岑词不再追问,末了轻声说:"沈序的事这么扑朔迷离,我反倒是越来越感兴趣了。之前想着左右不过是个陌生人,但我喜欢你,你放不下,渐渐地我也就放不下了。"

秦勋攥紧岑词的手:"不行,你不能对他感兴趣。"岑词凝视他,他又开口,"是,我就是小心眼。"

吃饭的时候,岑词跟秦勋提了闵薇薇的事,对于裴陆之前对她说过的话,她也没打算在秦勋面前假装不知,而且这件事才是她今晚想要聊的重点。

"周军被抓,跟你有关吧?"

裴陆当时没明说,可话里的意思挺明显的。所以当时她就猜出幕后这只手是秦勋,只是因为昨晚的事就把这件事耽搁了。

秦勋夹了菜给岑词,并没惊讶她的单刀直入,也没掖着藏着。

"是,你那场车祸发生得很离奇,总不能就这样不了了之吧。我顺着零星线索和闵薇薇近几年的状况往上摸,然后才发现周军隐藏了个大秘密。"

岑词手里的筷子一顿,联想到裴陆之前的话,再看秦勋这坚决的态度,心里的狐疑终于得到了验证:"你是说,周军就是当年资助沈序的另一位金主?"

挺严肃一件事,岑词用了"金主"这两个字倒是逗乐了秦勋。

"你叫他金主,这不是变相地把我也给折进去了,说得我好像跟沈序有什么难以言喻的关系似的。"

岑词抿抿嘴:"就是差不多那意思。"

秦勋夹了块鱼肉,仔细剔了刺出来,放到岑词盘里:"我跟沈序是无话不谈的朋友,我欣赏他的才华,所以当年愿意出资辅助他的课题研究,后来我们出现分歧,我想叫停项目,但沈序不同意,并且赌气不再接受我的资助。从他失踪的前后来看,后期有资本介入是肯定的,所以查来查去,周军果然就是后期的投资方。"

岑词忘了吃东西,秦勋这番话说得明白透彻,她却越来越糊涂了,好像真相明明就在那儿,可恰恰就生出不少线头来,不知道要扯住哪根线头才能直抵真相。

岑词慢慢捋之前发生的那些事情:"周军资助沈序的项目,肯定是有所图,因为他是个地道的商人,对心理课题的研究绝非出于爱好,这点跟你不同。周军身边有个闵薇薇,闵薇薇的记忆又出现了问题,那周军与沈序接触就是因为闵薇薇?现在闵薇薇发生车祸……闵薇薇为什么会出车祸?还有,跟我的那场车祸有什么关系?我好像在这件事里一直是个局外人吧?"

秦勋没打断岑词,只是将剔好的鱼肉尽数往她盘里夹,这道菜是她平日里最爱吃的。岑词却一把握住他的手:"所以,因为我的那场车祸,你更怀疑我跟沈序的关系对吧?"

秦勋轻叹:"我更有理由相信,你是因为发现了闵薇薇的问题,引了周军想要杀你灭口的心思。小词,现在这个案子裴陆还在查,你刚才绕不过去的问题其实我也有疑惑,就看裴陆能从周军嘴里挖出多少料了。"

如果她的车祸跟周军有关，那他是通过怎样的方式来影响她的？

催眠？周军不会。

退一万步来说，岑词自认为心性坚定，在意识上很难被人牵着走，对方一旦真有催眠意图，她能察觉到。

"如果周军就是幕后赞助商，那沈序的失踪他不会不知情。"

秦勋点头，他明白岑词的话并没说透，许是顾虑他的情绪。

如果周军承认自己曾经跟沈序合作过，那么沈序失踪这件事他非但知情，还极有可能是始作俑者，沈序一旦被害了，那周军也极有可能脱不了干系。

这也是岑词没说出来的话，其实她就是想说，沈序已经死了。

"我想结果应该很快能出来。"秦勋说，"裴陆的能力我相信。"

岑词点了一下头："这个时候，怕是裴陆也只想着工作了。"

秦勋不明白岑词的意思。岑词原想说裴陆搭档的事，但也牵扯到失踪，想了想就简而化之，说："裴陆的一名搭档遇害。"

左右不过旁人的事，她也的确不好背后议论。

秦勋明白了，点头。

周军的事疑点重重，岑词绝对相信裴陆的能力，只是现在她竟然变得比秦勋还着急，恨不得马上从周军嘴里听到真相。思量片刻，她问秦勋在调查的过程中还发现什么了。

秦勋眸光隐隐沉了一下，也许是灯光的缘故，总之转瞬即逝，开口时也是风轻云淡的："没什么，我只是抓住了线索的一头，真想解开事情原委，就看周军能交代多少了。"

岑词看了秦勋一眼，又垂眸夹菜，但看得出心思不在美食上。

等最后一道菜上来的时候，她转了话题："你认识冷延？"

在治疗室的时候，秦勋见到冷延的名字并没惊讶，而且他们同属商圈，认识的可能性也不算小。

秦勋点头，慢悠悠说："所以，那束花是冷霖送的倒无所谓，但要是冷延送的，那我势必得跟他打声招呼。"

岑词微微挑眉。

"冷霖还不够资格做我的竞争对手，但冷延，还是有条件的。"

"例如？"

"例如成熟的年龄，不错的资本，出色的外形条件，重要的是，单身。"秦勋轻笑，"精神洁癖似的存在，想来对女人也是一种杀伤力。"

岑词一手撑着脸，挑眼看秦勋，缓缓说："这么说你不成熟，你没有不错的资本，你没出色的外形条件？而且你追我的时候还踩着一条船？"

秦勋抿唇浅笑："像我这种优秀条件的男士本就不多，冷延算是能跟我旗鼓相当的，所以我肯定要紧张一下。"

"那你打算怎么跟他打招呼？"

"告诉他，别想挖我墙脚。"

岑词闻言笑了好半天，然后说："别闹了，问你真格的呢，他对他的侄女真挺好？"

秦勋想了想："这倒没听说过，如果不是看到你的资料，我甚至都不知道他原来还有侄女。他对外不怎么提家里的事，都是生意上的往来。但有一点是肯定的，他身边没女人，好像从来没交过女朋友。"

"四十多岁的人，不交女朋友不谈恋爱？不大正常啊。"岑词迟疑。

秦勋好笑地看着岑词："新时代女性的思想不该这么保守，四十几岁不恋爱就不正常了？那有人就是没把精力放在谈情说爱上，冷延的生意做得不小，也许就是没时间。再说了，"他顿了顿，"他不谈恋爱不交女朋友，但不代表他不碰女人吧。"

这倒是。

岑词想着现在但凡成功点的男人，可能在感情上早就习惯放飞了，那么多的选择，要他固定只面对一个？别逗了，现实哪里有那么多的言情剧呢？

"那他有没有什么奇怪的地方？比方说隐疾什么的，又比方说心理状况。"

秦勋听了，仔细打量着岑词说："幸好你提了隐疾，否则我真以为你对他感兴趣了。"

岑词翻了个白眼："冷求求突然冒出个小叔来，我肯定要关注一下，另外我觉得……"

"觉得什么？"

"说不上来。"岑词皱眉，"冷延对冷求求很好，冷霖也承认，但我就是觉得哪儿不对劲。总觉得这种好吧，就是太好了。"

秦勋想了半天，说："叔叔对侄女好也挺正常的吧，叔侄亲嘛。"

"话这么说没错。"岑词就是感觉怪怪的。

"长辈对晚辈有溺爱很正常，而且我的确是听说了一件事，但也就是人云亦云，这种事也不好跟当事人求证。"秦勋抿了口水，"你听一耳朵就行了，未必是真。有人说冷延自小是孤儿，算是被冷家领养的。"

岑词惊愕。

"查不到相关资料，所以我说，有可能就是商业对手的诋毁。"秦勋总结了句。

岑词陷入沉思。

秦勋看了一眼时间，嘀咕了句："怎么这么久？"起身跟岑词说，"我去厨房看一眼，今天有你喜欢的甜品，到现在还没上，估计萧杭又给忙忘了。"

临出门前秦勋随意地摸了一下岑词的头，叮嘱道："多吃点鱼，凉了口感不好。"

等秦勋出去后，岑词还想着冷延的事。

她开始回忆冷延的长相，这么一想还真是跟冷霖不大像。如果真没血缘关系的话，那冷霖和冷求求知不知道这件事？

想得脑瓜仁儿疼，岑词心烦也不想浪费脑细胞了，伸筷子去夹鱼，但筷子尖刚沾到鱼身的时候她蓦地一滞。有种感觉瞬间闪过，然后被她死死抓住，她终于知道那种不对劲是怎么回事了。

冷延不管是摸冷求求的头还是拉她的手，都像极了秦勋对她刚刚亲昵行为的感觉。

像对待恋人！

蔡婆婆是岑词这几年接过的病人中很特殊的一个。

大多数来她这儿的人，虽说也有看上去很平静的，但内心的焦躁和安全感的缺失是通过接触就能看出来的。

蔡婆婆很平静，平静到让岑词不管如何深挖和引导，都感受不到她内心的不安。

蔡婆婆跟岑词说："小姑娘啊，不管你相不相信，幻境对我来说就是一种享受呢。"

蔡婆婆叫岑词小姑娘，这么叫她时，蔡婆婆的目光特别柔和，让岑词想到了鸽子的眼睛，柔软平和，没有老态的浑浊，反倒清透得很。九十岁的老人，能有这种眼神，着实叫岑词惊奇。

今天上午是蔡婆婆的治疗时间，她的儿女都挺孝顺，又是一起陪着来的。庭院里停放着一辆小型的房车，蔡婆婆的儿女说，那房车是特意买给蔡婆婆的，上了年龄的人，真要是出门在外的话也舒服些。

蔡婆婆喜欢旅行。听她儿女说，蔡婆婆以前一年之中会出去几趟，可后来痴迷幻境后，出去的次数就越来越少了。

岑词看着蔡婆婆，轻声说："不，我相信您。"

蔡婆婆略感惊讶，但很快就笑了："他们都不信呢，当然，我跟他们说幻境里的事他们也不信，他们觉得一切都是我在想象，甚至是……嗯，幻想，可是啊，小姑娘，我分得很清楚，当我在幻境里的时候，真的就跟生活在现实世界里是一样的。"

岑词一直放不下蔡婆婆这个病，原由就是她的经历实在太梦幻了，却叫人不得不去证实其状态的存在。于是，她重点问蔡婆婆有关幻境里的事。

"不是回忆。"蔡婆婆首先声明一点，"一般的回忆啊，要么是零星片段，要么是最初相遇，算是人对重要记忆的回顾吧，蔡婆婆我啊，这辈子记性都不大好，用振声的话说就是，我每天活得丢三落四的，都是他在给我收拾烂摊子呢。"

岑词看过资料，蔡婆婆原本姓苏，蔡是夫家本姓，她口中的振声就是她丈夫蔡振声，蔡婆婆说："振声娶了我，我就是蔡家人了。"

她叫他振声。

岑词看得清楚，蔡婆婆每次叫这个名字时，眼里都是温柔、幸福。

"我像你这个年龄的时候，就跟着振声在做地质勘探了，他年龄比我长，工作经验也比我丰富，我崇拜他、爱慕他，所以他去哪儿我就去哪儿，我们走过好多地方呢。"

岑词看着她的双眼，眼神柔和，闪烁着光亮，不是眼泪，是喜悦温暖的光，像是海面上被阳光映照的光鳞，绵密。

"您在幻境里经历的，都是您和蔡伯伯的过往？"

如果蔡婆婆在幻境里看到的只是过往，是曾经岁月的点点滴滴，那她陷入幻想的可能性就极大了。

然而蔡婆婆摇头说:"不是过往,是生活的继续。"

岑词愣住,良久后问:"幻境里是什么样子?"

蔡婆婆轻声说:"幻境里啊,就像在现实中一样,你不会觉得有时代上的差别。我们两个人在幻境里去过不少地方,比我在现实中去过的地方多得多,我们看到了好多奇珍生物,也听说了不少有趣的民俗。幻境里有很多人,是同事,是志同道合的朋友,振声带着我跟朋友们肆意潇洒,别提多痛快了。"

岑词听着听着心生异样,问蔡婆婆:"在幻境里您的儿女呢?"

蔡婆婆笑了:"幻境里的人都很年轻,包括我和振声,在幻境里我们还没要孩子呢。"

岑词听着这话,心里的异样一圈圈扩大,听着一切都无懈可击,可她总觉得不对劲。这种感觉来得挺快去也快,岑词试图去抓但没抓着。末了问蔡婆婆,一般都什么时候会进入幻境,这些年里有没有规律之类的。

蔡婆婆微微一笑,看着岑词,目光挺专注的。她不明白蔡婆婆在看什么,可又觉得婆婆这眼神像是能看穿所有似的。

"小姑娘啊,我知道我家儿子和闺女请求过你,但我是当事人,你是不是也要听听我的意见呢?"

"婆婆您说。"

"我啊,想法始终不变,这是我的寄托,我并不认为这是什么一定要治的病。小姑娘,我喜欢幻境里的一切,也希望最后能在幻境里结束这一生。"

岑词大吃一惊。

见状,蔡婆婆微微一笑:"不用惊讶,我毕竟九十岁了,活到这把岁数我已经知足了。再说了,哪有人会不死呢。如果有一天我在现实中死去,那就是在幻境里重生了。"

"婆婆,幻境再好终究不是现实,人生在世总有牵挂,像是您的儿女。"岑词说到这儿又补上句,"而且以您现在的身体状况,活到百岁不成问题,现在百岁老人也不少呢。"

蔡婆婆笑呵呵的,竟跟她讨论起一个认识上的高度的问题来。

"那你觉得什么是现实?什么是幻境呢?"

岑词原本想说"咱俩现在谈着话就是现实,您陷入的那个境遇就是幻境",可这话在嘴里盘桓了很久,没有说出来。

蔡婆婆轻叹:"你是做精神分析的,这行做久了,怕是也会对什么是真,什么是假产生质疑吧?"

这句话其实是说进岑词心里了,她刚刚其实想的也是这样。看过太多病案,接触太多的患者,他们深信的那个精神世界,在外人看来可不就是虚幻的吗?

蔡婆婆接着说:"我们总觉得自己是清醒地活在世上的,但又怎么敢保证自己不是在一个虚拟世界里玩着模拟游戏?这游戏很逼真,逼真到你压根儿分不清现实和虚幻。所以如果是这样的话,那该怎么办呢?"

岑词想了想说:"所以,这个世界和幻境世界,您是要选择幻境?"

"人之所以要去选择,是因为需要衡量得失利弊。小姑娘,我在这个世界没什么牵挂,我的儿女、孙子、孙女,他们都有自己的生活,有自己的追求,这是好事,也让我很放心。幻境里有振声,有我的爱人,我总要为自己活上一回。有的人就是这样,怕割舍太多,所以不敢走进幻境,有的人现世满足,那么就想去够更美好的东西,我就是后者。"

岑词轻叹:"您难道没想过,一旦您在这个世界不存在了,那有可能连幻境都消失了?"

"我明白你的意思。"蔡婆婆笑,"可是啊,这宇宙之事何其深奥啊,你怎么能保证我在这个世界消失了,意识不会在幻境里存在呢?"

岑词一噎。

蔡婆婆看着她说:"其实我之所以同意来这里,是想拜托小姑娘你做做我儿女的思想工作,如果有一天我真的就在这个现实中死去,叫他们别悲伤,因为我很快乐。"

南城正式进入酷暑,最热的季节就这么来了。

岑词选了树荫处停好车,熄火后才把手机里的导航给关了,她轻吐了一口气,还好跟着导航没走丢。上次来这边咖啡厅的时候,她愣是转了好几圈。

穿过满树蝉鸣时,岑词捂住了耳朵,挺聒噪的。

闵薇薇仍旧不醒,躺在床上毫无生机。这是自打闵薇薇被周军从疗养院接走后,岑词第一次跟她见面。现在周军被警方调查,倒是方便了她来探望。

周军之前留在这里的保镖都被撤走了,闵薇薇的亲人留在医院陪护。岑词进病房的时候,闵薇薇的家属正在跟医生商讨出院后居家养病的事宜。

医生说，闵薇薇这种情况不管是在医院还是在家里其实都没什么差别，但对于闵薇薇日后的康复情况医生不做太乐观的评定，主治大夫最后说了句在电视剧里常听到的台词："能不能醒过来还得靠病人自身的意志。"

闵薇薇的家属并不算太欢迎岑词，眼里都是警觉和抵触，许是把她当成了潜在的威胁。好在也没把她赶出去，伸手不打笑脸人，岑词还是拎着鲜花和大包小包的营养品来的。简单聊了两句后，岑词坐在床边看闵薇薇，心叹，也不知道这几个月她是怎么过的，生生瘦了一大圈。

脸凹陷得厉害，眼底还有乌青，外伤恢复得七七八八，难养的是内伤。

岑词没来由地难过，又陷入自责，如果当初她再给闵薇薇做做思想工作呢？如果当初就坚决反对她放弃治疗呢？是不是就不会走到今天这步了？

其中一位家属开口说话了，小心翼翼的："您看……您本事挺大的，薇薇这种情况，您能叫醒她吗？"

岑词转头看着这人。

"我是看到电视上那么演的，有意念操控什么的，岑医生不是……擅长这个吗？"

岑词莞尔，片刻后说："很抱歉，我叫不醒她。"

其他人都用质疑的眼神看着她。好吧，岑词还真是有些哭笑不得。

病房门口闪过一张脸，正好被岑词捕捉个正着，顿时心生狐疑。等看完了闵薇薇，她从病房出来后，在走廊的拐角处又看见了他。

岑词脚步一停，大脑迅速搜索，终于想起对方是谁。

"我知道有些事过去了就过去了，当初薇薇选得坚决，那个时候我就知道再在一起是不可能的。"宁重南坐在木椅上，看着不远处在草坪上散步的病人，轻叹。

宁重南，据他自己说，他是闵薇薇的前任男友，岑词之所以刚才第一眼瞧着眼熟，是因为当初秦勋顶着闵薇薇前男友的头衔出现时，她再次调查过闵薇薇的情况，发现除了周军外她还跟一位男士走得挺近，照片上的人就是宁重南。

之前只顾着揭穿秦勋了，事后岑词再一想，如果闵薇薇说谎呢？她的初恋或许不是周军呢？

现在宁重南承认自己跟闵薇薇的关系，又强调说："我俩大学的时候就在一起了，因为不在一所大学，所以可能有人觉得她是单身。"

讲实话，宁重南长得是真好看，至少比周军养眼太多了，而且也比周军年轻，可能在事业上无法比肩，但其他的一切条件都能甩出周军好几条街来。

实际上眼前这位宁重南事业也不差，是挺有才气的建筑师，凭着才华赚钱吃饭，身上也是带着光环。

闵薇薇出车祸这件事被媒体曝光不是一天两天了，所以岑词有预感，这宁重南也不是一次两次来医院，可很显然他每次也就偷偷看上闵薇薇几眼，并没进病房。

宁重南在说上述话时，岑词下意识往他的无名指看了一眼。而宁重南恰恰也发现了岑词的这一眼，然后不着痕迹地把手揣兜里。

宁重南又是重重一声叹："但为什么薇薇会发生这么严重的车祸呢？我知道你是她的心理治疗师，她真有精神问题吗？"

岑词说："不是所有找上我的人就一定要有精神疾病的，她是名人，有些话不能跟外界讲，憋在心里始终不舒服，如果再不找人倾诉，那这个人就会被憋疯。"

"我是看过网上的一些谣言……"宁重南欲言又止。

上午尚算有微风，吹动了岑词的头发。他们选的是树荫下的木椅处，本就清凉，有风吹过时就十分舒服。岑词觉得凉快了不少，轻声说："薇薇是我的患者，我不会害她。"

宁重南闻言，轻轻点头，也不多问了。转而把话题落在周军身上，语气就不那么和善了。

"也不知道他是怎么照顾薇薇的！薇薇跟我在一起的时候很开心！"

岑词不得不提醒他："宁先生，你已经结婚了。"

"是，我已经结婚了。"宁重南低垂着脸，语气干涩，手从兜里拿出来，双手攥在一起。

无名指上的戒指是素圈，但看得出越是简约就越着重设计。

"既然遇上了心爱的姑娘选择了结婚，那就别再对过往的情感纠缠不清了，否则对你妻子和闵薇薇都不尊重。"岑词说。

宁重南愕然抬头看着她。

岑词眼角隐隐藏笑,示意了一下宁重南的戒指,说:"一看就是精心定制的,所以当时你并不是为了结婚而结婚。既然如此,该放下的就放下吧。"

宁重南又垂眸看了看婚戒,苦笑道:"眼睛真是毒啊。"片刻后,他低声表示,"其实来医院看闵薇薇我是有点私心,毕竟曾经在一起过,但我知道分寸,所以这两天我一直是在病房外看两眼。"

岑词点了一下头,没说话。

"你说她能醒吗?"宁重南问。

岑词看着远方,缓缓开口:"不知道,人体很神奇,奇迹也不是不会发生。"

有人在唤岑词,她抬头微微眯眼看过去,是冷霖。他穿着一身白大褂,手里握着杯喝的,站在草坪边缘处,再往里走就是住院大楼。

岑词抬了抬手,就当打过招呼了。可冷霖没立马进住院大楼,他站在那儿,像是在等她。

宁重南见状,起了身,说:"岑医生你忙。"

岑词点了点头,也起了身。在宁重南正打算离开的时候,她突然想到一个问题,叫住了他。

"当初闵薇薇为什么跟你分手?"

宁重南舔舔唇说:"可能她是觉得跟周军在一起的话,未来会更好吧。"

"可能?"

宁重南笑得苦涩:"是啊,因为我实在想不通她为什么突然就跟我提分手,之后就是一副不认识我的模样,贪图周军的财力,这可能就是唯一的原因了。"

"突然分手?"

"是啊,突然分手,前一天还好好的,后一天就翻脸不认人了,说要分手,要我以后都别去找她了。"

这分手的情况竟跟当时秦勋说的异曲同工,猝不及防,之后又形同陌路。

岑词又联想到周军被警方调查,秦勋没骗她,当时闵薇薇的状况还真叫他起了疑心。现如今如果按照秦勋的推测,一旦周军真的跟沈序有关,那闵薇薇就是那个试验品?

岑词的一颗心开始七上八下了。

冷霖见岑词走近,微笑说:"这是中暑了吗?感觉你不是很舒服。"说着就把手中的杯子递给她,"冰咖啡,我一口没喝,刚买的。"

岑词道了谢，婉拒后道："你是有话跟我说？"

"我跟岑医生只能聊正事吗？朋友的关心都不行吗？"

岑词还真没想那么多，冷求求是她的患者，患者家属特意等她，她第一个想到的肯定是正事。

"我觉得，还是说冷求求的事吧。"

冷霖妥协："好吧，岑医生还真是果决啊。"他轻叹一声，"其实我是想跟你说声谢谢的，求求这阵子的状态还可以，虽然还是不敢喝带颜色的水，但是去碰没问题了。而且那天有快递员上门取件，也是不经意碰触了她一下，她虽然不大舒服，可也不像之前那么抗拒，而且也没有皮肤过敏。"

"这是好事。"岑词微笑。

"这都是岑医生的功劳，你制订的治疗方案很适合求求。"

岑词突然问："你们的小叔叔，什么时候走？"

"他会住一段时间，短期内不会离开，怎么了？"冷霖问完这话，又开玩笑道，"岑医生不会看上我小叔了吧？这样可不行，我会特别没面子啊。"

"冷医生开玩笑了，我是觉得你们兄妹二人居住的环境突然多出一人来，冷求求肯定无法适应，我怕她碍于亲情压抑着内心的排斥，这会刺激她，使病情反复。"

冷霖恍悟，说："我小叔在南城有房子，他也就刚回来那几天跟我们住，这阵子他回自己房子了。毕竟工作性质不同，他也不爱跟我们搅合在一起，嫌闹。"

岑词凝眉思考。

冷霖瞧着岑词这神情，刚要问她怎么了，岑词先开口："你妹妹跟你小叔私下交往多吗？"问出这句话又觉得不大合适，于是解释，"我的意思是，比方说你忙的时候他会帮你照顾冷求求。"

"当然了。"冷霖笑，"他是我们的小叔啊。"

岑词心头压了东西，那些个不好的预感就跟长了脚似的，一层又一层地爬上了她心头的那个东西上，渐渐地沉得叫人透不过气。

手机响了，是裴陆。

临离开前岑词故作不经意地说："冷先生在商界的口碑挺不错的，但我听到了一个传闻。"

"传闻?"

"嗯,说冷先生是被收养来的,跟冷家没血缘,这事是真的假的?"

冷霖听了这话哈哈大笑:"怎么这种流言蜚语都出来了?我小叔肯定是冷家亲生的啊,之前我爸总给我讲小叔小时候的事呢。"

……关系好像,又变得扑朔迷离了。

跟裴陆见面是约好的,还是在上次的咖啡厅。

今天虽说主要是谈周军的事,但周军牵扯着闵薇薇,所以裴陆势必要先重新捋闵薇薇的事。岑词是闵薇薇的治疗师,在她上次进公安局的时候,裴陆询问岑词时总是带着审讯的意味,今天重提时,裴陆平和得很。

岑词丝毫没隐瞒,又把闵薇薇从委托她做治疗师后的情况都一五一十跟裴陆交代了。

至于周军,岑词实话实说:"当初他对我很抵触,虽说见过面,但也谈不上能有多了解。他从疗养院接走闵薇薇后就阻止我和闵薇薇见面,我也只是从导师口中零星听到他的消息。"

对于这点裴陆挺感兴趣,问道:"他跟你的导师认识?"

"算是慕名吧。"岑词将白雅尘当初跟周军见面的情况简单说了一下。

"后来我导师说通了周军,邀请我一起再去商量闵薇薇的治疗方案,结果就在这个时候闵薇薇出事了。"

裴陆不解:"你导师为什么要邀请你重新介入?"

这个问题甩出来,岑词觉得多此一举,回答说:"可能是她认为我最了解闵薇薇的情况,而且如果周军一心为闵薇薇好的话,那最后肯定会同意我介入。"

裴陆凝眉深思,喃喃道:"真是这样吗?"又抬眼看岑词,"我想周军的情况秦勋已经跟你说了吧?"

岑词这才意识到裴陆刚刚的问题并不是多此一举。

是啊,假设周军就是沈序的幕后投资人,研究对象是闵薇薇,那么当初周军排斥她,带着闵薇薇远离她,这个思路是对的,甚至她发生车祸都有可能拜周军所赐。

哪怕周军去寻求白雅尘的帮助也勉强在情理之中,许是闵薇薇的情况加重,他不得不铤而走险。但为什么会同意让一个本身就对他产生怀疑的她,重新介入呢?这逻辑怎么想都不对。

裴陆知道岑词想出了问题的关键,便说:"这段时间,警方把所有跟周军有关的人和事,包括闵薇薇的,全都查了一遍。其中也有白雅尘,他俩见面的事我也清楚,白雅尘说的跟你的说法一样,只是白雅尘那个人……"

岑词垂眸,执起小勺子在咖啡杯里搅了两下,开口道:"你是觉得白老师跟周军不是一路人,闵薇薇的病她接手挺奇怪,对吧?"

裴陆点头。

白雅尘在圈中德高望重,以学术性长者著称,裴陆在调查时也简单翻过她的论文,论点新颖,专业性极强,所以专家这身份名副其实。她多年不接病人了,突然要接诊闵薇薇,就让人觉得挺唐突。

岑词说:"可能是闵薇薇的情况比较特殊,引起了白老师的兴趣,她本身对周军那个人自然是无感,但……"她顿了顿喝了口咖啡,放下杯子后,抬眼看着裴陆,"是人,都得生活吧,再清风高雅也得吃五谷杂粮,何况白老师的女儿还在上学,据我所知一年的学费可不低。"

裴陆恍悟,倒是挺充分的理由。

"但周军同意我重新介入这件事倒是挺奇怪。"岑词皱眉,咬咬唇,"如果车祸跟他有关,那他不会没有第二次想杀我的心思,秦勋说周军那个人没什么操守。"

裴陆点头:"这的确也是我所怀疑的。"

但这一切,都是根据秦勋的判断去分析,所以岑词问裴陆:"周军到底认不认识沈序?"

这才是关键。

"认识,而且所有的资料表明周军就是沈序的幕后投资商。"裴陆十分肯定,紧跟着话锋一转,"但给一个人判罪要有证据,尤其是要裁定他拿着闵薇薇做试验品,就更需要证据了,问题是沈序始终找不到。"

岑词抬眼看裴陆:"沈序的事你都知道了?"

裴陆语气放缓了:"怎么讲呢,好朋友失踪这种事,一旦年头久了就跟创伤似的,会藏在心底最深处,轻易不想碰了。但秦勋为了你,他愿意把最深的伤拿出来展示给众人,我觉得他是真把你放在心上的。"

岑词心里一阵温暖，轻声道："我知道。"

"沈序失踪，的确不便我们搜集证据，但也没关系，只要是做过的事总会留下线索。"裴陆喝了口咖啡，再抬眼就没了公事公办，"其实你该劝劝秦勋。"

"嗯？"

"沈序失踪这么多年了，活着的可能性几乎为零。"裴陆说得实在，又垂眸低声说，"当时我搭档失踪，我就感觉他再也回不来了。"

岑词发现他搭在桌上的手攥紧，目光不再像刚刚那么柔和。她心想，汤图的担心还真是不无道理。

"也许秦勋一直在找，就是图个心理安慰吧。"岑词一语双关，"可能我的话会让你觉得冷血，但我觉得死者已矣，身边人更重要。"

裴陆哪能听不出岑词的意思，轻声说："我不会让汤图担心，我也会试着从这件事里走出来。"

秦勋来接岑词的时候，她才觉得自己累得不行，坐在副驾座上，全身的力气顿时就没了。

这一天见的人比较多，脑子里嗡嗡的，各种事都挤在一起。手机还在兜里振动了一下，她哀号一声，掏出手机，一看是娄蝶。

岑词蓦地坐直，吓了秦勋一跳。

娄蝶发微信问她：今晚有空吗？

岑词飞快回了句：有空。

那边隔了一两分钟，回复：嗯嗯，好。

然后，就没动静了……

岑词又靠回椅背上，见不见面的，在哪儿见面倒是把话说清楚啊。她想了想给娄蝶发了一条消息：？是你来找我吗？

等了会儿，对方还是没回复。

岑词的执拗劲不知怎么的就蹿上来了，她给陈萱蕊发了语音微信："娄蝶今晚是要求见面吗？她话说到一半就没动静了。"

陈萱蕊回得挺快：对对对，蝶姐想跟您见面，她现在在戏上呢，回头下戏了联系您啊。

岑词突然又懒得回了，什么时候有消息什么时候算吧。

前方红灯，秦勋放缓了车速，有抗议之嫌。

"一整天不问候我一声也就忍了，能理解你在忙，都下班了还要工作？真当我是司机加摆设了？"

岑词忍笑："你就这点出息啊？"

"前几天你跟我闹不痛快，现在好不容易气氛缓解，就该甜甜蜜蜜，如胶似漆来抚平彼此内心的伤痛，不是吗，岑医生？"

"你可真能倒打一耙，什么叫我跟你闹不痛快？明明就是你……"岑词停住，整个人又坐直，但语气变得软绵绵，"你上次好像没做安全措施？"

路上宽敞了，秦勋的车速加快，听了这话也没惊讶："哦，没做。"

岑词一把抓住秦勋的胳膊。

秦勋笑道："我在开车呢，不怕抓出事啊？说不定你现在已经怀上了，那你就是谋害孩子他爹。"

"过分了啊秦勋！"

秦勋不疾不徐地说："怎么就过分了？咱俩在生理上应该都没缺陷，怀孕也挺正常。"

"真怀了怎么办？"岑词抓狂。

秦勋方向盘一打，转了弯，十分自然地做了决定："生。"

岑词原本想回一句"胡说"，可此时话就说不出来了。秦勋的这句"生"，一直就在她耳朵里回荡，又往心里钻，叫人心痒痒的。

岑词抿唇，直截了当问他："你有结婚的打算？"

既然话都说到这份上了，岑词也不想像个刚出校门的小姑娘似的只在心里闷猜。

秦勋凝视岑词的脸，眼里有光，就像是吸了车窗外的光亮似的，可仔细看是喜悦，从心而生，绿灯亮起时，他发动了车子。

"你这是打算主动跟我求婚吗？"

岑词剜了秦勋一眼，刚才的情绪瞬间化为乌有。但不知怎么的，秦勋没正面回答反而叫她轻松了一下。

岑词回忆刚刚的心思，有激动有期待，也有一点点的不确定。如果秦勋刚刚回答说"是"呢？如果秦勋很明确地跟她说"咱们结婚吧"，她会马上答应吗？

也许横亘在他们两个之间的真就是沈序的问题，除非解决了这个问题，他们才有可能心无旁骛地在一起。

回到家，岑词死活逼着秦勋教她一道拿手菜，周末在即，她不抓紧时间不行了。秦勋也没给她泼冷水，思前想后决定教她一道简单的菜：海鲜沙拉。

秦勋绕到岑词身后，边给她系围裙边说："现在对沙拉的要求多样化了，有的是作为前餐出现，有的作为主餐出现。这就要求食材中的谷壳物、海鲜食材、果汁和橄榄油、沙拉酱的搭配要更讲究，食材讲究、酱汁多变，真正做到美味和营养都上一个档次不是件简单的事。"

"就是……一个沙拉而已。"

秦勋轻笑："那你觉得煮米饭简单吗？"

依着岑词的看法，煮米饭没什么难的，但秦勋能这么问那肯定就是不简单了。她说："水和米都有要求吧？"

"你说的是食材，也不是所有人都能用得起最好的水和最好的大米，普通家庭还是要选性价比最高的大米不是吗？"

岑词心想，这倒是。

"如果是寻常大米和水，那么在蒸煮方式上就要有技巧了，比方说大米浸泡的时间能决定口感，再比方煮米饭的时候滴两滴醋也会口感不同。"秦勋回到操作台，手朝着两侧一撑，对岑词说，"细节决定品质，食材料理本来就是需要耐心琢磨的事。"

岑词听着来了兴趣，凑近秦勋："你说你平时工作那么忙，也没见你多有空去琢磨厨艺，怎么做饭就这么好吃呢？"

秦勋去冰箱拿食材，笑着回答："厨艺好的无非两种人，一种是后天努力，一种是天赋异禀，我属于后者。"

……他还真是顺杆爬。

"我呢，还是那句话，"秦勋拿了食材出来，关上冰箱门，走到操作台前，"咱家有一个会做饭的就行，说实在的，我真不介意既主外又主内。"

"我也不介意，问题是不能让阿姨心理不平衡。"岑词打住话头，刚刚秦勋说了个"咱家"，心又像刚刚在车上时那样扑通乱跳。

秦勋转头看岑词，含笑道："我妈真不会这么挑理的，不过你这么说，我挺开心。"他摸她的头，"有做贤妻良母的心理准备了。"

一句话又说得岑词心跳加快,她推开秦勋的手,言归正传:"赶紧教我。"

娄蝶登门的时候,岑词正在把一道沙拉做得渐入佳境。晚八点半,时间不晚,可因为来者是娄蝶,这就变得挺奇怪。

"不好意思啊,我知道就这么上门挺唐突,事先也没跟你打招呼,但外面我实在不放心。"娄蝶坐下后,把眼镜、帽子和口罩都摘了,整个人也轻松了很多。

除此还有更不好意思的,娄蝶和陈萱蕊都没料到秦勋会在岑词家里。娄蝶虽说早知道秦勋与岑词的关系,但没料到两人已经同居了。

秦勋将料理台收拾好,又备了水果和茶点端过来。别说是陈萱蕊了,就连娄蝶都有些受宠若惊。陈萱蕊赶忙起身接过水果和茶点放在茶几上,连连道谢。

秦勋笑了笑,手轻轻搭在岑词肩上,温柔说:"你们慢慢聊。"

岑词点头。

秦勋端了杯茶进了书房,许是处理公事,又许是进去看书,总之进去后就把房门关上了,给她们留了充足的聊天空间。

陈萱蕊坐下后,指了指书房,小声问岑词:"秦总这是……不走了?在这儿过夜?"

之前岑词没觉出什么来,经陈萱蕊这么一问,她才略感不自然,笑了笑,回答:"是。"

娄蝶轻推了陈萱蕊一把,低笑:"你这观察力啊,有待提高。"

接下来没再八卦,转到正事上。

娄蝶这一路上都在躲狗仔队,急匆匆的,也口渴了。她端了水杯喝了几口水,放杯子的时候,嗓音也低低柔柔的:"也没什么,就是喜欢呗,所以走得近了些。"

岑词抬眼看了看陈萱蕊,陈萱蕊跟她目光相撞时挺无奈地点头,意思是,确定了。

岑词一手端着杯子,一手托着杯底,问娄蝶:"你是喜欢他那个角色还是喜欢他那个人,分得清吗?"

"当然分得清。"娄蝶笑了,"我就是喜欢他啊。"

岑词观察着娄蝶的表情。

"岑医生,我知道你担心什么,我也听萱蕊说了。在这段感情上我想得很明白,我是真心喜欢他那个人的,所以今晚我得见你一面,跟你把我的情况说清楚,免得你担心。"

岑词若有所思地点头,探身放下杯子:"你喜欢他什么呢?"

娄蝶凝眉思考,片刻后说:"我也说不清楚,感情的事不就这样吗?喜欢了也未必一定要有理由,就是很想在一起。"

岑词叹息:"能理解,但是他呢?有跟你保证过什么吗?"

娄蝶点头:"我们打算找个合适的时间,官宣。"

"不行啊!"陈萱蕊许是才知道娄蝶的决定,惊得陡然从沙发上站起来,"如果你俩就是真心喜欢,那相处一段时间再说不行吗?"

娄蝶不满:"我和他都不喜欢偷偷摸摸的,而且你不是也希望我能谈个恋爱吗?"

"是,我是希望你谈恋爱不假。"陈萱蕊有点乱,"但不是现在啊,蝶姐,现在这部剧受到的关注度很大,咱们所有的宣传都要围着这部剧转比较好。"

娄蝶垂眸苦笑,喃喃道:"所有的一切都要为剧服务吗……"

陈萱蕊面色尴尬,也不知道该说什么好,她抬眼看向岑词,有求救的意味。

岑词没立马改口去劝说,她看着娄蝶,反倒心生怜惜。对于普通人来说,最容易的一场约会,落在她眼里就千难万难,她不过就想好好被人疼,被人爱。

良久后,岑词突然问娄蝶:"你有没有想过,如果这段感情影响了你的事业呢?"

娄蝶一怔。

"或者这么说吧,"岑词靠在椅背上,"如果爱情和事业起了冲突,必须要二选一,你会放弃事业选择爱情吗?"

娄蝶刚要开口,岑词又道:"你考虑清楚再回答。"

娄蝶嘴巴张了张,陷入沉思。陈萱蕊在旁边,一颗心那叫悬着难受啊,心里在祈祷:姑奶奶啊,你可理智点!

房间陷入安静,只有墙上的钟表一格一格跳得有声响。

许久后,娄蝶说:"如果在以前,我会毫不犹豫选爱情。"

闻听这话,陈萱蕊明显地松了口气。

岑词也知道她的选择了，点了一下头，说："是啊，因为在你事业低谷的时候你什么都没有，那时候如果有爱情，你当然会视为一切。但现在你的人气很高，这部剧会让你身价大涨，所有的荣耀看起来都像是你应得的，可娱乐圈就是这样，越是在高顶，越是会迷了眼。"

"我知道。"娄蝶语气很低沉，"我出道的时候就是巅峰，然后在最低谷待过，那时候我真是尝遍了人情冷暖，现在热度回来了，巴着我、赞赏我的也多了。如果在从前我会欣然接受这些，但现在我会觉得好笑，也会感到恐惧。"

陈萱蕊在旁听了肝颤，问道："恐惧什么？"

娄蝶没回答陈萱蕊的话，抬眼看岑词："你理解我的心情吗？"

理解。

她怕失去。

岑词："你要知道，人这辈子不可能只在高点站着，有得有失，起起伏伏，这本来就是人活一世的真正样子。"

"我明白，可是这个行业，注定不敢站在谷底啊。"

"但是娄蝶，你是演员。"岑词强调，"一定要做明星吗？"

娄蝶轻笑："干我们这行的，所有人都希望自己只是演员，可是演员的资源有多少？明星的资源又有多少？想做演员的前提是，你得先在这行里存活下来吧？没资源是很可怕的，岑医生。"

行业现状，人心浮动。大数据时代，流量似乎就成了主流。可岑词始终相信，实力才是存活的关键。但娄蝶说的话也不是没道理，只有存活了，才有机会证明自己的能力。

想来悲凉，从什么时候开始，竟不是用实力来换取存活机会的年代了呢？

"你现在就有挺好的机会，虽然当初我并不赞同你接这部剧。"岑词轻声说，"但既然接了，我认为也算是你走出心结的方式。"

娄蝶端起水杯喝了口水，轻叹："萱蕊说了当时你反对的原因，我承认我开始怀疑自己，所以才敢接最熟悉的角色，怎么说呢，就是……"她想找一个恰当的形容词。

岑词轻声补上："安全感。"

因为尝遍了人情冷暖，娄蝶才想在最熟悉的角色里寻找安全感。

娄蝶连连点头。

陈萱蕊在旁听着这些话，心里一阵阵地没底，她清清嗓子说："蝶姐啊，咱们还得从这类角色里走出来才行，要不然……咱总不能重复老路不是？"

这番话听在岑词耳朵里是清晰明了的。

之前娄蝶因《尘桥》一举成名，而后片约不断。人人都说娄蝶有演技，可岑词看了她之后拍的片子，基本上都没从《尘桥》的角色中走出来，不像是娄蝶在演戏，而是莱尘在演戏，这很可怕。

陈萱蕊跟着娄蝶的时间最长，外人看不出问题，她未必看不出，所以这番话，她真正的意思是：我要娄蝶演戏，而不是莱尘。

也不知道娄蝶有没有听懂陈萱蕊的话，总之她说了句："我在戏里呢，想出戏就等杀青了再说吧。"

陈萱蕊刚要探身拿杯子，听了这话手一抖，她蓦地抬眼看娄蝶，目光里有明显的不安，紧跟着转头来看岑词。岑词明白陈萱蕊的担忧，之前也提醒过她。

想了想，岑词转了话题，问娄蝶最近作息怎么样，主要就是睡得可好，吃得可多。

娄蝶笑得温柔："做我们这行的哪敢吃多？我现在几乎一点糖分都不敢摄取。"

下一秒她唇角的笑滞住了，赶忙问陈萱蕊要镜子。

陈萱蕊从包里掏出化妆镜给娄蝶，她接过来打开，仔细打量着镜子里的脸，喃喃说："我今早起床照镜子，好像看见了一条鱼尾纹，做了好多眼膜呢。"

"蝶姐，你没有——"

"娄蝶。"岑词轻声打断陈萱蕊的安慰，"衰老是我们都无法避免的事。"

娄蝶却在这件事上很执拗："不可以啊，现在医美这么发达。"

岑词没再劝说，任由她好一番打量自己，等陈萱蕊收好化妆镜后，她才又问娄蝶："经常做梦吧？"

娄蝶叹气说："会梦见自己老态龙钟的样子，每次都被吓醒。"

再提到胃疼的现象，娄蝶表示说倒是不疼了，还挺奇怪的。

"你本身没胃病。"岑词轻声说。

末了，岑词还是建议娄蝶要定期进行心理治疗，而且很明确地跟她说，必须服药。

娄蝶无奈:"我真的觉得自己没什么,今晚来见你,其实就想跟你说我好了,真的好了。只是……还有些焦虑,但这年头谁不焦虑呢?"

岑词顺便接过话茬:"你不要把见我这件事想成负担,你不方便去诊所,那我们可以约在别的地方,或者像现在,来我家也行,你就当固定时间找个人倾吐心事。我给你的药,用量都是经过考虑的,不会影响你拍戏,你就当吃保健品了。"

与此同时书房这边,秦勋接到了萧杭的电话。

第二十三章

"其实周军资助沈序这件事,说白了就看他吐不吐口了,裴陆做事挺拼效率,顺着这条线找证据不难。"

秦勋面前的茶微凉,他始终没喝。

靠着椅背,目光看出去,外面是遥遥的万家灯火,老城区的方向,一带霓虹蜿蜒入夜,似星河。新城区开发的楼盘讲究宽敞的视野,不像老城区的寸土寸金,连对面人家在吃饭或看电视都能瞧得清楚。

萧杭的话他听进耳朵里有些恍惚,半天后才"嗯"了一声。

"裴陆查案子是老手,他连续两次找了岑词,你觉得他只是请她协助办案那么简单吗?"萧杭问秦勋。

秦勋收回视线,喝了口茶,有点涩。他随后说:"萧杭,我现在只想从周军嘴里问出沈序的下落,是死是活,得给我个定论。"

"其他的呢?"

"其他的……"秦勋想了想,放下杯子,"我不想知道了。"

手机那头沉默片刻,然后问道:"不想确定挽安时跟他们试验的对象是不是一个人?"

"不想。"

"不想知道岑词在沈序的试验里扮演什么角色?"

"不想。"

萧杭在那头顿了顿,又问:"也不想知道,跟沈序走得最近的助手是谁?"

"我查过,在那个项目上,沈序没有最亲近的助手。"

萧杭一字一句道:"但我查出来的是,沈序当年的确是有一个最信得过的助手。"

秦勋一怔。

"你也不想知道?这名助手可能知道沈序所有的事。"

秦勋抿唇,良久后说:"你也说了,可能。"

"就是一层窗户纸的事了,秦勋你很清楚,照着这个方向查下去,咱们很容易就能把这名助手揪出来,你在迟疑什么?怕岑词是挽安时,又或者,怕岑词就是沈序的助手?"

秦勋沉默。

"岑词出车祸这件事,肯定跟沈序的项目有关,也肯定跟周军有关,周军是幕后投资人这件事板上钉钉,那他为什么想除掉岑词?难道只是因为岑词怀疑闵薇薇的情况?"萧杭语气不悦,"我能想到的你不会想不到,只是你想护着岑词。"

秦勋压低了嗓音,淡淡道:"她是我的女人,我护着她有什么不对?"

萧杭噎了一下,还被气笑了:"行,行,你这个理由可真是……太让人挑不出来毛病了。秦勋啊秦勋,你叫我怎么说你呢,你这个千年铁树啊,要么不开花,一开花就成了弱智。"

秦勋无语。

"沈序当年的试验结果一直没被爆出来,是当年导致他失踪的人没下手?还是沈序做了两手准备?你就一点儿不好奇?如果是后者的话,那明摆着就是有人在替沈序偷偷办事,这个人要么就是试验品本身,要么就是那个助手。所以我再问你,为什么岑词会发生车祸?"

秦勋心里堵得慌,像是被巨石压着似的。良久后他说:"别的我暂不考虑,但周军,如果是他想动岑词,我不会让他活着从里面出来。"

轻描淡写的语气,却着实叫萧杭背生冷汗。

"你是不是对岑词……"

"对,很上心。"秦勋接了萧杭的话,"她在别人眼里是怎样的我不管,我只知道她对我来说很重要,而且我想娶她。"

萧杭这次沉默了更久,然后开口:"岑词身上的秘密太多了,你要慎重。"

秦勋笑了,说:"我喜欢她,跟她有没有秘密没关系。"

"你喜欢她……是，她长得好看，挺聪明的，凡事拎得清楚，但是，"萧杭来了个转折，强调，"花仙子奶奶是盲的。"

"她眼盲心不盲。"秦勋淡淡地说。

萧杭提起岑词奶奶听着像是冷不丁的问题，但秦勋明白他的意思。岑词的父母之前是跟岑奶奶住在一起的，后来因工作搬了家，所以从严格意义上说，岑奶奶已经很多年没见过岑词了。

岑词奶奶眼睛看不见，会不会连自己的孙女都认不出？

可是之前秦勋陪岑奶奶聊天的时候，她没少提岑词，关于岑词的习性爱好，还有些细枝末节的东西，岑奶奶都能说得上来，不像是不了解自己孙女的样子。

萧杭对于这点抱有怀疑，这也是他认为岑词有所隐瞒的原因。

听见秦勋这么说了，萧杭也就不再多说什么，只是轻叹一声："但愿你的心也不是盲的。"

有敲门声响起，秦勋开了书房门。

岑词靠在门边，双臂一伸圈住秦勋的脖子，整个人慵懒地靠他身上。他伸手环住她的腰，目光扫了一眼客厅沙发，明白娄蝶她们走了。

"感觉聊得不是很痛快。"秦勋低笑。

岑词的脸埋在秦勋的胸膛上，声音含糊不清的："说不上痛不痛快的，但娄蝶很明显不愿意治疗，她今天来其实就是想跟我说她已经没事了。"

"事实上她的问题更严重了吧？"

岑词抬头看着秦勋："你要不要试试考考执业证什么的，光是用看的就知道她问题严重了。"

秦勋笑说："今天见着她，感觉整个人都阴柔得很，我呢，是个恰巧看过《尘桥》的人，跟莱尘很像。"

"你还真看过《尘桥》？我以为你那天只是随口说说。"岑词惊讶。

"看过一部分吧，没追完。"

岑词一声轻叹："娄蝶一直活在莱尘的角色里不出来，现在接了这个角色，在我看来就是莱尘的翻版。之前她是压力大，心理问题影响生理，出现了胃疼的现象。现在因为重新有了热度，又接了她最熟悉的角色，生理病痛是消失了，可心理恐惧增加了。"

秦勋能理解："她出道大火是因为实力，现在火了是仗着流量，相比实力的持久热度，流量更像是昙花一现，所以她恐惧是正常的。"

岑词点头："所以，她更注重她的容貌。"

秦勋微微松了手臂，低头看着岑词轻笑："你还学不学了？"

这么快就转了话题。

岑词点头，但提了要求："能学点难度大的吗？"

"相信我，沙拉能做好已经是你厨艺的天花板了。"

……过分啊。

料理虾肉的时候，岑词提到了宁重南，说没想到闵薇薇还真有个前男友。门会所在接诊新客户时也要做资料分析，竟然也能被她瞒得滴水不漏。

秦勋认为这倒不是难理解的事，一来可能是恋情太早，二来闵薇薇作为名人，会请团队管理一下自己的花边史，重要的是周军功不可没。

岑词想想也是，周军是始作俑者的话，那闵薇薇有前男友这件事就会被抹得一干二净。

她停了手上的动作，气定神闲地看着秦勋。秦勋被她瞅得莫名其妙，不解。

"一点不惊讶，果然是早就知道宁重南这个人了。"岑词笑。

秦勋抬手挠挠额头，笑得略有尴尬。

"过分。"岑词甩了句，"窃了人家的分手理由，后来连个交代都没有，真是让我蒙在鼓里了。"

"不是有心骗你，就是当时觉得宁重南这个人的存在可有可无。"秦勋轻声解释。

岑词没再计较这件事，问道："当时觉得，那现在呢？"

"你能想到的，裴陆也会想到，能从他嘴里再挖出点料也说不准。"

岑词若有所思。要说宁重南在闵薇薇这件事上能起多大作用，还真是说不准，毕竟相恋一场，像是闵薇薇过往的喜好习惯都很了解，再者说，直到现在他都对闵薇薇念念不忘，那当时周军横插一脚他能忍下这口气？背后不定做了些什么事。

在医院的时候，宁重南没过多谈论周军，但提到周军时眼里还是不悦，心结要说全都打开了不可能。

秦勋抬手揉岑词的头，提醒道："你专注点，手里还拿着刀呢。"

岑词反应过来，笑了笑，继续手上的动作。片刻后问："阿姨几点的飞机？"

"怎么？"

"我们去接她啊。"

"不用。"秦勋笑说，"她方向感很好。"

岑词扭头瞪了秦勋一眼，影射谁呢这是？

"毕竟是为我来的，哪有不接机的道理？再说了……"

秦勋偏头看着岑词，等着她说下去。

岑词没看他，低低地说："因为阿姨是你妈啊。"然后耳根就悄然有了一抹红晕。

秦勋就恰恰瞧见了她耳后的这抹红，心就生了异样感。就好像这红似一团火，烫在他的心口上，又不停地往里钻，心底深处已燃起熊熊烈火。

他从身后将她轻轻搂在怀里，柔声说："闵薇薇的事你做完配合工作就别再插手管了。"

"嗯？"

"这件事，我不想你卷进去。"他低低地说，"越少参与越好。"

岑词一怔，回头看秦勋。

"行吗？"秦勋低头，凝视岑词的双眼问。

岑词看了他好一会儿，然后点头。

可世间的事是你说不想参与就能避开的吗？

至少在闵薇薇这件事上，岑词觉得这就像是一个大网似的，想去逃避，也以为能避得了，但避来避去才发现自己始终在这大网里无处可逃。

周五这天白雅尘来了，聊的还是闵薇薇的事，她没去会客室，就在岑词的治疗室里。

白雅尘说前阵子警方找上门了，问她跟周军的关系，还有她为什么会同意接诊闵薇薇。在述说过程里，白雅尘看上去挺无奈的，原本好心，结果还把自己搭进去了，导致之后的行程都耽误了，只能继续留在南城。

岑词反倒觉得这是好事，让警方查清了也好，省得日后再因为这件事有损声誉。

白雅尘叹气："是啊，做咱们这行的声誉很重要，就是因为声誉，所以我犹豫了好久才决定接诊闵薇薇，谁料到，唉。"

白雅尘这次来不是为了吐槽,她的关注点还是在闵薇薇的情况上,尤其是发生车祸前的情况,希望岑词再说说。

岑词笑着说,这阵子关于闵薇薇的情况她都快说吐了,其实反反复复也就那些。

"您也知道,后来周军一直防着我不让我见闵薇薇,治疗中断了。"

白雅尘喝了一口茶,许久冷不丁问岑词:"现在闵薇薇昏迷不醒,你觉得是生理原因吗?"

"当然了,不然呢?"

白雅尘盯着她:"有没有可能是其他原因?周军被抓哪有那么简单呢?"

岑词不动声色地抿了口茶,说:"这个,我就不清楚了。"

"那你试过唤醒闵薇薇吗?其实只要她醒了,可能很多事都能明朗不少。"白雅尘提议。

岑词放下杯子,说:"白老师,您太瞧得上我了,我真没这本事,她是机能受损,主治大夫都没办法,我更没辙了。另外,周军之前已经终止了我跟闵薇薇的合同,从法律上来讲,我没办法再插手闵薇薇的事了。"

白雅尘点头。临走时她对岑词说:"如果闵薇薇那头需要你帮助你又忙不开的话,可以给我打电话,毕竟算是一场缘分吧。"

等白雅尘走了之后,汤图从治疗室里出来,透过窗子瞧见了白雅尘离开的身影。她倒了杯咖啡,问岑词:"你跟白老师走得挺近的,又是因为闵薇薇的事?"

"想说什么?"岑词也困了,走到咖啡机前,将杯子往汤图面前一放。

"欠你的啊。"汤图嘴上这么说,但还是把岑词的杯子拿过来,倒了咖啡。

"我觉得她是不是对闵薇薇的事太上心了?"

岑词不以为然:"她被你家裴陆牵着,耽误了行程,人家过来说上几句也不为过。"

汤图一耸肩膀。

岑词抬眼看着她笑:"照理说白老师是行业标杆,你不该是这种表情才对。"

汤图低声:"说心里话,我不大喜欢她。"

岑词挺惊讶。

"可能是磁场不对吧,也可能是看不惯她端庄淑雅的样子?"

岑词无奈:"人家端庄淑雅也能惹着你了?总比你个糙女强。"

汤图瞪了岑词一眼:"你家秦勋不在的时候,少到我家蹭饭,别糙着你。"

"我现在可不去,你家经常藏警察。正是情绪最低落的时候,方便你们感情升温,我可不敢轻易露面,怕被……"她示意了一个"手枪"的手势,往自己太阳穴上一比画,浑身一激灵,转身回了治疗室。

汤图翻了个白眼:"你当他回家也带着枪啊!"

说完意识到,竟用了"回家"这个词。

这是岑词第一次见到蔡婆婆进入幻境的样子。

在她又一次来治疗室的时候,跟岑词说着话就没动静了,眼睛直直地瞅着一个方向不动。

刚开始岑词拿不准这种状况,叫了蔡婆婆的女儿进来,她女儿一看就叹气说:"又这样了。"

还挺不好意思的,连连跟岑词道歉,又主张把蔡婆婆带回家。

岑词没让,正好可以观察一下。

蔡婆婆女儿提醒道:"不知道我妈什么时候能醒。"

"没事。"

等蔡婆婆女儿出去后,岑词拉了把椅子往蔡婆婆面前一坐,仔细观察她入幻境的样子。

她很安静,眼里有光,柔和的,叫岑词想到天边的月牙,朦胧又温柔。偶尔还会微微勾动一下嘴角,是笑。幸福的涟漪就漾在唇边,又慢慢揉进了眼睛里。

岑词突然觉得,这一刻蔡婆婆就像是陷入恋爱中的少女,狂热又迷恋。

之后的时间里,岑词终于明白蔡婆婆的女儿连连道歉的原因了。果然就跟她之前说的一样,蔡婆婆进入幻境后一时半会儿都不会出来。

岑词倒也没急,提议让蔡婆婆女儿先回去工作,这边有任何情况她都会第一时间通知家属,蔡婆婆女儿又是一番道歉。

岑词其实也是有私心的,打从知道蔡婆婆的情况后,她就希望能有一天亲眼看见蔡婆婆进入幻境。另外她也想看看,婆婆进入幻境时是不是跟自己一样。

她很肯定那晚在街头看见的人和事就是幻境,他们都来自于她的梦境,绝不会在现实里出现。

但令岑词失望的是,不管是蔡婆婆进入幻境时的状态还是神情,都跟她大相径庭。岑词做了详细记录,从蔡婆婆的反应来看,她的确是在享受着幻境,就像蔡婆婆自己说的，那里的世界才是她的世界。

人可以选择自己的世界吗？

岑词想到了自己，一时间竟也迷惑。到底是有秦勋的这个世界是真实的，还是有那个女孩的世界才是真实的呢？

她狠狠掐了一下自己，当下就是真实的。

直到秦勋打电话来，岑词才意识到窗外都黑了。而蔡婆婆还坐在那儿一动未动，眼里的光依旧在，绚烂得很，像是在经历巨大的喜悦似的，嘴角比之前上扬了不少。

那头秦勋的嗓音听着有些焦急："终于接电话了，小词，你怎么了？"

"我没怎么啊。"

"任晓璇临下班的时候看你一直待在治疗室不出来也没敢打扰你，我给你打六七通电话了，你才接。"秦勋说。

岑词愕然，她真没听见，而且任晓璇什么时候下班的她也不知道。

"我正往你那儿赶呢。"

岑词哑然失笑道："你今晚不是有应酬吗？我没事，快别折腾了。"

"我已经出来了，没事，在诊所等我。"秦勋那头语气明显放松了下来。

等结束通话后，岑词看了一眼手机，这才明白秦勋为什么这么火急火燎。除了他的几通未接电话外，还有汤图的电话、任晓璇的，还有个陌生号码。

再看时间，竟然都快十点了。

微信里有好几条留言。先是任晓璇的，告知自己下班了，诊所大门被她反锁了，怕岑词光顾着治疗，有人进来了都不知道。第二条是她的语音，问她是不是还在诊所，怎么不接电话。

汤图的微信是连环call，还有未接的语音通话，最后一条就是她接秦勋电话前一分钟，汤图在微信里说：任晓璇说临走前你在诊所？到底在不在啊？我现在过去。

岑词赶忙给汤图去了个电话，那头秒接，都不等岑词开口，汤图的一声"谢天谢地"就挤进来了："你可吓死我了，我还以为你被谁打击报复绑架了呢。行了，你家秦总刚打电话给我了，那我就不管你了啊，新上映的电影我看了半截就跑出来了。"

然后，汤图挂电话了。

岑词："……"

还有未读的短信，就是那个陌生号。打开一看，岑词赶忙出了治疗室。蔡婆婆的儿女在车上，见诊所的大门开了，二话没说下了车，岑词见着他俩后连连道歉。

陌生号是蔡婆婆的儿子的，见岑词没接后就在短信中告知，他们的车停在诊所门口，在车里等着，随时联系。

这则短信让岑词看了既感动又内疚。

蔡婆婆女儿轻声说："我们见门锁着，刚开始还以为您下班了，但后来瞧见里面亮着灯，所以知道您应该还在里面陪着我母亲呢。真是抱歉啊，我母亲的情况耽误您下班了。"

他们反而觉得愧疚。

岑词连连说哪里哪里，是她想得不周全，赶忙请他们进去。往屋子里走的时候，岑词心想着还多亏任晓璇临走前把大厅灯给开着，否则真会令家属误会呢。

也是巧了，等他们进来的时候蔡婆婆也醒了，她坐在那儿耷拉着脑袋，整个人看上去挺惆怅。

岑词遗憾，错过了蔡婆婆从幻境里出来的瞬间。

蔡婆婆好像没注意到时间有多晚，许久后说："我跟振声去了昆仑山脉，那里可真美啊。振声从冰层里给我摘了朵小花，蓝色的，别在我头发上，他说，很好看呢。"

她女儿走上前，蹲在地上，抬头看着蔡婆婆，低声说："妈，已经太晚了，咱回家吧，人家岑医生一直等您到现在。"

蔡婆婆这才恍悟，一看时间，赶忙道歉。岑词倒是无所谓，如果不是秦勋来那通电话，连她自己都没觉得已经这么晚了。

岑词给蔡婆婆做了记录，提到幻境的内容，都是跟她丈夫在昆仑山脉做地质勘探时的场景。蔡婆婆说："我们在那儿工作、生活，虽说人迹罕至但当地也有居民，我们相处得很好。"末了感慨地说，"我想留下来，振声说，回去吧，回去吧。我走着走着，就醒来了。"

岑词问蔡婆婆："幻境里是过了多久？"

"像是过了很久，但又像是挺短的时间，一直是白天呢。"

岑词明白了，这幻境里果然是没有时间概念。

蔡婆婆离开后，岑词开始琢磨幻境这种事。一切都清晰明了得很，一切也那么不合理地存在着。

蔡婆婆不可能做这么场戏来演给所有人看，这很不现实，而且她演戏的目的是什么？幻境为什么会形成，这是她最该关注的问题。查明了因，才能解决果。

秦勋进门的时候，瞧见岑词就跟入定了似的一动不动。他上前，倾身盯着她，试探着唤道："小词？"

岑词目光有了焦点，然后没头没脑地说了句："可能是因为太怀念了。"

"什么？"

岑词这才反应过来，轻轻一笑道："你来了啊。"

往餐厅走的时候，岑词跟秦勋解释了那句没头没脑的话的意思。

"蔡婆婆的情况很简单，这辈子的阅历也摆在那儿，没什么藏着掖着的经历，所以我在想，蔡婆婆的幻境，很大可能是因为太过怀念了。"

秦勋想了想，说："你的意思是，强烈的意念产生真切的幻觉。"

岑词点头，就是这个意思。

虽然在解释上挺匪夷所思，但这是她能想到的最大可能。人的心理复杂多变，人的精神力又神秘莫测，这是她工作多年的总结。

有人说，意念可造城，大抵的意思就是，通过强大的意念力，可以建造一座属于自己的城池，牢不可破。但这城池只属于自己，在意念人的眼里，那是个真实的世界。

"蔡婆婆的女儿说，自打蔡伯伯过世了后，蔡婆婆是日日夜夜都没断了思念，甚至还大病了一场。那时候蔡婆婆的身体虚弱得不行，医生都下了病危通知书，没想到蔡婆婆挺过来了，从那天开始她就开始进入幻境。"

秦勋若有所思："幻境本来就是虚想，这也许就是蔡婆婆活着的最大动力了。"

蔡婆婆想得通透，可能有一天真累了，就想随着幻境里的人去了。一时间，岑词竟挺羡慕蔡婆婆的。

"说说你吧。"秦勋对旁人的事情其实不大感兴趣，"刚才在诊所里真的没事？"

岑词强调了自己没事，说手机调静音了，因为怕打扰到蔡婆婆。

"我还打了诊所的座机。"秦勋道。

岑词"哦"了一声，说："可能是我想事情想得太专注了，而且治疗室的门关了,电话铃声也不会听得太清楚。"

秦勋狐疑地看了岑词一眼,随后抬手摸了摸她的头,语重心长说:"如果有哪儿不舒服一定要跟我说。"

这个时间路上不堵,很快到了忆餐厅。萧杭见他们来了,就把钥匙交给了秦勋,岑词见他还在,挺不好意思的,连连道歉。

萧杭笑说:"没事,我就一孤家寡人,不用约会也没佳人陪的,待到几点都行。"

临走时他冷不丁跟岑词说了句:"岑医生,你一定要好好对秦勋。"

说得岑词一愣,好半天反应过来,说:"这是当然。"

翌日就是周末,岑词最紧张的时刻到了。

紧张到握方向盘的手都在抖,这一幕倒是让秦勋看乐了,他跟她换了位置,握着方向盘跟她说,要从容淡定。

"你见我奶奶的时候都没怎么紧张呢。"岑词抱怨。

秦勋轻轻一打方向盘,笑道:"天地良心,我怎么没紧张?比我第一次签了千万大单还紧张。"

岑词惊讶:"你第一单就签了千万啊,太牛了。"

"不是说紧张的事吗?"

也对。

"那你现在身家多少?"岑词问。

秦勋含笑:"好奇?"

岑词挑眼看秦勋的侧脸,有预感,不管这话怎么回答都免不了被他揶揄。但闭口不接话也不明智,而且秦勋也压根儿没给她开口回答的机会。

他半玩笑半认真地接着说:"嫁给我不就一清二楚了。"

拜这句话所赐,岑词至少不紧张了,一路上的心情都成了起伏不定。

机场,岑词和秦勋等了挺长时间,估摸着头等舱的人都出得差不多了也没见着人。

岑词:"是不是行李托运上出什么问题了?"

秦勋抬腕看了看,许是在计算时间:"经济舱的人还没出来。"

"阿姨坐经济舱?"

"头等舱的人我看出得差不多了,那她应该就是坐经济舱了。"

岑词纳闷嘀咕了句:"机票这么紧张呢,也不是节假日高峰期什么的。"

"跟机票紧不紧张没关系,我妈她就爱坐经济舱,可能觉得经济舱热闹吧,她就特别喜欢凑热闹。"

这着实令岑词没想到。

"哦对了,我妈那个人爱臭美,也不喜欢别人把她往老了叫,所以见着她之后别喊她阿姨,叫她 Lisa 就行。"

岑词"哦"了一声,虽然直呼名字也没什么,但毕竟是第一次见秦勋的妈妈,还是以他女朋友的身份,就叫得这么直接是不是不大好?

秦勋看出岑词的心思,抿唇笑了笑,说:"当然,如果你觉得敬意不够,那么还有个称呼你可以提前叫。"

岑词抬眼,撞进了他的目光里,那目光含着笑,就似藏了无穷尽的银河有光亮。她心脏一下子蹦到了嗓子眼,太阳穴也一鼓一鼓地躁动。

秦勋嘴角上扬,意味深长:"反正早晚都得叫。"

这话闯进岑词耳朵里,又让她的喉咙变得干涩了。他可真能撩。

正想着,就听秦勋轻声说了句:"出来了。"

岑词一激灵,忙抬眼去寻。

闸口出来的一些人中,有轻装的,有推着两三个大行李箱的,有情侣边走边打闹的,有面无表情步履匆匆的,有打着电话找人的,有塞着耳机听音乐的……短短出场,演尽了人间百态。

有一位女子,在人群里格外惹眼。波浪长发,头戴白色鸭舌帽,太阳镜遮了大半张脸,简约的运动套装,裤腿是七分的,露出一截白皙的小腿,脚踩一双挺夸张的老爹鞋。她身上就一个小包,单肩背着出来,实用又洋气。

之所以能引起岑词的注意,是因为女子身上的气质,很高贵,却又很青春。她突然有种预感,这就是秦勋的妈妈。这预感来得挺没根据的,之前岑词没见过秦勋妈妈的照片,但也想过她可能的形象,跟岑词以往见过的贵妇形象差不多。

所以心中的预感沸腾时,岑词又觉得或许这次第六感不灵光。念头还没落,就见那女子朝着秦勋招了一下手,秦勋笑着冲里面点了点头。

岑词惊愕脱口:"她……真是你妈?"

秦勋被岑词的话逗笑:"当然。"

说话间女子已经上前，隔着几步远就展开双臂。秦勋一手抱着束花，一手插兜而立，没动，就是微微弯着嘴角笑着。

岑词用余光能看见秦勋的反应，心想着，这做儿子的反倒是冷静内敛的呢，下一秒她就被人搂住了。

岑词第一反应就是，好清香的气息呢。第二反应是，呃？女子张开双臂原来是冲着自己的？

岑词当场就蒙了，但肢体是存在条件反射的，她跟女子回搂了一下。女子很快松开了她，太阳镜一摘，目光里有笑："小姑娘长得真好看。"

岑词觉得对面的女子是真好看，也终于明白秦勋的眼睛为什么那么好看了。女子的目光清澈，也充满了智慧，看上去是那种虽说经过大风大浪却又能保持初心的女人。换言之，生活得很随遇而安。

岑词张了张嘴："阿……Lisa，您好。"

秦妈一听，笑道："秦勋连我的喜好都跟你说了，不错。"她的嗓音很好听。然后又看了看岑词，"嗯"了一声，眼里的笑意很温暖。

岑词紧张得够呛，一时间竟揣摩不了这个"嗯"的意思。

秦妈这才转头看向秦勋："眼光不错。"

秦勋竟笑得有些腼腆，腾手揽过岑词的肩膀，轻声说："是，好看。"

岑词不大好意思，暗自挣脱了一下，没如愿。秦妈抬下巴朝秦勋怀里示意了一下："送我的？"

"是。"秦勋将怀里的花束递了过去，补上句，"小词选的花。"

秦妈接了过去，眼里都是笑意，抬眼看岑词说："托你的福，这是我第一次从秦勋手里接到花。谢谢你啊，小词。"

"不客气，应该的。"

往停车场走的时候，秦勋牵过岑词的手，吓了她一跳，赶忙抽手，却被秦勋攥得更紧。

秦勋笑道："你真不用紧张，我妈很好相处的。"

车行一路，岑词挺少说话。秦妈热情，一直拉着她说话。问长问短的，但都是在问岑词工作上的事。等秦勋将车开进地下车库的时候岑词才发现，竟然到家了。

临进门前秦妈问了一嘴："小词，我儿子经常来你这儿住？"

虽说一路相谈甚欢，但这话问得一时间让岑词有了谨慎，不知道怎么回答好。

倒是秦勋，风轻云淡地说："不是经常，基本上只要在南城我都会住她这儿。"

岑词一激灵，悄悄抬眼打量秦妈的脸色。

只见秦妈一声叹气，却在指责秦勋："你是男人，应该把心爱的姑娘往自家带，而不是天天往姑娘家里钻，你是没房子还是没钱啊？"

秦勋为她拿了双备用拖鞋："妈，小词每天要上班，诊所在新城区这边，离家近。"

"每天上班怎么了，你送她不就完事了。"秦妈进了屋，换鞋的时候怼了一句。

真真儿是把秦勋怼得一句话没有了。

岑词觉得这个时候自己应该开口说句话了，于是说："Lisa，是我比较懒，想着能多睡会儿懒觉。"说到这儿又觉得不妥当，补上句，"我是觉得他那个房子一点烟火气都没有。"

秦妈笑："你去了不就有烟火气了？"

岑词脸颊微微一烫。

"他来你这儿住，你家人没什么意见？"秦妈又问。

这是打从见面到现在，秦妈第一次问及她的家人。

岑词轻声说："我奶奶知道我和秦勋的情况，没反对。"

秦妈似乎松了口气："那就好，我就怕你家人会多想，毕竟你是女方，我要是有个女儿也会担心，怕孩子吃亏。"

秦勋似无奈，道："您儿子是那种人吗？"

秦妈瞥了他一眼，没说话。

汤图来送果盘的时候快中午了，岑词系好围裙正打算往厨房里钻。

见着秦妈之后，汤图惊呼："阿姨，您也太年轻了吧，跟秦总走出去说是同龄人都不会有人怀疑的呀。"

前一句"阿姨"叫得岑词心里一咯噔，后面那句说完她这颗心就放下了。汤图是出了名的会说话，像是这种性格肯定招长辈喜欢。

果不其然秦妈笑得开心。

汤图又送了一大束花，秦妈连连说破费了。汤图那张嘴可会说了，但听着就是故意的。

"哪会破费呀？您是小词的未来婆婆，是小词生命里很重要的人，那我是小词最要好的朋友,您当然也是我很重要的人了。"

"这姑娘……"秦妈笑得合不拢嘴。

岑词进了厨房后,汤图就陪着秦妈在客厅里聊天,时不时就能听见笑声传过来。

岑词将手里的菜放到一边凑近秦勋,秦勋转头瞅了她一眼,问:"有话要问?"

岑词支吾:"那个,你妈从见着我开始到现在都没问过我家里的情况,她是不是……"

是不是,觉得咱们只是谈着玩儿?是不是对她不大满意?这些话都被岑词憋在肚子里,她有这种担忧,但不知道该如何开口问。

秦勋明白了岑词的意思,停了手里的活,拉近她,故意笑问:"你在担心啊?"

岑词哪有心思跟他逗乐,推了秦勋一把。

秦勋又拉住她,不逗她了,说:"放心吧,我妈肯定是很满意你的,要不然刚才汤图说未来婆婆的时候,她怎么笑得那么开心?"

"不是因为汤图会说话嘛。"

"我妈保养得好,比同龄人年轻是事实,每天夸她年轻的人不知道有多少,就像是你,有人夸你长得漂亮,你还会心花怒放吗?或者你以为是汤图那束花?她又不缺花,我爸几乎天天给她送花。"

岑词哑巴了半天,说:"也是啊。"

"所以,真正让她开心的,就是汤图替你说的那声'未来婆婆'。"秦勋眉开眼笑。

岑词心跳加快了,却是言不由衷地说了句:"我也不是这么想的,就是觉得奇怪,问问。"

秦勋眼里笑意加深:"我妈那个人啊,等你以后跟她相处时间长了就知道了,她不是不关心你的家庭情况,她是觉得没必要刨根问底。我是她生的,她对我最了解,我喜欢上的姑娘肯定是最好的,所以她不操心。"

"这是你的想法。"

"我的想法就是她的想法,她是我妈,我还不了解吗?"秦勋说着又凑近岑词,"再说了,从我妈希望你能住我那儿的态度,你还不明白是什么意思?"

岑词心里有喜悦荡开,最开始清浅,后来渐渐成了汪洋。但她还不想表现得那么明显，将秦勋推开，说："不明白。我们就是在谈恋爱嘛，有什么好明白不明白的。"

秦勋看着岑词轻笑，倒也没多说什么。

岑词做了道拿手菜，就是秦勋教她的那道沙拉，端上桌时心里直打鼓。

岂料秦妈瞧着大赞："不错啊，营养均衡，看着又漂亮。"又问岑词，"做心理医生的都这么心灵手巧吗？"

说得岑词挺不好意思的。秦勋给了她一个眼神：是不是，我说得没错吧？

汤图绝对是识时务者，见好就撤。岑词觉得有汤图在，起码在气氛上不用担忧，但汤图声称要去给裴陆送饭，先行一步。

等汤图走了之后，秦妈不解地问岑词："是她男朋友吗？还需要给他送饭？"

这下岑词可真就彻底相信，秦妈对她以及她周遭的人际关系一概不知。她跟秦妈解释了裴陆的工作性质，因为她有预感，对于女朋友主动给男朋友送饭这种事好像入不了秦妈的眼。

秦妈闻言恍悟，果然是如岑词想的那样。

"这还能理解，我还以为她男朋友被她惯坏了。这男人啊，绝对不能惯着。"

闻听这话岑词不着痕迹看了一眼秦勋，忍笑"嗯"了一声。

末了秦妈又叹："做警察这个职业啊，听着挺威风凛凛，但太危险了。我要是有女儿啊，可能就不会考虑让她嫁警察。"

岑词真替汤图捏了把汗，态度开明的秦妈都这么想，据她所知，汤图的爸妈很是希望汤图能嫁得安稳。

"秦勋呢，他从商，虽然都说商场如战场，但商人相比警察来说就安全了很多，小词你说是吧？"

秦妈突然这么问，弄得岑词一愣。

秦勋轻声说："妈，您这话问得有歧义。"说得就好像岑词跟裴陆处过对象似的。

秦妈反应过来，马上解释："我没别的意思，就是说我儿子的职业更安全，起码嫁给他之后不用提心吊胆。"

岑词耳根子阵阵发烫，清清嗓子，低低说了句："Lisa，我明白你的意思。"

"明白就好，明白就好。"秦妈笑着说。

秦勋侧过身故意问岑词："真明白假明白？"

岑词没搭理秦勋,用胳膊肘顶了他一下。

秦妈是很好的捧场者,至少岑词这么认为,一桌子的菜,她把沙拉吃得最干净。岑词觉得秦妈情商特别高,沙拉她不是没尝过,跟秦勋的厨艺比差远了。

在此期间,秦妈还询问了岑词的伤势,岑词说没事了,伤口恢复得很好。秦妈语重心长道:"没想到做心理治疗师也会有危险呢。"

"对于我们这个职业,很多人都不会往深了想。"岑词一提到职业的话题,整个人就放松了很多,"面对复杂的人性,你永远不知道下一刻是安全还是危险。"

秦妈点头:"我要是有女儿啊,肯定就当温室的花儿来养了。"

没等岑词做反应,她话锋一转:"不过,我这不马上要有女儿了?"说着拉过岑词的手,轻轻拍了两下,"是吧?"

岑词心口突突跳,下意识看了秦勋一眼。秦勋含笑与她对视,就是不帮腔。她不知道该怎么回答秦妈,就只能垂下眼眸,含笑不语。

秦妈见状,抬眼一扫秦勋。秦勋笑说:"妈,您就别操心了。"

问及秦妈在南城的行程,她说:"本来是订的今晚的机票。"

岑词惊讶,就连秦勋也没想到。

"你爸还在罗马等我呢。"

秦勋恍悟:"那你也不用这么着急吧。"

岑词虽说对于秦家的处事方式极为想不通,但也还是跟着秦勋一同劝说,毕竟是来看她的,连夜都不留说不过去,便说希望秦妈能在南城多待两天,她可以陪着她到处转转。

秦妈摆手:"南城就不逛了,我也是经常过来,对于南城不陌生。只是我刚才听你提到了你奶奶,她也在南城吧?"

岑词点头。

"所以我想了想还是留一晚,行程改一下,去看看你奶奶,方便吗?"

岑词没料到秦妈会有这个决定,愣了一下,然后点了点头。

汤图拎着饭盒来公安局的时候,正好瞧见钻天猴从小会议室里出来,身上带着挺浓的烟味,呛得她差点打一个趔趄。

见汤图来了,钻天猴原本紧皱着的眉就忽而舒展,一声"嫂子"叫得脆生生的,眼珠子往她手里的饭盒上打转悠,嬉皮笑脸地说:"这是给头儿送的呀?"

汤图早就见惯了他那副样子，跟裴陆痞起来一个德行，把饭盒往他怀里一送："有你的份啊，行了，拿去分了吧。"

"遵命！嫂子！"钻天猴抱着饭盒就跟抱着块金砖似的，下巴又往最里间一扬，"审了周军一个通宵，眼睛没合几分钟，整个上午又出警，估摸着在里面补觉呢。"

汤图心里有数了，对钻天猴笑说："下次给你卤猪蹄吃。"

"谢嫂子！"

裴陆的确在补觉，但也没正儿八经睡，就和衣躺在沙发上合着眼，呼吸听着像是睡得挺沉。

最里间是个挺小、挺简单的休息室，平时熬夜办案的人员扛不住了就来这里凑合着休息。其实就是用简单门板隔出来的这么一间房，连沙发都是简易的，不知道是谁家换下来的老旧沙发吧，扶手上的皮子都爆开了。

沙发对于裴陆来说太小，他躺在里面着实委屈，挺高的个子，尤其是一双大长腿，想要完全蜷进去不大可能，所以他的身子躺在沙发上，双腿是搭在扶手上的，露出大半截。

汤图手脚放轻，但做警察的养成了警觉的习性，她刚把门关上，这边裴陆就蓦地睁眼了。

裴陆将汤图送来的饭菜吃了个干净，甚至把钻天猴分去的那份也给吃了，吃完又补了小半壶的茶，这才缓过劲来。

钻天猴临出门前哭丧着脸说："嫂子，下次我接到饭就直接吃进肚子，让裴队连饭菜的影儿都见不着！"

裴陆甩了个眼神过去："你试试。"

钻天猴一溜烟儿跑了。

休息间的门是玻璃的，能看见外面的忙碌。趁着没人往这边瞅，裴陆伸手搂了汤图，轻声说："今晚我要是能早下班，就去你家。"

汤图赶忙拍开他的手，冲着外面一示意，裴陆笑得爽朗。

"去我家干吗？"汤图故意说，"中午给你做一顿就不错了，晚上还得伺候你啊？"

说完这话蓦地察觉哪里不对，抬眼再看裴陆，他笑得带点坏。

"我是说，晚上你去我那儿，我还得给你做饭。"汤图解释了句。

裴陆不紧不慢笑说:"我的意思是,晚上去你家接上你,咱们看看电影约约会什么的,你想到哪儿了?"

汤图瞪了他一眼:"身为警察,你这是公然诱供。"

还晚上看电影约会呢,每次说得都挺好。

裴陆一脸无辜:"天地良心,我说什么了就诱导你了?"

汤图懒得跟他贫,他精力旺盛的时候嘴皮子也不差。

"哎,警察问你话,你如实回答。"

"什么?"

"听说今天秦勋的妈妈来了?"

汤图点头:"对,在小词家呢,哎,"她反应过来,"这事你都知道呢?"

"秦勋前阵子跟我说的,就像是无意当中提到一嘴似的,实际上我觉得他有显摆的意思。"裴陆一撇嘴。

汤图抿唇笑而不语,这俩男人都挺孩子气。

"所以,"裴陆一脸正经地问她,"你什么时候打算让我见阿姨?"

"啊?"

"你爸妈喜欢什么?回头我上门的时候提前准备准备。"裴陆还挺跃跃欲试。

汤图反应过来,脸就腾地烫了一下。

"瞎说什么呢?"

裴陆十分不解:"我哪儿瞎说了?咱们已经在一起了,见你父母有什么不对?"

"我觉得时间还短……"

裴陆想了想说:"咱俩好像也就是跟岑词秦勋他们前后脚在一起的吧,差就差在……还没同居?"

汤图听得心跳加速,气息也急促了不少。

裴陆将她拉到怀里,偏头轻声问她:"你觉得,你爸妈对我能满意吗?"

这么一问倒是挺严肃的。汤图还真往这方面想了。

"应该挺满意的吧。职业是危险了点,但是我喜欢,我爸妈也不会反对。"

"你说的啊。"裴陆笑得扬眉吐气的,"那我心里就有数了。"

汤图这才意识到自己掉坑里了,脸一臊,推了裴陆一把。

钻天猴走到门口的时候正好瞧见这一幕,搁平常他绝对就不做程咬金了,但此时此刻也不得不硬着头皮,抬手在玻璃门上敲了敲。

裴陆回头瞅了一眼，汤图一瞧被人看了个正着，顿觉尴尬。

钻天猴推门进来，直截了当地说："头儿，周军他试图自杀。"

岑奶奶和秦妈相谈甚欢。

秦妈平时也是个喜欢花花草草的人，还没进庭院呢，就被院外大团的绣球吸引，进了院子两眼更是不够用了。岑奶奶得知是秦勋的妈妈，更是别提有多热情。

秦勋和岑词落得清闲，坐在葡萄架下，秦勋帮着岑词给花盆培土，轻声说："我妈这次来挺唐突的，奶奶是静惯了的人。"

"没关系，Lisa跟奶奶志同道合，奶奶高兴还来不及。你看我平时来这儿，也没见奶奶说过这么多话。"

秦勋看过去。秦妈和岑奶奶两人正围着一盆牡丹花谈话，偶尔能听上那么一耳朵，好像是什么新品种。他笑，压低嗓音说："我妈啊，平时的确喜欢花花草草，但也是奇怪，养什么都不开花，我家有一盆米兰，被我妈养了十多年，到现在我都没见过开花什么样。"

岑词忍笑叹气："那跟我还是有一拼呢。"

"所以我妈喜欢你。"秦勋见缝插针。

岑词垂下眼眸，藏住心中喜悦，故作淡若清风："听说但凡大户人家，事儿都挺多。"

"谣传。"秦勋轻声，"我家就很简单，我妈是老大，我爸是老二，我是老三，哦，可能我在家里的地位还不如那盆米兰。所以你还担心什么？我爸对我妈言听计从。再说了，我家的户也不大。"

岑词觉得秦勋的心思昭然若揭了。她清清嗓子，眼波有娇有媚的："Lisa是不是特别喜欢女儿？打从见面到现在，她前后三次提到'我要是有女儿了'。"

秦勋不自然了，但也老实承认："是，听说当初怀我的时候我妈以为是女儿，等生下来见是儿子之后大哭了一场，我爸就劝我妈，说生男生女都一样，男孩儿也挺好的。"

这话听得岑词还真是一愣，紧跟着忍不住笑了，问道："那之后怎么没想着再要一个呢？"问完这话，她猛地意识到这话问得不合适了，赶忙道，"嗨，我就是瞎聊。"

以秦家的条件，不是多个孩子就养不起，没要，那肯定是有没要的理由。

也幸好没傻到在Lisa面前这么问，否则肯定是往人心窝子里扎刀。

秦勋见状，笑说没事："我妈之前身体不好，不适合再生育，等身体养好了，也错过了最佳的生育年龄。"

岑词了然。

"所以，如果想要孩子，就要早结婚，早生育。"秦勋冷不丁把话往回一兜。

岑词手一顿，抬眼看秦勋。他唇角含笑，一直蔓延入眼，凑近她轻声补上一句："女人生孩子早，身材恢复得也快。"

岑词明明知道，秦勋是在一点点试探她的反应，就像之前他一点点走进她的世界，等她反应过来早已习以为常。她知道他的意图，什么都清楚，可还是心跳不止。

刚想开口，手机响了。岑词双手沾着泥不方便接听，就抬着双手，起身往裤兜里示意一下。秦勋乐得为她效劳，替她掏手机时还不忘趁机占了一把便宜。

岑词瞪了他一眼，耳朵往手机上贴，却很快变了脸色。

第二十四章

周军这次自杀闹得挺离奇。

据钻天猴说在审讯的过程中,审着审着他突然性情大变,冲着警察这边冲过来,有袭警的架势。被警察制伏后他的情绪还是很激动,一度拿头往桌上撞,撞的力度还十分大。

"冲着不想活的劲儿去的,一下撞上去脑袋就流血了,肿了挺大一个包。"裴陆跟岑词简单描述了一下周军的情况。

周军被送到医院处理伤口,钻天猴盯着去了。

裴陆心思缜密,前思后想后给岑词打了通电话。等岑词和秦勋赶到的时候,裴陆跟汤图两人已经在公安局附近的咖啡馆等着他们,并提前叫好了冰咖啡。

周末,天色擦黑的时候也是热闹的开始,这个季节适合晚归。咖啡馆里的人也不算少,进了酷暑,大家吃饭都晚,或者打着减肥的名号在咖啡馆里点一杯纯美式,再加一片全麦面包或蔬菜沙拉就算是一顿了。

裴陆没心思喝咖啡,除了牵扯到案情的、暂时不方便透露的没讲外,关于周军这两天的情况他都跟岑词讲了。说完周军的情况,他由衷地补了句:"照理说周军的情况不该麻烦你,但我觉得周军不是简单的寻短见,像他这种利益至上的人,求生欲望远远高于寻常人,怎么就突然寻死了?"补完这句话,裴陆又不着痕迹地看了一眼身边的汤图,又扫了一眼秦勋。

汤图并不希望岑词参与进来,这是在公安局的时候她就已经表明过的态度。当然,裴陆也绝对相信秦勋的想法跟汤图一样,毕竟岑词之前发生过危险。他本身也是想着，尽量不让岑词参与进来。可周军这种反常，裴陆觉得好像只有让岑词过眼了才能放心。

此时此刻汤图低垂着眼不知道在想什么，秦勋的面色不大好看。他们的心思，裴陆不是没看在眼里，但为了办案，他也是没办法。

岑词的注意力都在周军身上，闻言后问裴陆："你的意思是？"

裴陆赶忙说："我在想啊，周军会不会有什么隐疾，如果你能对他稍微施加点引导，是不是有些事就能真相大白了？"

"不行。"开口的是秦勋，眉头一皱十分不悦。

汤图这次是绝对站在秦勋这边的，她说："我也觉得不妥，周军现在什么情况谁都不清楚，万一他是故意的呢？万一再有别的目的呢？万一伤害小词呢？"

裴陆对这两人的反应没做回应，就瞅着岑词。岑词问他："你的意思是，希望我影响周军的意识？"

"是引导。"裴陆纠正岑词的说辞。

岑词忽而笑了："其实你始终相信网上的那些话，对吧？"

这话令裴陆尴尬，他清清嗓子，强调："我相信你的专业能力，像是之前的古董案，也是因为有你的帮忙才破的。"

岑词轻轻点头："话是这样说没错，可是裴陆，很多时候意识引导后的结果在法律上都很难界定，因为法律上无法判定意识引导后的结论是真相，还是精神分析师强加的主观意愿。"

裴陆沉默。

"所以啊，这件事你不适合再介入了。"汤图轻声说，"闵薇薇是你的客户，周军不是。"说到这儿她转头对裴陆轻声说，"你要理解，小词是我最好的朋友。"

裴陆点了下头，好半天没说话。

岑词看了汤图一眼，敛眸想了想，说："或者，我可以去看看周军。"

"小词。"秦勋低低唤了她的名字。

岑词微微一笑："我相信裴队肯定会做好保护工作吧？"

"当然当然。"裴陆两眼发亮，一拍手，说，"你放心，国家怎么保护国宝的，我们就怎么保护你！"

汤图一拉岑词的手，叹气："你又何必插手呢？"

岑词笑道："可能是上天注定的吧。"话毕伸手戳了戳秦勋的胳膊，"笑一个呗。"

秦勋脸色没恢复。

"那你还能眼睁睁看着我出事呢?"岑词故意问。

秦勋的情绪真是被她牵着走,想要再多生一会儿气都生不起来,他重重一叹气:"当然不能。"

"那就行了,你们就别操心了。"岑词语气轻松,"裴队都说了,会像保护国宝似的保护我。"

裴陆再次保证:"没错!放心!确定、一定以及肯定!"

汤图瞪了他一眼:"国宝那都是锁在柜子里保护的。"

周军的脑袋裹得跟火柴棍似的,靠坐在急救室里的椅子上合着眼,不言不语,也不动。

用钻天猴的话说就是:"来医院的路上都不消停,逮哪儿撞哪儿,真跟不要命了似的,脑袋上可不止一个包。"

所以岑词看见周军后脑海里最先蹦出来的念头是:本来长得就不好看,再满脑袋是包,那就更难看了。

秦勋也没料到周军会对自己这么狠,愣了一下,低声道:"以前西装革履还算是仪表堂堂,现在真是……"

岑词也压低了嗓音:"你可能对仪表堂堂这个词有误解。"

周军对于大家的到来没什么反应,不管裴陆怎么问他都不做回应,像是完全屏蔽了外界似的。岑词决定单独留下,让其他人出去等着。

"周军明显就是在抵触,大家都在场的话,我确实很难发现问题。"

话已至此,秦勋也没辙,只好跟着大家伙儿一同出去。

裴陆拍拍秦勋的肩膀说:"放心,咱们随时盯着里面。"

秦勋没搭理他。

岑词拉了把椅子坐在周军面前,背对着房门。两人离房门都有一段距离,隔着玻璃窗,裴陆和秦勋都在盯着周军,防止他有攻击性的举动。

一门之隔。门外几人不敢掉以轻心,门内气氛似凝固。

"周军,你为什么要自杀?"岑词淡淡地问。

周军仍旧合着眼,就跟睡着了似的,但岑词很清楚他没睡着,他的呼吸、他的面部肌肉都显示着他的清醒。

岑词也不着急,轻描淡写道:"我来也不是要给你做思想工作的,更不会劝说你坦白从宽抗拒从严,只是有一个问题要问你。"

周军没反应。

岑词身体微微前倾,用极低的嗓音,不紧不慢地问了他一句:"你知道戚苏苏吧?"

话音刚落,就见周军蓦地睁眼,他盯着岑词,面部肌肉有明显的抽动。

由于周军的突发状况,打断了原本周末的相聚时光。所以翌日,在机场送别 Lisa 的时候岑词表示抱歉。

Lisa 笑说:"我本来就是打算看你一眼就走的,昨天临时改变行程已经给你们添了麻烦,现在该看的都看了,你不用跟我道歉。"又拉过岑词的手,轻声说,"也不知道为什么,见到你第一眼的时候就觉得好像在哪儿见过,或许这就是人们常说的眼缘吧。"她看着岑词,眼里有明显的喜爱和欣赏,又看向秦勋,"不能辜负人家姑娘。"

秦勋一脸无奈:"妈,您儿子是那样的人吗?"

Lisa 走到他跟前,压低了嗓音:"别抻着了,差不多的时候赶紧提。"

秦勋明白她的意思,低笑道:"好,您放心吧。"

岑奶奶也跟着一同来机场了。老太太也是性情中人,跟 Lisa 可谓是一见如故,所以得知 Lisa 今天就走,说什么都要一同跟着来机场送别。

等过安检的时候,Lisa 拉着岑奶奶的手说:"说不准下次咱们再见面的时候,这关系啊就更进了一层呢。"

话说得清晰明了,岑奶奶在那头乐呵呵的,这头岑词倒是不大好意思了,下意识抬眼去打量秦勋,不想秦勋正在看她,目光里含笑,嘴角弯弯。

下午还没到预约时间,冷求求就来了,还是冷延陪着,冷霖没来。

任晓璇进治疗室告知的时候又是一脸羡慕:"哎,人家的叔叔啊,可真是人家的,幸福死了。"

这话说完转身就要往外走,治疗室的门刚开了一条缝隙,岑词就叫住了她:"你希望有个像冷延这样的叔叔?"

任晓璇背对着门口而站,回答:"当然了。"

"为什么？"

任晓璇想都没想地说："人帅，事业有成，还体贴，你看他对冷求求多好啊！"

"可是他是叔叔，不是男朋友。"

任晓璇"哦"了一声，笑呵呵的："哎，自动忽略这层关系了。"

一句随口的话，却叫岑词起了兴趣："换作是你的话，你会对这样的叔叔有非分之想吗？"

任晓璇连连摇头："肯定不会啊，亲叔啊，换作别人家的叔，我肯定就会了。"

岑词笑了笑，余光扫了一下门口，隐隐的，有身影。她继续问任晓璇："那如果，这样的亲叔对你有非分之想呢？"

"怎么可能呢？有层血缘在呢。"任晓璇不以为然地说。

"我说的是假如。"

"那我肯定得吓死。"说到这儿她才蓦地反应过来，冲着岑词直摆手，"岑医生，你是不是以为我对那位冷先生有什么心思呀？千万别误会，我吧，也就是平常嘴上说说，真的哪敢啊！"

岑词被她逗笑，下巴一扬，说："出去吧。"

等冷求求进来的时候一直耷拉着脑袋，步子迟缓，冷延先她一步，见她没跟上来，扭头一看，笑了笑，伸手轻拉她的手腕。

冷求求看上去十分紧张，被拉着的那条胳膊就跟僵住了似的。

坐下后，她瞅着岑词的眼神里也充满了不安。等岑词抬眼，她又赶忙移开目光，低垂着脸。

岑词轻声问："脸色不大好，昨晚没睡好吗？"

冷求求先是摇头，紧跟着又点头，吞吞吐吐道："梦做得挺多，是没睡好。"

"做了什么梦？"

许是冷求求没料到岑词会追着问，愣了片刻，然后喃喃道："忘、忘了。"

岑词笑了笑："是啊，我们的大多数梦就是用来遗忘的。"

冷延见到了治疗时间，跟岑词寒暄了两句，正打算出去等的时候，不料岑词叫住他，说："治疗开始之前先简单地聊聊天，家属在也好，其实这也是治疗的一部分。"

冷延没拒绝，拉了椅子坐在冷求求身旁。治疗室的面积其实不小，但冷延就是紧挨着冷求求而坐，胳膊几乎要贴着她的胳膊，岑词发现，冷求求似乎更紧张了。

等冷延坐好后，岑词补上了句："有时候家属的鼓励是很重要的，冷先生，您说呢？"

"当然。"冷延左腿跷在右腿上，靠着椅背，相比一旁局促的冷求求，他看上去十分悠闲。

岑词微微一笑，目光落回冷求求身上，问了些问题。大抵都是最近这几天过得怎么样，有没有试着去接触谁，这期间跟别人接触时有没有增加肢体触碰的时间，等等。

冷求求刚开始回答的时候有些小心翼翼，后来在岑词的引导下，整个人渐渐放松了下来。一一作答，表示说整体都还可以，跟从前相比好多了，至少跟同事有肢体接触的时候不会表现得跟之前一样，如临大敌。

"进步很多啊。"岑词夸奖。

冷求求轻声说："是岑医生做的脱敏治疗方案好。"

"那也要你配合才行，相信医生是最关键的，否则再好的方案也无济于事。"岑词又问她，"这几天有没有试着喝带颜色的水？"

冷求求唇角微微僵了僵，低垂了眼眸。岑词瞧见她的紧张劲又上来了，咽了一下口水。

冷延见状，微笑着摸了摸冷求求的头说："不敢喝没关系，我们慢慢来。"

"是在原来的基础上没有进一步的尝试，还是尝试失败了？"岑词轻声问。

冷求求迟疑，好半天说："我没敢尝试。"

"你已经进步很大了，至少生理上的排斥反应减轻了不是吗？"

话虽这样说，但岑词还是在评估表的其中一栏上打了个"×"。之前听冷霖说，冷求求已经不大排斥带颜色的水了，照这个进度看，她应该是进入到尝试失败阶段，而不是连尝试都不敢尝试，这中间一定是发生了什么事。

她又在后面打了个"？"。

岑词不动声色地抬眼，给予冷求求鼓励："真的，已经很不错了。"

冷求求眼里燃起希望："是吗？岑医生，我真的能治好吗？"

"当然。你能相信我，我就能把你治好，跟其他人一样，有正常的交际和生活习惯，还有……"

冷求求感兴趣地问："还有什么？"

岑词笑着反问："你还想要什么？"

冷求求想了半天，摇头："不知道，我没敢奢求太多。"

岑词含笑："刚才进门的时候你提到了梦，我昨晚也做了一个梦，梦见你了。"

"我？"

岑词盯着冷求求的脸，说："我梦见你谈恋爱了。"

这话说完，岑词瞧见冷求求的脸色变了，松动的嘴角瞬间僵了一下。

"怎么了？"

冷求求低着脸，十指绞在一起，指关节都泛着白。许久她才用很低的嗓音说："我、我没想过交男朋友的事。"

岑词明显能感受到一股压力，来自冷延。他在看着她，目光锋利。她没看冷延，注意力集中在冷求求身上："你这个年龄就该好好享受爱情，去认真地谈个恋爱。"

冷求求抿着嘴不说话，但岑词能看得出，这个话题令冷求求很是不安。她故意问："是担心自己的情况？"

冷求求沉默，然后点了点头，可这头点得有些迟疑。

岑词笑了笑，说："你的情况在好转，我想再经过三四个疗程，你至少跟外界进行肢体接触没问题了，所以完全可以试着去谈谈恋爱。你看你，年轻，工作又好，长得还漂亮，我想会有不少男孩子喜欢你。"她眼角的余光瞥了一下冷延。

冷延在看冷求求，侧着脸，脸色严肃。

冷求求摇头，喃喃道："不会的。"

"怎么不会？你公司有同事追求你吗？"岑词追问。

这话不知怎么的就刺激了冷求求，她猛地抬头，赶忙否认："没有，公司里没有男同事追求我。"

欲盖弥彰。岑词又扫了一眼冷延，发现他的脸色冷了不少。

"求求。"岑词轻声叫她的名字。

冷求求与岑词对视，嘴唇还在轻颤。

"你别紧张，也别这么快否定自己，你是个很优秀的女孩。"岑词低语宽慰，"我问你，你是不想交男朋友，还是不敢交男朋友？"

冷求求的唇抿得很紧，眼神闪过一抹倔强，像在抗争什么，可这种情绪来得快散得也快。她说："我不想交男朋友。"

岑词没再说话，就静静地看着她。

许是冷求求察觉刚刚的情绪不妥，于是说："我毕竟没完全康复，现在交男朋友也是对对方的不负责，既然都是没影的事，我现在想也没用，不是吗？"

岑词微微一笑："你这么想也是正常。"

"求求现在重要的任务就是把病治好，其他的以后再说吧。"冷延开了口，语气挺不容商榷的。

"冷先生这点做得不好。"岑词这次主动面对冷延。

冷延不解："岑医生什么意思？"

"作为求求的长辈，冷先生可没起到一个模范带头作用，求求和她哥哥冷霖单身是不是都随了你啊？"岑词似玩笑般发问。

冷延听了这话，与岑词对视时多了审视意味。岑词没避让，就跟他直视，大有较量的意思。片刻后他嘴角上扬："岑医生说笑了。"

像是个台阶，只可惜岑词没打算就着台阶而下，她说："我没说笑，作为长辈，冷先生的行为举止很重要。"

这话落下，岑词眼尖地瞧见冷求求的肩膀微颤了一下，而冷延微扬的嘴角也僵了僵。然后她不疾不徐地补上了句："我是指，找对象这种事。"

"当今社会，想找个合适的另一半并不容易。"

"以冷先生的条件也不容易？"

冷延看着岑词，不疾不徐地开口："找另一半不是买卖交易，感觉很重要。像是冷霖，年轻有为，职业条件也不错，他喜欢岑医生你，也追求过你，结果岑医生不是也一样没同意。"

岑词风轻云淡地说："冷霖很好，只是我更喜欢阅历和社会经验丰富的，换言之就是成熟内敛的男人更适合我。"

"所以你选择了秦勋。"

"互相选择，我需要他，他也需要我。"

冷延打量了岑词半晌，忽然笑问："如果换作是我来追求岑医生呢？"

身旁的冷求求冷不丁抬头，看了一眼冷延。

岑词与冷延对视，自然也能关注到冷求求的反应。她笑说："冷先生可以试试。"

等冷求求的治疗时间结束后，汤图从治疗室里出来倒咖啡，跟岑词说："晓璇说之前你们聊天的时候忘关门了，她怕客户听见，觉得咱们门会所喜欢在背后嚼舌根。"

岑词倒了杯咖啡站在窗子前，看着外面姹紫嫣红的夏色，轻声说："我就是要让他们听到。"

汤图也正好结束上一位客人的咨询，靠在窗玻璃上偷闲，闻听这话倍感奇怪："为什么？"

这话问完，又联想到前后几次看见冷延和冷求求的场景，蓦地反应过来，惊愕道："不是吧？你是在怀疑他们两个……"

岑词喝了一口咖啡，说："冷求求的症状虽说是减轻不少，但如果不找到因由，心疾就是枚炸弹，随时都有可能爆炸。能看出来冷求求对冷延的感情很复杂，但是冷延就很直接了。"

"你的直接是指什么？"汤图吓了一跳。

岑词低头看着杯中的咖啡，思量片刻，说："冷求求不敢与人有肢体接触，不敢喝带颜色的水，甚至不敢交男朋友，极大可能都跟冷延有关。"

汤图瞪大双眼，压低了嗓音说："这不乱了吗，冷求求是被强迫的？"

岑词若有所思道："是不是被强迫的，可能很快就知道了。"

"怎么讲？"

"最晚明天，我想，冷延就能来找我。"

"避开冷求求的治疗时间单独来找你？"

"对。"岑词含笑，"以一种全新的身份。"

"什么全新的身份？"

岑词笑而不答，急得汤图够呛，刚打算追问，就见岑词下巴朝外面一抬。有辆车缓缓停进了庭院，汤图顺势看过去，是裴陆。下了车，他又从副驾座上拎出个袋子来，礼品袋。

汤图看着好奇："上门带礼品呢，怎么还客气上了。"

"不是客气。"岑词把咖啡杯往汤图手里一放，"你这次选的咖啡豆太难喝了，我知道你对象还得来找我，所以拜托他带几袋新豆子来。"

"太过分了！"

"不用嫉妒我的才华，这就叫功力。"

"我的意思是,你让每个月就拿固定工资的人去买那么贵的豆子,太过分了!"

岑词折身回治疗室,甩了句:"又不是我对象,我不用心疼。"

裴陆能来是岑词早就料到的事。

看完周军后,裴陆就在等岑词的结论。她说得很清楚,周军在当时的状态下意识很清醒,看不出有被暗示或受控的迹象,当然,也不排除自杀那一瞬间的念头有可能受控。

裴陆没听明白,岑词跟他解释了一番。一般来讲,催眠也好意识影响也罢,指令或许跟时间有关,或许跟事件有关,那么当时间到了或者事件完成了,指令也就解除了,所以很难被发现。

另外,周军的警惕性特别高,尤其是对岑词,她跟裴陆表示,周军的抵触心理也能导致她的判断出现误差。

总之岑词下的结论是:起码她那时看到的周军意识正常。

裴陆也是下了血本,带来的咖啡豆还挺贵,他跟岑词说,这是托朋友买的最好的豆子,至于怎么好他就不知道了,他对咖啡豆没研究。

汤图立马煮了咖啡,端进来的时候浓香扑鼻,闻着就馋。但裴陆不馋,对于一个连拿铁和玛奇朵都分不清的男人来说,咖啡闻起来都是一个样。他急着说正事,但没开口,岑词就说话了。

"其实对于周军的情况,我那天该说的都说了。"

裴陆知道岑词心思聪明,也没多说废话,直接切入正题:"我想知道有什么办法能让周军吐口。"

汤图问:"现在的证据还不足以让周军吐口吗?"

都是局中人,裴陆也没隐瞒:"说实在话,最直接的证据几乎等同于没有。"

但种种搜集到的资料和间接证据都指向周军,现在就差捅破窗户纸的那一下,所以也别怪裴陆想剑走偏锋。

"哪怕是恐吓他一下。"末了裴陆补上了一句。

岑词闻言说:"在医院里我不是没试过,可就像我刚说的,周军对我很排斥,想影响他的意识不是件容易事,他知道我去医院的目的,所以时刻在提防我。"

裴陆沉默。

"不过……"岑词话锋一转,语气迟疑。

裴陆抬眼看岑词。

岑词手持咖啡勺在杯子里轻轻搅动，垂眸看着勺子中间掀起的小小漩涡，说："再警觉的人也有松弛的时候，哪怕是一瞬间失神，对我来说也够了。"

"你的意思是？"裴陆双眼一亮。

"你也别高兴太早，因为时间有限，我也只能很短暂地在周军脑子里留个指令，影响有多大，会对你们有多少帮助都一无所知。"岑词给裴陆打了预防针，"我尽量去引导他把隐情说出来，但如果你们审讯的时候还一切照旧，那就可能是两种情况。"顿了顿，岑词放下咖啡勺，"一种可能是你们调查的方向都是错的，这件事压根儿就没我们想的那么复杂；另一种是情况正相反，周军背后还有人。"

汤图问岑词的判断是哪一种。

岑词给出的判断也简单，她认为如果周军的自杀是受了影响，那他能受谁的影响？

"能在无声无息间甚至在很难接触周军的情况下进行意识操控，那这个人肯定不简单，而且连我都没看出端倪。"

汤图听得后背发凉："怎么越来越复杂了？"

过了许久，裴陆冷不丁问岑词："周军自杀后不理人，当时你说了什么话让他有了反应？"

在医院里的时候，裴陆差不多都能做到目不转睛了，其实他跟秦勋一样，都在顾及岑词的安危。

可就在瞬间，周军的神情就变了，由默不作声到惊愕相视，而后周军就一直看着岑词。

裴陆相信在此期间两人是有交流的，只是隔着一道门听不清。

岑词早就料到裴陆会这么问，她也没惊讶，回答说："刺激周军的办法就是闵薇薇，我只是谎称闵薇薇醒了。"

裴陆想了想，说："这倒是个好办法，就看有没有人再去打扰闵薇薇了。"

岑词没多说什么，只是轻轻点头。

汤图在一旁也听明白了："一个谎言就只有周军知道，如果有人去了，那十有八九就是周军的人，如果没人去……或者闵薇薇就是纯粹的意外，或者像你们说的，背后还有人，可是……"

她捋了捋思路:"如果周军背后还有人的话,为什么还留着闵薇薇一口气?不杀人灭口吗?"

岑词说:"对方就是想杀人灭口啊。"

汤图猛地反应过来,对,她怎么把这茬忘了。

裴陆脸色阴沉:"所以,如果周军背后真有人的话,那他极有可能还会自杀。"

"对。"岑词态度肯定。

转眼到了傍晚,夕阳铺了满天。

岑词送走客户后靠在沙发上休息。

不知哪儿来的小野猫跑进院子里了,往窗子前一趴,慵懒得很。岑词看着那猫正出神的时候,汤图敲门进来了。她没移视线,懒洋洋道:"要跟我说周军的事?"

汤图往岑词身边一坐,开口道:"既然知道我要说什么,我也就不多废话了,我就是想提醒你,不管周军背后有没有人,都到此为止,你绝对不能再插手了。"

岑词这才收回目光:"你要弄清楚啊,是你家裴队总找我。"

"我也会提醒他的。"

岑词饶有兴致地打量着汤图。

汤图一挑眉,道:"我是认真的啊,周军这件事太危险了。"

"你怎么这么操心啊?"岑词笑,"都快成老妈子了。"

汤图"啧"了一声,推了岑词一把:"我是明哲保身,没看见你家秦总那天什么脸色啊?你要真出事了,倒霉的就是我家裴陆。"

岑词恍悟:"我高看咱俩的友谊了。"

"暂且能比塑料结实那么一点点。"

岑词笑,紧跟着桌上的手机响了。汤图也没打算多待,趁着她去接电话的空当,又叮嘱一句:"记住啊,别再多管闲事了。"

来电显示的是一个陌生号码。

岑词看了一眼后就挂断了,许是各类小广告推销电话。可这号码挺顽强,挂断后下一秒又打了过来。

岑词接通了。还真不是广告推销,一个男子的声音,语速很快:"是岑词岑医生吧?有消息爆料说娄蝶其实是你的病人,请问这件事属实吗?"

岑词愣住。

"喂,岑医生?"

岑词掐断通话。紧跟着桌上的电话响了,是内线。

任晓璇声音挺急:"岑医生,不知道怎么回事外面围了不少记者,咱们约好的客户都被堵在外面进不来了!"

整个诊所也没多大,任晓璇平时有事就直接来敲门了,现在一个内线打进来,看来情况真是挺紧急。

岑词来不及多想出了治疗室,任晓璇不在前台,再一看窗外,诊所大门口那儿围了不少人和车,有的人高举着相机对着里面拍。

夏天开着窗,能隐约听见任晓璇急切的声音:"麻烦让让,别挡着大门啊!"

"我不知道,什么都不知道,别问我!"

汤图从另一间治疗室里出来,快步走到窗子前关了窗子,拉紧了窗帘。这才转头对岑词说:"我出去接一下客户,你别露面了。"

岑词心中隐隐有预感,问道:"娄蝶怎么了?"

"她来诊所看病的事被人扒出来了,你首当其冲成了焦点,先别回应,也先别露面。"汤图急匆匆叮嘱了句就出门了。

门会所再次成了焦点,继闵薇薇事件之后。而事实上,闵薇薇的二度风波殃及门会所也是不久前的事,现在又多了个娄蝶。

源头是在一个大V号转发的图片上。

这图片的背景岑词并不陌生,就是在之前的颁奖典礼上,也不知道是故意还是意外,有人拍到了她跟娄蝶站在一起的照片,照片里虽然她是侧脸,但被人一顿分析,最后锁定就是她。

推断的过程其实也挺简单。先找内部人查登记记录,参加颁奖典礼的每一位入场嘉宾都要签名,岑词当时也是为了避嫌所以没签真实姓名,所以网友们就迂回了一下,先将视线锁在秦勋身上。秦勋是颁奖嘉宾,受人关注挺正常。而能顺藤摸瓜摸到她身上,除了之前他们的高调亮相和商圈里的知情人外,还源于有人说了句:"相貌好、事业有成的男人都是别人的,诸位别想了,人家有女朋友了。"

众多网友惊呼:"女朋友谁?"

这就不难查了。

岑词的名字一出来,大家也都不陌生了。

有人提出质疑，娄蝶为什么跟精神分析师在一起？

将风浪顶到最高点的是席季在微博上的一句话：别小题大做了，跟精神分析师在一起就一定是病患关系吗？就不能是朋友吗？

像是帮着娄蝶说话，实际上两人在颁奖典礼上的不和早都出圈了，大家自然想的就是，席季在说反话。

于是娄蝶疑似出现精神状况，就医于门会所这种消息就爆开了，不少网友认为，能找岑词做治疗师，那说明精神状况很差了吧。

很快汤图带着客户进门了。

是汤图的客户，进来后态度着实不好，她很焦躁，一个劲地在问外面记者的事。

岑词没出去，隔着一道门缝听见汤图不停地赔不是，宽慰客户："别多想，不是针对你。"

岑词知道这个客户，焦虑症，平时还爱疑神疑鬼的，虽说还不到被迫害妄想症的程度，但也是徘徊在边缘，许是以为那群记者是冲着自己来的。

等客户那边没了动静，岑词这才出了治疗室。她走到窗前，掀开窗帘一角，那群记者还没走。

任晓璇从汤图的治疗室出来，手里拎着托盘，见岑词站在窗子前紧张得够呛，赶忙把托盘放到一边，上前劝说："岑医生，千万别让他们看见你啊，那群记者太吓人了，感觉都恨不得要扒人皮呢。"

岑词面色清冷，紧紧抿着唇。

任晓璇试探性问："娄蝶很严重吗？"

任晓璇是后来才来的，没有之前羊小桃那么了解情况，再说像是娄蝶这种重要客户的资料都在岑词手里，任晓璇压根儿看不到。

岑词收回视线，落到任晓璇身上。

任晓璇马上反应过来，连连道歉："我刚才就是好奇，没有打听病人隐私的意思。"

"他们不会放过门会所的每一个人，不光是我，像是你和汤图，估计很快也会被缠上。你记住，一问三不知，再说了你是新人，本来就什么都不知道，问你在没在诊所里见过娄蝶，就咬死了说没见过。"岑词语气低沉道，"保洁阿姨这两天请病假，你回头给她打电话也叮嘱一声。"

任晓璇战战兢兢地看了岑词一眼，连连点头。她知道岑词性子怪，网上不少人都这么说,但自从她来这儿上班之后,也没见过岑词发过脾气。岑词为人是清冷了些,可相处久了觉得她很好。

今天任晓璇觉得,岑词是生气了,脸色阴沉得吓人。

岑词回了治疗室后继续给娄蝶和陈萱蕊打电话,那边许是焦头烂额,一直没接电话,之后她给陈萱蕊留言:尽快回复。

天色渐渐暗了,记者们没有要散的架势。

岑词没来由地一阵窒息,这种感觉突然就来了,无法控制。她也不知道为什么会这样,其实像今天这种场面她并不是第一次见,当初闵薇薇事件发生时也没少有记者追着她八卦,可她也没有此时此刻这种感觉。

像是有只手紧紧掐住了她的脖子,她要一下一下地用力呼吸才行。岑词摸过手机,想都没想给秦勋拨了过去。

那边接了电话,周遭挺安静。岑词才想起来他今天要开会开到很晚,早上送她上班的时候他就说了。

"怎么了?"那边轻声问。

岑词想了会儿,压了求救的心态:"没事,我才想起来你今天要很晚才回家,那我晚饭不等你了。"

那头低笑:"我还以为你打电话是想我了。"

"听到声音也就不那么想了,你忙吧。"

伴着夜色降临,网上的动静也越来越大,关于娄蝶,关于门会所的,说什么的都有。热搜不停地冒出来,只要是关于娄蝶话题的,热度都嗖嗖往上涨。也有不少大V利用话题再制造话题,有关演员与压力的,有关当今社会大众心理的。

席季的不少粉丝成了"喷枪",大有幸灾乐祸的架势,而娄蝶的粉丝大多理智,态度也十分明确,认为暂且不说这是场无中生有的事,就算娄蝶真有精神压力又如何,她还是那个演技超群的演员。甚至还有的说,演戏这种事就是不成疯魔不成活,做不到这点还指望着能成优秀的演员?难道就靠着抠图和大美瞳来争影后吗?影射的就是席季。

无疑,这场口水战最终就是席季和娄蝶两方的战队在互喷。

岑词坐在治疗室里,攥着手机没动弹,房门敞着,汤图端着水杯斜靠在门框上,说:"从大门口到停车位,送客户过去不亚于历经一场枪林弹雨啊。"

岑词抬眼看汤图："你都走出去了还回来？说不定记者会越来越多。"

"现在也不少了。"汤图喝了口水，"我也不能把你扔在这儿啊，万一真有人硬闯进来呢？"

"那你家裴队就有事干了。"

任晓璇站在窗台，将窗帘扒开一条小缝，倒吸气一口气："又来了一批呢，原来记者这么多啊。"

汤图轻笑："是啊，不经过这件事我都不知道原来狗仔队很多啊，你说他们去跑时事新闻多好。"

岑词没说话，起身出了治疗室，走到窗子前看了一眼，然后让任晓璇早点回去，先提前叫好车，离开的时候注意一下有没有尾随的车，如果有的话想办法甩开或者再重新打辆车。

等任晓璇一走，汤图刚要冲着娄蝶"开炮"，就见岑词折回了治疗室。

娄蝶那边有回应了，是单方回应，早于官方之前，"回"得十分耐人寻味。她发了微博，上面就简单的几个字：继续拍戏，谢谢关心@从前有条八尾狐。

"从前有条八尾狐"，就是席季的微博用户名。

汤图在手机里也看到了娄蝶的这番操作，简直是叹为观止，她走进治疗室对岑词说："这是公开宣战啊！"

岑词盯着娄蝶微博上的照片，还是莱尘的剧照，清冷温婉却又不羁。

"能是娄蝶本人回应的吗？这也太明显了吧。"汤图迟疑。

岑词没收回目光，良久后说："是她的回应。"

"看不出啊，总觉得她性子里没这么尖锐的东西。"

"不，她有。"

人人都觉得娄蝶的性子极好，这倒也不假，她身上的确有恬静的东西，而且她认真对待演艺事业，很敬业，对待新入行的演员也很照顾，可这都是她的品德，她的素养。她心里有一股子被压抑的力量，是倔强，是叛逆，是看不惯这世间种种想要抗争的疯狂，否则在颁奖典礼那天她不会直接跟席季撕破脸，也不会在今天发出这句话。

岑词绝对相信，娄蝶的团队还正在想计策，娄蝶就已经决定大起大落地处理了。

这才是娄蝶，可是，这也不是娄蝶，这是剧中莱尘的性格。娄蝶是莱尘，所以莱尘的性格成了娄蝶的性格。

陈萱蕊打来电话的时候连连跟岑词道歉，问了这边的情况，岑词如实告知，陈萱蕊更是愧疚，跟她保证说团队目前正在处理这件事，很快就会发声明。

岑词心里明白，她之所以又变得焦头烂额，十有八九就是因为娄蝶的回应。

岑词问了娄蝶的状况。

"好像没有太大反应，但是确实私自回应了，都没跟经纪团队通气。"陈萱蕊重重一叹气，恳求岑词，"请你无论如何都不能让记者知道蝶姐找你看病的事，你也知道……"

"我知道。"岑词明白陈萱蕊的为难，娄蝶好不容易走到今天这步，作为她的经纪人当然不希望就此折了。

"我们是要对客户的一切情况和资料保密的。"

那头有人在喊陈萱蕊，她对着岑词再次道歉然后又叮嘱几句才结束通话。

跟上战场打仗似的，全程汤图都看在眼里，一声长叹："这就是法治社会啊，搁在古代，说不定你早就被灭口了。"

"想灭我口的人还少吗？"

看得出陈萱蕊和娄蝶是各忙各的，至少现在是这样。娄蝶是在岑词跟陈萱蕊结束通话没几分钟后打来的，要是陈萱蕊在她身边的话，估摸着不会让她打这通电话。

娄蝶也一样，先是跟岑词道了歉，可想法跟陈萱蕊不同。

"岑医生，不要给自己带来困扰，记者问的话，你如实说就可以了，我去心理诊所看病又不是什么见不得人的事。"

娄蝶的态度挺让岑词感到意外，她说："不可以。第一，我的职业操守不允许我这么做；第二，如果公开承认，那就正中席季的下怀，何必拿着自己的软肋去碰陷阱呢？"

娄蝶那头沉默良久，再开口时嗓音低低的："说实话，藏着掖着的太累了。"又停顿了片刻，"我不想给你带来麻烦，所以这件事我觉得也没必要瞒着了。但你放心，我会跟团队沟通，看怎么做到两全其美。"

"娄蝶你要记住，你不想给我惹麻烦，但麻烦已经上门了，所以不要置气，跟陈萱蕊好好商量。"

放下手机，汤图将车钥匙掏出来说："行了走吧，该吃吃该喝喝的，我还不信了,这光天化日的外面那些人还能把咱们怎么了。"

"光天化日吗?"

"……月黑风高?"

正说着就听外面一阵嘈杂声,伴随着车子的一声鸣笛。汤图快步走到窗子前,掀帘一看,乐了。

"哎,你家救世主来了啊,可真帅!"

秦勋来了。

岑词站在窗子前着实惊讶,照理说这个时间他应该还在开会才是。

岑词心中隐隐有种感觉,十有八九是她的那通电话。除非是要紧的事,否则平时她很少在他工作时间打电话,一般来说微信居多。秦勋心思缜密,可能感觉到了她打那通电话的异常,都不用费心多打听,只要一上网就能看见铺天盖地的消息。

来了两辆车,其中一辆车确定是秦勋的,另一辆车是裴陆吗?

汤图摇头:"不是他平时开的车,还有他现在一心查周军的事呢,压根儿没时间上网关心那些八卦。"

不管是来了几辆车吧,总之是有了动静,这就好比给百无聊赖的狗仔们打了一针兴奋剂。车一停,所有人都乌泱泱地拥过去了。

汤图叹说:"这个时候最适合玩一招金蝉脱壳啊。"

岑词淡淡说:"总得解决的,这样下去不是办法。"

岑词说的是实话,今天跑了,明天呢?一大群人就这么围着,连上门的客户心里都犯嘀咕。能来门会所的那都是不想被人知道隐私的,门前守着这么多记者,谁还敢来?

岑词的话音刚落,就见原本围得里三层外三层的"铜墙铁壁"被迅速打开了一个口。两人定睛一看,竟是五名身穿黑衣的保镖拨开了人群,被拨开的记者有想往上冲的,被保镖仅凭一只手就给制伏了。

汤图看得心里爽,说;"原来是你家那位动用了保镖啊,太酷了。不过话说回来,为什么保镖一出场总得是西装革履的?还非得是黑色的,这大夏天的不热吗?"

岑词如实说:"其实我也想不通,回头我问问秦勋。"

这厢说着,那厢秦勋已经下车了。

保镖在前方开了路，狗仔们被自动分成了两拨。秦勋从车上下来后径直往门会所里走，目不斜视。相比保镖，他穿得简约舒适，浅色亚麻衬衫，衬衫的袖口挽起来，胸前扣子敞开几粒，真真是潇洒得很。一条商务西装裤，把他的腿衬得老长。

冷不丁咔嚓一声，有闪光灯亮了一下。

秦勋止步，回头看了一眼。

有保镖上前，大手一抓，准确无误地把那人揪了出来，典型的人狠话不多的那种，相机到手紧跟着要摔，秦勋出了声："删了照片就行。"

保镖二话没说把照片给删了，又警告一众人等，今天的照片要是有流出的，不管是谁，来现场的有一个算一个，肯定饶不了。

狗仔们听了这话谁还敢拍啊，那相机捏在手里，愣是没人再敢咔嚓一下。

汤图看得啧啧称奇："你家这位太有范了，架势堪比电影里赌神出场啊。还有叫人删照片的，换作是裴陆的话，肯定要被投诉说警察欺负群众了，你家这个身份，投诉不着啊。"

等秦勋进来的时候，岑词开玩笑道："赌神来了呀。"

秦勋没反应过来："嗯？"

岑词抿嘴笑，也没多解释，目光往院子里一瞟，有两名保镖跟着进院子守在门口，其他三位就死盯着外头的那些狗仔，看谁敢偷拍。

秦勋略感无奈："还有心思笑呢？给我打电话的时候怎么不说？"

"因为你来了啊。"

就是因为秦勋来了。好像之前压在岑词心底的沉闷和焦虑就瞬间被抽走，慢慢地升腾起一种叫作底气的东西，包围着她席卷着她，让她觉得，自己没有孤军奋战。

秦勋没料到岑词会如此坦白，像她这种性子的女人，有些话就喜欢敛在心里。所以他微微一怔，很快就笑了，眉眼俊朗得很。心里涌出清浅的暖流，一路的担忧也都化作甜意。

"但当时就是怕耽误你工作，想着这种情况我也许能处理。"

秦勋笑："结果呢？被堵在屋子里。"

岑词抿唇浅笑。

旁边的汤图轻叹一声："你们觉不觉得我这个电灯泡刺眼？"

秦勋说:"看在裴队的面子上,我也得顺便照拂一下你这只电灯泡,行了,你也跟我走吧。"

有一种画面仔细想想会觉得恐怖,就是你一出门,所有人的眼睛都往你身上瞧。

秦勋在岑词身边,拉着她的手说:"不用看他们,直接上车。"

从大门到停车的位置不过数米,却像是走了漫长的人生路。岑词有预感他们不会善罢甘休,毕竟都守了一天了。

果不其然有人按捺不住了,高声喝了一嗓子:"娄蝶就是你的病人吧?说什么交情好也都是借口,她精神就是出了问题对不对?"

人就是这样,只要有牵头的,那也自然就有附和的,其他人也跟着追问了。

"岑医生,那次颁奖典礼你之所以去,是不是就是怕娄蝶出状况?"

"娄蝶今晚的回应是成心故意的吗?"

"娄蝶是不是患有抑郁症啊?"

…………

保镖们上前,黑着脸喝止。

有人嚷嚷:"不让拍还不让问了吗?我们这也是工作。"

"对啊,言论自由懂不懂?"

岑词站在原地一动不动。

早先的那股子滞闷又倏然袭来,她抿着嘴,冷眼看着眼前这些人,手攥拳,紧紧的。

汤图跟岑词的心情不同,她平时都是想得开的类型,所以早早地就钻上了车,她探头一看岑词还站在那儿,觉得不对劲,喊道:"小词,上车吧!"

秦勋站在岑词身边,将她的表情变化看得清楚,握紧她的手,低声说:"上车。"

岑词没动。

就是这些人捕风捉影,见着点风就能说成雨,言论十分不负责。他们是制造舆论的端口,仅凭着在键盘上敲几个字就能把人给毁了。

最先开口的那人还在带头嚷嚷:"岑医生,你表个态啊!"

"是啊,作为娄蝶的心理医生,说两句吧。"

"小词。"秦勋轻声唤岑词。

可岑词听不见秦勋的声音,她听见的全都是面前的七嘴八舌,看见的全都是眼前这一张张被利益支配的脸。渐渐地这些声音和这些嘴脸全都变了,岑词觉得自己像是从画面里抽离出来,成了旁观者。

她仿佛看见一个女孩蜷缩在角落里,有人指着她的鼻尖骂,还有那些不认识她的人。明明不认识,却是一副幸灾乐祸的嘴脸,用最恶毒的语言攻击她。

再然后岑词耳朵里又听到了另一个声音:"岑医生,别给自己惹上无妄之灾,不用替我说话,有人问你,你就照实说吧。"

早在娄蝶第一次来门会所委托岑词做治疗师的时候,她就说:"岑医生,我也是选了好久,最终想把自己交给你。像我这种职业的,一般治疗师可能也不愿意接,万一被人发现就会被牵扯进去,好在,我现在不是很火了。"

岑词的嘴唇抿得更紧。

娄蝶何错之有?她就是生了病,是人都会生病,怎么到了她身上就天理不容了?怎么她就没资格生病了?她伤害到什么人了吗?至于让这些人还有背后的键盘侠们踩着她的伤痛大赚噱头、茶余饭后吗?

岑词径直走到带头嚷嚷的那人面前,跟他正面对视。

这番变故让所有人惊讶,有人刚要举相机,就被快步上前的秦勋给厉喝了一嗓子,紧跟着保镖冲过来,以防万一。

汤图还坐在车里,等反应过来后一切都晚了,所有人都围了过去,反倒自己这边落得清闲。可很快也有聪明的,见她落单就冲她过来。

司机反应快,赶忙道:"快关门。"

汤图蓦地缓神,迅速关门,那人见状只好又折身去盯岑词了。

岑词这边气氛很紧张,至少被盯着的这个人开始紧张了,他也不知道怎么了,就觉得岑词眼睛里像是藏着把刀。他冷不丁想起她在网上的风评,能操控意识。

岑词冷冷道:"你刚刚说什么?交情好是借口?"

"我……"

"娄蝶作为公众人物就不能有朋友了是吗?"

"我不是——"

"还是说,你认为做我们这行的就没资格交朋友?"

"我是不相信你们的朋友关系——"

"是不相信还是不愿意相信？所以，你们更愿意去制造你们想要相信的？"岑词冷笑，"我跟娄蝶怎么就不能成为好朋友了？一个心理治疗师怎么就不能有好友了？"

岑词愤怒归愤怒，但还是聪明地把话题方向给引开了。

那人一时间思路跟不上，总觉得哪里不对，但又找不到合适的反驳点。其他人也是一样，原本都振振有词的，却瞧着岑词比他们还横，都有点蒙，不知道要说什么。

"难道娄蝶没病吗！"对方缓过神，抓住了问题的关键。

岑词冷喝："那你来告诉我，她有什么病？"

那人刚想说"找你不就是因为她有病吗"，但这话已经溜到嘴边又生生咽下了。一来，这么说无非又陷入作为心理治疗师没资格交朋友的怪圈言论里，不小心的话可能会得罪整个心理界；二来，一旦这么说了，那也把岑词身边的男人给得罪了，找岑词的人都是有病，那就间接说秦勋也有病，众所周知这两人的关系亲密，秦勋真要是想整他，就跟捏死只蚂蚁那么简单。

岑词见他不说话了，目光从他脸上移开，扫了其他人一眼。

有人开口："听说是抑郁症吧？做他们那行的都很焦虑吧？"

"你就给下结论了？大家听到了，这是他说的。"岑词冷笑。

开口人瘦瘦小小的，但还挺不服气，梗着脖子，见大家都瞅他，马上解释："我就是听说，这不是来求证吗？你们不也是来搜集资料的吗？"

"暂且不说娄蝶精神状态正常得很，就说这焦虑抑郁的，怕是各行各业的人都避免不了吧？在场的各位，谁能保证自己心态平和，不论身体还是生理都一点毛病没有？"

一句话问哑了所有人。

可瘦小那人偏要硬杠："我就没有，我正常得很！"

"是吗？"岑词走到他面前，与他对视，微微眯眼时语气低沉，"我倒是想看看你哪里正常了。"

那瘦小男人不明就里，盯着岑词的双眼，想说什么却开不了口，觉得她的目光像是有股磁力，引着他，不知要到何处去。

就在这时，秦勋上前轻轻拉过岑词的手，低语："可以了，上车吧。"

一句话像是打破了某种环境，至少让那男人猛地反应过来，一时间迷惑起来,刚刚是怎么了?像是清醒,可又像是游离在人群之外。"

岑词抿唇,扭头看着秦勋,眉间微皱,隐隐压着不悦。

秦勋没看岑词,却暗自攥了攥她的手,将她轻轻拉至身后。他看向那记者,语气淡凉:"你应该长期处于紧张不安的状态吧?所以睡眠严重不足,平时口干的情况经常有,还时不时尿频尿急,胸闷心慌。你刚刚说你没病是吗?在我看来,你从头到脚一身病。"

周遭的目光都落在那名记者身上。

瘦小记者急了:"你说的这种状况有什么啊,做我们这行的压力大,谁不是这样?这也能算病?"

"当今社会人人压力都不小,尤其是你们这行,耳朵时刻要听着,眼睛时刻要看着,怕被淘汰,怕被取代,坐卧不宁,很难静心下来。"说着,秦勋微微转头看岑词,轻笑,"这些个症状在你们专业人士眼里叫什么?"

岑词经秦勋这么一说,心底的滞闷也开始消散,她冷淡地盯着那记者:"慢性焦虑症,也叫广泛性焦虑。"

"放任不管会怎样?"秦勋故作好奇。

"焦虑症是神经症的一种,一旦发展成重型而不施以药物等治疗手段的话,会产生自杀的念头和行为。"

秦勋了然,又转脸看着瘦小记者:"那还挺严重的。"

"我——"

"我看你秃得厉害,中医讲脱发往往是肾气不足,所以你说你一点病没有?不管是心理还是生理,我看你都沾上点边啊,尤其是你的……"秦勋指了指脑袋,示意了一下。

那记者脸色就跟猪肝似的。

秦勋环视一圈,态度谦逊:"还有哪位觉得自己没病的,站出来我给诊断诊断,再不济我身边还有位专业心理医生。"

这话说得谁还敢上前?

"既然都觉得自己有病,那各位就请便。另外,"秦勋话锋一转,嘴角的笑容已然不见,"我女朋友需要绝对的安静,各位,没人喜欢给自己找麻烦吧?"

秦勋这是典型的"先给你一块看似美味的蛋糕,还没等你咬上一口,里面埋着的定时炸弹就开始倒计时了"。

等回了车上,秦勋命司机开车后,岑词看了一眼后视镜,那群记者没有跟上来,基本上都是走的走,散的散。

汤图坐在副驾位,没看见后来的一幕,还挺好奇的,问:"没车跟上来啊?"

岑词靠在那儿没回应,秦勋也沉默,他看着岑词,眼里有思量。汤图见他们没反应,抬眼看了看后视镜。

气氛透着难以言喻的异常,促使汤图纵有一肚子的疑问也都选择禁言了。

许久,秦勋率先打破了沉默,他轻轻拉过岑词的手,柔和地说:"刚刚你的情绪很有问题。"

"我知道。"岑词淡淡地回了句。

秦勋没恼她的态度,问道:"所以,是你不想控制?"

"对。"岑词眼角眉梢有倦意,"我觉得对方很讨厌,我就是想让他当众出丑,让他记住以后别再信口开河。"

汤图一惊,转头看岑词。岑词对上汤图的目光,一字一句:"没错,当时我有机可乘。"

汤图眼里有了一抹慌乱,可很快就收敛了,小心翼翼地问她:"所以,其实你并没有那么做,对吗?"

汤图明白岑词口中有机可乘的意思,之前岑词也不是没做过这样的事,但那都是在对方无理取闹得太过分了她才出手的。

可刚刚那么多记者都在,她就想那么做,众目睽睽之下?

而且汤图觉得,在秦勋没来的时候,狗仔队那么过分岑词也一忍再忍,所以照理说秦勋在场,情况再坏也坏不到哪儿去,再不济还有秦勋顶着,怎么就能逼得岑词动了私念?

岑词微微抿唇,眼里闪过异样的光亮。这光亮也只是一瞬间就不见了,可汤图看得清楚,是不符合岑词这张漂亮脸蛋的表情变化,不甘、不悦,甚至还有一丝狠辣。

汤图心里一咯噔。

岑词再开口时平静下来了,轻声说:"是,但如果当时秦勋不拉我一把的话,我可能就失控了。"随后转头看着秦勋,微笑道,"幸好有你在。"

秦勋什么都没说,抬手摸了摸岑词的头,她就顺势靠在他怀里,他胳膊一伸拥着她。

汤图见状，头转了回来，可心里有种隐隐的不安，就跟蜈蚣爬过似的，蔓延出一片森冷。

后车座上，岑词似叹了口气说："也许就是之前太压抑了，你来了，我的情绪才有了能发泄的时机。"

"那种情况下不适合，为了你好。"秦勋低声道。

"我明白。"

岑词觉得秦勋是最懂她的那个，就像刚刚，她想做什么他都清楚得很。这件事，直到此时此刻她再重新去捋，都会陡然生出感谢来，对秦勋的感谢。

如果当时她由着性子来，那个记者真就在人前出尽丑态，那倒霉的反倒是她。一个挺正常的人，说着说着就开始疯疯癫癫，别说是明眼人，就算是瞎子也能猜出跟她有关。

汤图自然也能想明白，但没再多话，很显然这后面的空间是属于岑词和秦勋的世界。可这么想着，眼睛就是管不住，往车窗外的倒车镜一扫觉得哪里不对劲。

汤图收回目光，细品这种感觉，慢慢地滋生出来不自在。也不知怎的，她鬼使神差地回了一下头。就这一下让她一激灵，头皮就跟炸开了似的。下一秒她又不动声色地转回头，像是什么事都没发生，但心脏咚咚直跳。

刚刚是岑词在盯着她，目光陌生得叫人后背发凉。

第二十五章

关于娄蝶的话题热度，到了第二天还在升温。因为一早上有爆料说，娄蝶进组都是随身带着药瓶的，疑似精神治疗类药物，还附上了一张药瓶的照片。

半掌大的白色药瓶，上面贴着标签，没写具体药名，只写了娄蝶的名字，这就让人浮想联翩了。

于是上午九点多钟，娄蝶团队就出示了药瓶里药物的成分检测，结论是女性复合维生素。

陈萱蕊表示，娄蝶进组以来每晚都要熬夜琢磨剧本，积极投入到角色中去，她怕娄蝶身体吃不消，就在医院开了维生素。

除了成分检测报告，经纪团队又附上了诊断书。果然有网友们去查，倒是查到了看诊的医生，医生也表示说当时的确开过这类药物。

但也有人不信，说如果就是普通维生素，那何必要撕掉标签？这番操作明摆着就是心虚。

即刻就有娄蝶的粉丝回击：怕是不撕掉标签，你们也会说药瓶是挂着羊头卖狗肉吧！

关于药瓶里究竟装了什么的问题，网上争论了一个多小时，直到一组照片在网络上曝光，舆论的风向彻底来了个大扭转。

还是跟娄蝶的那瓶药有关，照片里是同一个女人，像是偷偷摸摸地从一个包里翻出一瓶药，拿出手机拍了药瓶，而她的这一行为又被旁人偷拍到。

偷拍这组照片的人不清楚是谁，但这已经不重要了，重要的是照片里女人的脸清晰明了,有网友迅速认出她就是席季的经纪助理。

事情一下就明朗了,席季的经纪助理偷拍了娄蝶的药瓶,并发到网上,因此引来了轩然大波。

照片在网上迅速引爆,更引起了娄蝶粉丝的声讨,还有不少路人也站在娄蝶这边,斥责如此恶劣行径。席季经纪团队想辩驳,但照片拍得太清楚了,更重要的是,已经有网友扒出她前一阵子的确去了影视城。

娄蝶的最后几场戏就放在影视城,那就方便了席季的人下手了。网友矛头最终指向了席季,一时间席季被推上了风口浪尖,娄蝶成了受害者。

眼看着席季这座"大楼"要塌,席季发声,声称自己并不知晓这件事,如此言论就好比断臂保身一样,想弃经纪助理于不顾。

照理说事情发展到这步田地,出来扛雷的自然就是经纪助理,但席季的助理不干了,众目睽睽之下就跟席季撕破了脸,声称这件事就是席季的主意,甚至还放出了两人的微信对话截图。

其中一句最叫人后背发凉,是席季发的:我就是要整死娄蝶,让她死得透透的。

一时间席季的形象坍塌,粉丝纷纷脱粉,并恨不得戳瞎自己双眼的那种后悔。

娄蝶的粉丝乘胜追击,痛斥席季的卑劣行径,又在全网呼吁大家,请保护敬业的演员吧,因为这样的演员在娱乐圈里不常见了,大家不是在秀人设就是参加各种综艺捞快钱,又有几个是踏踏实实演戏的呢?

呼吁声势浩大,连连上热搜。

"还多亏了岑医生当时建议在药瓶上做两手准备呢,这下可好,席季真是搬起石头砸自己的脚。"

声援娄蝶的热搜达到沸点时,陈萱蕊正坐在岑词的治疗室里,看着手机上的消息,想想都后怕。娄蝶很排斥岑词开的药,不管岑词如何动之以情晓之以理都无济于事。

后来岑词给陈萱蕊出了个主意,要她备一瓶女性复合维生素,这是保健品,娄蝶不会排斥,早一次晚一次,服用的时候就要陈萱蕊偷偷换药。

"瞒住所有人也好,说不定日后也能省去很多麻烦。"

这是当时岑词的解释。

之后陈萱蕊也是怕惹来麻烦就撕掉了药瓶上的标签,其实她想的是,哪怕是复合维生素，也有可能是无妄之灾的源头。

"岑医生，当时你是不是就在防着席季？"陈萱蕊问。

岑词轻叹："也没说一定要防着她，但因为颁奖的事娄蝶和席季结下梁子，席季应该会气不过，我当时是跟娄蝶同进同出，她要想查娄蝶身边的人其实也挺容易。"

陈萱蕊愤愤不平道："这个席季可真是够损的了，谁家的助理敢擅自做这种事？就是席季指使的，现在出事了，还想着推别人出来扛雷！"

"趋利避害，人的本性。"岑词轻声说。

陈萱蕊往椅背上一靠，由衷说了句："这个圈子啊，真累。"

岑词微微一笑没说话，各圈都有各圈的累，总结一句就是：人活着本来就累。

"不管怎么样还是很感谢你，第一时间帮我们联系了检测机构和医生，否则我们很被动。"陈萱蕊真诚地说。

岑词说话直接："谢就不用了，这件事上我跟娄蝶是同一条绳上的蚂蚱，帮她的同时其实也是帮我自己。"

陈萱蕊想到席季目前的处境，倍感好奇："可是你怎么知道席季助理要去影视城的呢？并且提前安排了抓拍证据的人？"

岑词如实说："我不知道。"

"啊？"

"照片不是我叫人去拍的，而且我也不清楚席季助理的行踪。"

陈萱蕊惊讶："那还真是奇了，这是上帝也看不惯插手人间事了？"

也许还真是上帝都看不惯了，但这上帝也不是别人。等陈萱蕊走了之后，岑词给秦勋打了通电话。

这个时间秦勋在开会，闻言后先暂停了会议，选了个安静处，低声对岑词说："什么都能被你想到。"

岑词在这边一听这话就知道自己没猜错，轻声道："也不见你平时插手娱乐圈的事啊。"

"那你猜我是为了什么？"秦勋逗她，"看上娄蝶了？"

岑词这头忍笑，故意说："不知道。"

"你知道，所以你想到了我。"

岑词笑而不语。

"娱乐圈里的是非我不管，但影响了你，就是碰了我的底线，谁碰了我的底线，我就不会让谁好过。"

岑词跟秦勋聊完后快到中午了。她一出治疗室就闻到了饭菜香，阿姨今天煲了海带排骨汤。去倒咖啡的时候，汤图从屋里出来了，脸色不大好看。

"怎么了这是？"岑词低声问。

汤图一手拎着咖啡杯，站在咖啡机前好半天，转头对岑词说："刚才我跟裴陆通电话，然后出了意外状况。"

"意外状况？"

汤图眉头微皱，还有少许困惑："我们俩正通话呢，就听见钻天猴火急火燎的声音，好像是周军出事了。"

周军自杀了。

这一次，自杀成功。

作为警方怀疑的对象，周军时刻要受到监视。而上次经岑词提醒后，裴陆更是加派人手死盯着周军的一举一动，结果还是出事了。

岑词接到裴陆电话的时候，一脸无奈对汤图说："你看，事情主动来找我，出人命了，我总不能不闻不问吧？"

汤图叹了口气："你还是想想怎么跟你家秦勋说吧。"

岑词和汤图赶到现场的时候，远远地就听见裴陆在训人，暴脾气是又上来了。钻天猴眼尖瞧见她俩，赶忙让门口的人放行。

汤图朝里面抬了抬下巴，钻天猴压低嗓音："其实也不怪小刘他们，已经恨不得眼睛不眨地二十四小时看着了，但谁还没个不留神的时候啊，这周军也真是挺会赶时候的，就一两分钟的事，唉。"

岑词心里一沉，一两分钟。如果一心求死，这个时间够用了。

周军被送去医院抢救，但听在场的警察表示，这次能救过来的概率很小。也不知道他在哪儿藏的刀子，不大，但直扎心脏的位置长度是够用了。

现场其实没什么好看的。裴陆希望岑词能从案发现场看出些端倪来，以便辅助警方办案。岑词环视一圈，现场整洁，周军在生活里不是个糟乱的主儿，东西摆放得挺整齐。

进了书房，岑词又巡视了一圈。书架上的书挺多，分门别类放好，桌上也没什么多余的东西，除了一个节拍器。岑词瞧着这节拍器，心存质疑。

"周军不弹琴，家里也没钢琴，怎么会有节拍器？"

裴陆说："我刚开始也怀疑，周军说闵薇薇有时候会失眠，她听节拍器的声响能缓解失眠。"

岑词拨了一下节拍器，不动，只有底座上头的时间在一格格变化。能显示时间，又不是安装了电池，好像是光动能？

裴陆说："最开始我也担心这个节拍器会不会引发催眠指令什么的，但这个东西坏了，好像也没什么用。"

"真正的意识指令激发不会通过节拍器，像是电视里演的那种，只不过是增加视觉效果，实际上无声无息间就能进行。"岑词指了指底座上的数字，"例如，时间就可以做出提醒。"

裴陆一惊。

岑词要求看一下监控回放。与此同时，裴陆让手下们继续翻找对案情有关的证据。

闵薇薇发生车祸后，周军对于警方的排查挺配合，他始终是无辜者的姿态，而上次自杀，他对警方表示说，自己生无可恋。

闵薇薇发生这种事，他生无可恋，痴情种。

从监控录像能够看出，周军的确是挺配合警方，任由他们监视和盘问，只是被救回来后整个人看上去不乐观。每天都把自己关在书房里，要么看书，要么就看着桌上的节拍器发呆。

岑词暂停了画面，放大。画面里的节拍器底座是亮着的，跟现在的一模一样。

继续看，周军的生活几乎如此。吃饭点外卖，办公的时候也在书房，有时候也不爱回卧室，困了就在沙发上窝一觉。但之后的几天，也就是他上次自杀后，周军几乎就不跟外界联系，都不怎么见他开会处理公事了。

岑词再把视频往前倒，发现闵薇薇出事前的视频没有。这也能理解，摄像头是周军正式接受调查之后安上的，她把视频拉到了周军自杀的时间段上。

在他自杀前五分钟，他坐在书房的桌子后不知道在想什么，之后出了书房，来到客厅的沙发上坐下。接下来的画面就从岁月静好变成血腥惊悚，趁人不备，他拿着手里那把刀朝着心窝的位置就扎下去了，接下来的场面一度混乱。

裴陆问岑词怎么看，她想了想没说话，径直走到书架前瞅着眼前的区域。

视频里，周军会时不时站在这个位置，像是在找书。

是找书，还是在找别的？

裴陆也记得周军在视频里的行为，站在那儿看了半天，觉得好像也没什么特殊的，上头的书跟书架上其他书大同小异。她便伸手将眼前区域的书一本本拿出来，翻开查看。但拿到第四本时就拿不动了。

汤图也察觉异样，赶忙上前。裴陆跟她俩对视了一眼，手劲一使，书脊一倾斜，紧跟着就听见啪嗒一声，书后面藏着的小暗格就开了。

"能肯定一点的是，周军的自杀是受了暗示，有人就是要他去死。"

回到客厅，岑词给了裴陆一个肯定的答案。

"周军接到的最终指令就是死，所以在上次自杀未遂后，他一直在找机会进行第二次自杀，激发指令的不是节拍器，而是节拍器上的时间，时间一到他就实施自杀行为。"

裴陆示意了一下茶几上的笔记本，心存疑惑："周军难道就不能是因为内疚自杀吗？"

笔记本就是在暗格里找到的，上面都是周军的笔记，记录了自己是如何看上闵薇薇，如何出钱投资一项重量级的记忆项目，如何以闵薇薇作为目标对象对她的记忆进行影响，令闵薇薇忘记前任男友，一心认定他为初恋情人的事。

笔记里对记忆项目的实际操作没做记录，按照周军的意思来看，他只负责出资，在保障安全的前提下，对方怎么操作那是专家的事。

"薇薇的情况简单，他说只要将她脑中关于宁重南的记忆换成是对我的就行，事实上，他的确成功了。"

这是周军第一次跟闵薇薇约会成功后写下的话。

而后，闵薇薇的情况周军都做了详细的记录，这样的记录维持了有一年，笔记本上最后一次提及"他"就是闵薇薇发生车祸前。

周军写道："如果这个时候能见到他就好了，让他知道当初的做法并不是一劳永逸。"

之后就是挺凌乱的记录。

"薇薇毁了。

"这么个完美的作品毁了。

"我再也得不到她了……"

最后一页是在周军第一次自杀前写的:"是我毁了薇薇,我毁了我最爱的女人,我该死!!!"

三个感叹号力道很重,重到划破纸张。

从笔记本的内容上看,周军的确是最后想不开内疚自杀。

可岑词不这么认为。

"周军性格强势,从闵薇薇这件事上就能看出他做事手腕很阴毒,而且通过之前的谈话也能看出他十分自负,这样一个男人,在闵薇薇的情况失控后他会内疚自杀?"

岑词将笔记本翻开,翻到其中一页,指了指周军最后提到"他"的那句话。

"你们看,他有很明显的推卸态度,认为闵薇薇如今的情况跟那个人的能力不足有关。"

裴陆皱眉:"但是最后这一页……是被人有意安排的?"

了解周军性格后,再回头看最后一页的内容的确有点奇怪。照这么推断,最后这行字该是周军在意识受控下写的,目的就是要造成他内疚自杀的假象。

如何能让外界发现假象?看来,周军站在书架前的动作就是个线索,会让人顺藤摸瓜找到证据。

岑词点头:"初步判断,是这样的。"

汤图在一旁震惊道:"如果判断没错,那背后这个人心思也太缜密了吧。"

岑词仔细分析了一番,说了两个字:"确实。"

这是个十分完整的作案计划。

只要笔记本一出来,事件就变得十分清晰:周军看上了闵薇薇,利用卑鄙手段得到闵薇薇并取代了她脑中对宁重南的记忆,至此闵薇薇死心塌地跟在他身边。本来顺风顺水的,没想到闵薇薇的记忆出了问题,突然就不认识周军,以至于最后状况愈发严重,甚至导致车祸。周军深爱着闵薇薇,陷入深深的自责中,继而自杀。

看上去无懈可击,可在岑词看来就是谎言。如果周军真爱闵薇薇,就不会用这种手段得到她,不该破坏她原本的幸福,说到底周军最爱的是自己,他是自私。

裴陆在想另一个问题:"如果周军害怕秘密被曝光,那有没有可能是闵薇薇最终想起了什么,被周军杀人灭口了?"

就跟岑词当初的车祸一样。

问题最终又绕了回来,这一次,岑词回答得挺肯定:"我和闵薇薇的这两起车祸,是不是周军主使的另当别论,但实施人不可能是周军,我觉得他没那么大的能耐会意识操控,最起码他操控不了我。"

裴陆沉默。

等从现场出来,岑词接到了通知:周军在送到医院两小时后还是抢救失败,死亡。

午后滞闷。

今年的南城比往年都热,一点风都没有,树上的蝉鸣吵得人心惶惶。

岑词收好手机后没立马回车里,她就坐在有蝉鸣的树下,看着街对面那株老树,树枝纹丝不动,就跟假的一样。汤图不知道她在想什么,也没问,坐在她身边,陪着。

良久后岑词开口:"你有没有觉得这人生就像张大网,不管你如何逃如何避,都躲不过被临头裹住的命运。"

汤图以为岑词在说周军的事,于是说:"周军是始作俑者,他也算是咎由自取。"

岑词的目光没有收回来,像是看着古树,又像是透过古树在看着遥远的未来。

"我时常会做一个梦,梦里有个女孩要杀一个男人,每次我醒来都在想,那个男人到底死没死?"

汤图闻听这话心口突突一跳,问道:"那你……看清楚那女孩长什么样了吗?"

岑词摇头:"看不清,也不想看清。"

从冬天开始,事情就一件件接踵而来。像是今天,一大早是娄蝶的事不停反转,刚想喘口气,周军又自杀身亡,这两件事,件件要命。

岑词都不知道自己是怎么回的诊所,周军的离世又将会让裴陆折腾好一阵子。

临近傍晚时,冷延果然来了。他穿得挺正式,白色衬衫深色西裤,从车上下来的瞬间,自带强大气场,怀里抱了大束鲜花,那架势别提多惹眼了。

汤图拎着挎包出来瞧见往院子里走的冷延,感叹:"我明白他的新身份了,但这花束太夸张了。"

话说间冷延已经按门铃了，任晓璇去开门。汤图有事要外出，见冷延这个点就来了有点担心，叮嘱岑词把隐形摄像头都打开。

一般来说，没有特殊情况诊所是不打开隐形摄像头的，毕竟要保护客人隐私，但这段时间发生了太多事，汤图觉得有备无患。

岑词宽慰汤图说自己会看着处理，让她不用担心。

等冷延进来时，汤图跟他简单打了个招呼后就离开了。

冷延先被请进了治疗室，岑词叮嘱任晓璇端两杯咖啡进来，然后提前下班。任晓璇虽说不解，但也没多问就照做了。

冷延就是来表白的。

两人面对面而坐时，冷延笑说："好像岑医生对我抱着鲜花来的行为并不觉得惊讶。"

"这花不是送给我的吗？"岑词没直接回答，反倒是直接问。

"当然。"冷延将花递上。

"谢谢。"岑词没拒绝，接过后搁在一旁。

冷延抿唇浅笑道："既然岑医生已经猜出我来的目的，那我就开门见山了。我很喜欢岑医生的性格，所以想追求你。"

岑词看着冷延，目光里有打量。

冷延一挑眉，问道："你想说什么？"

"冷先生之前追过女人吗？"

冷延如实回答："没有。"

岑词恍悟："怪不得，追求方式这么简单粗暴。"

"那怎样能让岑医生成为我的女朋友？约会？吃饭？看电影还是逛街？"

岑词笑了，也不跟他绕弯子："冷先生很清楚，我已经有男朋友了。"

"我未娶你未嫁，我追求你也不犯法吧，甚至都算不上是道德层面的问题。"

岑词端起咖啡轻轻抿了一口，这裴陆拿来的豆子口感果真不错，有时候都不用费心去品都能品得出来。

"但冷先生追求我的目的，是为了拿我当挡箭牌，这就是道德问题了。"

岑词一针见血。

冷延唇角微微一僵。

"冷先生不是没时间追求女孩子，是不屑吧？因为在你看来，想得到什么必然就要得到，实在不行，哪怕强迫来的也在所不惜。"岑词放下杯子，清冷地一抬眼皮，接着说，"反正你觉得，没人敢把你怎么样。"

冷延微微眯眼，看了岑词许久后忽然笑了："看来有些事的确是瞒不过岑医生的。"

"我的视力尚算不错。"岑词意有所指。

冷延看着岑词，好半天道："所以昨天，你其实是故意让我和求求听见的。"

岑词微笑，不紧不慢地回答："门就敞着，有心想听的人自然就能听到。"

"老祖宗有句话，防君子不防小人，看来在岑医生心里我就是那个小人了。"冷延脸上保持笑容，身体微微前倾问她，"照这么看，我好像挺难追到你。"

"不想听听我的分析吗？"岑词直切主题，"等分析完了，问题的症结找到了，你再考虑要不要做我男朋友。"

冷延的眼神渐渐也阴沉下来了，他往椅背上一靠，做了个"请"的手势。

岑词伸手捏着咖啡勺，轻轻在杯子里搅了两下，抬眼时姿态悠闲，但接下来的话却是一针见血。

"你对求求有非分之想，不但如此，你还用了卑劣手段得到了她，并且一直在控制她。"

冷延的手搭在桌上，修长的手指一下一下缓慢地敲着桌面，闻言手上的动作没停，足见内心的波澜不惊。他只是淡淡问了句："卑劣的手段？例如呢？"

在这样的环境里，又没有其他人在，冷延的态度就变得直接。岑词从他话里听出明显的意思来：他对求求是动了心思，不但动了心思还得到了她，而且他一直强行控制冷求求。

只是他不认同她口中的卑劣手段，或许在他认为，得到冷求求的任何手段都不叫卑劣。

所以从另一方面来说，冷延这个人十分自大，也许事业上的成功令他相信自己无所不能。他压根儿就不否认自己对冷求求的心思和行为，就像岑词之前说的，他认为就算这么做，旁人也不能拿他怎么样，十分肆无忌惮。

"可能是迷药之类，我猜得没错的话，是口服。"岑词无惧冷延的目光，态度清冷，"至少第一次你是强迫了冷求求，之后有可能就是威逼利诱了。"

冷延笑："这话怎么讲？"

岑词不急不忙，喝了口咖啡，没看他，说："带颜色的水，是冷求求害怕的。"

岑词一直在想冷求求到底是为什么害怕跟人接触，尤其是跟男性的肢体接触，她不是没想过侵犯这件事，但被冷霖给否了。

冷求求从小跟冷霖一起长大，所以她不怕跟冷霖有肢体接触。但奇怪的是冷延也能碰触冷求求，然而岑词当时观察仔细，冷求求对于冷延的肢体接触更多的是一种压抑着的害怕，像是不敢反抗，这是对权威的低头。

冷延来了南城之后，冷求求的反应很反常，但如果把冷延放在侵犯者的角色上来分析，那冷求求之后的一系列反应就都顺理成章了。

冷求求真正的噩梦就是冷延，在冷延第一次侵犯冷求求的时候，冷求求的恐惧心理就形成了。

而今冷延来了南城，冷求求的情绪一度不稳定，甚至还表现出对冷霖的排斥和气愤。那么是不是可以理解成，冷求求其实是在怪罪冷霖让冷延住进了家里？而冷延没放过冷求求，冷求求的绝望衍生出对冷延的恐惧加剧和对冷霖没保护好她的愤怒。

岑词剖析这些的时候语气很淡，作为治疗师，在面对个案情况时最忌讳动情绪，要始终尽可能以客观角度来陈述事实。

但作为始作俑者，冷延的反应可谓是极度冷静。他像是在听别人的事，面色不变，眼里也不曾有过波澜。

产生这种反应无非有两种情况：一种情况，他的确无辜；另一种情况，他有恃无恐。

岑词绝对相信冷延属于后者。

末了，冷延淡淡含笑，竟是用一种邀请的姿态开口："岑医生，继续。"

岑词心里冷笑，这完全就是在跟她打心理战。

"从时间线上看，一年前冷求求出现了心理问题，推断没错的话，你就是那个时候侵犯冷求求的。"

通过冷霖的描述，冷求求从上学到参加工作都很独立，而且也十分享受独居的生活，在外喜欢交朋友，直到一年前他在家门口看见缩成一团的冷求求。

岑词以为冷求求的心理疾病属于延迟性爆发，这是她陷入的经验误区，总觉得像是些不好的事应该发生在她小时候，或者是她没能力反抗的时候，因为照理说人在成年之后遇到打击时可能都会有个自我心理调整的过程，而不会说在短短的一年内就出现这么严重的心理排斥。

是她忽略了对冷求求性侵的对象。一个被视为最重要亲人的小叔,这种人成了始作俑者,对于冷求求来说是致命打击,无论在生理还是心理上,她都遭受了极大摧残,所以她的心疾来势凶猛也就说得通了。

那天冷求求反常地一个人跑到门会所来,虽说没等着她,但其实也是一种求救信号。那天冷延来了,并且在冷霖的同意下住进了家里,这对冷求求来说是灾难重现。

之后,冷求求开始出现生理排斥,谁一碰她,她就开始起疹子。之所以会这样,那是因为再次出现在她面前的冷延又一次或者多次侵犯了她。

冷求求那天在治疗室里说,她害怕水突然变了颜色,又说可能会在她意识不清醒的时候。这完全能重现冷延当时性侵冷求求时的状态,他似乎是故意,又或许他就喜欢用药后的冷求求,甚至会当着她的面,亲自给她下药。

岑词冷冷道:"你希望冷求求属于你,所以禁止她交男朋友。与此同时你也想堵住外界的嘴,尤其是我的嘴,所以今晚来这么一出,无非是想找个挂名的女朋友,来掩饰你日后方便继续占有冷求求的变态行为。"

冷延像是听见了新鲜词似的,笑问:"变态行为?"

"对,你对冷求求的行为就是变态行为,你对冷求求的心理占有就是变态心理。"岑词盯着他,一字一句道,"冷先生,你的心理很扭曲,你对冷求求做的事已经构成了犯罪。"

冷延却嗤笑一声,摸出烟盒,还不忘问了句:"介意吗?"

岑词默许。

冷延点了烟,青白色的烟雾缭绕着他的眉眼,冷峻,沉默。

岑词看着这样的冷延,心想,果真是人不可貌相,这在外被公认的优质男子,多少女人梦寐以求的男子,谁能料到竟是一个私下对自己的侄女起了歪心思并加以控制的人?

冷延在沉默,岑词知道,他再冷静也不可能对她刚才的那番话无动于衷。

许久后,冷延开口了:"我喜欢求求,想让她永远跟我在一起,这怎么就变态了?"

岑词一怔,万万没想到他会以这样一种方式承认。

"喜欢?像恋人一样?"

冷延吐了一口烟雾，笑道："对。"

"你是她小叔。"岑词觉得有必要提醒他一句。

冷延垂着眼，在看手里的烟头，嘴唇微抿，面部表情似乎严肃起来。岑词盯着他的脸，盯着盯着没来由地想起秦勋的那句话，冷不丁冒出这个念头来。

"你是冷家的养子。"

这话就跟针似的扎了冷延一下，他夹烟的手微微一颤，烟灰掉了小半截。他抬眼看岑词，眼里的光阴暗不明。

"岑医生的工作果然做得彻底。"

果然！岑词其实也不过是装腔作势，毕竟当时秦勋说的时候也不确定，而且之前冷霖还否认过。不过冷延肯定是会错意了，以为她对他进行了调查。

这就好理解冷延的有恃无恐了。一来，他是真没认为这是什么难以摆平的事；二来，他很清楚地知道自己跟冷求求没有血缘关系，所以性侵了她。

"可是冷求求不知道这件事，在她心里你是她的亲人。"岑词面色严肃。

冷延不以为然："我可以让她知道。"

"没用的，你以为让她知道你们没血缘关系她就能坦然接受？你是她小叔，这是她对你的心理认同，而你的行径，在她心里就是不可以的。"顿了顿，又补说了另一层意思，"哪怕一开始就是情侣关系，冷先生，你这么做也是违法的。"

冷延抬眼看岑词，眼神深沉。岑词知道，这句话说到冷延心里了。

过了良久，冷延的眼神才淡下来，他垂下眸，将手里的烟掐灭在烟灰缸里。

"我喜欢她，也一直在等她长大。"冷延语气平淡，"想着要把最好的都给她。等到她毕业，等到她参加工作，等到她可以理智看待感情的年龄。"他停顿了一下，再开口时嗓音干涩，"可是，她却喜欢上了别的男孩子。"

岑词突然就明白了，冷延的开诚布公不为别的，不过是想获得她的认同。照理说冷延这种性格的人，压根儿就不会在乎别人的想法，但她不同，她是冷求求的治疗师，她要是肯定了冷延的想法，那就是间接地跟他站在同一阵营里。

岑词垂着眼眸，不动声色，等着冷延继续往下说。

"她不能属于别人。"冷延很直接，但神情明显落寞下来，"我对求求表达过喜欢，她接受不了，我又问她，如果我不是她小叔呢，她说……也不会跟我在一起。"抬眼时，他眼里多了份阴霾，"既然她不肯接受我，那我只能用其他手段了，我不允许她心里有别人。"

岑词听着这番话，后背一阵阵发凉。尤其是看着冷延的眼神，阴沉之下藏着隐隐浮动的情绪，这种情绪就叫作疯狂。

"你达到目的了吗？"

冷延一怔，然后皱眉："什么？"

"你达到得到她的目的了吗？"岑词一针见血，"男女力量悬殊，你可以强迫她，你也可以用你的权势去压迫她，但结果呢？她的心在你身上吗？"

冷延沉默片刻，说："时间一长，她会明白的。"

岑词笑了。

有意为之，所以冷延听出来了，他面色沉了沉，很明显她这般笑惹得他不悦。

岑词能看出来，丝毫无惧，开口道："冷先生身边应该没人敢说真话吧？现在反倒听不得真话了？你能来找我，其实心里清楚得很——第一，我不会跟你绕弯子；第二，我不怕你。"

冷延忽然也笑了："你有秦勋撑腰，当然不怕我。"

"你可以这么想。"岑词没跟他辩论，切回主题，"你觉得时间一长冷求求就能明白你，接受你，可事实上呢？我猜她现在巴不得离开的人就是你。你逼得她陷入痛苦，逼得她失去自由，失去自我，甚至逼到她不能跟外界正常接触，这就是你想要的？"

"不接触也没什么，她可以只待在我身边，我养她一辈子都行。"

岑词盯着冷延的脸，强调："她是人。"

冷延抿着唇，眉心微蹙。

岑词调整了坐姿，由衷道："冷先生，你口口声声说喜欢冷求求，可在我看来你最爱的只是自己。如果真心喜欢一个人，怎么能忍心伤害呢？喜欢一个人，就该让对方幸福吧。"

冷延似面罩寒霜，这一次沉默的时间更长，再开口时嗓音喑哑："求求她恨我？"

"这个问题你问过她吗？"

冷延摇头。

"那今天你就问问吧。"岑词起身，开了一侧的逃生门。

冷延一颤，蓦地抬眼朝着逃生门的方向看。

逃生门打开还有空间，可容纳一人，再往后就是逃生通道。只见冷求求在门后站着，低垂着脸，全身都在颤抖。

冷延猛地起身，然后反应过来，目光一转落在岑词脸上，锋利严苛。以往商场之上都是他算计别人，没料到今天被岑词算计，不但能猜到他今晚会来，居然还叫来了冷求求。

岑词没畏惧冷延，走到冷求求面前轻声说："这是你的心病，只有面对了，你才有彻底康复的可能。"

当然还有一种可能，就是情况失控，适得其反会逼疯冷求求。

冷求求浑身抖得厉害，脸色煞白。冷延大踏步上前，一把扯过冷求求的手腕，厉声道："走。"

岑词心中一凛。

冷求求却猛地甩开冷延的手，歇斯底里大喊："滚开！别碰我！你不要再碰我了！"

冷延全身一僵，怔怔地看着冷求求。

冷求求站在岑词身边，下意识攥住她的手腕，十分用力，就像是抓着一根救命稻草似的。许是这样，她才会有勇气面对冷延。

"我恨你！"冷求求嗓音发颤，接下来的这句几乎是喊出来的，"我恨不得你立刻去死！"

岑词觉得耳膜都被震得生疼，这该是接触冷求求这么长时间以来头一次见她宣泄情绪，一直以来她都是紧张焦虑、唯唯诺诺的。

岑词低头看着冷求求抓着自己手腕的手，心里的担忧多少放下一些，一个害怕与别人有肢体接触的人，有了这个动作，是成功治愈的开始。

岑词知道这种方式太过铤而走险，但有时候，心理问题就是这样，只有找到了最根本的原因才能对症下药。方式残忍了些，却比较适合冷求求。

冷延许是没料到冷求求会这么说，眼里有少许伤痛，他轻步上前，开口："你恨我？求求，你知道我——"

"别靠近我！"冷求求厉声喝了一嗓子。

冷延止步。

冷求求呼吸急促，死死盯着冷延道："我什么都不知道！也什么都不想知道！我只知道你是我小叔，是我小叔！你放过我吧，我求你，求你放过我，我真的受不了了！如果你再继续强迫我，我就死给你看！"

"别！求求，你冷静点。"冷延说着又要上前。

"站住！"冷求求拼尽全力喊，声音尖细，如临大敌。

冷延忙做安抚状，不再继续往前走。

岑词做适当的引导，冷求求的情绪需要极大的宣泄和爆发，但也不能任由着她来，否则情绪失控会更难办。岑词轻声安抚她，让她稍稍沉下气，深呼吸，然后把想说的话都说出来。

"在这里没人能伤害你，所以求求，不要害怕。"

冷求求咬着牙，牙齿都在咯咯响，许久后才开口，情绪比刚刚平稳了些。

"我不会再跟你一起，也不会让你为所欲为！随便你怎么威胁，哪怕你告诉全世界我也不怕！我都想好了，大不了就一死……这么一直下去，我活着也没什么意思！"这话说完她的眼泪唰地就下来了。

冷延像是看着陌生人一样看着冷求求，眼里有难以置信，也有莫大悲怆。他脚跟酸软，整个人竟跟跄一下，倒靠在桌边，久久未能说话。

汤图知道这件事后后怕得很，一个劲地念叨岑词心太大了。暂且不说冷延会不会报复，就光说他那畸形心理就足以叫人捏把汗，再加上冷求求的情况。

这就是最单刀直入的方法，搁其他治疗师绝不敢这么做，但岑词，她就敢。

岑词有她自己的打算，她跟汤图说，冷求求的问题一拖再拖，原因挖不出来，心疾就始终治得没有效果，时间一长冷求求反受其害，藏在心里的结也会成为痼疾。

汤图抹了把冷汗，做出提醒："这件事论性质来说已经构成犯罪了。"

岑词明白汤图的担忧，说白了她自己也在铤而走险。她在赌什么？汤图说得没错，这是一起案件，罪犯就被她劈头盖脸地拎出来了，她是揪出真相的那个人，与此同时她也是目击者、证人。

可能她唯一能赌的就是，冷延是禽兽这是事实，冷延爱冷求求这也是事实。所以她才敢设计这一出，押上的就是冷延心底的那一点良知。

事到如今，冷求求的态度就成了关键。

昨晚冷求求跟疯了似的发泄情绪，用最恶毒的话来回应冷延的行径。岑词看得真切，冷延整场下来就跟被人闷了一棍子似的，许久都没缓过来。

最后，冷延先离开了。离开时他对冷求求说："你要相信我，我没想把你逼疯，我只是觉得说不定有一天你就能改变心意。求求，不管怎么样，这一次我都尊重你。"

冷延走了之后，冷求求强撑着的最后一点力气都没了，一下瘫软在地。她哭了，可谓是号啕大哭，就像是要把心里所有的伤痛都掏出来似的。

岑词轻拍冷求求的肩膀，跟她说："哭吧，都倒出来。"

冷求求突然搂住岑词，继续痛哭。

直到秦勋来接岑词，冷求求也决定要回家了。秦勋不知道中间发生了什么事，进门后跟她们说，正好碰上冷延和冷霖的车了，冷延刚走，冷霖还在外面等着呢。

冷延始终等在大门外这件事岑词知道，现在就剩冷霖，他可能要问一些事了。岑词便跟冷求求说："如果你想留下也可以，我陪着你。"

冷求求摇头，好像哭过、喊过之后就变坚强了。她说："最难堪的都面对了不是吗？剩下的事还是我自己处理吧。"

这一年多来，冷求求的心理都在承受巨大的压力，她有口难言，有苦难诉，那个高高在上又对他们兄妹俩有恩的小叔，亲手将一副枷锁套在了她的身上，她摘不下也不敢摘，可又渴望着能像正常人一样生活。

她催眠自己，让自己努力忘掉发生过的事，努力尝试如果不碰触伤痛就能遗忘。事实上伤痛发生了就是发生了，无法磨灭。

有人说，除了器质性病变，所谓的心理疾病不过就在一念间。

一念生，一念死。

就像冷求求，岑词许是没注意到,她哭湿了自己的大片衣衫,她是搂着岑词的。

秦勋临睡前主动提了冷求求的事，但他说得巧妙。

"我知道你有你自己的方式，但实际上，你把真相挖出来面对，和你埋了真相选择另一种生活方式，在痛苦的时间上其实差不多。"

岑词是个聪明人，当然能听出秦勋的意思来，其实就是或面对，或自我消化。

岑词想了想问："冷求求和冷延的事你知道了？"

"以前听你零星提起冷求求的症状，我也是有所怀疑，今天看见冷延，再看冷求求的反应，也猜出个八九不离十了。"

秦勋上了床，整个人看着倦怠，但他没想着马上睡，靠在床头，将岑词拉过来搂在怀里："你治疗的方式方法太激进，但好在没出事。"

岑词没跟秦勋具体说冷求求的事，他却一一看在眼里，这人的眼睛的确是挺犀利。

岑词靠着秦勋，她喜欢他身上的气息，明明用的是同一款浴液，他用完，气息里就多了一些蛊惑人心的味道。"我明白，如果不去究其根本，她也终有一天能够治愈，但前提是冷延不能在她身边。所以我的方式是极端了，但能治标又能治本。"

秦勋低头看她："你认为冷求求会告冷延？"

"我不知道，但是冷延应该受到惩罚。"

秦勋拈起岑词的一绺头发，轻轻玩弄："不管冷延是离开还是坐牢，这件事一样会留在冷求求心里一辈子。她对冷延的感情应该很复杂，复杂到她没那个能力去果决处理。"

岑词叹了口气，秦勋想到的她也想到了。良久后，她才说："总之不管怎样，如果冷求求需要我出庭做证，我会同意。"

"行，随你高兴，反正你有我呢，冷延也不敢拿你怎么样。"

这话岑词听了心里泛甜，嘴上却打算占占便宜："有你没你他都不敢拿我怎么样，我又不是没办法对付他。"

"也对，那么一大束花扔那儿了，你也的确没把冷延放眼里。"

岑词瞧着秦勋的眉眼，食指一抬微微挑起他的下巴，说："是呢，我只把你放眼里了。"

"狂妄自大。"秦勋低低补上了句，"但我喜欢。"话毕低头吻上她。

周军自杀后，岑词能明显看出秦勋的情绪低落。

所以这一晚在床上，秦勋更像是在发泄，云雨过后，岑词连下床冲澡的力气都没有。

许久，岑词迷迷糊糊地说："周军那边的线索是断了，但我想这件事肯定没完，沈序的下落你早晚都会知道的。"

秦勋低头吻了她的额头："别想这些了，睡吧。"

岑词是真的累了，听秦勋说完"睡吧"这俩字，眼睛一合就沉沉睡去了。

她陷入梦境。

是，她能很清楚知道自己是在做梦。困在阴沉的暮色里，像是一片死寂的空间，不管她怎么走都走不出去。

她对自己说，快醒过来。梦里的自己就在努力寻找醒来的路，直到又看见了那道门。铁艺的，门把手上有黄铜风铃的那道门。

门没锁，她轻轻一推就开了。门后并不是她熟悉的忆餐厅，只有大团的黑，像是她从一个混沌的空间迈入了更黑暗的世界。

隐约有光亮，只是这光亮非但没给她带来期许，反而叫她惶惶不安。可双脚还是控制不住地往前走，直到看见了光源。

来自一盏台灯，不大，挺复古的。都说灯下黑，岑词好半天才看清楚台灯下蹲着一个人。

竟是周军，耷拉着脑袋，脸埋在阴影里。

岑词没再往前走，站在那儿迟疑开口："周军？"

他听见了，肩膀微颤一下，然后缓慢抬头。与她目光对视时，他的眼里竟有惊恐，紧跟着朝她说了句话。

岑词蓦地睁眼。

有那么一小段时间是无法呼吸的，好半天才反应过来，岑词从床上猛地坐起，大口喘气。许久才像是回了魂似的，她松开拳，掌心里有挺深的指甲印。

缓了好半天，岑词的脑袋才开始了正常运转，细细回想梦里的周军。要说这梦有多诡异，也算不上，叫她不舒服的是梦里周军的状态。

他跟她说的那句话是什么？

岑词努力去想，想不出来，不是忘了，而是她很肯定梦里的周军是没出声的，上下嘴唇就是那么轻轻一碰，如果不是因为他的眼神，她压根儿就不觉得他在说话。

头涨涨地疼，刚要按太阳穴，岑词忽然一个激灵，一种异样感悄然滋生，带着凉意，丝丝缕缕地爬上了她的脖颈儿，来自身后。

岑词竟没来由地紧张，缓慢转过头……

床的另一头空空如也，秦勋没在。下一秒耳朵捕捉到了声音，她想都没想下了床冲出去，借着窗外的光她瞧见了秦勋的身影，走进衣帽间。

衣帽间的门没关，留了一道缝，灯也没开，秦勋却准确无误地拿出自己的外套穿上，穿衣动作不疾不徐的。岑词惊愕之余继续观察，就见秦勋很快穿好了衣服，走到镜子前看了看，这么一番动作让岑词心中一凛。

镜子前的秦勋，两眼无神。照镜子时间不长，很快他就朝着门口这边来了。

岑词第一反应就是躲避，可念头刚起就被打断了。

她停在原地没动，任由秦勋伸手一拉半敞的门，跟她面对面。刚要开口，却见秦勋从她面前走过去。

岑词心一提，转身跟在他后面，脚步放得更轻。秦勋没回头看，径直往玄关方向走，直到手往门把手上一搭，身后的岑词唤了一声："秦勋。"

就像只小锤子似的往秦勋脑袋上不是很用力地来了那么一下，却极其有效。秦勋手上的动作一滞，整个人站在门口不动了。

岑词也没动，距离秦勋几步之遥。她盯着他的背影，冷不丁就想起最后一次见段意时他说过的话。

秦勋有了反应，转过身一脸迷茫。好半天又抬手看了看，顺势也瞧见了自己穿得整整齐齐，更是困惑不已。岑词看得仔细，但也不敢有大动作，怕惊着他，就把地灯给打开了。

秦勋抬眼，瞧见岑词站在不远处，也是一脸的不可思议。

岑词轻叹，走上前对上他的目光，缓缓道："秦勋，你梦游了。"

第二十六章

天亮的时候岑词早早就去了公司,秦勋送了她,开车期间几通公司电话进来,秦勋看着有话想跟岑词说也没来得及。

岑词下了车后叮嘱秦勋慢点开,跟他说,不急,下班之后再说吧。

任晓璇今天到得竟比岑词还早,给她开了门,一脸神秘地说:"岑医生,来了个挺古怪的小姑娘,指名要找你呢。"

岑词问任晓璇之前有见过吗,任晓璇摇头说,她是第一次来咱们这儿。

也不能说是古怪吧,顶多就是穿得灰扑扑的,背对着房门坐,岑词推门进来时一眼就能看见小姑娘瘦弱的背影。

岑词脚步一顿。就只是个背影,熟悉感却油然而生。

小姑娘听见动静回头,整个人看上去很紧张,视线相对的瞬间,岑词呼吸一窒。

"医生,你帮帮我吧。"小姑娘灰头土脸的,但其实长得挺好看,就是长年的营养不良使她看上去面黄肌瘦。

"你怎么了?"

小姑娘眼里泛起泪花,一把抓住岑词的手腕,嗓音怯而急:"你跟我来,跟我来。"

就这样,一大早岑词就被个小姑娘给拉走了。

真是用走的,出了诊所还一直往大路上走,岑词问小姑娘要去哪儿,远的话可以开车去。关键是她还穿着高跟鞋,别看小姑娘有气无力的,但走路可不慢。

小姑娘摇头说不用开车，很快就到。走了没几分钟的大路，小姑娘就带着她往岔路去了，果然也是没走太久，穿过一片小树林，赫然是一片海域。

南城没海，岑词正疑惑呢，小姑娘往海里一指："医生，那里有很可怕的东西，我不敢看，你能替我看看吗？"

岑词心生异样，但具体是种什么感觉很难描述。她脚步放轻，身后的姑娘没跟上来，似乎挺害怕。

距离海面越近，视线里的东西就越清晰，黑乎乎的一团。她屏住呼吸，脚步加快往前一冲，下一秒海里的东西就看得一清二楚。

一张人脸！

黑乎乎的是那人的头发，一个女人。

岑词惊喘一声，紧跟着就明白刚刚心中的异样了，这一幕她在梦里见过。耳畔是小姑娘的一声尖叫，岑词扭头一看，竟不知从哪儿蹿出一伙人冲着小姑娘拳打脚踢。

她大叫着放开、住手，并往前冲，可有个男人比她快一步，用力推开那伙人，把小姑娘拉跑了。

岑词一惊，紧跟其后。跑出树林，却不见了两人的身影。她在原地僵站着，细细回想刚才那个男人，在哪儿见过？蓦地想了起来，去摸手机，手机不在身上，衣兜里只有车钥匙。

岑词立马折回门会所，开了车钻进街面，一条条胡同去寻。竟寻到夕阳西下，终于在一条逼仄的胡同口看见了小姑娘的身影。岑词一激灵，车随便一停就往胡同里冲。

但还是晚了，就见小姑娘手持尖桩僵站在那儿，桩子一头滴着血……

岑词呆站在原地，呼吸急促，头一阵阵地发晕，眼前的场景模糊、扭曲，似真又似假。

眼前鲜血淋漓的男人已经不在了，小姑娘抱着腿坐在角落里，耷拉着脑袋。她的脸被黑影罩住，看不见她的神情。岑词心里隐隐觉得不对劲，脚像钉在地上似的动弹不得。

但很快有个男人过来了，身形和个头都不是之前被扎的那位。男人逆光而来，岑词看不清他的脸。他走到小姑娘面前，朝她伸手。

小姑娘抬头，把手放在男人的掌心。她跟着那男人走了，朝着另一头的胡同口方向走去。只是没走两步,小姑娘停住脚步。

岑词站在原地,有种预感油然而生,这种感觉令她很不适。

小姑娘缓缓转过头,男人也转过头来看着岑词。胡同里的灯光倾泻下来,映亮了他们的脸。

岑词蓦地呼吸一窒,紧跟着想到了什么,转头就往来时的路口跑,跟跟跄跄。回到车里,她甚至都来不及关车门,抬手去碰那串车挂风铃。

这一次没响。

她用力去拍,那风铃就只是摇摆不定,却一点声音都没有。她抖着手,嗓音颤着:"岑词,醒过来、醒过来!"

最后一声,几乎是嘶吼。

"岑医生?"

任晓璇的声音在耳边响起的时候,岑词这才猛地缓过神来,发现自己还站在诊所门口,手里攥着钥匙。她看了看周围,又看了看手里的钥匙,低声道:"掐我一下。"

啊?任晓璇不明就里,但还是照做。

没怎么敢太用力,但岑词感觉到疼了。紧跟着她大口大口喘气,脚跟一软,差点跌倒。

任晓璇忙伸手扶住她:"岑医生,你怎么了?"

岑词摇头,等进了诊所她才问任晓璇:"刚刚你没在屋里是吧?"

"我刚来呀。"任晓璇如实回答。

任晓璇刚进院门就瞧见岑词站在房门口不知道在想什么,手里还拿着一串钥匙,那一幕看着挺诡异的,因为岑词整个人一动不动,眼珠子都不转一下,于是她赶忙叫了岑词。

岑词看了一眼窗外,还是艳阳高照,而墙上的时间才过了十分钟左右。

果然,是幻境。

岑词推了白天的预约,因为她接到了陈萱蕊的电话,那边说:"岑医生,蝶姐今晚杀青戏,我想起你之前说的,心里有点不踏实。"

结束通话后,汤图敲门进来,探个脑袋问:"岑词是身体不舒服吗?"

岑词知道是任晓璇跟汤图说了早上的事,便道"没事"。

汤图点头，没事就好。

刚要关门，岑词冷不丁问汤图："你觉得闵薇薇是那个试验对象吗？"

汤图一愣，好半天才说："看周军日记里的意思，是吧……哎，事情都过去了，你就别想了。"

桌上手机振动，岑词点点头没说什么。等汤图出去后，她接起手机。

竟是寺院打来的，是她认领的那株植物的事。寺里先跟她道了歉，说如果她有时间再来的话可以重新认养一株植物。这话叫岑词听着奇怪，便问怎么了。

"施主认养的那株植物开花了，但是，但凡挨着它的植物都被它吃了，所以寺里想问问施主的意思。"

岑词惊愕："我的花吃花？是……主动去吃？"

岑词知道有那种能吃昆虫的植物，甚至还有吃人的，但都是等着上门的吧？主动去吃？而且吃的还是周围的植物？她闻所未闻。

寺里表示他们也是第一次见到这种植物，只要开花就需要靠着吃植物来汲取养分，像是施肥浇水，对它没用。

岑词听着心头寒寒的，末了跟寺院说，处理了吧，回头有时间她再认养一株新的。寺院问她要不要亲自来处理，岑词想了想，说："麻烦寺院师父代劳吧。"

结束通话后，岑词心里挺不是滋味，要说一点都不心疼是假的，毕竟也是倾注了感情的，心念着开花会是什么样，结果非但临了都不知道是个什么，还生出这种糟心的结果来。

岑词决定不想了，埋头工作。

她先是整理了一下手头的文件，然后又看了陈萱蕊发过来的娄蝶的用药情况，虽说陈萱蕊有所担忧，但从她偷拍的视频不难看出，娄蝶的状态挺不错的，而且并没受前两天绯闻的影响。

反之再看席季，现在人气掉得厉害，听陈萱蕊说，席季这两天忙着跑各种酒席，给自己铺路呢。

岑词叹了声，回头她也打算跟秦勋说一声，得饶人处且饶人，这年头各行各业混口饭吃都不容易。

放文件的时候，岑词看见了抽屉里存放的那份资料，迟疑片刻将其拿了出来，又看了许久，起身出了治疗室。

任晓璇在前台低头工作，没抬眼。岑词拿着文件走到复印机旁，将手里的资料连同文件袋一同放进了碎纸机里。

碎纸机发出碎纸的声响，资料最后被吞没的一角，上头写着：戚苏苏。

娄蝶的杀青戏是场大夜戏。

如果当时陈萱蕊没在电话里说杀青戏的内容，可能岑词还不会走这一遭，因为之前是想着剧组上下那么多双眼睛盯着，娄蝶也不可能轻易出事。

"杀青戏恰好就是剧中人物的杀青，我也是服了，也不知道剧组是怎么想的。"

往剧组赶的时候已经天黑，秦勋开完会后到门会所接了岑词。许是临近周末，往郊区走的车挺多。岑词谈到了娄蝶的杀青戏，女主角病逝，男主角最后郁郁而终，她当初反对娄蝶接这部剧就是因为这结尾，跟当初的《尘桥》太像了。

秦勋一手搭着方向盘，一手腾出来攥了攥岑词的手，安慰道："娄蝶应该挺配合治疗的吧，别担心了。"

堵车的时候岑词给陈萱蕊打了通电话，陈萱蕊说："蝶姐一直在默戏呢，好像有点进不去，前面几条拍得都不行。"

岑词不解，这不像是娄蝶的专业水准。之前她还挺担心娄蝶入戏太深，万一再出不来就很麻烦。

秦勋轻笑："这不挺好吗？"

算是好吗？岑词心里觉得有哪里不对，却说不出来。

这一路停停走走，耽误不少时间。还是秦勋主动提到自己梦游的事，他觉得昨晚的情况应该是把她吓着了。

岑词跟秦勋坦白，说他这种情况不是第一次发生。秦勋闻言一脸蒙，岑词见状也愕然，问他："你不会一直不知道自己有梦游症吧？"

秦勋摇头："我没这毛病啊，打小也没听家人说过。"

岑词想了想，说："那可能就是在特殊情境下发生的，比方说你比较敏感的环境、心情甚至是梦境，刺激到了你的梦游发生。"

秦勋沉默片刻，问岑词之前有关他梦游的情况。岑词没隐瞒，一五一十交代了前两次的情况。

"其实你不用有心理压力，你只是偶尔有梦游行为发生，而且从前两次看也并不严重，就是昨晚……"

前方红灯，秦勋停了车，扭头看她。

"昨晚你试图走出去,这是前两次都没有的情况。"

秦勋惊愕:"我要去哪儿?"

是啊,要去哪儿?这也是岑词一整天都在考虑的问题,其实她试图一次次绕开段意给出的答案,但最后还是落在了那个答案上。

"也许,墓地?"

"啊?"

后面有车鸣笛,前方绿灯了。

秦勋赶忙启动了车子继续前行,不忘问一句:"你的意思是,我去墓地?"

岑词将段意的话告诉了他。

秦勋听了后觉得不可思议,理智分析:"如果说他看见过我,那说明我不止发生过三次梦游,但事实上如果你不说,我压根儿不知道自己有过梦游行为。再者,我在梦游的情况下去墓地,那第二天醒来的时候总会发现点蛛丝马迹吧?但事实证明一切都很正常,我总不能在梦游的情况下还能把痕迹抹得一干二净。"

其实梦游之后做到神不知鬼不觉也不是不可能,就像是有人防止梦游把自己五花大绑,但结果还是发生梦游行为,并且回来后又恢复了捆绑模式。怎么办到的?难解,就跟段意一样,两人都给不出答案。

岑词说:"可能是段意瞎说,他对我有怨气正常,临了还想刺激我一把,可能是他看错了,那么黑的地方,看错太正常了。"

秦勋思考了半天,说:"也许吧。"趁着放缓车速的时候又拉了岑词的手,"如果我还是单身,梦游不梦游的我并不在乎。"

岑词抿唇浅笑,看着他。

"我是怕你嫌弃。"秦勋如实说。

岑词憋不住乐了,轻轻推了他一把:"怎么可能?颜值这么高的一张脸和强健结实的身子骨,多少姑娘惦记着,我稀罕还来不及呢。"

赶到剧组的时候,比原定时间晚了一小时,岑词一闭眼,眼前还都是灿亮的红色尾灯,一眼望不到头的那种。

陈萱蕊亲自来接他们,露面的时候还四处张望一番。岑词也是怕有狗仔队暗中跟着,所以才叫秦勋把车子停在了隐蔽的入口。

往剧组那边去的途中,陈萱蕊先是谢了一番秦勋,态度挺诚恳的,说之前席季太嚣张了,他们不想招惹是非才一直忍着。

秦勋笑而不语，跟岑词对了一下眼神。岑词心叹，这陈萱蕊也是个七窍玲珑的姑娘，一下就能猜出是秦勋出的手，估摸着席季那头也能猜个八九不离十，所以才不敢再出手搞事。

陈萱蕊言归正传："刚拍完没多久，最后那遍的状态不错，导演挺满意的，娄姐觉得有点累先回休息间休息，再过十分钟吧，有杀青宴。当然没那么夸张，就是导演想稍稍弄得隆重点，毕竟是女主角杀青戏嘛。"

岑词敏感，疑问道："累？"

陈萱蕊点头："能不累吗，蝶姐一大早就在酝酿这场戏了，可能就是太重视了，要求太高，情绪就总进不去。以蝶姐的演技，之前好多都是一条过，最多不过三条，但是今晚这场过了五十多条，最后一条总算过了。"

进了组，助理见陈萱蕊回来了赶忙上前，先是跟秦勋和岑词打了招呼，又跟陈萱蕊说："导演想让欢送会现在开始，毕竟这个点了，挺晚的。"

"没问题啊，你去叫蝶姐吧。"

岂料助理一脸为难："蝶姐不搭理我，我怎么叫，她也不给我开门。"

陈萱蕊看了一眼手机："蝶姐肯定是睡着了，昨晚上她都没怎么睡好，你再去叫一遍，就说岑医生来了。"

助理一点头又去了。

岑词没找地儿坐，就站在那儿看着剧组人来人往，应该是个过场戏，她隐隐地听见有人在喊："卡！"

心头泛起无法形容的异样感觉，莫名地觉着哪里不对劲。有这种感觉的不止她一人，很快就听秦勋问陈萱蕊："娄蝶进休息间多久了？"

岑词蓦地一激灵。

陈萱蕊见秦勋一脸严肃，蒙了一下，吞吞吐吐道："蝶姐她……我出去接你们那会儿——"

话没等说完，就见助理发疯般地跑过来，歇斯底里地哭喊："出事了！蝶姐她出事了！"

"夫以色事人者，色衰则爱弛，爱弛则恩绝，上所以恋恋我者，以平生容貌故。"

翌日，出自《智囊·闺智部·李夫人》的这段话爆了全网的热搜，稳占话题榜首!之所以爆,是因为这是娄蝶的遗书。杀青当晚,娄蝶服毒,送到医院的时候已经来不及了,她在遗书里写下了这句话,唯一的一句话。

娄蝶自杀一事震惊了圈里圈外,一时间说什么的都有,她的杀青戏也是整个剧组的最后一场重头戏,当晚剧组的人都撤得差不多了,记者赶到现场的时候也没捕捉到有价值的消息。

演艺圈里不少艺人痛惜娄蝶,纷纷表示哀悼,不管跟娄蝶有没有过交集。甚至席季也发了微博,语气挺激动的:不是跟我斗吗?不是喜欢踩着我吗?为什么要自杀?你有本事好好活着继续踩我,继续斗我!

娄蝶的粉丝就跑过来狂骂席季,骂她是害人精,如果当初不是她这个始作俑者,娄蝶也不会被网暴,更不会自杀。

席季的粉丝都不敢吱声,自家偶像的行为离奇诡异,他们也不想引发更多的口水战,毕竟死者为大。

剧组的导演发声,挺悲痛的,对外表示说当初是娄蝶强烈要求以结局的这场重头戏做杀青戏,说她想按照剧情走,这样的话对人物的诠释会更深刻。网上哗然,他们意识到娄蝶的自杀更像是早就策划好的。

门会所再次成了关注点。

但记者们有了上次的"惨痛"教训,再加上陈萱蕊之前一直强调娄蝶没有心理问题,所以门会所只是在网上被人频频提起,真正敢过去蹲点的几乎没有。

也有权威媒体采访到了岑词,岑词就以心理专家的身份接受了采访。对此岑词没多说什么,只是轻描淡写说了一句:"娄蝶的担忧可能都在遗书里体现了吧。"

以李夫人为由,娄蝶想要表达什么?

有人说娄蝶是怕老,所以想留住最美的时刻。有人说可能娄蝶真是生病了,她不想让外界看到自己病重的样子,所以选择自杀。

总之娄蝶是意有所指,否则就不会提到莱尘,她终究还是那个戏痴,所以还有人说,娄蝶没从人物里走出来。之前跟男主角闹出绯闻,可见她爱的并不是男主角,而是剧中人物,最后也是跟着剧中人一同离去。

讨论多了,也有人越分析越诡异。

总之娄蝶用生命完成了最后一个角色,而这部剧也注定成了娄蝶生前的最后一部戏,她完完整整地完成了拍摄。有粉丝说,娄蝶的敬业不但表现在生前,她是个连死后都不想给人带来麻烦的人。

娄蝶的家人出面领走了娄蝶的遗体,并且表示葬礼不对外公开,请媒体朋友不要打扰,也不接受任何人的吊唁,就连陈萱蕊都被拒之门外。

陈萱蕊来找岑词的时候哭得稀里哗啦的,她不懂为什么娄蝶的家人连她都拒绝。

岑词说:"娄蝶的家人心里肯定有怨气,所以还是尊重人家吧。"

陈萱蕊捂着心口跟岑词说,这儿疼。

"蝶姐为什么会自杀呢?她明明都好转了,而且她还按时吃药。"

陈萱蕊没办法忘记那一幕。当秦勋踹开房门时,娄蝶就静静地躺在沙发上,合着眼,要不是地上滚落的药瓶,任谁看了都以为她是睡着了。

她始终是美的,哪怕是死。

岑词沉默半晌,告诉陈萱蕊:"其实,娄蝶一直没吃药。"

陈萱蕊震惊,愣怔了好久:"不可能……我看见她吃了。"

"之前以防万一你将药瓶里的药换了,与此同时娄蝶也换了药骗了你。"岑词叹声,"娄蝶遗物里就有药瓶,里面不是我给她开的药。"

陈萱蕊瞬间崩溃了。

岑词安慰她说,这就是娄蝶自己的选择,如果她不想配合,任谁强迫都无济于事。

"或许,死对于娄蝶来说反倒是种解脱。"岑词提到了娄蝶的遗书,"她曾经说过她怕失去,她大红过也败落过,试过被人捧在手心的荣耀,尝过摔到谷底的世态炎凉。"

陈萱蕊哭了:"可是她现在又翻盘了啊。"

"想在娱乐圈里做常青树哪那么容易,火过之后呢?娄蝶是钻了牛角尖,就像是个吃到最苦果子的孩子,哪怕手里拿到甜的了,也不敢再去尝试下一个。所以,她才会在这个时候选择自杀。"

因为害怕失去,所以用死来留住最美的那刻。

岑词读懂了娄蝶的遗书。

当下娱乐圈,以流量作为话语权的关键,能有机会惊艳世人,是因为娄蝶重新拥有了流量。因此她以李夫人为喻,流量,才是她真正的"美貌"。

临走的时候陈萱蕊问岑词:"蝶姐走了,你伤心吗?"

"伤心。"岑词轻声说,"但世间万物就是如此吧,来了又走,这就是常态,人也一样。"

娄蝶自杀身亡一事在网上沸腾了半个多月,这个时长对于网络环境来说着实罕见。

因为娄蝶的家人不对外公开葬礼的情况,所以在娄蝶身亡后的第七天,粉丝们自发组织吊唁,一时间阵仗也不小。而对外公开的照片,就是娄蝶当初在《尘桥》里的定妆照:莱尘。

粉丝们有解释,娄蝶一生戏痴,那么她走了,就让莱尘这个角色伴着她吧。

岑词没关注网上的情况,陈萱蕊自打上次来了之后就再也没跟她联系,就像是从来都不曾认识过。

"可能她觉得我很绝情,作为曾经有过交集还是医患关系的人,你死了,我一滴眼泪都没掉。"

远离南城的地域,在一处靠山临水的小院,岑词坐在一株高大挺拔的凤凰树下,看着斜对面同样坐在树下木椅上的女人说。

木椅宽大,靠在上头很舒服,白天在树荫下纳凉,再沏上一壶茶,偷得浮生半日闲。这处小院选得很好,跟岑词奶奶家的很像。

有菜园也有花园,远离尘嚣安静得很。也有邻居,只是各家各户挨得不是很近,去别家串门最近的都要步行个十来分钟。

岑词来这儿的时候,第一句话就是:"离开南城的寸土寸金,这里的面积叫你们浪费得奢侈啊。"

女人就笑不可支。

不是别人,正是人人都认为已经死了的娄蝶。

在第一次见到娄蝶的时候,岑词就能感受到她的自杀情绪很强烈。能来门会所,可能就是娄蝶的最后一点挣扎。她痴迷于莱尘,久久从角色中走不出来,她的郁郁寡欢恰恰就来自于剧中人物的死亡。再加上现实不如意,使得娄蝶更想躲在莱尘的世界里不出来。岑词在决定给她用药的时候也有所担心,娄蝶对于角色的精益求精让她很难去配合治疗。

直到娄蝶跟剧中男主传出绯闻,那一刻岑词就清楚了,娄蝶始终在这个像极了莱尘的角色里出不来。

后来见过娄蝶几次，岑词更肯定了自己的想法，娄蝶用药并不及时，而她所表现出来的积极乐观，更像是生命走到尽头的最后狂欢。

她说她害怕失去。害怕失去的人，想要留住最美好的时刻，对于娄蝶这种性格的人来说也许就只有一种方式。

但岑词在这期间也放松过警惕，当陈萱蕊兴奋地跟她说他们之后还有好本子的时候，当娄蝶笑着跟她说想开了一些事的时候。

直到她看见娄蝶一动不动躺在沙发上时，她这次意识到娄蝶口中的"想开"是什么意思。

在之后秦勋问过她："娄蝶自杀，你是不是早就料到了？"

岑词回答得严谨："她求死意愿很强烈。"

秦勋说："为什么没通知她家人为她进行强制治疗？"

"可能是我觉得，人在濒临死亡的时候才会明白失去也是生存的意义。"

秦勋看了岑词许久，然后轻声说："小词，你的方式方法太激进。"

他并不赞同她对娄蝶病情的处理方式，当娄蝶被送到抢救室一度被医生下死亡通知书的时候，岑词也处于后悔和恐慌之中。那一刻她觉得自己像是陷入不见尽头的黑暗，不管是往前走还是往后退都触碰不到光明，像极了娄蝶的情况。从接诊娄蝶那天起，岑词就一直在逃避自己的无力感，娄蝶带给她的无力感。不配合，一心只等着死亡来临的那刻。

直到娄蝶在抢救的过程中痛苦呻吟，即将失去意识的前一刻，她像是抓住救命稻草似的攥着岑词的手，用虚弱的声音说："救我……"

求生才是人的本能，那一刻，岑词终于松了口气。

娄蝶有了意识的时候提出只见岑词一人，见面后她请求岑词帮忙，说："让莱尘就这么走吧。"

岑词明白了她的意思。

从娄蝶服毒那一刻起，这世上再无莱尘，也再无娄蝶。

"等日子久了，大家也就忘了娄蝶这个人，包括陈萱蕊。"清风徐徐而来，树下凉爽，娄蝶轻声细语地说。

当今社会人人都很忙，忙到只能顾及眼前事，那些个尘封过往，或许只能在人之将死时才能偶尔想起。

岑词看着满院的姹紫嫣红，轻叹一声："这样也挺好。"

她从没想过娄蝶会有一天能过这样的日子，采菊东篱下，悠然见南山。

娄蝶对外诈死后就离开了南城，离开了娱乐圈，无声无息。

当娄蝶再联系岑词的时候，她之前新剧的预告在网上曝光，"死后"的她，着实又火了一把。但这些都跟娄蝶没关系了，她跟岑词说："来我这儿坐坐吧，如果不嫌弃的话。"

并非豪宅，却是舒服的宅院，上下两层，娄蝶说平时喜欢一个人，偶尔会叫朋友来坐坐。提到朋友的时候她强调，跟娱乐圈无关的朋友，不多，但都谈得来。

"人就是很奇怪啊，钻牛角尖就恨不得钻到死，等临死的时候才知道害怕，才明白再多的纠结和苦痛，在生命面前都不值一提。"

这是娄蝶在向岑词求救的时候突然想明白的道理，那个时候她就在想，只要还能活着，她愿意放弃一切。

"那些名啊利啊的，还有从前执着过的那些人、那些事，好像现在回头再看，也没那么重要了。"娄蝶说到这儿，接了岑词的话，"所以，是啊，这样挺好的。"

现如今的娄蝶，再谈起前尘往事来，倒真是一股子云淡风轻了。

"心病就是这样，能不能迈过去那道坎，其实无非就在一念间。"岑词喝着花茶，轻笑，"就是你的执念太重，治疗的手段也着实叫人费神。"

娄蝶笑着道歉，又诚心诚意地说："我现在完全配合，你让我做什么我就做什么。"

并不是说一场死亡预演就能解决所有问题，对心理疾病的患者需要规划出长期的治疗方案。

岑词说："我会对你的心理状况进行重新评定，到时候会制订适合你的治疗方案。"她抬腕看了一眼。

"你还有事？"娄蝶问。

岑词偏头瞅着她，似笑非笑的，像在打量她，总之没开口说话，娄蝶被她看得一头雾水。

岑词换了个坐姿，面朝着娄蝶，轻声说，"这人啊，心里生病大多就是无法释怀，不能得到，娄蝶，你其实是属于爱而不得。"

娄蝶笑了，淡然地说："爱情这种事看缘分吧，像是你和秦总，都是很幸运的人能够找到彼此。"又好奇道，"秦总怎么把你送过来就走了？他在这儿也有生意谈？"

岑词微微一笑，挺神秘地说："他要去接一个挺重要的人。"

娄蝶"哦"了一声，也没再多问。

"作为你的治疗师，我是很乐意看到你现在的状态，无欲无求，怡然自乐。"

娄蝶是个聪明人，听出岑词这话里藏着的意思："然后呢？"

"然后，如果作为你的朋友，我希望你能幸福。"

前后两句话其实也没什么，但娄蝶觉得岑词突然这么说肯定有因由，刚要开口问，就见岑词的目光朝她身后的方向看过去，随后说："到了。"

娄蝶不解，回头看过去。

大门外有车轮碾过砂砾的声响，很快秦勋推了大门进来，娄蝶刚想说"你们这算是撒狗粮吗"，下一秒蓦地怔住了。

跟在秦勋身后一同进来的还有个男人，身形颀长而俊朗。娄蝶难以置信地看着进门的男人，呼吸渐渐急促，半晌后她喃喃道："司桥……"紧跟着又摇头，轻语，"晋茂。"

岑词在娄蝶身边轻声说："晋茂很早之前就联系到我，他很想见你，但怕耽误你拍戏就没敢露面，后来听说你出事他很难过，甚至一度也有轻生的念头，我思前想后还是瞒着你，把你的情况告诉他了。"

娄蝶一脸的不可思议："怎么可能……"

"晋茂跟你分手后就把全部精力用在发展海外市场上，这些年他一直单身。"

娄蝶的眼眶瞬间就红了。

晋茂一步步上前，看着娄蝶，就像是跨越千山万水，终于相逢，他深情低语："莱尘，我回来了。"

终于得空的时候，秦勋陪着岑词去了趟清寂寺。

在这之前岑词跟秦勋说了她那株植物的事，秦勋听了又诧异又想笑，但见岑词一脸郁闷他就忍住了，跟她说："不就一株植物吗，回头你喜欢什么我给你买。"

可不就一株植物吗？就算吃同类还能吃成什么样？总不能原本是栽在花盆里的，一吃植物的时候就长腿跑吧？但亲眼见着唧唧后，不但岑词惊讶，就连秦勋也愕然了。

它开的是那种碗大的花，赛雪的白，但外形十分怪异，每一片花瓣上都长了一根细长的须子,就跟耷拉着一条条白线似的。只要它旁边放了植物,那一条条须子就成了尖锐的针,迅速地扎进植物的叶脉里,没一会儿旁边的植物就枯萎了,而唧唧的花蕊就更加明艳。

寺里住持带他们去看唧唧时,唧唧已是打蔫濒临枯死状,周围都没什么植物。老住持拿了一株植物上前,唧唧像是长了眼睛和鼻子似的,总之感应到了,倏地伸出长须,很快它又明艳如初了。

老住持说:"我们查了很久,都没查到这种植物的介绍,怎么说呢,它很会伪装,不开花的时候跟其他植物没什么差别。"

离开寺院后,岑词别提多后悔了,她就该坚持之前的决定,直接让寺里帮忙处理,自己还非得忍不住跑过来一趟,现如今看了那叫一个闹心。

"就像人似的,表面看着无害,伪装得挺好,一旦恶的那面被激发,殃及一片。"

秦勋被岑词的话逗笑了,劝慰道:"你想多了。我带你去花市,再买一棵。"

岑词摇头:"再也不养花了。"

再见到冷求求的时候,岑词突然又想起自己的那株唧唧,多像冷延,看着光鲜亮丽俊雅无害,实则心思叫人不寒而栗。

冷求求这次再来显然跟从前不大一样了,虽说还有点抵触跟人有肢体接触,但熟悉的人倒是能应对自如了,像是岑词,不管是来拉她的手,还是给她倒杯咖啡,她都没表现出明显的排斥。

"他走了,南城这边的生意他找了职业经理人打理,我……"她低垂着脸,低声说,"没告他。"

岑词猜到了冷求求的决定,而且这么多天都过去了,关于冷延的负面报道一个都没有。

"你确定他不会再骚扰你?"

冷求求点头。

"冷霖跟他都翻脸了,我也把话说得明白,如果他以后再……我一定会报警。"

那天回去之后的事冷求求没说得太详细,实际上冷霖知道真相后气得都冲着冷延举刀子了,然后一拳拳打冷延。冷延就任由冷霖打,没还手。

末了,冷延问冷求求:"我要怎么做你才能跟我在一起?"

冷求求回答得干脆:"除非你杀了我,否则这辈子我都不会跟你在一起。"

这句话像是给了冷延一个挺沉重的打击,他说:"那你报警吧,只要你心里舒坦。"

报警这件事,最终冷求求和冷霖都没下得去手,痛彻心扉的伤害后他们想着的还是那份亲情,虽说冷延跟他们没有血缘关系。

岑词看了冷求求良久,冷不丁问她:"在你心里,冷延只是你小叔?"

冷求求毫不犹豫地点头:"岑医生,我知道你在担心什么,但我很清楚,我就是把他当成小叔,其他的我一概没想过。"

岑词想了想说:"不管冷延是坐牢还是离开,在你心里始终会有这道坎。你的病因就是这个,所以之后的日子除了配合我这边的治疗外,很多时候还得靠你自己。"

"我明白,总之谢谢你岑医生,这段时间以来给你添了不少麻烦。"

"不麻烦,我分内的事。"

冷求求离开后,岑词出来倒了杯咖啡,这段时间一件事接着一件事,她觉得每天都乏得很。汤图也端了杯咖啡,看着窗外郁郁葱葱的风景。

"你觉得冷求求能彻底走出来吗?"汤图问岑词。

岑词喝了一口咖啡,回答道:"可能需要很漫长的时间,有些心疾虽然说找到了病因,但也不是马上就能恢复的,而且……"

汤图见她迟疑,扭头看她。

岑词的目光穿过葱葱绿叶,看向了很远的地方。许久后她才说:"未来,冷延也不可能一直不联系她。"

汤图不解:"你对冷求求的情况最了解,她对冷延真的就只有亲情?"

岑词收回目光,晃了晃咖啡杯:"人心复杂,情感也一样,所以冷求求这么说服自己也挺好,至少可以安心过上几年日子,以后的事以后再说吧。"

"也对。"汤图轻叹,"生理上的病这次治好了也不敢保证下次不会再得,更何况人的心理。享受当下,只看今朝,也挺好。"

周军的死,令案子告一段落。

但裴陆在心里还一直挂着这条线,汤图有时候去找他的时候,会发现他还在翻阅周军的卷宗。

岑词也问过汤图,关于周军的事裴陆是不是还在查。汤图这次的态度可谓是斩钉截铁,她对岑词说:"已经死了的人了,你就别再惦记着了。"

岑词笑得无奈:"我问问怎么了?"

"问问也不行,再说了,裴陆什么决定我也不知道。"

这天上午汤图没去诊所,依照手机里的地址一路开车前往,最后来了家茶室。

大晌午的,本就不会有多少人喝茶,所以茶室安静得很,往包间里走的时候,室内涓涓水流声听得人心安静。

包间门开了之后,服务生就退去了。有清新的茶香扑鼻而来,汤图不懂茶,却也觉得这茶不错。

包间内明黄设计,有一个大落地窗,占了几乎满墙。窗子外是葱葱笔挺的绿竹,光是看一眼就觉清凉。

室内早她之前就已经有人到了,在安静缓慢地洗茶。见她来了轻轻一笑,示意了一下:"坐吧,今天的茶不错。"

汤图将挎包放到一旁,在对面椅子上坐下,开口道:"怕是影响白老师的心情了,我对于喝茶这种事不在行。"

汤图没料到白雅尘会约自己,并且在电话里强调,只见她一人。白雅尘前段时间因为周军的事被调查,用岑词的话说就是不幸受到牵连,所以今天见面,汤图也能多少猜出点意思来。

果不其然,白雅尘客套了几句后直切了重点。

"我知道你会觉得这次见面挺唐突,我呢,也不想说些让彼此都觉得尴尬的话,我想你也猜出来了,今天我约你来,确实是跟周军的事有关。"

能开门见山倒是让汤图挺意外的,白雅尘在圈内是出了名的优雅含蓄,像这种性格的人说话做事都不会这么直接,看来白雅尘也有强势的一面。

但这并不令汤图觉得反感,直接点好,省得扯东扯西的浪费时间。于是她也挺直接道:"白老师,我虽然是裴陆的女朋友,但他从不跟我说公事的。"

"你误会了汤汤。"白雅尘叫她叫得挺亲切的,"其实我就是想知道裴队手上的周军的案子有没有结案,就这么简单。"

汤图狐疑。

白雅尘感慨:"我呢,也算是阴差阳错被牵扯进来的,现如今周军出事,闵薇薇依然昏迷不醒,我是觉得这个时候裴队结案有些潦草。"她抬手端茶壶。

汤图见状早她之前拿过茶壶,为白雅尘倒了茶,说:"周军的案子有没有结,说实话我还真不清楚,但听白老师的意思,您是对这个案子心存疑虑?"

"这个案子怎么看都不简单,并且周军生前还找过我。"白雅尘言语真切,

"小词的情况你也清楚,她男朋友好像管她管得挺严,所以周军的事她肯定是插不上手的。我的意思是,如果裴队还想继续调查,那我可以转做协助,也别叫小词为难。怎么说呢,就算是我跟这个案子有缘吧。"

汤图垂下眼眸,微微含笑道:"小词的情况白老师挺清楚的。"

"我们聊得比较多,而且她男朋友秦勋,是在社会上有头有脸的人,想不知道都难。"白雅尘浅笑,"相对来说,咱俩相处得少了些,不过我们之前是见过面的。"

"您的课我肯定上过。"

"好像是多年前我的那堂关于回溯催眠课吧?"

"是,没想到您还记得。"

白雅尘微笑点头,呷了口茶,道:"我记得当时那么多学生中,你提出的问题最有代表性。所以那天我看见你觉得你很眼熟,后来才想起来了。"说到这儿顿了顿,话题引到岑词身上,"那年,岑词还没什么名气呢。"

汤图就轻声说了个"是"字,多余的没说,低头一点点抿茶。白雅尘没再继续提周军的事,都是聪明人,也不用反复说车轱辘话,总之她想要表达的意思已经很清楚了。

所以接下来的时间里,白雅尘就在说岑词的事。就好像两个都不怎么太熟的人聊天,总得拉上一个彼此都熟的人作为话题,才不至于尴尬。

"说起小词啊,以前没怎么听说过她,后来一下子名声大噪,真是叫人惊讶。"白雅尘轻声说。

汤图点头:"小词有天赋,从前只是缺机遇罢了,她在精神分析领域的确有一套,怎么说呢,有她自己独特的见解和方式。"

"她治疗的方式方法我也略有耳闻,接的也都是些离奇古怪的病人。但怎么说呢,我个人觉得小词有点剑走偏锋,换句话说,治疗的手段极端,日后很容易出问题。"

汤图好奇:"这话怎么讲?"

白雅尘微微一笑,对上汤图的目光,一句话切到重点:"娄蝶真的死了吗?"

汤图一怔,许久后忽而笑了:"还真是什么都瞒不过白老师呢。"

"依着小词的性格和能力,她不会治到最后导致娄蝶自杀,除非是有意为之。"白雅尘笑了笑,"别的治疗师都想方设法避免客户自杀,她倒好,任由客户自杀。"

汤图顺着白雅尘的话题接下去："她的方式方法是极端了些，也的确很少有治疗师会这样。"

"其实咱们业内也不是没有过这样的人。"白雅尘话锋一转，冷不丁提到个名字，"沈序，也是剑走偏锋。"

汤图微微一怔。

"你知道这个人？"白雅尘问。

汤图恢复一贯的平静，点头道："听小词说过，是秦总的朋友，这么多年秦总一直在找他的下落。"

"是啊，年纪轻轻就失踪了挺可惜的。"白雅尘叹气，"之前小词跟我打听过这个人，当时我还真没听说过他，后来无意之中听人提起了他，也是挺巧。"她不动声色抬眼看了看汤图，继续道，"沈序在业界活跃度并不高，但知道他的人都说这个人的性子很怪，而且曾经帮助过几个病人，治疗手法也是十分刁钻和偏激。这么一描述，倒让我觉得跟小词挺像的。"

汤图不大喜欢喝茶，所以喝得并不多，更多的时候都是她在帮白雅尘添茶。

"是吗？我不认识沈序，所以也不知道这两人的性子像不像。"

白雅尘抿唇微笑："我也只是听说，沈序好像一直在研究跟记忆相关的项目，换言之就是重构式记忆。好像他曾经做过一堂讲座，现场就重现了经典的保罗·英格拉姆案件，将一段错误记忆植入人脑，虽说效果短暂，但不难看出他其实已经掌握了能重构记忆的方式方法。"

保罗·英格拉姆案件是20世纪美国被植入虚假记忆，或者说记忆被篡改的经典案例。案件的主角保罗·英格拉姆的女儿因被催眠而控告他包括长期虐待、性侵等多项罪名，并且声称自己的父亲残忍杀害二十五名婴儿，在长达五个月的审讯中无辜的保罗写下了认罪书并入狱二十五年。入狱后保罗反悔翻案，却成为心理学家奥夫希教授的受试者，奥夫希引导保罗视觉化自己的想象，描述虚构的作案细节，从而让保罗彻底信了自己曾经犯过罪。

汤图闻言道："这个案例我听说过，但没想到会有人重现这个试验。关于记忆方面，小词倒是说过一句话，她说人的记忆就像网络百科一样，你可以修改，同时别人也可以修改。"她又笑笑，"我觉得她吧，对记忆这块还是挺有见解的，就是被客户牵着没时间做课题。"

"是吗?"白雅尘还挺感兴趣的,"回头我可以跟她探讨探讨,对了,她在大学主修的就是心理学吗?"

"她以前啊……"汤图想了想,"在A大修的应该是心理学吧,她很少说她以前的事,我跟她再好,人家不提我也不方便问。"

白雅尘有些意外:"我以为你们无话不谈……不过也是,朋友之间也需要隐私和空间的。A大是榕市最好的大学,心理学专业在国内也是数一数二的,哦,我记得小词就是榕市人。"

汤图点头:"对,她生在榕市长在榕市,之前我听她说过,她所读的榕市三高也是全市重点高中,那能考上榕市A大也挺正常的。"

白雅尘了然点了一下头:"那榕市离南城还挺远的呢。"

"是啊。"

两人聊着聊着也倒是有不少话题聊,毕竟都是从事心理行业的,而白雅尘作为行业权威,汤图也有不少问题请教,只是后来两人的话题又转回了"重构记忆"上。

白雅尘困惑道:"如果沈序就是在做重构记忆课题,那肯定得有受试者,而且应该不止一个,那么当初做他课题研究的受试者都是谁?他们来自哪里?后来又去哪儿了呢?"

回到门会所的时候汤图才反应过来,真是奇了怪了,在跟白雅尘还没那么熟的前提下,她竟能跟白雅尘聊那么久。

现在想想跟白雅尘聊天时的感觉,刚开始是有点尴尬,聊到最后就成了相见恨晚,甚至还有种老朋友许久不见,恨不得掏心掏肺的感觉。

汤图靠在椅子上仔细去想,越去回忆,就越觉得今天这场谈话挺怪异。她开始强迫自己去回忆每一个话题,哪怕是模糊的,也逼自己去想,越想后背就越发凉。

她蓦地起身去翻档案架,翻了半天没翻出想要找的,站在原地想了好久,在电脑上又查了挺长时间,出了治疗室问任晓璇有关废弃的没归档老档案的事。

任晓璇每天的事不少,听她这么冷不丁地问了一嘴,一时间还没反应过来。想了半晌才应了两声"哦哦",说:"我记得当时你不在,我就给了岑医生。"

汤图蓦地心惊。

岑词治疗室里还有人,等治疗结束后已经快黄昏了。这期间汤图想了又想,斟酌了再斟酌，最后等客户从治疗室里出来后她还是决定敲门。

岑词正在总结客户的治疗方案，见汤图进来略感惊讶："感觉一整天没怎么看见你呢。"

汤图没跟她说见白雅尘的事，搪塞了一句，然后问她："前阵子任晓璇是不是给了你几份没归档的老旧档案？"

"老旧档案……"岑词想了想，"对，当时她不知道怎么处理就给了我，你的客户资料？"

"对，档案呢？"

"很重要吗？"岑词愕然，"我看都没什么归档价值就给碎了，怎么办？"

汤图一愣，马上道："不重要，我也是突然想起来想处理一下，既然你都处理了那就算了。你当时……看了资料？"

"就扫了一眼，当时我还想问呢，谁登记的资料啊，那么敷衍，咱们门会所的归档资料什么时候那么潦草了。"

汤图的心放下半截，说："嗨，那不都是很早之前的了，哪有那么规范啊，行了，没事了。"

关上治疗室的门，汤图调整呼吸，扑通乱跳的心好不容易才恢复平静。但愿没事，但愿没事。

第二十七章

这天午后下了雨,挺大。一阵电闪雷鸣下来,天空就跟被撕成了两半似的。阴沉沉的,豆大的雨点砸下来,很快就积成了一处处水洼。

破旧的石屋前,萧杭撑伞而站,时不时抬腕看上一眼。除此之外,石屋两侧还守了保镖,神情严肃。

有车开过来,在雷雨之中跟深海鱼似的。萧杭见状赶忙上前,等车子停好后,他把伞稍稍往车门那边倾斜了一下。

车门打开,是秦勋,他亲自开的车,从副驾位顺了把伞,就着头顶的遮挡下了车。他手中黑伞一撑,遮住了一脸的冷峻。光亮的皮鞋踩在被雨打湿的土泥路上,脏了鞋尖,但他丝毫没在乎。

萧杭跟他并排走,低声道:"其实你不用专门跑过来一趟,我帮你问不就完了吗?"

"这件事我要亲自核实。"秦勋语气低沉。

一进石屋,一股子发霉的潮气扑面而来,夹杂着难闻的气味。石屋里很暗,窗子不大,外面阴沉沉的光勉强能挤进来,映亮了屋里的破烂不堪。

墙角蜷缩着一个男人,瘦骨嶙峋,身上的T恤和牛仔裤都脏兮兮的,挺长的头发打着结,乱蓬蓬,胡子拉碴。见有人进来,跟见着救世主似的,几乎是爬着上前,一把扯住秦勋的裤腿,哀求道:"让我来一口吧,行行好,大哥、大哥……"

萧杭冷喝:"松手!"

男人不撒手，还在连连哀求。

萧杭刚想叫保镖进来，秦勋阻止了他，就任由脚底下的男人抓着自己，他问萧杭："确定是这个人？"

"确定。"

秦勋微微眯眼打量了男人好半天，才开口道："怎么会喜欢这种男人？"他想不通，甚至胸腔还隐隐生出了愤怒。

"以前挺帅挺精神的小伙，这几年混得不成人形了。"萧杭掏出手机，翻出张照片递给他。

秦勋看了一眼照片，果然，眉清目秀，跟眼前匍匐在他脚下苦苦央求的男人判若两人。他强忍着一脚踹开他的冲动，居高临下厉声问道："宁宇是吧？"

男人抽了一下鼻子，连连点头："对对对，大哥，你行行好。"

秦勋二话没说，扯过他，把他的衣服往上一掀，靠近腹部的位置有道疤，恢复得不是很好，这么多年过去了疤痕还是挺明显的。宁宇正难受着，压根儿不在乎衣服被扯成什么样。

秦勋松了手，站直，一手挂伞，那伞尖插进石屋的泥地上，很快就洇湿了一小片。他另一只手插着兜，阴沉沉地开口："宁宇，乖乖回答我几个问题，我如你所愿。"

"是是是，大哥，别说让我回答问题了，你让我干什么都行。"宁宇眼泪鼻涕一起流，挺难受。

秦勋冷冷道："你身上的疤是怎么来的？"

"疤……哦哦，肚子上的啊，那个、那个……"宁宇不停地抓着头发，"被个女的给捅了，贱女人！"

"你跟她什么关系？"

宁宇嘿嘿一笑，面容枯槁猥琐，道："她以前是我女人。"

这个称呼令秦勋眉头皱紧。

"她为什么要捅你？"

宁宇一张脸变得扭曲，牙齿咬得咯咯响："贱人！她就是个贱人！我不就是让她陪了我几个哥们儿一晚上吗，她就对我下狠手，我就是命大。"

萧杭在旁听着这话，后背凉飕飕的。

秦勋插在兜里的手下意识攥拳，眼里的狠鸷叫人不寒而栗，压根儿没了往日的温雅。良久后他松手，掏出手机调出照片："一张张给我看，哪个是她。"

宁宇抽着鼻涕刚要接，萧杭拿过秦勋的手机，照片往宁宇眼前一亮，语气冷淡："看仔细了，别瞎认，听明白了吗？"

"明白、明白。"

萧杭便一张照片一张照片翻，一共五张照片，前四张宁宇看了都摇头，直到最后一张，他才开口："就是她！就是这个贱人！"他尖叫着指着照片。

萧杭的脸沉了沉，起身将手机一转，照片里的女孩清晰地落进秦勋的眼睛里。

照片里的人，是岑词。

宁宇缩成一团，开口不利落："那个贱人好多年没消息了，但、但是我那天上网，看见个女的长得跟她挺像，大哥，你是寻仇的吗？寻仇别找我，你找她。"

秦勋没接手机，面色阴冷，他蹲下身来，目光似锥盯着宁宇，一字一句道："既然不喜欢，当年为什么招惹她？"

"喜、喜欢她啊。"宁宇被秦勋的眼神吓得够呛，结结巴巴道，"长那么漂亮，我刚开始是、是挺喜欢她的，但、但是……"他咽口水，身体里似有万千虫蚁啃噬，令他全身都不舒服，他抬手抓脖子，"她不祥啊，一出生就把她爸给克死了，后来她妈也不清不楚地死了，大家都说是她杀了她妈，我要是早知道她那样，打死我都不会跟她处对象的，太他妈——"

接下来的话被秦勋蓦地伸过来的手给扼住了，挺用力，掐得瓷实。

宁宇猛地挣扎，但越挣扎秦勋的手劲就越大，他眼里沁了寒霜，活脱脱是冲着夺命去的。萧杭没料到秦勋会这样，反应过来马上上前拉他。

秦勋却是发了狠的，在宁宇直翻白眼的时候才蓦地松手。宁宇趴在地上拼命喘着气，脸通红。

他起了身，萧杭递了纸巾给他，低声说："没必要跟这种人动怒。"

秦勋边擦手边说："这个人留着是个祸害。"

萧杭看了一眼趴在地上半死不活的男人，说："他身体早就被掏空了，活也活不了多久。"

秦勋眼皮一抬，看萧杭。

萧杭叹气道："为了这种人要把自己搭进去吗？没必要。"

秦勋将手里的纸巾攥成团，说："那就找人看住他，不准踏进南城半步。"

往外走的时候，石屋的门一开，就涌进来潮湿的腥气。宁宇在身后直叫唤：

"大哥、大哥别走啊！我都回答你的问题了……"

萧杭一个眼神，两名保镖进了石屋。

蔡婆婆女儿打来电话的时候岑词已经到家了。

进客厅时窗外掠过一道闪电，将整个夜空都给燃亮，紧跟着是轰隆隆的雷声从遥远的天际而来，又一声闷响炸开。

今天全国不少城市都在下雨，南城也没"幸免于难"，白天的时候淅淅沥沥的，到了晚上就开始下瓢泼大雨。岑词通话的时候，窗玻璃上的水流都快跟瀑布似的了。

蔡婆婆女儿说蔡婆婆又陷入幻境里了，明早的治疗未必能去成，又问岑词，需不需要做影像资料。

岑词靠在窗子前说："影像资料也没有保存的必要，说实话，婆婆很享受幻境里的生活，她并不想治疗，她喜欢活在幻境里。"

蔡婆婆女儿的嗓音压抑："岑医生，连你也没有办法了吗？"

岑词沉默了半晌，然后说："首先我承认蔡婆婆的情况很特殊，所以如果想要达到治疗的目的还需要很长一段时间；其次，我并不认为这种情况对蔡婆婆有什么不好。这是她的精神寄托，你们确定要把她的精神寄托给掐断？"

一句话问得对方哑口无声，良久后才说："我们就是希望我妈她……正常点。"

正常吗？

岑词看着窗外的雨，把这夜遮得一点光都没有，令人窒息。

她看到了一个小姑娘，穿得很单薄，雨瓢泼而下，打湿了她的衣服。她哭着跟妈妈道歉，求妈妈不要把她赶出去，她妈妈却对着她拳打脚踢，狠心把她关在门外，嘴里骂着："死丫头！买的东西不会用油纸包好吗？都湿了还怎么用？"

小姑娘被踢得肚子生疼，站不起来，大雨浇得她浑身湿冷，但对于她来说，这点伤似乎已经不算什么了。她听见母亲的声音，变得温柔又风情万种，却是冲着屋里的男人说的。

"别生气了，我那个女儿啊就是上辈子来讨债的，指着她干啥都干不好，我真是巴不得她死了算了。"

岑词的眼神淡漠，抬手轻轻擦了一下窗玻璃，雨水的湿气没了，窗外不再有小姑娘，而是一如既往的风景。她对蔡婆婆女儿说："正常的标准是什么？以我们正常人的标准来评判正常吗？在我看来，这世上最可怕的恰恰就是我们以为的正常人。"

"岑医生?"蔡婆婆的女儿不解。

岑词深吸一口气,换了个语气说:"蔡婆婆的情况也不是没有解决的办法,想要她不再痴迷幻境,那就得先让她忘了有关你们父亲的所有记忆。"

电话那头倒吸一口气:"你的意思是,催眠?"

"不单单是催眠这么简单,还需要通过物理手段。"岑词轻描淡写道,"人的记忆就像程序,你删掉了一截程序,整段程序就会混乱,所以空白的记忆需要重新填补,换句话说就是重构记忆。这样你们能接受得了吗?"

"这听着很大胆。"

"是,而且也存在风险。"岑词回到沙发上坐下,挺倦怠,"这种方法只适合有着强烈的痛苦体验的人,你觉得你母亲需要吗?"

结束通话,岑词又在沙发上坐了好一会儿,她扭头看了一眼扶手茶几上的日历本,拿起笔轻轻划掉了昨天的日期。

放下笔后,她给秦勋打了通电话。那头很快就接了,挺吵的雨声。

"在外面?"岑词惊讶。

秦勋"嗯"了一声,跟她说:"在外面办事,今晚回去得挺晚了,你先睡。"

岑词叮嘱他别淋着雨,等挂了电话她还在想,好端端的他怎么不在办公室里待着,冒着大雨跑出去办事?什么事还得他亲自去跑?

手机又响了,竟是白雅尘。

先是寒暄了几句,之后白雅尘约岑词见面,说自己再过两天就离开南城了,想跟她聚聚。岑词问她之后有什么安排,白雅尘笑说:"就是想好好享受一下退休生活,累了大半辈子,接下来也应该都是好日子吧。"

岑词笑说:"是啊,都是好日子。"

两人约好了见面的时间和地点。通话结束后岑词将手机扔到一边,扭头再瞅日历本,拿起笔,轻轻地划掉了今天。

秦勋赶到别墅的时候天已黑透,雨势不见小,别墅区的小路上有了积水,一脚踩上去,能没了脚踝。

下车的时候萧杭拉住他,跟他商量:"要不然还是我进去处理吧?"

秦勋语气淡淡的:"你担心什么?"

萧杭叹了口气："我担心你这次再问不出来会动手,秦勋,我怕你走极端。"

秦勋拿了伞,望着车窗外黑黝黝的建筑群,眸光沉沉的,开口道:"这次应该能问出来了。"

"那我——"

"你留在车里。"

他撑伞下了车,很快大雨模糊了他的背影。萧杭往椅背上一靠,点了支烟,重重地叹了口气。

别墅的大门厚重,关上的瞬间就隔了外面的瓢泼雨声。室内黑漆漆的,秦勋将收好的伞立在门口,没开灯。等视线适应了室内的暗光浮动,他就走了进来,直接上了二楼。

二楼拐角有一个巨幅落地窗,恰好一道闪电经过,映亮了秦勋的侧脸。

阴鸷的,甚是可怕。

上了二楼,他径直走到最里间,房门没锁,轻轻一扭门把手就开了,是间卧室。房门大开时,就着走廊窗子的光能隐约瞧见有人在床上躺着。

他伸手摸了开关,灯亮了。不刺眼,鹅黄色,淡淡的。卧室里没什么家具,一张床,一把椅子,一个茶几。窗子被窗帘遮住了,挺严实,看不见外面的电光闪闪。

秦勋走进来,在床边停下脚步。

床上躺着个男人,身上裹着纱布。他对外界像是没反应似的,也没合眼,直勾勾地瞅着天花板不知道在想什么。

"我救了你,不是让你在这儿颐养天年的,所以还不打算跟我说实情是吧?"秦勋冷冷道。

床上男人没反应,连眼皮都不眨一下。

秦勋倒也不急了,不像是前两次,恨得牙根痒痒。他拉过椅子,从容不迫地坐了下来,许久才开口:"有个名字,我想你不会陌生。"他顿了顿,一字一句,"戚苏苏。"

床上的男人蓦地一颤,紧跟着扭头盯着他,然后坐了起来。秦勋与他对视,脸上没笑,语气阴森:"现在可以说了吧,周军。"

岑词这两天往外跑的次数比较多,有时候汤图都见不着她的人,于是问任晓璇，任晓璇就说岑词去蔡婆婆那儿了。

蔡婆婆的情况汤图略微知晓一些，之前也跟岑词讨论过，但听岑词的意思是蔡婆婆很沉浸其中，还是要尽量尊重客户的意愿。

这天临近下班，岑词来了诊所一趟，匆忙拿了东西后又要走。汤图从治疗室出来问她："你这是又要去哪儿，没瞧见秦勋来接你啊。"

岑词笑了笑，说："他忙我也忙，谁规定要天天在一起了？蔡婆婆的情况特殊，我得多跑两趟。"

岑词的话没毛病挑，但汤图心里总是有隐隐的异样感。等她快出门的时候，汤图冷不丁叫住她，问道："那个，这两天白老师跟你联系了吗？"

"白老师？"岑词狐疑地看着汤图，"我发现你最近总是在关注白老师，该不会是……"

"不会是什么？"

岑词凑近她，倏然一笑："不会想拜师吧？白老师退休了，可未必会收徒。"

汤图下意识松口气："哪有，我就是随便问问。"

跟裴陆吃饭的时候，汤图有点心不在焉，脑子里一直有乌七八糟的念头在转，往外倒还倒不出。同样的裴陆也比往常寡言了不少，最近事多，他看着挺倦怠。

"周军的案子没结吗？"汤图轻声问。

裴陆皱着眉，没说话。汤图见状，压低了嗓音说："不好意思啊，我就是随便问问。"

"不是。"裴陆放下筷子，重重地叹了口气，"周军的案子上头是要求结了，也该给个交代，但是……"他思量片刻，"有两点我一直想不通。"

"周军的死很奇怪，的确疑点重重。"

裴陆皱眉深思，许久后掏出手机，调出一小截视频来，跟汤图说："你过来看。"

视频汤图之前看过，是周军自杀前在家的监控录像，手机里截取了一小段。这段监控看着没什么异常，就是周军坐在沙发上一动不动，看时间，距离自杀还有三分钟。

"这是你的疑问点？"汤图不解。

裴陆拨动了一下屏幕，说："我把视频放大了看，总觉得周军在临死前说了什么话,你注意看他的口形。"

汤图凑近了看,虽说看不到周军的微表情,但嘴巴的确一张一合了几下。

"之前看监控视频的时候就觉得哪儿奇怪,现在再看,周军的确是死前说了话的。"裴陆道。

"确实,但不仔细看的话,就会觉得他只是张了几下嘴。"

裴陆"嗯"了一声,这也是被大多数人忽略的问题。他指着视频里的周军,问道:"到底在说什么呢?"

汤图左看看右看看,他的口形不是特别清晰,只能看见上下嘴唇碰了一下,然后好像是在重复一个字,有节奏地重复了三次,三次是一个发音。

"在场的警察呢?没听见他说话?"

"在场的警察说他就很安静地坐在那儿,没说话。"裴陆皱眉,"所以,他没发出声音。"

汤图支着脸盯着视频里的周军:"啪?怕?"

"我也反复想过,但看着口形,更像是在发 b 的音。"

"b 的音……"汤图一遍遍看,"剥?波?败?"

裴陆眉心紧锁,这些字他都一遍遍对过,具体意义是什么呢?

两人陷入沉思。

许久裴陆突然目光一亮,看向汤图,而汤图也想到了什么,与裴陆的目光相撞。两人异口同声:"白?"

两人同时再去看视频,汤图跟着周军的口形:"白……白……白……"她的心脏猛地怦怦跳。

裴陆也警觉了起来,照理说从这种视频上去推断口形所发出来的字是很严谨的工作,毕竟看不大清,推断出来的也未必精准,但怎么就那么巧?"白"这个字很切实地能对上周军的口形?

"如果他指的是白雅尘,那有些事倒能说得通了。"裴陆道。

汤图冷不丁又想到什么,再次翻看视频。裴陆不明就里地盯着她,她抿着唇,一遍遍看视频,许久后将手机还给裴陆,他眼尖地发现她的手在微颤。

汤图说:"小词之前说周军还会自杀,判定他是被人操控了意识,我刚才又看了一遍视频,发现周军在说单字的时候的确处在被催眠的状态,那……催眠周军的,就是白雅尘?"

裴陆没说话，在思考这句话。

"而且……裴陆，有件事我思前想后，觉得应该跟你说一下，因为我现在很恐慌，觉得这件事怕是捂不住了。"

裴陆看着她，不知怎的就想到了关键："跟周军参与的心理项目有关？"

汤图艰难地点头，隔了许久才缓缓开口："其实我知道沈序，也知道沈序的记忆重构项目。"

"你……"

"因为，我曾经是沈序的助手。"汤图抬眼看他，"我的任务是保护沈序的试验成果。"

裴陆愕然："这么说，沈序的项目成功了？你口中的试验成果是……"

汤图干涩开口："岑词，她就是当年的受试者。"

裴陆倒吸一口气，脑中的许多线索都开始串联。他难以置信，许多话一时间都不知道怎么问，想了半天，才开口道："我以为，是闵薇薇。"

"闵薇薇算是其中一个吧，但不是沈序的重点，沈序最得意的作品就是岑词。"汤图说得艰难，"他失踪之前找过我，交代我无论如何都要看好岑词，任何情况都要详细记录。"

"沈序的失踪——"

汤图抬手打断裴陆的话："我说过我的任务只是岑词，沈序的其他情况我知道得很少，我甚至之前都不认识秦勋，更不知道周军的事。但凡我知道的，之后我会跟你一一说，今天之所以跟你说这些，是因为我觉得……我可能暴露了。"

"我的意思是，白雅尘已经发现了端倪，并且她想从我嘴里证实些什么。"汤图局促不安，双手攥在一起，"前两天见面，我说的一些话不受控。"

裴陆吃惊："你是指……"

"是，我好像，被她短暂地催眠了。"

裴陆这次怔了许久，很显然汤图话里的信息量有点大。汤图尽量放缓气息，继续跟裴陆描述当时的情况。

她是感觉自己应该被催眠了，因为有关岑词的情况她不会跟白雅尘提。裴陆问她为什么不会跟白雅尘说，她想了想道："可能是直觉，我对白雅尘一直心存警觉。"

裴陆又再次问她是否能确定自己被催眠，她想了想，点头："确定，十分确定。"

"现在这么一想,白雅尘的确有问题。"

裴陆点头:"她想方设法套你的话,那就说明她清楚沈序曾经做过记忆重构项目,照这么看沈序的失踪十有八九也跟她有关,换句话说,白雅尘就是藏在背后的那个人。"

汤图惶惶不安。

"但是,"裴陆话锋一转,"如果白雅尘就是背后的那个人,那周军的意识是谁控制的?"

汤图不解:"不也是白……"话没说完就停住了。

对啊,之前经过岑词的推断,周军是被人控制了意识,所以会有自杀行为,他们判定的是,有这么一个背后的人想要杀人灭口。

白雅尘是背后那个人,那周军就应该是她催眠的,但为什么周军在临死前反倒会留下对白雅尘不利的线索?

逻辑不通。

裴陆迟疑:"有没有可能,白雅尘没有完全控制住周军的意识?也有那种催眠失败的吧?"

"这种可能不是没有,如果是其他人的话我信,但对方是白雅尘,她不会犯这种错误,她的催眠技术在业界很受肯定。"

裴陆细细去复盘,去想每一种可能,如果背后之人不是白雅尘,那还能有谁会催眠周军?

"我在想,催眠周军的目的是杀人灭口,这个推断到底成不成立。白雅尘从你嘴里套消息,很显然她是想确定沈序的受试者是不是岑词,那说明她也有不确定性。周军是当年项目的参与者,知道项目的具体细节和操作,照理说,白雅尘不该让他死,而是要利用他获取更多信息才是。"这是裴陆心里新萌生的疑点。

汤图沉默了许久,提出大胆假设:"周军可能更早的时候被人设了意识关卡,也就是说,有人很早之前就在周军脑中留下了指令,所以白雅尘压根儿问不出什么来,便起了杀念。"

裴陆抓住她话里的关键:"有人?你是指沈序?"

"对,记忆重构的项目最基础的就是操控意识,沈序是催眠高手。"

"那有没有可能,沈序留下来的指令就是让周军自杀?"裴陆提出一种可能,"以防当年的事暴露。"

汤图想了想,再开口时竟有几分迟疑:"我觉得……他不会是那种人吧?"

可真正牵扯到心血、牵扯到成果呢?谁能保证谁又真正地了解谁呢?

裴陆看出她的迟疑,暂时先谈眼前的人。

"我们假设白雅尘就是催眠高手,那最后又是谁解了周军脑中的指令让他留下线索呢?这就要求催眠能力得强过白雅尘,至少也得是旗鼓相当吧?"

汤图点头,没错。可她想不到还能有谁办得到这一点,或许真的就是白雅尘的失误?

"如果周军还在就好了。"汤图想得头疼,同时又有种无力感,岑词绝对不能想起过往,否则她怎么对得起沈序的信任?

可现在,周军的最后线索也不过就是猜测,白雅尘如何被评判成幕后黑手也无济于事,没有切实的证据。就像是她明明能肯定自己被白雅尘给催眠了,也只能尽量去做提防工作,没办法提供事实。

"提到周军,我第二个想不通的问题就来了。"裴陆摸了烟盒出来,但始终没抽,毕竟在餐厅。烟瘾是犯了,只能过过手瘾。

"没有任何人看见周军下葬。"

当时周军被送往医院,在抢救室里待了好一阵子,最后宣布没抢救回来。周军是自杀,这点毋庸置疑,所以轮不到做尸检。

周军的家属很快赶来,哭天喊地地好一通把尸体带走,后来开了追悼会,但到场的同事都表示,家属没让瞻仰遗容。

这本来没什么好奇怪的,谁规定葬礼上一定就要瞻仰遗容了?可现在回头再想,就觉得有种说不清道不明的不对劲。

"你不会认为周军没死吧?"汤图说完这话自己都吓了一跳。再看裴陆一脸凝重,心里一咯噔,不是吧?真这么怀疑?

"周军如果诈死,那之前的推断全都不成立了啊。"汤图道。

那就是有意为之,意识就没被控制,可她看得清楚,周军那种状态没错的。

裴陆摇头:"不是诈死,而是极有可能有人隐瞒了周军的状况。"

汤图第一个想到的就是白雅尘,但转念一想不对,如果是白雅尘带走了周军,就不会来找她套话了。脑中有条线在时隐时现,她一时间抓不稳。

"什么人这么在乎周军的生死,并且费尽心思地瞒过警方?"裴陆挑眼看她,手里的烟盒倒来倒去的,"这两天我一直想不通,但今天终于想通了。"

"在乎周军生死,又要瞒过警方……"汤图碎碎念,蓦地想到了,抬眼跟裴陆的视线相撞。

"秦勋?"

裴陆点头。

汤图终于抓住脑中的那根线了,对,就是秦勋。

裴陆面色凝重:"如果是这样的话,我想他应该也知道不少事了。"话毕抓起手机,起身去打电话。

汤图在这边愈发不安,她也掏出手机,也不知道为什么就想打给岑词。

没人接,她打给任晓璇。任晓璇接得倒是挺快的,她还在诊所里整理病案,依照汤图的指示,她找了蔡婆婆家的联系电话。汤图又给蔡婆婆家打过去,是她女儿接的,表示说最近都没约岑医生。

汤图不知怎的就慌了,再打给任晓璇,任晓璇闻言十分不解:"岑医生也没有做行程单的习惯啊,那我去她治疗室看看。"

没一会儿就听任晓璇说:"桌上挺干净的,也看不出什么来……哎,有本台历,日期都被划掉了,包括今天的。"

结束通话后汤图再次打了电话,问了对方几句后挂断。裴陆也打完电话回来了,说秦勋联系不上,他已经命钻天猴他们去找了。

汤图喃喃道:"小词也联系不上……"

"找岑词?她没回家吗?"

汤图摇头:"我问过小区保安室,没见岑词开车回去。我现在很乱,裴陆,我总有种预感……"

"什么?"

"我感觉小词要出事。"

裴陆眉头一皱。

汤图蓦地抬头看着他:"你能查小词的手机吗?我想知道她最近有没有接到白雅尘的电话。"

跟白雅尘见面的地点还是那栋独门独院的两层小别墅。天色暗下来后,放眼周遭，就只有零星几家是点着灯的。

茶点跟第一次见面时的差不多，尤其是茶，备的是白茶，清新淡雅，大晚上喝不至于像红茶似的浓郁，也不像绿茶似的伤胃。

白雅尘端了水果，挺丰富的，坐下后她说："这个季节就是好，想吃什么水果都有。小词，你想吃什么？"

"我自己来就行。"岑词说着从果盘里拿了苹果，又拿过水果刀不紧不慢地削了果皮。

旁边的热水烧好了，白雅尘沏了茶，说："你是大忙人，白天约不上你，就只能晚上见面了，你家秦总没不乐意吧？"

"他不知道我来见您。"

白雅尘微微挑眉。

"在白老师面前我哪敢说忙呢，只是觉得，可能有些话夜深人静的时候说更好。"岑词很快削完了苹果，切瓣，却是尽数放在白雅尘的碟子里，"这个季节的苹果不算好吃，但今晚这苹果挺不错的。"

白雅尘微笑地开口："有些话？"

岑词放下水果刀，抽了张纸巾，边擦手边说："白老师应该有话要对我说吧？否则这时间叙旧挺怪的。"

"其实也没什么，就是之前你问过关于沈序的事，想跟你说说。"

岑词惊讶，放下茶杯，等着她开口。

"沈序这个人其实也不难打听，都是圈内人，冉神秘也能留下痕迹。既然你之前知道这个人，那应该知道他在做记忆重构试验吧？"

岑词微微垂眼，回答："听说过。"

"那我就跟你详细说说。"

白雅尘的声音徐徐，似水，蜿蜒在这渐黑的夜里，就成了一条冰凉的丝带，缠绕脖子，轻轻一用力叫人窒息。

"记忆重构，我想你应该不会陌生。"白雅尘轻声说，"像是我们脑子里的记忆，本质其实就是大脑神经网络的激活，神经网络会主动把信息进行加工和编码。而一段错误的记忆分为两类，一类是自发性错误记忆，一类是植入性错误记忆，沈序做的就是后者。"

岑词点头。

"沈序是个学痴,听说他曾经举办过一场讲座,课题就是有关人的虚假记忆,他呢,也只致力于记忆项目。"白雅尘缓缓倒茶,跟她的语速一样。

记忆重构项目是沈序的全部,所以他在具备充足资金的条件后,在受试者的选择上也经过了反复考量。

"秦勋跟沈序是不错的关系吧,因为沈序的第一笔启动资金就是秦勋提供的,后来好像两人闹翻了,沈序就找了周军,而沈序的第一位受试者就是闵薇薇。"白雅尘端起茶杯,茶盖轻轻刮了两下,"周军恋慕闵薇薇,所以为沈序提供了资金,从而得到了闵薇薇,我想这件事,你也知道得七七八八了。"

岑词没隐瞒,回答说:"是。"

"那沈序的第二位受试者你清楚吗?"白雅尘问得直接。

岑词没点头也没摇头,抬眼看着白雅尘:"白老师重点想说的是这位受试者吧?"

白雅尘反问她:"难道你不好奇?这位受试者可不一般,应该算是沈序最得意的作品。"

岑词笑了笑:"您说。"

白雅尘放下茶杯:"这位受试者也是位姑娘,跟闵薇薇不同的是,她是主动配合沈序来完成试验的。这姑娘有悲惨的过去,在一个小地方长大,一出生父亲就没了,所有人,也包括她的母亲都认为她是个克星、灾星。小姑娘挺可怜,从小到大不知道什么叫关心,也没被谁爱过心疼过。后来小姑娘的母亲找了下家,她就成了拖油瓶,为了讨男人欢心,这个当母亲的每次都拿小姑娘撒气,不是打就是骂,用现在的话说就是虐待。"

岑词静静听着,脸上没有过多的神情。

"后来,姑娘的母亲死了,听说是溺水,还听说有人看见那姑娘出现在海边,大家都骂她是扫帚星。"白雅尘盯着岑词的脸,轻声细语,"你说,如果当时她真在海边,她母亲落水的时候她是救不了还是不想救呢?"

岑词对上她的目光:"换作是我的话我不会救。"

白雅尘看了她良久,忽然笑了:"有些事我们做旁观者的想想觉得过瘾,但如果身临现场还能这么处理,那也足以看出当事人冷静甚至狠辣的性子。"

岑词笑了笑,没说话。

"当然,这些都是以讹传讹,当时具体情况怎么样谁都不清楚。"白雅尘往回圆了一句，接着说受试者的事。

"照理说姑娘的母亲死后，姑娘也算是能迎来好日子过了，毕竟已经成年独立，可惜老家的人没放过她，都认为她是灾星，别提骂得有多难听。

"后来姑娘受不了就离开了家乡，独自一人在外面边打工边学习，而她也结交了男朋友。只是没想到，这才是她真正灾难的开始。"

"这位姑娘自小缺爱，所以对男朋友可谓是全心全意，只可惜男朋友不但背叛了爱情，还做了对姑娘很不好的事，彻底毁了姑娘活着的念头。"白雅尘轻叹一声，"幸亏这时候遇上了沈序，可以说沈序是这位姑娘的神，拯救了她一脚踏进地狱的状况。姑娘跟着他走了，并且同意接受沈序的试验，重构记忆，以这种方式重生。"

岑词端茶杯的手顿了一下。

白雅尘接着说："沈序很重视这位受试者，不能说倾注了毕生所学吧，那也是将自己全部精力用在她身上。最终他做出了个完美的作品，这个姑娘不但忘了之前的事，她还有了全新的记忆，成了另外一个人。"她盯着岑词，目光专注，"那个姑娘的男朋友叫宁宇，而那个姑娘，叫戚苏苏。"

岑词眉心蹙在一起，没拿茶杯，收手时白雅尘眼尖地发现她的手指在抖。她微微挑唇，紧跟着问："对这两个名字熟悉吗？"

岑词仓皇抬眼，发现白雅尘的目光变得咄咄逼人。白雅尘身体微微往前探，盯着她的眼睛，开口："应该熟悉吧，或者他们可能在你的梦里出现过？"

岑词一激灵。

白雅尘给外人的形象向来温雅，像是今天这般倒是少见。

岑词看上去无所适从，眼里有慌乱，还有想要掩饰却掩饰不住的无助。她扯开嘴角，却始终没能做到以往的风轻云淡："白老师，您什么意思？"

"没想起来吗？"白雅尘盯着她笑。

岑词笑不出来，唇微微抿紧。

白雅尘见状，心里有数了。她往椅背上轻轻一靠，十分悠哉，又续了茶，语气不疾不徐地说："没关系，还有后续呢。一个急需证明记忆能够被重构的学术疯子，一个需要忘却前尘重新来过的悲惨少女，你说这算不算是上天给的缘分？这世上的人很多，却没有几个真正敢把自己的记忆丢了的，戚苏苏和沈序可谓是一拍即合。"

"沈序抹掉了戚苏苏以往的记忆,又重构了她的记忆。想要真正重生,那这段重构的记忆就不能凭空而来,需要有理有据,换句话说,重生后的戚苏苏想要变成另外一个人,前提是这世上最好要有这么个人才行,这样才能叫重生后的戚苏苏彻底相信。"

白雅尘慢慢地品着茶,姿态悠闲得不像是在说这么骇人听闻的事。

"还真让沈序找到了这么个人,一个小姑娘,她的父母没什么亲戚,唯一的亲人就是奶奶,却也是分隔两地很少联系,以至于小姑娘一家出了车祸后奶奶也没能第一时间知道,沈序便将戚苏苏'变'成了这位姑娘。"

她强调了"变"字。

"对于这个作品,沈序十分珍惜,不但给了她一个在这世上存在的真实身份,还有技能。"

岑词的手一抖,碰到了茶杯盖,盖子一晃磕到杯子上,咣当一声。

白雅尘见状微笑,继续说:"重生一个人,得让她有本事养活自己才对,沈序也是豁出去了,将自己毕生所学都教给了戚苏苏,这就好比将一台电脑里的资料传到另一台电脑上一样,戚苏苏拥有了丰富的心理学知识,并且掌握了一定的精神分析技能,她有了沈序的本事,能操控人的意识,有很强的催眠能力。"

白雅尘眼皮一抬,与岑词目光相对:"当然,凭着戚苏苏自己肯定不行,万一出了差错,尤其是记忆上的纰漏,那沈序就功亏一篑了,所以他安排了助手跟着戚苏苏,一跟就跟了好多年。"

她的身体往前倾了倾,再次凑近岑词:"戚苏苏在心理行业大展拳脚并不突兀,这要归功于沈序之前的铺垫工作,让她有了一定的从业经验,这样一来,哪怕有心人去查,也能查到戚苏苏的入行资料。当这个基础做扎实了后,沈序的助手就登场了。她找了个场合结识了戚苏苏,因为之前早就清楚戚苏苏的情况,所以在戚苏苏看来,两个人可谓是一见如故。后来两人回了南城成立了门会所,之后戚苏苏因为帮助警方破获了一起古董案而名声大噪,而这个时候的戚苏苏也早已不叫戚苏苏了。"

白雅尘一眼瞧进了岑词眼睛里,跟钩子似的紧紧钩住她的视线不放,她一字一句道:"现在的她,就叫岑词。"

岑词的视线移不开,微张着唇,唇翕动。

白雅尘的嗓音降低:"想说什么?或者你还没想好说什么,脑子太乱了是吗？没关系，我慢慢问，你慢慢答。"

岑词的呼吸由急促渐渐放缓。

"小词。"白雅尘的语气突然变得温柔，跟从前一样，"你想起来了是吗？"

"我不知道……"岑词低语，"我梦见过。"

"只是梦见吗？"

"也……在现实中见过。"

白雅尘微微眯眼，语气始终很轻缓："那是因为你现在的记忆和原有的记忆发生了碰撞，两种记忆在你脑子里，你以为看见的是幻觉，实际上你看到的才是你自己。"

"不可能，我、我是岑词……"

"真正的岑词早就死了，戚苏苏，你是顶着她的身份继续活着的。你说你是岑词，那你仔细回忆一下，有关你小时候的记忆能想起多少？"

岑词的呼吸又渐渐急促了，她陷入回忆，那些碎片式的记忆总不成段。她似乎只能想起那株荔枝树，然后她爬了上去，又从树上摔下来了，紧跟着有个女人走上前，对她一顿痛骂。

这不对。岑词慌乱，荔枝树是奶奶院子里的，而那个女人是……

"陶凤云……"她喃喃。

资料上的另一个名字，除了戚苏苏的那个名字，关系栏上写着：母女。

白雅尘低语："你现在的记忆里总会有一些你从未经历过的人和事吧，实际上他们本来就是你的记忆，小词，你现在的记忆已经混乱了。"

岑词怔怔地看着白雅尘。

"慢慢来，有些记忆其实是有迹可循的。"白雅尘一点点引导，"你可以回忆一下关于戚苏苏居住的地方，叫竹山县吧，一个很美的小渔村，空气常年潮湿，县城里的人几乎都是靠着打鱼为生。你想想看，戚苏苏跟陶凤云的关系，之后陶凤云溺死在水里。"

岑词渐渐垂下眸，似有思考。白雅尘在旁边一点点做提示，这个过程中岑词没开口说话。

"后来你遇上了沈序，他对你很好吧？"白雅尘问她。

"是，没有他的话，我可能就不在这个世上了。"

"所以，你对他无条件地信任。"

岑词点头。

"难道你不怕他害你吗？"

"我的命是他捡回来的，他怎么会害我？"

白雅尘轻轻点头："也是，你信任他，所以配合了他的记忆重构试验，成为了他的受试者。小词，那你还能想起来，这项试验的过程吗？"

"过程……"岑词微微皱眉。

"对，过程。"白雅尘盯着她，"你们经历了多长时间？这项试验的每个过程你都很清楚，对不对？"

岑词像是在思考，总之沉默了一会儿，才说："是……他利用的是光遗传学技术……"

"我明白，利用光遗传学技术能够将虚假的记忆植入大脑中，可是这项技术只在小白鼠身上用过，没有人体临床试验，沈序是怎么做到的？"

"他……"

"他怎样做的？"白雅尘追问。

"他试验了很久。"

"然后呢？"

"然后，"岑词微微抬起眼皮，那眼里是始终的澄明，她微微一笑，反问白雅尘，"然后沈序去了哪里，白老师应该最清楚吧？"

白雅尘觉得一切都顺利得很，从岑词进了别墅到现在，她都成功地牵着岑词跟着她的话题走，最后证实了她对岑词之前的种种猜测。

当然之前她也做过功课，既然岑词现在看上去无懈可击，那过往呢？过往总不会一点漏洞都没有吧？果不其然让她查到，在岑词曾经"就读"过的院校里，校方并没有她的资料，而那些校友也对岑词这个人没什么印象。

相反，她在竹山县找到了戚苏苏的老乡，对方看了岑词的照片后说："看着是有点像那个丫头。"然后皱着眉头不停挥手，"照片拿走、拿走，晦气得很。"

沈序的成果，最完美的作品，白雅尘相信就是岑词，再加上之前汤图的话她就更确定了。

她一直知道沈序有个助手，那个助手后来去了哪里，外人不得而知，既然岑词是沈序倾尽心力完成的作品，那谁在看管作品？不用多想都知道，汤图就是那位深得沈序信任的助手。

可为什么会这样？

白雅尘不可思议地盯着岑词，脸色十分难看。

岑词一手端了茶杯喝上两口，放下杯子后从容淡定地看向白雅尘，开口道："白老师，我轻易催眠不了你，同样的，你也催眠不了我。"

白雅尘一僵。

"你刚刚也说了，沈序是个催眠高手，既然我是他最完美的作品，那他会的自然我都会，所以白老师，"岑词轻声补上句，"你失策了。"

话虽如此说，直到现在她才松开藏在桌下的拳头，指尖在手心掐出了挺深的印子，好在她有这警觉性。

白雅尘喃喃道："不可能……"

"在我们这行，老师剽窃学生研究成果的事虽说不常见吧，但也不是没发生过。白老师，沈序其实就是你的学生吧？只是你不喜欢他。换句话说你不喜欢太有想法的学生，沈序恰恰就是那个另类的，所以一直以来他都没什么出头的机会，直到他开始做记忆重构项目。"

白雅尘死盯着岑词，咬牙道："所以，你是完全想起来了。"

岑词微微一笑："就算我想起来了又怎么样，你奈何不了我，反倒让我清楚知道了你的目的。"

白雅尘没说话，手下意识攥紧，这是完全超出她掌控范围的场面。

"沈序的试验让你惶恐，你怕自己的行业地位被取代。但最开始，秦勋，哦，不对，他那时候因为身份不便用了秦宿这个名字，来支持沈序试验的时候，那个阶段并没有引起你的关注。直到周军的介入，让你看到了记忆被篡改的可能，因此你故意接近周军，也知道了沈序一直在寻找适合做记忆重构的受试者。"

"周军自杀是受了你的暗示吧，当年他对第二位受试者，也就是对我不了解，他只关心闵薇薇的情况，所以你在他身上得不到有利的消息，更怕他会把你供出来，倒不如杀人灭口。"

白雅尘抿着唇，许久后说："可笑，我有什么好怕被供出的？当年参与项目的人中又没有我。"

"对啊，又没有你。"岑词接得从容，"可我相信，如果时间能倒回，你是最想参与的那位。你当然怕周军把你供出来，哪怕在警方跟前提到你的名字你都很担心。因为你对沈序的记忆重构项目很感兴趣，在此期间，我想你也做过不少不利于沈序的事，目的就是想独占他的研究成果。"

"现如今沈序失踪，周军一旦把你当年的企图给咬出来，那你的麻烦就大了。我猜想的是……"她抬眼对上白雅尘的目光，语气转冷，"沈序已经不在了吧？当年他一直躲的人就是你。而你，在得不到试验方法后，宁可毁了他也不能让他超过你的成就。"

"闵薇薇的车祸跟你也脱不了干系吧？就算不是你亲自动手，也是你用卑劣的手段劝服了周军。闵薇薇算不上是沈序完美的作品，所以她的记忆出了问题，只有除了她，你和周军才能高枕无忧，就跟当时我出车祸的性质一样，只不过你手下留情了，因为那时候你就开始怀疑我了。"岑词停顿了一下，而后继续说，"周军自杀，这件事背后的人不可能没动静，毕竟还没达到目的，所以我一直在等，就是想看看最后联系我的那个人是谁。白老师，我万万没想到，德高望重的是你，卑鄙无耻的也是你。"

白雅尘终于开口了，看得出在尽量压着情绪："说了这么多，证据呢？就凭着你的空口白牙？还是，你敢跟所有人都承认你就是戚苏苏，岑词的一切只不过就是你的假象？"她笑了，讥讽道，"你能配合沈序，就是想忘却前尘，所以岑医生，你不敢公之于众，你也不敢当众揭开你不堪的过往，尤其是你现在还有秦勋，一旦让他知道，你的爱情、你的幸福就成了泡影。还有你在行业里的影响力，哦，对了，还有汤图，一旦你主动招认，那么受到影响的可不单单是你自己。"

"你的算盘打得挺好。"

白雅尘："趋利避害就是人性，你好不容易从地狱里爬出来，哪还能再回地狱？继续做岑词不好吗？"

"白老师啊。"岑词语气清清淡淡的，"你说得对，我不能回地狱。但如果一定要回，我也得给自己留一条能出地狱的路。"

白雅尘一怔，紧跟着警觉道："你什么意思？"

岑词直接用行动回答了她，一把抽过桌上的水果刀。白雅尘惊愕，下意识要躲，却见岑词将水果刀的刀尖一转方向，面朝着自己，另一只手帮着攥着刀柄的手一并握住白雅尘的手，就这么生生地捅进了自己的肚子。

一切发生得太快，白雅尘都没来得及惊叫，就听见一道震惊的嗓音："小词！"

竟是秦勋，身后还跟着两名保镖，见到这一幕他冲了进来。白雅尘没料到能发生这种事，惊得一撒手，连连后退了两步。

秦勋一把搂住岑词，一手固定住刀子，血从他的指缝里淌出来。岑词靠在他怀里抬眼看他，他眼里有震惊有不解，还有显而易见的害怕。

岑词的嘴动了动，她说的是："你来了啊！"但声音很小。

秦勋低语："不准闭眼睛，不准睡着，听见了吗？"说着一把将她抱起往外走，与此同时给了保镖一个眼神。

这个眼神森凉得很，两名保镖冲着白雅尘就过去了。

白雅尘头皮陡然发麻，惊骇涌上心头，她突然明白岑词最后那句话的意思，也明白了她做这场戏背后的目的。胳膊被保镖们拉住的瞬间，她失声大吼："戚苏苏，从今以后你再也不能披着岑词的外衣活着了！你心里永远有一颗怨恨的种子！戚苏苏就是你的宿命，这辈子你都别想摆脱！"她相信岑词能听到。一个已经走到穷途末路的女人，竟还能留了这么一手，这一刀下去她就完全扭转了被动的局面，成了被害者，至少在秦勋眼里是这样。

秦勋停了脚步，回头瞅了一眼，这一眼犹如寒霜，语气冷冷的："已经是个失心疯的女人了，你们还愣着干什么？"

白雅尘死命挣扎道："你们要干什么？放开我！放开我！"恐慌似蔓草疯长，她有预感自己的下场将会不堪设想。

正绝望，院门大开，就听有人喝道："都不准动！"

白雅尘陡然心喜，可在瞧见来者后眼里的希翼就如被瞬间扑灭的火种，脸上死灰一片。

是裴陆，身后跟着几名警察。

秦勋的脸色难看，他没料到裴陆的行动会这么快，不但能想到白雅尘身上，还跟着他前后脚赶到了这里。

裴陆见眼前这幕也惊了一下，汤图是跟着一起来的，看见秦勋怀里的岑词，一路上的不安就应验了。

"怎么回事？怎么受伤了？"

眼前已是不可控的场面，秦勋无暇顾及，岑词还在流血，他就甩了句："白雅尘动了刀子。"紧跟着扫了裴陆一眼，赶忙抱着岑词上了车。

一句话也就解释了眼前的局面。

汤图只关心岑词的情况,见状紧跟着秦勋一同上车。

秦勋一走,两名保镖都自觉地松了手,白雅尘失去了支撑,这下真就瘫坐在地。良久后她才反应过来,从地上爬起来就往外冲,被钻天猴他们一把扯住。

白雅尘疯了似的大喊:"不能走!你不能走!回来!"

"老实点!"钻天猴喝了一嗓子。

白雅尘两眼都快瞪出来了,一改过往优雅的形象。她死死盯着院门口的方向,不停地喊:"回来!回来!"

裴陆喝了一嗓子:"带走!"

钻天猴用了点手劲,这才把白雅尘带上警车,别看挺弱不禁风的女人,真歇斯底里起来劲还不小。

岑词受伤,裴陆没法扣着秦勋,但他的两名保镖还在。只是裴陆有强烈的预感,能被秦勋带到这里又能放心留下来的人,绝对不会乖乖配合他的套话。

果不其然,俩保镖的回答很统一:"秦总担心岑医生的安危,一路跟着来的。"

撒谎。如果真是一路跟着的话,那岑词这一刀能挨上?

其实裴陆心里如明镜似的,他能起疑的事,秦勋也能起疑,他能查到的事,秦勋也能查到。秦勋这次可未必是冲着解密来的,他十有八九是为了让白雅尘闭嘴。

如此裴陆更有理由相信周军绝对还活着,并且就在秦勋手里。

"一并带走。"裴陆命令。

等上了警车,裴陆给汤图打了电话。汤图没接,许是没顾得上。他没再继续打,收好手机后陷入沉思。

白雅尘这是要鱼死网破?

第二十八章

秦勋亲自开车，一路疾驰，找就近的医院。

汤图坐在后座，使劲地给岑词按住伤口。血浸湿了岑词的衣衫，汤图的手也沾了血，不停地在抖，她觉得冷，人血明明是温热的，可她觉着岑词的血是凉的，能一直凉进她心里去。

她恐慌，不停地叫岑词的名字，防止她的意识涣散。

岑词也是在硬挺着，一手还紧紧攥着汤图的胳膊，忍着腹部的疼痛，一遍遍问汤图："我是戚苏苏……为什么我要是戚苏苏？"

汤图红了眼眶。

等到了最近的医院，岑词被送去抢救时轻飘飘地落了句："所以，所有人都希望我去死是吗？"

在抢救室门外等着的时候，汤图一直在想岑词的最后那句话，每每想到心里就揪一下。

秦勋僵站着，打从岑词进了抢救室后他就寸步未动，始终盯着抢救室上方的灯。

汤图盯着秦勋的背影，孤冷僵硬。良久后她冲着他的背影，低低地问一句："如果裴陆晚到一步，你要对白雅尘做什么？"

这是家不大的综合医院，这个时间病人不多，尤其是抢救室这边，除了偶尔进出的护士，整条走廊就只有汤图和秦勋两个人。

岑词被推进去之后，走廊就陷入一片死寂，直到汤图开口，嗓音虽低，却足以能令秦勋听得清楚。

秦勋良久才转过头。汤图被他的眼神吓得一激灵,这哪还有平时温雅绅士的风骨,他的那双眼,几乎能杀人了。他说:"白雅尘捅了小词一刀,她要杀人,所以汤图,你觉得我要对白雅尘做什么?"

汤图后背森冷一片。

白雅尘再次接受警方审讯,而这一次因为岑词的受伤,白雅尘在周军、沈序乃至跟沈序有关的试验项目等案件上就变得被动。

她跟警方强调她从头到尾都没想杀岑词,是岑词捅伤了自己。钻天猴审讯的她,喝了一嗓子:"岑词受伤的事明晃晃摆在那儿,想查清楚也不是很难,你说你没想杀岑词,那周军呢?还有至今都下落不明的沈序,你可千万别说你手上没沾血!"

白雅尘冷笑:"周军的死跟我有什么关系?"

这一句把钻天猴怼得脸色挺难看的。

裴陆进来了,直截了当跟白雅尘说:"如意算盘没打好,周军还活着。"

能很快地审讯周军,这还源于秦勋的配合。在带走他两名保镖后,裴陆就有预感,以秦勋的性子必然会有后续,他也不是那种能把自己人丢公安局里不管不问的主儿,否则他手底下的人这么忠心耿耿是为了什么。

果不其然,在审问时两名保镖的回答仍旧一致。

第一,他们只是听从秦勋的命令,一路跟着岑词,至于原因是什么,他们不得而知。而之后秦勋会要求他们做什么,他们也不清楚。第二,他们能为警方提供周军的下落。

很干脆利落地把两人给择干净了。

他们按照保镖们给出的地址,很快找到了周军。周军倒是恢复得挺好,在面对警方审讯时也不再像从前那样躲躲闪闪,只是他反复问警方一个问题:"为什么戚苏苏能做到,我的薇薇就出问题了呢?"

周军还活着这一事实许是超出了白雅尘可承受的范围,又或者这是继岑词之后的又一打击,裴陆这话落下后她愣怔了许久,紧跟着就跟发了疯似的,不停喊:"不可能,不可能!"

裴陆就由着白雅尘抓狂,一直等到她跌坐在椅子上,他才淡淡开口:"说吧,事情一件件地说,反正你已经穷途末路了。"

岑词命大,术后第二天就醒了,归功于秦勋送医送得及时。

只是这次的伤比以往都要重,少不了一年半载的静养,而且养的还都是表面伤。医生查房的时候说:"这刀子进得深啊,外伤好养,内伤难好,以后要多注意调理了。"

这都说动过一次刀子那就是伤了元气,这岑词不但是挨了刀子,也动了手术,元气可不是一时半会儿能补回来的。

汤图都快跪地给医生磕头了,能捡回命就行,只要活着,一切希望就都在。又跟秦勋商量要请一位营养师,好好调理岑词的身体。

秦勋对此没意见,不仅营养师,保姆他也要考虑选一位了。以往岑词怕家里吵,再加上平时在家待着的时间又短,所以没请什么人来家里做工,现在不同了,这一段时间里她都要待在家里好好调养。

岑词被推出来送进病房后,汤图就赶紧去给裴陆回了电话,告知了岑词的情况。裴陆问她:"岑词意识清醒吗?"

汤图明白他的意思,很严肃地说:"她现在的身体状况没办法配合警方问话。"

裴陆叹气:"汤汤,她是你朋友也是我朋友,我也会担心她的安危。"

"我知道,我只是觉得……"汤图说着有点哽咽,"觉得她太苦了。裴陆,她真的是一个很不容易的姑娘,你一定不能放过白雅尘。"

"放心,我会查到底。"

岑词醒了后就一直没开口说话。

秦勋和汤图都在病房,她却视而不见,就一动不动地看着窗外,不知道在想什么。

汤图交代了任晓璇一些事,这段时间诊所先不接诊,所有客户都走预约程序,岑词的客户能转到她这边的就转过来,不愿意转医生的可以申请退款理赔。

任晓璇担心地问汤图到底发生什么事了,汤图安慰了句没事,就说岑词身体不舒服,要休息一阵子,让她做好客户安抚工作。

结束通话后,汤图推门进病房就见秦勋站起身,跟岑词温柔地说:"我先回去给你取点换洗衣服。"

岑词无动于衷,整个人毫无声息。

秦勋也没急，轻轻摸了摸她的头，转过身瞧见汤图后示意了她一下。汤图看了一眼病房里的岑词，然后不动声色地跟着秦勋出去了。

走廊里秦勋选了一处方便说话的位置，等汤图上前，直截了当地问："你就是沈序的那个助理，对吧？"

对于秦勋得知了真相，汤图也并不惊讶，事到如今，当年的事怕是想瞒都瞒不住了。她点头，但有预感，秦勋不会选择这个时间来问她当年的具体情况。

果不其然，秦勋说："既然你是他的助理，那小词的记忆情况你应该很了解，沈序有没有……"

他顿了一下。

汤图抬眼看他，问道："有没有什么？"

"他在对小词记忆进行重构的时候，有没有进行过排他性设计？"他在问这话的时候挺艰难的。

人的自身记忆都具备单一性和排他性，用一句简单的话说就是，你不可能拥有别人的记忆，假设拥有不属于自己的那段记忆，可能记忆之间也会出现排斥现象，一段记忆会将另一段记忆覆盖甚至取代，不然当事人可能会面临着精神分裂的可能。

汤图从秦勋眼里捕捉到了担忧，她知道，他怕岑词会不记得他。汤图轻轻一叹气，并没马上回答他的问题。

"我知道你，记忆重构项目的首位资金赞助人，跟沈序的关系不错，那时候你是用秦宿的名字入资的。"

秦勋不语，但也没否认。

"可是，你跟沈序不是惺惺相惜吗？为什么要分道扬镳？"汤图问。

秦勋回答得直接："因为后来我不赞同那项试验，我认为人本身的记忆不可能被完全取代或者重构，受试者的原本记忆一旦苏醒，那就会跟重构的记忆发生冲突，这样一来会给受试者造成极大痛苦。"他叹了一声，又说，"经历过的都该被记住才对，只有记忆，才能证明你在这世上活过。"

这是汤图第一次认真地想这个问题。一直以来她都觉得沈序的做法没问题，一来，虽说是个试验，但这项试验是建立在双方自愿的前提下进行；二来，她清楚岑词的过往，那些被虐待、被诬陷、被谩骂、被背叛的经历，一桩桩一件件都是把刀子在往岑词身上扎，而持刀的人都是她的家人、朋友，甚至是心爱的男人。

忘记不好吗？

不但忘记，还能拥有一段全新的记忆，全新的生活，汤图认为这很好。她从没质疑过沈序，在她眼里沈序是行业中的佼佼者，如果他还在，他也将会凭着记忆重构彻底颠覆人的记忆密码，成为行业先驱者。

有时候汤图会觉得很骄傲，每每看着岑词她就在想，沈老师你看见了吗？这就是你的作品，最完美的作品，她在以全新的姿态活着，并且跟你一样在帮助着有需要的人。

可是沈序曾经跟她说："不需要锋芒太露，只要能好好活着就行，以重生的姿态。"

"能令人重生的是神，在我心里沈序就是神。"汤图看向秦勋说，"这也是我要为他守护好岑词的原因。"

秦勋看着她，半晌后反问："是吗？"

汤图觉得他这句"是吗"问得挺奇怪，便点了一下头，说"是"，然后又道："我并不清楚沈序对岑词记忆重构的具体操作，但据我所知，沈序对岑词重构后的记忆十分满意，他说堪称完美。所以我在想，他可能没想到会有新旧记忆重叠的那一天，他认为岑词能带着重构后的记忆活一辈子。"

换句话说，目前岑词的情况已经超出了当初沈序的设定，一切都变得未知。

现在的岑词，脑子里应该是有两个人的记忆，一个是戚苏苏的，一个是岑词的，那么之后这两种记忆该如何相处？

汤图再回病房的时候，岑词还保持着之前的姿势和状态，就像是个假人似的。

这一刻她能体会到秦勋的担忧，其实她心里也在打鼓，岑词目前是个什么情况，怕是只有她自己才知道了。

叫护士换完了药，汤图坐在床边。刚开始是没话找话，就说些"今天天气挺不错的，你要快点好起来，可以出去晒晒太阳"之类的。见岑词没反应，就说工作上的事。

"你的客户就认准你了，没一个愿意换医生的，我太伤心了，真是的。我还想着是不是我也能接触一下像是蔡婆婆那类客户，她的经历太神奇了。"

岑词的目光仍旧是落在窗外。

汤图轻叹一声："小词，你是怎么想的，能跟我说说吗？"

室内陷入安静。

许久后汤图决定认命了，她说："没事，我知道有些事接受起来很困难，但既然发生了我们就只能积极面对。我不逼你，你现在的主要任务是好好养伤。"

她已经做好了自言自语的准备。

不料，这时岑词开口了，嗓音低低哑哑的："奶奶知道我受伤的事吗？"

"还不知道。"汤图小心翼翼问，"你现在对岑奶奶的感觉是⋯⋯"

人的情感要依托记忆。记忆中最深刻的人，就是想起来时情感表现最强烈的那一位。岑词对岑奶奶的感情也都依托于记忆，可现如今知道这段记忆是假的，并不属于她，那她对岑奶奶还有感情吗？

岑词没正面回答汤图的话，轻声说："找个机会跟她交代清楚吧，她不该被蒙在鼓里，尤其是她的孙女其实早就死了的事。"

汤图脱口而出："其实你完全可以⋯⋯"

可以不用跟岑奶奶说实话，这话汤图还是没能说出来。

不说实话要怎样？要她继续以岑词的身份跟岑奶奶相处？显然这挺残忍的。不记得是一回事，想起来却故意为之，这对岑词来说怕是极大的煎熬。

既然岑词提到了岑奶奶，汤图就很想问她：对于过往你想起了多少？可这话她总觉得一旦问出就相当于在揭岑词的伤疤，于是这话就只能在齿缝间转来转去，终于还是生生咽下了。

岑词扭头看汤图。

对上岑词视线的瞬间，汤图莫名地感到哀痛，来自岑词的伤痛和绝望，尽数从她眼睛里倾泻出来。这种眼神汤图见过，第一次见到岑词的时候。

不是在学术交流会上，而是沈序将她带回来那天，沈序说："从今以后，她就是你要守着的人了。"

"汤图我问你。"岑词开口，"这些年你是以什么身份待在我身边的？你对我好，仅仅是因为你受人所托，还是真心实意想跟我交朋友？"

汤图没料到她会这么问，刚要张口，就听岑词又说："你要如实回答我。"

汤图深吸一口气，看向岑词："最开始的时候，我的确是把你当成了任务，毕竟你是沈序最看重的人，不管他在还是不在，我都要替他看好你。可是接触时间长了我也会恍惚，很多时候我都忘了你是戚苏苏，就真的像是面对一个多年老友似的，你就是岑词，不是任何人，是跟我无话不谈的好朋友。"

岑词注视着她，这过程里眼神渐渐转得冷淡。

"我没骗你，人的情感本来就复杂，对我来说，你就是我的生活中很重要的人。我的性格你还不了解吗？我不会利用你去做什么事，达到什么目的，如果说这世上所有人都能背叛你，但我肯定是除外的那一个。"汤图言辞恳切。

岑词垂下眼睑，许久后轻声说了"谢谢"，然后道："白雅尘的事，我想裴陆已经在查了吧。你们放心，关于沈序还有我的事，我会对他有个交代，只是，汤图，我很累。"

秦勋取完换洗衣服再回病房的时候，岑词已经睡着了。睡得很熟，沉沉的。脸色跟白纸似的，失血太多了。

汤图跟秦勋小声说："刚睡着没多久，让她好好休息吧，另外……你要有心理准备，我觉得她应该是全都想起来了。"

岑词这一睡，就睡了三天。医生表示这只是病人生理本能的休息，许是之前太累，跟术后没关系，相关的检查结果都挺乐观。

诊所的业务不能扔，汤图就诊所和医院两头跑。但秦勋几乎是寸步不离，并且把工作挪到了病房。

这期间裴陆也来了两趟，一来是看看岑词的身体状况，二来，关于白雅尘牵连沈序项目一事还得询问，毕竟她是当事人。

当然秦勋也牵扯其中，而且那晚还出现在白雅尘家里，以一句担心岑词安危为由也不可能轻易把裴陆给打发了。

所以这天，趁着岑词还没有醒来的迹象，秦勋跟裴陆约在了医院的咖啡厅。

两人择了靠窗的位置，窗外是大片草坪，阳光很好，只是临秋了，风起时会将微黄的叶子吹落下来，青色的草，浅黄的叶，伤感的季节，却用了最美的颜色衬托。

"我跟沈序认识，也差不多是这个季节。"秦勋跟裴陆提到过往，嘴角是浅淡的苦涩，"认识的年头有点长，好像很多事都不记得了。"

裴陆将一杯咖啡推到他面前："好朋友失踪，找的时间久了，可能就希望忘掉一些事，也许这样还能好过点。"

秦勋问裴陆："白雅尘说了吗？关于沈序的下落。"

裴陆回答道："有些事还在咬牙死撑，但因为有周军的证词，白雅尘是幕后黑手这件事跑不掉了。"

"她一个人？"

"她应该雇了些人，否则一个弱女子，也不会让当年的沈序那么步步为营吧。"裴陆分析。

秦勋沉默片刻，然后说："学术上一旦沾了利益，绵羊也能变成一只吃人的狼。"

"说说当年的事吧。"裴陆直截了当。

秦勋有私心，像是周军的事，又像是白雅尘的事。现在想想裴陆前后背发凉，幸好汤图及时找到了他，也幸好他们及时想到了周军和白雅尘的问题。

"当年的事……"

有些情况当时秦勋也跟岑词说了，关于他赞助沈序做项目的事，还有关于他和挽安时的事，现在哪怕白雅尘不吐口，有不少事也明了了。

"沈序是个特别简单的人，我是指他痴迷于记忆研究这件事，但后来因为察觉出了危险，他的确也是埋了不少心思的。"

正如他跟岑词提到的一样，他跟沈序算是一拍即合，大家都有共同的兴趣爱好，并且秦勋也从沈序那儿学到不少东西。但有些细节，在当初讲的时候只是一笔带过。

"最开始，沈序只想做记忆消除试验，这倒也不难，至少对于沈序来说，他是操控意识的高手，闵薇薇就是典型的例子。"

当然，对于沈序跟哪位受试者接触，秦勋向来不干预，他们在一起商讨的更多是学术上的难题，像是闵薇薇和后来入资的周军，沈序最完美的作品岑词，甚至还有幕后的白雅尘，他只知大概情况，具体是谁并不清楚。

这也是后来沈序失踪后，秦勋开始了漫长调查的原因。

当年沈序对秦勋说，他成功完成了一项记忆消除试验，受试者已经完全失去对某人的记忆，接受了曾经拒绝的人。从试验结果来看，挺成功，但从道德层面来说，秦勋多少觉得别扭。

后来沈序开始不满足于记忆消除了，他提出大胆的假设，在记忆消除的基础上填补一段全新的记忆。他兴奋地跟秦勋说："如果那样，就相当于让一个人重生。"

重生吗？

最开始秦勋也认为是挺好的事，可后来他还是跟沈序发生了意见上的不合，主要有两点。

第一，秦勋更希望能将记忆项目用在医学上，换句话说，就是用在真正有需要的人身上，而不是被资金捆绑利用，违背初衷；第二，他觉得，记忆重构跟记忆消除是完全的两码事了，记忆再消除，那也只是其中一段，比方说忘记一段事，或者忘记某个人，可整体来说还都是自己的记忆。可重构后的记忆是全新的，哪怕设计得再真也是虚构的，一旦出现记忆裂痕怎么办？记忆裂痕相当于记忆上的撕裂，原本的记忆有可能跑出来，精心设计的记忆还在，那新旧记忆的交叠一定会出问题。

"发生过的事就是发生过了，不能被磨灭。"秦勋对裴陆说，"每一段记忆都应该被尊重。"

他承认自己一开始就错了，只凭着对心理课题的兴趣，却忽略了记忆的本质和意义。

沈序却完全痴迷于记忆重构项目，并且声称也找到了受试者，而那时秦勋听闻了受试者的基本情况后极力反对，也是因为这个受试者，彻底造成了秦勋跟沈序的分道扬镳。

"岑词？"裴陆确认了一下。

秦勋点头，但那时他并不知晓。

刻在骨子里的痛是无法抹掉的，哪怕忘了也存在于意识深层，潜意识会用另一种方式提醒当事人这段记忆的存在。可沈序并不这么认为，他自信于自己的能力。于是便跟秦勋打了个赌，一旦秦勋输了，秦勋要立马登门道歉。与此同时沈序也找到了第二位赞助商，秦勋便从那个项目里退出来了。

"沈序出事前我们时不时也会有联系，那时候他就在说，有人想要高价买断记忆重构项目，他拒绝了。因为项目被买断的前提是，他不但要让出具体操作方法，还要彻底退出这个项目。"

而那个时候，沈序对那位受试者的记忆重构已经接近尾声。

"我们都在沙漠，白色骆驼朝我走来，你还在原地吧，因为你绝对想不到……"这是沈序出事时手机上的信息，发给秦勋的。

"也正是这条信息，算是沈序间接告诉我，他的失踪不会是场意外。"

裴陆细细琢磨这句话，末了问秦勋到底什么意思。

秦勋喝了口咖啡,说:"听过沙漠里的神迹吗?白色骆驼就是神迹。很多人说,如果你在沙漠里迷失了方向,一旦有白色骆驼出现,那你就能得救。"

"我们都在沙漠,白色骆驼朝我走来",指他们俩的项目所处的环境和条件,几度走进死胡同,几度面临失败甚至绝境,如在荒芜沙漠里的徒步者,即将死亡时看见了白色骆驼。据说,白色骆驼是上天派来的使者,在沙漠里奄奄一息的人一旦看见了白色骆驼就有救了。白色骆驼朝他走来,说明他解决了困难。

沈序说"你还在原地吧",这话也是有深意的。当初,项目进行到中期的时候秦勋就提出了异议,甚至反对,所以沈序说他还在原地踏步,暗指他已经输了。也有点调侃之意,暗笑秦勋固步自封。

那句没说完的话是关键中的关键,沈序极大可能是要告诉他项目的具体情况,但很显然时间来不及了。

一条信息却没来得及编完,沈序临离开别墅前拉了个假人提醒他看到手机,能说明两点:第一,危险是突如其来的;第二,沈序无法确定对方究竟是谁,否则肯定会给他留下明确线索。

"能接触项目的人,都有可能是出卖沈序的人。"秦勋对裴陆说,"尤其是沈序提到的垄断者,一旦目的没有达到,那人十有八九会动了旁的心思。"

在秦勋退出项目后,曾经也问过沈序关于项目人员以及受试者的情况,沈序只是大致说说,但从不说具体的,他跟秦勋说,知道少有知道少的好处,因为一旦项目出了问题,秦勋也能置身事外。

那个时候,沈序口中所谓的出了问题,无非就是受试者出了状况,例如记忆一旦混乱就会出现精神错乱等情况,严重的会导致受试者自杀。

"沈序失踪后,我就开始顺着零星线索去查,从之后的赞助商到受试者、沈序的助手,再到幕后黑手,这个过程很漫长。"

裴陆沉默许久,问秦勋:"岑词就是受试者这件事,你很早就知道了?"

秦勋点头:"虽然沈序安排得周全,但设计过的人生总会留下痕迹,像是岑词的过往,有心去查总能发现端倪。"

而自从清楚岑词的真正身份后,秦勋的目的就变了。刚开始他就是要找出这个受试者,从其嘴里揭开沈序留下的谜团,继而找到幕后黑手。但因为对方是岑词,他的决策就成了:想尽一切办法继续维持岑词的身份,不让外界尤其是不让她自己发现,还是一如既往地生活。他则绕开岑词,继续追查幕后黑手的情况。

白雅尘之所以能浮出水面，还真是缘于闵薇薇的记忆情况出了问题，让这些年也在苦苦寻找线索的白雅尘有机可乘，也恰恰因为这条线索，才让她彻底暴露。

"所以你截走周军，从他嘴里套消息。"

"对。"秦勋没隐瞒，"幕后黑手想查线索，周军是必不可少的一环，他没了，那就只剩下受试者，我就是想看看，最后是谁能找上岑词。"

咖啡杯里的咖啡凉了，裴陆一口喝光，放下杯子后问了秦勋一个问题："是你催眠了周军？"

秦勋微怔，又是很平淡地反问："不是白雅尘吗？"

裴陆观察他的神情，再次问道："是吗？"

"我能想到的只有她。"

裴陆掏出手机，调出周军自杀前的那一小段视频："如果是白雅尘把他催眠了，那最后他为什么能供出白雅尘？"他不打算迂回。

秦勋接过手机，反复看了好几遍视频，最后不解："你说他最后的口形是'白'，可在我看来，他只是张了一下嘴而已。"

裴陆并不这么认为，明显就是在传递信息。

秦勋想了想说："如果是我催眠了周军，我为什么要让他给你传达线索？你现在已经清楚了我的目的，如果你没及时赶到，我会带走白雅尘。"

其实在问秦勋的时候裴陆就觉出隐隐的不对劲，这种不对劲就像是秦勋说的，如果是他后来催眠了周军，那可能会让周军在警方面前说出白雅尘这个线索吗？

"事实上，我们的确是抓住了白雅尘。"裴陆道。

秦勋蹙眉深思："有两种可能。一种是，在你们的潜意识里其实已经锁定了白雅尘，周军无意中做的一个口形恰恰契合了你们的潜意识；另一种是……"他抬眼看裴陆，反问，"为什么你没质疑提醒你的那一位呢？"

岑词再醒来的时候，这天下雨了。雨不小，天空中电闪雷鸣。本是晌午的天，被乌云遮得阴沉沉的。

秦勋想开灯，岑词阻止了，说："就这样吧，以前的我挺习惯这种天气的。"

病房里只有他们两个，室内光线昏暗，也淹了她眼里的光。秦勋轻轻攥住她的手，有那么一瞬间，他突然有种要失去她的感觉。

这一次岑词没有无动于衷，转头看着秦勋，看了许久。看得秦勋脊背发凉，他攥紧她的手，迟疑地问："小词，你不会不认识我了吧？"

岑词睡了多久，秦勋就担心了多久。他担心的事情很多，最重要的就是她的记忆问题。还有她对他的感觉。

她喜欢他，依赖他，有想跟他走一辈子的心思，这些都是她作为岑词这个身份的决定，他存在于岑词的记忆里，那她的过往呢？她是否能邀请他一同进入？

岑词的眼神有异样，打量着秦勋的脸，开口："你说，你该叫我什么呢？戚苏苏，挽安时，还是岑词？"

秦勋呼吸一窒。

"如果有前世今生的话，我真希望戚苏苏只是我的前世。"岑词一声叹，几多哀凉，"今生我就是岑词，虽说父母离世了，但有个美好的童年，还有心疼我的奶奶，有光鲜的职业，有帮人排忧解难的能力，还有个爱我的男人。"她顿了顿，敛眸，"可为什么要想起来呢？如果不是白雅尘，我想我还是幸福的吧。"

秦勋听她这么说，心里的石头稍稍落下了一些。

"小词，戚苏苏虽然不是你的前世，但是是你的过去。过去的就让它过去，我们总要往前走的，不能只活在过去。"

岑词摇头苦笑："能往前走的前提是不被束缚，而我呢，过去就像是绳索一样绑住了我双脚，即使前行也是步履蹒跚，我的过去就是我的烙印，永远消除不掉。秦勋，你不懂这种感觉，我没办法丢掉过往，因为过往的那个才是真实的我，而岑词，再美好都只是泡影，是不存在的假象。"

秦勋凑近岑词，轻声说："我们活在世上，每个人都在负重前行。你觉得岑词的一切都是假象，可我不这么认为，岑词的每一天都是你活出来的，岑词的经历就是你的经历，换句话说岑词的记忆也是你的记忆。"

岑词怔怔地看着秦勋。

秦勋眼神怜惜，低语："你还有我呢，不管你是谁，我爱的是你这个人。"

岑词的眼眶红了，喃喃道："如果真是这样，那晚你为什么会去找白雅尘？秦勋，你想掩埋我的过去，这又何尝不是一种逃避呢？"

秦勋愣住。

岑词含泪轻笑："现在想想，还是做挽安时的时候最轻松了，知道自己即将忘掉过去，知道未来可期，唯一不舍的，就是那段时间陪着她走过孤独的网友。"

那是一段夹缝里的时光，在戚苏苏身份朝着岑词身份过渡的那段时间，跟秦勋的第一次缘分就那么开始了。

以网友的身份相识，相知，最后再以网友的身份结束。

对于岑词来说，那段时光是很特殊的存在，虽说她能全身心地信任沈序，但对未来也存在茫然，而当时的秦勋，那个隔着屏幕的人就成了她的精神依托。

她可以肆无忌惮地跟他表现她的喜怒哀乐，像是情感寄托，安全又放松。

而对于秦勋来讲，挽安时就是他心里的特别存在。一个极少上网聊天的人，无意之间结识了这么个人，就像是有颗种子无声无息落在心里，等发现时已经生根发芽。

人人都说，你永远不知道电脑另一端的是男还是女，甚至都不知道是人还是狗。可秦勋很相信挽安时说的话，说她是个女孩子，说她害怕这个喜欢那个，说有关她的一切。

所谓"她的一切"自然不是全部，她的真实情况，她的过往经历，甚至是她的真实姓名他都不得而知。

但奇怪的是，他喜欢跟她聊天，喜欢跟她分享，喜欢听她说些闹情绪的话，好像真不真实的已经不重要，重要的就是有这么一个人在网上，等着他。

后来秦勋理清了一切后才明白自己的心思，也许从那时候开始，他对她就已经产生了一种朦胧的感觉，这种感觉就叫作喜欢。

秦勋以为会一直维持现状，直到有一次他跟挽安时聊天的时候被沈序看见，沈序笑说："这个姑娘啊，很巧，我认识。"

后来秦勋问挽安时，她也承认，她跟沈序认识。但具体的，两人都没细说。

"其实那个时候我跟你也一样，只知道你跟沈序认识，其他的我并不知道，沈序也从不跟我细说。"岑词轻叹。

恍似一梦。

秦勋怜惜地摸着岑词的头："所以说，如果注定有缘，那即使你不再记得我，兜兜转转的我们还会相遇。"

岑词看着他。

秦勋补了句:"当然,现在我最怕的就是你把我忘了,这跟从前不一样,我们在一起过,所以我不希望你把我当成陌生人。"

"我是见过你照片的,所以那时候我在想,如果能一直维持网友关系也挺好。"岑词说。

秦勋知道她是指那张合照,问她为什么会那么想。

岑词垂脸:"那时候就觉得你很美好,美好得让我不敢去戳破那层窗户纸。"

那张合照是她帮着沈序洗的,她亲手洗的,沈序跟她说:"难道你不想看看他的样子吗?"

照片洗出来之后她看见了他的脸,笑得爽朗,又和煦如阳,那时候她就在想,就让这么好看的笑容一直美好下去吧,她不配拥有。

但她还是洗了三份照片,对于美好,她始终贪恋。

秦勋心疼地看她:"你一直都很好,只是你自己不知道。"

岑词摇头。

见她否认,秦勋叹气道:"你之前很爱美术吧,想想看,如果当初没有你的话,忆餐厅也开不起来。"

沈序失踪后,秦勋就一度认为开餐厅这件事是沈序的心愿,而事实上是,某天沈序拿了张餐厅设计图来问他的意见。当时秦勋还觉得奇怪,这跟沈序的专业也不沾边啊。

沈序说:"这是我一个朋友做的设计,我觉得还不错,尤其是这道门的设计,我很喜欢。"

当时秦勋没多问,但他隐约觉得,他口中的朋友就是挽安时。

人能记住一件事,是因为记忆在收录信息的时候会自动挑拣关键词,再去回忆时就会按照自己的逻辑进行梳理。所以说人的记忆很微妙,很多时候也会多了不少个人情绪。

像是秦勋来了南城,在找寻沈序的下落不断失望后,就认定了开这家忆餐厅是沈序的最大心愿。

其实,这只是他用来宽慰自己的手段而已。好像觉得有了这家餐厅就拥有了关于沈序的、关于挽安时的气息,他们总有一天会回来的。

岑词笑得苦涩:"我不喜欢我自己,可一旦失去了心里总会有点不舍。试验的时间很漫长,在漫长的时间里,我真是把自己活成了个全能者。"

她好像这辈子都没那么闲过,有大把的时间学一些东西,像是做些设计,就是她一直想尝试却没胆量去做的事。

沈序以为她的理想是开餐厅,她说,能把一家餐厅开好,安度余生也很好。

再后来沈序就让她看不少专业上的书,都是跟心理学有关,她开玩笑问他:"如果试验成功了,我看过的这些是不是也都忘了?"

沈序回答:"你会忘了很多的人和事,但关于心理学方面的东西你不会忘。"那时候,沈序已经决定让她以一个全新的职业和身份重生。

"但其实,正是因为白雅尘,才让我知道,沈序的目的没那么简单。"

裴陆来的时候是傍晚,但外面的天色已经黑了,闪电过后落下瓢泼大雨。

虽说打着伞,但裴陆进病房的时候还是湿了半边肩膀。他从局里来,还穿着警服。能这么直接来,那就是跟案情有关了。

汤图早他一步来了医院,正在跟岑词有一搭没一搭地说话,秦勋在给岑词准备些流食。

裴陆进病房时卷进来一股子阴凉气,是能往人心里钻的凉。他没有多余的寒暄,在得知岑词目前的身体状况适合配合警方问话后,就开始工作了。

跟上午与秦勋回忆过往不同,岑词在面对裴陆的询问时,将所有的事进行了复盘,再提起过往,她的起始点就是酸涩的、戚苏苏的曾经。

"我想你们也调查得差不多了。"岑词语气淡淡,"生来就被当成克星,不被家人待见,我妈呢,一个女人想要好好活下去就得倚靠男人,但想要倚靠男人,前提就得先讨好男人。"

再提起陶凤云这个名字,岑词还是从心底厌恶的,与此同时也心生恐惧,这个女人是她童年里的恶魔。

陶凤云很漂亮,这也是她能倚靠男人的资本,唯独一点令她烦恼,她带着个拖油瓶。

陶凤云对这个拖油瓶平时非打即骂,有任何怨气都往她身上撒。陶凤云交往的第一个男人对她们一家尚算大方,可就是时不时地喜欢"骚扰"一下戚苏苏。后来戚苏苏反抗,一脚差点把那男的给踹废了,那男人一怒之下离开了陶凤云。

那天晚上,戚苏苏差不多挨了一夜的打骂,要不是有邻居拉着,陶凤云能打死她。

而第二个男人,喜欢欺负她。

"他经常会把我关起来,要么就是半人高的大缸里,上面压上石头,要么就是锁在柜子里,我叫得越大声他就越满意。"岑词眼神悲凉,"陶凤云对我半点心疼都没有,只要那男的开心,怎么折磨我都行。后来那男人越来越变本加厉,他拿针扎我,缝棉被的那种粗针,往身上一扎就能出血,而陶凤云就在边上笑……"她说不下去了,半晌后问他们,"你们见过这样的母亲吗?"

童年就是一剂药。幸福的童年是良药,治愈身心;不幸的童年是毒药,折磨身心。

而岑词的童年不仅是毒药,还是一把利刃,不管什么时候去碰触都能鲜血淋漓,哪怕岁月更迭,时光流逝,这把刀仍旧锋利,也殃及了在场的人,别说秦勋和汤图了,就连见惯了各类刑事案的裴陆,听了这番话心里都疼。

汤图狠狠咬牙,低语:"简直是个畜生!"

畜生最终是死了。

那年陶凤云终于起了弃女的念头,凌晨收拾好行囊离家,想要趁着戚苏苏没醒的时候远走高飞。没想到那天海边风大浪大,她被卷进了海里。

"等我赶到的时候,她已经没救了。"岑词神情悲凉,许久后苦笑道,"你说她又是何必呢?那年我都能自力了,可以照顾好自己了,她又何必想着扔掉我呢?别说那个时候了,再小的时候她扔了我,我也能活下去。"

秦勋坐在岑词身边,心疼地攥着她的手。

陶凤云的死让左邻右舍议论纷纷,自小就被骂成是克星的戚苏苏日子更不好过,万幸的是还有个心疼她的远方亲戚,收留了她并供她上学,后来她考到了外地,边打工边学习。

直到亲戚过世,她一度以为这世上最后一点温暖也没了,后来,她遇见了宁宇。

"带着悲伤的过去,未来人生去重复悲凉的概率就很大。"岑词低声说,"我没想到的是,宁宇才是压倒我的最后一根稻草。"

最开始与宁宇相识,一切都是美好的。戚苏苏继承了母亲的美貌,身边不乏追求者,但唯独宁宇会让她觉得温暖。这源于有一次她丢了钱包,急得要命,宁宇带着几个朋友愣是把钱包给找回来了。

也因为这件事，让戚苏苏答应了宁宇的求爱。所以说一旦童年缺失温暖，导致的后果便是，在未来的岁月里哪怕有一丁点的甜就能满足。

只是戚苏苏没想到的是，宁宇给她的只是裹着甜的砒霜。

两人在一起后，宁宇不学无术的本性也渐渐暴露出来了，工作对于他来说就是三天打鱼两天晒网，他平时不是窝在出租房里打游戏就是出门跟朋友吃吃喝喝，戚苏苏打工赚来的钱还得供他花销。

后来也不知道宁宇怎么打听到了戚苏苏的过去，一吵架的时候就骂她是灾星，说遇上她之后好运气就全没了，以至于每次打牌都输钱。戚苏苏这才知道他竟然赌钱。

劝说了几番不听，戚苏苏的心也伤透了，可她还是舍不得攥着手心里的那点温暖，虽然温暖早已经不复存在。直到一天晚上，宁宇做了一桌子菜，痛哭流涕地跟她道歉，说以往委屈她了，觉得很对不起她。

戚苏苏对宁宇是有感情的，选择原谅似乎成了惯性。只是她万万没想到，就是那晚，宁宇把她当成了赌品送给了别的男人。

是宁宇平时赌桌上的那几个朋友，平时称兄道弟的，却不干什么好勾当，等戚苏苏清醒的时候发现自己一丝不挂。

岑词讲到这儿停了，她低垂着眼，抿紧的唇在抖。

秦勋心如刀割，小心翼翼地将她搂在怀里。他转头面对裴陆，脸色阴沉，疾声道："够了，别再折磨她了。"

汤图也红了眼眶，拉了一下裴陆，劝阻道："让她休息休息吧。"

裴陆心生恻隐，有些事他是从白雅尘嘴里得知了，但经过当事人的口，那些过往就更像是刀子扎人似的狠辣。他点头，刚想说今天就先到此结束，只听岑词低声地说："没关系裴队，继续吧，早说晚说都是要说的。"

秦勋低叹："小词。"

"我也希望能早点破案。"她轻声说。

裴陆："在说的过程里如果不舒服的话，我们随时都可以停。"

岑词抬眼看着他们，眼神悲凉，许久后说："为什么当初没遇上你们呢？"

是啊，如果在最开始就能遇上良人，不论是爱人还是朋友，甚至是家人，如果能生在一个有爱的环境里，谁还想要鱼死网破呢？

戚苏苏失去活下去的动力就是在那件事之后。

过往的诋毁、遗弃和背叛都拧成了一股剪不断的怨念之绳,尽管之后宁宇大言不惭地跟她说:"我欠了钱,你作为我女朋友去陪陪他们怎么了?我都不嫌弃你,你有什么想不开的?我要是还不上钱会被打死的。"

但最终宁宇还是嫌弃她的,相比女朋友的身份,他更想把她作为筹码给那几个男人。

"那天他公然跟我撕破脸,强拖着我去见他那几个朋友,不管我怎么求他都无动于衷。在巷子里他还对我拳打脚踢,怪我不听话……"

岑词说到这儿的时候,语气很平静,眼里却有隐隐的狠意。

最疼的一次当数宁宇踢她肚子的那一次,她半天起不来身,只觉得五脏六腑都碎了似的疼。宁宇再扑过来的时候,她摸到了地上的尖桩。

宁宇倒下了,血从肚子里流出来,他抽搐着,试图伸手来抓她。她艰难地爬起来,手里还紧紧攥着尖桩,浑身抖得厉害,可那一刻心里的怨恨似乎得到了释放,她想的是,就这样鱼死网破吧。

"如果沈序没有及时出现,我可能也就没有以后了。"

先解决掉宁宇,然后自杀,这是当时她最直接的念头。就在她再次举起尖桩时,有只手握住了她的手腕,力量不轻不重的,却及时挽救了她踏进地狱的命运。

"我同意做受试者,我渴望开启全新的生活,想从戚苏苏这个身份里挣脱出来。"岑词说。

但这个试验极其漫长。沈序要排除一切可能的危险和失败,与此同时他也在为她精挑细选全新的身份。他对戚苏苏说:"这项试验成功的话,你等同于重生。重生你,也重生我。"

"重生你,也重生我?"裴陆听了这话,十分不解。

岑词点头。

就连白雅尘也一直认为,这项记忆重构试验最后重生的就只有戚苏苏一个,殊不知随着试验的成功,真正获得重生的人是沈序。

"所谓记忆重构,现在你们也清楚了,其实就是让虚拟记忆替换原有记忆。以往的试验中,无非是将虚拟记忆填补一段记忆空白,或者只是形成一段虚假记忆。但沈序的试验,是将一个人的记忆彻头彻尾地换新。"岑词说话间有点累,停歇了会儿才继续道,"试验的步骤其实挺简单,利用光遗传学技术植入重构的记忆,用光敏感通道蛋白对形成记忆的细胞进行标记,这一段其实是利用辅助工具来不停刺激大脑的神经元。但更重要的是进行意识引导,这才是关键,也是试验之所以漫长的原因。"

意识引导不等同于催眠,催眠不过是意识引导的其中一个手段。所谓意识引导就是不停暗示,在原有已经混乱的记忆前提下人为干预性地进行梳理,换言之就是令错误记忆或重构记忆一步步取代原有记忆。

对此裴陆心生疑惑:"这种情况下可以进行记忆重构?"

汤图完全能够跟上岑词的节奏,便说:"需要在极度特殊的环境下,像是最开始需要完全的封闭,而且需要受试者百分百的信任。其实人的记忆很脆弱,很容易被错误的信息给扰乱。我们大脑在记住一件事或场景时都会记住重要的碎片,回忆的时候海马体就会重组这些碎片。如果遇上不连贯的时候,大脑就会按照自己的习惯和逻辑进行填补。"

岑词轻轻点头,接着说:"这种过程,在心理学范畴就被称为重构记忆。所以从严格意义上来说,我们谁都不敢保证自己的记忆是最真实的。有很多时候,我们的记忆发生错误和偏差,但还是被当成真实的记忆被接纳。"

记忆重构试验也就基于这个原理,只不过是做得更绝对,更彻底。

漫长的实试验过程,也恰恰是戚苏苏最惬意的时光。只不过,有些事她开始慢慢忘却了。关于戚苏苏的一些个人久远的记忆,关于戚苏苏的个人喜好,关于戚苏苏这个人。

脑海中也渐渐地开始有了一些别的事。例如她的母亲不是死于水中,例如她很小的时候见过一位挺慈祥的奶奶,例如她渐渐知道自己的名字叫岑词。

"我应该是之前见过你。"岑词看向汤图说。

汤图点头:"是,但你很快就忘了。"

作为沈序的助理,汤图有了这辈子最重要的任务。当时戚苏苏见到她的时候,问她:"你叫什么?"

汤图说:"我姓汤,但不重要,因为很快我们就会再遇见,然后你会重新认识我。"

"沈序在我身上完成了试验,他不但给了我全新的身份和记忆,还将他所会的也都给了我。"岑词看向他们,"听着匪夷所思,但我现在会的,全都是沈序的,现在想想,他应该是预感到了一些危险,所以才会把自己所学的一切都给了我。"

裴陆听到这里明白了,原来,这就是沈序的重生。

"后来的事你们大致也都知道了。"岑词轻声道,"白雅尘盯上这件事后也刺激了我的记忆,刚开始我会产生一些幻觉,后来开始有了别人的记忆,甚至会陷入幻境。但实际上那些都不是别人的记忆和幻境,它们都是戚苏苏的,也是我的。"她低垂着头,良久后喃喃道,"为什么……一定要我想起来呢?"

秦勋舍不得看岑词这样,搂紧她,转头问裴陆:"白雅尘那边什么情况?"

"周军积极配合警方说了当年的事,同时也把当年跟白雅尘见面想要架空沈序,得到研究成果的事也都咬了出来,可能就是那场车祸,让周军看清了白雅尘,所以他也不抱任何希望了。"裴陆没隐瞒他们,"白雅尘自己也交代了当年的事,的确,她就是幕后的人,当年联手周军试图盗窃沈序的研究成果,并且买凶杀人,之后的事她也供认不讳。"

"买凶杀人?"汤图惊愕,"沈序不会真被——"她停住,下意识看向秦勋。

秦勋抿着唇,嘴角僵直,良久后说:"关于沈序,我其实早就有心理准备了。"

汤图急忙追问裴陆。因为当年沈序无声无息没了踪影,她着实也是不清楚情况,但早年沈序叮嘱过她:"不论发生任何事,你的任务就只有一个,守护好岑词。其他的事不要问,不要管。岑词是全新的身份,同样的,即将作为岑词好友的你,身份也是全新的。"

与过去完全割裂,这就是沈序要汤图做的事。

裴陆说:"据白雅尘交代,当年在沈序拒不交付试验项目的情况下,她的确雇了亡命徒去抓沈序,但沈序嘴巴闭得紧,又把她和周军给认出来了,没办法她就只能一不做二不休,杀了沈序。白雅尘承认,当时杀沈序是无奈之举,因为她背后还有个庞大的资金组织,从沈序手里得不到试验项目的话,被杀的有可能就是她,她杀沈序更多的是自保。"

秦勋咬牙,眼神阴沉可怕。

只有岑词,很平静,裴陆看着她。

岑词说:"岑词这个身份,不单单是替戚苏苏活着,还是在延续沈序的命,就像我刚才说的,沈序虽然无法确定背后到底有多少人想要他的命,但也预感到了危险。所以那晚白雅尘的拼命一搏,我就知道,沈序早就出事了。"

裴陆沉默了许久,说:"对于那天晚上的事,白雅尘始终不吐口。"

岑词艰难扯出笑容："我想，她应该是跟你提了要求吧？"

"对。"裴陆对上岑词的视线，说，"她想见你。"

对于去见白雅尘的事，秦勋的态度很明确，就是反对。

在岑词交代完当年的情况后，秦勋对裴陆说："让罪犯认罪是你们的责任，没必要再把无辜的人往火坑里推。"

在秦勋认为，岑词已经完成了她的使命，接下来要做的事就是把她彻底地从这件案子里摘出来。

对此汤图也同意，说："白雅尘之所以想见小词，无非就是对项目还没死心，她之前付出了那么多，又等了这么多年，现在终于找到当年的受试者了，肯定不会就这么善罢甘休。"

汤图的意思很明显，就是让裴陆别上白雅尘的当，现下，当年的事其实也差不多水落石出了。

裴陆没多说什么，只是跟岑词表示："见或者不见你都有做决定的权利，警方绝对尊重你的权利。"

第二十九章

天黑后,汤图见岑词的情况挺稳定就回了家。

秦勋一如既往地陪着岑词。

汤图刚走没多久萧杭就来了,带了晚餐过来,跟岑词特别强调说:"这汤是按照秦勋的吩咐煲的,厨房那边煲了一天呢,其他的不想吃可以,汤必须得喝。"

萧杭离开的时候把秦勋也叫出去了。他也不急着走,出了医院大门,从烟盒里抽了两支烟出来,其中一支递给秦勋:"解解乏。"

秦勋接过烟,借着萧杭手里的打火机点了烟,吸了一口,吐出烟雾,问他:"你想说什么?"

萧杭吸了口烟,笑:"心有灵犀啊。"

秦勋瞥了他一眼:"咱俩还没矫情到道个别都要十八里相送的程度。"

"我这不是看你窝在病房里好几天了嘛,出来透透气。"

透过烟雾,秦勋扫了他一眼。萧杭做投降状,直奔主题。他下巴朝医院方向一抬:"她被捅这件事,你怎么看?"

"什么怎么看?"秦勋漫不经心。

"别装糊涂,你明白我在问什么。"萧杭夹着烟,收起之前的吊儿郎当,"按正常人的逻辑,两个人纯粹叙旧的话,约在晚上无可厚非,但约在那么偏的别墅区就另当别论了吧?"

秦勋轻轻吐了一口烟:"小词心思单纯,白雅尘是行业前辈,主动给她打电话她也不会多想什么。"

萧杭看着他，笑着摇头："说心里话，我始终觉得但凡卷进这件案子里的人都没有单纯的，或者说各怀鬼胎。我反倒觉得你心思最简单，就是想查清沈序失踪真相，以及找到沈序。其他人呢？你真相信她们的话？"

"你嘴里的他们是谁？"

"岑词，还有汤图，也包括白雅尘。"萧杭语气干脆，"白雅尘就不用说了，是幕后黑手，为了个项目无恶不作。汤图，她真的只是沈序的助手？"

"不然呢？"

"她爱沈序吗？"萧杭突然问了这么一句。

秦勋沉默了会儿，说："我明白你的意思，他们并非爱人，她为什么情愿用一辈子的时间来守护沈序的作品。"

"对，这很不符合正常逻辑。"

"她崇拜沈序，有时候崇拜的力量胜过爱情。"

萧杭反问："你信？"

"信。"

萧杭瞪了秦勋好半天："所以，你对岑词丝毫不怀疑对吧？"

"对。"

萧杭抿了抿嘴，许久猛吸了一口烟，吐出来，指了指秦勋："怎么说你呢，你就是一叶障目，这叶子就是你对岑词的感情。以前没觉得你是个情圣啊，这怎么就在她身上一头栽下去起不来了？之前我就跟你说过她不简单，到了现在，我还是坚持这个直觉。"

秦勋将半截烟掐灭了，淡淡地说："她就是我喜欢的女人，这辈子我就打算动心这么一次了，我不管她怎么样，她就是我认定的姑娘，所以萧杭，以后这样的话别再说了，你没有任何证据来判定她是单纯还是复杂。只是靠你的直觉吗？如果是这样的话，那警察都能靠直觉办案了。"

萧杭一见这架势，也很清楚秦勋的态度了，只能退让一步，说："得得得，你就当我什么都没说，秦勋，美人怀英雄冢，这话落你身上一点都不冤。"

秦勋无视他的态度，说："明天中午记得送餐过来，菜单我拟好之后发给你。"

入夜后的医院格外安静。

窗外的风不小，立秋了，到了风一动就落叶满地的季节。

岑词因有伤在身，虽说之前睡了很久，但当秦勋给她擦完脸的时候，她又开始昏昏欲睡。

秦勋摸着她的头说："累了就睡，别想太多。"

岑词任由秦勋轻抚着自己，觉得他的手很温暖，却一时间不敢多触碰。她低垂着眼，许久后抬眸看他："萧杭跟你说什么了？"

"没说什么。"秦勋笑，顺势坐在她身边。

岑词笑得勉强："他不喜欢我吧？所以不希望你那么护着我。"

秦勋温柔说："你真的想多了，再说了，我才是你男朋友，他要是喜欢你，那就是对你有非分之想，我肯定要揍他。"

"你在四两拨千斤。"

秦勋叹气，摸着她的头："是你太敏感了。"

"我虽然想起从前的事了，但我的专业能力还没丢呢，我能从萧杭眼里看出来他对我的警觉。"

秦勋拉过岑词的手，口吻认真："小词，别人的看法不重要，我们的以后才是最重要的。"

这一声"小词"，让她沉默了好长时间。直到走廊里有护士推着轮车走过的声音响起，她才开口："我想见白雅尘一面。"

"不行。"秦勋想都没想就拒绝，又补上句，"没必要。"

"有必要。"岑词虽说嗓音挺轻，但态度上挺坚决的，一针见血，"如果沈序是被害了，那他的尸体呢？白雅尘一直没说出沈序尸体的下落，她其实就是用这件事作为条件要跟我见面。"

秦勋微微皱眉。

"你找了沈序这么久，现在知道他被害了，我们得让他入土为安。"岑词轻叹。

秦勋抿唇，脸上的肌肉僵得很。

岑词说得没错，当知道沈序被害已成事实，那找到沈序的尸体就成了首要的事。

沈序被杀，怎么杀的？被分尸？或者被抛尸？再或者就被白雅尘埋在哪个地方，她就等着真相被揭开的那一天将此作为要挟？

秦勋恨自己那晚没再早到一步，他生平第一次很想除掉一个女人。

手被人轻轻拉了一下。秦勋低眼，是岑词在拉他，拉得不实，就那么轻轻的一下,挺谨慎,还有些小心翼翼,就好像是怕弄脏了他似的。

秦勋这么想着心就异常烦躁,他反手攥住岑词的手,就想这么一直牵着她的手走下去,什么都不管了。

"让我去吧。"岑词低语,"如果我不去,可能你永远都找不到沈序了。"

秦勋看了她良久说:"等你能下床再说。"

汤图从医院出来原本是想直接回家的,岑词这次出事,令她觉得自己都像是生生搭进去半条命似的。可车行经过岔路口的时候她放缓了车速,想了片刻,方向盘一打就朝着诊所方向去了。

这个时间门会所一带都安静得很,再加上这两天的天气也不好,夜深的时候平添了不少凉意。

汤图下了车,裹了裹外套,临进门之前下意识地抬头看了一眼夜空。

本以为看不见什么,毕竟白天雨水不断,傍晚的时候还淅淅沥沥。可没想到入了夜雨停了,乌云也散了,她看到了月亮。

一个半月悬在夜空,惨淡得很,衬得周围星子也暗淡不明。

下弦月。

汤图没来由地打了个寒战。

她想起沈序将岑词交给她的那天,窗外的月似乎也是这样,就跟被人随手画上去似的,死气沉沉。当时她问沈序:"为什么要我来看护岑词?你要去哪儿?"

沈序的回答高深莫测,他说:"我哪儿都不去,就在这里。她是岑词也是沈序,你看护她就是在看护我。"

后来沈序失踪不见,再后来岑词在南城一举成名,她才终于明白沈序的意思。岑词所会的,岑词所用的,全都是沈序的。

汤图进了诊所。

任晓璇一如既往地置办了鲜花,但凡有一丁点枯萎的迹象就换新的,鲜花季,能换的鲜花也多种多样,室内就总有花香。

闻着这花香,温暖又缱绻,钻进鼻腔里进了肺腑,却令汤图心生几许难过来。

如果一切都没发生,如果白雅尘没找到岑词,如果当初没接诊闵薇薇,是不是就能继续维持美好,谁都不会想起曾经的过往?

本来都很好，本来就可以这样一辈子的吧？

汤图鼻腔发酸，这个时候她真的很想沈序在，然后问问他，接下来她要怎么做。

岑词的治疗室房门紧闭，汤图推门进去的时候，里面干净整齐，混着柠檬的木质香，清淡恬雅，还有点冷。保洁阿姨深知岑词的喜好，她不大喜欢消毒水的味，所以每次打扫的时候都会喷上点空气净化香气。

汤图走到办公桌旁，拿过上面的日历。任晓璇说得没错，上面是有些日期被划掉。她盯着第一个被划掉的日期看，看了好半天才冷不丁想起来，是周军第一次自杀的时间，为什么要记录周军自杀的日期？而且之后每一天都被划掉，是什么意思呢？

汤图百思不得其解。

她也不是对岑词半点疑心都没有，否则今天也不能回来一趟。之前她问过岑词，岑词否认了最近跟白雅尘联系过，可事实上，要不是裴陆调出了岑词的通话记录，可能那晚他们也不会赶到白雅尘的住所。

汤图也不止一次地想，岑词隐瞒跟白雅尘联系过的事实到底是为了什么？

不想节外生枝？或者并没当回事儿？假设那晚裴陆没有赶到，那事情的发展会朝着什么方向去呢？

秦勋赶到，亲自处理白雅尘？

那么，假如秦勋当时也没赶到呢？

白雅尘跟岑词谈不拢萌生了杀念，如果当时只有她们两个，那岑词最后的结局是什么？会不会就跟沈序一样，生不见人死不见尸？

所以，她还在怀疑什么呢？汤图嘲讽自己太疑神疑鬼了，岑词能大难不死，这就是上天的恩惠了。

汤图到家已经十点多了。离家的时候开的窗子，溅进来不少雨，等收拾完地面，门铃响了。是裴陆，他带着一身倦意。见拖布立在窗前，他问："是窗缝漏雨吗？明天我找人换一下窗子。"

汤图说没事，是自己没关窗。当时想到岑词的事急匆匆的也没顾得上，这几天也没怎么回来，偶尔回来也没想起，窗子就这么开着了。

等关窗的时候，汤图又瞧了一眼夜空，回沙发上跟裴陆说："都说下弦月不吉利，这段时间的事还真是一件接着一件，但愿别再有什么风波了。"才二十几岁的年龄,她觉得自己像是操了一辈子的心似的。

裴陆拉过汤图的手,说:"我也希望这件案子赶紧结了,这样的话就能办点咱们的私事。"

汤图虽说累,但听了这话心里也是好一通折腾,故作不懂地说:"什么私事啊?"

"比方说,约约会、谈谈情,再比如说见见家长,聊聊未来。"裴陆偏头看着她。

汤图一清嗓子:"我爸妈又不是不知道你。"

裴陆两眼顿时亮了,问道:"你说了?"

汤图点头:"总逼着我相亲,我倒不如实话实说。"

裴陆凝视汤图的脸,许久后把她搂进怀里。汤图窝在他怀里,虽说他嘴角含笑,但她能感受到他内心的沉重。这件案子一天不结,他这心里怕是一天都不舒坦。

"也不知道秦勋家里能不能接受这样一个岑词呢?"汤图轻声说。

裴陆轻轻拉开她,突然问:"你有为你自己打算过吗?"

汤图一愣,这话什么意思?

裴陆低叹:"你说你的任务是看护好岑词,可是我认为,不管她的记忆如何,她至少是个成年人了,她的人生应该她自己负责才对。"

"岑词的情况特殊,你又不是不知道。"

"我觉得一切都想起来挺好。"裴陆发表了意见,"人就得真真实实地活着,至少踏实。"

汤图想了想,没多说什么。

裴陆抬手摸她的头,轻声问她:"你喜欢过沈序吗?"

汤图一愣,好半天"啊?"了一声。

裴陆是做刑侦的,瞧见汤图这神情就知道是自己想多了,马上改口:"我的意思是,你挺崇拜沈序的。"紧跟着他被汤图一把推开。

"别以为我没听见啊,你刚才可不是这么说的。裴陆你什么意思?我之前就说过,我对沈序就是崇拜,我是他助理,平时相处得又跟朋友一样,难道我就不能为朋友两肋插刀?就不能帮着朋友完成遗愿?你怀疑什么?"

几句话给裴陆怼得没脾气了,心想,自己真是欠儿啊,没事提这茬干什么?

还真是着了秦勋的道。

之后周军视频中的口形一事他也不想提了,本就是无关紧要的事,而且事实证明,周军当时的确说的就是白雅尘,在审讯过程中他也承认这点。

裴陆将汤图重新搂回怀里,好一番安慰,心想着这秦勋也是好道行,三言两语就能挑起他的疑心,这事传出去还真是丢脸呢。

岑词住院这件事鲜少人知道,一来岑词平时勤走动的就那么几个人,她对外交际并不是强项,二来也没对外宣传,毕竟牵扯了案件。

汤图会接到一些岑词的客户打来的询问电话,大多都是问岑医生怎么了,什么时候上班之类的。汤图成了经纪人加公关经理,统一告知他们岑词就是生病了,客户便都开始嘘寒问暖了。

别看岑词平时挺清冷,治疗方式还总教人捉摸不透,但实际上客户对她的信任度很高。

蔡婆婆对岑词的情况格外担心,坚持一定要跟她通话。岑词没拒绝,趁着伤口也没那么疼,接了蔡婆婆的电话。

两人寒暄了一番,岑词又问及蔡婆婆的情况。蔡婆婆格外想得开,甚至说,她对自己的境遇从没觉得不好过。

岑词想到她之前说过的,问道:"您说过,就算以后过世了也会去幻境,这么确定?"

蔡婆婆笑道:"如果在你面前摆了两种人生,一种是浑浑噩噩,枯燥无味,甚至还有许多的不如意,一种是开心快乐,做任何事都有希望有奔头,更重要的是能跟心爱的人在一起,你选择哪一种?"

岑词下意识抬眼去看正在签署文件的秦勋,而正好秦勋也抬眼看她,四目相对时,他嘴角微扬。

岑词说:"当然会选择第二种。"

"是啊,儿孙自有儿孙福,我陪他们到现在也知足了,我也要追求我的幸福了,不是吗?"

"可是,那毕竟是幻境。"

"岑医生啊,我还是那句话,虚幻和真实我们真能分得清吗?你是从事心理行业的,应该很清楚人的意念是个特别的存在,我们每个人心里都有一个幻境,心之所愿就是彼岸,也是幻境。"

等通话完毕,岑词一直在想蔡婆婆的这句话。

心之所愿就是彼岸,也是幻境。

是啊,每个人心里都有一个幻境,用来逃避现实,也用来满足心理空缺。岑词这个身份,何尝不是她的幻境?可与此同时又是她的现实,所以蔡婆婆那句话的确没错,现实和虚幻,谁又能真正分得清?

凭着记忆吗?

不,一旦记忆也造了假,有可能你自己都是假的。

午后,秦妈来了医院。

她也是快人快语的,推门第一句话就是:"怎么好好的又受伤了?秦勋,你是怎么照顾你女朋友的?三天一大伤两天一小伤的,你这个男朋友当得太不称职了!"

吓了岑词一跳,当时她正试着动动胳膊腿,听见这声音差点从床上栽下去。幸亏秦勋眼疾手快一把托住她,这才避免抻到伤口。

秦妈见状赶忙上前,小心翼翼扶住岑词,忙问有没有事,碰没碰到伤口。

秦妈的到来着实出乎岑词的意料,她愕然开口:"阿姨……Lisa,您怎么来了?"

"你受伤了我能不过来看看吗?"秦妈心疼地看着岑词,"你瞧瞧你,脸本来就小,这又瘦了,都快没了。小词啊,你有没有考虑换个工作啊?你那些客户太危险了。"

岑词看了一眼秦勋,秦勋轻轻一笑,她也就明白了。

"我下次会小心,还让您跑一趟,真是不好意思。"

"有什么不好意思的?都快是一家人了。要真说不好意思也该我说才对,你说你们两个都快结婚了,秦勋都没保护好你,这也就是我儿子,我只能骂一骂,他要是我女婿,我非打断他的腿。"

岑词一时间不知道说什么,换作以前她听了这话肯定会不好意思,心里也会热热的,但现在她的心是慌的。她一度很想问秦妈,如果她压根儿就不是岑词呢?

如果能彻头彻尾地成为岑词该有多好?如果她真的就是岑词,岑词的一切都是真实的该有多好？脑子里又响起蔡婆婆的话来：只要你想，幻境怎么就不能成为现实呢？

岑词敛目，呼吸有些急促。秦勋轻声问她哪里不舒服，秦妈见她脸色不大好，张罗叫医生，被岑词给阻止了。

"我没事，就是有点累了。"

自从岑词坦白地说出了过往后，秦勋不是没看出她的心事重重来，有时候她也会情绪反常，整个人显得很焦躁，他知道她很难接受这一切。

秦妈没在病房多逗留，怕影响岑词休息。秦勋送她出来的时候，她一个劲让他赶紧回去，又说这几天她就打算住他家，平时煲点汤送来医院，还直叹气："小词这孩子是不是犯太岁了，你说你就在她身边都看不住。一个女孩子家，伤痕累累的哪行啊？"

秦勋没跟她过多解释，只是连连保证说以后肯定会多注意，又道："您来看看就行了，像是做饭煲汤的事还有餐厅呢，您就别忙活了，赶紧回去陪我爸吧，您在这儿，小词也过意不去。"

"行行行，说到底不就是怕我耽误你俩的二人世界？我明白的。"秦妈也是好说话，"就要求你一点，既然是想娶回家的女人，一定要用心照顾。"

"知道了。"

临上车的时候秦妈冷不丁问："小词是跟你那个叫沈序的朋友谈过恋爱吗？"

秦勋一愣，紧跟着笑了："您说什么呢。"

"上次我见到小词的时候就觉得眼熟，后来我回去想了好久，突然想到有一次见过沈序跟她在一起，两个人好像在买什么东西吧，当时我不方便下车也没看仔细，就觉得沈序身边的女孩子笑得挺开心的。"她又问秦勋，"难道是我看错了？"

秦妈是见过沈序的，还在一起吃过饭。

秦勋抿唇，驱走内心滞闷，微微一笑，道："您记错了，小词不认识沈序。"

岑奶奶知道岑词住院的消息已经是几天后了。

前些天岑词的情况严重，不管是汤图还是秦勋都瞒着老太太，这期间老太太打电话问情况时他们也用了各种理由搪塞，重要的是，以岑词目前的状况，他们不清楚她能以一种什么心态面对岑老太太。

之后岑词跟秦勋说:"如果奶奶要来医院,那就让她来吧,就是得麻烦你去接她老人家一下。"

秦勋不喜欢岑词跟他这么客气,语重心长地说:"小词,你的奶奶就是我的奶奶,我去接她不是很正常吗?"

岑词沉默了片刻,轻声说:"可惜,她不是我奶奶。"

岑奶奶一大早就来了医院,这天仍旧下了雨,不大,淅淅沥沥的,搅得人心烦乱。

入秋后,每下一场雨天气就凉一些,今早甚至降了温,岑奶奶从房子里出来的时候,竟有了哈气。秦勋想得周全,特意买了条宽大的羊绒披肩,外出可以围着,平时可以盖在腿上,保暖性极好。

"这小秦啊有心了,披肩摸着手感很好,又柔软又暖和。你说我一个瞎老婆子,天天摆弄花草的,用这么好的料子都可惜了。"

岑奶奶坐在病床边,跟岑词聊着天。

秦勋在接上岑奶奶的时候,已经跟岑词统一了口径,只提她的伤是被一个精神失常的客户造成的,多余的话先不说。

岑词跟秦勋表示,终究还是要说实话的,可以对外人隐瞒,岑奶奶那边她于心不忍,总不能再继续那么心安理得。到最后她说了句:"我这么一个不祥的人,是要把话说明白些比较好。"

秦勋心疼岑词,也气她这么想自己,于是跟她说:"你曾经的不幸都不是你的错,不要把所有的问题都压在自己身上。在我眼里你就是上天给的礼物。"

"礼物吗?"岑词苦笑,"如果没有我的话,沈序也不会死,而你也不会找他找了这么多年。"

秦勋低叹:"你要明白一点,沈序执意坚持试验是主,作为受试者的你是次,就算没有你也还会有别的受试者,只要他不放弃试验,就会成为利益者的目标。"

岑词当时看了秦勋很久,问他:"如果你是沈序,会同意我做受试者吗?"

"不会。"秦勋的态度很肯定。

"那我会很痛苦。"

秦勋摸着她的头:"但是你始终要放过你自己。"

岑词不解地看着他。

"你的过去、你的记忆,这就是你,人总要正视过往才能更好地面对未来。"

秦勋轻声说，"如果那时候我就知道一切，我会陪你一起面对，一起走过。"

这也是他跟沈序的最大分歧，记忆重构已经远远超出他所能接受的范围。

岑词想了许久，摇头说："对不起，我没有这个勇气。"

"所以你选择了沈序，选择了重生。"秦勋对她始终纵容又温柔，"既然这样，就更应该放下过去。我知道你对生活很失望，但不能绝望，因为拯救你的人都在竭尽全力，像是沈序，又像是汤图，甚至还有裴陆。"

秦勋刻意少说了两个人，其中一人是他自己。因为在岑词看来，他就是救赎者，就是她心里的白月光。

另一个人，就是岑奶奶。

岑奶奶来了医院之后，先是问清楚了岑词的伤势，然后说了岑词一通，发生这么大的事竟然瞒着她到现在。岑词就任由岑奶奶数落和唠叨，不吱声，但鼻腔是酸酸的。

岑奶奶带了不少好吃的，都是她亲手做的，小点心的原料都是出自花园里的花卉，有应季的，还有的是春夏的花蕊晒干后制成的。

考虑到目前岑词的受伤情况，岑奶奶特意把糕点做得软糯，又切成小块，方便入口。岑词吃上一口，熟悉的味道涌来，她又是心口一疼。

岑奶奶虽说看不见她的神情，但能感受到她的情绪变化，尤其是对秦勋的。以往这两人都是有说有笑的，现在两人沉默了不少。所以闲聊时，岑奶奶就有意提起身上的羊绒披肩，重点是说秦勋这个人为人做事靠谱踏实。末了，她补上句："这就叫作爱屋及乌。"

岑词抬眼，正好跟秦勋投过来的目光相对，她轻声说了句："谢谢。"

秦勋上前把岑奶奶面前的茶给换了，天气冷了，茶水也容易凉，怕她看不见烫到手，特意添的是温茶。端上来放好杯子后说了声："这是我应该做的。"

等秦勋出去接电话的时候，岑奶奶问岑词："你们俩到底怎么了？"

"没什么。"

"问题在你。"岑奶奶说得直接，"人家小秦一直忙前忙后的，你呢，对他那么冷淡。"

岑词张了张嘴，好半天才说："我只是觉得自己不够好。"

没了岑词这层外衣，她又卑微到尘埃里。就像是第一次看见秦勋的照片，她觉得这是她这辈子都无法触及的男人。

岑奶奶闻言笑了，拍拍她的手，说："丫头，他是成功的商人不假，但你也是咱们南城数一数二的精神分析师，你说你不够好？有多少姑娘羡慕你还羡慕不来呢。"

岑词心里堵得慌，良久才艰难开口："是啊，成功的是岑词，可岑词的成功并不是她自己的。"

岑奶奶一怔。

病房外，秦勋在走廊尽头接了电话，神情很严肃。他问："也就是说，宁宇最后的鉴定是死于毒品？"

那边说是。

秦勋沉默片刻，又问："跟他来往密切的那三位呢？"

那边道："其他三位中的一位早年犯事逃逸身亡了，另外两位……"

秦勋见对方迟疑，便问怎么了。

"另外两位都死于意外，而且我们发现宁宇也是近几年才染上毒品的，之前他只是赌。"

秦勋听到最后，问了那边最后一个问题："他们的事确定不会影响到岑词？"

"确定。"

通话结束后，秦勋陷入沉思。跟戚苏苏曾经关系最近的人都死了，活着的也不过是很远的旧相识，影响不了什么。

就像是有计划似的，那些真正能影响戚苏苏的人都不在了，各种原因，各种巧合。

不，准确地说应该是，那些能影响到岑词的人都不见了。

秦勋呼吸一窒。

沈序！

看来为了岑词，不，应该说为了维护他的成果，他能做出任何事来。

接完电话再回病房时，秦勋就听岑奶奶问岑词："丫头啊，你在说什么呢？"

秦勋关门的动作一滞。

岑词听见动静抬眼去看，四目相对时她有瞬间的躲闪。看得秦勋心口又是一疼，向来自信满满的她，什么时候有过这种眼神呢？

秦勋走上前，轻声唤道："小词。"他隐隐有种预感。

岑词敛眉沉默片刻，抬眼说："奶奶，您还记得我的长相吗？"

岑奶奶笑了，说："当然了，你是我孙女，我怎么能不记得你的长相呢？"

"现在的我。"岑词强调。

岑奶奶微微一怔。

"您记得的，应该还是小时候的模样吧。"岑词艰难地说。

"你……"岑奶奶迟疑。

房间里陷入安静，只有外面的雨声，听着叫人压抑。

许久岑词开口，嗓音低低的，乍听就像是个做错事的孩子："奶奶，我不是岑词，不是您的孙女。"

岑奶奶闻言笑了："你怎么就不是我孙女了？"

岑词深吸了一口气，真打算是破釜沉舟了。

"我偷了您孙女的身份，所以我压根儿就不是岑词，我本名叫戚苏苏。"

接下来的时间里，她就把自己是如何冒充岑词身份的事原原本本地说了。

秦勋坐过来，想着岑奶奶毕竟年岁大了，听到这个消息肯定接受不了，万一有个情绪激动或者其他什么状况他也能及时沟通和处理。他之前是没料到岑词会这么做，因为直到现在，她连面对自己的过往都很困难，更别提想跟岑奶奶澄清一切，这种感觉就仿佛是在心尖上剜肉，痛苦只有自己知道，还得抱歉地跟别人说"给你们带来麻烦了"。

岑词有伤在身，所以说得缓慢，但还是坚持自己说。她避重就轻，简单明了，避的重就是她过往的经历。

岑奶奶静静听完后，问岑词："你说你是重构了记忆，又说你不是我孙女，那你以前是个什么样的人？为什么要披着岑词的身份重新生活？是以前做了不好的事？"

岑词之所以没隐瞒记忆重构这件事，有两个原因：一来这是根本，不说清楚压根儿解释不明白她之前怎么能心安理得披着岑词身份生活的事；二来，岑奶奶是个理解能力十分强的老太太，这跟她年轻的时候走南闯北见多识广有关。

问及了从前的事，这就意味着再次戳了岑词的伤口。

秦勋轻声开口："奶奶，您别误会也别担心，她以前没有做不好的事，相反，她是经历了太多不好的事，这才下定决心想要重活一次。"

岑词感激地看着秦勋，他摸了摸她的头，唇角含笑。

现在，只怕最不能接受的就是岑奶奶。如今的她可真就成了孤家寡人了。一时间岑词觉得心里难安。

"如果您气不过，想打我骂我都行，只要您能心里舒服些。"

岑奶奶没再说话，那双早已失去神采的眼不会流露出任何情感来，但脸色很凝重。

"在我心里您就是我奶奶，在以后的日子里，我也会像从前那样照顾您。"

"也就是说，在我孙女发生意外离世后，你就以她的身份来到我身边？"岑奶奶问。

"是。"

岑奶奶轻轻一点头，然后又是许久的沉默。

岑词不清楚岑奶奶的心思，也不知道她是不是气坏了，或者是伤心过度。

秦勋轻轻拉过岑词的手，握住，给予安慰。她觉得他掌心温暖，很是贪恋。

秦勋开口："奶奶——"

岑奶奶抬手示意了一下，没让他继续说下去。

秦勋仔细观察岑奶奶，她的反应倒是令他意外。除了刚刚面色严肃，整体来看，从头到尾岑老太太都表现得很平静。有种念头悄然而生，可他又感到狐疑，可能吗？

正想着，就听岑奶奶叹了口气，挺重的，然后说："记忆对一个人来说多重要啊，情愿丢了记忆忘了自己也要重新开始，你以前一定很苦吧？"

岑词怔愣，紧跟着眼眶就红了，眼泪掉了下来。秦勋一颗提着的心终于放下，抽了纸巾给她擦眼泪。

岑奶奶知道岑词在哭，她伸过手，岑词见状把手伸上前。岑奶奶握住她的手，轻轻拍了两下，开口道："他们俩过世后你来到我身边，我就在想啊，也还好，至少还留了个念想给我。"她又是一叹，"当时我是很伤心，可一想到还有你，我这日子才能过下去。你问我还记不记得你的模样，说实话，我能记得的只是你四岁之前的模样，小脸粉嘟嘟的，可爱得很。"

岑奶奶的眼睛是在岑词五岁那年伤的，至此就再也看不见了。

"后来呢，你也跟着你爸妈来过我这儿几回，我印象里的小姑娘是长大了。那时候我喜欢到处走，哪怕是眼睛不好，所以你长大后我们的确是接触得少了些。"

岑奶奶一直用"你"来指代岑词，这叫她更于心不安。

"奶奶。"岑词哽咽说,"我不是您孙女,您可以叫我……戚苏苏。"

"是啊,你不是我孙女,不是小词,但是,为什么呢?"岑奶奶叹气,"前些年你来找我的时候,就说你是小词,是我的孙女,既然这样,为什么就不能一直做我的小词呢?活到我这把岁数,你以为我还在图什么呢?"

岑词心一颤,秦勋内心虽有波澜,但并不震惊,他觉得自己刚刚的那个念头应验了。

果不其然,只听岑奶奶说:"你以为,我不知道你不是小词吗?"

岑奶奶的这句话就跟一枚深海炸弹,猝不及防又震惊人心。岑词万万没料到会是这样,一时间怔愕。

秦勋感叹老太太的深藏不露,竟然能一直不动声色。

良久后岑词才喃喃问:"您是怎么知道的?"

岑奶奶也没卖关子,说:"我孙女呢,打小最爱吃的就是荔枝。所以我当初选南城那处宅子,就是因为那株老荔枝树。"

岑词呼吸一窒。对,她不能吃荔枝,每到荔枝上市的季节,她都要尽量远离荔枝。她对荔枝的过敏程度几乎到了极致,就是那种哪怕是荔枝汁溅到手上都能起反应。

"还记得你吃花果糕过敏住院那回吧。"岑奶奶说,"我私下问过医生,医生说,像你这种过敏程度,后天形成的概率很小。"

岑词记得那次,差点就要了她的命。

岑奶奶喜欢做各种花糕、果子糕,家里的花园就是各种原料的诞生地。那次的糕点是岑奶奶用了四种果子和两种花蕊制成,气味浓郁口感甘甜,其中一味果子就是荔枝。

那时候岑奶奶还不知道她吃荔枝过敏,甚至连她都不知道自己吃荔枝过敏。后来岑奶奶有意想把荔枝树给砍了或挪走,但那是有年头的老树,岑词觉得可惜就阻止了,她跟奶奶说,大不了以后她不吃荔枝了。

现在想想,当时岑奶奶的确是挺纳闷的,喃喃道:"好好的怎么吃荔枝还过敏了呢?"

"只是因为荔枝?"秦勋轻声问。

"荔枝的事的确让我起疑,但也不是很确定。"岑奶奶"看"向岑词这边,轻声说,"但随着相处,我发现你跟我的孙女在性格上有很大的差别。我孙女呢,自小就特别活泼,还很任性,有时候通电话的时候她爸总说她被惯坏了,有时候能被气得牙根痒痒。"

"你呢,性子安静,做事有主见有耐性,虽说平时话不多,但你很在乎别人的想法,也很关心别人,典型的外冷内热。虽说我能用可能经历了生死来解释你性格的转变,但实际上这种转变来得太彻底,过往的一点影子都没有,压根儿就是两个人。"

岑词嘴唇微颤:"那您为什么……"

岑奶奶明白岑词的意思,叹了口气说:"虽然我看不见你,但我觉得你应该是个好姑娘,能来我身边,该是有苦衷的吧。人与人之间的缘分就是这样,谁说没有血缘关系就做不了祖孙呢。"

一句话,说得岑词又红了眼眶。

是秦勋送岑奶奶回的家。他有所担心,就算老太太之前怀疑甚至确定,但毕竟没挑明,经过今天把窗户纸捅破后,他多少还是怕老太太情绪不好。

秦勋给老太太讲了些岑词以前的事,主要就是小时候的事,其他的也就避重就轻了。但仅仅就是小时候的事就让老太太挺心疼的,一个劲叹气说:"这丫头真是太遭罪了。"又跟秦勋说,"孙女没了我是挺伤心,但她来到我身边后我就在想,这可能就是上天可怜我,又给了我一个孙女。"然后又问秦勋,"如果我猜得没错的话,我那孙女应该跟她爸妈都葬在一起了吧?"

秦勋回答:"是,入土为安。"

"那个墓被安排得很好,是你吗?"

秦勋沉默片刻,低声说:"不是,是我的一位朋友。"

老太太点头,由衷说:"也算是做事周全,尊重死者,不管怎么样,替我谢谢你那位朋友。"

秦勋心头酸涩,没多说什么,只是轻轻"嗯"了一声。

谢吗?

人都不在了,他还能去哪儿谢?

进院门的时候,雨也停了。有一缕光从云层里挤出来。虽说已近黄昏,但景色极好,天边的云就跟水洗过似的干净澄澈,光线像是金黄色的烫边,挑着丝丝缕缕的彩晕。

岑奶奶停住了脚步,脸朝着光的方向,像是享受。

秦勋刚开始不知道她在做什么,顺着方向看过去,只瞧得天边盛景,微微一怔,好像很久没看见这么美的夕阳了。

岑奶奶说:"再阴雨的天也总会过去的。"

秦勋扯回视线看向岑奶奶,果真是非比寻常之人。

岑奶奶又问秦勋:"现在你是怎么想的?"

这话问得没头没脑,秦勋却懂,他说:"我会陪着她,跟从前一样,未来也不会变。"

岑奶奶笑了:"小丫头终于苦尽甘来了。"她没再多说,有些话点到为止最好。

往屋里走的时候,一阵风吹过。穿过密实的荔枝树,吹落了不少叶子,还有一样东西也被吹了下来,啪地落地上。声响不大,岑奶奶却听到了,问秦勋是什么。

秦勋走上前拿起一看,是个红色福包,下面缀着细长的签文条。这福包做工挺精致,他认得,出自清寂寺。

秦勋将福包放到岑奶奶手里。她摩挲着福包,说:"自打她来我身边后,每年都想着给我挂福包,从寺里请回来,一只放在我枕头底下枕上几天,一只就挂在这树上。她说古树都有灵气,能保佑我身体健康,出行平安。这丫头啊,每次往树上挂的时候都会说,幸亏没结荔枝,否则她又该遭殃了。"说着将手里的福包递给秦勋,麻烦他再挂回去,又说,"是个好孩子啊,心这么细。"

等岑奶奶回房后,秦勋走到荔枝树前。茂叶间的确是挂了几只福包,还有些红布条,古树有灵,他也听说过。

岑词喜欢在清寂寺里请福包这件事他知道,上次陪着她一同去寺里的时候,她也请了福包,说回来挂树上。秦勋看见了那只福包,将手里的这只挂在了它旁边。

挂好后刚松手,却想起了什么,又去看上次在寺里岑词请的福包。

跟掉在地上的那只款式差不多,下面缀着签条,条子上可以写祝福语。刚挂上的那只签条已经泛白,年头久了风吹雨淋的,新请的这只签条还是红色的,上面的字迹尚且清晰。

基本上都是福如东海、寿比南山之类的祝福语。

只是……秦勋闪过疑虑,这上头的字迹似乎有点不大一样。

岑词恢复得还不错，能在别人的搀扶下走上一会儿了。

之后她坚持要出院，说每天闻着医院消毒水的味儿都快吐了。医生检查后也同意了出院申请，她的伤情无大碍，剩下的就靠休养，定期回医院换药。

这期间裴陆也没少来。虽然没明着说，就借着来探望病号和看女朋友的理由，实际上岑词心里明白，她是白雅尘最后的一个吐口点，晚一天见面，这案情就得往后延一天。所以在出院后，岑词就让裴陆安排见白雅尘的相关事宜，为此秦勋和汤图也只能妥协。

这一天虽说没下雨，但天气也是阴沉沉的，乌云压得很低，低到远远地看过去就跟掉在了半空似的。

比起脸色苍白的岑词来说，白雅尘的状态竟还不错，许是心里还有底气的关系。所以在见到岑词后，她微笑着说："沈序的尸体一天没找到，这案子就得往后延一天。"

岑词知道，这就是她的底气。

但既然能同意跟白雅尘见面，那岑词也不可能被她这几句话牵着走。

岑词没急没躁，轻声说："你以为没了沈序的遗体这案子就破不了了？周军死过一回后懂事多了，该交代的也都交代了。"

白雅尘脸色没变，道："你也是厉害，我在周军脑子里埋的催眠指令很隐蔽，这都能被你发现，哦，不对，这是沈序的功劳，他的确有这个本事。"

激将法对岑词没用。

见状白雅尘又道："我知道警方手里的证据对我不利，但既然我要见你，那就是觉得，你可能就是我的救星。"

"救星，是吗？"岑词语气淡淡，"倒不如说，你在用沈序的下落来要挟我。"

"可以这么说，就看秦勋在你心里的重要程度了。"白雅尘哪怕是到了现在，还是一如既往的温雅，可剥开温雅，就能瞧见她追逐利益而不择手段的阴冷。

"你要知道，我完全可以认罪，但我在情绪激动下说不定就忘了沈序的尸体在哪儿。不过你也说了，查到最后，沈序的尸体只是锦上添花。可是我在想啊，或许秦勋要的就是这朵花呢？"

岑词问她想怎样。

白雅尘身体微微前倾，恰到好处地挡住了摄像头，压低嗓音，说："我不想坐牢，我知道你跟秦勋都有办法。"

裴陆在监控室瞧见这幕后,提醒了一下岑词。

对话只局限于两个人,关于这一点也是白雅尘要求的。裴陆当时反对,但岑词同意了,她说,白雅尘这个人危险,擅于操控人的意识,如果身边一旦有警察不幸中招,反倒会成为她的拖累。

裴陆知道白雅尘肯定会提出过分的要求,岑词进去之前他就反复提醒,警方要完完整整地取证,两人的对话一定要在摄像头下进行。

岑词没说同意也没说不同意,就说了句:"我会看情况的,放心。"所以,她敲了敲桌面。

白雅尘见状笑了,直起身坐好,等着岑词的回答。

"还真是麻烦。"岑词轻叹,"那就要除了周军,毕竟他现在才是你最大的威胁。"

外面,裴陆闻言,皱了皱眉头。

白雅尘也不怕外面的人猜出她的想法,本来也没什么好猜的。

"是麻烦了点,但比起沈序的下落,还是值得冒险。"

岑词低叹摇头:"白老师,当时你就该铲除周军,也不会落得今天这么被动的局面。"

"被动吗?我可不这么认为。"白雅尘盯着岑词,"对你和秦勋来说,我是最重要的。秦勋呢,不用说,一直在找沈序,这老祖宗的话没错,入土才能为安;而你呢,现在想起了一切,难道不痛苦?难道不想一切都没发生过?戚苏苏的记忆真的不适合你。"

岑词稳稳迎上白雅尘的目光:"你的意思是?"

白雅尘再次探身:"岑词的好你不会不眷恋,而戚苏苏的过往太不堪回首,换作是我也想忘得彻底,能尽快回归平静生活这才是你最想要的。"她的嗓音压得更低,"你把方式方法告诉我,我帮你重生。这种事你一个人办不到的,只能借助第二个人的力量,能跟沈序的能力相提并论的就只有我了。"

岑词微微一笑,抬手又敲了敲桌子。

白雅尘一耸肩,坐好。

"沈序的遗体,我的再次重生。"岑词的嗓音轻轻柔柔的,"白老师的算盘打得是不错。"

"这叫互惠互利。"

岑词再次沉默,许久,她的身体微微前倾,许是对话时间长,有些累了,又许是纯粹故意的。

白雅尘见状也探身过来,说:"尤其是重生这件事,谁愿意背负着沉重的过往前行呢?就算身边的人说无所谓,可在他们眼里,你始终还是那个可怜虫戚苏苏。但只要你忘得彻底,时间一长,别人自然而然就当你是岑词了。"

两人四目相对,有对峙的架势。直到裴陆再次出声提醒,岑词这才坐直,抬手敲桌子的声音比前两次大了些。

"先说说沈序遗体的事吧。"岑词冷不丁转了话题。

白雅尘一怔,反应过来后笑了笑:"你想说什么?"

"你一直压着沈序的遗体下落不说,那我们就来聊聊这件事。"岑词看着她的眼睛,接下来的一句话更是让白雅尘猝不及防,"沈序的确是遇害了,死在你手里,但我猜想,或许连你都不知道沈序的遗体在哪儿,对吧?"

白雅尘一惊,紧跟着皱眉,开口:"你是在说笑吗岑词?"

岑词盯着她的眼睛不放,一字一句道:"沈序的遗体,不见了。"

岑词再出来的时候显得很倦怠,额上有汗,脸色也不大好,秦勋忙上前环住她。

进了小会议室,岑词也没绕弯子,直截了当跟裴陆说:"白雅尘弄丢了沈序的遗体,她现在压根儿就不知道沈序在哪儿。"

秦勋愕然,岑词转脸看他,轻声道:"对不起。"她来见白雅尘,目的就是打探沈序的遗体下落。

秦勋扶岑词坐下,温柔地捋了一下她的头发,语气温柔:"说什么傻话呢。"

裴陆没料到岑词会这么说,想着以她对秦勋的情意,肯定会想方设法套出沈序的消息来,结果是尸体弄丢了?

"在现场,白雅尘并没有亲口承认。"

岑词点了一下头。

一旁的汤图却陡然明白了:"你对白雅尘……"

秦勋也是跟汤图想到了一起,怜惜地看着岑词。

岑词轻轻点头,说:"是,我刚才的确是控制了一下她的意识,但她警觉性很高,我也只能趁着她松弛的时候,时间很短。"

白雅尘的意识十分不好控制，事实上，白雅尘也在有意无意地试探岑词的警惕心。外人也许看不出什么，认为不过就是两个女人在聊天。但实际上，轻描淡写间是彼此暗潮汹涌的对决。

　　裴陆问岑词是怎么做到的。她抬手轻轻敲了桌子，简单却有节奏的"当当"两声。

　　裴陆知道，这是岑词提醒白雅尘不准遮挡摄像头的动作，愕然，这也行？

　　"前两次是提醒，第三次她就会当成惯性，放低警觉，这才让我有机可乘。之所以起了怀疑，是因为白雅尘之前无意说了句'老祖宗的话没错，入土才能为安'，说明沈序的遗体极有可能没被好好安置，至少没入土。我引导她的意识，提出假设，人在意识受控的情况下，尤其是眼神最能泄露秘密，白雅尘的眼神告诉我，我猜对了。"

　　裴陆叹为观止，可这样一来就很难办。

　　"遗体丢失的具体情况呢？能套出来吗？"裴陆又问。

　　岑词摇头："我已经尽力了，我说过白雅尘对我的警惕心很高，下次不管用什么方法，效果都不会理想。"

　　"就这样吧，你已经很辛苦了。"秦勋虽说着急找到沈序的下落，但也心疼岑词。他看向裴陆："既然已经移交给警方了，我相信警方有办法查出遗体的下落。"

　　裴陆也是心急，压低嗓音问秦勋："你不是也同样急着要结果吗？"

　　"是。"秦勋承认，"但是她不能再参与了，这是最后一次。"

　　离开之前，裴陆又问了岑词一个问题："你最后跟白雅尘说的话什么意思？"

　　岑词抬头对上裴陆的目光，回答道："没什么，白雅尘太自信了，我只是想打乱她的节奏。她在我这儿没讨到好处，接下来可能会刁难你们，也可能会想方设法转移你们的注意力，但我想你们是做刑侦的，知道轻重，应该不会被她牵着鼻子走。"

　　汤图没跟他们一起回去。

　　上了车，岑词坐在了副驾驶座，秦勋给她系安全带的时候，她冷不丁问："你说，沈序的遗体如果真是丢了，那当初谁最有可能偷走遗体呢？"

　　偷的人得有胆量，还有能从白雅尘雇用的那些人眼皮子底下溜走的能力。

　　秦勋想了半天，未果。

岑词轻叹一声,目光看向挡风玻璃外面的世界,淡淡地说:"我总有一种感觉,不管是之前还是之后发生的事,哪怕是我们的相识相遇都是一种冥冥之中的注定,就好像一切都是提前安排好了似的。"

秦勋品着岑词的这句话,良久后轻声说:"是你想多了。"

岑词没收回目光:"或许吧。"隔了会儿她又道,"我只是怕我们都是局中人,眼睛就会被蒙上。"

秦勋抬手摸摸她的头,说:"不管怎么样,我都不许你再参与进来了,遗体丢了是大事,只能交给警方处理。我相信白雅尘在你这儿没如愿,情绪上会有波动,裴陆有丰富的刑侦经验,想要趁机套出实话不难。"

岑词轻轻点头。

"小词,你毕竟是受害者,所以这件事能不卷进来就别卷进来了。"秦勋有点苦口婆心的意思。

岑词沉默许久,幽幽说:"其实,我们每个人心里都住了一个撒旦。"

"这是社会阴暗学的理论。"秦勋纠正她的话,"同时,也住了一个天使。"一念成佛一念成魔,就是这个道理。

白雅尘彻底陷入了痴聋的状态。

后来面对警方的审讯她置若罔闻,像是活在另一个空间似的,看不见他们,听不见他们,总是或皱眉或摇头,嘴里喃喃道:"什么意思呢?到底是什么意思呢?"

岑词离开后,白雅尘不停地在思考这个问题。她拼命回忆那天见面的情景。她把一切都想得很好,并且很有信心能够说服岑词站在她这边,毕竟她掌握了两个那么重要的条件。就算她没那个能力,可秦勋绝对有。那晚秦勋带着人闯进她的住所时她看得清楚,那些保镖可不是泛泛之辈。

可岑词是怎么知道沈序尸体情况的?

白雅尘想到了一种可能性,只是她不愿意去承认。虽然,岑词之前敲桌子的声音直到现在还在她脑子里回荡。

那后来呢?

沈序筹备了那么久,又精心布置了那么久,目的就是想把记忆重构的项目成果留在这世上。现如今能帮助岑词的就只有她白雅尘,只要掌握方式方法。

这是一举两得的事。人都是自私的，一个是沈序尸体的下落，一个是再次重生，这两个诱惑不管对于岑词还是秦勋来说都足够了。

　　可岑词临走时说了什么？

　　她在说完沈序尸体一事后落下了一句话："你以为，沈序设计我重生的意义是什么？"

　　是什么？到底是什么？

第 三 十 章

岑词自打想起过往后就一直没去门会所。

汤图跟她聊了几次,她都表示说现在一拿起客户资料她就迷茫,本事都是沈序给的,所以她不知道所有对客户的诊断决定是自己做的还是沈序做的。

"就好像是我身体里住着一个人,我只是个外壳,这个人支配着我的外壳来达到目的。那么我是什么?是个提线木偶,又或者是个傀儡?"

汤图不知道如何安慰她,事实上一些苍白无力的安慰对于岑词来说也是徒劳,没人能成为她,因此也没人能真正地感同身受。

岑词没再跟客户联系,但蔡婆婆是个例外。

这天蔡婆婆打电话给岑词,跟她说:"岑医生,我觉得,我差不多了。"

世间之大无奇不有,有的人知天命,所以早早就做好准备。

例如蔡婆婆,她早就跟岑词说过,如果有一天她不在了,那也是去了幻境。而这天到来的时候,她就像是会有先知,然后要求岑词来"围观"。

蔡婆婆没在医院,就在自己家里,秦勋陪着岑词一同去的。

"你现在不方便开车,就算能开,看着导航都能迷路。"

岑词觉得秦勋的这个理由还挺充分,之前哪怕她知道蔡婆婆的家庭住址,也未必能顺利到达。

但直到车子停在了蔡婆婆的家门口时,岑词才恍然觉得,好像照着导航仪走就没什么问题了。又联想这一阵子她的出行情况,虽不能走远,但好像去哪儿都没迷路。

蔡婆婆的女儿给她开门的时候，她突然就想明白了这个问题。

秦勋之前说过，他之所以后来反对沈序做记忆重构试验，原因就是他认为人的原本记忆不可能被彻底替换，哪怕成功取代，那潜意识中也会多少残留一些过往记忆，这会对受试者的生活带来很大的麻烦和困扰。

像是她之前经常迷路，还有时不时会跑到眼前的幻觉，简单来说，应该就是新老记忆的碰撞和冲突吧。

现在她脑海中存在两段记忆，就好比是两个人的人生，每天虽然痛苦和纠结，但迷路的毛病倒是没了，这算是塞翁失马焉知非福吗？

今天蔡婆婆家来的人挺齐全的，除了她的儿女，还有些小辈，整个屋子就只有岑词和秦勋是外人。

见岑词来了，蔡婆婆挺关切地询问她的身体情况，又说："明知道你在休假还打电话叫你来，实在是抱歉啊！"

岑词说："别客气，这是我应该做的。"

蔡婆婆的女儿趁着空当把岑词拉到一边，低声问她："我母亲的病是不是严重了？"

岑词想了想说："可能，这是她最喜欢的，也是最舒服的方式吧。"

"这很离奇。"蔡婆婆的女儿低叹，"昨晚我们几个人商量了一下想把她送医院，可她死活不肯，说她在这个房子里住一辈子了，临了也不能在别的地方闭眼。"

岑词思量了一会儿，说："早先就蔡婆婆的问题我们沟通过，她的情况十分罕见，别说在国内，就放眼全球也没见过这种病例。但事实上我还是坚持我的看法，你母亲没病，她的意识很清醒。"

"那怎么办啊？我们总不能眼睁睁看着她走吧？"蔡婆婆的女儿显得慌乱，"而且她说要去幻境，这太匪夷所思了！"

蔡婆婆的确是岑词从业这么久遇上的最大难题。不，准确来说应该是沈序，他对蔡婆婆的这个病例束手无策。

"如果……"岑词迟疑。

蔡婆婆的女儿看着她。

岑词对上她的目光，缓缓说："假如能让蔡婆婆忘掉一切呢？你们同意吗？"

"忘掉一切？像你之前提过的？"

岑词点头，眼里闪过隐隐的光亮。

这光亮被蔡婆婆的女儿敏感地捕捉到了，她意外地打了个寒战，不知怎么的，总觉得岑词的目光里多了一丝难以言喻的感觉，像是能拉人直坠深渊。她问："那我母亲以后还有可能想起来一切吗？"

一句话切中了重点。

秦勋走了过来，恰好听见了这句话，眉心微蹙，扭头看岑词，问："谈什么呢？"

岑词没说话。倒是蔡婆婆女儿，将刚刚的话转述给秦勋听。

秦勋的目光又在岑词的脸上停留了片刻，转头对蔡婆婆女儿说："这种情况没有绝对，蔡婆婆想起来一切也极有可能。"

"那等再想起来的时候岂不是更痛苦？"

秦勋点头："所以，岑医生刚刚只是做了个假设，我想就算真能做到这点，你们做儿女的也于心不忍。"

"是。"蔡婆婆的女儿由衷地说，"虽然我觉得现在挺荒诞的，但我的确没勇气让我母亲忘掉一切，我怕她日后会恨我们，或许……"她顿了顿，深吸一口气接着说，"我在潜意识里还是相信岑医生的话，我母亲可能真的没病。"

秦勋低声说："除非是老人自愿，否则做儿女的，成全就是最大的尊重。"

有人在叫蔡婆婆的女儿。

等她离开后秦勋将岑词拉到一边，低声说："你的记忆是沈序给的没错，但你的决定不能是沈序的，明白吗？"

岑词轻叹："就像你说的，我刚刚真的就是做了个假设，我想看看……"

"看什么？"

"看看到底有多少人会跟我一样，宁可撇了自己的记忆也不愿面对苦痛。"

秦勋一声叹，伸手拉岑词入怀。

如果确定能有一种方法可以忘却痛苦，岑词坚信会有不少人选择忘掉痛苦。她对人性从未抱有绝望，但也没抱有希望。

像是蔡婆婆的女儿，不敢尝试她所说的方法，根本原因在于她担心蔡婆婆一旦日后想起来会更加痛苦，但如果很确定能遗忘至死呢？

而蔡婆婆，那么拼命地向往幻境，何尝不是一种逃避现实的表现？

午后，蔡婆婆将所有人都叫到身边来，说了些话。这些话听着无非是叮嘱的意思,还有回忆过往。这架势也不像是在交代什么,就跟平常聊天一样。

她又把孙辈叫到跟前,叮嘱他们要孝敬父母,做事要稳重,持之以恒之类的话。蔡婆婆的儿女听了之后总觉得怪怪的,但也说不上来具体怪在哪儿。

蔡婆婆的女儿跟她轻声说:"妈,咱家的孩子们可喜欢听您讲您和爸爸经历的那些事了,咱们来日方长,慢慢讲,讲到他们都长大。"

闻听这话,蔡婆婆笑了,说:"等他们长大我得多大岁数了,真当我是个不老不死的妖婆吗?"

"妈,您本来就比同龄人年轻那么多呢。"

蔡婆婆叹气:"只是看着年轻,毕竟岁数在这儿摆着呢,该走的时候一样要走,除非是真活在幻境里。"

"妈,您看您又说这话。"蔡婆婆的儿子低叹。

蔡婆婆笑了笑没再跟他们说话,抬头看向岑词,冲着她招招手。

岑词见状上前,蔡婆婆拉住岑词的手,语气很轻地说:"你相信我吗?"

岑词明白蔡婆婆问的是什么,其实幻境这种事要说她有多信还真不一定,但蔡婆婆就一眨不眨地盯着岑词看,好像这个回答对她来说极其重要。

岑词回应:"相信。"

蔡婆婆嘴角含笑,眼里是满足,看了她良久,冷不丁又问:"那你呢?"

岑词一怔,没明白她的意思。

蔡婆婆轻拍了拍她的手背,说:"岑医生啊,我能看出你有很多的不甘,虽然我不清楚在你身上究竟发生了什么事,但我想你那么聪明,应该能想到走出困局的办法吧?"

岑词眼里掠过一抹惊讶,心想,这个蔡婆婆的眼睛还真是厉害。再抬眼看向蔡婆婆时她淡淡笑着,道:"是,想到了。"

蔡婆婆点了一下头:"那就好,你是个好姑娘,应该被岁月好好对待。"

岑词的微笑里多了一丝丝的苦涩,她说:"可有时候,能被岁月好生对待的前提是要牺牲很多东西。"

蔡婆婆语重心长地说了句:"人怎么样都能活一生,让自己舒服点有什么不对吗?"

回到秦勋身边后,他问岑词:"刚刚在跟蔡婆婆聊什么呢?"他离得远,没听得那么仔细。

岑词轻声回答:"也没什么,她只不过是做了个决定,然后希望有人能理解她的决定。"

秦勋思考着说:"是很离奇,也难以让人相信。"

"只能说世界之大无奇不有吧,像是沈序附加在我身上的经历,怕是也没什么人能相信。"

秦勋转头看她,低声说:"一切总会趋于平静的,这才是生活的本质。"

是啊,不管多么轰轰烈烈,歇斯底里,人的种种情绪和记忆最后都不过是时代的灰烬,迎着岁月更迭的风,风一吹就散了。

之后的时间里,蔡婆婆跟孙辈们讲以前的事,声音缓慢又轻柔。孩子们听得津津有味,眼睛都不眨地看着蔡婆婆。

蔡婆婆的女儿走到岑词身边,声音压得很低很低,问道:"岑医生,我这心里怎么这么慌呢?"

岑词不知道该如何安慰,因为她也不清楚即将发生什么事。片刻后她说:"既然这是你母亲的心愿,你们也只能遵守。"

"但是……"

"奶奶?"

"外婆——"

蔡婆婆女儿的话还没说完,就听到孙辈们在唤,声音由轻转急。

蔡婆婆的儿子离得近,马上凑前,伸手碰了碰蔡婆婆,唤道:"妈?"

没反应。

蔡婆婆的女儿见状脸色突变,紧跟着冲上去。

岑词和秦勋也赶忙上前。

只见蔡婆婆坐在沙发上一动不动,两眼看着窗外,眼珠子就跟定格了似的,嘴角含笑。

这种状态在场的除了孙辈,大家都清楚是怎么回事,每次进入幻境,蔡婆婆也都是这样,可是……

蔡婆婆的女儿惊呼:"岑医生不对啊,我妈的手怎么这么凉呢?"

岑词伸手一探蔡婆婆的鼻息,片刻后,她说:"蔡婆婆,走了。"

岑词又陷入冗长的梦里。

梦里有陶凤云歇斯底里的嘴脸,手里操着棍子一下下往她身上打,边打边喊:"你就是个累赘,我当初就不该生下你!"

那天,空气里充斥着的都是海水的潮湿味,是她自小就闻惯了的气味,伴着那个无人问津的小渔村一代又一代。

可就在陶凤云离世之后,她对海水的气息既厌恶又恐惧。

梦里海水的潮湿味,令她恐慌。

画面一转成了幽暗逼仄的巷子,如豆的光亮在巷子的尽头,悬挂在路灯的灯罩里,遥远得就跟这漫漫人生似的。

她看见了宁宇,他恬不知耻地跟她说:"行,就当一切都是我的错,但没办法,我那几个哥们儿就是喜欢你啊。"

巷子里还有她自己,落魄不堪,他拖拽死扯着她,一脚脚踹下来让她有一种透不过气的疼。他骂她是贱人,是扫帚星,唯一的价值就是替他还债。

之后,她好像又看见了陶凤云。她脸上的妆很浓,嘴巴涂得红彤彤的。屋子里的光线很暗,充斥着劣质酒水的刺鼻味。她拿着支黑色麦克风,罩着红色海绵罩,那海绵被撑得失去了弹力,老旧,还有几个窟窿。

陶凤云在唱歌,她的歌声挺好听的。

谁都不爱爱等待

想来就会来

该来的都不来

想爱就有爱

该爱的都不爱

谁在谁不在

该在的都不在

⋯⋯⋯⋯⋯⋯

最后的画面又定格在静谧的场景里。

她坐在窗前,面前摊着画稿,她跟那人说:"其实我活得很失败,做什么好像都做不好。"

那人笑笑说:"怎么会?你看你画得很好啊!"

风过时,头上的风铃在丁零作响。那人说:"你要记住这声音,它能时刻提醒你是清醒的,必要时也会帮助你恢复清醒。"

那人的脸俊朗又清明,是沈序。他说:"希望你以后都不会想起我。"

他的手机响了,他接了电话。

那边不知道在说什么,沈序在笑,回头瞅了她一眼,又看看她手里的画纸,对手机另一头说:"秦宿,其实我觉得,或许开间餐厅也不错啊。"

岑词从梦里醒来的时候,额头都被汗打湿了。窗外还是沉沉夜色,竟还没天亮吗?她觉得这个梦很长很长。

从床上坐起来,太阳穴一鼓一鼓地涨疼,心脏跳得很快,是没休息好导致的难受。还有伤口的位置,又隐隐作痛。

身边秦勋睡觉挺轻,岑词醒了他也就醒了,伸手打开床头灯,坐起来问她哪儿不舒服。她摇头,说就是做了个梦,再想睡就挺难的。

秦勋给岑词倒了杯温水,她喝了小半杯,觉得情绪总算是缓和了下来。又重新躺下来,秦勋轻轻搂着她,轻声说:"别想太多,闭上眼睛一会儿就睡着了。"

岑词合上眼。她觉得秦勋的嗓音低沉又稳妥,就像他这个人一样,总叫人心安。她低低地说:"梦见了从前的一些事。"想了想又补充说,"其实之前也梦见过,但那时候不知道是怎么回事,现在想想,其实就是新老记忆有了交集。"

秦勋不想问她都梦见从前的什么了,这一刻他倒是挺希望她能忘干净的。

这人啊,有时候就是矛盾。

秦勋:"你是个好姑娘,配得上更好的生活,所以没必要总想着过去。"

岑词在他怀里不语,可心里在想,是吗,破碎不堪的她能算得上是好姑娘吗?自小的经历在她心里埋下了种子,后来成了魔,直到现在都一直没走。

秦勋感觉到了岑词的僵硬,低头看她。跟秦勋目光相对时岑词才回到现实,此时此刻没了寒凉,在他怀里温暖又安全。怕他担心,她轻声说:"我在想蔡婆婆的事。"

秦勋低笑,轻摸她的头说:"睡吧,太阳每一天都是新的。"

是啊,太阳每一天都是新的,人或许也是。

临闭眼前,岑词含含糊糊地说:"可是秦勋,你究竟因为什么才有了梦游的习惯呢?"

由于周军的证供,白雅尘对所犯罪行不反驳不申辩,虽说不见得有多积极配合,但也是承认的态度。

而对于沈序的尸体一事,白雅尘最后也终于给了警方确定答案,她派人杀了沈序不假,但沈序的尸体不翼而飞也是真的。

"我真不知道沈序的尸体到底哪儿去了,要是知道的话,我在岑词面前也不至于那么被动。"

白雅尘说这番话的时候愤愤不平。

许是目的没达成,许是在岑词那儿受到了刺激,总之这段时间,白雅尘已经少了往日的优雅从容,有时候会十分焦躁甚至狂躁,有时候又很沉默。整个人也垮下来了,一下子像是老了十多岁似的。

裴陆约了秦勋见面,要他回忆一下,还能有什么人会对沈序的尸体下手。

秦勋虽说伤痛,但自打岑词见过白雅尘后,他其实是没怀疑岑词的话,所以心理准备早就做好了。他回忆了半天,很肯定应该没什么人还能对沈序下手,何况是尸体。

"或者家属呢?"裴陆问。

"不可能,沈序是个孤儿,后来在他刚参加工作那年,孤儿院也散了。"

如此一来,能找到沈序尸体的可能性就几乎为零了。

沉默半晌,秦勋问裴陆:"你今天来,不单单是因为沈序的事吧?"

裴陆看着他,承认道:"还是岑医生被刺当晚的事。"

秦勋眉心微蹙。

裴陆知道他很不想再提那晚的事,但话都说到这份儿上了,也不能再咽回去,便问他:"你真相信那晚是白雅尘捅伤了岑词?"

"什么意思?"秦勋神色微冷。

裴陆忽略他的神情,说:"白雅尘对过往罪行供认不讳,可唯独没承认她捅了岑词,你不觉得奇怪吗?"

秦勋反问:"那白雅尘怎么说?"

"自从跟岑词见面后,白雅尘就不再提那晚的事。"

"她心里有鬼自然不提,如果不是她做的,她为什么不跟你们详细说?"

裴陆语塞,秦勋的质问他的确回答不上来,许久后他说:"我只是觉得,既然都能承认杀过人,那捅伤人这种事也没必要再遮着藏着,这不符合逻辑。"

"你要明白一点,白雅尘那晚不是想捅伤人那么简单,她是想杀人灭口,如果不是我及时赶到的话,小词根本没命走出那个院门。"秦勋语气低沉,"白雅尘那个人心思歹毒,手段极其恶劣,她跟你故弄玄虚,无非就是想拖延时间,减少罪行,她是个能时时刻刻为自己打算和脱罪的人,你不要被所谓的逻辑骗了。"

如果不是警察的身份,裴陆对于白雅尘这个人会深恶痛绝,还刨什么根问什么底?为了一己私利不惜伤害他人,手上沾了无辜人的血,这种人就该千刀万剐。

可他偏偏就是警察,那就必须得把私念给压下去,以法律的手段来使罪犯认罪,不能冤枉一个好人,也不能放过一个坏人。

在秦勋那儿,他之所以最后保持沉默,的确是因为他在想,这白雅尘究竟还有什么后招,或者说她到底在想什么。

而这一天,白雅尘不知怎么的,突然大笑,笑得眼泪都出来了,笑得看守她的人都觉得毛骨悚然。

就听她边笑边说:"想明白了!我终于想明白了!真是厉害啊,哈哈,真是厉害……"又摇头,"沈序啊沈序,你可真是步步为营。不对,是岑词,是岑词,也不对,是戚苏苏?"

看守的人觉察事情不对劲,赶忙去通知人过来。裴陆出任务去了,是钻天猴过来的,他瞧见白雅尘笑得跟个疯子似的着实吓了一跳。

钻天猴还担心着呢,可别押送进来的时候人是正常的,结果还没结案人就疯了,这要是传出去舆论能压死人。

白雅尘倒是没疯,她认识钻天猴,但她还是狂笑了好一会儿,然后才跟钻天猴说:"你们被骗了,都被骗了!"

钻天猴皱眉道:"什么被骗了?被谁骗了?"

白雅尘收了笑,盯着钻天猴一字一句说:"被岑词骗了!"

"什么意思?"

白雅尘轻轻一抿嘴,拢拢头发:"我要见裴陆和秦勋,这两个人都必须得到场。"

岑词去了奶奶家。

秋天到了,奶奶家的院子里多了菊花的清香,品种不少,养起来费心。但花仙子就是花仙子,能让一盆盆的菊花开得旺盛,各色吐芳,能迷乱人眼。

午后的阳光好，两人在院里摆了茶桌，吃了些点心和水果，然后就懒懒地等太阳下山。像是这样静谧的日子，温暖得能叫人落泪。

岑词给奶奶讲了蔡婆婆的事，听得奶奶直呼惊奇。岑词轻轻靠着奶奶，看着天边的云卷云舒，她说："我昨晚还梦见了蔡婆婆，梦见她跟她的爱人牵着手在前面走，他们笑得很开心，我就当她是在给我托梦吧。"

在梦里，蔡婆婆回头跟她说："我很幸福呢，谢谢你岑医生，希望你也能幸福。"

多好的祝福啊！

岑奶奶说："不管怎样，在蔡婆婆的眼里，你是那个最懂她的人，她也算是找到了知音。"

岑词摇头："我只是不知道该怎么解决这个问题。"

"有些问题落在有些人眼里是问题，落在别人的眼里就不是问题，所以，这世上不是所有问题都需要寻求答案的。"

"是啊。"岑词微微一笑，她搂过奶奶的胳膊，"有您在可真好，能被您看作孙女也真好。"

"傻丫头。"岑奶奶拍拍她的头，"你不是也真心把我这个老太婆看作是奶奶嘛，真心这种事啊是相互的。奶奶就是希望你以后能开开心心的，忘却前尘，一切往前看。"

"忘却前尘……"岑词低语，抬眼看奶奶，笑问，"那您不怕我把您给忘了？"

岑奶奶笑说："奶奶是前尘吗？你要是能把我忘了，那我就白疼你了。"

岑词笑着靠在她身上看向前方，目光越过那株苍老的荔枝树，伸向遥不可及的未来。良久后她说："不会忘记您的，不会的。"

再见到裴陆和秦勋时，白雅尘就没之前那么疯癫了，她整个人看上去理智得很，眼神也清明。她说话挺干脆的："我知道我的罪行避无可避了，没错，我认罪，是我做过的事我肯定供认不讳。但就算我认罪了，我也不能让她好过。"

秦勋眉间阴沉道："你口中的'她'是岑词？"

白雅尘看向秦勋，说："我知道你爱她，所以容不得别人伤害她，但是秦总你有没有想过，真正把锋利牙齿隐藏的人就是你爱的那个女人？"

"有什么话你直说。"秦勋的情绪没被她牵着走。

摄像头开着,裴陆在观察白雅尘的神情举止。

"怎么说呢,见到你们两位我突然很兴奋,一时间都不知道从哪儿说起了。"白雅尘眼里有笑,却是冷冷的。

秦勋微微眯眼。

裴陆说:"白雅尘,你这是在浪费时间和警队资源。"

"也许吧。"白雅尘一耸肩,"但我要给你们还原一个连你们都可能不认识的岑词,裴队,你说这算不算浪费时间,浪费警队资源呢?"

"说。"裴陆语气低沉。

白雅尘也没再跟他们绕弯子,目光重新落在秦勋脸上,似笑非笑道:"秦总我问你,你认为那晚如果你没赶到,会发生什么事?"

秦勋面色冷冷道:"小词会没命。"

听了这话白雅尘笑出声,秦勋冷眼看她,嘴角抿成线。

"秦总啊秦总,你经商这么多年,怕是都让别人栽了跟头,永远也想不到自己会成为别人的工具吧?"白雅尘眼里有讥讽,"那天我约岑词来只是想问出沈序的研究项目的情况,她是沈序的研究成果,说白了她很有研究价值,我为什么要杀她灭口?裴队,如果那晚警方没赶到,我的下场要么就是被秦总给处理了,要么就是被岑词给杀了。"

裴陆一怔。

秦勋眼睛一眯,语气严肃:"白雅尘,你最好不要信口开河。"

白雅尘抿唇笑:"是我信口开河还是秦总你不敢去探究真相?"她又说,"这些天我一直在想岑词最后那句话是什么意思,我想啊想啊,都想不出所以然来。我又想岑词那晚的行为,她是能算到秦总你和裴队都能赶到,还是早就知道你们会来?然后来一出苦情戏嫁祸给我?"

如果是这样,那岑词的目的就简单了,她想让真相曝光,想让白雅尘浮出水面,因为发生了伤人事件,那警方肯定是要一查到底的。可是,真的是这样吗?

白雅尘怎么想都觉得怪怪的,这么想好像是无懈可击,但经不起推敲。

后来,她开始一点点去捋线索,直到想起岑词说过的一句话。

白雅尘的身子微微前探,盯着秦勋,说:"那天她来我家,跟我说了一句话,她说,我就是想看看,最后联系我的人到底是谁。挺稀松平常的一句话,但是秦总你是个聪明人,不觉得这话有问题吗?"

秦勋面色虽未改，但心里咯噔一声。裴陆也想到了一种可能性，眼神微愕。

"于是我就做了分析。"白雅尘笑得阴恻恻的，"岑词，其实早在去我家之前就已经想起过往了，所以她在各种试探，利用周军或其他什么人什么事，目的就是想引我出来，她想看看到底谁才是藏在背后的那位。"

秦勋冷笑："就算不用想起过往，她也知道整个案情情况，她想看看谁才是凶手，这有什么错？"

"换作别人是没错，但对方是岑词，这事可没那么简单，如果她只是单纯好奇，那就不会布那么缜密的局。你们都认定了周军的自杀跟我有关，对吧？"

裴陆质问："难道不是？"

"是，我知道岑词肯定能看出来他的意识被人操控，所以我承认，我的确操控了周军的意识，也的确想杀人灭口，但岑词未必没在其中动手脚。"

对面的俩男人，面色都有些许变化。

白雅尘接着说："岑词在周军脑中留下了指令，周军的自杀跟她不会没关系。但防止万一，她做了双重保险。她想杀周军，因为她想起了一切，所以她才想让知道过往的人都闭嘴，也包括我。但周军一旦没自杀成怎么办？那她只能破釜沉舟将他交给警方处理，借警方的手来查出真相，而她呢？虽然不能置身事外，可俨然成了受害者。"

秦勋冷冷道："她本来就是受害者。"

白雅尘笑着摇头："你别忘了，当初主动选择遗忘过去的人就是她自己，所以从严格意义上来说，她算不上是受害者。不要把她想得那么弱不禁风，岑词这个女人，她的心理素质甚至都强过男人。大家都说她母亲死的时候她就在海边，她肯定是眼睁睁看着她母亲淹死的，因为她恨，所以宁可母亲去死。"

"这只是你的猜测。"秦勋道。

裴陆想到视频里周军最后的那个口形。

这就是当时他跟汤图都不解的事，如果白雅尘完全控制了周军，怎么会允许周军把自己供出来？而汤图当时也说，意识操控这种事未必能百分百，那周军用仅存的意识来通知警方，说得过去。

可办案从来都不能只是说得过去，现在结合白雅尘的话，仔细一想那就是个极恐怖的布局。他问白雅尘："你说岑词想杀周军，有证据吗？"

白雅尘回答直接："没有。操控意识杀人或自杀，都会毫无痕迹，哪怕现在你们去问周军,周军也给不了你们切实证据。这是最完美的犯罪,不费丝毫体力就能达到目的,而线索和证据就只能靠逻辑推理、猜测。裴队,就像是我操控了周军这件事,你们不也是听了岑词的推断吗?"

"但你的确有罪,我们并没有冤枉你。"裴陆冷声道。

"是,我承认我有罪,周军也知道我有罪,所以他才会配合你们把我供出来。"白雅尘的笑掺着冷霜,她盯着他们俩,"但你们必须也要知道,岑词不是良善之辈,警方对她来说,只是退而求其次的选择。她知道周军只要一死,那她就是这世上唯一一个沈序试验的参与者,那幕后的人肯定会找上她,所以她才说——我就是想看看,最后联系我的人到底是谁。"白雅尘学着当时岑词的口吻,复述了这句话。

"岑词在我家,所说所做都是在演戏,她的初衷就是想引出我。"

秦勋微微眯眼,冷笑:"然后,你认为她是想杀你?怎么杀?"

"你以为她没那个本事吗?我会意识操控,同样的她也会,那天晚上她故意引出话头,就是引诱我放松了警惕。利用我的手,无声无息地解决掉我,她却能置身事外,她能办到的。"

裴陆保持沉静:"你的意思是,岑词除掉你就万事大吉了?"

"差不多吧,至少不会再有什么人知道她的过往,她就可以心安理得地继续维持岑词光鲜亮丽的身份。"白雅尘嘴角微扬,转头盯着秦勋,"就算还有些零星的传言,我想以秦总的能力,也会遮得严严实实不会露出来吧?"

秦勋面色一冷。

见状,白雅尘笑出声,似有嘲讽:"你想尽办法掩盖一切,殊不知她早就知道你能为她做这些事,利用你对她的感情来营造一个只有岑词的世界,没有戚苏苏,也没有沈序的记忆重构项目的试验。秦总,所以你说说看,你是不是被人利用,做了棋子?"

秦勋紧抿着唇,眼里没什么温度。

"我之前提出跟岑词见面,的确是抱着能出去的目的。因为一来,我可以拿沈序的尸体作为交换条件,毕竟能找到沈序是你秦总的心愿,岑词如果真心爱你,会替你办到;二来,她想起了过往肯定会痛苦不堪,而且弄得尽人皆知,她想再回到平静生活,就只能借着我的能力帮她忘记。"白雅尘轻轻一叹气,"可惜啊,我笃定的条件在她面前没起到任何作用。"

秦勋冷冷道:"就算不能忘了过往又能怎么样?人总要有勇气面对痛苦,关于这点,我相信她终有一天能够坦然接受。"

"是吗?"白雅尘像是听到了天方夜谭,"你真相信她能坦然接受?"

裴陆冷不丁问:"所以,岑词跟你见面那天,最后说的那句话是什么意思?"

那句话,也是白雅尘这阵子一直在琢磨的话。

白雅尘意味深长道:"意思很简单啊,她就是沈序。"

秦勋皱眉,似有思考。

裴陆微微一怔,紧跟着说:"开什么玩笑?"

白雅尘耸肩:"你就当我在开玩笑吧,或者你也可以理解成你们认为的意思,她的记忆和本事都是沈序给的,所以说她是沈序也没错。"

"你把话说明白!"裴陆喝道。

"该说的我都说了,想要知道岑词到底怎么想的,可能唯一能给你们答案的人就是她自己。"白雅尘笑得很恶意,"秦总能不在乎,但是裴队你可不行,你是警察,案情要查得明明白白才行,不是吗?"

岂料秦勋开口了,生生打断她的得意:"你想临死前把岑词拖下水?那我问你,你是不是小瞧了沈序的本事?"

白雅尘的笑容倏然凝固。

"还有,"秦勋不疾不徐地说,"岑词的确在周军脑子里留下了指令,否则,周军临自杀前怎么能把凶手供出来?你擅长影响意识,出意外的可能性其实很小,对吧?"

白雅尘身体一颤,呼吸变急促,这是一种全新的可能性,却更像是一记重锤,她脑子嗡的一声响,紧跟着就是一片空白。

秦勋又补上了句:"沈序是你的学生,你应该很了解他才是。"

白雅尘的确是奔着鱼死网破去的,哪怕不能毁掉岑词,也要在临摔下山崖前拉上岑词,让岑词在这件事上哪怕一丁点的心思都无所遁形,让她以后都无法坦然地面对身边人。

秦勋见过白雅尘后给岑词打了通电话,岑词很快接通了,他却一时不知道要说什么,总觉得心口有点堵。

在将白雅尘押送回去的前一刻,裴陆问了她一个问题,而白雅尘的回答令秦勋心生寒意。

裴陆问:"白雅尘,在这起案件里你都催眠过谁?"

白雅尘不以为然地回答:"周军,你们是知道的,我也试图催眠过岑词,但失败了。"

"还有谁?"

这话问得白雅尘不解,她重复了裴陆的问题:"还有谁?"

秦勋一下就明白了裴陆心底的疑问,而裴陆也像是下了好大的决心,问道:"你催眠过汤图吗?"

汤图那天惊慌失措地来找裴陆,声称自己的意识极大可能受到了白雅尘的操控,导致她在言语上有了偏差。

关于这件事后来秦勋也是知道的,岑词命悬一线入院,汤图内疚得要死,她曾经跟秦勋说,都怪自己本事不够,着了白雅尘的道。

白雅尘听裴陆那么问,先是愣怔了一下,语气里有疑惑:"汤图?"

单单就她这个反应,裴陆就明白了,不但裴陆明白,秦勋的心里也咯噔一声。而白雅尘也是个聪明人,蓦地就明白是怎么回事了,她又开始狂笑,笑得眼泪都下来了,说:"厉害!沈序、岑词,你们可真是厉害啊!"

没说其他多余的话,却能让人寒进骨子里。

裴陆亲自将秦勋送到停车的位置,路不长,平时裴陆也没这么客气过,但今天,秦勋知道他有话要说。

等上了车,裴陆站在车窗外说:"汤图见白雅尘那天的事,我想你早就知道了。如果当时催眠汤图的人不是白雅尘,你认为还能有谁?"

真正对汤图催眠的人,经过刚刚这么一问其实他们两个都心知肚明了。汤图再心不设防那也是从事心理研究的,在白雅尘找上她之前,她对白雅尘已经心生警觉,而且之前她不止一次对裴陆说,她不喜欢白雅尘那个人。

那么她在见白雅尘的时候肯定是提起十二分的小心,作为一个专业的心理治疗师,避免被催眠的危险意识还是有的。能在无声无息间又能令汤图放松警觉的人,就只有岑词。

裴陆不想说这话,有时候窗户纸一旦捅开,可能一些情谊也就散了。但作为警察,他还是得说。

"岑词故意让汤图在白雅尘面前泄露一些话,果然,白雅尘上当了。"

秦勋一手搭在方向盘上，抿着唇沉默了良久，说："裴陆，你有证据吗？"

"我没证据，我只是觉得岑词在这件事上藏了心思。还有，你的意思是沈序很早就在周军脑子里埋下指令？一旦有了风吹草动就能做到杀人灭口？可这又有什么证据呢？"

"我没证据。"秦勋重复了裴陆刚才的答复，"但如果是岑词影响周军自杀，就不可能让他在临死前留下线索，这么分析就不符合逻辑。"

秦勋没说的是，从沈序处理能影响到岑词那些"麻烦"的手段来看，防着周军也是极有可能的。依照沈序对项目的痴迷程度，他绝对不允许任何人毁了岑词。

周遭的空气像是凝固了似的，也迅速降了温。

良久后，裴陆说："没错，意识引导这种事只能靠逻辑去分析，无证据可循。可是秦勋，你真的相信岑词是在白雅尘那儿才想起来一切的吗？如果真是她影响了汤图的意识，那说明她早就想起来了，那她真有可能会亲自对付白雅尘，警方也真就是她退而求其次的选择啊。就算那晚你赶到，最后也还是会中了她的苦肉计，你会心甘情愿替她扫清障碍。"

秦勋冷冷道："你也说了，如果。没发生或者假设的事，就没必要费神了吧？"

裴陆叹了口气，他也是挺倦的了，一手搭着车窗，语重心长地说了一句："作为朋友，我当然不想这样，现在我只希望她能给一个交代。"

秦勋发动了引擎，裴陆见状放手，很快车子就离开了他的视线范围。

现下，手机那头的岑词等了半天不见动静，出声叫他："秦勋？"

秦勋这才回到现实。

离开裴陆后，他的车子开出去好远，心里有股子滞闷发泄不出来。等他猛地踩住刹车后，第一个冲上来的念头就是：想听听岑词的声音。

现在她的声音就在他耳畔，这一刻他觉得温暖又熟悉。

"没什么，就是想看看你在干什么呢？"他低声说。目光扫了一眼窗外，这街道不熟悉，刚刚漫无目的地乱开一通，再往回走只能开导航了。

车窗是开着的，临街有点吵，好像有什么商演。嘈杂声传到岑词那边，她说："在家喝茶看书呢，今天天气还不错。你在外面？"

秦勋"嗯"了一声，回答："见了一个客户。"

岑词在那头"哦"了一声。

这样简答的一来一回，搁平常是说不完的话，此时此刻却是断了话题。

一时间，两人都没出声。片刻后岑词开口问他："是出什么事了吗？"

"没事。"秦勋收拾好心情，"我刚刚是在想，今晚我们可以去餐厅吃饭，还在想……让餐厅准备什么。"

岑词轻笑："那你都没问我想吃什么。"

秦勋这才反应过来，说："那你有什么想吃的？"

岑词轻叹："其实我爱吃的都挺固定的，秦勋，你今天有点奇怪。"

秦勋知道自己的情绪有些问题，舒缓了心头那挥之不去的滞闷，暗自深吸了一口气，他说："工作上杂七杂八的事，没什么，不用担心。"

岑词在那边没吱声。

"小词。"秦勋轻声唤道。

岑词在那头沉默了一会儿，然后轻轻"嗯"了一声。

"我们去旅游吧。"

岑词惊讶："怎么突然想去旅游了？"

秦勋抬眼看着窗外，偶有落叶飘扬，轻声说："这个季节刚刚好，不热，还不是旺季。再说了，我们在一起这么长时间了还没出去好好玩一玩。"

手机那头岑词轻笑道："我们在一起很长时间了吗？"

秦勋在这头噎了一下。是啊，如果从在一起之后的时间来算的确没多久，可如果算上她是挽安时的那段时间呢？

其实在他心里，戚苏苏始终是陌生的，只有挽安时和岑词。她是挽安时的时候很依赖他，喜欢找他聊天，喜欢跟他说些无关痛痒的话。可就是那些无关痛痒，让他隔着电脑屏幕也会对她心疼，以至于发展到后来的牵肠挂肚。

她该记得当时她对他的感觉才是。

许是岑词也不过就是随口那么一问，她接着说："上次不算吗？"

路痴的她那么神奇地出现在他眼前，只因为他的一句话。

"不算。"秦勋的嗓音微哑，"这次带你好好玩，你想去哪儿，我来安排。"

岑词笑着说："那我得好好想想。"

"好。"

"你有时间吗？平时那么忙。"

秦勋轻声道："有，再忙也能带你出去玩。"

"好。"岑词听上去很高兴。

"晚上等我电话,去餐厅吃。"

"嗯。"

通话结束后,秦勋深吸了一口气,他该相信她的,她是他喜欢的姑娘不是吗?

第三十一章

连续开了几场视频会议,等忙完恰好夕阳泼天,像是天边洇出了大片的血,壮观艳丽。

秦勋推门进办公室就能瞧见被染红的天,一时间有些恍惚,冷不丁就又想起那晚岑词浑身是血的样子。

萧杭打电话过来,问他几点到餐厅,有些菜得让后厨先提前做。末了他又强调了句:"还有你钦点的佛跳墙,后厨光熬汤就熬了两天,客人都没你这么难伺候。"

秦勋笑道:"小词爱吃。"

萧杭"呵呵"了两声,说:"哪次来不都是她爱吃的,秦勋,我看你真是无可救药了。"

"一桌菜而已,至于吗。"

"你知道我在说什么。"萧杭道,"白雅尘都能折进去,岑词好手段啊。"

秦勋坐回椅子上,将手旁的文件合上,往文件夹上一摞,他说:"白雅尘是罪有应得。"

一句话怼得萧杭快要吐血。

"我们是在说岑词的事。"

"我说的难道不是事实?白雅尘就是有罪,而小词就是受害者。"秦勋的语气和态度几乎蛮横,"我还是那句话,你是我哥儿们,我不想从你嘴里听到她的不好。"

萧杭叹了口气，道："我这不是为你好吗？"

"什么叫为我好？非得让她十恶不赦才行？或者逼得我跟她分手你才高兴？"

"哎，我不是这个意思。"

"那你什么意思？小词是我女朋友，她什么样我心里很清楚。"

萧杭在那头不知道该怎么说，虽然觉得秦勋的态度有点绝对，但如果继续说的话又觉得自己挺矫情。末了他说了句："行行行，从今以后，关于你女人的事我一句话不说了，成吧？"

秦勋没好气地"嗯"了一声。

"哎不过，我还得说一句——"

"萧杭你是不是找死？"

"我看你就是杯弓蛇影的，我说什么了吗，你就原地炸毛了？"

秦勋冷声："你有什么话赶紧说，我没那么多时间跟你废话。"

萧杭"啧啧"了两声："用人朝前不用人朝后是吧？秦勋啊秦勋，你也就赌我不会离开你，所以才这么恶劣地待我。"

"滚蛋。"

萧杭哈哈笑，笑够了开口："我刚才是想说，晚上的主食是不是又不用准备了？你倒好，都没听我说完就立马翻脸。"

秦勋懒得搭理他的消遣，直说正题："小词晚上不爱吃主食，就不用备了。"

"她不吃你还不吃了？你在商场，跟在战场似的天天斗智斗勇。"

"我也不吃了，被你气饱了。"

通完电话，秦勋顺手去拿资料，手落在抽屉把手的时候顿了一下。想了想，最终还是把抽屉打开。

抽屉里孤零零地躺着相框，相框反扣着的。秦勋盯着那个相框，盯了许久才将它拿出来。

自从沈序失踪后他就很少再看这张照片了，他不敢看，看了心酸。而今再看，他的心里更多的是内疚，直到现在，别说是沈序的人了，就连他的尸体都下落不明。

秦勋将相框放回了抽屉里，刚要关，手一停，目光落在那处被相框压着的日期上。这次将照片从相框里拿出来，连带着，照片背后写着的字落进了他的眼里：照片一式三份，一份给沈序，一份给你，第三份给跟你素未谋面的我。

这句话是当时挽安时写的，字迹清秀得很。

秦勋当年拿到照片的时候心里其实很不是滋味，因为他知道了原来挽安时是跟沈序认识的。那是种什么心情呢？之前岑词也问过他这件事，他那时候觉得是面子上过不去。现在想来忽然就清晰明了了，他其实就是在吃醋。

秦勋盯着照片背面的这行字，想的却是，当时的挽安时到底喜欢谁？

这个念头蹿上来的时候，秦勋一下子反应过来，嗤笑自己有病似的。小词现在是他的女朋友，这个问题还至于再去深究吗？

他目光一扫，落在"我"字上，斜勾跟那个"丿"稍稍相连。他看着看着，脸色一变！

赶到清寂寺的时候天已经擦黑，这个时间寺院早就关门了。

门口有位小僧在扫落叶。

这期间岑词给秦勋打了电话，问他还有多久忙完，几点从家出发，等等。

秦勋站在寺院门口，盯着那小僧的背影，突然心生荒唐，质问自己，要做什么。

刚想跟岑词说自己马上出发去接她，那小僧就看见他了，他朝着这边过来。不知怎的他就改了口风，跟岑词说："我这边还有个会，开完马上去接你。"

岑词那边没质疑，说了声"好"就结束了通话。

小僧对这么晚还突然上门的香客十分好奇，跟秦勋说："寺院已关门了，请香的话可以明天一早来。"

秦勋的理智告诉他，赶紧走、赶紧走。可心底深处冒出个声音来：进寺庙。

他整个人就跟不受控似的，脱口道："我想找一下你们院里的住持，有很重要的事。"

小僧狐疑地看了他半天。

秦勋苦涩地说："还麻烦您帮忙……"他不知道该怎么说，末了想到了偶尔瞥见的影视剧的台词，"麻烦小师父您帮着通传一声。"

许是这话太文绉绉了，逗得小僧扑哧一笑，跟他说："行吧，您稍等一下。"

这个时间了，一般来说，住持就不见香客了，但通报的那小僧说得绘声绘色又十万火急的，住持便请了秦勋进寺。

住持对秦勋有印象，相貌出众的人往往会给对方留下深刻的印象，再加上本身温雅的气质,用寺里的话说就是面善的有缘人。

秦勋开门见山表明了来意,他想再看一遍功德簿。

功德簿都是捐赠香客的名单,也没什么不能看的,住持虽说不解,但还是拿了功德簿出来。

秦勋只翻找有岑词签名的部分。因为之前看过,所以翻阅起来也没浪费多少时间,都是名字,最近的一次还是他陪着来的。

秦勋问住持:"我记得有她以前写过的祈福语。"

住持想了想,点头,又拿出个厚厚的本子来。秦勋对这本子不陌生,里面会有些香客写的祈福语,之前他在翻看功德簿的时候扫过几眼。其中也有岑词写的,但就是寥寥几句。

住持曾经跟他说过,有些香客捐了钱物总会祈求很多,祈福语写得满满的。但岑词不同,她就那么一两句、两三句的,每年都捐钱,但不是每年都写祈福语。

所以,秦勋能看到的也就那几句话,无非是些祈福的话语:祈愿爱我的和我爱的,身体康健,万事顺遂。

看着稀松平常,像是不走心,却又像是最深切的祝福。

字迹秀气得很。之前岑词跟他说,签功德簿不是签别的,是她故意写成这样的。

前几年的祈福语字迹没什么,跟功德簿上的那些字迹没有出入,直到今年最近一次的祈福语上。

秦勋死死盯着那个"我"字,瞬间脸色就变了。

住持见他神情不对劲,便问他怎么了。

秦勋再抬眼时面色已是轻松,他对住持说没什么,只是证实了心里的疑问。

住持亲自送了秦勋,秦勋临离开寺院前,他对秦勋说了句话:"施主你要记住,人生聚散皆是缘分。"

直到接上岑词进了餐厅,秦勋还在想住持的话。

这话听着也没什么高深之处,甚至是很常见的话。可从一个寺院住持嘴里说出来,就总有种意味深长在其中了。

秦勋自认历经人生风浪、世态炎凉,也未能放下相离相散这种事。可能恰恰就是知道相识相聚的甜,才会格外珍惜这难能可贵的温暖。

世间人何尝不是贪恋温暖呢？他也是世间人。

岑词看出秦勋心事重重，问他怎么了。

秦勋看了岑词许久，拉过她的手说："没什么，就是突然之间很怕失去你。"

岑词微怔。

秦勋开口："患得患失并不是女人的专利。"

岑词没被他这话逗笑，她垂眼，看着他的手指跟自己的相缠。他的手很好看，掌心宽厚，手指修长又指节分明，有温度又有力度。第一次跟他牵手时，她就觉得有种甜滋滋的东西从心底滋生，慢慢温暖了全身。

其实她对情爱之事不敢有太多奢求。这几年看过太多病例，她清楚地知道这世间最难以掌控、难以琢磨的怕就是情爱二字。她尽可能地去顺其自然，尽可能地想着一切随缘。

可是，一个人怎么就能够完全钻进另一个人心里呢？有的人钻得声嘶力竭、轰轰烈烈，有的人则钻得无声无息、无孔不入。

秦勋就是后者，像是春雨，润物细无声。

岑词想起初见秦勋那天。

那天阳光真好，庭院里的松树还盖着白雪，他于落地窗前站着，就像是从天地间而来，却又不沾一丝世间尘埃。

他当时在拨弄窗棂上的风铃，阳光从他指尖穿过的时候她在想，这个男人的手指可真好看，如果戴了戒指，会不会更好看？

良久后岑词抬眼，说："有时候就是这样，越在乎就越会失去，所以，其实所有人都在患得患失。"

秦勋听着这话心里别扭，道："你这么说，总会让我有种你不在乎的错觉。"

"我没有不在乎，相反我很在乎。"

秦勋笑了，这次的笑能入眼。他攥紧了她的手，说："你说越在乎越会失去，不是应该越在乎越怕失去吗？因为怕，所以才会更加紧张和珍惜。"

岑词摇头轻叹："人与人之间，不管什么关系，简单从容才是最好的状态吧，只有处在好的状态里关系才能长久啊。"

秦勋抿唇，沉默。

"只是，"岑词思考着，"很多时候，在一段关系里我们总不希望稀里糊涂。所以，就成就了那句话。"

秦勋抬眼看她。

她对上他的视线，嘴角微微扬起："一切随缘。"

一切随缘，与清寂寺住持的那句话差不多。

聚散随缘，聚散也是缘。

可绕在秦勋脑子里的还有另外一句话：只是很多时候，在一段关系里我们总不希望稀里糊涂。

它跟魔咒似的，从梦里纠缠到现实，以至于到了翌日开会的时候秦勋竟走了神。

他不停地告诉自己：顺其自然，现在的状态虽说不是最佳，但相信他和她最终能走出这段阴霾，尤其是岑词。

他信誓旦旦，能陪她走过艰苦，让她能够正视戚苏苏的身份，接受岑词的身份。

可是，他觉得像是有种力量在心底滋生、发芽，然后一寸一寸地长成了藤蔓，生了无数的爪抓住了他的理智，又层层叠叠地缠绕。

这种力量属于黑暗，属于毁灭。

有人叫他的时候，他才发现整个会议室的人都在看着他，等着他的决定。

秦勋看了大家好一会儿，说了句："今天的会议就先到这里。"

秦勋赶到岑奶奶家的小院时还不到中午。

秋日的阳光清朗得很，晃在睡莲缸里的浮萍上，折射出道道碎光来。刚浇完花，院子里的青石面上还有水，混着满院菊花气的是泥土香。有几只鸟停落在荔枝树上，听见院门响动便赶忙扑棱着翅膀飞走了。

岑奶奶正在摆弄一盆植物，像是在嫁接什么，秦勋看不懂。他走上前的时候岑奶奶听见了动静，也听出了他的脚步声，唤道："小秦？"

对于秦勋这个时间来，岑奶奶感到好奇，便问他怎么了，是不是小词出什么事了。

秦勋忙说："您别担心，小词她没事，我就是过来看看您。"顺带着，把手里的礼盒递上前，"小词担心您的身体，买了些补品让我带过来。"

岑奶奶便没再追问，轻声说："是小词过不了心里那关，其实我倒真没什么，有些事想开了也就过去了。你跟小词说，我从没怨过她，她何尝不是个可怜的孩子呢。"

秦勋低声说是。

寒暄了几句,等快离开的时候秦勋在那棵荔枝树旁徘徊了些许时候。脑子里的那个声音愈发强烈,滋生在心底的黑暗力量终于跃跃欲试了。

他抬起胳膊,手指越过茂密枝叶,翻开一个福包,上头的字迹与平时无异,再翻另一个,也一样,都是前两年的。

他握住崭新的那只福包,手竟抖了。这是他陪着岑词去寺庙看那株植物的时候她请的,当时还问他:"你说是蓝穗好看还是红穗好看呢?"

他说:"祈福就该红色吧,吉利。"

她听了他的话,笑着说:"好。"

那声"好"就跟清泉似的滴进他心里,当时他看着她的明眸善睐,心想的是,他要把世间所有好的东西都给她。

秦勋的喉咙有一瞬的干涩,一点点地将有字的那面翻过来。死死盯着跟照片背面一样的斜钩和"丿",这一刻血液逆流了,寒凉瞬间灌了全身,冷到上下牙都在打架。

秦勋倏地松手,却一个身心不稳,一手扶上树干。

他大口大口地吸气,但吸进的空气越多,心里的那团滞闷就越发重了。

后来,秦勋自己都不知道是怎么走出了小院,他脚步踉跄,跟喝醉了酒一样。

秦勋不知道的是,他前脚走了,后脚岑奶奶将那些礼盒拿进了屋子,轻轻一叹气。

其实在秦勋来之前,岑词早就来过小院,有些话该说的都说清楚了。

"所以小秦哪,你这次来到底要找什么答案呢?有些事,答案真那么重要吗?"

在给裴陆打电话之前,秦勋的确犹豫了很久。

他隐隐有种感觉,一旦这通电话打了,好像有些事就会发生翻天覆地的变化。

像是去岑奶奶家一样,他明知道不该去,也不该去看树上的福包,但他还是控制不了自己,心底的那个声音不停地怂恿他:去探个究竟、去查个明白。

而现在他坐在车里,一手死死握着方向盘,一手紧紧攥着手机。清寂寺老住持的话在脑子里一遍遍转,跟心里催促的声音搅和在一起,像是两个独立的人,抒发不同的意见。

一个声音在说:"秦勋,赶紧开车回公司,照常开会,照常应酬,照常忙工作,然后当作什么事都没发生,像你承诺给岑词的那样,日子依旧过,该约会约会,该结婚结婚。"

另一个声音跟他说:"她是你要携手走一辈子的人,难得糊涂跟真糊涂是两回事,你需要知道她是个怎样的人,日后才有更合适的相处办法。"

秦勋紧抿着唇,许久还是跟心里的那个力量妥协了。

电话拨了出去,没响几声,对方接了。

秦勋听见了自己的呼吸声,粗重、低沉,他说:"裴陆,我要跟周军见一面。"

入了看守所后,周军状态尚算不错,虽说对比以往清瘦了不少,但眼睛里的神色也简单了不少,少了对利益追逐的欲望和钩心斗角。

在听说白雅尘也进了看守所后,周军就轻松了很多,他对裴陆说:"那女人心狠,什么事都能做出来。"

秦勋能来见他,周军有点意外,其实裴陆也挺好奇秦勋这次的行为。

没有寒暄,也没有拐弯抹角,秦勋问了周军上次跟岑词见面的事。

周军想了半天才"啊"了一声,说:"其实,那天的情况我记得不是很清楚了。"

这话不但叫裴陆一愣,还有秦勋,也面露惊讶。

"你仔细回忆一下。"秦勋说。

周军想了想,说:"那天我和她像是说了很多话,但仔细去想又想不起来具体的。"

秦勋的脸色渐渐阴沉,心也跟着下沉,心底的预感也愈发强烈了。

裴陆问周军:"当时岑词说了句话让你变了脸色,她跟你说什么了?"

周军垂眸,许久后叹气:"现在说起来也无所谓了,当时她提到了戚苏苏,就那么冷不丁的,的确让我没想到。"

秦勋只觉倏然窒息,裴陆却倒吸一口气。

秦勋再问周军:"之后呢?她提到戚苏苏这个名字之后,你们两个又聊了什么?"

周军看上去挺为难的,他说:"接下来聊了什么我真想不起来了,我当时脑子里都是蒙的,浑浑噩噩。"

"或者有什么特殊的,或者你认为不对劲的地方?"裴陆尽可能地引导他。

周军又想了想,喃喃开口:"特殊和不对劲的地方倒是没有,但我隐约记起来她当时好像还提到了一个人……"

秦勋追问:"什么人?"

"好像是她的一个客户,或者说患者。"周军努力去回忆,"人名……我有点记不得了,她好像说那个人梦游。"

秦勋心里一激灵,试探:"段意?"

"好像是这个名字。"周军想了想说,"反正就是提到了她一个梦游的病人,挺奇怪的。"

是挺奇怪。段意这个人,不管是他个人的情况还是他所犯的事都跟沈序的案子无关,甚至段意都不认识这些人,岑词为什么要在周军面前提到这个人?更重要的是,在那个时候。

难道真是闲聊,话赶话说到的?很显然不现实。岑词当时去的目的就是从周军嘴里套话,怎么可能浪费时间在无关紧要的人和事身上?

秦勋微微探身,盯着周军问:"能想起原话吗?她原话是怎么说的?"

周军再次陷入回忆,看得出对于那天的情景他真是记得不清楚,这明显是不正常了。

但好在他还是想起来了,开口:"好像是说,段意是我的一个患者,他有梦游症,你知道吗?他一直在找东西,一直在找。"他又想了想,然后确定地点头,"她就是这么说的。"

"就说了这些?"裴陆不解。

周军道:"就说了这些,关于她患者的。"

裴陆一头雾水,这玩的是什么套路?

"段意能找什么?除了羊小桃他还能找什么?"裴陆看向秦勋,满腔疑问,段意的案子早就明朗了,不可能还有疑点。

秦勋沉默,就那么目不转睛地盯着周军。像是盯着,更多的是在思考。他冷不丁开口:"她是突然提到段意这个人的,还是有话引去的?"

这次周军没想那么久,很肯定地说:"她就是说着说着突然提到了这个人,说他梦游的事,就这么一句话,也没有后续,听着挺唐突的。"

秦勋往停车场走的时候掏出烟盒,拿了支烟,可打火机打了半天也没把烟点着,手明显在轻颤。

还是裴陆给他点了烟，然后开门见山地说："岑词跟周军见面那天，她影响周军意识这件事我们是知道的，她也跟我们说过，通过这种方式才能判断出一些事。但周军对当天的谈话内容基本上都不记得，这就能说明问题了。"

秦勋停下脚步看着裴陆："意识被操控的人本来就不会记得当时发生的事。"

裴陆目光如炬，道："是本来就不记得还是岑词不想让他记得？如果真是意识被操控的后遗症，那他怎么独独记得段意梦游的事？"

秦勋狠狠吐出烟雾，没说话，面色异常沉重。

裴陆接着说："当时他们两个是在病房里，条件有限，有些话我们能听清，有些话是我们听不清的，如果'戚苏苏'这三个字就是撬开周军意识防备的关键，那我也可以理解成，这三个字也是她在周军脑子里埋下指令的开始。"

秦勋觉得烟很呛人，吸进去之后也成了一团的苦涩，他干脆掐了大半截烟，对裴陆说："还是那句话，有证据吗？"

裴陆噎了一下。

这……他就是卡在没证据上！

想了一会儿，裴陆说："岑词办公桌的日历上，从周军第一次自杀开始就有标注了，说明她早就对自己的身份产生怀疑，就算周军脑子里的指令最早是沈序埋下的，那依照岑词的本事，她会发现不了吗？她不说只有两种可能，一种可能她是真没发现，另一种可能，她想掩藏。"

"掩藏什么？"秦勋冷笑。

"掩藏戚苏苏的过往，让她能以岑词的身份继续生活下去。"

秦勋盯着裴陆，提高了嗓音："就算掩藏又怎么样？她维护自身利益有错吗？"

裴陆轻叹："那是因为没发生恶劣的后果。事实上你不是也在怀疑吗？否则你见周军干什么？"

秦勋微微眯眼，再开口时情绪已经压下来了："你是个警察。"

言下之意还是那句话，不能凭空猜测。

秦勋没再多言，上了车，车上主路之前，他拨了岑词的电话。

而这头裴陆上车后没急着开走，他觉得胸口滞闷，透不过气来。这种情绪挺难去形容，至少他说不上来。就是那种算了别再深究了，反正案子都结了，就算真的证明岑词在这起案子里动了心思又怎样？可又总不是滋味，好像不去深究就总是不透亮的感觉。

手机响了。

裴陆接通,是汤图打来的,问他在做什么。

今天汤图休息,这通电话纯粹就是闲聊。可裴陆经过刚才那一遭,心里堵得慌,跟她说来看了周军,和秦勋一起。

"我也不是说岑词有什么罪行,就是觉得吧……她并没有我们想的那么简单。"

这么说,总能顾及汤图跟岑词的友谊层面,可汤图的话着实震惊了裴陆。

"岑词?是谁?"

汤图竟然不记得岑词了。

与此同时,秦勋也找不到岑词了。

自打岑词受伤后她就一直没去诊所,所以秦勋问过任晓璇,任晓璇表示有很长一段时间没看见岑医生了,又小心翼翼地问秦勋:"岑医生她出什么事了?"

会有些风言风语出来,白雅尘被捕在行业内掀起不小风波,似乎跟岑词有关。

秦勋没跟任晓璇多解释,就说了句"没什么"。可任晓璇紧跟着问:"那汤医生怎么了呢?"

汤图怎么了,秦勋压根儿不清楚。

任晓璇说:"您打电话来之前汤医生也打了电话,她问我诊所里什么时候多了位姓岑的医生?"

秦勋赶到岑词家的时候,裴陆和汤图正站在岑词家门口。

裴陆靠门近,一手按门铃一手攥着手机。没人应门,正要拨电话就见秦勋来了,冲着他一招手,问他:"联系上岑词了吗?"

诊所没有,电话打不通。秦勋进单元楼之前去了趟地下车库,岑词的车还在。要么她就在家,要么她打车外出了。

秦勋脸色凝重,扫了一眼汤图。而对比秦勋和裴陆的紧张,汤图没有太多的情绪变化,她只是不解,问他们:"你们要找的人跟我是邻居?不可能吧,这屋里有人吗?我从来没见有什么人出来过啊!"

裴陆跟秦勋对视了一眼,两人同样的困惑和一头雾水。

"里面没有动静?"秦勋问裴陆。

裴陆摇头:"给你打完电话之后我就过来按门铃了。"

在秦勋给任晓璇打完电话后,裴陆的电话就进来了,像是心有灵犀似的,正好秦勋也准备打给裴陆，因为汤图对任晓璇说的话太奇怪了。

不知怎么的，裴陆的电话进来的瞬间，秦勋就产生一种怪异的感觉，不是很好，似乎这通电话跟他要找岑词这件事息息相关。

看完周军后，秦勋就离奇般地很想跟岑词通电话，不是质问她究竟怎么回事，就是单纯地很想听听她的声音，就是突如其来地很想她，想跟她说：只要你待在我身边就好，这才是最重要的事。

就好像一切都想开了。他承认岑词有着讳莫如深的心思，可他爱她，无论如何，他也认了。

但恰恰是裴陆的这通电话，将他带回现实。

"你能找到岑词吗？汤图这边好像出了些问题，我觉得跟岑词有关。"裴陆的声音有些急切。

秦勋知道岑词家的门锁密码。

输密码的时候汤图一把拉住秦勋，说："你们这样不好吧？就算认识也不能这么贸然，这屋的主人失踪很久了吗？"

秦勋打量着汤图，迟疑地问她："岑词，你不记得了？"

之前裴陆也是这么反复问汤图，刚开始她是真困惑，后来这相同的问题问得她都烦了，再听秦勋这么一问，她无奈叹气道："我真的不认识，而且我也敢肯定我绝对没有失忆，你看，我连你们都记得啊。"

门锁嘀的一声开了。

这一声不大，落在秦勋耳朵里却刺痛了一下。听汤图这么说，他心里的不祥预感就如涟漪般越扩越大，也顾不上追问汤图，推门便进。

房里没人。

秦勋找了所有房间，都没看见岑词的身影。最后盯着客厅茶几上的手机，薄唇几乎抿成了一条线。

岑词没带手机，就放在茶几上。

汤图凑上前看了一眼，又环视了四周。心里感叹，原来这屋还真住着人呢，是自己工作太忙早出晚归没注意？

见秦勋的脸色有些苍白，汤图谨慎开口："那个，我看这房里有衣服有鞋子的，好像日用品什么的都在，房间也挺干净的，不像是失踪吧？手机也在家里，证明没走远。"她还有句话没说出来，生生咽下去了，她想说：你是不是太紧张了?

"你跟这屋的主人……"她猜测性地问,"是恋人关系?之前没听你提到过。"

秦勋盯着茶几上的手机,没吱声。

汤图清清嗓子,道:"是这样啊,我觉得你可以再等等,说不准一会儿就回来了。还有啊,你的人际关系,不应该跟我隐瞒。"

秦勋抬眼看汤图,显然没明白她这句话的意思。刚要开口问,就听裴陆喊了一嗓子:"秦勋!"

秦勋一激灵,紧跟着就往书房里冲。汤图被这两人弄得惶惶不安,见状也赶忙跟了进去。

"你看看吧,我在抽屉里找到的,总有种能不能看到全凭缘分的感觉。"裴陆将一张A4纸递给秦勋,连同纸下面压着的信封。

那张纸原本是对折放在信封里的,正中间有条折痕印,信封就是普通的白色信封,不花哨。

纸上有字,字迹娟秀,秦勋认得,是戚苏苏的笔迹,但每字每句的口吻,就是岑词的了。

她写道——

勋,你跟沈序都说过,一个人可以对生活失望,但是别绝望,因为救你的人都在竭尽全力。

可是,我终究还是无法释怀。

当戚苏苏的过往在我脑子里滋生时,我知道,我再也做不了岑词了。

我不能再心平气和,或者说,成为一个旁观者来帮助那些人,救赎这种事,可能原本就不值得原谅吧。

我曾经一度想要掩藏过去,可一旦掩藏不住,那揭开幕布的也不该是自己的手。

我跟你说过,很多时候,在一段关系里我们总不希望稀里糊涂,所以秦勋,我们注定无法简单从容。

很对不起,以这种方式跟你道别。

如果重新开始是我注定的命运,那以这种方式结束便是最好的选择。

因为从始至终,都是我一个人。

终究我还是做不到相信别人。

勿找,这世上再无戚苏苏,也再无岑词。

信的落款写着:不知名留笔。

秦勋看完这封信,就像是被人从后面狠狠闷了一棍子似的,他感觉脑袋嗡的一声,好半天听不见任何声音。拿着信的手僵直得很,他整个人一动不动地站在那儿,渐渐地开始呼吸困难。

信上的每字每句都成了能扼住他喉咙的手,在不停地收紧、收紧。

汤图和裴陆也看见了信上的内容,裴陆的脸色也没比秦勋好到哪里去,他眉心皱紧,说:"她写的这些……"

明明都是文字,怎么就叫人看得一知半解呢?

什么叫重新开始是注定的命运?

相比秦勋和裴陆来说,汤图的情绪变化不大,她只是迟疑和不解。她细细琢磨了这封信后,轻声说:"她这是……离开了?"又示意了一下四周,"但又好像没带走任何东西。"

真要是离开,至少会收拾一下衣物吧?刚才裴陆在翻找的时候她顺便也看了,衣帽间里的衣饰等物都挺整齐地或挂或摆,没什么空缺的位置。

"再无戚苏苏,也再无岑词……"汤图琢磨着这话,完全是一副局外人的心思,"你们要找的这个人,不会想寻短见吧?"

裴陆眉头一皱,又拿过信看了看。

秦勋一手搭着桌面撑着身子,脸色苍白,许久像是想起了什么,跟跟跄跄地出了房间,裴陆和汤图见状赶忙跟了出去。

秦勋拿了放在茶几上的手机,就是岑词平时用的,可被她扔在这儿,没带走,也关着机。

秦勋开机的时候手都在颤。

汤图在旁瞧见,心叹,他要找的人得有多大魅力,才能使他方寸大乱?

手机打开了,就见秦勋用手指划拉了一下屏幕,屏幕没动。他又划拉了一下,还是没动。再试着去划拉,手腕被裴陆给箍住了,他对秦勋说:"算了。"

秦勋手一松,手机落地。

手机被恢复出厂设置,过往种种都被岑词删得干净。

秦勋的胸口闷疼得要命,是撕开的疼,也是想喊却喊不出的闷。

她能去哪儿?孤身一人她能去哪儿!

良久后，秦勋喃喃出声："为什么……"他抬眼看向汤图，这句话是问她的，"为什么你会突然不记得岑词了？"

这也是裴陆不解的事，汤图脑中有关岑词的记忆都消失了，可又是怎么消失的？她没受外伤，也不可能那么突然的就选择性失忆。

那么，就是人为的了，也只有岑词能做到。可如果是岑词所为，为什么？要汤图彻底忘掉自己？有必要这么做吗？如果就是这个目的的话，那她直接让秦勋忘了她岂不是更好？或者用这种手段让身边的人都忘了她？

可偏偏就是汤图。

裴陆相信，他的这些不解也是秦勋的困惑。

而汤图冷不丁地被秦勋这么一问，愣了好半天，然后才反问："我为什么要记得你说的那个人？"

秦勋盯着她，呼吸粗重。

裴陆不死心，追问道："你对岑词，一点印象都没有了？"

"我肯定不认识这个人啊，为什么你们都要这么问？我失忆了？不可能，所有的事我都记得呢。"

"我是谁？你是怎么认识我的？"秦勋低低地问。

汤图回答："你是秦勋，是我的客户，换言之，我是你的治疗师，你是我的病人。"

裴陆惊愕："你病人？"

汤图点头，见他们的神情有异，语气变得迟疑："有……什么问题吗？"

秦勋也没料到汤图会这么说，问道："我怎么了？"

汤图看着他的眼神怪异，就好像认为真正失忆的人是秦勋，她说："你有梦游症，来我这儿治疗。"

裴陆愕然地看着秦勋。

而秦勋也呆了，良久后跌坐在沙发上，喃喃道："她不会寻短见，就是想离开了。"

汤图不清楚发生了什么事，这话听得一知半解。

裴陆说："离开的话，她所有的东西都还在。"

"这些东西都是岑词的，既然她连岑词的身份都能撇掉，那这些东西就成了身外之物。"

秦勋胸腔盘旋着莫大的悲怆，比之前内心的那股子黑暗力量还磅礴，拉扯着他直到万劫不复的地狱。

为什么一定要追究到底？为什么就不能跟现世安稳妥协？

现在再回忆昨晚岑词说的话才明白过来，她早就料到他会一路查到底，最后面临两人分崩离析的状态吧？

当时，她心里该是无尽的绝望吧？

裴陆听了这话更是一头雾水，好半天问："什么意思？什么叫连岑词的身份都能撒了？就算她离开南城，那她还是戚苏苏吧？还是岑词吧？总不能这两个都不是，换个——"蓦地止话，整个人一僵。

汤图不知道裴陆想到了什么，狐疑地看着他。

裴陆却是看着秦勋，瞧着他的神情，半晌后讷讷道："不、不会吧。"

秦勋尽量压着急促的呼吸，说："你还记得她对白雅尘说过的话吗？最后一句话。"

裴陆一怔。

白雅尘要求见岑词，并提出两点能逃脱罪行的交换条件，第一个是沈序的尸体，第二个就是她有能力代替沈序帮助岑词"重生"。

那天，岑词临走时对白雅尘说了一句话：你以为，沈序设计我重生的意义是什么？

这句话当初裴陆问过岑词，岑词只是轻描淡写地说不过是用来混淆白雅尘的意识罢了。现在秦勋冷不丁这么一提，裴陆再结合刚刚自己想到的和信上的内容，脊梁一冷。

秦勋嗓音低沉道："关于这点，白雅尘最后见我们的时候她已经想到了，只是没说。一直以来我们都认为沈序重构了岑词的记忆，令她彻底摆脱了戚苏苏的身份，这是对岑词的重生，但实际上，这场重生是沈序和岑词彼此成就的。"

裴陆觉得呼吸艰难，他完全能够跟得上秦勋的意思。

秦勋继续道："岑词的重生是身份，而沈序的重生就是记忆重构项目，他不但让自己在心理学上的造诣在岑词身上重现，还将记忆重构项目保存了下来。白雅尘的确威胁不了岑词，因为岑词就是沈序，她自己完全可以按照曾经沈序的方式方法来重生自己，这才是沈序真正重生的意义。"

所以，那天岑词的原话是：沈序设计我重生的意义。

她用了"设计"这个词。说白了她就是一款被沈序设计出来的、装载着记忆重构项目试验的"电脑",一旦被破坏或遭到威胁,那么她就可以自动进行重启。

那么重启之后的身份呢?没有谁能知道。

总之就像她在信上说的,不再是戚苏苏,也不再是岑词。

秦勋心若刀绞。

如此,不管是关于挽安时的记忆还是岑词的记忆统统都没了,关于她对他的,她爱他的记忆也都没了。

像是一场镜花水月,终究被一场倾盆大雨给打散了。

记忆是人与人之间联系的纽带,因为有了记忆,一个人才会对另一个人或者周边一群人产生影响,换句话说记忆就是一场蝴蝶效应。

可是,当记忆不在呢?或者,彼此间的记忆被其他的记忆所取代呢?

像是汤图,从那天开始就突然忘了岑词。

虽说那天跟着裴陆和秦勋进去过岑词家,但在她看来,那可能就是个素未谋面的邻居,而门会所是她一手创立的,没有其他合伙人,关于这点她很确定。并且她拿出诊所相关的资料,资料上但凡涉及名字的就只有汤图,为什么会这样无从问起,岑词离开,汤图的记忆残缺,压根儿问不出答案。

或许是岑词不愿抛头露面,所以但凡行政上的事都是汤图大包大揽,但创始人名单上都没岑词,这很显然就说不过去。

那么就是岑词早就做好准备,万一有一天离开,也不想留下任何痕迹?

如此解释,挺勉强。因为可以肯定的是,岑词一开始并不知道自己不是岑词。

最后只有一种可能,就是在成立门会所之初,汤图有意地没让岑词这个名字出现在档案和资料里。因为汤图是从头到尾都知道岑词身份的,这么做也是出于一种保护。

裴陆为此又有新的疑问产生。

汤图不记得岑词这件事,到底是出自岑词之手,还是最开始沈序在汤图脑子里留下的指令?

无人知晓,哪怕是对沈序性情了解的秦勋。

这件事并未对汤图产生困扰。诊所里岑词的那个治疗室,汤图上班之后就对任晓璇说:"治疗师辞职了,这几天会有人陆续来面试,你做好安排。"

对于汤图来说,那个空出来的房间里的人只不过是辞职不做了的治疗师。

但对于任晓璇来说,内心则掀起了惊涛骇浪:怎么?岑医生好好的怎么说辞职就辞职了?

秦勋低迷了好一阵子,大多数时间都会待在岑词的家里,每次助理联系他的时候他都是醉醺醺的。

不久之前有房产经纪上门,说屋主曾经将房子委托他们进行售卖处理。秦勋像是抓住了一个希望的苗头似的追着房屋经纪人问委托人,经纪人说,这房子他们被授权了全权处理,卖掉的价钱打到指定账户。

秦勋查了账户,以为能顺着藤摸到岑词这个瓜,岂料账户人是岑奶奶,岑词将这笔钱留给了奶奶。

之后秦勋出钱买下这套房子,他也不知道自己在坚持什么,或者是在等,又或者他能找到岑词,然后跟她说:我带你回家。

可终究,岑词还是像人间蒸发了似的,不管秦勋派出去多少人找,都石沉大海,就像他寻找沈序一样。时间一长他开始由悲怆到恐慌,他怕岑词会落得跟沈序一样的境况。

忆餐厅成了秦勋情绪发泄的地方,以前老板只负责周末餐食,现在他几乎每天都会下厨房,闲暇的时候就窝在岑词以前经常在的小包间里喝酒。

萧杭每次见着他这样都唉声叹气,说:"岑词跟沈序的情况不同,一个人成心躲另一个人的话很难找,再说了,你找到又能怎么样呢?"

秦勋醉眼蒙眬地问他:"你说,她还会记得我吗?"

萧杭觉得,岑词这个女人真是心狠哪。

而这一天秦勋做了个梦,醒来之后酒醒了一大半,然后陷入迷惑之中。

他好像看见了岑词,背景是一片花海,那花是姹紫嫣红的美,她身穿白裙站在其中,轻唤他的名字,一声声的。

他试图上前,想去抱住她。可不管他如何往前走,他和她之间都隔着一段距离,又像是隔了一条银河,无法接近。

她说:"秦勋,你在梦游。"

秦勋睁眼的时候,耳畔就反复回荡着岑词的这句话:秦勋,你在梦游。

他脑子发疼发涨,又想起之前岑词问他:你是从什么时候开始梦游的呢?

这话就跟魔咒似的,挥之不散。

从什么时候开始?

开始了梦游?

还有周军说的那件事,岑词跟他似有意无意间说的段意有梦游症。她说,段意在找东西,一直在找东西。

找东西,是段意在找东西吗?

秦勋盯着天边,目不转睛,不知过了多久,天在遥远的位置裂开了一条细缝,有光从那里钻出来,先是柔和,然后变得刺眼。

于是,它就像是根针似的扎了他的大脑一下,紧跟着嗡的一声,大脑一片空白。

许久秦勋摸出手机,拨了一通电话。

那边接通了。

他低低沉沉地说:"裴陆,帮我一件事。"

第三十二章

这已经是裴陆守的第七个晚上了，从晚上十一点开始，到次日太阳升起之前。毫无收获。

他觉得再这么守下去自己快废了，又不是铁打的身子，晚上不能睡，白天还出任务，顶多就是在休息室里窝个午睡时间。

裴陆发誓这是最后一晚，然后上楼摊牌。

正想着，就听斜对面的电梯嘀的一声响，他没动，看了一眼时间，凌晨一点半。

前几日这个时间也不是没有人下来过，害得他白激动一场，所以他现在也没情绪高涨，节省心力。

电梯门缓缓打开了，从里面走出来一人。裴陆叼了支烟，随意地撇头瞅了一眼。

一个男子，穿了一身黑色运动服，头戴鸭舌帽。手里拎着个挺大的包，也是黑色的，带拉链的那种。

裴陆转过脸掏打火机，火苗刚一蹿上，冷不丁觉得不对劲，再定睛一看，整个人警备了起来。

从电梯里出来的不是别人，正是秦勋。

秦勋走路的姿势很奇怪。怎么说呢？他很机械，像个提线木偶似的。裴陆看着看着就突然想到了，蓦地一惊。再盯着秦勋的身影瞧，瞧着也是那么回事儿，但总觉得脊背发凉。

裴陆刚想下车看清楚,就见秦勋走到自己的车子前,绕到后备厢旁边,将手里的包放了进去,然后坐回车里发动了车子。

等那辆车子从他身边过的时候,裴陆扫了一眼车窗。车窗里秦勋的双眼直勾勾的,真就跟被人牵走了魂似的。

不是,这种情况竟然还能开车吗?

容不得多想,裴陆赶忙发动了车子,一路跟上。

上了路之后,裴陆习惯性地中间隔着一辆车跟踪着,后来一想也没必要这样,方向盘一打越过前面的车,紧跟着秦勋的车前行。

这个时间,南城的主干道上竟还有不少的车,都是夜归人。裴陆不知道秦勋要开车去哪儿,一路跟下去才发现路上的车越来越少,周遭越来越荒凉,最后竟离开了城区,朝着郊外的方向去了。

怎么能走这么远?

前头的车一拐,裴陆跟着也拐了,临拐弯前看了一眼头顶的路牌,心里咯噔一下。

路牌上面写着:永安墓园。

从城区到墓园这里,裴陆临下车前看了一眼时间,这个时间一路畅通,路上的时间用了四十分钟不到。下了车,是冷飕飕的风,就跟掺进了地府之气似的,阴凉得很。而这墓园又临山,靠山就愈发湿冷。

裴陆对这墓园不陌生,当初段意就是在这个墓园被打更人赵大胆发现的。

秦勋从后备厢里拎出那个大包进了墓园,裴陆没敢耽误工夫,锁好车赶忙跟上,与此同时把手机掏出来,一路跟随,一路"偷拍"。

永安墓园上次他来过,知道墓园的正门就有个打更室,有什么人进墓园,打更的人都能看见。但裴陆觉得,秦勋不会走正门。

果不其然,秦勋在半路拐进了一条山野小路,那路极其隐蔽,周遭都是密匝杂乱的树木,还有爬藤,爬了满地,不小心的话会被绊倒。

可秦勋却娴熟得很,顺着蜿蜒小路就进了墓园,成功避开了打更人的视线。裴陆就显得狼狈了,他这一路走下来,裤腿上沾满了草屑不说,脚腕被地上的爬藤给划了好几道。

再抬眼,秦勋朝着墓群过去。这么晚了,要拜祭谁?或者,他来这儿还有其他什么目的?

等等,这个时候他应该是无意识的?

他撇去乱七八糟的想法,想着毕竟自己不是专业人士。镜头里的秦勋已经走到了一个墓碑前,站在那儿一动不动的。

裴陆尽可能地往前凑,但着实也不敢太靠近,就隔着几个墓碑盯着他,手机一直举着。借着月光,秦勋的脸清晰可见。他没闭眼,就怔怔地看着前方,眼神空洞,跟在车库里撞见时的一模一样。

裴陆竟紧张了,这么凉的夜晚,他的手心都出了汗。

这墓碑?

裴陆眯眼仔细打量,不打量不要紧,一打量着实惊出一头的冷汗来。秦勋所在的墓坑位不是别的,正是当时段意做"仪式"的那处。

怎么就这么巧?

秦勋动了。

裴陆在这头一哆嗦。

秦勋缓缓弯身,拉开脚旁大包的拉锁。这么安静的深夜,周遭连声鸟叫都没有,死寂得过分,所以他拉拉锁的声音就格外清晰。

裴陆死死盯着那包,他是想埋什么?念头刚起,就看秦勋从里面掏出一样东西来,裴陆一看,竟是把锹。锹柄是折叠便携式的那种,锹头不算太大,不是常见的那种大铁锹,但挺结实。

秦勋将锹先放到一边,缓缓蹲下身来,从衣兜里慢吞吞地掏出一副手套,戴好后,双手伸向墓坑。墓坑上盖着水泥板,他将沉重的水泥板搬到了一旁,水泥板下面是一个不明具体见方的土坑,土坑是用土埋实的,一般来说,这方寸之地就是用来安放骨灰坛的。

秦勋拿过旁边的铁锹,在一点一点地挖土。

裴陆的眉头皱紧,原来不是埋东西。

挖什么?这么小的坑。

秦勋挖得很专注,一下一下的,就跟个机器人似的。他的双眼却没看着土坑,还是直直地看着前方。

就这样挖啊挖的,很快在秦勋的身边就堆了不少泥土。

裴陆不知道他要挖到什么时候,看了一眼时间,寻思着这要是一直待到天亮的话还挺麻烦的。

却在这时见秦勋停了动作，裴陆一僵。

可他并没有停太久，又开始了动作。他把手伸进坑里，摸了摸，然后又一锹土填了进去。

裴陆内心抓狂，不是，他什么意思？挖了半天，再把坑填上？玩呢？

就这样，眼睁睁又见秦勋把土填平，再将那水泥板压回去。裴陆以为秦勋做完这些就会回去了，不想他又来了一次。

不，是循环了一次。搬开水泥板，挖土、填土……裴陆真快疯了，这是怎么个节奏啊？大半夜来墓园健身是吗？

等等，他不是挖土、填土。他是挖土、摸一下土坑里，然后再填土。

摸？裴陆一激灵，这个动作，他是想要确定什么？

想着，裴陆小心翼翼上前，而秦勋这个时候对于他的靠近压根儿没反应。于是，裴陆就眼睁睁地看着秦勋再次将土挖开，挖到一定时候他就停了动作，手缓缓伸向土坑。

裴陆也朝着那土坑里看过去，下一秒一个倒吸凉气，紧跟着全身就跟被倒了冰水似的。

土坑里有一截森森白骨露了出来。

尸骨是在翌日正午挖出来的。

虽说法医还没鉴定，但裴陆隐约觉得这副骸骨不是别人，正是沈序。

正午阳气最强，惨死之人的怨气可以被压制，这是从古至今老祖宗的说法。但裴陆带着人在正午才挖出尸骨可没考虑怨气不怨气的，而是他们到了正午的时候才终于把尸骨挖得完整。

事实上他们天刚亮就来了。

这一晚加凌晨，裴陆都不知道自己是怎么熬过来的。大半夜的，跟着秦勋一路来到了永安墓园，然后看着他一遍遍挖又一遍遍埋……最后秦勋离开墓园的时候，裴陆看了一眼天色，快亮了。这期间他已经打了电话给钻天猴，让他向上级请示，马上带人来永安墓园。

当时钻天猴好不容易逮到空当眯觉，闻言后迷迷糊糊问："去墓园干什么？"

裴陆跟着秦勋深一脚浅一脚地往外走，说："挖尸骨。"

这话惊得钻天猴一激灵。

得到上级批准，钻天猴带人一路赶到永安墓园，但还要跟墓园的领导沟通，这么一来一回的就折腾了不少时间，等真正开挖的时候，头顶上已经是大太阳了。

在挖的过程中，秦勋也在，站在警戒线之外，死盯着那个方向。

当尸骨全部挖出来的时候，秦勋原本紧抿着的嘴角开始微颤，那一根根、一块块的骨头整齐摆放在墓碑前，他的呼吸变得急促，最后几乎是仓皇而逃。

也不知道过了多久，车门被人拉开了。裴陆坐了进来，重重地一叹气。秦勋靠在椅背上合着眼，裴陆从怀里掏出烟盒，拎了支烟递到秦勋跟前，碰了碰他。

秦勋睁眼，眼睛里都是血丝。他接过烟，又接过打火机，点了几次才点着烟。大团烟雾吐出时，他伸手按了车窗。

秋风钻进来，瞬间撕扯了烟雾。

裴陆也点了支烟，这阵子睡眠严重不足，时刻都有一不小心就能睡过去的错觉。一口烟下来，多少能提些神。

两人都没说话，就静静的，抽着烟。等烟过半时秦勋才开口，嗓音低沉又干哑："是沈序。"

裴陆扭头看着他。

秦勋夹着烟的手搭在车窗外，两眼看着前方，侧脸清瘦得很，经过昨晚，感觉又憔悴了，他眼里是死寂沉沉，像是蒙上了一层层厚厚的灰。

又过了许久，他开口道："小词曾经问过我，从什么时候开始梦游的，我想，就是我把沈序的遗体埋在墓坑里的那一刻吧。"

裴陆也挺窒息，失踪了这么多年的人，先是知道了遇害，然后又发现了骸骨，这种感觉对于秦勋来说更像是一场凌迟吧。

那天秦勋给他打电话，请求他帮一个忙。帮什么忙，具体的秦勋没说，他只说想要确定一件事，需要找个人盯着他，时间就在午夜到黎明之前。

这个时间裴陆派谁去都是折腾，倒不如自己来了。于是，这一守就守了几个晚上。好在上天垂爱，在他即将要跟秦勋拜拜的时候来了这么大一个转机。

他万万没想到会撞见秦勋梦游的一幕，等反应过来，才想起周军的那番话。也不能怨他，他活到这岁数也没亲眼见过梦游的人在他面前晃悠，虽说段意的案子是他经手的不假，那也没瞧得这么真切。

更何况，秦勋能有梦游症这件事着实叫他惊讶，更令他惊讶的是他竟能一路开着车到墓园，到底是怎么办到的？

当时他一直在拍秦勋,等秦勋回到车里,裴陆始终犹豫要不要当场叫醒他。但又听人说,梦游的人一旦被叫醒就会被吓死。

秦勋会不会被吓死裴陆不清楚,但他一旦醒了,发现自己竟然能边梦游边开车,也会被吓得够呛吧。

出于仁义,裴陆跟着秦勋一直回到家。刚进家门,钻天猴的电话就进来了,就这么个工夫,秦勋猛地醒了。

幽暗的光线里两个大男人大眼瞪小眼……就那么僵持了约莫有半分钟。手机那头的钻天猴急了,大声豪气地问他:"头儿!到底怎么着啊?我们已经到永安墓园了!哪个墓碑啊?"

房间里安静,手机那边的声音十分清晰。

秦勋一激灵,疑惑道:"永安墓园?"

裴陆以防万一,便问他是不是清醒着。秦勋反应了好半天,瞧了瞧裴陆,再看看自己身上的衣服,问裴陆:"我梦游了?"

不但梦游,还挖出东西了,裴陆给秦勋看了视频。整个过程,秦勋都面露惊讶,直到看见视频中的自己挖出骸骨。他又跟着裴陆来到墓园,这次,他是清醒的。

手指被烫了一下,秦勋夹烟的手一哆嗦,紧跟着掐灭了烟头,思路清晰了。

他说:"小词跟周军说,段意有梦游症,他一直在找东西,但实际上真正找东西的人不是段意,而是我。她知道我最终会想起她的话,也最终会去找周军,她是通过周军的嘴来提醒我。"

直到最后,岑词还是为他做了事。

对于他的梦游,岑词前后撞见过两次。或许对于他为什么会梦游她始终没找到答案,但从今天的行为来看,他去墓园应该不止一次。

他去的恰恰就是永安墓园,也许真的就碰见过段意,那岑词从段意口中知道些事也就正常了。

至于为什么要去墓园,岑词并没有那么多时间去验证,于是在她有限的时间里通过周军的嘴来提醒他,让他自己去发现答案。

秦勋的心脏疼得要命,为沈序,更为岑词。

良久后,他苦涩地对裴陆说:"我一直不肯接受沈序被害的事实,以至于后来带走了沈序的尸体并且将他埋在永安墓园等,这些行为我都忘了。"

极大的痛苦会刺激大脑,以至于令大脑启动自我保护功能,想来选择性遗忘,就是保护机制运转的结果。此时此刻,秦勋才记起当年的情况。

沈序离奇失踪,当年他一路追查他的下落和有可能跟他项目有牵连的人,可幕后黑手难寻,他只是隐约觉察周军那人有异,便跟着周军来了南城,却不想在一处破屋里找到了沈序的尸体。

"我忘了这件事,沈序已经死了,他的遗体是我收的。"秦勋道。

他不知道自己是怎么将沈序的遗体带到了永安墓园,但能肯定的是,发现沈序的死是激发他梦游的关键。埋葬沈序,就是他梦游的开始。

"我们后来查到五年前有人报案,警方的确获取了一具尸体,但后来在尸体还没确定身份前就丢了,现在来看,应该就是你当年报的警。"

秦勋点头,这件事他也想起来了,沈序死状有异,他直接报了案,但后来……应该就是他梦游,将沈序的遗体给埋了。

也许是出于死者应该入土为安的强烈意愿,又也许是他潜意识里想要自己查这件事,再也许是他预感到其实背后的事没那么简单,总之,他将沈序给埋了。

能肯定这些不是他清醒的时候实施的关键是,如果这是他清醒时所做的事,那么就会有两个结果:第一,沈序的死会留下档案,至少警方那里会留案底;第二,他会先将尸体火化再带到墓园下葬。

警方挖掘尸体的时候他看得清楚,墓碑周围都有动过的痕迹,说明当时他就是生生将尸体埋了进去。

也许在他潜意识里,沈序始终是不安全的。所以他后来虽说忘了这件事,但潜意识还在,再次到了南城后激发梦游症,他时不时地会去永安墓园检查一下尸骨还在不在。

"当时查段意那个案子的时候,墓园管理处提到那块墓碑的情况,说是有人订了的,等碑立起来了,订单人却一直没露面。我们后来查了墓碑的订单人,发现对方所留的信息是假的。"裴陆说。

秦勋点头:"当时的确是我用了假身份订的。"

没透露真实信息,就是不想节外生枝,后来他就彻底忘了这件事。而当初订墓的时候他交的是全款,所以墓园方面也不可能去调查他的身份是真是假。

车窗外起了风,又溅下几滴雨,落在车玻璃上,很快又被秋风给扫没了。

到了下秋雨的季节了,一层秋雨一层寒。也是说变天就变天的季节,阴一阵晴一阵，叫人难以捉摸。就像这世间事，真真假假的，变化莫测。"

那副骸骨后来经法医鉴定的确就是沈序，从死亡时间和骸骨遗留的致命伤来看，也的确符合白雅尘当时的供词。

钻天猴将报告递给裴陆的时候，一声叹气，道："真是想不到啊，段意用来做仪式的墓碑下面埋着沈序，咱当初要是早知道的话，也不用浪费这么多时间。"

所以说世事难料，谁也想不到两个毫不相干的人却因案件相连。裴陆看了报告良久，心里也是一番感叹。

那天之后，除了配合案件，秦勋就没再跟他联系，有时候去忆餐厅也瞧不见秦勋。萧杭说，秦勋现在除了周末，平时不怎么来餐厅了。

不像岑词刚离开的那段日子，秦勋醉生梦死的，他又回到了工作状态。

有天，裴陆在网上视频里看见了秦勋，好像是类似福布斯杰出商业人才之类的颁奖礼，秦勋年轻有为，也在榜上。

视频里有秦勋，镜头给得还不少，视频下方有不少评论的，基本上都是姑娘们的尖叫声。

出席颁奖礼的时候秦勋只身一人，不像其他人携带女伴。裴陆看得仔细，秦勋像是又瘦了一圈似的，脸颊瘦削得很。

之前他问过秦勋，需不需要找找岑词。

秦勋想了很久才摇头说："她很有可能离开了南城，一旦出城，你想派人去找那纯粹就是搭人情关系了。而且她走得决绝，没了岑词这个身份，想找她就相当于找个陌生人，相当于大海捞针。"

裴陆问他："那你是怎么打算的？"

秦勋这次没犹豫，回答说："我亲自找。"

裴陆再去门会所时，岑词所在的治疗室已经去了新的治疗师，是个看上去四十岁左右的女人，笑起来挺春风和煦的，还有尖尖的小虎牙。十分符合心理治疗师的长相标准，不像岑词，不笑的时候有点冷冰冰，叫人不敢造次。

裴陆盯着那个治疗室的门很久，直到汤图那屋的病人走了他才进去。

当初，他也是因为心理的林林总总状况进了汤图的治疗室，汤图其实是给他制订了阶段性治疗方案的。后来两人成为恋人关系走到了一起，但汤图也恪守着治疗方案，该到治疗时间裴陆还得过来乖乖报到。

今天是阶段性治疗的最后一次，汤图给他的心理评估为优良，效果其实很不错。

裴陆靠在躺椅上，做完治疗后也没急着走，跟汤图瞎贫了几句后说起了秦勋的事。他问汤图："你觉得他能找到岑词吗？"

说这话的时候，他一直看着汤图的反应。

汤图也不是没反应，她重重一叹气，看向裴陆。

"其实，你想让我怎么评价这件事呢？我的第一反应就是秦勋挺痴情的，女朋友突然不见了，他还想一直找下去。除此之外呢？说实话，我真给不了其他的意见和帮助，我是真的对岑词一点印象都没有。"

裴陆靠在那儿没动，说："我没别的意思，就是在跟你说这件事，秦勋既然是你的病人，我得跟你汇报他的情况吧。"

汤图抿唇笑了。

裴陆朝她一伸手，她走上前被他拉坐在身边。他把玩着她的手，轻声说："今天来，我是想跟你报备一下。"

"报备什么？"

"我要去外地一阵子，跟你说一声。"

汤图迟疑："是案子？"

裴陆"嗯"了一声："跨省行动。"

多余的也就没说了，点到为止。

汤图一听这话心就提上来了，攥着他的手说："你每次执行任务我都很担心。"

裴陆微笑，抬手摸摸她的头，轻声说："别担心，我一想到你在等着我，不管遇上什么事我都会回来的。汤汤，等我这次执行完任务回来后，咱们就把证领了吧？"

汤图伸手捂上他的嘴。

"怎么了？"裴陆被她捂着嘴说话不清楚，含含糊糊的。

汤图冲他瞪眼，道："没看电视剧啊，一说等我回来结婚，那肯定回不来。"说完马上转头"呸呸呸"三声，又拍拍躺椅上的木扶手，连说了三声"平安无事"。

这举动逗得裴陆想笑，他拉开汤图的手说："要是说说就那么灵验的话，那我就天天诅咒这世上的罪犯分子了。你就是想得多，我这么说就是想让你做好心理准备。"

"什么心理准备？"

裴陆说得挺自然："嫁给我的心理准备啊。"

汤图的心脏跳得扑通扑通的，清清嗓子，说："那你一定要跟我保证，出任务的时候注意再注意，凡事都要万般小心，你现在身上可担着我的未来呢。"

"遵命。"裴陆忍不住就在她唇上啄了一下。

汤图一推他，喃喃道："上班呢，正经点。"

裴陆笑："那我的治疗时间还没结束吧，怎么听着有点赶人的架势？"

汤图看了一眼时间，说："严格来说还有五分钟结束，不过我下个时间段没约人，你能在我这儿休息四十分钟左右。"

其实每次裴陆来，她都会为他腾出休息时间，平时忙工作本来就神经紧张，再加上前阵子成宿盯着秦勋，他的睡眠更差。

裴陆又靠回躺椅上，轻叹一声："沈序的尸体找到以后，也不知道是怎么了，我突然就放松了。怎么形容这种感觉呢，就好像这么多年找沈序的人是我一样，现在终于找到了。"

"很正常，可能是这个案子你投入的精力太多，又或许因为你认识秦勋，这就是你的共情能力，裴警官。"

裴陆说不上来具体原因，想了想汤图也许说得对。他伸了个懒腰，整个人很放松地躺着，一扭头，又一如既往地看见了窗外的那只大橘猫。

大橘猫也在瞅着室内，跟他目光相对。裴陆渐渐有些倦怠，这些日子紧绷着的神经一旦松了，人就爱犯困。他转过头看向汤图，慵懒地说："也不知道是不是我的错觉。"

"什么？"汤图轻声问。

裴陆的嗓音低低的，听着像是挺累的了。他说："我总觉得像是忘了点什么事，但仔细去想又想不到。"

汤图微微一笑，说："忘事很正常啊，人要是什么都记得那不得累死？如果仔细去想又想不到，那说明就算忘了，也不是很重要的事。"

经她这么一说，裴陆倒是释怀了。也对，如果是很重要的事，也不会说忘就忘吧。

他将脸转回窗外，那只大橘猫似乎也困了，眯缝着眼，但又像是保持了警觉，那眼睛缓缓眯上再睁开，然后再缓缓眯上，瞳仁也跟着缩小、扩大、缩小、扩大……

"它好像一直都在啊。"裴陆看着它,打了个哈欠。

汤图"嗯"了一声,也没多解释。

裴陆对窗外的猫印象很深刻,他第一次来汤图这儿进行治疗的时候它就在了,每次他来都能看见它。

"看来是喜欢你这儿。"裴陆的嗓音越来越小,眼睛临合上前低低说,"看见它,就困啊。"

等裴陆睡着后,汤图将毯子轻轻盖在他身上,轻语:"困了就好好睡吧,至于你搭档惨死的事该忘就忘,有些伤痛总要摆脱掉,不是吗?"

裴陆睡得沉沉,眉间舒展。

汤图看了他好一会儿,起身走到窗前弯身下来,隔着玻璃对橘猫说:"谢谢你啊,这么久了,因为有你,他才会这么容易入睡。"

然后轻轻一敲玻璃。

大橘猫就跟大梦初醒似的蓦地起身,彷徨地看了看四周,喵呜一声跑远了。

汤图转身过来,看着躺椅上酣然入睡的裴陆,嘴角微微扬起,笑得温柔。

周末的时候,汤图回了爸妈家。

汤爸心疼孩子,早早去了超市,打算做上一桌子好菜,又买了大包小包的零食。汤图瞧见后哭笑不得:"爸,您当我是小孩子呢?"

这么多零食,她好不容易减下去的肉又该回来了。

汤爸笑呵呵说:"慢慢吃,又不是让你一口吃个胖子。"

汤妈责备汤爸:"总是这么惯着,多吃什么也不能多吃零食啊。汤汤,妈妈给你做了你最爱吃的糖油果子,一会儿吃完饭吃点,吃不完带回去。"

汤图笑,这糖油果子几个下肚也是很有负担的了。

她跟爸妈说,自己想回来住几天,裴陆执行任务去了,她一个人待在新城区那边的房子里觉得很寂寞。

也是奇了怪了,以前不认识裴陆的时候,她是怎么在那个房子里待的呢?她这么爱热闹的人。

二老一听更高兴了,汤爸挺积极,马上帮她收拾房间,换上新的床单、被罩。

"爸,妈,我自己来就行。"汤图说话的时候神情恹恹的,"我有点累,吃晚饭的时候叫我啊。"

汤妈也瞧见她的一脸倦怠,催促她赶紧先去休息。

半小时后,汤妈轻轻敲了两下卧室的门推门进来,却见汤图已经睡下了。

窗外是傍晚,天际红彤彤的。她没拉上窗帘,霞光落在她的脸上,染了些许红晕,显得更加漂亮。只是多少还有些晃眼,但她睡得熟,连被子滑到地上了都不知道。

汤妈给她盖好了被子,又转身去拉上了窗帘。等出来的时候,汤妈跟汤爸说:"这孩子真是,一睡着什么形象都没了,以后嫁人可怎么办。"

汤爸在择菜,笑而不语。

汤妈坐过来帮着一起择菜,边择边说:"你说她……"话刚开头,又朝着卧室方向瞅了瞅,压低了嗓音,"真把岑词给忘了吗?"

当初说什么都要把房子买在新城区,跟岑词门对门的,现在竟然觉得那里寂寞了。

汤爸思考着说:"我看啊,的确是忘了,都不听她提岑词了。如果就是怕伤心,成心故意的,那也不至于不跟咱们说实话啊。"

汤妈将择好的菜往旁边一堆,叹气道:"她不跟咱们说实话也正常,毕竟……咱不是她亲爸妈。"

这话一落下,汤爸手一抖,紧跟着把手里的菜一放,低声说:"这话可千万别被她听去,哪怕在家里都不能乱讲。"

"我知道我知道。"汤妈安抚他的情绪,"我这不是担心吗?裴陆虽然没具体跟咱们说岑词的情况,但我听那意思,好像就是岑词想起来什么就离开了南城。你说……"

汤爸看着汤妈。

汤妈把嗓音压得更低,近乎耳语:"你说汤汤会不会也突然有一天一下想起来自己以前的身份,知道自己压根儿就不是咱家女儿啊?"

汤爸连连摆手:"不可能不可能,当初那人跟咱们说了,汤汤是绝对、绝对不记得以前的事了,从咱把她带回家那天起她就是汤图,就是咱们疼爱的闺女!"

汤妈连连点头:"对对对,那人说了,对,她想不起来的,她就是咱们的女儿。"

三年后。

阳春三月的南城已经有了花容月貌的姿态,阳光明媚得很,大街小巷都飘着花香。还有甜的滋味,混合着或晚春或初夏的花香一并沁人心脾。

秦勋推门进小院的时候,闻到的就是这种气味,花香裹着甜香。花香来自满院子的花,秦勋现在对植物有些了解了,满院子的姹紫嫣红他基本都能叫上名字,并了解其习性。

还有些晚春的花,一半盛开一半凋落,然后冒出了繁茂的叶子。甜香来自花果饼,光是闻着就让人垂涎三尺。

秦勋以前并不爱吃甜腻的东西,但岑奶奶做的花果饼是例外。也不知道是用了什么手法,能将鲜花和果肉里的糖分最大限度地逼出来,如此一来,做出来的饼不用额外添加白糖都带着一丝丝清甜。

清甜入口回甘,能渗到心里的那种。

听见院里有动静,岑奶奶出来了,身上还系着围裙,笑呵呵说:"来得正好,你有口福了,花果饼刚做好。"

岑奶奶身体不错,挺硬实的,尤其是耳朵,一如既往地灵光,光是听脚步声就知道是秦勋。

这三年来,秦勋总会腾出时间来岑奶奶这儿看看,不管他人在哪里。这次来他也是提前打了招呼的,拎着大包小包,还带了岑奶奶喜欢的花种子。

岑奶奶对于秦勋的每次探望都很热情,也会提前做不少可口的东西作为回报。最初的时候岑奶奶跟秦勋说:"小词现在走了,但实际上我也算不上是她的奶奶,你又这么忙,所以不用每次回南城都来看我。"

秦勋说:"在小词心里您就是她的亲生奶奶,我相信她绝对不会忘了您。"

后来岑奶奶又觉得秦勋每次来都很破费,心里挺过意不去。

秦勋笑说:"我是晚辈,您不用不好意思,也不用总想着替我省钱,您有什么要用的要买的都可以跟我说,我不在南城的时候萧杭还在呢。"

岑奶奶不想他多花钱,想了想就说:"那你每次来就帮我带些花种子吧。"

最开始秦勋都分不出什么种子是什么花,就算岑奶奶描述得再详细,等秦勋带过来的时候都会时不时出错。

后来秦勋就慢慢研究上了花种,时间一长也就了解了,每次岑奶奶只说个花名,他就能直接去选了,而且选的都是上好的花种。

花果饼端上来的时候，秦勋正将在清寂寺请来的福包往荔枝树上挂。岑词走后他就接过了这项任务，每次去清寂寺请福的时候都会捐些钱修缮寺庙或供养僧人。

功德簿上从不写自己的名字，就写：岑词。

福包挂好了，岑奶奶招呼他，他应了一声。抽回手时又看见了岑词以往挂的那几个福包，他轻轻拈起一个，拇指摩挲着上面的字迹，温柔又深情。

天气好，品尝花果饼的地点就放在了院落里。竹桌竹椅，有清甜的点心和沁人茶香，因为周遭有花也引来了彩蝶和鸟儿，蝴蝶轻飞，鸟儿欢叫。

岑奶奶问他："这次能在南城待几天？"

"待个周末，处理一下餐厅的事，然后就走了。"

"忆餐厅的生意现在是越来越好了。"岑奶奶轻叹一声，"但其实做餐饮也挺熬心熬力的，不比你做公司轻松。"

"是。"秦勋微笑，喝了口茶，"萧杭帮我分担了不少，否则我哪有机会坐在这儿喝茶呢。等分店开了，再找个合适的人打理，我也不会受累。"

两年前他出让了公司的股份，退出了自己当初一手打造的公司，落得一身轻松后专心打理忆餐厅。

忆餐厅的生意红火，萧杭不止一次提议他做分店，他总是说不急，慢慢选址。

他走了很多地方，以往南城几乎是他长待的城市，现如今就成了个落脚的，像是长途跋涉的人回到了熟悉的地方，休息片刻后继续前行。

萧杭知道秦勋的心思，笑说："你是在为分店选址奔波吗？公司都被你卖了，你孑然一身找起人来更方便了吧？"

岑奶奶将花果饼切成小块，问："还没有小词的消息呢？"

是啊，没有，三年了。南城的街巷有的都发生变化了，但是岑词还是杳无音信。

秦勋低声说："我相信总会找到的。"

岑奶奶一声叹，没再多说什么。

风过时树叶在头顶沙沙作响，花香顺着风就溜过来了。秦勋顺势看过去，最先没什么反应，等茶杯端起时突然想到了什么，目光又瞥了过去。

是挨着莲花鱼缸的角落，没跟其他花卉放在一起，有那么一株植物，盛开着碗大的花朵，极其漂亮，静静吐香。那么独立，那么不与众香同。

秦勋盯着盯着,陡然放下茶杯,起身朝着那株植物去了。岑奶奶察觉异样,问他怎么了。

秦勋站在植物前,花香扑鼻。这花香他之前闻过,还有这植物体态。他脑中回荡着岑词的话:"其实我不知道它到底是个什么植物,当时认养的时候正好有只鸟经过,叽叽喳喳叫个不停,我就干脆叫它唧唧了。"

"奶奶,这棵植物……"秦勋面露激动。

岑奶奶顺着他的声音走上前,笑说:"它叫轮回。"

秦勋一怔,轮回?

岑奶奶说:"看着眼熟吧,就是小词之前认养的那株植物。"

秦勋惊愕:"当年不是把它销毁了吗?"

"是啊,但让人想不到的是,新芽又从枯枝里长出来了,就像重生了似的。后来清寂寺的住持觉得这就是一种缘分,我就带了回来。"

秦勋又仔细打量着眼前的植物,是重生吗?真是跟从前的一模一样。

"怎么叫轮回?不像是植物名字。"

"一个花店老板告诉我的。"岑奶奶说。

当时她拿了这株植物回来,多方打听也不知道叫什么名字,只是听了寺院住持说的这花的习性。后来邻居帮忙,将花传到网上。网上的回答就五花八门了,但其中有人回复得很专业,说这花是独来独往的性子,不能跟旁的植物待在一起。

后来这人又说,这花的习性看着是不大好,但也是它的个性,接纳它、尊重它的习性,它就能跟其他花卉和平相处,也能融入百花园之中。

岑奶奶觉得对方很懂花,托邻居跟那人联系,问询花名。那人说,花没名字,可以叫它轮回,因为它能从枯死的生命里重生。

岑奶奶轻声说:"很专业的人呢。"

秦勋静静地看着"轮回",许久不语。

扬市的琼花开了半城,沿着瘦西湖的湖畔,远远的一簇簇白团的花,在烟花的三月季节,成了人间胜境。风一过,有细碎的花瓣扬起。越过宛若雪的琼花,一路落了老城区的巷子。

悠长的巷子,千百年的气息,又一并淹没在三月如烟花般清妆淡雅的季节里。巷子的尽头有住宅区,临街是门挨着门的店铺。嵌着老城老砖瓦的屋梁,摆设着时下流行的姿态。

也有不少传统的手工铺子，吃穿用度，老字号的门脸，与这些个新兴店铺搭配起来非但不突兀，反而十分融洽。

拐角位置开了一间花店。不大，三面都是窗，都是落地窗子，摆满各色鲜花。阳光洒落下来的时候，这花店就笼罩在光亮下，光是看着就觉得美好。

花店的选址特别好，在繁华区却又避开了繁华，一条老巷子到了尽头拐弯，只有闲情逸致或对老巷子文化感兴趣的人，才会遇见这间花店。或者更多的是，城区的老顾客知道这家花店。

花店里的鲜花每天都有运新，清香得很，足以见得花店的生意还不错。没有多余的店员，就只有老板一人。每天插好鲜花后，老板就开始处理各种订单。

对于花店老板来说，最惬意的事莫过于在阳光不错的午后，伴随着留声机里放着的一首老歌，做一杯手冲咖啡，然后做花束。

偶尔会有老街上的猫进店里，跳上宽大的摇椅，慵懒十足地打个盹儿。

老巷的流浪猫不少，但各家店铺都挺欢迎它们的随意乱窜，一个个也是不憷人，渐渐地，这里的流浪猫几乎都成了"流量猫"。但凡喜欢逛老巷子的，都会跟这些个流浪猫拍上几张照片，甚至都不用刻意来寻找它们的身影，有时候随便进哪个店铺，也都能看见它们。

今天午后的阳光也是不错，尚在初夏，气温也没燥热到过分的程度，偶尔会有风吹过，留了一路的花香。

老巷子的路不算窄，至少能容得下路一侧的老树。都是上了年头的琼花树，随便单拎一棵出来，那粗壮的树干就能赶上瘦西湖边十株放在一起的粗了。

碗大的花雪白，过滤了阳光。光缝间，阳光偏移了男人的身影。

他沿着老巷的琼花前行，偶尔会有花瓣落在他的宽肩上，跟他身上的白衬衫融为一体。

终于，他看见了那间花店。远远地，老屋檐下的五彩缤纷，看在眼里就是说不上来的舒服。

花店门前的琼花树，粗壮的枝叶和大花蕊恰到好处地落下斑驳，花店最上方悬挂着的老木牌匾就有一半掩在这大片光斑里。

男人站在花店门口，抬眼一看，眉眼间露出淡淡笑意。

店名叫：回路花涧。

挺奇怪的花店名,但细细一琢磨的话就别有一番意思了。

花店的玻璃门是敞着的,店里放着音乐,爵士风,就跟这午后的气息一样慵懒。店门口的花丛间卧着一只白猫,见有人来了,只是微微抬了一下眼皮,然后起了身伸了个懒腰,开始有一下没一下地洗脸。

门梁上悬着风铃,不大,细长。

男人的目光落在那串风铃上,黄铜的,做工精致,下面的刮片是老木片了,所以有敲动黄铜的力量。这样一来,风铃声一旦响了,就会是悠悠绵长。

男人的目光有波动,就像是轻风吹过湖面,圈了层层涟漪。

花店老板听见风铃声的时候,恰巧从后面抱了一大束鲜花出来。是有人来了,而且还碰了风铃。

一个男人,穿得周正又清爽。白衬衫、牛仔裤,那双腿真是老长。他就沐浴在午后的阳光里,魁梧伟岸,宽肩窄腰,十足的衣服架子。

他背对着她而站,抬手摆弄风铃。万丈的光线穿过他高抬的手掌,衬得他手形十分漂亮,指骨干净修长。

她莫名觉得这男人的手,该会是很温暖的吧。

"欢迎光临。"她轻声开口。

男人停了动作,转过身来。这一刻她听见了心脏撞击胸腔的声音,也莫名地泛起一种感觉。这感觉来得汹涌澎湃,却又让她猝不及防,她没能抓住。

男人与她目光相撞时,嘴角微微扬起,温和得很,又帅气得很。

他走向她,她站在那儿没动,怀里的花衬得她的脸颊明媚娇艳。

男人在她面前停住,含笑问她:"你是这家花店的老板……"视线往下一移,落在她的胸牌上,"甪洇?"

"是。"她轻声回答。

与此同时,她也打量着他,总觉得这男人的眼神里有很细腻的东西,就像是春日枝头的暖阳,叫人舒服。

"先生想选什么花?"

男人思考了一下,微笑道:"紫玫瑰吧。"

甪洇微微一怔,然后笑着说:"好。"

男人见状,问她怎么了。

她回答说:"很少有男士选花这么干脆,大多数男人都不懂花,来我这儿会先咨询。您要得很明确,看来您是懂花的。"

"以前我也不懂,现在也不算专业。"男人注视着她说。

"能选紫玫瑰,看来您是找到了最爱的那一位了。"

男人笑道:"是。"

甪泂看了男人一眼,嘴角微扬,真好。

她抱了一大束的紫玫瑰出来,玫瑰花娇嫩,需要一支支打理。问明了所要数量,选定了包装纸,她对他说:"稍等一下。"

"不着急。"男人低声说。

甪泂想了想,又问他:"需要来杯咖啡吗?"

男人嘴角微扬:"我自己来。"

他径直走到咖啡机旁,在咖啡粉和咖啡豆间选择了后者,慢慢地手磨豆子。甪泂见他不急不忙的,她手上的动作也放缓了。

有不少老顾客来她这儿等花的同时会喝杯咖啡,但都不会像这个男人一样会选豆子来磨。或许是赶时间,或许是对咖啡没太多要求,有些顾客就直接用那台全自动咖啡机了。

甪泂看了男人一眼,见他正在不疾不徐地做手冲咖啡,动作十分娴熟专业,是个很注重生活品质的男人。

一杯手冲咖啡做好,他就端着咖啡坐在靠窗的桌子旁,很是享受着悠哉的午后。

甪泂忍不住看向他时,却发现他也在冲着这边看。

甪泂别过脸,继续修剪玫瑰花,可精力无法集中,总觉得他一直在看着自己。然后再抬眼,不是错觉,他就是在看着她。

见她朝着这边看过来,他非但没移开目光,反而慵懒地支着脸,更是专注地看着她,嘴角含笑。甪泂又忙撇眼,心脏莫名加快。

男人见状,唇边笑容扩大。手机在裤兜里振动了一下,他掏出来,是一条微信。

萧杭:到底还开不开分店了?选址都选了几年了!

男人看着手机,笑了。

甪泂又忍不住朝他看了一眼,觉得这男人笑起来真好看。

他低头打了一行字:开,分店的地址定了,就选扬市。

那边先是发了个震惊的表情,然后连续发了几个问号,紧跟着一通电话打过来。

男人按断,回了句:现在不方便接听,回头再说。

将手机揣兜里,喝了口咖啡。许是天气太好,许是店里的花香,总之这杯咖啡很馥郁,醇厚。

放下咖啡杯,他继续看她。

甪泂将花束都修剪好了,包装的时候问了句:"先生不是本地人吧,来旅游的?"

"来找人。"男人轻声回答。

甪泂感到惊讶,抬眼看他,问:"找到了吗?"

男人目光沁笑,凝视她,回道:"找到了。"

甪泂轻轻"啊"了一声,又看了看紫玫瑰,面露恍悟,明白了。

"这家店开了多久了?"男人问她。

"两年多了。"

"挺好。"

"嗯?"

男人环顾了四周,说:"环境很好,店名也好。"

甪泂笑说:"很少有人会觉得我这个店名好。"比起"回路"这个词,大家会更喜欢像是"幸福"之类的词吧。

男人微微挑眉,说:"每个店名都有它自己的意义。"

回路,跟轮回异曲同工。甪泂,回路……回路,人生的轮回之路。只有经过重生的人,才知道轮回的意义吧。

甪泂闻言,对男人刮目相看。

"既然找到了要找的人,那就可以在扬市多玩一阵子,这个季节正好。"说完这话,连她自己都感到惊讶。

她是在留客吗?

男人微微侧身过来,面朝着她,说:"我的餐厅开在这儿,所以会在扬市常住。"

甪泂一愣。

他放下咖啡杯,起身走到她面前,柔声开口:"新开的餐厅,所以餐厅以后需要用到的鲜花就要麻烦你了。"

"啊?"

"你不想接我这单生意?"男人微微凑近她,笑问。

"当然要接,谢谢您。"

"那,合作愉快。"男人朝着她一伸手,温柔说,"我叫秦勋。"

秦勋……甪泂心里下意识念着这名字,很好听。

她看着他的手,情不自禁伸过去。

手指相触时秦勋握住了她的手,看着眼前女人熟悉的眉眼,心就满了。

"我好像……"甪泂没抽回手,这般距离,忍不住将心里的感觉倒出口,"在哪里见过你。"

秦勋凝视她的脸,轻语:"可能,是前世吧。"

这话被他说得竟是认真,甪泂差点就信了。手心温热,她忙抽回手,将包好的花递给他,说:"紫玫瑰代表有情人历经磨难、冲破时间和空间的距离终于在一起,也代表着你的幸福比我的重要。秦先生,您要的花包好了,恭喜您。"

秦勋却没接,笑说:"送你了。"

甪泂不解。

秦勋抬手轻轻握住她的手腕,顺势将花束推入她怀里,又说:"紫玫瑰的花语还有另一层意思,如果一个男人要送你紫玫瑰的时候千万不要拒绝,因为他一定是你生命中最重要的人。"

甪泂张了张嘴:"秦、秦先生?"

"重要的,合作伙伴。"秦勋忍笑。

甪泂又是一愣,然后笑了,哦,这个意思。

手机振动,秦勋掏出来看了一眼,嘴角又扬起笑,对甪泂说:"能再订束花吗?"

甪泂打趣道:"不会还送我吧?"

"来日方长。"秦勋说了句意味深长的话,接着道,"但这束花是送朋友的,庆祝他结婚三周年,正好他跟他妻子也在扬市。"

甪泂明白了,轻笑道:"我帮你配一束吧。"

"好。"

秦勋坐回桌旁,给那边回了一条微信:放心,你们的结婚纪念日请客吃饭,我肯定会去，顺便携带女友。

回完他想着，对方应该很快会追问的。

果不其然，手机又振了，还是好几下。

裴陆：携带，女友？

裴陆：谁啊？谁啊！

裴陆：老天，不会是……

秦勋抬眼看了看用涠，她的身影匿在花影间纤细又绰约，这是他梦了三年的身影，多少个午夜梦回他都在想，如果能再看到这身影……

爱情，何尝又不能重生呢？

秦勋温柔一笑，回了裴陆：对，是岑词，我找到她了。

寂静的夜，天边悬着残月，寒凉，孤星。

挽安时盯着好友栏里的那个男人头像，盯了许久后点开对话框，问他：你说，人有轮回吗？

电脑那头的男人就像是永远待机似的，只要她感到孤独了，他便在，于是他的头像闪动了。他反问她：你相信轮回吗？

挽安时想了许久，回答：相信。

他发了个笑脸，继续问她：你觉得轮回是什么？

这一次她想得比上次的时间还要长，然后跟他说——

就是，重生。

（下册完）

番外一　岑词篇

我看到了一条指令,在周军的脑子里,具备重重枷锁的指令。像是骨牌效应的最后一张牌,恰到好处的位置,满足一定的条件后前排倒了,就能碰倒最后一张牌。

周军脑子里的这条指令,就是那最后一张牌,晦涩、隐蔽、毫不起眼地掩藏在意识里的最深处,当我试图去触碰时竟心生恐惧。

除此之外还有两道指令。一道是自杀暗示,有人想让周军去死,或者准确来说是诱导周军畏罪自杀。

而另一道指令的钥匙就是自杀暗示,一旦完成自杀行为,这道指令会被启动。这道指令,是我下的。

我无法阻止这场杀戮,只能尽最大可能让周军留下线索。与此同时我在等,等着凶手主动现身。日历上的那些个日期,每划掉一天,我就能愈发感受到藏在黑暗里的那人心急如焚。

实际上,当白雅尘频频跟我联系时,我多少也猜出了一些事,关于周军和闵薇薇的,关于沈序的,还有,关于我的。

有什么东西能证明你的存在呢?

你的记忆,还有你周围人对你的记忆,可一旦记忆是假的呢?

我叫岑词,也叫挽安时,与此同时还有个我不想承认又深深厌恶的名字:戚苏苏。当我看到那份档案,看到上面的那两个名字时,我就有预感。预感到未来的一切将不复存在,这个未来是岑词的,也是岑词和秦勋的。

周军抵触情绪重，防御心也强，想窥视他的意识并不是件容易的事。我是有私心的，以周军为契机，继而来验证我心底的疑问。

果然，戚苏苏这三个字就是关键，周军情绪波动的瞬间，就是进入他意识领域的最佳时刻。我在周军的意识里"看"到了一些东西，而我的那些疑问也终究得到了证实。

我的记忆开始出现混乱，关于那个女孩子的经历渐渐成了我的感同身受，我才知道，卑微如我，终究还是配不上岑词的这个身份。

我不想面对戚苏苏，不想面对不堪的过往。曾经沈序是我的神，是我的再造主，可如今神被杀了，那个白雅尘以贪婪之名杀了一个前途无量的学生。

她是有罪的，十恶不赦的罪。

当她主动邀请我的时候，我就在想，怎么样才能让这么一个十恶不赦的罪人得到报应？没人会相信白雅尘会犯罪，哪怕当时她坐在我面前，我看着茶香氤氲中的那张脸时都在想，如果一切只是误会该多好。

如果只是误会，那么我还能相信人性是有救的。

直到白雅尘试图引导我的意识，那一刻我才终于明白，有些恶就是天生的，哪怕再让她重新选择一次，她最后还是会浇灌出那朵罪恶之花来。

杀了她。

这是我最直接的念头。

她杀了沈序，要她一命抵一命不为过，更重要的是，只有她死了，我作为戚苏苏的过去才会被掩埋，因为除了我自己，也只有她才是最了解戚苏苏的人。

跟白雅尘的谈话更像是一场博弈，她是冲着名和利来的，而我是自救，是为了我这条命来的。所以，引导白雅尘自杀不算是太难的事，当她发现操控不了我的时候，情绪的瞬间变化就是绝佳的进攻机会，而我，也终于找到了这个机会。

可也就是那一瞬间，我放弃了。

沈序曾经跟我说："如果有一天你想起了一切，那么，不要管我，顾好自己，明白吗？"

当初我没明白沈序的意思，如何要不管他？如何要顾好自己？但在这一刻我明白了，杀了白雅尘，让自己始终以岑词的身份活下去，这就是顾好自己。

但我不能这么做。

自杀对于白雅尘来说不是惩罚,而是她可以不再为自己做过的孽买单的解脱方式,甚至一旦她死了,沈序的案子可能就沉了。

更重要的是,就算白雅尘死了,我还能心安理得地用着岑词的身份活下去吗?我身边的那些人,还有我爱的男人,怕是早就清楚我的身份了吧。

惩罚白雅尘最狠绝的方式,就是让她求而不得,让她知道沈序的成果明明就在那儿,可惜她就是拿不走。

这才是对白雅尘最大的折磨。

于是,当秦勋冲进院子的前一秒,那把刀子被我转了方向,狠狠刺向我自己。

是的,我说过我是自私的,所以哪怕我有万般千疮百孔的心思,我还是想给秦勋留下自己是后知后觉的无辜形象啊。

沈序是我生命中特别的存在。

戚苏苏的一切是陶凤云给的,有痛,有恐惧,有恨,唯独没有爱。陶凤云对着其他男人巧笑倩兮时我就在想,如果这份笑能施舍一些给我,我的生命里也不全是灰暗时光吧。

陶凤云的男人钻进我房里,捂住我的嘴时,他喘着粗气说:"你长得可真好看,就算冷着脸的时候也比你妈好看多了。"

其实,我没怎么笑过,从小到大,我都快忘了自己笑起来是什么模样。有一日我对着镜子试图扬起微笑,却发现笑比哭还难看,从那天起我就放弃了笑。

我恨不得陶凤云去死,又或者,将她施加给我的苦痛统统都还给她。但当我真面临陶凤云死亡的那一刻,我竟觉得天都塌了。

都说这天底下没有狠心的父母,可陶凤云不是。那天她许是终于下定决心弃我而去,可不幸被卷进海里。

当我追到海边的时候,只来得及看见陶凤云最喜欢的那条红色丝巾,但很快地也被卷进海里。我开始忍不住往海里走,那声"妈"始终卡在嗓子眼里喊不出来,可双脚就是控制不住,不停地往海里走。

我恨陶凤云,但那一刻我却不想让她死。

直到海水没过了胸口,我才意识到,我可能再也找不到陶凤云了。我回到了海边,也不知道为什么就那么执着,认定了陶凤云就在眼前的那片海里。

我僵站在海边,站到了退潮,我看见了陶凤云。

她死了。

遗体被海水推到海边时，她衣衫不整，裸露的手臂和双腿都被岩石给划伤了。陶凤云生前是个爱干净的人，于是，我替她整理了衣衫。

我以为我能笑，至少我解脱了。

但脑子里就不经意浮现了一幅画面：我偷吃了陶凤云给男人准备的荔枝，被陶凤云打个半死。然后浑身红肿疼痒不堪，陶凤云没带我去医院，从后院薅了一大把艾草泡了水，我在水里泡了半个小时。身上的疼痒缓解了，大半夜睡得迷迷糊糊时，看见陶凤云在给我手臂上不知道涂些什么，像是自制的药膏之类的，总之，涂上之后就清凉得很，不疼不痒了。

我对"母亲"二字的理解，也许就只剩下那一幕了吧。

我的眼眶红了，许是海风太大了。或许是我意识到，我在这世上唯一的亲人没了。后来我被赶海的渔民发现，认出我的人都视我为扫帚星，在他们眼里，我就是那个眼睁睁看着陶凤云死掉的人。

是，我宁可自己是个这样的人。

宁宇是第一个给我糖的人，与此同时也是冲着我狠狠捅刀子的人。但如果不是宁宇，我可能就遇不上沈序。

沈序将我从地狱拉回了人间，然后告诉我，他有办法让我生活在天堂。我喜欢那段时间，祥和、安静，让我快忘了自己是戚苏苏，是个满身疮痍的人。

因为那段时间我成了挽安时，并在网上结识了秦勋。

有种缘分妙不可言，明明没见过面，明明知道网络的另一头不可信，可我还是觉得，他一定是个温文尔雅的男子，有着极好的家教和修养。

如果挽安时跟秦宿是前世，那么岑词和秦勋就该是今生了吧。

我从没想过我会见到秦勋，见到沈序口中的那位朋友。就那么懵懂的，毫不知情地跟他相爱了。

我贪恋岑词的身份，想着也只有这样身份的人才能配得上秦勋吧。干净的，没有破烂不堪的过去。他是那么美好，美好得恰似春日枝头的暖光，一点点的，温了我心头那块总也焐不热的寒凉之地。

我从来没有像现在这样过，这么期待自己就是岑词。我宁可记忆继续混乱，宁可自己一出门就像个路痴，然后跟秦勋说：嗨，我又迷路了。

他总会低笑着说：好，我知道了，把你现在所在的位置分享给我。

或者他会说：你在原地等我，别怕。

认识秦勋之前，我做任何事都没觉得怕过，哪怕面对穷凶极恶的罪犯。可认识秦勋后，我变得胆小了，哪怕像是迷路这种小事，我都想给他打个电话。

我肆意享受着秦勋带给我的安全感和温暖，好像恨不得用今生所有的好来弥补前世所有的痛。

在紫廷里，那个会所经理说过，他好像在哪儿见过我。可他扭头又说，是他看错了，我是贵人。

贵人吗？

这世间哪来的那么多看错了和巧合呢？

我试图想在秦勋面前掩藏身份，直到后来，我再次找了那位会所经理。我给了他一大笔钱，他同我说了实话——

"我是后来调过来的，岑医生，我之前……的确是见过您。"

那位会所经理之前曾在KTV做过事，在另一个城市。那个城市以及那家KTV我知道，曾经是宁宇经常出入的，跟他的那些狐朋狗友。

会所经理说话的时候挺小心，时不时还拿眼睛瞄我："当年，我亲眼看见您被几个男人架进了包间……"剩下的话就没多说，他抹了抹额头上的汗，"对不起啊，我知道当时情况不对，可我也是拿工资的，不能惹事……"

之后，他没要我的钱，却说了句令我后背发凉的话："这笔钱我肯定不能收的，之前秦总来找我的时候，我也没收他的钱。岑医生，我跟你道歉，当年我……对不住你。"

秦勋在查我的事。

我跟他的平静和一切的美好终将逝去。

其实，在我想起来的那刻起，已经注定了我无法再回到岑词和秦勋的从前。我不再迷路了，就连字迹都无法再去模仿岑词，我已经完完全全成了戚苏苏。

我无法任由我的卑微在秦勋面前恣意流淌，我也不想从他眼里看到他对我的怜悯。说到底，我最爱的还是我自己吧，所以才害怕面对未来的一切。

而汤图，我最好的朋友加合作伙伴，一直以来我都认为是缘分使然。

那天我跟汤图聊了很久，聊到了过往，聊到了沈序，聊到了有关记忆项目，唯独没聊我和秦勋的未来。

汤图说，沈序最不想看到的情况还是发生了。

她是沈序最得力的助手，当时沈序把我介绍给汤图时说，汤图在心理学上最深的造诣就是催眠,到时候她会帮助你成为最优秀的精神分析师。"

汤图的催眠水平有多强呢?

我曾经见过汤图催眠了一只兔子,原本身体柔软的兔子突然变得僵硬,等催眠指令一解除,兔子又开始了活蹦乱跳。

我见过这项实验,催眠中人桥的案例,汤图轻而易举用在了兔子身上。

作为岑词这个身份的我,能够操控他人的意识,算是催眠的一种,可如果单论催眠本事的话,我也未必是汤图的对手。但是我说过,人的意识不可能永远那么戒备,只要心思活动的话就会有缝隙,而我也终于找到缝隙影响了汤图。让她故意在白雅尘面前露出线索,而后,也拼尽全力让她可以忘记我。

现在想想,当初在倪荞那儿套线索时,汤图是暗自催眠了倪荞的,只不过没做得那么明显。当时汤图说话颠三倒四的,我还怀疑过,原来她是故意放松倪荞的警惕心,才会导致倪荞上钩,主动去关了房门,露出了线索。

她甘愿成为绿叶,甘愿掩藏自己的锋芒。

我曾经试探过她,通过她来确定我自己的身份,我想她后来也是知道的。她跟我说:"小词,我保护你不是为了别的,只是因为我已经把你当成知己了。"

她还说:"我想让你从那段悲惨的过去走出来,去面对它,而不是逃避它。"

后来她还提到了秦勋:"他说得对,每一段记忆都值得尊重。"

我问她:"换作是你,你有勇气面对吗?"

汤图想了想说:"我没有这样的经历,所以没办法回答你,对不起。"

不,她有。

那天汤图陪着我在医院聊了挺久,我想的却是沈序曾经跟我说的话:"这是一条无法回头的路,你一旦踏上了就只能选择继续走下去。所以我希望你能始终成为我,让我可以重生。"

始终成为沈序,那就要彻底抛弃戚苏苏,只能回归到岑词,或者,另一个全新的身份。想要走得不留痕迹,那就要抹掉痕迹。

沈序说:"汤图其实是个可怜的孩子,一旦真有意外发生,就让她彻底忘了你吧。"

所以,汤图哪是没有过悲惨经历呢,只不过她不记得了。

沈序是学术疯子,疯到可以忘乎所以,可以付出一切,哪怕,失去底线。像是周军脑子里的最隐蔽的锁,想来就是沈序要让他彻底闭嘴的吧。白雅尘做不到的事，沈序未必做不到。

由此我怀疑，除了我之外，沈序还有个作品存在。

汤图既是沈序的助理，又是这个作品。

但我没时间验证了。

我终究还是做了鸵鸟，没经历人苦，莫劝人善。我为了掩藏身份也是藏了心思的，秦勋那么美好的人，身边不该站着这样的女人。

尤其是当他发现福包上的签名不再是岑词的字迹时，我想，这段缘分也就散了。

戚苏苏太苦了，我有选择继续遗忘的权利和能力。

沈序说，人的肉体无法重生，但记忆可以。

我不需要白雅尘的帮忙，因为沈序会的我都会，我是沈序，沈序也是我，我将会带着沈序一同重生。

关于这点，我想白雅尘会想明白。当她想明白的那刻，她后半生的折磨才刚刚开始。

"重生"之后我将会是谁？

我不知道，我在寻找。

但我想，也许就是个普通人，在某个街角开家店铺为生，每天简单快乐。

花开花落终有时，爱情就是这般吧。

但我终究还是没能让秦勋忘了我，他很机警，引导他的意识不易。而且，一旦忘了我就等同于忘记沈序。

当一个人被所有人都遗忘时，他就彻底"死亡"了。

我想保留最后一个记得沈序的人，最起码可以证明，沈序曾经来过这世间一回。

我还有那么一个自私的念头——

我深爱的男人，终究还是希望他能记住一个叫岑词的姑娘。

♥ 番外二　甪泂篇 ♠

近三个月的时间,那个叫秦勋的男人总是出现在花店里。

他有时候很晚来,有时候中午到,有时候一大早就出现在门口。甪洇每次都笑容以待,他想了解什么花,她就给他介绍什么花。后来他基本上不问花了,就坐在那儿磨上一杯咖啡,然后坐上很久。

甪洇每每从花丛里抬头,都会跟他投过来的目光撞在一起。

这种感觉很奇怪,也很微妙。她曾问过秦勋:"我们是在哪儿见过吗?"秦勋笑着说:"也许是在前世吧。"

这个回答很套路,甪洇隐隐有感觉,但不愿深想。

秦勋约她吃饭,或午餐或晚餐,甪洇都婉拒了,毕竟她觉着两人算是萍水相逢的关系,而且她也不愿跟客户太亲近。

虽然她的确承认,这个男人很有魅力。

后来秦勋就不再提一起用餐的事了,但每次赶在饭点来的时候,他都会带不少保温盒来。

他竟然会做饭。

刚开始甪洇确实挺意外的,后来一想,他是做餐饮的,会做饭也就正常了。只不过她觉得,一般厨师都不会有他那个手艺吧,怎么做饭那么好吃呢,尤其是他做的面条。

甪洇不爱吃面条,秦勋笑着叫她尝尝。

她吃了,就爱上了。

用涸问秦勋："同样是面条，怎么你做的这么好吃？"

秦勋却始终不告诉她做法，只是跟她说："你想吃，我就随时做给你。"

用涸随口回一句："总要学会的，不能让你做一辈子吧。"

秦勋反问她："为什么不可以是一辈子？"

三个月后，男人的餐厅在扬市开业，据说是分店，总店的生意很红火。她曾经在网上看过，有品质，有口碑。

嗯，他不是个骗子。用涸心想。

开业当天用涸也去了，她负责了餐厅里所有的花卉布置。又出于相识一场的交情，送了餐厅不少花卉。

来的人挺多，但大多都是顾客，用涸看在眼里，心想，这人还真是做生意的料呢。

他只邀请了三位朋友，一位是总店的店长萧杭，其他两位是一对夫妻，男的是警察，叫裴陆，女的是心理治疗师，叫汤图。加上她，一共五人，可以藏在餐厅走廊尽头的小包间里，侃天侃地。

最初用涸想放完鞭炮就走，却被秦勋拉住了。平时看着温和恬淡的男人，拉住她的手腕时却是格外坚决，不容她拒绝。

他说："我想给你介绍我的朋友认识。"

用涸觉得不妥。介绍朋友认识？这明摆着是要将她拉进他的生活圈。

而秦勋在这一天的表达十分明确，又十分强势，他问她："这三个月来我总去你那儿，你真以为我是看花吗？"

是为了看你。

这句话他没说出来，她却从他的眼神里看了出来。

用涸就这样被秦勋拉进了包间。

包间不大。事实上分店的面积也不大，布置得却是高级，来餐厅吃饭的，大多数都是年轻女孩子。

她认识了他的三位朋友，但在介绍她时，秦勋没用回路花涸老板的名头，而是跟大家说："我女朋友，用涸。"

一句话吓得用涸当场愣住。

与此同时，愣住的还有裴陆和萧杭，看她的眼神里多了一些耐人寻味的东西,用洄被看得有些不自在,秦勋便打了圆场——

"行了,想吃什么随便点。"

整个吃饭的过程里,用洄都是晕晕沉沉的。她觉得秦勋的表白有点儿戏,更重要的是,她可没同意做他的女朋友。

但秦勋就自然而然,跟她坐在一起,她喜欢吃什么不喜欢吃什么,他都知道得一清二楚,每每夹进她盘子里的,都是她能吃上好多口的食物。

汤图坐用洄对面,笑说:"行啊秦勋,你是千年铁树要么不开花,开花就能芳香一片啊,这狗粮撒的。"

用洄闷头吃饭,没说迎合也没说驳斥,还觉得汤图这姑娘很有意思,许是做心理行业的人就是聪明吧,这话里话外都在跟她传达秦勋是单身的事实,而且一直单身。

用洄的心跳快了。其实她不排斥秦勋的朋友,相反能聊的话题会越来越多,她觉得他们跟秦勋给她的感觉一样,像是认识了好久似的。

尤其是汤图和裴陆,用洄很喜欢这一对。

裴陆长得好看,但性子直爽,典型的神经大条。可就是这么个男人,汤图说什么就是什么,妥妥的"妻奴"。

据汤图说,裴陆和秦勋都是她的病人,后来治着治着,她就把裴陆收入囊中了。

裴陆闻言笑说:"你怎么不想想是我主动接近你呢?"

用洄也觉得裴陆没病,之后她跟汤图一同去洗手间的时候,汤图说,裴陆是因为工作上的事导致情绪管理出了问题。

工作上的事用洄不方便问,就点了一下头,又好奇地问她:"秦勋的外形条件也很好,你当初怎么没选秦勋?"

汤图笑了,说:"秦勋啊,那可是轻易不动心的人,我可撬不动他。你看,缘分来了他多主动,是吧?"

说得用洄不知道该怎么应对,末了说:"你们夫妻俩的感情真好。"

汤图微笑:"可能是上辈子有缘,这辈子才能成为夫妻吧。"又拍拍她的肩膀,"不要抗拒缘分,是你的,终究推不掉的。"

席间萧杭跟她的互动较少,但也是个挺随和的人,只是总会问用洄一些私人问题——

多大了？父母健在吗？以前是做什么的？哪所学校毕业？是本地人吗……最后竟还问她："你以前谈过恋爱吗？"

裴陆笑着打断萧杭的"盘问"，调侃道："你改行做警察了？"

就连秦勋也怼了他一句："萧杭，她是我女朋友，你问这么多想干什么？"

是啊，用洄也想知道。

萧杭说："关心你……俩而已。"

趁着去后厨拿菜，萧杭对秦勋表达了自己的看法："岑词这个女人心太狠了，说把你忘了就忘了。之前吧，我也想开了，你满世界找，我也任由你去折腾，但今天看见她我真是……"

秦勋做了用洄平时喜欢吃的南瓜盅，头也没抬地问："你真是什么？"

"我真是气不打一处来。"萧杭叹了口气。

秦勋笑："再气不过我也找到她了，所以你想怎么样？还有，别再提岑词这个名字了，她叫用洄。"

"瞧瞧叫的这个名。"萧杭一百个不情愿，"压根儿就没把你放心上。"

"我理解她，也尊重她做出的所有决定。而且也因为我当初的不信任，让我失去了她三年。"秦勋豁达，"她有没有把我放心上不重要，我把她放心上就行。"

萧杭皱眉道："你就不怕她再来一次失踪？这辈子你就只追着她过了？"

"失踪一次我找一次。"秦勋态度坚决，"这辈子我就认定她了。"末了拍拍萧杭的肩膀，"除了祝福，你就别说其他的了。"

欢腾到挺晚，秦勋才送用洄回家。她家离花店不远，小区里也种着琼花树，有年头了，郁郁葱葱。小区里很安静，环境不错。

用洄说，她喜欢安静，所以住在这儿。

秦勋微笑着说，他知道。

等快到单元门口时，用洄说："也真是奇怪啊，感觉你送我回家的情节也发生过呢。"

秦勋微笑，眼里是温柔的光亮："所以，这就是前世的缘分。"

用洄想到汤图说的那番话。

明明觉得秦勋的行为很唐突，可又不觉得他是个唐突的人。

"所以，你想让我成为你的女朋友？"甪洞问。

秦勋垂眸看她，语气始终柔和："你已经是我女朋友了，忘了？"

甪洞轻叹："强扭的瓜不甜呢。"

秦勋靠近她，低语："那我拧个试试吧。"

甪洞先是一愣，紧跟着笑了。

这般笑就漾在夜色下、月光里，她的眉眼柔和，眼中盈盈，叫人向往。秦勋忍不住伸手将她轻轻搂入怀中，这一搂，他寻了三年。

甪洞没推开秦勋，竟觉得他怀里的气息很舒服，好像，从来都是属于她的。

"秦勋，那我们试试吧。"

秦勋微微松开她，低头凝视她的眉眼，嘴角扬起温柔的弧度："好。"

这般还是岑词的口吻呢。

他低头，吻了她的额头。

所以，不管你现在是谁，你就是你啊……

《一门之隔》
人物关系图

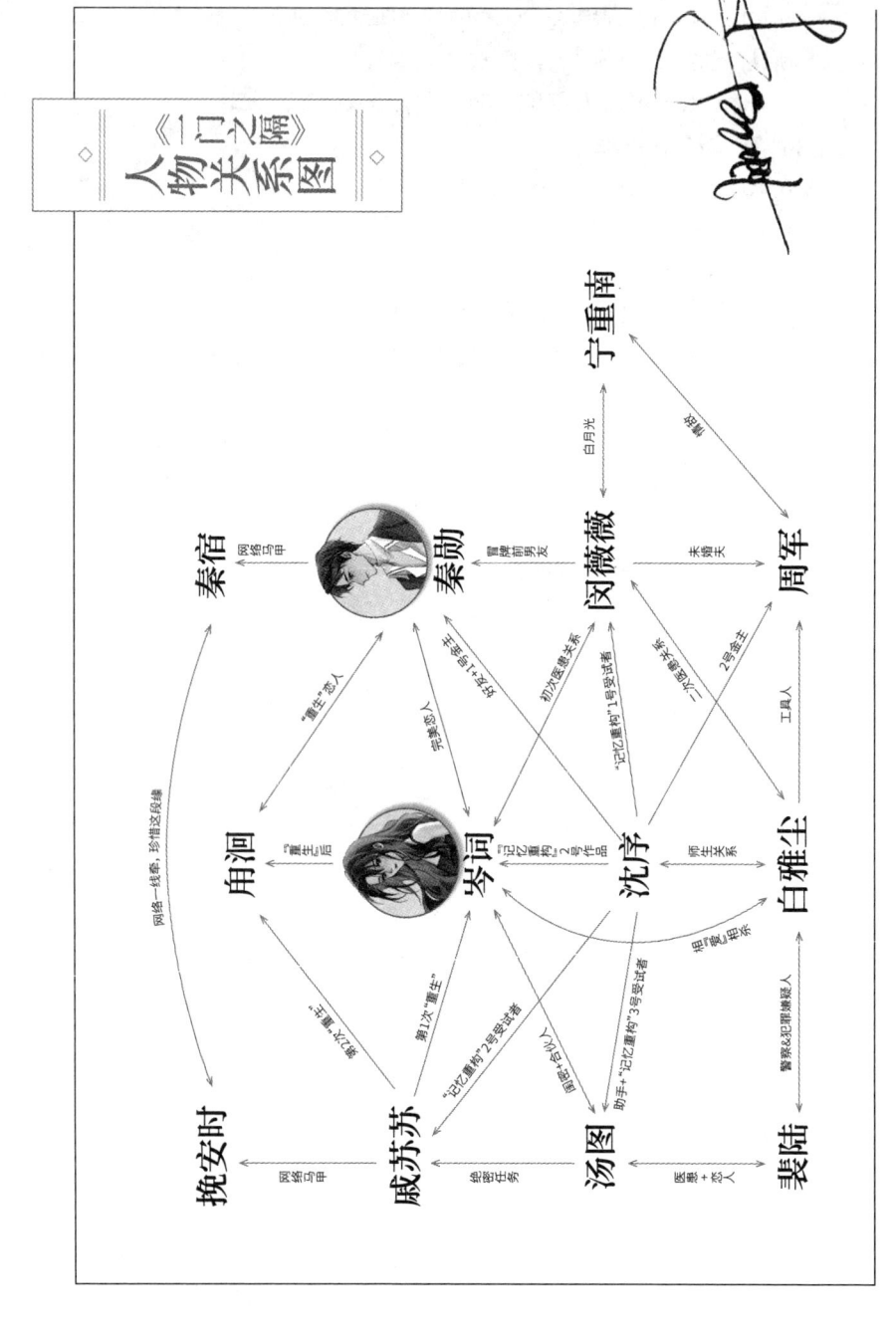